COLEÇÃO RECONQUISTA DO BRASIL (2ª Série)

168. **DICIONÁRIO BRASILEIRO DE PLANTAS MEDICINAIS** - J. A. Meira Penna
169. **A AMAZÔNIA QUE EU VI** - Gastão Cruls
170. **HILÉIA AMAZÔNICA** - Gastão Cruls
171. **AS MINAS GERAIS** - Miran de Barros Latif
172. **O BARÃO DE LAVRADIO E A HIGIENE NO RIO DE JANEIRO IMPERIAL** - Lourival Ribeiro
173. **NARRATIVAS POPULARES** - Oswaldo Elias Xidieh
174. **O PSD MINEIRO** - Plínio de Abreu Ramos
175. **O ANEL E A PEDRA** - Pe. Hélio Abranches Viotti
176. **AS IDÉIAS FILOSÓFICAS E POLÍTICAS DE TANCREDO NEVES** - J. M. de Carvalho
177/78. **FORMAÇÃO DA LITERATURA BRASILEIRA** – 2vols. - Antônio Candido
179. **HISTÓRIA DO CAFÉ NO BRASIL E NO MUNDO** - José Teixeira de Oliveira
180. **CAMINHOS DA MORAL MODERNA; A EXPERIÊNCIA LUSO-BRASILEIRA** - J. M. Carvalho
181. **DICIONÁRIO HISTÓRICO-GEOGRÁFICO DE MINAS GERAIS** - W. de Almeida Barbosa
182. **A REVOLUÇÃO DE 1817 E A HISTÓRIA DO BRASIL** - Um estudo de história diplomática - Gonçalo de
   Barros Carvalho e Mello Mourão
183. **HELENA ANTIPOFF** - Sua Vida/Sua Obra -Daniel I. Antipoff
184. **HISTÓRIA DA INCONFIDÊNCIA DE MINAS GERAIS** - Augusto de Lima Júnior
185/86. **A GRANDE FARMACOPÉIA BRASILEIRA**- 2 vols. - Pedro Luiz Napoleão Chernoviz
187. **O AMOR INFELIZ DE MARÍLIA E DIRCEU** - Augusto de Lima Júnior
188. **HISTÓRIA ANTIGA DE MINAS GERAIS** - Diogo de Vasconcelos
189. **HISTÓRIA MÉDIA DE MINAS GERAIS** - Diogo de Vasconcelos
190/191. **HISTÓRIA DE MINAS** - Waldemar de Almeida Barbosa
193. **ANTOLOGIA DO FOLCLORE BRASILEIRO** - Luis da Camara Cascudo
192. **INTRODUÇÃO À HISTORIA SOCIAL ECONÔMICA PRE-CAPITALISTA NO BRASIL** - Oliveira Vianna
194. **OS SERMÕES** - Padre Antônio Vieira
195. **ALIMENTAÇÃO INSTINTO E CULTURA** - A. Silva Melo
196. **CINCO LIVROS DO POVO** - Luis da Camara Cascudo
197. **JANGADA E REDE DE DORMIR** - Luis da Camara Cascudo
198. **A CONQUISTA DO DESERTO OCIDENTAL** - Craveiro Costa
199. **GEOGRAFIA DO BRASIL HOLANDÊS** - Luis da Camara Cascudo
200. **OS SERTÕES, Campanha de Canudos** - Euclides da Cunha
201/210. **HISTÓRIA DA COMPANHIA DE JESUS NO BRASIL** - Serafim Leite. S. I. - 10 Vols
211. **CARTAS DO BRASIL E MAIS ESCRITOS** - P. Manuel da Nobrega
212. **OBRAS DE CASIMIRO DE ABREU** - (Apuração e revisão do texto, escorço biográfico, notas e índices)
213. **UTOPIAS E REALIDADES DA REPÚBLICA** (Da Proclamação de Deodoro à Ditadura de Floriano) Hildon Rocha
214. **O RIO DE JANEIRO NO TEMPO DOS VICE-REIS** - Luiz Edmundo
215. **TIPOS E ASPECTOS DO BRASIL** - Diversos Autores
216. **O VALE DO AMAZONAS** - A.C. Tavares Bastos
217. **EXPEDIÇÃO ÀS REGIÕES CENTRAIS DA AMÉRICA DO SUL** - Francis Castenau
218. **MULHERES E COSTUMES DO BRASIL** - Charles Expilley
219. **POESIAS COMPLETAS** - Padre José de Anchieta
220. **DESCOBRIMENTO E A COLONIZAÇÃO PORTUGUESA NO BRASIL** - Miguel Augusto Gonçalves de Souza
221. **TRATADO DESCRITIVO DO BRASIL EM 1587** - Gabriel Soares de Sousa
222. **HISTÓRIA DO BRASIL** - João Ribeiro
223. **A PROVÍNCIA** - A.C. Tavares Bastos
224. **À MARGEM DA HISTÓRIA DA REPÚBLICA** - Org. por Vicente Licinio Cardoso
225. **O MENINO DA MATA** - Crônica de Uma Comunidade Mineira - Vivaldi Moreira
226. **MÚSICA DE FEITIÇARIA NO BRASIL** (Folclore) - Mário de Andrade
227. **DANÇAS DRAMÁTICAS DO BRASIL** (Folclore) - Mário de Andrade
228. **OS COCOS** (Folclore) - Mário de Andrade
229. **AS MELODIAS DO BOI E OUTRAS PEÇAS** (Folclore) - Mário de Andrade
230. **ANTÔNIO FRANCISCO LISBOA - O ALEIJADINHO** - Rodrigo José Ferreira Bretas
231. **ALEIJADINHO (PASSOS E PROFETAS)** - Myriam Andrade Ribeiro de Oliveira
232. **ROTEIRO DE MINAS** - Bueno de Rivera
233. **CICLO DO CARRO DE BOIS NO BRASIL** - Bernardino José de Souza
234. **DICIONÁRIO DA TERRA E DA GENTE DO BRASIL** - Bernardino José de Souza
235. **VIAGEM ÀS NASCENTES DO RIO SÃO FRANCISCO** - Auguste de Saint-Hilaire
236. **VIAGEM PELO DISTRITO DOS DIAMANTES E LITORAL DO BRASIL** - Auguste de Saint-Hilaire

VIAGEM PELO DISTRITO DOS DIAMANTES E LITORAL DO BRASIL

A.F.C. de SAINT-HILAIRE,
membre de l'Institut, professeur de botanique au muséum.
né à Orléans le 4 Octobre 1779 mort à la Turpinière le 30 Septembre 1853

COLEÇÃO RECONQUISTA DO BRASIL (2ª Série)
Dirigida por Antonio Paim, Roque Spencer Maciel de
Barros e Ruy Afonso da Costa Nunes. Diretor até o
volume 92 Mário Guimarães Ferri (1918 - 1985)

VOL. 236

Capa
Cláudio Martins

EDITORA ITATIAIA
BELO HORIZONTE
Rua São Geraldo, 67 — Floresta — Cep. 30150-070
Tel.: (31) 3212-4600 — Fax: (31) 3224-5151
e-mail: vilaricaeditora@uol.com.br
Home page: www.villarica.com.br

AUGUSTE DE SAINT-HILAIRE

Viagem Pelo Distrito Dos Diamantes E Litoral Do Brasil

COM UM "RESUMO HISTÓRICO DAS REVOLUÇÕES DO BRASIL, DA CHEGADA DE D. JOÃO VI À AMÉRICA À ABDICAÇÃO DE D. PEDRO"

Tradução de
LEONAM DE AZEREDO PENNA

2ª Edição

EDITORA ITATIAIA
Belo Horizonte

Título do Original Francês
Voyage dans le District des Diamans et
sur le Littoral du Brésil — 2 vols.
Paris, 1833

FICHA CATALOGRÁFICA

(Preparada pelo Centro de Catalogação-na-fonte,
Câmara Brasileira do Livro, SP)

Saint-Hilaire, Auguste de, 1779-1853.
S145v   Viagem pelo Distrito dos Diamantes e litoral do Brasil; tradução de Leonam
de Azeredo Penna. Belo Horizonte, Ed. Itatiaia.
(Reconquista do Brasil, v. 236)

"Com um "Resumo histórico das revoluções do Brasil, da chegada de D.
João VI à América à abdicação de D. Pedro".

1. Brasil — História 2. Brasil — Litoral — Descrição e viagens 3. Minas
Gerais — Descrição e viagens 4. Minas Gerais — Vida Social e costumes I.
Título. II. Série.

CDD-918.151
-390.098151
-918-10946
75-0917   -981

Índices para catálogo sistemático:
1. Brasil : História 981
2. Litoral : Brasil : Descrição e viagens 918.10946
3. Minas Gerais : Costumes 390.098151
4. Minas Gerais : Descrição e viagens 918.151
5. Minas Gerais : Vida social 390.098151

2004

Direitos de Propriedade Literária adquiridos pela
EDITORA ITATIAIA
Belo Horizonte

Impresso no Brasil
Printed in Brazil

SUMÁRIO

págs.

CAPÍTULO I — HISTÓRIA DO DISTRITO DOS DIAMANTES — SUA ADMINISTRAÇÃO 13

Descrição sumária do Distrito dos Diamantes, 13. Sua história, 13. Sua administração em 1817, 14. Os intendentes dos diamantes e suas atribuições, 14. O ouvidor ou fiscal, 15. Os oficiais da administração diamantina, 15. A junta real dos diamantes, 15. Os administradores particulares, 15. Os feitores, 15. O que se entende por serviços, 16. Quais os negros empregados na extração dos diamantes; como são nutridos; eles preferem a extração dos diamantes aos trabalhos nas casas de seus donos; como são castigados; recompensas dadas aos negros que encontram diamantes de qualquer valor, 16. Processos usados na remessa dos diamantes à Junta e ao Governo, 17. Forças militares do Distrito dos Diamantes, 18. Destacamento de cavalaria, 18. Companhias de pedestres, 18. Qual a quantidade de diamantes produzida pelo Distrito, 18. Despesas da Administração diamantina, 18. Dívidas dessa Administração; papel moeda, 19. Medidas tomadas para impedir o roubo dos diamantes, 19. Habilidade dos negros para ocultarem essas pedras; anedota, 20. Garimpeiros, 20. Contrabandistas propriamente ditos; suas manhas; suas maneiras de traficar com os negros; seus lucros, 20. Diamantes das diversas partes do Brasil, 21. Jazidas de diamantes; cascalho, 21.

CAPÍTULO II — AINDA OS DIAMANTES. DIVERSOS SERVIÇOS. TIJUCO. OBSERVAÇÕES SOBRE A ACLIMATAÇÃO DAS ÁRVORES FRUTÍFERAS 23

Serviço dos diamantes de Rio Pardo; estabelecimentos de que se compõe; regatos explorados pelos negros deste serviço, 23. Estabelecimento do Córrego Novo; casas dos negros aí empregados, 24. Aldeia da Chapada; ocupações de seus habitantes; posto militar, 24. Casa de campo de Pinheiro; excursões às montanhas, 25. Chegada a Tijuco, 26. Nome e título dessa vila; sua posição; suas ruas; suas casas; seus jardins; suas igrejas; casas religiosas; hospital e reflexões sobre a pequena duração dos estabelecimentos úteis na Província de Minas; sede da Administração e da Intendência; fontes; lojas e comércio; víveres e mercado; esterilidade dos arredores, 27. Posição geográfica de Tijuco; clima; doenças mais comuns, 31. Plantas européias cultivadas em Tijuco; qual a estação mais favorável à cultura dos legumes; influência que o clima da América teve sobre as árvores frutíferas européias, 32. Caráter dos habitantes de Tijuco, 33. Mendicidade, 33. De que modo os habitantes de Tijuco valorizam seus capitais, 33. Comércio dos negros, 33.

CAPÍTULO III — EXCURSÕES NOS ARREDORES DE TIJUCO. NOVOS DETALHES SOBRE OS DIAMANTES. ACIDENTE COM O AUTOR .. 35

Aspecto de Tijuco do lado sul, 35. Serviço de Curralinho, 35. Rochedo da Linguiça, 36. Serviço do mesmo nome, 36. Serviço de Matamata, 36. O que é um bicame, 37. Divisões de extração de diamantes segundo as estações do ano, 37. Descrição dos hangars sob os quais se faz a lavagem dos diamantes, 38. Detalhes sobre essa operação, 38. Volta ao serviço de Linguiça, 39. Pormenores sobre esse serviço; roda a chapelet, 39. Passeio a Bandeirinha, 39. O Autor segue rumo às forjas do Bonfim, 39. Resto de antiguidades indígenas, 40. Acidente com o Autor, 40. O Autor é transportado a Tijuco, 40. Interesse que lhe testemunham os habitantes, os remédios empregados

págs.

pelos agricultores na cura das moléstias venéreas, 41. O caráter do Sr. Da Câmara, Intendente dos Diamantes, 41.

CAPÍTULO IV — VIAGEM DE TIJUCO AO MORRO DE GASPAR SOARES PELA SERRA DA LAPA 43

O Autor deixa Tijuco, 43. Aspecto do Distrito dos Diamantes, 43. As Borbas, 43. Serviço do Vau, 44. Aldeia do Milho Verde, 44. Serviço do mesmo nome, 44. Modo de extrair diamantes chamado garimpar, 44. Aspecto da região que se estende de Milho Verde à Vila do Príncipe, 44. Chegada à Vila do Príncipe e partida da mesma, 45. Mudança produzida pelos nuacanga, 45. O Autor decide-se a viajar pela grande cadeia de montanhas de Minas Gerais, 45. Aldeia da Tapera, 46. Seus habitantes fabricam tecidos de algodão, 46. Modo pelos quais eles fazem chapéus, 47. Aldeia de Congonhas da Serra, 47. Pastagens dos arredores de Congonhas, 48. Um *Carex*; lembranças da Pátria, 49. A habitação de Barreto, 49. Cultura de cereais e da vinha nas montanhas, 50. Descrição da serra da Lapa, 50. Fazenda de Ocubas, 52. Um bosque de Indaiás, 52.

CAPÍTULO V — CAMINHO DO MORRO DE GASPAR SOARES A ITAJURU DE S. MIGUEL, PELA ALDEIA DE COCAIS. ESTADA EM ITAJURU 55

O Autor dirige-se a Itajuru de S. Miguel de Mato Dentro, 55. Região situada entre Itambé e Cocais, 55. Fazenda do Couto; gineceu, 55. Venda de Duas Pontes, 56. Fazenda de Domingos Afonso; seu engenho de acúcar. 56. Ponte do Machado, 56. A aldeia de Cocais, 56. Paisagem encantadora, 56. Minas de ouro e de ferro de Cocais, 57. Região situada entre Cocais e Itajuru de S. Miguel, 57. Chegada a Itajuru, 57. Contrariedades, 58. Duas visitas, 58. O índio Firmiano, 58.

CAPÍTULO VI — PARTIDA DE ITAJURU. A CIDADE DE CAETÉ, A SERRA DA PIEDADE E A IRMÃ GERMANA 61

O Autor deixa Itajuru, 61. Descrição geral da região situada entre Itajuru e Sabará, 61. Habitação de Boa Vista; festas de Natal, 61. O Autor separa-se do capitão Antônio Gomes de Abreu e Freitas, 62. O Rio Santa Bárbara, 62. A aldeia de S. João do Morro Grande, 63. Uma cruz, 63. Algumas palavras sobre o caráter dos mineiros, 63. A habitação de Morro Grande, 63. A cidade de Caeté; seu nome; sua história; suas ruas e suas casas; sua igreja, 64. Carneiros, 65. Arraial de N. S. da Penha, 66. Habitação de Antônio Lopes, seu proprietário, 66. A serra da Piedade; sua vegetação; vista que se goza de seu cume; a capela que foi construída nessa montanha; seus eremitas e os da Província de Minas, de modo geral; uma grota, 66. História e doença da freira Germana, 68. Falso sobreiro, 71. Uma trovoada, 71. Aldeia de Cuibá, 71. Aldeia do Pompéu, 71. Chegada a Sabará, 71. Reflexões sobre os inconvenientes da exploração das minas e sobre o sistema da agricultura usado pelos brasileiros, 72.

CAPÍTULO VII — A CIDADE DE SABARÁ. ESTRADA DE SABARÁ A VILA RICA 73

História de Sabará, 73. A situação dessa cidade; suas ruas; suas casas; suas grejas; edifício da Intendência e o produto das minas da comarca de Sabará; pontes, fontes e praças, 73. Comércio, 76. Produtos da região; a vinha aí produz duas vezes por ano, 76. Os habitantes de Sabará, 76. O professor de latim; o gosto pela ênfase, 76. O Sr. José Teixeira; seu caráter nobre, 77. Aspecto da região entre Sabará e Vila Rica, 77. O Rio das Velhas, 77. Aldeia de Congonhas do Sabará, 78. A habitação de Henrique Brandão; pilões de minério; jardim, 78. Arraial de Santa Rita, 79. Arraial de Santo Antônio de Rio Acima, 79. Aldeia de Rio de Pedras, 79. Causas da miséria da região entre Sabará e Ana de Sá; da utilidade de aí criar-se gado, 80. Arraial de Casa Branca, 80. Inhumações, 81.

págs.

CAPÍTULO VIII — PARADA NOS ARREDORES DE VILA RICA. CRIAÇÃO DE GADO. DIVERSAS MEDIDAS ADMINISTRATIVAS 83

Estada no Rancho de José Henriques, 83. Clima da região, 83. Suas produções, 83. S. Bartolomeu e os doces de marmelo, 83. Criação de gado; necessidade de dar-lhe sal; as vacas não produzem leite quando perdem seus bezerros, 84. Caminho de José Henriques a Vila Rica, 85. Entrada desta cidade, 85. Um negociante francês, 86. Passeio a Mariana, 86. Encontro; lembranças da pátria, 86. Veranico ou pequeno verão; sua influência sobre as colheitas, 86. Cobertas de colmo, 87. Planta relativa à exploração das minas de ouro, 87. Declaração que se exigiu dos proprietários, 87. Medidas contra os vagabundos, 87.

CAPÍTULO IX — CONGONHAS DO CAMPO. A IGREJA DE N. S. BOM JESUS DE MATOSINHOS. AS FUNDIÇÕES DE PRATA. FUGA DE FIRMIANO 89

Partida do Rancho de José Henriques, 89. Aldeia da Cachoeira, 89. O Autor se perde, 89. Descrição da região de Congonhas do Campo, 90. Causas da diferença que a vegetação apresenta, na Província de Minas, 90. Aldeia de Congonhas do Campo, 91. A igreja de N. S. Bom Jesus de Matosinhos, 92. As forjas da Prata, 93. O índio Firmiano desaparece, 94. O Autor põe-se a persegui-lo e procura-o inutilmente nos arredores de Congonhas e Vila Rica, 94. Capitães do mato; negros fugitivos, 95. Encontra-se Firmiano, 96.

CAPÍTULO X — CAMINHOS DE CONGONHAS DO CAMPO A SÃO JOÃO D'EL REI 99

Descrição geral da região situada entre Congonhas do Campo e S. João D'El Rei, 99. Essa região é propícia às árvores frutíferas da Europa, 100. Bovinos e carneiros, 100. Muro, 100. Modo de viajar, 100. O Rio Paraopeba, 101. Aldeia de Suaçuí, 101. Venda de Camapoã, 102. Algodão, 102. Pulgas penetrantes, 102. Aldeia de Lagoa Dourada, 103. Aldeia de Carandaí, 103.

CAPÍTULO XI — SÃO JOÃO D'EL REI 105

Comarca de Rio das Mortes; suas divisões; seus limites; sua altitude; suas montanhas; rios; vegetação; produtos; sua população comparada à de outras partes da província; sua civilização, 105. História de S. João D'El Rei, 107. Necessidade de dividir os bispados do Brasil e criar um em S. João D'El Rei, 108. População do termo de S. João D'El Rei, 108. Suas forças militares, 108. Sucursais que dele dependem, 108. Região situada entre Rancho do Marçal e S. João D'El Rei, 109. A aldeia de Porto Real, 109. O Rio das Mortes Grande, 109. Aldeia de Bom Jesus de Matosinhos, 109. S. João D'El Rei; sua situação: pontes; igrejas; hospital; intendência; prisão; albergues; ruas e casas, 109. Ocupação dos habitantes, 111. Comércio; artigos de exportação; lucros dos negociantes de algodão; víveres; carros de boi, 111. Cultura; árvores frutíferas, 112. Retrato dos habitantes de S. João D'El Rei, 112. Retrato dos portugueses estabelecidos nessa cidade e no Brasil em geral, 113. Mendicidade, 114.

CAPÍTULO XII — VIAGEM DE S. JOÃO D'EL REI AO RIO DE JANEIRO .. 115

Partida do Rancho do Marçal, 115. Serra de S. José, 115. Vila de S. José: Aspecto de seus arredores, 115. Espécies de bananeiras cultivadas na Província de Minas, 116. Idéia geral da região que se estende entre S. José e Barbacena, 116. Pontes, 117. Fazenda do Barroso; recepção feita ao Autor, 117. Fazenda do Faria, 117. Os ranchos, 118. Arbusto com cheiro de limão, 118. O Autor retoma a grande estrada de Vila Rica ao Rio de Janeiro, 118. O que é S. João do Campo, 119. Algumas palavras sobre a grande estrada e seu aspecto, 119. Brancos que se encontram entre Barbacena e Pedro Alves, 120. Calor; belezas da vegetação, 120. Passagem do Paraibuna, 120. O calor aumenta e a vegetação torna-se ainda mais bela, 121. Cores do céu, 121. Passagem do Paraíba, 121. Encruzilhada e os dois

5

págs.

caminhos que levam ao Rio de Janeiro, 121. O Autor escolhe o chamado caminho de terra, 121. Sucupira, 122. Reflexões sobre a alforria, 122. Ubá, 122. O Sr. Ovídio e a academia de Artes, 122. Carpinteiros brasileiros, 122. O Autor retoma o caminho de terra, 122. Ranchos, 123. Aspecto da região, 123. Cascata da Viúva, 123. Habitação de Marcos da Costa, 124. Serra da Boa Vista; vista admirável, 124. A planície, 124. O Rio do Pilar, 124. Aldeia de Taquaraçu, 125. Aldeia do Pilar, 125. O Autor chega ao Rio de Janeiro, 125.

CAPÍTULO XIII — O AUTOR DEIXA O RIO DE JANEIRO PARA VISITAR O LITORAL QUE SE ESTENDE AO NORTE DESSA CIDADE. DESCRIÇÃO DA REGIÃO SITUADA ENTRE A CAPITAL DO PAÍS E O LUGAR CHAMADO CABEÇU 127

Estada do Autor no Rio de Janeiro, 127. O Autor põe-se a caminho do litoral-norte da Capital do Brasil, 128. Idéia geral do caminho que se segue nessa costa, 129. Passagem da Baía do Rio de Janeiro, 129. A cidade de Praia Grande, 130. Aldeia de S. Gonçalo, 131. Comparação da população dos arredores do Rio de Janeiro com a de Minas, 131. Cultura, 131. O Rio Guaxindiba e a região vizinha, 132. O distrito de Cabeçu, 132. Modo de conduzir as bestas, 133. Abrigos que os viajantes encontram no litoral, 133. Descrição das vendas dos arredores do Rio de Janeiro, 133. Pastagens fechadas, 134.

CAPÍTULO XIV — CONTRARIEDADES CAUSADAS POR UM TROPEIRO. O AUTOR VOLTA AO RIO DE JANEIRO. DESCRIÇÃO DA REGIÃO SITUADA ENTRE CABEÇU E O LAGO DE SAQUAREMA 135

O Autor é abandonado por seu tropeiro; quais as causas, 135. Reflexões sobre os inconvenientes de ser servido por homens livres em país onde se admite a escravidão, 135. O Autor volta ao Rio de Janeiro, 136. Ele é quase enganado por um ladrão; após muito procurar encontra um tropeiro e volta a Cabeçu, 136. Região situada entre esse lugar e a fazenda do Padre Manuel, 137. Engenhos de açúcar, 137. Venda da Mata, 138. Descrição dos campos vizinhos, 139. Cercas de laranjeiras, 139. O Autor chega às margens da lagoa de Saquarema, 139. Retrato dos brancos residentes nesta zona, 140. Influência do clima sobre nossa raça, 140.

CAPÍTULO XV — OS LAGOS DE SAQUAREMA E ARARUAMA. COMPARAÇÃO DOS INDÍGENAS DO BRASIL COM OS CHINESES 141

Descrição do Lago de Saquarema e da faixa de terra que o separa do mar, 141. Vegetação dessa faixa, 142. As choupanas aí construídas; retrato das mulheres que as habitam, 142. Modo de fazer esteiras, 143. Arraial de Saquarema, 143. Sua igreja, 143. Comunicação do Lago de Saquarema com o mar, 144. Ocupações dos habitantes de Saquarema; a que raça pertencem esses habitantes, 145. Agricultura, 145. O Autor deixa as margens do Lago de Saquarema, 145. Fazenda do capitão-mor, 146. Recepção feita ao Autor, 146. Descrição do Lago de Araruama, 147. Paróquia do mesmo nome, 147. Arraial de Mataruna, 148. Cultura; anil, 148. Vegetação natural, 149. Venda de Iguaba Grande, 149. Salinas, 149. O Autor chega à aldeia de S. Pedro, 150. Comparação dos mongóis e em particular dos chineses com os indígenas do Brasil, 150.

CAPÍTULO XVI — HISTÓRIA SUCINTA DA CIVILIZAÇÃO DOS ÍNDIOS DO BRASIL. A ALDEIA DE S. PEDRO DOS ÍNDIOS. MODO DE VIAJAR 153

História sumária da civilização dos índios do Brasil, 153. Fundação da Aldeia de S. Pedro dos Índios, 155. Descrição dessa aldeia, 156. Governo que os Jesuítas haviam estabelecido, 156. Notas sobre a língua geral, 156. De que modo a aldeia é hoje administrada, 157. Inalienabilidade das terras dos Índios; restrições que tendem a despojá-los de suas propriedades, 157. Fisionomia dos índios de S. Pedro, 158. Suas ocupações, 159. Seu caráter, 159. A próxima destruição dos índios do Brasil, 159. Mamelucos, 159. O

págs.

capitão-mor Eugenio, 160. Um carpinteiro espanhol, 160. Como o Autor viaja pelo litoral, 160.

CAPÍTULO XVII — A CIDADE DE CABO FRIO E O PROMONTÓRIO DO MESMO NOME 163

Região situada entre S. Pedro dos Índios e a cidade de Cabo Frio, 163. Vista que se goza ao chegar a ela, 163. Dificuldades que o Autor depara em encontrar um abrigo, 164. Vista que se descortina do alto da montanha chamada Morro de N. S. da Guia, 164. História do Distrito de Cabo Frio, 165. Distinção que é preciso fazer entre o Cabo e a cidade de Cabo Frio, 165. Administração dessa cidade, 166. Área e população da paróquia de que faz parte, 166. Descrição da cidade, 166. Suas praças, ruas, igrejas; o convento dos franciscanos, 167. O sangradouro do Araruama, 168. Vegetação da faixa de terra que separa o lago do oceano, 168. Água que se bebe na cidade de Cabo Frio, 168. Insalubridade dessa cidade; não há aí médicos nem farmacêuticos, 169. Ventos dominantes, 169. Ocupação dos habitantes; sua pobreza; seu caráter; o pouco gosto que têm pela instrução e artes mecânicas, 170. Comércio, 170. Agricultura, 170. Excursão ao Cabo Frio propriamente dito, 171. Praia do Pontal, Prainha, 171. Descrição das terras e ilhas que formam o conjunto do Cabo, 172. Arraial da Praia do Anjo; ocupação de seus habitantes; secadouros sobre os quais expõem os peixes; "toilette" das mulheres do arraial, 172. A ponta de Leste, 173.

CAPÍTULO XVIII — VIAGEM DE CABO FRIO À CIDADE DE MACAÉ. A ALDEIA DE S. JOÃO DA BARRA 175

Descrição da região situada entre a cidade de Cabo Frio e a habitação de S. Jacinto, 175. Notas sobre as destruições causadas pelos naturalistas, 175. Fazenda de S. Jacinto, 176. Fazenda de Campos Novos, 176. Observações sobre as ordens religiosas, 176. Florestas vizinhas de Campos Novos, 177. A aldeia de S. João da Barra, 177. Pedágio exorbitante, 178. Mau abrigo, 178. Comércio, 179. Culturas, 179. Região situada entre S. João da Barra e o Rio das Ostras, 179. Retrato de uma moça, 179. O Rio das Ostras, 180. Modo de comer as ostras, 180. Os vendeiros, 180. Região situada entre o Rio das Ostras e a Venda da Sica, 180. Plantas marinhas, 181.

CAPÍTULO XIX — A CIDADE DE MACAÉ. VIAGEM DESSA CIDADE AOS LIMITES DO DISTRITO DE CAMPOS DOS GOITACASES 183

História de Macaé, 183. Descrição da cidade, 183. Seu comércio, 184. Reflexões sobre o modo de explorar as matas nesta região e em todo o Brasil, 185. Cultura, 185. As ilhas de Santana; sua utilidade para os contrabandistas, 186. Descrição sucinta do litoral, das ilhas Santana ao Rio de Janeiro, 186. Algumas palavras sobre o interior do país, 186. Arraial do Barreto, 187. Fazenda de Cabiunas, 187. O Autor perde-se, 187. Sítio do Paulista, 188. Animais, 188. Região situada entre o sítio do Paulista e o sítio do Andrade, 188. Sítio do Pires, 189. Percevejos do Brasil, 189. Sítio do Andrade, 189.

CAPÍTULO XX — QUADRO GERAL DO DISTRITO DE CAMPOS DOS GOITACASES 191

Administração do distrito de Campos dos Goitacases; seus limites, 191. O Paraíba, seu curso; volume de água que ele leva ao mar; sua embocadura; inundações desse rio; influência que exercem sobre a salubridade da região, 192. História de Campos dos Goitacases, 193. Caráter dos habitantes deste lugar, 194. O território de Campos dos Goitacases pertence, quase todo, a quatro poderosos proprietários, 194. Em que condições esses proprietários arrendam seus terrenos, 195. Fertilidade, 196. Criação de bovinos e cavalos, 196. Cultura de cana-de-açúcar; aumento progressivo do número de usinas; quantidade de açúcar exportado e modo de exportação; diversas qualidades de açúcar; lenha que se emprega apara aquecer as caldeiras das

7

págs.

usinas; como se faz o comércio do açúcar; desejo que têm todos os habitantes de Campos de se tornarem proprietários de usinas; resultado moral dessa ambição, 197. Como são tratados os escravos em Campos, 201. População do distrito, 202.

Capítulo XXI — VIAGEM NO DISTRITO DE CAMPOS DOS GOITACASES   203

Barra do Furado, 203. Região situada entre o Furado e o Curral da Boa Vista, 204. Anedota sobre o *Vanellus cayennensis* ou queriqueri, 204. Curral da Boa Vista, 204. Arraial de Santo Amaro, 204. Cestos chamados juquiás, 204. Aspecto da região situada entre Santo Amaro e a fazenda de S. Bento, 205. Descrição dessa fazenda, 205. As mulheres desta região e seus hábitos, 205. Carro de boi, 206. Região situada entre S. Bento e a fazenda do Colégio, 206. Como o Autor é recebido nesta fazenda; explicação da acolhida que lhe é feita, 206. Descrição da fazenda do Colégio, 206. Caminho que conduz dessa fazenda a Campos, 207. Situação da cidade; população, 208. Como o distilador Baglioni dirige seus negros, 208. Passagem do Paraíba, 208. Vista que se descortina em frente a Campos, 208. Margens do Paraíba, 208. Fazenda de Barra Seca, 209. Como são aí tratados os escravos, 209. Capela, 209. O que se deve entender por Sertões, 209. Região situada entre Barra Seca e Manguinhos, 210. Algumas palavras sobre esta última fazenda, 210. Conversa com um índio, 211. Fazenda de Mumbeca, 211. Sua administração, 211. Índios selvagens, 211. O Rio Cabapuana, 212.

RESUMO HISTÓRICO DAS REVOLUÇÕES DO BRASIL DESDE A CHEGADA DO REI D. JOÃO VI À AMÉRICA ATÉ À ABDICAÇÃO DO IMPERADOR D. PEDRO 213

PREFÁCIO

Auguste de Saint-Hilaire esteve no Brasil de 1816 a 1822. Para aqui veio por influência do Conde de Luxemburgo. Durante sua demora entre nós viajou pelo Espírito Santo, Rio de Janeiro, Minas Gerais, Goiás, São Paulo, Santa Catarina e Rio Grande do Sul. Não mencionamos o Paraná, pois, naquela época, não se isolara ainda de São Paulo.

Em suas numerosas, extensas e demoradas viagens pelo nosso País, fez preciosas coleções, especialmente de plantas e animais. Todavia, não se limitou, em suas observações, ao campo das Ciências Naturais. Coligiu inúmeros dados importantes para a Geografia, a História e a Etnografia.

De regresso à sua pátria publicou diversos relatórios de suas viagens, os quais constituem uma preciosa fonte de informações sobre o Brasil de então.

De suas numerosas obras sobre o nosso País, a *Flora Brasiliae Meridionalis* é uma das mais importantes. Publicada em Paris, de 1824 a 1833, com a colaboração de Jussieu e Cambessedés, contém numerosas e preciosas informações e dados coligidos por Saint-Hilaire em suas viagens.

Muitos de seus relatórios já foram publicados no Brasil. Mas esgotaram-se as edições embora não se esgotasse o interesse pela obra de Saint-Hilaire. Com efeito, tal interesse é imorredouro, pois Saint-Hilaire deu ao Brasil uma nova dimensão na Europa do Século XIX, uma dimensão compatível com as próprias dimensões gigantescas do nosso País.

Levou para a Europa um herbário de 30.000 espécimes abrangendo mais de 7.000 espécies de plantas, das quais as espécies novas podem ser calculadas em mais de 4.500. Muitos gêneros novos foram descritos por Saint-Hilaire.

Seu nome está indissoluvelmente ligado ao de nossas plantas, pois figura na denominação de muitas espécies e gêneros que descreveu. Seu nome também figura na denominação de diversas espécies descritas por outros autores, os quais, dessa forma, renderam-lhe justa homenagem.

Em 1946 a *Chronica Botanica* publicou um resumo dos relatórios das viagens de Saint-Hilaire, precedidos por uma introdução de Anna Jenkins. Nessa publicação foi inserido um mapa do itinerário do naturalista, organizado por A. A. Bitancourt.

Quem estuda os trabalhos de Saint-Hilaire percebe, sem dificuldade, por encontrá-los eivados de informações retiradas de documentos históricos, freqüentemente de difícil acesso, e pelas inúmeras citações bibliográficas aí contidas, quem estuda esses trabalhos, repetimos, dá-se conta do cuidado extremo com que sempre agiu esse cientista insigne, cuja obra já provou resistir ao transcurso de um século.

É por todas as suas inúmeras qualidades de cientista, pela sua imensa operosidade, e, para nós brasileiros, pelo grande amor que dedicou ao nosso País, o qual considerava sua segunda pátria, que veneramos a memória de Saint-Hilaire. O presente livro foi traduzido por Leonam de Azeredo Penna, pessoa sobejamente conhecida em nosso meio, que dispensa uma apresentação formal. O leitor verá que a presente tradução é muito bem feita.

Como Diretor da Série "Reconquista do Brasil", tive apenas que acrescentar algumas notas de rodapé para certos esclarecimentos, e fazer, no texto, pequenas interferências para corrigir algumas impropriedades, tendo em vista os conhecimentos atuais da Botânica.

A Série de que este livro é parte está destinada a completo sucesso. Por isso felicito os que a idealizaram e decidiram, em comum acordo, editá-la: a Editora da Universidade de São Paulo e a Livraria Itatiaia Editora, de Belo Horizonte.

MÁRIO GUIMARÃES FERRI

NOTA PRELIMINAR

A indulgência com a qual foi acolhido meu primeiro livro de Viagens ao Brasil encoraja-me a publicar o segundo. Não me afasto do plano seguido e continuo a ter como dever precípuo a observância da mais escrupulosa exatidão nas narrativas.

Descrevendo os lugares que hei visitado, transporto-me sempre ao tempo de minha viagem e faço abstração dos acontecimentos que se passaram posteriormente. Tais acontecimentos podem ter causado mudanças notáveis em algumas cidades do litoral, às quais não me refiro neste livro, como sejam: Rio de Janeiro, Recife, Bahía. Mas, as populações do interior e as das zonas do litoral situadas entre as grandes cidades, são pouco numerosas e a instrução aí pouco difundida para que o novo estado de cousas possa ter tido alguma influência sensível.

De mais a mais, para ligar a época em que escrevo à em que percorri o Brasil eu deveria terminar meu relato pe'o resumo histórico dos acontecimentos que tiveram lugar após a chegada do Rei D. João VI à América, até à abdicação do Imperador D. Pedro. Para publicar esse resumo histórico submeti-o antes a testemunhos oculares os mais informados e os mais imparciais: a aprovação destas testemunhas é uma garantia da exatidão que apresenta os fatos.

Agora vou me ocupar, sem descanso, com a redação do meu terceiro relato, que tornará conhecidas regiões sobre as quais não há, por assim dizer, nada publicado, tais como a parte oriental da Província de Minas Gerais, as montanhas onde nascem os famosos rios São Francisco e Tocantins, os desertos de Goiás, os deliciosos Campos Gerais, os arredores de Curitiba, a costa que se estende de Paranaguá a Santa Catarina, uma grande parte da Província do Rio Grande, as Missões do Uruguai, e enfim os picos do Ibitipoca, do Papagaio, Aiuruoca etc.

Dar-me-ei por feliz se os meus trabalhos puderem ser úteis às ciências a que consagrei toda a minha existência.

CAPÍTULO I

HISTÓRIA DO DISTRITO DOS DIAMANTES — SUA ADMINISTRAÇÃO

Descrição sumária do Distrito dos Diamantes. Sua história. Sua administração em 1817. Os intendentes dos diamantes e suas atribuições. O ouvidor ou fiscal. Os oficiais da administração diamantina. A junta real dos diamantes. Os administradores particulares. Os feitores. O que se entende por serviços. *Quais os negros empregados na extração dos diamantes; como são nutridos; eles preferem a extração dos diamantes aos trabalhos nas casas de seus donos; como são castigados; recompensas dadas aos negros que encontram diamantes de qualquer valor. Processos usados na remessa dos diamantes à Junta e ao Governo. Forças militares do Distrito dos Diamantes. Destacamento de cavalaria. Companhias de pedestres. Qual a quantidade de diamantes produzida pelo Distrito. Despesas da Administração diamantina. Dívidas dessa Administração; papel moeda. Medidas tomadas para impedir o roubo dos diamantes. Habilidade dos negros para ocultarem essas pedras; anedota. Garimpeiros. Contrabandistas propriamente ditos; suas manhas; suas maneiras de traficar com os negros; seus lucros. Diamantes das diversas partes do Brasil. Jazidas de diamantes; cascalho.*

Submetido a uma administração particular, fechado não somente aos estrangeiros, mas ainda aos nacionais, o Distrito dos Diamantes forma como que um estado à parte, no meio do vasto Império do Brasil. Esse distrito, um dos mais elevados da Província de Minas, está encravado na comarca do Serro Frio; ele faz parte da grande cadeia ocidental e compreende uma área, quase circular, de cerca de 12 léguas de circunferência. Rochedos sobranceiros, altas montanhas, terrenos arenosos e estéreis, irrigados por um grande número de riachos, sítios os mais bucólicos, uma vegetação tão curiosa quão variada, eis o que se nos apresenta no Distrito dos Diamantes; e é nesses lugares selvagens que a natureza se contenta em esconder a preciosa pedra que constitui para Portugal a fonte de tantas riquezas.

Bernardo Fonseca Lobo foi o primeiro que descobriu diamantes no Serro Frio, e não teve outra recompensa além do título de *capitão-mor* da Vila do Príncipe, com a função de notário na mesma vila. Ignorava-se a princípio a verdadeira natureza dos diamantes encontrados por Lobo; contentavam-se de ver o brilho dessas pedras e usavam-nas como fichas para marcação de jogos. Entretanto um certo *ouvidor,* que havia morado nas Índias Ocidentais, reconheceu que as pedras brilhantes de Serro Frio não eram outra cousa senão diamantes; conseguiu secretamente um grande número delas e seguiu para Portugal. Ignora-se o ano em que se deu essa grande descoberta; todavia sabe-se que o governador D. Lourenço de Almeida, tendo remetido à corte algumas pedras transparentes, dizia, em carta de 27 de julho de 1729, que as considerava como diamantes; sabe-se ainda que lhe fora respondido não se haver enganado em suas conjecturas, acrescentando mais que duas remessas de pedras semelhantes haviam sido feitas, já, de Minas a Lisboa.

Por um decreto de 8 de fevereiro de 1730, os diamantes foram declarados propriedade real. Permitiu-se a todo mundo a sua pesquisa, mas, cada escravo empregado nesse trabalho foi submetido a uma capitação;[1] era proíbida a exportação de diamantes para a Europa em navios estrangeiros; e taxou-se o frete de cada pedra em 1% de seu valor. A capitação que inicialmente era de cinco mil-réis,[2] foi elevada em seguida até quarenta mil-réis, dando-se mesmo ao governador da Província, Conde de Galveas, o poder de fazê-la elevar-se a cinquenta mil-réis se julgasse necessário. Um tal processo de impostos era evidentemente injusto, porquanto em uma exploração tão aventurosa como essa dos diamantes, os produtos não são necessariamente proporcionais ao número de braços que se empregam. Não foi entretanto esse o motivo que levou o governo a renunciar à capitação e a seguir um outro sistema para a pesquisa dos diamantes; no correr de dois anos o preço das pedras diminuíra em $\frac{3}{4}$; julgou-se necessário tomar medidas que limitassem a extração.

Em 1735[3] ela foi posta em fazenda pela soma anual de cento e trinta e oito contos de réis (138:000$000); mas, impuseram aos arrendatários a condição de não empregar mais de 600 negros, e, até o ano de 1772 o contrato foi renovado seis vezes.

Entretanto, tendo o governo reconhecido que a extração de diamantes por arrendadores era freqüentemente acompanhada por fraudes e abusos, resolveu a explorar por sua própria conta as terras diamantinas. Novos regulamentos foram elaborados; Pombal era então ministro; esses regulamentos, diz Southey, traziam a marca de seu caráter. O Distrito dos Diamantes ficou como que isolado do resto do Universo; situado em um país governado por um poder absoluto, esse distrito foi submetido a um despotismo ainda mais absoluto; os laços sociais foram rompidos ou pelo menos enfraquecidos; tudo foi sacrificado ao desejo de assegurar à coroa a propriedade exclusiva dos diamantes.[4]

O excessivo rigor dos regulamentos fê-los cair em desuso. Posso citar, por exemplo, aqueles que determinavam limites estreitos à população do Distrito e que limitavam o número de comerciantes; o que condenava ao confisco ou às galés um negro encontrado com um *almocrafre*[5] e uma escudela; enfim aquele que proibia a abertura das fundações de uma casa sem que os trabalhos fossem testemunhados por um oficial de justiça e três *feitores*. O processo da administração dos diamantes sofreu também modificações em diferentes épocas. Vou mostrar o que ela era em 1817, sem me ocupar com as mudanças que tiveram lugar depois dessa época.

O principal administrador do Distrito é o *intendente dos diamantes,* que reúne a esse título o de *intendente geral das minas,* criado por Manuel Ferreira da Câmara Bitencourt e Sá.[6]

O poder do intendente é quase absoluto. Ele regulamenta à vontade tudo o que concerne ao trabalho das minas de diamantes, substitui ou suspende empregados, permite ou impede a entrada no Distrito,[7] toma as medidas que julga convenientes para impedir o contrabando, dispõe da força militar etc. A autoridade do intendente não se limita apenas ao que diz respeito aos diamantes; é ainda o encarregado do policiamento do seu distrito; é ao mesmo tempo administrador e juiz, e é preciso que para esta última qualidade tenha ele estudado jurisprudência. Nas causas de valor inferior a 100$000 ele pode pro-

---

1 Capitação era o imposto pago por cabeça de pessoa empregada na extração dos diamantes. (N. T.)

2 Pizarro diz que a primeira capitação data de 18 de março de 1732. Nesse ponto está de acordo com Southey. É contudo inconcebível que em sua própria obra tenha ele deixado imprimir, sem nenhuma observação, um trecho em que afirma que essa mesma capitação data de 22 de abril de 1722, época em que os diamantes não tinham sido ainda descobertos.

3 Essa data é tomada de Pizarro, e, como coincide de modo passável com as descrições de Southey, parece-me mais exata que a fornecida por Luiz Beltrão de Gouveia Almeida, em sua "Memória".

4 Vide Southey — *Hist. of Braz.* III.

5 Ferramenta de mineiro, descrita em *Viagem pelas Províncias do Rio de Janeiro e Minas Gerais*.

6 Vide *Viagem pelas Províncias do Rio de Janeiro e Minas Gerais*. Volume 4 desta coleção.

7 Os próprios governadores da Província não podem entrar no Distrito sem sua permissão.

nunciar suas sentenças sem audiência e sem apelação.[8] Quanto aos delitos criminais mais graves, tais como assassinatos, compete-lhe apenas instruir os processos e em seguida enviar o acusado a Vila Rica. As funções do intendente considerado como juiz propriamente dito não se estendem além de seu distrito; mas, é a ele que compete o conhecimento dos delitos relativos ao contrabando de diamantes cometidos em toda a Província de Minas e até mesmo do resto do Império. O ordenado dos intendentes é de 8.000 cruzados; ao do Sr. Da Câmara acrescentaram-se 2.000 cruzados a fim de indenizá-lo das despesas de viagens a que é obrigado como diretor das fundições reais em Gaspar Soares.[9]

Abaixo do intendente quem tem o primeiro lugar no Distrito dos Diamantes é o *ouvidor* ou *fiscal,* cuja função é principalmente judicial, exercendo de algum modo as funções do ministério público, sendo encarregado de defender na administração os interesses do governo. O ordenado do *fiscal* eleva-se a 2 contos de réis.

Eis quais são, em seguida, os *oficiais* da administração diamantina (oficiais da contadoria). À sua frente acham-se dois tesoureiros (caixas), que recebem, cada um, 2.000 cruzados. Após os tesoureiros vêem os *guarda-livros* cujos vencimentos se elevam a 1:040$000, e em seguida vêem 7 *comissários* ou escrivães, ganhando cada um 320$000.

Existia, poucos anos antes de minha viagem, um *administrador-geral*[10] encarregado da direção e vigilância geral dos trabalhos relativos à extração dos diamantes. Esse lugar foi suprimido e é hoje (1817) o 2.º tesoureiro quem preenche as funções de administrador geral.

Não há, como disse Mawe,[11] o *guarda-chaves* do cofre onde são depositados os diamantes. O cofre tem três chaves; uma fica em mãos do intendente, a outra nas do primeiro tesoureiro, ficando a terceira com o primeiro escrivão.

O intendente preside a um conselho denominado *junta real dos diamantes,* que convoca quando julga oportuno. Além do presidente a *junta* compõe-se de 4 membros — o fiscal, os 2 tesoureiros e o guarda-livros. Tem também um secretário *(escrivão da junta),* mas este não tem voto no Conselho.[12]

O exercício imediato dos trabalhos relativos à extração dos diamantes é confiado a empregados denominados *administradores particulares,* cujo número varia segundo as necessidades do serviço, e que era de oito na época de minha viagem. Cada administrador particular dirige um certo número de negros cujo agrupamento forma o que se chama uma *tropa.* O número de escravos que compõem uma *tropa* não é fixado em 200, como adianta o Sr. Mawe,[13] podendo variar segundo as circunstâncias e necessidades do momento. Os ordenados desses administradores são de 200$000.

Além das sessões ordinárias da junta de que falei acima há anualmente uma assembléia geral a que comparecem todos os administradores particulares, com direito a voto. É essa assembléia que determina onde serão colocadas no ano seguinte, as diferentes tropas de negros e de que modo devem ser feitos os trabalhos. Se no ano em curso torna-se necessário modificar alguma das resoluções tomadas na assembléia geral, a Junta resolve-o em sessão ordinária.

Abaixo dos administradores particulares vêem os *feitores,*[14] que fazem

---

8 O legislador, temendo sem dúvida a habilidade dos advogados, e a influência que lhes dá o talento e a oratória, tratou de interditar-lhes a entrada no Distrito dos Diamantes.
9 Vide *Viagem pelas Províncias do Rio de Janeiro e Minas Gerais.*
10 O *administrador-geral* era também *inspetor-geral.*
11 *Travels in the interior of Brazil.*
12 Foi publicado na Alemanha que o *inspetor-geral* e um *guarda-livros (escrivão dos diamantes),* faziam parte da Junta. É possível que o lugar de *inspetor-geral* tenha sido estabelecido após minha viagem, mas, o *guarda-livros* não tem o título de escrivão. Os escrivães são funcionários de categoria inferior, que não fazem parte da Junta.
13 *Travels etc.,* pág. 225.
14 O nome de *feitor* é dado em geral nas habitações rurais à aquele que substitui o patrão, transmite as ordens deste último e faz trabalhar os escravos. Talvez seja possível dar a essa palavra a significação de *gerente.*

executar as ordens daqueles e que fiscalizam os negros. Entre os *feitores* e os administradores particulares existe ainda um cargo intermediário: o dos *cabeças,* que são sub-administradores encarregados especialmente da fiscalização dos *feitores* e que, em caso de necessidade substituem os administradores. Os feitores ganham 100$000 a seco.[15]

Os lugares onde se extraem diamantes chamam-se *serviços.* Cada serviço tem um guarda-armazem e um moleiro, cargos da mesma categoria e do mesmo vencimento dos feitores. Os diferentes *serviços* são dotados de carpinteiros, serralheiros etc., do mesmo nível dos feitores e tendo sob suas ordens vários escravos.

De acordo com os regulamentos cada tropa tem um capelão; mas, como a administração muito endividada procure reduzir, tanto quanto é possível, o número dos empregados, não se dá mais de um capelão a cada grupo de duas tropas trabalhando em um mesmo serviço; ao tempo de minha viagem havia apenas seis desses eclesiásticos para as oito tropas. Cada um deles recebia 160$000 de ordenado.

Nunca houve, como quer o Sr. Mawe, um cirurgião para cada tropa de negros.[16] Quando o governo suprimiu o arrendamento dos diamantes ele comprou aos arrendatários os escravos que empregavam. Existia então para os doentes um hospital com um cirurgião e um médico (médico de partido); mas no momento em que os negros empregados pela administração não são mais de sua propriedade, ela não tem nenhuma necessidade de manter um hospital nem de pagar médicos.

Todos os escravos ocupados nos diversos serviços pertencem a particulares que os alugam à administração. Houve tempo em que seu número ascendeu a três mil; mas a administração, muito endividada, foi forçada a reduzí-los a mil. A princípio pagavam-nos à razão de 1$200 por semana. Essa soma foi então reduzida a $900, depois a $675. São os proprietários dos negros que os vestem e os tratam em caso de moléstia; é a administração que os nutre e fornece as ferramentas necessárias aos trabalhos.[17]

Cada semana os negros recebem para sua alimentação um quarto de alqueire de fubá,[18] uma certa quantidade de feijão e um pouco de sal; a esses víveres ajunta-se ainda um pedaço de fumo de rolo. Quando há falta de feijão substituem-no pela carne. Os negros comem três vezes por dia, pela manhã, ao meio-dia e à tarde. Como dispõem de muito pouco tempo durante o dia, são eles obrigados a cozinhar seus alimentos à noite e às vezes não dispõem de outro combustível além de ervas secas.

Obrigados a estar continuamente dentro da água durante o tempo da lavagem do minério e consumindo alimentos pouco nutritivos, quase sempre frios e mal cozidos, tornam-se, pela debilidade do tubo intestinal, morosos e apáticos. Além disso correm freqüentemente o risco de serem esmagados pelas pedras que se destacam das jazidas ou soterrados pelos desmoronamentos. Seu trabalho é contínuo e penoso. Sempre sob as vistas dos feitores eles não podem gozar um instante de repouso. Todavia quase todos preferem a extração dos diamantes ao serviço de seus donos. O dinheiro que eles conseguem pelo furto de diamantes e a esperança que nutrem de conseguir alforria se encontrarem pedras de grande valor, são sem dúvida as causas principais dessa preferência;

15 Vê-se que houve engano quando se publicou na Alemanha, que os *feitores* ganhavam 300$000.

16 *Travels in the Interior of Brazil,* pág. 225.

17 Os empregados da administração têm o direito de colocar um certo número de negros entre os que são empregados na extração dos diamantes. Cada administrador particular pode, por exemplo, colocar 20.

18 O *fubá* é a verdadeira farinha de milho, tal como sai do moinho. É com o fubá que se faz uma espécie de polenta chamada *angu.* A farinha é o milho amassado por meio do *monjolo* e depois tornado em pó fino. (Vide minha *Viagem às Províncias do Rio de Janeiro e Minas.*)

mas há ainda outras. Reunidos em grande número esses infelizes se divertem em seus trabalhos; cantam em coro canções de suas terras, e enquanto nas casas de seus donos eles são submetidos a todos os seus caprichos, aqui eles obedecem a uma regra fixa e desde que se adaptem não têem que temer os castigos.

Os *feitores* trazem ordinariamente um grande pau terminado por uma tira de couro, de que se servem para castigar, imediatamente, um negro que fugir ao seu dever. Quando a falta é grave a punição é mais severa. Então amarra-se o culpado, e dois de seus companheiros aplicam-lhe nas nádegas golpes de *bacalhau,* chicote composto por cinco tranças de couro. Os *feitores* não têm permissão de aplicar essa espécie de chicote; somente os administradores particulares podem infligir um castigo tão severo. Os regulamentos vedam a aplicação de mais de cinqüenta golpes de *bacalhau;* mas, freqüentemente ultrapassam esse limite.

Quando um negro encontra um diamante que pese uma oitava[19] a administração avalia o feliz escravo, compra-o a seu dono, veste-o e concede-lhe a liberdade. Seus companheiros coroam-no, festejam-no, carregam-no em triunfo aos ombros. Ele tem o direito de conservar seu lugar na administração dos diamantes, e cada semana recebe $600, que anteriormente eram pagos ao seu dono. Quando o diamante encontrado pesa $3/4$ da oitava o negro tem sua liberdade assegurada, mas é obrigado a trabalhar ainda um certo tempo para a administração. Foi o Sr. Da Câmara que imprimiu essas disposições ao regulamento. Em 1816 foram libertados 3 negros; mas até outubro de 1817 nenhum negro gozou desse benefício. Para os diamantes que pesam menos de $3/4$ da oitava a 2 vinténs os negros recebem pequenas recompensas, proporcionais ao valor das pedras, a saber: uma faca, um chapéu, um colete etc.

Desde que um negro encontre um diamante ele mostra-o ao *feitor,* mantendo-o entre o polegar e o indicador, separando os outros dedos; depois vai guardá-lo na escudela suspensa do telheiro sob o qual se faz a operação da lavagem. Ao fim do dia os feitores vão reunidos entregar o resultado do trabalho ao administrador particular. Este conta os diamantes encontrados, faz registrar o número e peso por um feitor cognominado *listário* e em seguida guarda-os em uma bolsa que deve trazer sempre consigo. No fim de cada mês ou em datas mais curtas, se a Junta julga conveniente, os diamantes são remetidos ao tesouro e cada administrador particular remete os de seu *serviço* por um ou dois feitores acompanhados de alguns negros.[20] Os tesoureiros verificavam o número dos diamantes que recebiam, tornavam a pesá-los e registravam em um livro o peso, o nome do *serviço* onde foram encontrados e a data da remessa. Em seguida os diamantes eram guardados no cofre. Anualmente são remetidas ao Rio de Janeiro as pedras encontradas no ano precedente. A operação dessa remessa obedece aos seguintes trabalhos: existem doze peneiras cujas malhas vão diminuindo da primeira à última, onde passam sucessivamente todos os diamantes recolhidos. Os maiores ficam retidos na peneira de malhas maiores e assim sucessivamente até aos menores que ficam retidos na peneira mais fina. Deste modo obtém-se doze lotes de diamantes, que são em seguida envolvidos em papel e depois em sacos. Os sacos são então postos em uma caixa sobre a qual o intendente, o fiscal e o primeiro tesoureiro apõem suas rubricas. A caixa segue acompanhada por um empregado escolhido pelo intendente, por dois soldados do regimento de cavalaria da província e por quatro homens a pé *(pedestres).* Chegada a Vila Rica a caixa é apresentada ao general

19 A oitava, segundo Freicinet pesa 3 gramas 6.
20 Alguns cientistas escreveram que os administradores iam uma vez por semana ao Tijuco para entregar os diamantes à Junta. Se assim era em maio ou junho de 1818, época em que esses cientistas percorreram o Distrito dos Diamantes, isso faz supor que entre os meses de outubro e junho houve modificações nos regulamentos.

que, sem abri-la, apõe também sua rubrica, e, logo que essa formalidade é concluída a comitiva se põe em marcha para a capital.

A força militar à disposição do intendente e da administração compõe-se de duas companhias de homens a pé, chamados *pedestres,* e de um destacamento do regimento da província contando 50 homens, inclusive oficiais.

O destacamento de cavalaria é comandado por um capitão. Cerca de 20 homens acham-se acantonados nas fronteiras do Distrito dos Diamantes a fim de impedir os contrabandos, para vistoriar os viajantes que saem do Distrito, para deter os que nele procuram entrar sem permissão do intendente etc. O restante do destacamento é habitualmente aquartelado no Tijuco e empregado no serviço de patrulhamento, na guarda das caixas etc.

As duas companhias de homens a pé ou *pedestres* são compostas cada uma de trinta homens, todos mulatos ou negros livres. Cada companhia é comandada por um *capitão-mor,* que é igualmente um homem de cor. Os pedestres recebem cada ano 76$800, sendo obrigados a fazer as despesas de nutrição, fardamento e até as da aquisição de um fuzil e um sabre. É o governo que lhes fornece a pólvora e o chumbo dando-lhes além disso uma ajuda de custo quando são enviados ao Rio de Janeiro. Cada companhia usa um uniforme particular. Uma delas é destinada principalmente ao auxílio dos soldados do destacamento: chamam-na *companhia da intendência.* A outra, chamada *companhia da extração,* depende, mais imediatamente dos tesoureiros e da administração e é especialmente encarregada de cumprir as ordens do administrador e do intendente. Os *pedestres* devem procurar e prender os contrabandistas e impedir a venda de aguardente aos negros empregados na extração dos diamantes. Os regulamentos proíbem a venda de aguardente nos serviços para impedir entre os trabalhadores e os comerciantes uma conivência favorável ao contrabando, e a aguardente apreendida pelos *pedestres* é confiscada em seu proveito.

Em dez anos, de 1807 a 1817, o Distrito dos Diamantes forneceu, em média anual, 18.000 *karats.*[21] Se as notas que possuo são exatas, os diamantes do Brasil teriam sido empenhados durante vários anos para a obtenção de empréstimos na Holanda, a fim de satisfazer os pedidos de numerário feitos pelo Imperador Napoleão; eles teriam sido enviados anualmente, em bruto, à casa Hoppe & Comp., de Amsterdam; somente os maiores teriam sido reservados para o Rei; a casa Hoppe teria recebido os outros à base de 7$200 o *karat,* e, lapidados, esses mesmos diamantes seriam vendidos na Inglaterra por cerca de 25 a 30$000; mas enfim os empenhos contratados teriam cessado em 1817, e então o Rei D. João VI teria readquirido todos os seus direitos.

O governo chegou a dispender cerca de um milhão de cruzados nos trabalhos de extração dos diamantes; mas atualmente ele não emprega mais de 300.000 cruzados, sendo a isso que se denomina *assistência.*[22] Essa soma é retirada da receita da província e enviada semestralmente à junta diamantina pela junta do tesouro real de Vila Rica *(junta da fazenda real).* É de se observar que o produto do *quinto* cobrado sobre o ouro em pó que se funde nas quatro intendências (vide minha "Primeira Viagem", parte. I)* é atualmente aplicado na despesa dos diamantes. Chegada ao Tijuco a *assistência* é depositada no tesouro; a junta dela lança mão para pagar os ordenados dos empregados, as diárias dos negros, as diversas despesas do serviço, enviando-se anualmente uma conta corrente ao Ministério. Os vencimentos do intendente, do fiscal, do escrivão da junta e da companhia de pedestres, chamada *companhia da inten-*

---

21 Segundo o Sr. Verdier, citado pelo Sr. Freycinet, o *karat* português é de 3% menos forte que o *karat* francês.

22 Presumo que esse vocábulo é sempre usado para designar subvenção, qualquer que seja a importância.

* Volume número 4 desta Coleção — N. da E.

dência não estão incluídos na *assistência;* são pagos separadamente pela junta real de Vila Rica, mas oriundos igualmente da receita da Província.

Durante muito tempo a administração pagou as diárias dos negros e os víveres adquiridos para nutrí-los em vales chamados de *extração real (bilhete de extração real).* Esses vales, feitos a mão, trazem os nomes dos credores aos quais são emitidos e são assinados pelo intendente, por um dos tesoureiros, pelo guarda-livros e pelo empregado encarregado de seus registros. A época do pagamento não é indicada; é somente dito que eles serão pagos a quem os apresentar, mas a princípio eram trocados por ouro ao fim de um ano. Entretanto a administração tendo se endividado por diversas circunstâncias: pela remessa que foi feita ao soberano de metade da *assistência,* quando de sua chegada ao Brasil pedira o dinheiro que se achava em caixa; pela alta considerável que os víveres tiveram em 1814; por um atraso de seis meses que a junta de Vila Rica incorre nos pagamentos da *assistência;* pelo estabelecimento das forjas do Morro de Gaspar Soares, cujas despesas foram todas feitas pela administração diamantina, por ordem do governo; enfim talvez pela facilidade com a qual as administrações, como os particulares, fazem despesas desde que não seja preciso desembolsar dinheiro em espécie; a administração, digo eu, achando-se endividada, os vales deixaram de ser pagos nos prazos. Contudo os bilhetes tinham curso no público com um desconto de cerca de 25%; mas em 1817 a junta do tesouro real declarou que não seriam mais recebidos ao par e eles caíram em um descrédito total, o que causou grande celeuma entre os proprietários que dispunham de grande quantidade desses bilhetes. O governo recusou formalmente concorrer ao pagamento da dívida e foi para saldá-la que a administração dos diamantes se viu forçada a diminuir o número de negros distribuídos nos diversos serviços e a reduzir os vencimentos dos empregados, outrora muito mais consideráveis.

Cessando a emissão de vales, as contas dos alugadores de escravos, ao tempo de minha viagem, deviam ser saldadas semestralmente e os pagamentos eram feitos em dinheiro. Quando um comerciante ou um cultivador fornecia víveres, o empregado encarregado de os receber dava-lhe um bonus *(lembrança)* e segundo os novos regulamentos cada bonus devia ser igualmente pago em dinheiro ao fim de seis meses.

Viu-se que o sistema de administração introduzido no Distrito dos Diamantes, tinha por fim assegurar ao Rei a posse exclusiva dessas preciosas pedras. Para isso tudo se achava arranjado com maravilhosa sagacidade; cuidaram-se dos menores detalhes; todas as possibilidades de roubo foram previstas, tendo sido tomadas medidas para desarmar os mais hábeis ladrões. Contentar-me-ei em citar aqui um exemplo. Logo que um negro é acusado de haver furtado um diamante, é preso; fazem-no em seguida engolir três pedras comuns e não lhes restituem a liberdade senão depois de evacuadas as três pedras, sem que nenhum diamante tenha sido descoberto.

A prevenção contra roubos não foi apenas tomada por precauções as mais minuciosas; cuidou-se ainda opor às tentações o temor de castigos atrozes. Um homem livre, acusado de contrabando foi exilado para Angola, na costa da África, e teve seus bens confiscados em proveito do Estado. Segundo os editais todo escravo ladrão deveria também ser confiscado, mas essa disposição iníqua é atualmente cumprida. O escravo que furta diamantes é então chicoteado; em seguida é posto a ferros por um tempo mais ou menos considerável, segundo o valor do furto. Durante esse tempo não se dá nenhuma retribuição pelo trabalho do negro, o que representa um castigo para seu dono, punido assim por uma falta que não cometeu e nem podia impedir que fosse cometida.[23] Os

---

23 Não é impossível que haja negros que furtem para seus donos, mas observa-se que na maioria das vezes eles agem por conta própria.

escravos condenados ao ferro formam uma tropa separada que é tratada mais severamente que as outras e que é encarregada de trabalhos mais rudes.

Foi entretanto em vão que se estabeleceram leis penais e se multiplicaram as medidas preventivas. A ambição e a astúcia zombavam de todos os temores e triunfavam sobre todos os obstáculos. Quando os diamantes estavam menos difíceis de extrair, e mais abundantes, existia uma espécie de contrabandistas que se reunia em tropas e se distribuía pelos lugares onde essas preciosas pedras se achavam em maior abundância e eles próprios faziam a exploração. Alguns deles ficavam de esculca em lugares elevados, avisando os demais à aproximação dos soldados e o bando se refugiava nas montanhas de difícil acesso, as mais escarpadas. Foi isso que fez dar a esses homens, aventureiros, o nome de *grimpeiros,* donde se formou, por corrupção, a palavra *garimpeiro,* que se manteve. Depois que os diamantes se tornaram mais raros sendo precisos trabalhos mais consideráveis para tirá-los do seio da terra, apenas alguns negros fugidos vão procurá-los ainda à beira dos regatos. Mas se não existem mais os *garimpeiros*[24] haverá, sem dúvida, contrabandistas propriamente ditos, aqueles que traficam diamantes roubados pelos escravos nos diferentes serviços.

Os negros têm para esse gênero de furto uma sutileza de causar inveja aos nossos mais hábeis gatunos. Os recém-chegados recebem lições dos antigos e tornam-se às vezes tão hábeis quanto esses. Um dos predecessores do Sr. Da Câmara queixava-se de que os roubos de diamantes tornavam-se cada vez mais numerosos, acusando os administradores de falta de vigilância. Estes asseguravam que a fiscalização mais perfeita não podia impedir o roubo de diamantes pelos escravos. O intendente, querendo então fazer uma experiência da habilidade dos negros, mandou buscar aquele que era tido como o mais hábil; em seguida colocou, ele mesmo, uma pequena pedra no meio de uma mistura de calhaus e areia em um dos canais de lavagem[25] e prometeu ao escravo dar-lhe liberdade se ele conseguisse escamotear a pedra tão habilmente que não fosse percebido em seu furto. O negro pôs-se a lavar a areia pelo processo costumeiro, enquanto que o intendente nele fixava os mais atentos olhares. Ao fim de alguns instantes o magistrado perguntou ao escravo onde se achava a pedra. Se se pode acreditar na palavra dos brancos, disse o negro, eu estou livre; e, tirando a pedra da boca mostrou-a ao intendente.

Enquanto que os escravos, durante a operação da lavagem, roubam os diamantes, os *feitores* não empregam menor astúcia em fazer o contrabando, sendo mais fácil a estes últimos entregarem-se a esse comércio ilícito, visto como podem empregar negros de sua propriedade nos *serviços* onde eles próprios exercem atividades. Sente-se que os escravos nunca teriam sonhado roubar diamantes sem o engodo que incessantemente lhes oferecem os feitores e contrabandistas propriamente ditos. Aventureiros aproveitam-se da noite para chegarem aos diferentes *serviços,* por caminhos pouco conhecidos, freqüentemente quase inacessíveis. Esses têm nas tropas negros subornados que lhes levam os companheiros que tenham pedras a vender. Os diamantes são pesados e são pagos à razão de 15 francos o *vintém.* Muitas vezes o contrabandista não tem tempo de se afastar do *serviço* na mesma noite da chegada; então é ele recolhido a uma das casas dos negros, aí ficando escondido durante o dia, regressando na noite seguinte. O contrabandista que se arrisca a ir adquirir diamantes nos *serviços* encontra mercado para suas pedras principalmente entre os comerciantes do Tijuco e Vila do Príncipe. Outras vezes são comerciantes que vêem do Rio de Janeiro, com fazendas e outras mercadorias, como pretexto para permanecerem na Vila do Príncipe; mas sua verdadeira finalidade é adquirir

24 Erradamente alguns escritores têm falado de *garimpeiros* como se eles ainda existissem, confundindo-os sem dúvida com os contrabandistas.
25 Ver adiante, pág. 38 e seguintes.

diamantes. No Tijuco o contrabandista revende a 20 frs. os pequenos diamantes, que comprou diretamente dos negros; já em Vila do Príncipe dão-lhe 25 frs., porque há a considerar o risco corrido na saída do Distrito conduzindo pedras roubadas. Como os negros vendem indistintamente a peso todos os diamantes que eles furtam, sem fazer nenhuma diferença pelo tamanho, é sobre os de maior volume que o contrabandista aufere melhores lucros. É comum aos contrabandistas novatos serem enganados pelos escravos. Para isso os negros usam pequenos cristais aos quais fazem adquirir a forma e o aspecto dos diamantes brutos; para imitar a cor da pedra preciosa usam rolar os cristais no meio de pequenos grãos de chumbo. Mas, se o ignorante pode ser enganado por diamantes falsos, o homem prático sabe distinguí-los facilmente; não somente batendo sobre eles, como também esfregando uns aos outros, metendo-os na boca e apertando-os contra os dentes para observar se produzem o som argentino que lhes é peculiar.

Se, apesar dos severos regulamentos existentes, se mau grado os esforços diariamente repetidos, não se pode chegar a impedir o contrabando, é falso todavia, que ele seja tão generalizado no Tijuco como pretende Mawe;[26] é falso que os diamantes aí circulem no comércio como moeda; é falso sobretudo que sejam obtidas, por meio deles, indulgências religiosas destinadas a dissipar os escrúpulos dos compradores. Passei um mês no Distrito e ninguém me propôs vender um diamante, ninguém mesmo me mostrou um só.

O governo não faz explorar senão os arredores do Tijuco, porque é lá que existe maior quantidade dessas pedras. Entretanto elas ocorrem ainda em diferentes partes da Província de Minas, tais como: a Serra de Santo Antônio ou do Grão Mogol; nos rios chamados Abaeté, Andaiá, do Sono, da Prata, Santo Antônio, Quebra Anzóis, Paranaíba, São Marcos, Santa Fé, próximo de S. Romão,[27] Borrachudo, Paracatu,[28] etc. Existem diamantes ainda em Mato Grosso, em Cuiabá, no Rio Claro (Província de Goiás); enfim no Rio Tibagi, próximo de Fortaleza, próximo dos Campos Gerais. Em toda parte, como no Tijuco, é proibida aos particulares a pesquisa de diamantes; mas nos lugares mais distantes, tão vastos e de população pequena como Goiás e Mato Grosso é impossível combater o contrabando e tolera-se o que se não pode impedir.[29]

Não se encontra mais o diamante em sua matriz primitiva, e essa matriz por sua vez não é mais encontrada em parte nenhuma. Sendo ela de consistência muito fraca foi sem dúvida arrastada pelas águas e os diamantes, daí destacados, rolaram com os calhaus para o leito dos rios e regatos. Esses calhaus rolados de mistura com os diamantes são o que se chama *cascalho*.[30] Freqüentemente o leito dos regatos muda de lugar, donde acontece que o cascalho não se acha unicamente em seu leito atual. Existem sinais da presença dos diamantes; entretanto esses sinais são em geral pouco certos e para se certificar se um regato ou um terreno contém diamantes é preciso dispor de recursos para essas pesquisas. Quase sempre há ouro no cascalho que contém diamantes e quanto mais aurífero mais rico em diamantes ele é. Nos riachos onde o cascalho já foi lavado não é raro encontrar-se ao fim de algum tempo novos diamantes, aflorados pelas águas, mas estes são em pequeno número.[31]

26 Vide *Travels in the interior of Brazil*, pág. 252.
27 Em minha primeira Viagem, escrevi, como Pizarro, *S. Rumão*; mas creio dever renunciar a essa ortografia. O nome de que se trata não pode originar-se senão de *Sanctus Romanus*, e eu encontro *S. Romão* não somente em Cazal e Eschwege, mas ainda em minhas próprias notas.
28 Spix et Mart. — *Reise*, pág. 442 — Schw. *Neue Welt.*, I, pág. 127.
29 Encontrar-se-á na descrição de minha 3.ª viagem detalhes curiosos sobre a maneira ostensiva com que é feito o contrabando de diamantes, em Rio Claro. Aí falarei também dos arredores de Fortaleza, na Província de S. Paulo.
30 Acredito não ser preciso dizer que se não deve escrever como Mawe — *cascalao*.
31 Os mineralogistas encontrarão detalhes científicos sobre a história natural dos diamantes do Brasil nos escritos dos Srs. Eschwege, Spix, Martius.

A exploração das terras diamantinas torna-se cada dia mais difícil. Quando era feita pelos arrendatários eles fizeram pesquisas nos terrenos e regatos mais ricos, nos que apresentavam menor dificuldade; como os mineradores dos arredores de Vila Rica eles atulhavam o leito dos riachos com o resíduo das lavagens e para se achar o cascalho é agora preciso remover espessa camada de areia e pedras. A descrição pormenorizada das minhas visitas aos diferentes *serviços* fará conhecer os penosos trabalhos a que se entregam atualmente os mineradores.

CAPÍTULO II

AINDA OS DIAMANTES. DIVERSOS SERVIÇOS. TIJUCO. OBSERVAÇÕES SOBRE A ACLIMATAÇÃO DAS ÁRVORES FRUTÍFERAS

Serviço dos diamantes de Rio Pardo; estabelecimentos de que se compõe; regatos explorados pelos negros deste serviço. Estabelecimento do Córrego Novo; casas dos negros aí empregados. Aldeia da Chapada; ocupações de seus habitantes; posto militar. Casa de campo de Pinheiro; excursões às montanhas. Chegada a Tijuco. Nome e título dessa vila; sua posição; suas ruas; suas casas; seus jardins; suas igrejas; casas religiosas; hospital e reflexões sobre a pequena duração dos estabelecimentos úteis na Província de Minas; sede da Administração e da Intendência; fontes; lojas e comércio; víveres e mercado; esterilidade dos arredores. Posição geográfica de Tijuco; clima; doenças mais comuns. Plantas européias cultivadas em Tijuco; qual a estação mais favorável à cultura dos legumes; influência que o clima da América teve sobre as árvores frutíferas européias. Caráter dos habitantes de Tijuco. Mendicidade. De que modo os habitantes do Tijuco valorizam seus capitais. Comércio dos negros.

Viu-se no meu primeiro *Relato** que ao deixar o Deserto, subi a Serra do Curmataí, para entrar no Distrito dos Diamantes, e que, após ter passado uma noite horrível, dormindo sobre uma pedra, cheguei, a 22 de setembro de 1817, ao *serviço* dos diamantes de Rio Pardo.

O *serviço* do Rio Pardo foi estabelecido aí pelo ano de 1807, e se compõe de duas tropas, uma colocada à beira de um regato que se chama Córrego Novo, a outra à beira de um regato vizinho denominado Rio Pardo. O primeiro se reúne ao segundo e este divide suas águas entre dois pequenos rios — o Cipó e o Paraúna[1] que são afluentes do S. Francisco. Parece que o Córrego Novo e o Rio Pardo produziram muitos diamantes e não há nenhuma dificuldade em extrair os que ainda existem nesses pequenos regatos porquanto o cascalho se acha logo à superfície de seus leitos. Demais, não é somente no leito desses dois regatos que se encontram diamantes; tira-se também cascalho nas encostas *(grupiaras)* que se estendem às suas margens. Aí o cascalho não tem mais de um palmo de espessura, e abaixo dele encontra-se um desses leitos de pedras duras que se denominam *piçarras,* como nas minas de ouro.[2]

Parei no primeiro estabelecimento que encontrei — o de Córrego Novo. As duas tropas que compõem o conjunto do *serviço* haviam sido reunidas momentaneamente à de um *serviço* situado mais adiante; mas fui recebido por um feitor que uma doença havia impedido de se ausentar, e que me acumulou de gentilezas.

As casas da tropa de Córrego Novo, em número de 22, formam, por sua reunião uma pequena aldeia que se eleva em doce declive acima do regato. Elas são colocadas em torno de uma praça regular e quadrada. Todas são construídas de barro e cobertas de capim; são todas térreas e as cobertas, bem

---

* Refere-se ao Volume número 4 desta Coleção — N. da E.
1 Das palavras indígenas *para:* mar e *una:* negro.
2 *Derber Gestein Korniger Quaraschieffer:* tal é a definição que os Srs. Spix e Martius dão da *piçarra.*

diferentes das que se vêem em outros lugares, são muito mais elevadas que as paredes que as sustêm. As casas dos negros, menores que as dos fiscais, não têm paredes e cada uma é ocupada por vários escravos. As casas dos feitores têm janelas, são caiadas e várias dentre elas possuem jardins onde vi pessegueiros carregados de flores. Dois feitores residem em uma mesma casa, dispondo cada um de dois cômodos e uma cozinha. Quanto ao administrador, este ocupa uma casa inteira e foi nela que me hospedei durante minha estada em Córrego Novo.

Tendo sabido que o intendente habitava então uma pequena casa que mandara construir na parte mais montanhosa do Distrito (serra), foi para lá que resolvi seguir. Imediatamente após ter deixado Córrego Novo passei pelo *serviço* de Rio Pardo. No meio das casas que compõem este último existe uma pequena capela coberta de capim. Essas casas, mais numerosas que as de Córrego Novo, lhe são absolutamente semelhantes; entretanto em sua disposição não se observou nenhuma regularidade.

Entre Córrego Novo e a aldeia da Chapada, duas léguas adiante, viaja-se sempre pelas montanhas. O terreno é desigual, quase continuamente árido e massas de rochedos elevam-se aqui e acolá. Aqui o solo produz somente ervas e subarbustos; ali a vegetação torna-se um pouco mais vigorosa e são principalmente Compostas (gênero *Lycnophora*), Mirtáceas e outros arbustos que cobrem a terra. As folhas dos arbustos são em geral pequenas e de uma cor carregada. As Melastomatáceas de folhagem miúda, tão raras no sertão, acham-se aqui em abundância e apresentam, como em todas as montanhas, grande número de espécies.

A aldeia da Chapada, onde parei, fica sobre uma eminência achatada, cercada a alguma distância por rochedos nus. Nos arredores de Chapada o terreno é seco, árido e as pedras, assim como a areia branca, mostram-se em toda parte entre gramíneas e outras ervas extremamente pouco numerosas. Cerca de trinta miseráveis choupanas, construídas desordenadamente compõem a aldeia. Suas cobertas têm, como as de Rio Pardo, uma posição quase a prumo. São obrigados a construí-las assim porque a erva empregada na cobertura sendo mole e fina deixará passar as águas das chuvas se a inclinação for menor.

Os regatos que correm em Chapada deram outrora muitos diamantes; mas, como atualmente a maior parte deles está esgotada o intendente permite que aí se explore o ouro; e é essa ocupação que mantém os habitantes da aldeia. Esses homens, todos mulatos, calculam em quatro vinténs o ouro que podem colher num dia; mas ainda mesmo que não confessassem seus ganhos a pobreza que mostram indica suficientemente que eles não são consideráveis. Não se vê nos arredores da aldeia nenhum traço de cultura. Entretanto como esta região elevada não é extremamente quente estou persuadido de que o centeio podia aí ser cultivado em algumas terras. Mas, é preciso dizer, a cata do ouro convém mais que a agricultura à indolência dos habitantes das regiões auríferas.

Não foi apenas aos mulatos de Chapada que permitiram a pesquisa do ouro nos lugares pertencentes à demarcação diamantina. O Sr. Da Câmara, forçado a dispensar grande número de escravos e feitores a fim de poder solver a dívida da administração, concedeu a diversos particulares a permissão de extrair ouro em diversos regatos onde não existem mais diamantes.[3] Os habitantes do Tijuco têm o costume de empregar seus capitais na compra de negros que alugam em seguida à administração e teriam sido arruinados se persistisse a proibição de extração do ouro em toda a extensão do Distrito.

Colocou-se em Chapada um destacamento de cavalaria tirado do Regimento das Minas e comandado por um cabo. Esse posto é encarregado de ins-

---

3 Vide o que a esse respeito escrevi no relato das minhas viagens pelas Províncias do Rio de Janeiro e Minas Gerais.

pecionar os viajantes e impedir o contrabando dos diamantes. Fui recebido pelo cabo, para o qual trazia uma carta de recomendação; ele hospedou-me, nutriu-me e à minha gente e os militares do posto tiveram para comigo toda a sorte de atenções. Em geral no tocante à polidez não é demais fazer o elogio dos soldados do regimento de Minas. Todas as vezes que me encontrei com alguns deles, deparei modos extremamente delicados e de todo diferentes dessa rusticidade grosseira que caracteriza freqüentemente o soldado europeu.

Conduzido por um guia que me foi cedido pelo cabo do posto de Chapada,[4] atravessei caminhos horríveis no meio de rochedos, e, após ter feito duas léguas, cheguei a Pinheiro, casa de campo do intendente.

Impossível escolher-se recanto mais solitário. A casa do proprietário, que não passa de simples choupana, foi construída ao fundo, ao pé de um rochedo. Diante dela o horizonte é limitado por montanhas muito aproximadas umas das outras e mais ou menos em círculo, e onde rochedos de um pardo carregado mostram-se por todos os lados. O terreno entre essas montanhas é desigual; apresenta uma vasta pastagem e é cortado por um regato onde não existem diamantes. Nas vizinhanças da habitação enormes rochedos elevam-se próximo ao regato. Enfim, defronte da residência, abaixo dessas montanhas que limitam o horizonte, a vista repousa sobre um grupo de casinholas intercaladas de árvores, no meio das quais notam-se, pela elegância do porte, algumas bananeiras. Encontram-se nas montanhas da Europa paisagens que se compõem de elementos mais ou menos semelhantes; mas aqui o aspecto é singular, sendo-me impossível pintá-lo, o que creio ser devido à cor dos rochedos, sua posição e à natureza dos vegetais.

O intendente criava em Pinheiro muitos animais, não somente como objeto de distração, mas ainda para proceder a úteis experiências. Seu gado era muito bonito; todavia, como nos demais lugares, as vacas tinham tetas muito pequenas e davam pouco leite. O Sr. Da Câmara experimentava também cultivar ao redor de sua casa legumes e alguns grãos; mas achava-se muito aborrecido devido à pobreza e secura do solo.

No dia seguinte à minha chegada a Pinheiro, fiz a cavalo, com o intendente, uma excursão de duas ou três léguas nas montanhas que circundam sua habitação; mas, não tive o prazer de ver flores; tudo estava dessecado. Onde o rochedo não se mostrava descoberto, encontrei, nos lugares mais elevados, pastagens herbáceas; nas partes mais baixas, carrascais; grandes árvores nas grotas e nos vales, enfim, nas encostas pedregosas, arbustos esparsos e particularmente *Lychnophora*.[5] Foram derrubadas diversas árvores a fim de serem feitas plantações e, como nos arredores de Vila do Príncipe, o grande feto* e o capim-gordura *Melinis minutiflora* tomaram o lugar que as árvores ocupavam outrora. Nunca havia visto essas plantas no sertão nem em Minas Novas; mas aqui o capim-gordura acha-se já aquém do limite setentrional que indiquei para essa planta (17º 40' de lat.),[6] e a grande samambaia que ordinariamente o precede na ordem das vegetações sucessivas deve ter, segundo penso, o mesmo limite.

Voltando à residência do intendente, passei pela primeira vez diante de pastagens onde acabavam de deitar fogo.[7] Uma chama de cor de aurora carregada estendia-se de uma ponta a outra do pasto, devorando-o com excessiva rapidez e formando como que pequenos tufos cintilantes dispersos em pequenos

---

4 Vide *Viagem pelas Províncias do Rio de Janeiro e Minas Gerais*.
5 Viu-se, em *Viagem pelas Províncias do Rio de Janeiro e Minas Gerais* que as singulares Compostas chamadas *Lychnophora* ocorre em geral nas encostas pedregosas. Fiz aí também conhecer as árvores anãs dos *carrasqueiros*.
6 Vide *Viagem pelas Províncias do Rio de Janeiro e Minas Gerais*.
7 Vide *Viagem pelas Províncias do Rio de Janeiro e Minas Gerais*.
* Trata-se, provavelmente, de *Pteridium aquitinum* (M.G.F.).

intervalos, o que explica a semelhança que têm com as nossas iluminações esses incêndios vistos a grandes distâncias.

Em outra excursão seguimos as margens do Rio Pinheiro, cuja largura é pouco considerável. O excessivo calor impediu-me, pela manhã, de gozar as belezas do campo; mas, à tarde, quando regressamos a casa fazia muito menos calor e pude observar à vontade as paisagens que sucessivamente se ofereceram aos meus olhos. Em um lugar onde o intendente e o resto da comitiva, maldizendo o sol dos trópicos, pararam para pescar pequenos peixes, o Pinheiro corre entre montanhas onde a pedra se mostra a nu entre árvores e arbustos; enormes rochas elevam-se do meio das águas minadas por elas em todos os sentidos, e, próximo à confluência o rio parece estacar seu curso por uma altura fortemente escarpada. Deixando esse lugar solitário, andamos em um caminho estreito entre o Pinheiro e uma profunda fossa, completamente seca. Essa fossa havia recebido as águas do rio em uma época em que ele era explorado pelos procuradores de diamantes; ela fica 50 palmos acima do Pinheiro, mas haviam-no forçado a aí entrar, represando-o por um forte dique, e, do leito dessecado foi possível, sem dificuldade, extrair o cascalho a fim de lavá-lo em seguida. Aliás não foi apenas com o Pinheiro que se empregou esse processo; ele foi empregado em muitos outros riachos, e como se verá em seguida é empregado ainda. As árvores que crescem no meio dos rochedos dos dois lados do rio, estão longe de formar, como as florestas virgens, massas espessas de verdura. Aqui as árvores isoladas deixam distinguir sua folhagem e não se pode deixar de admirar a elegância de algumas leguminosas. Entretanto à medida que avançávamos os grandes vegetais tornavam-se mais raros e troncos decepados de uma cor pardacenta apareciam freqüentemente no meio de árvores cobertas de folhas. Daí a pouco o aspecto da região tornou-se ainda mais selvagem; enormes rochedos pardacentos e completamente desprovidos de verdura se apresentavam diante de nós; o rio desaparecera aos nossos olhos e apenas ouvíamos o murmúrio das águas. Mas, não havia nenhum lugar onde o trabalho do homem, mesmo o mais singelo, tivesse procurado dar vida e beleza. Descíamos uma garganta larga e profunda quando um contraste encantador se ofereceu aos nossos olhares; de um lado o rio corria em murmúrios ao pé de montanhas incultas; do outro bananeiras e laranjeiras crescendo em um terreno inclinado rodeavam uma pequena casa, e *Agaves* com imensas panículas formavam um vasto cercado ao redor dessa humilde morada. Diversas paisagens passavam ainda pelos nossos olhos e enfim achamo-nos de novo na habitação de Pinheiro.

Durante o tempo em que aí demorei tive a ocasião de ver duas árvores que crescem em geral no Distrito dos Diamantes e que são extremamente úteis à região. Uma, que se chama *monjolo,* é uma Leguminosa, a julgar-se por sua folhagem; a outra, que tem o nome de *pereira da serra* não se achava em flor quando a vi, e não pude identificar a família a que pertence. Todas as duas, devido à dureza de suas madeiras, são empregadas na construção de casas, na dos objetos e aparelhos destinados à extração dos diamantes.

Deixamos Pinheiro a 29 de setembro de 1817; após haver atravessado uma região montanhosa onde os rochedos se mostram por todos os lados no meio de uma vegetação raquítica, passamos um regato onde se extrai ouro e à margem do qual haviam construído algumas palhoças para os negros mineradores. Em geral existe ouro em regular quantidade em todos os arredores do Tijuco. Aí esse metal achà-se principalmente no leito dos riachos e nas encostas vizinhas; parece que em poucos lugares ele aparece em veios e esses mesmo muito curtos.

Após duas léguas chegamos enfim à capital do Distrito dos Diamantes. Como procediam a reparos no edifício da Intendência o Sr. Da Câmara tinha sido obrigado a passar para uma casa que apenas dava para sua família; fui então hospedado em um prédio outrora habitado pelos intendentes do Distrito, mas as refeições eu ia fazer em casa do Sr. Da Câmara, e, durante minha estada no Tijuco ele não cessou de cercar-me de distinções. A senhora Da Câmara, mulher de modos distintos, fazia as honras da casa. Ela e suas filhas não se escondiam nunca; comiam conosco e, adotando os hábitos europeus, admitiam o convívio dos homens.

No dia seguinte à minha chegada ao Tijuco recebi visita das pessoas mais importantes do lugar e não me demorei em retribuir tais visitas. A praxe manda que logo que um estrangeiro conhecido pare em qualquer cidade, os principais habitantes se apressem em visitá-lo; foi o que me sucedeu anteriormente em Vila Rica, Vila do Príncipe e várias aldeias. Esse costume, baseado em um sentimento de boa-acolhida, tem para o viajante a vantagem de fazê-lo conhecer, desde os primeiros momentos de sua chegada, os homens que podem mais facilmente prestar-lhe serviços; mas, quando regressei do Brasil os habitantes de várias cidades haviam já, se não me engano, renunciado a essa praxe, magoados pela negligência ou grosseria inata de alguns estrangeiros que não souberam corresponder às gentilezas recebidas. Foi assim que à chegada de D. João VI a má conduta dos Portugueses da Europa tornou o povo do Rio de Janeiro menos hospitaleiro do que se mostrava até então.

Parece que os mais antigos habitantes do Tijuco foram aventureiros paulistas que, tendo encontrado muito ouro nessa região, aí se fixaram até ao começo do século passado. Um dos primeiros sítios onde eles fizeram descobertas foi num pequeno regato que corre sobre o monte onde hoje se acha a aldeia. As margens desse regato eram pantanosas e foi isso que fez dar ao lugar o nome de *Tijuco,*[8] que significa barro, na língua dos índios. Os terrenos das vizinhanças do regato são firmes mas o nome de Tijuco persistiu na aldeia principal do Distrito dos Diamantes.

Não se dá ao Tijuco outro nome além de *arraial;*[9] entretanto a população dessa *aldeia,* já que é assim chamada, eleva-se a cerca de 6.000 almas, e o número de casas é de cerca de 800. Provavelmente, para impedir ao clero de assumir grande importância no Distrito dos Diamantes,[10] não se quis mesmo elevar Tijuco à categoria de cabeça de paróquia, e, ao tempo de minha viagem ela não era senão humilde sucursal dependente de Vila do Príncipe.[11]

Antes mesmo de chegar a essa bonita aldeia o viajante fica bem impressionado, vendo os caminhos que a ela vão ter. Até a uma certa distância os caminhos tinham sido reparados (escrito em 1817) pelos cuidados do intendente e por meio de auxílios particulares. Ainda não tinha visto tão belos em nenhuma parte da província.

Tijuco é construída sobre a encosta de uma colina cujo cume foi profundamente cavado pelos mineradores. Ao pé dessa colina corre, em um vale demasiadamente estreito, um regato que tem o nome de Rio S. Francisco. Do outro lado do vale outeiros extremamente áridos fazem face à aldeia, e apresentam por todos os lados rochedos de um pardo escuro, no meio dos quais cresce um relvado cuja cor difere pouco (quando de minha viagem), da dos próprios rochedos. A verdura dos jardins da aldeia contrasta, como mostrarei, com esses tons sombrios; e, seja ao chegar a Pinheiro, seja chegando ao *serviço* de Curra-

---

8 Southey e outros estrangeiros escreveram *Tejuco;* mas eu acredito dever me cingir à maneira de escrever de dois geógrafos nacionais — Pizarro e Cazal que a verdadeira palavra da língua geral é *Tyjuca.*

9 Já expliquei a significação dessa palavra em *Viagem pelas Províncias do Rio de Janeiro e Minas Gerais.*

10 Sábios viajantes dizem que, para paralisar a influência dos Eclesiásticos no Distrito dos Diamantes, Pombal proibiu se formasse aí uma diocese e que em conseqüência, Tijuco pertence ao bispado de Vila do Príncipe. A palavra diocese foi sem dúvida posta nessa passagem em lugar do vocábulo paróquia, pois que não há bispado na Vila do Príncipe e esta vila faz parte, como se sabe, da Diocese de Mariana.

11 Em 1819 Tijuco passou a cabeça de paróquia. *Piz.*

linho, avista-se uma palmeira, que, plantada num desses jardins, domina todas as casas e forma acima delas uma elegante coroa.

As ruas de Tijuco são bem largas, muito limpas, mas muito mal calçadas; quase todas são em rampa; o que é conseqüência do modo em que a aldeia foi colocada. As casas construídas umas em barro e madeira, outras com *adobes*,[12] são cobertas de telhas, brancas por fora e geralmente bem cuidadas. A cercadura das portas e das janelas é pintada de diferentes cores, segundo o gosto dos proprietários e, em muitas casas as janelas têm vidraças. As rótulas que tornam tão tristes as casas de Vila Rica, são muito raras em Tijuco, e os telhados aqui não fazem abas tão grandes para fora das paredes. Quando fiz minhas visitas de despedida, tive ocasião de entrar nas principais casas de Tijuco e elas pareceram-me de extrema limpeza. As paredes das peças onde fui recebido estavam caiadas, os lambris e os rodapés pintados à imitação de mármore. Quanto aos móveis eram sempre em pequeno número, sendo em geral tamboretes cobertos de couro cru, cadeiras de grande espaldar, bancos e mesas.

Os jardins são muito numerosos e cada casa tem, por assim dizer, o seu. Neles vêem-se laranjeiras, bananeiras, pessegueiros, jabuticabeiras, algumas figueiras, um pequeno número de pinheiros *(Araucaria brasiliensis)** e alguns marmeleiros. Cultivam-se também couves, alfaces, chicórea, batata, algumas ervas medicinais e flores, entre as quais o cravo é a espécie favorita. Os jardins de Tijuco pareceram-me geralmente melhor cuidados que os que havia visto em outros lugares; entretanto eles são dispostos sem ordem e sem simetria. De qualquer modo resultam perspectivas muito agradáveis dessa mistura de casas e jardins dispostos irregularmente sobre um plano inclinado. De várias casas vêem-se não somente as que ficam mais abaixo, mas ainda o fundo do vale e os outeiros que se elevam em face da vila; e não se poderá descrever bem o efeito encantador que produz na paisagem o contraste da verdura tão fresca dos jardins com a cor dos telhados das casas e mais ainda com as tintas pardacentas e austeras do vale e das montanhas circundantes.

Apesar de ser cabeça do Distrito dos Diamantes o lugar foi durante muito tempo uma sucursal; entretanto contam-se aí sete igrejas principais e duas capelas. Todos esses edifícios são pequenos mas ornamentados com gosto e muito limpos. Por cima da porta das igrejas há uma tribuna onde ficam os músicos quando se celebram missas solenes. Várias igrejas possuem um pequeno órgão, construído na aldeia; há também as que possuem belos ornatos e são muito ricas em prataria. As mais bonitas são as de Santo Antônio, S. Francisco e do Carmo. Excetuada a primeira, que é sucursal, todas as outras foram construídas pelas irmandades; são por elas mantidas e na maioria dispõem de um capelão, mantido pelos irmãos. Quanto à sucursal, na ocasião de minha viagem, achava-se dotada de um padre que recebia um salário fixo do cura de Vila do Príncipe; e este último tinha um procurador a que cada fiel remetia a retribuição que há costume pagar pela páscoa. Os negros da costa da África têm uma igreja, a N. S.ª do Rosário; os negros crioulos têm uma outra, e os mulatos por sua vez têm a deles. A dos negros africanos não é menos bela; eles celebram festas da padroeira com muita solenidade e todos os confrades, que são muito numerosos, esforçam-se por economizar cada um 600 réis por ano para oferecer à sua igreja. Uma santa preta se vê sobre o altar-mor de N. S.ª do Rosário, rodeada por santos negros nos altares laterais. Os bens da igreja do Rosário são administrados por brancos e eles têm o cuidado de reaver em grosso o que os negros lhes roubaram a varejo, dizia um homem de espírito.

---

12 Espécie de tijolo, de que já falei em *Viagem pelas Províncias do Rio de Janeiro e Minas Gerais*.

* Hoje o nome desta espécie é *Araucaria angustifolia*. Trata-se do pinheiro-do-paraná.

Como não são permitidos os conventos em toda a província, não seria de esperar existisse algum no Tijuco; entretanto existe aí um asilo onde se educam moças e outro de frades da ordem terceira de S. Francisco, encarregados de recolher as esmolas que os fiéis consagram ao Santo Sepulcro. Na ocasião de minha viagem havia apenas dois frades nesse último asilo.

Aí por 1787 um eremita, tendo excitado a caridade dos fiéis, reuniu esmolas muito abundantes para fundar um hospital. Ele adquiriu uma casa em um local muito arejado e dotou o estabelecimento dos objetos necessários. O eremita esmolava; ele estimulava o orgulho dos habitantes e o hospital durou enquanto seu fundador permaneceu no Tijuco. Mas esse útil cidadão, tendo-se aborrecido com certos atos das autoridades locais, retirou-se; as esmolas tornaram-se menos abundantes e o hospital foi abandonado. Aqui é mais difícil que na Europa fundar estabelecimentos de beneficência capazes de subsistir muito tempo. Sustentados por donativos diários tais estabelecimentos devem ter vida precária. E, qual é aqui a natureza de fundos sólidos? Os escravos têm curta existência. Na Europa as propriedades territoriais são justamente consideradas como as mais seguras; na região das Minas elas nada valem. No seio de um povo quase nômade, as casas também perderam seu valor; e o infeliz sistema de agricultura introduzido em Minas Gerais destruiu rapidamente as fazendas[13] situadas na parte menos deserta desta província. Aliás as fazendas só raramente produzem, administradas que são por feitores pouco interessados em cumprir seus deveres; doutro lado, onde encontrar homens que queiram arrendar terras, quando se pode fixar, sem retribuição alguma, nos terrenos alheios, quando com poucos gastos pode-se tornar proprietário?

Existem em Tijuco vários edifícios públicos, tais como o quartel, a cadeia, a sede da administração (contadoria) e a da intendência; mas esses edifícios nada oferecem de notável.

A casa da administração, cuja fachada é regular, pode ter de 50 a 55 passos de comprimento. É lá que trabalham os empregados e é onde são guardados os valores; o primeiro tesoureiro aí reside e a junta realiza suas sessões em uma das salas.

Outrora os intendentes moravam dentro da aldeia, mas a intendência geral é situada fora. É uma casa grande e muito cômoda, construída sobre um outeiro, de onde se avista uma parte do Tijuco, o vale que se estende abaixo da povoação e os rochedos que lhe ficam em frente. A sede da intendência possui talvez a mais bela varanda que existe em toda a província. Essa casa possui um vasto cercado plantado de laranjeiras e jabuticabeiras. O solo desse pomar fora outrora trabalhado pelos mineradores e despojado de sua terra vegetal tornou-se de extrema esterilidade; mas o intendente aduba-o fazendo transportar para aí, diariamente, o lixo da aldeia.

As águas que se bebem em Tijuco são excelentes; são fornecidas por pequenas fontes que nascem na própria montanha onde é construída a aldeia. Existem chafarizes em grande número de casas, além de 3 públicos, sem ornamento algum. Um riacho denominado Rio das Pedras teve suas águas desviadas para a povoação, mas, como suas águas não são de boa qualidade apenas servem para a lavagem de roupas e irrigação de jardins.

Há diversas praças públicas em Tijuco, mas são tão pequenas e irregulares que apenas merecem o nome de encruzilhadas.

As lojas dessa aldeia são providas de toda sorte de panos; nelas se encontram também chapéus, comestíveis, quinquilharia, louças, vidros e mesmo grande quantidade de artigos de luxo, que causam admiração sejam procurados a uma tão grande distância do litoral. Essas mercadorias são quase todas de fabricação

---

13 As fazendas são, como disse em *Viagem pelas Províncias do Rio de Janeiro e Minas Gerais,* propriedades rurais de alguma importância.

inglesa (1817) e são vendidas em geral por preços muito módicos, tendo-se em vista a distância e a dificuldade de transportes. A Bahia fornece alguns artigos, mas como essa cidade está a cerca de 240 léguas de Tijuco e como a estrada oferece pouca comodidade aos viajantes, faltando mesmo em alguns lugares, é com o Rio de Janeiro que os comerciantes de Tijuco mantêm suas relações comerciais mais importantes. Contam-se 134 léguas desta bonita povoação à capital do Brasil, e se os caminhos são bem mais difíceis que os da Bahia ao menos encontram-se ranchos em distâncias bem mais próximas. Em troca das mercadorias que Tijuco recebe dos portos a aldeia fornece uma parte do numerário que o governo aí espalha cada ano nos ordenados dos empregados, o ouro que se extrai das minas das vizinhanças, e os diamantes que passam em contrabando.

Os arredores de Tijuco apresentam um solo árido e não produzem nem mesmo os gêneros necessários à subsistência dos habitantes. Entretanto é possível que se se adotasse nessa região um sistema de agricultura mais racional, se se introduzisse a prática dos pastos artificiais, se se cuidasse de criar maior quantidade de gado, fazendo-se a parcagem,[14] enfim empregando-se a charrua, podia-se cultivar, em vários pontos do Distrito, o centeio, os feijões, outros grãos miúdos e talvez mesmo a cevada. Mas, enquanto se persistir em seguir a prática usada atualmente em toda a Província não se tirará nenhum partido das terras dos arredores de Tijuco.

Os víveres que aí são consumidos, tanto pelos habitantes da aldeia como pelos negros empregados na pesquisa dos diamantes, vêm de 10, 15, 20 e 25 léguas de distância; principalmente de Rio Vermelho, Penha, Arassuaí etc., e sobretudo de Peçanha,[15] e pode-se dizer com segurança que é a existência de Tijuco e por conseqüência a extração dos diamantes que entretêm uma ligeira abastança entre os agricultores dessas diferentes povoações.

Incessantemente vêem-se chegar a Tijuco caravanas de burros carregados de mercadorias e víveres. Há na localidade três hospedarias onde param os tropeiros; mas os grãos, a farinha de milho e a mandioca, não podem ser vendidos senão em uma delas, situada na praça da Intendência. A frente dessa hospedaria forma uma galeria onde são depositadas as mercadorias de que se trata, e que pode ser considerada como uma espécie de mercado. É mesmo o único que existe em toda a Província. Certas casas dedicam-se especialmente à venda do toucinho e da carne-seca.

O distanciamento em que Tijuco se encontra dos lugares que o aprovisionam e a aridez de seus arredores, tornam os principais víveres aí geralmente mais caros que em todas as outras partes da Província. Assim a farinha de mandioca era vendida em fins de setembro de 1817 a 750 réis o alqueire (4 f. 68 c.); o milho a 600 réis (3 f. 75 c.); o arroz a 1.800 réis (11 f. 24 c.); o toucinho a 8 patacas (16 f.) a arroba; o feijão a 900 réis (5 f. 62 c.) o alqueire e o frango a 150 (95 c.). Como os arredores de Tijuco não apresentam senão uma região descoberta onde crescem somente arbustos, a lenha não é menos cara que os víveres e, quando de minha viagem, era preciso pagar um vintém (20 c.) por um pequenino feixe. A forragens são ainda mais caras que a lenha. Nos arredores a pastagem é excessivamente magra, sendo preciso ir buscar longe a erva com que se nutrem os cavalos e burros. São negros que as vão procurar e as vendem por conta de seus donos. Eles fazem feixes de 7 a 8 palmos que transportam nos ombros e que são vendidos (set. 1817) a 150 réis (95 c.) a carga de 2 feixes, apenas suficientes à alimentação

---

14 Parcagem é um sistema de adubação que consiste em pascentar pequenos animais em cercados móveis, de modo a, pouco a pouco, obter a fertilização do solo pelos excrementos aí deixados pelos animais. (N. T.)

15 Já me referi a esses lugares em *Viagem pelas Províncias do Rio de Janeiro e Minas Gerais*.

de um burro durante um dia. Alguns habitantes que querem ter sempre animais de cocheira, cultivam em seus quintais algumas espécies de gramíneas vivazes que, nos terrenos pouco adubados, dão até cinco cortes.[16]

Tijuco acha-se situada a 18º14'3" de latitude S.[17] e a uma altitude de 3.175 pés acima do nível do mar, segundo observações do Sr. Eschwege. O ar que aí se respira é absolutamente puro, a temperatura é amena mas muito variável. Durante os meses de outubro e novembro, que são ordinariamente os mais quentes do ano, o termômetro sobe geralmente a 80º Fah. (26,66 c.), sendo a média de 70º a 72º Fah. (21,11 a 22,22 c.). Durante estes dois meses as trovoadas são muito freqüentes e sempre trazidas por ventos do quadrante norte. Ali por meados de janeiro há uma quinzena de dias de bom tempo e de um calor muito grande, tendo esse curto intervalo o nome de *veranico* (verão pequeno). O mês de junho é o menos quente do ano e, durante esse mês, o termômetro desce a 44º Fahr.

O calor moderado que faz em Tijuco torna raros a lepra e a elefantíasis, enquanto que a inconstância da temperatura multiplica as gripes e bronquites. Outras afecções mórbidas são comuns no Distrito dos Diamantes; mas não é ao clima que devemos atribuí-las; elas são oriundas dos vícios e costumes dos moradores da região. Assim em Tijuco, como em todas as partes da Província, a hidropsia, freqüente entre as pessoas de cor, é resultado da sua paixão pela aguardente de cana. O uso prematuro dos prazeres do amor, e uma vida muito sedentária são as principais causas das moléstias nervosas que, muito freqüentemente, atingem os homens livres. Enfim, o grande número de doenças venéreas, que ocorrem aqui como no resto do Brasil, explica-se pela libertinagem a que todas as classes da sociedade se entregam exageradamente.

O clima temperado da capital do Distrito dos Diamantes é propício às produções européias, e várias plantas do nosso país, tais como a *Urtica dioica* L. e o *Verbascum blattaria* L., cujas sementes terão sem dúvida vindo no meio das de legumes, estão, por assim dizer, naturalizadas nas ruas de Tijuco. Os pessegueiros, as figueiras, os marmeleiros, produzem bons frutos nos pomares desta aldeia; mas em compensação as bananeiras, amigas do calor, aí se desenvolvem mal e têm geralmente caules menos vigorosos que nos outros lugares. O capim-angola *(Panicum spectabile* Mart. et Nees)[18] não floresce em Tijuco, enquanto que em Rio Manso, a poucas léguas de distância mas em muito menor altitude, ele frutifica bem. A temperatura de Tijuco, mais baixa que a de Rio Manso, explica facilmente essa diferença; e é provavelmente a mesma causa que permite a cultura do repolho em Tijuco enquanto que ele não medra em Rio Manso. Entretanto se o clima da capital do Distrito dos Diamantes é muito temperado para que o capim Angola aí dê sementes, doutro lado parece plausível seja uma razão oposta que impede o trevo e a alfafa de frutificar em Tijuco. Essas Leguminosas foram várias vezes semeadas pelo Sr. Da Câmara, cresceram mas não produziram sementes. Sem dúvida aqui as causas do desenvolvimento das partes herbáceas são tão poderosas que elas prejudicam a formação das sementes. A batata inglesa prospera mais ou menos bem em Tijuco, plantada em todas as estações do ano. Também cultivam o aspargo, como em outras partes da província, porém apenas pela elegância da folhagem a fim de misturá-la nos ramalhetes de flores.

16 Entre eles o capim-colonião (*Panicum maximum* var. B, Mart. et Nees, Agrost, 166) que não me pareceu natural da região e cujos caules ramificados e de 3 a 4 pés de altura nascem em tufos. Não quero afirmar que entre as Gramíneas cultivadas em Tijuco para forragem, não existiam anuais; entretanto acredito que só cultivam as vivazes.

17 Esta posição foi determinada pelos matemáticos portugueses citados em Brasilien Neue Welt. Pizarro indica 18º 6'.

18 Talvez seja útil fazer novas pesquisas para verificar se várias espécies não serão cultivadas sob o nome de capim-angola.

Segundo me disse o Sr. Da Câmara, o tempo da seca é mais favorável aos legumes da Europa, desde que se tenha o cuidado de irrigá-los. Entretanto, acrescentou-me esse mesmo observador, não adianta regar as plantas do país, porquanto elas não progridem com isso. É fácil de explicar essa diferença que à primeira vista parece bizarra. Durante a seca os legumes europeus encontram uma temperatura análoga a de seus países de origem; eles não devem produzir frutos tão facilmente quanto na estação quente e as regas suprem a umidade, único elemento que lhes falta para o fenômeno da vegetação. Ao contrário, se as plantas indígenas não produzem em tempo seco mau grado as irrigações artificiais, é porque sua vegetação é paralizada por um frio relativamente mais importante que a falta de água. Na verdade, na parte de Minas Novas situada além da Vila do Fanado, encontrei constantemente em junho e julho verdura à margem dos riachos e lagoas, enquanto tudo nos arredores se achava dessecado; mas é preciso lembrar que a temperatura da região muito baixa das *caatingas* é bem diferente da de Tijuco, e que sem haver frio, eu podia, nesta região, dormir numa galeria aberta, no mês de junho, o que não me foi possível na mesma época no Distrito dos Diamantes.[19]

Em Tijuco os pessegueiros perdem completamente suas folhas durante o mês de setembro, florescendo logo depois e em seguida cobrindo-se de nova folhagem. As macieiras, pereiras, marmeleiros renovam suas folhas e florescem à mesma época que os pessegueiros, mas não ficam, disseram-me, completamente desfolhados. Essa diferença parece à primeira vista bastante singular; entretanto ela se explica facilmente pela diferença que existe entre as gemas do pessegueiro e as da macieira, pereira, etc. No pessegueiro, com efeito, as gemas florais, distintas das foliares, aparecem primeiro; nos marmeleiros, macieiras, pereiras os botões contêm ao mesmo tempo folhas e flores. A folhagem antiga cai, e, imediatamente depois desenvolvem-se as gemas; como no pessegueiro as primeiras gemas dão somente flores, as árvores ficam algum tempo sem folhas, enquanto que as gemas dos marmeleiros etc., produzindo simultaneamente folhas e flores não permitem que estas últimas espécies fiquem sem folhagem verde.

Vê-se pelo que precede que a foliação de nossas árvores frutíferas dura todo o ano e que uma circunstância estranha à essência de sua vegetação, reduziu essa foliação a seis meses. Vê-se mais que passando a um outro hemisfério essas mesmas árvores modificaram as fases de sua vida vegetal e adotaram, se assim posso expressar-me, os hábitos das espécies indígenas. Não poderei dizer se essa mudança operou-se de uma vez ou se se operou paulatinamente;[20] mas, o que é notável é que no hemisfério austral nossas árvores frutíferas modelaram a série dos fenômenos de sua vegetação em função do curso do sol, como acontece no nosso hemisfério, e que a época de sua floração é determinada nos dois hemisférios pela volta do Sol na direção do trópico mais próximo. Não poderei, — acredito, explicar uma mudança tão extraordinária mas, se ela não se tivesse dado, nossas árvores, nas poucas partes do Brasil onde creio possam prosperar, não teriam obtido para a maturação de seus frutos a quantidade de calor que lhes é necessária. O que é certo é que sem isso não se teriam conhecido os pêssegos etc., nem na Província do Rio Grande, nem na região elevada dos Diamantes, nem na Província Cisplatina.[21]

Aliás não foram somente as árvores frutíferas da Europa que sofreram modificações no curso de sua vegetação na América Meridional. As plantas ornamentais cultivadas nos nossos jardins e transportadas a Tijuco, tais como

19 Ver *Viagem pelas Províncias do Rio de Janeiro e Minas Gerais*.
20 Observações manuscritas, de que tomei conhecimento após haver escrito o que precede, e que são devidas ao Sr. De Gestas, tendem a provar que a mudança de que falo operou-se de modo brusco.
21 Em outro lugar darei a tudo quanto digo sobre esse assunto desenvolvimento indispensável.

os cravos, o botão-de-ouro, a saudade, a margarida, o amor-perfeito, florescem principalmente nos meses de outubro e novembro, e parece que mudando as fases dos seus ciclos as diferentes espécies continuaram a manter os mesmos intervalos entre as respectivas épocas de floração; porque é em setembro que a anemona floresce e em agosto a violeta.[22]

Minha tarefa não estaria perfeita se, após ter dado a conhecer a situação da capital do Distrito dos Diamantes, seu clima, seus edifícios públicos, eu não dissesse qualquer cousa a respeito dos habitantes desta bela aldeia. Em toda a Província de Minas encontrei homens de costumes delicados, cheios de afabilidade e hospitaleiros; os habitantes de Tijuco não possuem tais qualidades em menor grau, e, nas primeiras classes da sociedade elas são ainda acrescidas por uma polidez sem afetação e pelas qualidades de sociabilidade. Encontrei nesta localidade mais instrução que em todo o resto do Brasil, mais gosto pela literatura e um desejo mais vivo de se instruir. Vários moços (1818), cheios de nobre entusiasmo, aprenderam o francês, sem terem mestres; conhecem nossos melhores autores e alguns mesmo, praticando muito entre si, chegaram a falar nossa língua de modo inteligível com o auxílio único de uma gramática muito mal escrita. Os habitantes de Tijuco são principalmente notáveis na arte caligráfica e podem a esse respeito rivalizar com os mais hábeis ingleses. Tanto quanto pude julgar eles não são menos hábeis na arte musical que os outros habitantes da Província, e uma missa cantada que assisti na Igreja de S. Antônio não me pareceu inferior à que assisti alguns meses antes na Vila do Príncipe.[23] Pouco tempo antes de minha partida, pedi licença à Sra. Matilde da Câmara para ofertar-lhe um caderno de músicas. Logo após o Intendente ofereceu-me um concerto em que figuravam lindas variantes sobre uma ária do caderno.

Após o que hei dito sobre os recursos de Tijuco não se deve admirar se se acrescentar que aí reina um ar de abastança que não havia observado em nenhuma outra parte da Província. As casas são conservadas com cuidado; os brancos são geralmente bem trajados e as mulheres brancas que tive ocasião de ver não o eram menos. Mas é preciso dizer: os habitantes de Tijuco não fogem a esse caráter de imprevidência que infelizmente tanto distingue os brasileiros; eles gastam à medida que recebem e freqüentemente os empregados da administração diamantina morrem endividados, apesar de seus ordenados serem consideráveis.

É falso entretanto que haja em Tijuco, como pretende John Mawe,[24] mais mendigos que em outras povoações, e pode-se mesmo dizer que aí se encontram indivíduos andrajosos mais raramente que em Vila Rica e Vila do Príncipe. Os homens de nossa raça acham meios de se empregarem na extração dos diamantes como feitores, ou nas lojas como caixeiros e as pessoas de cor exercem os outros vários serviços. Um carpinteiro ou pedreiro ganha por dia 300 rs. (cerca de 1f. 98c.) com alimentação e os mestres de obras 600 rs. (cerca de 3f. 86c.).

A primeira cousa que seduz um operário em Tijuco, quando ele consegue economizar algum dinheiro, é arranjar um escravo; e, tal é o sentido de vergonha dado a certos trabalhos que, para pintar a pobreza de um homem livre, diz-se que ele não dispõe de ninguém para ir buscar-lhe um balde de água ou um feixe de lenha.

A compra de escravos é também para grande número dos habitantes de Tijuco, um meio fácil de valorizar seus capitais; eles alugam à administração

---

22 Sente-se que para as plantas anuais é a época da sementeira que deve determinar a da floração; mas a escolha dessa época é necessariamente hoje o resultado da experiência.
23 Vide *Viagem pelas Provincias do Rio de Janeiro e Minas Gerais*.
24 *Travels in the interior of Brazil*, 229.

dos diamantes os escravos de que se tornam proprietários, e por esse meio retiram de seu capital juros de cerca de 16%. Mas desse modo eles põem seus valores em fundo morto e nada deixam aos seus herdeiros.

É principalmente da Bahia que vêm os escravos que se vendem em Tijuco e seus arredores. Pode-se comprá-los por menor preço no Rio de Janeiro, e a distância não é tão grande, mas observou-se que há menor número de mortes no caminho da Bahia, que atravessa vastas planícies muito quentes, que no do Rio de Janeiro, que sendo montanhoso, sombrio, fresco e úmido, deve ser mais nocivo à saúde dos negros recém-chegados da costa da África.

CAPÍTULO III

EXCURSÕES NOS ARREDORES DE TIJUCO. NOVOS DETALHES SOBRE OS DIAMANTES. ACIDENTE COM O AUTOR

> *Aspecto de Tijuco do lado sul.* Serviço *de Curralinho. Rochedo da Linguiça.* Serviço *do mesmo nome.* Serviço *de Matamata. O que é um* bicame. *Divisões do trabalho de extração de diamantes segundo as estações do ano. Descrição dos* hangars *sob os quais se faz a lavagem dos diamantes. Detalhes sobre essa operação. Volta ao* serviço *de Linguiça. Pormenores sobre esse* serviço; *roda a chapelet. Passeio a Bandeirinha. O Autor segue rumo às forjas do Bonfim. Resto de antigüidades indígenas. Acidente com o Autor. O Autor é transportado a Tijuco. Interesse que lhe testemunham os habitantes desta aldeia. Opinião do médico do Distrito dos Diamantes sobre os remédios empregados pelos agricultores na cura das moléstias venéreas. O caráter do Sr. Da Câmara, Intendente dos Diamantes.*

Aproveitei minha estada em Tijuco para ir visitar vários *serviços.*

Acompanhado pelo filho do Intendente e por um moço a quem esse magistrado dedicava muito afeto, segui, ao sair da aldeia, um caminho muito bonito e bom, graças aos cuidados do Sr. Da Câmara. Deste lado, que é o do sul, Tijuco apresenta um aspecto ainda mais agradável que o da parte setentrional. A maioria das casas mostram-se umas abaixo das outras, entremeiadas de pomares e pastagens artificiais, e a palmeira de que falei, coroa todo esse conjunto.

A região montanhosa que logo atravessamos é bastante acidentada. Desde logo não se vê senão um areal branco, semeado de rochedos e as árvores que crescem aqui e acolá têm pouco vigor. Entretanto o solo torna-se pouco a pouco menos árido e os arbustos, mais próximos uns dos outros, terminam por formar *carrascos* cuja vegetação extremamente variada produz agradável efeito. Não se vê aqui a mimosa *(Mimosa dumetorum* Aug. de St. Hil.) que caracteriza os carrascos dos planaltos argilosos de Minas Novas; aqui são as Mirtáceas que dominam; mas, infelizmente, na época de minha viagem a seca era extrema e não encontrei senão um pequeno número de plantas em flor.

Tendo caminhado durante algum tempo, atravessamos o Rio S. Francisco, que, reunido a alguns outros pequenos regatos toma o nome de *Junta-Junta.* Enfim, ao passarmos por uma moradia muito importante, chegamos a um *serviço de diamantes,* chamado *serviço do Curralinho,*[1] porque aí havia outrora um cercado para animais. As casas dos negros e dos feitores, semelhantes às de Rio Pardo, são construídas sem ordem, à margem de um riacho, também chamado *Curralinho.* Este riacho não fornece mais diamantes; entretanto ainda se descobrem pedras preciosas fora de seu leito, a pouca distância de suas margens. Não havia ninguém em Curralinho quando aí passamos; os negros deste serviço haviam sido enviados aos de *Linguiça* e de *Mata-mata.*

Após deixarmos Curralinho subimos por instantes um ligeiro declive e logo nos encontramos à beira de profunda garganta. O rochedo sobre o qual nos

---

1 Já expliquei a significação da palavra *curral* em *Viagem pelas Provincias do Rio de Janeiro e Minas Gerais.*

achávamos tem o nome de *Linguiça,* que ele empresta ao *serviço* colocado logo abaixo. Rochedos altos e desiguais, compostos de pedras nuas e de cor parda, desenham os contornos da garganta que estava sob nossas vistas. A rocha que se apresentava à esquerda termina por um cume largo e arredondado; as outras têm forma muito mais irregulares. Para chegar ao fundo da garganta, entramos em uma ravina muito escarpada, que se segue ao declive do rochedo de Lingüiça e descreve longas curvas. À direita e à esquerda havia rochas a pique, entre as quais crescem apenas alguns arbustos; e, um pouco acima da parte mais baixa da garganta avistamos as casas dos negros e dos feitores, que, de longe, nos pareceram todas construídas sobre uma espécie de planalto.

Descendo sempre, chegamos enfim ao *serviço* e vi que as casas que o compõem não são absolutamente construídas sobre o mesmo nível; mas que várias delas se elevam ao meio de rochedos, colocadas cada uma sobre uma pequena plataforma separada. As casas que há muito pertencem ao *serviço* são construídas de terra e cobertas de capim; as que foram recentemente construídas pelos trabalhadores vindos provisoriamente de Lingüiça não passavam de palhoças feitas com folhas de palmeiras. Do lugar onde se acham situadas as casas do *serviço* avistamos o fundo do vale, onde não se vê nenhuma vegetação, nenhuma verdura. De todos os lados imensos rochedos talhados a pique enquadram um vale estreito, parecendo separá-lo do resto do universo. Os revolvimentos e a desordem causados pelos trabalhos necessários à extração dos diamantes emprestam a esses lugares um aspecto ainda mais agreste e selvagem. Ao fundo do vale corre um regato chamado Ribeirão do Inferno; seu leito foi posto a seco, sendo suas águas desviadas para um canal artificial, muito acima do leito verdadeiro; grandes pedras que os trabalhadores haviam deslocado com dificuldade jaziam esparsas aqui e acolá; enfim, de todos os lados viam-se montes de terra e montões de cascalho. Entretanto um grande número de negros que aí circulavam ativamente, cantando alegremente, davam vida a estes tristes lugares, em montanhas que se não encerrassem tesouros em seu seio, seriam apenas freqüentadas por alguns animais selvagens.

Como já era tarde, não nos detivemos no *serviço* de Lingüiça, onde devíamos voltar no dia seguinte, e nos dirigimos ao de *Mata-mata,*[2] seguindo no vale um caminho paralelo ao Ribeirão do Inferno, e um pouco acima de seu leito. À esquerda e à direita esse caminho é bordado de arbustos cuja folhagem, de um verde agradável, contrasta com a cor escura dos rochedos próximos. Caminhamos pouco tempo e chegamos a uma espécie de "plateau", cercado por todos os lados por enormes rochas nuas e a pique. É aí que ficam as casas do *serviço* de Mata-mata, construídas sem ordem e ainda do mesmo tipo das de Rio Pardo.

Fomos recebidos pelo administrador, que nos tratou com as maiores atenções. Era quase noite quando chegamos a Mata-mata e somente no dia seguinte pudemos visitar o *serviço.* Durante o dia o calor esteve excessivo e se fazia mister muito mais ainda nesse vale profundo onde os rochedos refletiam por todos os lados os raios do sol.

Ao nascer do dia fui acordado pelo ruído do tambor que todas as manhãs chama os negros ao trabalho. As tropas que haviam trabalhado ocasionalmente em Mata-mata, iam regressar aos diferentes serviços a que pertenciam. Quando me levantei os negros e os feitores punham-se em marcha, e tudo em torno de nós apresentava um ar de atividade a que não se está acostumado nesta região.

Íamos ver primeiro o lugar onde haviam tirado o cascalho nesse ano e que se achava a pouca distância do "plateau" onde estavam as palhoças do

---

2 Quando se descobriram diamantes nesse lugar, o povo para aí se precipitou em massa; conflitos estouraram, donde vem o nome de Mata-mata. Spix et Martius, *Reise,* I, pág. 452.

serviço. No meio do leito do riacho que ainda é aqui o Ribeirão do Inferno haviam construído um largo dique para deter as águas em seu curso e desviá-la de seu leito costumeiro. Como os rochedos que margeam o riacho não permitiam cavar no próprio terreno um leito artificial, foi preciso recorrer a um outro meio. Um canal inclinado, construído com tábuas tinha sido erigido sobre pilastras à margem do pequeno regato; media 400 palmos de comprimento, 12 de largura e quase outro tanto de altura. Era esse canal que recebia todas as águas do riacho e tornava a despejá-las em seu leito natural, para além do espaço onde haviam extraído o cascalho durante o tempo da seca. Uma roda de água, posta em movimento pelas águas assim captadas, elevava as que, filtrando através das terras, estagnavam-se na parte do riacho que se queria deixar a seco; assim nada molestava os trabalhadores.

Esse gênero de canal artificial que acabo de descrever tem o nome de *bicame,* e o lugar onde o cascalho foi tirado tem o nome de *cata.* Os bicames são sempre construídos com tábuas; as do canal de Mata-mata, calafetadas com estopa tirada da árvore chamada *imbirussú,** não deixam escapar entre elas uma só gota de água. Quando o trabalho termina há grande cuidado em guardar as tábuas para o ano seguinte, porque a raridade da madeira nesta região não permite desperdícios.

Quando visitamos Mata-mata estava terminada a extração do cascalho, composto, como em Linguiça, de uma mistura de areia e calhaus; o canal e dique iam ser desmontados, retomando o riacho seu leito ordinário. Entrementes os negros do serviço ocupavam-se em carregar em grandes gamelas o cascalho que estava sendo tirado do Ribeirão do Inferno, transportando-o a um lugar próximo àquele em que devia ser feita a lavagem.

Em geral o trabalho da exploração dos diamantes nos riachos se faz em dois tempos e em duas épocas diferentes. Durante a estação da seca, em que naturalmente as águas devem ser menos abundantes e em que se pode governá-las mais facilmente, retira-se o cascalho do leito dos rios; depositam-no em montes na estação das chuvas e cuida-se de lavá-lo e procurar os diamantes que pode conter. Há *serviços,* como disse, onde o cascalho não se tira mais do leito dos regatos, já esgotados, mas onde ele é extraído dos terrenos vizinhos. Este trabalho, mais fácil, pode ser feito em qualquer estação do ano. Freqüentemente para extrair uma maior quantidade de cascalho dos riachos que ainda não estejam esgotados reunem-se às tropas habitualmente postadas à margem dos regatos as que tiram cascalho da terra e à aproximação das chuvas fazem-nas voltar a seu trabalho costumeiro. Era o que vinha de acontecer às que havíamos visto partir de Mata-mata.

Após haver deixado os lugares que acabo de descrever, seguimos para o sítio onde o cascalho devia ser lavado. Este trabalho é feito sob galpões de 48 a 50 palmos, cuja coberta, de capim, desce mais baixo de um lado que do outro. Do lado onde a coberta se prolonga mais acham-se os canais destinados à operação da lavagem. Cada um deles se compõem de 3 tábuas, sendo uma horizontal, o fundo, e as duas os lados. Sob cada galpão há 24 canais colocados uns ao lado dos outros e uma mesma tábua serve simultaneamente a 2 canais diferentes. Esses canais são ligeiramente inclinados; cada um deles tem 2 palmos de largura em sua parte mais alta e vai-se alargando um pouco depois dessa parte, até à extremidade inferior. Um conduto de madeira onde a água corre sem cessar acha-se colocado perpendicularmente à extremidade superior dos 24 canais, estando bem junto deles para que um de seus lados vede essa mesma extremidade. A água passa, por um buraco do conduto, a cada canal, e por meio de uma rolha fecha-se essa abertura quando é preciso. Para a lavagem do ouro é necessário que a água seja abundante; mas para a dos diaman-

---

* Trata-se de uma planta da família das Bombacáceas (M.G.F.).

tes basta que ela seja límpida e que permita descobrir essas preciosas pedras no meio dos calhaus.

Não presenciei a operação da lavagem, mas eis o que me explicaram homens que conhecem perfeitamente o assunto. Um negro, colocado em cada canal, o corpo curvado, uma perna avançada, remexe o cascalho com sua *alavanca*.[3] A água que escapa do conduto dilui a terra misturada aos calhaus e carrega-a para fora. O escravo retira com a mão os calhaus maiores e quando o cascalho está bem lavado procuram-se os diamantes. Durante essa operação os feitores ficam sentados em cadeiras altas, colocadas sob o galpão e diante dos canais, não tirando a vista de sobre os trabalhadores. Um feitor é encarregado de vigiar oito negros, havendo assim 3 desses empregados em cada lavagem; mas, quando o cascalho é muito rico admite-se um feitor a mais. Se alguém dirige a palavra a um desses rígidos vigias, ele pode responder, mas sem voltar a cabeça. O feitor a quem a monotonia de um tal trabalho levar ao sono, será logo despedido. Do meio do galpão onde se faz a lavagem fica suspensa, como já disse, uma grande gamela ou *bateia,* e logo que um negro acha um diamante ele mostra-o ao feitor e em seguida vai depositá-lo na gamela. A um dos postes que sustêm o galpão é fixada horizontalmente uma tábua estreita onde se acha uma caixa redonda contendo tabaco e o negro que encontra um diamante aí vai tomar uma pitada. O trabalho de lavagem causa sono aos operários, mas quando os feitores notam que os escravos estão adormecendo dão-lhes ordem de ir tomar uma pitada de tabaco. Como os negros, se ficassem sempre trabalhando nos mesmos canais, podiam, durante a lavagem, esconder um diamante no meio dos calhaus, para depois roubá-lo, eles são obrigados a passar de tempo em tempo de um canal a outro; além disso são obrigados a bater a mão direita contra a esquerda; ao fim do trabalho passam-lhe os dedos dentro da boca e submetem-nos a uma busca escrupulosa. Os negros não têm outra roupa, no trabalho de lavagem, além de um pedaço de pano de algodão amarrado ao redor das cadeiras; algumas vezes entretanto, quando o frio se faz sentir, permitem-lhes o uso de um colete; mas é preciso que não tenha dobraduras nem bolsos.

Quando visitei o hangar onde se faz a operação da lavagem, mostraram-me um canal isolado, muito mais largo que os já descritos e onde a água corre com mais abundância. Quando o cascalho é pobre é levado a esse canal; as terras se destacam mais prontamente que nos pequenos canais de que falei linhas atrás, servindo-se então destes últimos para terminar a operação.

Após despedirmos do administrador do *serviço* de Mata-mata, que respondera a todas as minhas perguntas com extrema bondade, retornamos ao *serviço* de Lingüiça onde não pudéramos parar na véspera.

O leito do Ribeirão do Inferno aí tinha sido posto a seco do mesmo modo que em Mata-mata; mas, como havia aqui bastante larguoza entre os rochedos e o regato, para cavar a este último um leito artificial, não foi preciso construir um *bicame* com tábuas, como aconteceu em Mata-mata. Entretanto foi necessário construir um dique *(encerca),* muito alto, para elevar as águas 50 palmos acima de seu leito ordinário. O cascalho tinha 2 a 3 palmos de espessura, e, como a parte do regato que havia sido explorada durante a estação seca de 1817, achava-se obstruída pelos rochedos, fora preciso nesse ano realizar trabalhos consideráveis. Os montões de cascalho que vi, tanto em Lingüiça como em Mata-mata apresentam uma mistura de areia e seixos rolados.

Para esgotar as águas que, filtrando-se através da terra, não tardariam em encher a *cata,* empregou-se em Lingüiça, de modo idêntico a Mata-mata, uma roda de água. A máquina estava colocada à margem do leito artificial, paralelamente a ele e acima da *cata.* Uma grande roda era posta em movimento por

---

3 Instrumento de minerador que descrevi em *Viagem pelas Províncias do Rio de Janeiro e Minas Gerais.*

um jato de água que vinha do alto; o eixo prolongado dessa roda atravessava uma outra muito menor, e, à medida que esta girava via-se o "chapelet" desenrolar-se sobre ela. Esta apresenta uma corrente em que cada elo é atravessado por uma pequena tábua quadrada, da largura de 3 ou 4 polegadas. O "chapelet" passa em um cano de madeira que, formado de quatro tábuas, se estende obliquamente da *cata* até à máquina. A metade do "chapelet" escorrega por fora e por cima do cano e a outra metade por cima do cano. Enquanto a roda gira as tábuas do "chapelet" passam por fora do conduto para o seu interior, entram na água do fundo da cata, carregando essa água com elas, fazendo-a subir por todo o cano, à extremidade do qual elas escapam.

Os diques de que falei mais acima, e que não devem subsistir após o tempo da seca, eram compostos simplesmente de camadas alternadas de folhas e de terra. Mas, quando um dique deve ter uma duração mais longa, é construído com peças de madeira fincadas obliquamente nos rochedos e sustidas elas mesmas por escoras de madeira.

Durante o tempo em que estive em Tijuco, ia visitar uma lavagem de ouro pertencente ao Sr. Venâncio, o moço que me acompanhava a Mata-mata. Essa lavagem situada a 3 léguas da aldeia, tem o nome de Bandeirinha e para aí chegar nunca saíamos das montanhas. Entre Tijuco e Bandeirinha o terreno é árido e arenoso e não apresenta senão *campos,* compostos de plantas herbáceas. Apesar da extrema secura encontrei em flor cerca de 30 plantas que ainda não possuía. Eram, entre outras, 2 ou 3 belas Melastomatáceas, 2 Ericáceas, o *Ionidium lanatum* ASH., várias *Polygala,* enfim a encantadora *Deucliexia muscosa* Aug. S. Hil., que se assemelha a um musgo por suas pequenas folhas e seus caules estendidos sobre o chão.

A lavagem de Bandeirinha, situada à margem de um regato chamado Córrego do Ouro, era no gênero das que se denominam *lavra de grupiara.*[4] O *gurgulho*[5] encontra-se quase à flor da terra sobre encostas pouco inclinadas; ele não é composto de seixos rolados; mas o ouro aí se acha misturado entre pedaços de pedras quebradas e que ainda possuem arestas. Isso prova que em alguma agitação o precioso metal fora transportado de uma distância pouco considerável; a pedra que lhe servia de jazida foi quebrada, mas os detritos não teriam sido arrastados muito tempo para se arredondarem como os seixos rolados.[6] É fácil concluir-se que isso tenha acontecido a todas as *lavras de grupiara.*

Havia já muito tempo que eu me achava em Tijuco, quando parti para as forjas de Bonfim, a fim de ir devolver ao capitão Manuel José Alves Pereira as malas que ele me emprestara na ocasião em que viajei em demanda do sertão. O intendente quis acompanhar-me até uma certa distância da aldeia. Atravessamos então o vale que se estende ao pé de Tijuco e subimos a colina oposta. À beira do caminho o Sr. Da Câmara chamou minha atenção para um rochedo inclinado, de superfície muito lisa, onde havia traços grosseiros feitos com uma tinta vermelha. Esses traços representam desenhos de pássaros, uns isolados, outros agrupados de modo bizarro. Os mais antigos habitantes de Tijuco lembram-se de ter visto esses desenhos e todo mundo os atribui aos índios que ocupavam a região antes da chegada dos portugueses. Foram esses os únicos sinais das antiguidades americanas que vi durante o curso de minhas longas viagens.

4 Vide *Viagem pelas Províncias do Rio de Janeiro e Minas Gerais.*
5 Chama-se *gurgulho* aos detritos de rocha ainda angulosos, no meio dos quais se acha o ouro nas *lavras de grupiara.* O *gurgulho* parece-me, em uma palavra — o *cascalho* das *grupiaras.*
6 Os Srs. Spix e Martius dizem que em Bandeirinha o ouro acha-se também na ganga quartzosa.

O terreno que margeia o caminho é a princípio arenoso e árido; mas em seguida a vegetação torna-se mais bonita que a de perto de Tijuco. Pus-me então a colher flores, deixando seguir o *tocador* João Moreira[7] que conduzia os animais carregados com minha bagagem. Mas logo minha pasta de plantas assustou o cavalo que eu montava e caí no meio das pedras. A queda foi violenta; meu sangue corria de todos os lados e meu olho esquerdo principalmente foi grandemente ofendido. Estando já a duas léguas e meia de Tijuco e somente a uma de Rio Manso,[8] tomei a resolução de seguir para esta última povoação, e, após ter lavado o rosto em um riacho, pus-me a caminhar. A pouca distância do local em que levei a queda encontrei meu cavalo, amarrado a uma árvore por algum transeunte honesto. Sentia então uma violenta dor no estômago, conseqüência da comoção que sofri; sentei-me e dormi imediatamente. Acordando peguei as rédeas de meu cavalo e recomecei a caminhar. Ao fim de pouco tempo as forças faltaram-me; vi-me obrigado a tornar a sentar e tornei a desfalecer. Depois dois negros que passavam ajudaram-me a montar a cavalo e um deles me conduziu a Rio Manso.

Antes dessa aldeia, em um lugar chamado *Mandanha* ou *Mendanha,* acha-se um *serviço,* que outrora forneceu muito diamante e que é localizado às margens do Jequitinhonha.[9] Achava-me muito mal quando passei por esses lugares, para poder descrevê-los; mas admirei o caminho que conduz de Tijuco a Mendanha, quase todo cavado na rocha. Esse caminho é fruto dos cuidados do Sr. Da Câmara e honra sua inteligência.

O Sr. Pires havia me recomendado ao Sr. Julião, seu tio, que é dos principais proprietários de Rio Manso. Ele recebeu-me perfeitamente e teve para comigo todos os cuidados imagináveis. No dia seguinte eu estava incapaz de pôr-me de novo a caminho; tendo perdido muito sangue, achava-me em extrema fraqueza; minha cabeça tinha inchado; não me era possível abrir o olho nem juntar os dois maxilares; sentia dificuldade para falar e engolir.

Induziram-me a fazer-me sangrar, mas fiquei indeciso, menos de medo da sangria que do homem que a devia fazer. Contudo, achando-me bastante prostrado, decidi-me a deixar que me tirassem sangue, e não somente não fui magoado, como também senti muitas melhorias. Dois dias após minha queda parti para Tijuco, deitado em uma rede. Segundo a usança da região ela era suspensa por suas extremidades de um pau muito forte e cada ponta do pau sustentada por um negro. Como dois carregadores não poderiam fazer sozinhos as 5 léguas que se contam de Rio Manso a Tijuco, o Sr. Julião emprestou-me cinco de seus escravos, que se revezavam no caminho. Essa boa gente, para tornar a caminhada mais suave, seguia cantando, como é hábito dos africanos, e não supunha, sem dúvida, que essa música agravava o cansaço de meu cérebro, já muito enfraquecido.

À minha chegada a Tijuco encontrei os principais moradores do lugar reunidos na casa em que me hospedei, e recebi as provas do mais tocante interesse. Essas provas continuaram durante todo o tempo em que estive sob tratamento e jamais falarei de Tijuco sem um sentimento de profundo reconhecimento. A população inteira tomou parte no acidente que sofri; pessoas mesmo que eu nunca vira vinham pedir notícias ao meu tropeiro e testemunhavam-lhe satisfação quando ficavam sabendo que haviam exagerado muito as conseqüências de minha queda.

Fui tratado pelo Sr. Barros o melhor cirurgião de Tijuco; não terei palavras bastante para fazer o elogio das atenções que teve para comigo, de sua

---

7 Vide *Viagem pelas Provincias do Rio de Janeiro e Minas Gerais.*
8 E não *Rio Manzo,* como escreveram certos viajantes.
9 É este *serviço* que os Srs. Mawe fez conhecer sob o nome de *Mandanga (Trav.* 220). É preciso também não escrever *Mentanha,* como fizeram na Alemanha. Aliás foi inutilmente que procurei a etimologia de *Mandanha.*

amabilidade e dos conhecimentos que possuía.[10] Recebia diariamente a visita do Intendente, o qual tinha a bondade de prover a todas as minhas necessidades. O Sr. Francisco Leandro Pires fez expressamente a viagem de Bonfim a Tijuco, para expressar-me seu sentimento e o do capitão Manoel José Alves Pereira. Freqüentemente eu recebi também a visita dos irmãos do Sr. Leandro e nunca esquecerei os momentos agradáveis que passei com o Sr. Vicente Pires, moço menos recomendável por suas felizes iniciativas que pelos cuidados tocantes que prodigalizava a seu velho pai; não esquecerei também as provas de amizade do Sr. José Paulo Dias Jorge (Pires),[11] homem instruído, poeta amável, cujas palestras muito contribuíram para meu perfeito conhecimento da região.

Conheci também, durante o tempo em que estive doente, os dois médicos que clinicavam em Tijuco. Um deles, o Dr. Couto, tinha percorrido toda a Europa e era dotado de vasta cultura. O outro, o Sr. Teixeira, sem ter viajado tanto, estudara muito e adquirira grande experiência. Perguntei-lhes o que pensavam dos numerosos vegetais a que os colonos de Minas atribuem a propriedade de curar radicalmente as moléstias venéreas e que quase sempre são violentos purgativos; fiz a mesma pergunta ao cirurgião Barros e todos três me responderam que os remédios anti-sifilíticos dos agricultores não produziam outro resultado que o de dar à moléstia um curso diferente, sem destruí-la. Por mais idônea que seja a autoridade dos homens que acabo de citar, parece-me entretanto necessário que suas opiniões sejam confirmadas por novas observações, porquanto conheci muitas pessoas que me afirmaram terem sarado da sífilis sem recorrer ao tratamento mercurial; elas gozam de saúde perfeita e seus filhos pareceram-me igualmente sadios.

Quando me senti quase restabelecido, pensei em pôr-me de novo a caminho e não foi sem viva emoção que me despedi do intendente e de sua família. Durante minha estada no Distrito dos Diamantes deles recebi todas as delicadezas imagináveis; enquanto estive doente fui tratado como se estivesse na minha casa paterna, tantas foram as provas de carinho e amizade que recebi.

O Sr. Da Câmara havia, como disse alhures,[12] viajado durante 8 anos nas principais partes da Europa; tinha vastos conhecimentos e idéias boas sobre política e administração; distinguia-se por uma probidade rara entre os mineiros e poucos homens poderiam ser tão úteis como ele, à sua bela pátria. A justiça era distribuída pelo Sr. Da Câmara, de modo paternal; ele não deixava protelar nenhum caso. Tanto quanto lhe era possível procurava abandonar as vãs formalidades, visando conciliar as partes e poupar-lhes gastos. Vivia entre os empregados e habitantes de Tijuco como no meio de seus iguais. A gente do povo amava-o e, bastante afastada dele para poder cobiçar seu lugar, ela era unânime em elogiá-lo.

---

10 Após minha partida de Tijuco recebi do Sr. Barros algumas plantas usuais acompanhadas de notas interessantes. Infelizmente soube depois que esse útil cidadão havia falecido.
11 Essa é uma das provas da pouca estabilidade dos nomes de família entre os brasileiros. O filho mais velho do Sr. Pires não se chamava Pires mas Diogo Jorge. Um dos meus amigos dizia-me que seu filho, com cerca de 20 anos de idade ainda não havia escolhido seu sobrenome.
12 Vide *Viagem pelas Províncias do Rio de Janeiro e Minas Gerais*.

CAPÍTULO IV

VIAGEM DE TIJUCO AO MORRO DE GASPAR SOARES PELA SERRA DA LAPA

O Autor deixa Tijuco. Aspecto do Distrito dos Diamantes. As Borbas. Serviço do Vau. Aldeia do Milho Verde. Serviço do mesmo nome. Modo de extrair diamantes chamado garimpar. *Aspecto da região que se estende de Milho Verde à Vila do Príncipe. Chegada à Vila do Príncipe e partida da mesma. Mudança produzida pelos climas na vegetação. O Autor passa pela segunda vez em Tapanuacanga. O Autor decide-se a viajar pela grande cadeia de montanhas de Minas Gerais. Aldeia da Tapera. Seus habitantes fabricam tecidos de algodão. Modo pelos quais eles fazem chapéus. Aldeia de Congonhas da Serra. Pastagens dos arredores de Congonhas. Um* Carex; *lembranças da pátria. A habitação de Barreto. Cultura de cereais e da vinha nas montanhas. Descrição da serra da Lapa. Fazenda de Ocubas. Um bosque de* Indaiás.*

Deixei Tijuco a 30 de outubro de 1817, e atravessando a aldeia na direção N-S, desfrutei ainda uma vez o panorama encantador que eu já havia admirado ao viajar para Mata-mata. Nesse tempo ele era mais agradável ainda; as chuvas haviam começado, e os pomares que se estendem sobre a vertente do morro onde a aldeia é construída apresentavam uma vegetação nova.

Num trajeto de 5 léguas,[1] de Tijuco a Milho Verde inclusive, percorre-se uma região extremamente montanhosa, onde não se vê nenhum traço de cultura. Rochedos de uma cor parda mostram-se por toda parte e dão à paisagem um aspecto agreste e selvagem. Por todos os lados surgem nascentes de água e freqüentemente se ouve o ruído das águas correndo através dos rochedos. A vegetação muda várias vezes, segundo a elevação e a natureza do solo; mas, em parte nenhuma se vêem grandes florestas. Nas grotas crescem arbustos de 3 a 4 pés, geralmente retos e muito próximos uns dos outros; são eles que caracterizam os *carrascos* das altas montanhas. Em alguns lugares em que o solo é argiloso e quase plano, vi árvores raquíticas e separadas como as dos tabuleiros do sertão; mas seus caules eram mais delgados e mais estendidos. Para além de *As Borbas,* sobre diversos declives cobertos de pedras, achei em grande abundância uma espécie de folhas pequenas do gênero *Lychnoph*ora Mart. (vulgo candeia), gênero que, nas montanhas caracteriza as vertentes pedregosas. Enfim, nos lugares mais elevados, onde domina seja a areia, seja a pedra, aparecem ervas entremeiadas de sub-arbustos, e, entre estas últimas, esparsos, arbustos de diferentes tamanhos. As chuvas tinham dado à folhagem das plantas um tom agradável e os relvados produziam às vezes um belo efeito no meio dos rochedos.[2]

Excetuadas algumas casas de campo muito próximas de Tijuco, não encontramos, dessa aldeia ao lugar chamado Borbas, senão uma miserável casa, junto

1 6½ léguas, segundo Pizarro.
2 Alguns escritores, pertencentes a várias nações estrangeiras, tentaram descrever as belezas naturais do Distrito dos Diamantes. Se se admirar de que minhas descrições sejam um pouco diferentes das deles, note-se que procurei destituir este meu livro dos quadros românticos e dos trechos de grande efeito, para cingir-me a esboçar de modo fiel as cousas que sucessivamente passaram pelos meus olhos.

à qual existia um pobre *rancho* ou galpão.[3] Quando cheguei a essa casa o tropeiro Silva já havia descarregado uma parte de minha bagagem; entretanto, como me haviam dito que um pouco adiante encontraríamos melhor pousada, mandei carregar de novo os animais; mas, em seguida vi que me haviam dado informações errôneas. O *rancho* que me indicaram ficava muito mais longe do que eu pensava e, antes de aí chegarmos, fomos surpreendidos pela noite. Nada havia comido desde 9 horas da manhã; minha fraqueza era extrema e já não me podia manter a cavalo. Apeei-me e deitei-me sobre a relva, decidido a não ir mais longe. Ressentia-me ainda das conseqüências de minha queda; além disso achava-me muito contrariado com as atormentações de um dos meus camaradas, e caí no mais cruel desânimo. Entrementes meu tropeiro, que ficara para trás, chegou; ele me induziu a tornar a montar e, a pouca distância do lugar onde eu tinha parado, encontramos uma pequena palhoça habitada por negros. Um padre, que ia de Vila do Príncipe para Tijuco, achava-se já deitado sobre tábuas, ao lado de um braseiro feito no meio do quarto; fiz arrumar minhas cobertas sobre um couro do outro lado do fogo, e viajantes chegados depois de mim distribuíram-se pelo resto da peça. Era já muito tarde para poder-se cozinhar alguma cousa; contudo reanimei-me um pouco comendo alguns pedaços de biscoito, e, antes de me deitar tive ainda ânimo para escrever meu diário.

Era muito tarde quando parti, no dia seguinte, e, como um dos meus cavalos se achava grandemente fatigado, não fui além de Milho Verde, pequena aldeia situada a uma légua e meia de Borbas, esta pobre palhoça onde passei a noite.

Junto do riacho chamado Rio das Pedras, no lugar chamado *Vau,* vi casas pertencentes a um *serviço* de diamantes.

A aldeia de Milho Verde situa-se em uma região árida que não possibilitava nenhum gênero de plantação, compondo-se de uma dúzia de casas e de uma igreja.[4] É aí a sede do destacamento de soldados encarregados de inspecionar os viajantes que vão de Tijuco à Vila do Príncipe. Apresentei ao oficial que o comandava o salvo-conduto que me fornecera a secretaria do Estado; ele dispensou-me toda a sorte de gentilezas e minha bagagem não foi vistoriada.

Apesar de haver uma guarda colocada em Milho Verde não é de crer-se que essa aldeia seja o limite do Distrito dos Diamantes. O território desse Distrito estende-se até mais longe, ao lugar chamado *Cabeça do Bernardo.*

Existe em Milho Verde um *serviço* que, como o de Vau, forneceu outrora muitos diamantes. Hoje não se faz trabalho regular em nenhum dos dois; algumas vezes aí enviam negros para procurar diamantes que hajam escapado às antigas pesquisas. Esse gênero de trabalho denomina-se *garimpar,* porque era a pesquisas irregulares que se dedicavam os contrabandistas chamados, como já disse, *garimpeiros.*

Deixando Milho Verde, percebem-se montanhas semelhantes àquelas que se têm sob as vistas desde a capital do Distrito dos Diamantes. Entretanto é evidente que, considerado em seu conjunto, o caminho desce muito mais que sobe. No lugar chamado Três Barras, o terreno que, desde Tijuco, havia sido constantemente arenoso, tornou-se argiloso e avermelhado. Então a vegetação muda e os grandes fetos que nascem por toda parte indicam que esses lugares foram outrora cobertos de florestas. Entretanto as areias reaparecem logo e com elas as plantas que lhes são peculiares, *Eriocaulon,* Melastomatáceas de folhas pequenas etc. Mais perto de Vila do Príncipe a terra torna-se novamente argilosa

---

3 Vide *Viagem pelas Provincias do Rio de Janeiro e Minas Gerais.*

4 Parece que após minha passagem por Milho Verde, a igreja dessa aldeia tornou-se dependência da nova paróquia de S. Gonçalo do Rio Preto. (A esta paróquia ficarão pertencendo as capelas de N. S.ª dos Prazeres do Milho Verde... e N. S.ª da Abadia. *Mem. hist.,* VIII, pág. 141).

e avermelhada; os vales são mais profundos e foi então que entrei na *zona das florestas,* da qual me afastara ao distanciar-me das margens do Jequitinhonha e da região dos índios selvagens. Após vários meses, somente tinha sob as vistas rochedos pardacentos e ervas queimadas pelo sol. Compreende-se facilmente a satisfação que experimentei ao rever fetos árboreos, reencontrando bela verdura, sombra e frescura. Mas foi ainda com maior alegria que avistei Vila do Príncipe. Achava-me agora a 123 léguas do Rio de Janeiro; ia penetrar na estrada que lá vai dar, a um lugar que eu já conhecia, onde fora perfeitamente acolhido e onde possuía amigos. Parecia-me que repentinamente eu havia transposto uma imensa distância que me separava da França.

Fui perfeitamente acolhido pelo cura de Vila do Príncipe, Sr. Francisco Rodrigues Ribeiro de Avelar, e fiquei ainda uma dezena de dias em sua casa, tratando da embalagem de minhas coleções. A estação chuvosa estava virtualmente iniciada. Durante o tempo em que permaneci em Vila do Príncipe não se passou um dia sem chuva; entretanto resolvi partir (12-11-817). Apesar da chuva o excelente cura acompanhou-me durante algum tempo. Tinha meu coração apertado quando dele me despedi. Ele me havia cumulado de provas de amizade; recebera-me duas vezes em sua casa; aí recuperara minha saúde, seria possível dizer-lhe sem emoção — nunca mais nos veremos!?

Durante os últimos meses de minha viagem um calor insuportável e uma seca extrema haviam produzido em mim uma irritação nervosa que não me permitia ver com bons olhos as cousas que me cercavam. Tal não se deu quando deixei Vila do Príncipe. A doce frescura que se espalhava na atmosfera mergulhou-me logo numa calma deliciosa e pude dedicar-me perfeitamente à contemplação da Natureza. Não deixei, nunca de admirar a beleza da verdura dos campos artificiais; a vista nunca se me repousou em tons mais agradáveis.

Entretanto as chuvas haviam estragado muito os caminhos; a terra vermelha e argilosa tornara-se extremamente escorregadia e meus animais tinham dificuldade em se manter sobre o declive dos morros. Por mim mesmo pouco temia a água realmente quente que nesta região cai do céu; mas temia-a por causa de minhas coleções. Estava longe de prever as cruéis contrariedades que me deviam causar um dia.

O caminho que segui deixando Vila do Príncipe, foi o mesmo pelo qual aí chegara alguns meses antes. Para além dos campos artificiais que circundam esta aldeia, atravessei uma região dotada de tufos de árvores e pastagens; passei defronte da miserável hospedaria de Ouro Fino, onde eu estivera doente durante alguns dias; enfim a vista de uma capela construída na encosta de um monte, à extremidade da aldeia de Tapanhuacanga, anunciou-me sua proximidade e logo, com efeito, avistei-a toda, em meu *1º Relato** descrevi sua encantadora posição. Quando aí passei de novo a beleza que as chuvas imprimiram à verdura dos montes vizinhos emprestava à paisagem maior encanto ainda.

O intendente dos diamantes havia me induzido a não seguir o caminho já meu conhecido, e que se estende a leste da grande cadeia,[5] mas a passar pelo lado dessa mesma cadeia chamada Serra da Lapa e que é muito alta. Segui tal conselho.

Saindo de Tapanhuacanga, para ir logo à Tapera, atravessei o vale que se estende abaixo da primeira dessas aldeias e, subindo ao monte oposto gozei de um lindo panorama. Descobri a aldeia inteira, surgindo ao pé de um monte alto, cujo cume é coberto de mata e a encosta, muito íngreme, apresenta um relvado do mais belo verde. A igreja é o primeiro edifício que se vê ao pé da montanha; as casas, entremeiadas de bananeiras, agrupam-se imediatamente abaixo da igreja, em uma elipse alongada; mais abaixo estende-se um valezinho,

---

* Volume 4 desta Coleção. (N. da E.).
5 Vide *Viagem pelas Províncias do Rio de Janeiro e Minas Gerais.*

e por todos os lados vêem-se montes revestidos em parte de matas-virgens e em parte de pastagens.

A região que se estende de Tapanhuacanga a Tapera apresenta o aspecto característico das regiões de mata-virgem. Vêem-se vales estreitos e profundos e montes com encostas íngremes; todavia a vegetação não é uniformemente contínua.

Após haver atravessado durante alguns instantes um grupo de árvores pouco altas, achei-me repentinamente sobre um terreno descoberto, como se as árvores tivessem sido plantadas pelo homem, em limites certos. Um terreno de natureza diferente produziu tal mudança. Na parte arborizada o solo é argiloso, misturado com areia e alguns calhaus; na parte descoberta, vê-se ao contrário uma terra negra misturada com muita areia, e rochas arredondadas aparecem aqui e acolá, à flor da terra. Ali, crescem Gramíneas, entremeiadas de subarbustos, bem como a pequena palmeira de montanha, que vi pela primeira vez na Serra de N. S. Mãe dos Homens. Esta vegetação é a mesma que observei, vários meses atrás, em 2 ou 3 lugares diferentes, entre Tororopá e Tapanhuacanga.

Toda a região que percorri até cerca de légua e meia de Tapera, apresenta ainda uma alternativa de matas-virgens e terras descobertas, eriçadas, aqui e acolá, de rochedos; mas nas cercanias da aldeia, o solo torna-se mais argiloso e somente se vêem matas; entretanto elas não tem grande vigor, o que é sem dúvida devido à areia que se mistura à terra em grande proporção. Vi no meio dessas matas numerosas plantações de milho, Gramínea que então (13 de novembro) estava com uma altura de um a dois pés.

Parece que na região das florestas virgens, esta época é menos que nunca o tempo das flores.[6] A vegetação deve naturalmente atrasar-se no tempo da seca e, antes que as árvores floresçam é preciso que seus brotos adquiram um determinado crescimento. Entre Vila do Príncipe e Tapanhuacanga, não vi flores senão em uma *Cassia* e uma ou duas Mirtáceas; muito menos ainda vi nas partes florestais do caminho de Tapanhuacanga a Tapera; e nos campos, onde se encontra ordinariamente um maior número de espécies floridas, creio não ter visto mais de meia dúzia, e isso mesmo constantemente à margem de pequenas fontes, comuns nos montes que percorri então.[7]

Tapera, dependência da paróquia de Conceição,[8] fica situada em um grande vale, limitado por colinas, cobertas umas de mata-virgem, outras de Gramíneas. Ao redor da aldeia o vale não oferece senão traços do trabalho dos mineradores. Uma só rua, à extremidade da qual fica a igreja, constitui a aldeia. As casas que a compõem são em número de 70; quase todas cobertas de telhas e muito bonitas, mas várias entre elas estão abandonadas e em muito mau estado.

Os primeiros moradores de Tapera foram os mineradores; eles retiraram do solo o ouro mais fácil de extrair e retiraram-se em seguida. Atualmente não existem minerações importantes, e apenas alguns habitantes mandam dois ou três negros batear nos regatos próximos.

Não é também a agricultura que mantém a população atual de Tapera. As terras das redondezas são muito arenosas para serem boas; o milho não dá mais de 100 a 150 por 1, e a cana-de-açúcar, que havia sido experimentada, crescia tão pouco que sua cultura foi abandonada. Aliás nenhuma grande estrada vai dar à Tapera; assim essa aldeia seria em breve inteiramente deserta, se aí não houvesse um gênero de indústria que poderá manter seus habitantes.

6 Não preciso dizer que falo aqui da Província de Minas, onde as estações das secas e das chuvas têm limites mais certos.

7 Perto das fontes que nascem nos lugares descobertos sempre encontrei até então várias e belas espécies do gênero *Sauvagesia*.

8 Vide *Viagem pelas Províncias do Rio de Janeiro e Minas Gerais*.

Quase todo o mundo aí fabrica tecidos de algodão, colchas e mesmo lençóis e toalhas. Esses diversos tecidos são vendidos na própria região ou são exportados para o Rio de Janeiro. As colchas apresentam quadrados azuis e vermelhos, dispostos de diferentes modos. Para tingir o algodão de azul emprega-se o anil, usando-se a urina como fixador. Quanto à tinta vermelha, que infelizmente não sabem fixar, é retirada de uma árvore das matas virgens, chamada *araribá,* ou das raízes de uma espécie de garança chamada *erva-de-rato* ou *ruivinha (Rubia noxia* Aug. S. Hil. Pl. rem. 209).

Fazem-se ainda, em Tapera, chapéus de algodão, que são vendidos a 2 patacas (4 francos), e que são usados na própria região, nas aldeias vizinhas e até no sertão. Eis como são fabricados. Para formar a armação do chapéu usam a liana chamada *cipó imbé,** que outra coisa não é senão a raiz de uma Arácea Hepifítica, por mim descrita no meu 1.º Relato (Viagem pelas Províncias do Rio de Janeiro e Minas Gerais, págs. 21 e 170), e que vegeta a grande altura nos troncos das árvores das florestas. Esta raiz, extremamente longa, é muito flexível e de consistência mole. Como o vime, ela é rachada em diversas porções no sentido do seu comprimento, arredondando-se a ponta com uma faca; com um pedaço de ferro chamado *fieira,* que é dotado de alguns furos redondos de diferentes tamanhos, passando-se a liana por um ou por vários desses furos e puxando-se o cipó, obtém-se o arredondamento em todo o seu comprimento. Depois disso envolve-se o cipó com algodão; a forma do chapéu é dada fazendo-se uma espiral com a liana e cosendo-a em seguida, de modo idêntico ao fabrico dos chapéus de palha. Cardando-se em seguida dá-se ao chapéu um aspecto piloso, que disfarça as costuras e a espiral. Algumas vezes deixam-no com a cor branca natural, mas freqüentemente tingem-nos de preto. Para obter esta última cor faz-se simplesmente cozer em água as folhas de uma planta que cresce nos lugares úmidos. Quando tintos esses chapéus imitam perfeitamente os de feltro, mas eles são muito pesados e se embebem de água muito facilmente.

Os habitantes de Tapera obtêm em Peçanha e mesmo em Minas Novas uma parte do algodão que empregam. Plantam também o algodoeiro; mas as terras de sua aldeia apesar de muito silicosas, apresentam ao mesmo tempo uma mistura de argila muito grande, de modo que não são tão boas para esse gênero de cultura como a das caatingas de Arassuaí (Vide meu *1.º Relato,* vol. II, 98 e seguintes).

Aproveitei minha estada em Tapera para herborizar no meio das antigas minerações do vale onde se acha situada a aldeia, mas não encontrei nenhuma planta nova. Em geral nas minerações da região de matas virgens, onde há pouco humus, vê-se apenas uma espécie de *Saccharum*[9] extremamente comum nos campos artificiais, a Composta denominada "erva do vigário", e algumas outras plantas vulgares.

A região que atravessei, deixando Tapera para ir a Congonhas, apresenta, durante cerca de uma légua e meia, montes onde existiam outrora florestas virgens mas onde não se vêem hoje senão alguns bosquetes e imensos espaços, cobertos alguns de um *Saccharum* de caule duro,[10] outros de capim gordura e outros de samambaias. Em vez da verdura tão fresca das pastagens de Vila do Príncipe, a vegetação destas montanhas não deixa ver senão cores escuras. Essa diferença é devida ao fato de que as pastagens de Vila do Príncipe são constantemente tosadas pelo gado, enquanto que aqui, onde não há gado para pastar, as plantas conservam seu caule antigo, que misturado entre os novos, diminuem a beleza da verdura.

---

9 Restrinjo-me aqui ao texto de meu diário; mas acredito tratar-se também do *Anatherum bicorne* Palis, planta que caracteriza geralmente as minerações abandonadas.
10 Provavelmente ainda o *Anatherum bicorne.*
* Trata-se de raízes aéreas de diversas Aráceas como *Philodendron, Monstera,* etc. (M.G.F.).

Não é crível que todos estes montes despojados de sua antiga vegetação devam essa perda às culturas. Aconteceu aqui a mesma cousa que em muitos outros lugares onde existiam minerações. Os descobridores e exploradores dessas minas quiseram por a zona a descoberto e, para chegarem a tal fim, incendiaram as florestas.

A cerca de uma légua e meia de Tapera, subimos uma alta montanha, chamada Serra de S. Antônio. Ela termina por uma vasta chapada ondulada onde o solo se compõe de uma mistura de areia branca e terra negra, no meio da qual rochas se mostram aqui e acolá. Como todas em que o terreno e a altitude lhe são semelhantes, essa chapada não apresenta senão ervas e sub-arbustos. Entre as ervas as mais comuns são duas Ciperáceas, uma das quais tem as flores guarnecidas de um envólucro branco, enquanto que a outra, muito maior e que geralmente caracteriza os lugares semelhantes, tem folhas glaucas e flores polígamas. Quanto aos arbustos que crescem mais abundantemente na chapada da Serra de Santo Antônio, são uma Composta (*Vernonia pseudo-myrtus* N), Melastomatáceas de folhas pequenas e enfim uma *Vellozia* cujos caules atingem às vezes até 8 pés e cujas folhas, de um verde alegre não têm a dureza das de várias outras espécies desse gênero.[11]

O caminho de Congonhas me havia sido mal indicado; fiz duas léguas mais do que devia, e teria mesmo me afastado muito de meu caminho se ele não me tivesse sido indicado por um negro que tive a felicidade de encontrar. O tempo estava horrível; um vento desagradável se fazia sentir e eu cheguei a Congonhas molhado, tiritando de frio e muito fatigado.

Um viajante, referindo-se a um outro lugar que tem também o nome de Congonhas, dá a significação desse nome como derivada das palavras indígenas *caa:* mata, e *cunha:* mulher (mulher das matas). Não sei se esta etimologia está certa, mas o que é certo é que pelo nome de *congonhas* se designa em Minas a planta famosa cujas folhas fornecem aos habitantes do Paraguai a bebida que eles denominam *mate (Ilex paraguariensis* St. Hil). De qualquer modo a aldeia de Congonhas, distante 4 léguas de Tapera e 9 léguas de Conceição, é uma dependência desta paróquia[12] e devia ser chamada sempre *Congonhas da Serra,* para impedir-se a confusão com o lugar chamado *Congonhas do Campo,* próximo de Vila Rica, e com *Congonhas de Sabará.*

A aldeia de Congonhas da Serra fica sobre o declive de uma colina, e se compõe de 60 e poucas casas. Não existe ouro em seus arredores, ou, pelo menos ainda não foi encontrado; o que mantém a população dessa aldeia é a passagem das caravanas que vão de Sabará, e principalmente de Santa Luzia, ao Tijuco.

A região montanhosa onde está Congonhas é uma das mais elevadas da província. As chuvas são aí muito mais freqüentes que em Conceição, Vila do Príncipe, e, em geral ao pé da cadeia de montanhas. Há ordinariamente uma espécie de cerração composta de gotículas finíssimas, e, mesmo durante a estação das secas, não é raro chover aqui vários dias seguidos. Cada ano, em junho, há geada nesta zona o que impede a cultura da cana. O caule da bananeira brota depois de terminada a estação fria; mas a geada do ano seguinte danifica essa brotação e assim esse vegetal nunca frutifica. Afirmam, entretanto, que em compensação as laranjas de Congonhas da Serra são excelentes. As terras das redondezas contêm muita areia; entretanto o trigo, o centeio e a cevada aí medraram bem todas as vezes que foram tentadas suas culturas mas os habitantes são muito indolentes para se dedicarem a esse gênero de cultura, que exige mais cuidados que a do milho. Eles possuem alguns animais, mas poderiam, parece-me, criá-los em maior quantidade, porquanto a aldeia é quase

11 As folhas antigas deixam, depois da queda, marca em espiral ao redor do caule.
12 Piz. *Mem. hist.,* VIII, pág. 2 de 139.

unicamente circundada de pastagens, e, numa região montanhosa e alta como esta, obter-se-ia certamente uma boa produção de leite.

Após ter deixado Congonhas da Serra contentei-me de fazer uma légua, indo pernoitar no lugar chamado *Casa do Barreto* (nome do proprietário). A região que percorri para aí chegar, e os campos que percebi ao longe, apresentam atualmente somente pastagens e alguns tufos de matas virgens, assáz reduzidos. Toda esta região foi outrora coberta de florestas, como a que se atravessa entre Tapera e Congonhas; mas aqui não foram os pesquisadores de ouro que destruíram as matas. Como a terra é pobre, surgindo as samambaias desde os primeiros anos de lavoura, foram precisos poucos anos para transformar a região em pastagens. Os campos que atravessei entre Congonhas da Serra e Casa do Barreto diferem muito das pastagens artificiais[13] que se vêem entre S. Miguel de Mato Dentro e Vila do Príncipe. As Gramíneas aí dominam ainda mas, no meio delas aparecem outras plantas, em número mais considerável. Já tive ocasião de fazer observar que o aspecto dos campos artificiais que se formam em lugares muito elevados é sempre esse.[14] O capim gordura e o sapé parecem não ter tanta força como ao pé das montanhas, ficando incapazes de manter à distância os outros vegetais. Ademais sou mais inclinado a atribuir essa diferença menos a uma elevação maior, que à inferioridade do solo, e o que parece prová-lo é que, entre Congonhas e Casa do Barreto, o terreno, de uma cor quase negra, contém grande mistura de areia.

Às margens lodosas de um riacho, não longe de Congonhas, encontrei o primeiro *Carex (Carex brasiliensis* N.), que vi no Brasil, e notei que a bainha das folhas rasgava-se em forma de rede, como a de várias espécies européias. Ao ver uma árvore das ilhas do Pacífico, o jovem Potaveri, que se achava na Europa, exclamava: "Oh, estamos em Otaiti!" Bonpland, em suas viagens, descobriu uma *Typha** e essa humilde planta despertou nele lembraças de sua infância e sua pátria. O *Carex* de Congonhas fez nascer em minha alma semelhantes emoções; ele lembrou-me numerosas espécies do mesmo gênero que havia colhido em França, e estudado com tanto carinho; ele fez-me recordar os encantos de amizade e as margens risonhas do Loiret, tão diferentes das austeras solidões que então percorria. Não trocaria esse humilde *Carex* pelas mais elegantes Melastomatáceas, por *Epidendrum* de panículas de ouro, nem por *Cassia* de longos cachos, nem por toda a pompa da vegetação equinoxial.

Quando o intendente dos diamantes se dirigia de Tijuco às forjas reais de Gaspar Soares, nunca passava por Vila do Príncipe ou Conceição. Para chegar mais depressa, e talvez para evitar homenagens fastidiosas, ele seguia pelas montanhas a estrada de Santa Luzia a Congonhas; dormia em casa do Sr. Barreto, e, a pouca distância deste pouso mandara construir um caminho que, atravessando a Serra da Lapa, ia ter às forjas. Era esse o caminho que eu devia seguir.

Munido da recomendação do Sr. Da Câmara, apresentei-me em casa do Sr. Barreto, que não passava de um pobre agricultor, o que não impediu me recebesse de modo o mais cordial.

A habitação de Barreto fora outrora, uma importante fazenda; mas todas as suas terras foram sucessivamente cultivadas e atualmente não servem senão para pastos, se se quiser seguir obstinadamente o sistema de agricultura usado pelos brasileiros. As cinzas escassas das Gramíneas não forneceriam um adubo abundante e a pronta infestação de ervas daninhas, nesta região úmida, abafariam logo os milharais novos. Se se adotar aqui o emprego da charrua e dos adubos, tudo mudará, em breve, de aspecto; e em vez de uma erva inútil,

---

13 Não creio haver necessidade de repetir que entendo como tais aquelas que sucedem naturalmente ao incêndio das florestas.
14 Vide *Viagem pelas Províncias do Rio de Janeiro e Minas Gerais.*
* *Typha* é o nome do gênero ao qual pertencem as nossas taboas (M.G.F.).

esta região alta e pouco seca produzirá com abundância o centeio, e provavelmente a cevada, bem como outros pequenos cereais dos climas temperados. Barreto mostrou-me um belo campo de centeio, provando quanto a região é favorável a esse cereal. Os plantios tinham sido feitos no mês de junho e estávamos já na época da colheita (17 de novembro de 1817).

Vi também em casa do Sr. Barreto uma soberba latada de parreiras que, anualmente, produzia uvas suficientes ao fabrico do vinho. Experimentei do vinagre feito com vinho dessas parreiras, achando-o muito forte. Barreto podava suas parreiras em setembro; elas achavam-se em flor quando de minha viagem, sendo que os frutos amadureceriam em fevereiro. Nesta época as folhas começam a cair; em junho já não há mais folhas, ficando as plantas despidas até setembro. Observa-se que nestas montanhas altas e frias a vinha segue em sua vegetação, quase a mesma ordem que na Europa, e, por conseguinte, não se poderá obter duas colheitas por ano como acontece nas zonas mais quentes, como no sertão, em Goiás e em Sabará.[15]

Guiado por Barreto atravessei durante algum tempo ora matas muito pobres, ora pastagens artificiais;[16] e enfim comecei a subir a Serra da Lapa. Não poderei dizer quais são os limites desse trecho da cadeia ocidental; mas, na direção de Gaspar Soares, não tenho dúvida que não termine senão depois de várias léguas, descendo sensivelmente em demanda da fazenda de Ocubas. De qualquer modo, a Serra da Lapa, um dos trechos mais elevados da cadeia, é um importante divisor de águas. Nenhum rio considerável aí nasce, é verdade, mas é aí que têm nascentes vários regatos, alguns dos quais correndo para oeste, como o Cipó, lançam-se direta ou indiretamente no S. Francisco, e, outros, na vertente leste, tal o Ocubas, levam suas águas ao Rio Doce.[17] De tempos em tempos experimentava na Serra da Lapa uma chuva fria que, mau grado estivéssemos no mês de novembro, era acompanhada de um vento muito frio. Tendo dado notícias de geadas anuais nos arredores de Congonhas, basta-me agora dizer que nas montanhas da Lapa a geada se faz constantemente sentir durante o mês de junho. É o vento de oeste que, disseram-me, traz a geada, e é ainda ele que acompanha as grandes chuvas da estação própria. Os ventos de leste são portadores de chuva fina, como as que experimentei durante minha viagem. Em uma parte da serra, observei que o solo se compunha de uma mistura variável de terra preta e areia branca e duvido que toda a montanha não apresente uma mistura semelhante. Desde o momento em que escalei a serra até o em que comecei a descer de modo sensível, atravessei várias chapadas perfeitamente distintas, mas todas igualmente cobertas de pastagens herbáceas. Já havia observado uma vegetação da mesma natureza nos planaltos de todas as altas montanhas onde havia herborizado até então; a Serra de N. S.ª Mãe dos Homens, as da Penha e Curmataí, o Serro Frio, próximo de Bandeirinha, enfim a Serra de Santo Antônio próximo a Congonhas. Lembro-me que mais tarde encontrei pastagens semelhantes nos altiplanos da Serra da Canastra, dos Pirineus,[18] Ibitipoca, do Papagaio, e por conseguinte acredito que se pode, sem risco de enganos, considerar esse tipo de vegetação como pertencendo aos planaltos das mais altas montanhas do Brasil. Os veados chamados veados-campeiros (Cervus campestris), bem como galináceos de sabor agradável, que os caçadores conhecem pelo nome de perdizes e codornas,[19] são comuns na Serra da Lapa e não duvido sejam também encontrados com

15 Vide o que disse em *Viagem pelas Províncias do Rio de Janeiro e Minas Gerais;* vide mais adiante o Capítulo VI.

16 Já expliquei o que significam essas palavras, quando se tratou de vegetação brasileira.

17 Cazal diz que o rio Piracicaba nasce na Serra da Lapa. Como nunca me falaram desse rio quando passei por essas montanhas, é possível que ele não tenha o mesmo nome em todo o seu curso.

18 Talvez seja melhor escrever como Pizarro: *Perineos.*

19 Os Srs. Spix e Martius relacionaram as codornas com os *Tinamus major e minor (Reise,* I, pág. 446).

50

abundância nas serras acima citadas, pelo menos naquelas em que a caça não foi ainda destruída.

O primeiro planalto que encontrei na Serra da Lapa é ondulado, vasto e rodeado de pequenas elevações onde a rocha se mostra a descoberto. Em certas partes o solo é muito pantanoso, e a planta dominante é uma Ciperácea muito grande, cujas folhas apresentam um caráter notável, tal o de ser dispostas em três fileiras longitudinais. Em outros lugares, menos úmidos e mais arenosos, nasce uma erva fina que me faz lembrar as montanhas de Auvergne. Todas essas pastagens têm uma coloração pardacenta, que, aliada à cor sombria das rochas, torna a paisagem triste e austera; os tufos de matas (capões) que se vêem aqui e ali, nas grotas, são a única nota menos triste destes lugares selvagens.

Não fiz a descida da Serra da Lapa no mesmo dia da subida. Passei a noite em uma casa que o intendente fizera construir para aí dormir, quando se dirige às forjas de Gaspar Soares. Essa casa, chamada *Rancho do Meio da Serra,* não oferece, absolutamente, comodidade. É uma grande construção sem janelas, rodeada no interior de leitos ou canapés rústicos (jiraus)[20] e onde a fumaça, não tendo outra saída que a porta, me incomodava extremamente enquanto trabalhava. Na ausência do intendente o rancho é vigiado pelos filhos de um cultivador das vizinhanças, que planta milho nos capões, e que provavelmente obteria melhores resultados se semeasse o centeio nos lugares menos úmidos da montanha.

O Rancho do Meio da Serra fica sobre uma depressão do terreno. Ao deixá-lo, atinge-se novo planalto. Este, pouco úmido, é cercado por outeiros desiguais, onde a rocha se mostra nua, e sua vegetação não difere da que observei na véspera, antes de chegar ao Rancho do Meio da Serra. Uma erva fina e muito densa compõe o conjunto dessa vegetação, e as plantas que crescem com mais abundância no meio dessa erva são: uma espécie de flores amarelas e caules ascendentes; várias espécies de Rubiáceas; a Melastomatácea denominada *Microlicia juniperina;* enfim a mesma Ciperácea com envólucro branco que encontrei na Serra de Santo Antônio.

Após haver deixado o planalto que acabo de descrever, passei a outro, mais elevado, que não é dominado por nenhum outeiro e cujo solo é úmido e pantanoso. Este último planalto é sem dúvida o ponto culminante da serra, e não deve estar abaixo de 5.500 a 6.000 pés acima do nível do mar. Várias Ciperáceas aí nascem em abundância. As outras plantas aí dominantes são a *Virgularia alpestris* Mart. e uma Melastomatácea (*Marcetia cespitosa* N), que encontrei igualmente na véspera, em lugares úmidos.

Um terceiro planalto, igualmente úmido, donde se descobrem vários tufos de matas, sucede ao que venho de descrever, apresentando a mesma vegetação. Depois deste começa-se a descer.

Em outeiros sempre menores atravessei três pequenos planos que são circundados de rochas e onde nascem as mesmas plantas encontradas no planalto que se atravessa ao deixar o Rancho do Meio da Serra.

Depois desses altiplanos, desce-se sempre; então a vegetação muda inteiramente, e encontram-se quase sem interrupção matas, na maioria *capoeiras* e *capoeirões;* enfim chega-se ao riacho de Ocubas; é preciso atravessá-lo a vau e dizem que depois das chuvas ele torna-se volumoso e difícil de passar.

Parei na fazenda de Ocubas,[21] cuja situação é bastante pitoresca. Esta fazenda foi construída a meia encosta sobre um monte que se eleva acima do riacho do mesmo nome. Em frente da habitação, vêem-se, à margem direita do

---

20 Dei a descrição em *Viagem pelas Provincias do Rio de Janeiro e Minas Gerais.*
21 Não encontrei esse vocábulo em nenhuma parte. É possível tratar-se de um nome de homem e que se deva escrever — Fazenda do Cubas, Rio Cubas.

riacho, outros montes cobertos de árvores sombrias que formam um anfiteatro. Mais longe, outeiros dominam os montes que venho de citar, e, estando menos cerradas as árvores que os cobrem apresentam uma tonalidade diferente da dos vegetais próximos. Do lado da fazenda a montanha apresenta uma crista de rochas pardacentas, mas que não mostra, na parte menos distante da habitação, senão um relvado, cuja verdura extremamente fresca contrasta agradavelmente com a cor carregada das matas virgens dos outros montes.

Apresentei-me em Ocubas, sob os auspícios do intendente, e não podia esperar senão boa recepção; mas a hospitalidade é tal nesta região, que, mesmo sem essa recomendação eu teria, estou certo, bondosa acolhida. Deram-me um pequeno quarto abrindo para fora. Em geral é numa peça separada do resto da casa que se agasalha o estrangeiro; desse modo evita-se-lhe o trânsito pelo interior da casa e ele não pode ver as mulheres.

A fazenda de Ocubas não tem ainda 60 anos de existência (1817), e, como tantas outras já se acha em decadência. De mais a mais suas terras não são boas. O milho não produz mais de uma espiga e rende apenas 100/1. Quanto à cana-de-açúcar, desenvolve-se muito bem em Ocubas, o que prova quanto desci durante o dia; pois que parti pela manhã de um ponto que deve ser muito mais elevado do que aquele em que a cana-de-açúcar pode começar a produzir.

Momentos após ter deixado Ocubas, entrei em florestas virgens, de vegetação muito vigorosa. O caminho era extremamente estreito, e uma grande quantidade de árvores, diferentes por sua folhagem, formavam sobre minha cabeça uma abóbada impenetrável aos raios solares. Cipós serpenteavam entre os grandes vegetais, unindo-se aos seus ramos, enquanto que as raízes de Arácea, chamadas cipó imbé,[22] caíam sobre minha cabeça, como fios a prumo. No silêncio da floresta, o *ferreiro (Casmarynchos nudicollis),* que eu não ouvia desde vários meses, fazia ecoar seus cantos graves e imitava com singular exatidão o ruído produzido pela lima e pelo martelo sobre o ferro. Todas as vezes que atravessei florestas virgens, depois de ter percorrido durante algum tempo regiões descobertas, experimentei um sentimento de profunda admiração. É aí que a Natureza mostra toda a sua magnificência, é aí que ela parece se desdobrar na variedade de suas obras; e, devo dizer com pesar, essas magníficas florestas foram muitas vezes destruídas sem necessidade.

Como sempre me acontecia ao atravessar florestas virgens, não vi nenhuma planta em flor nessas próximas de Ocubas. Para florescer, os vegetais têm necessidade de ar e luz; é por isso que em geral se encontram tão poucas flores nas florestas.[23]

Junto ao lugar chamado Mata-Cavalos, um monte muito alto se apresenta à frente do caminho. Seu flanco é coberto de matas virgens e ele termina por um rochedo a pique, achatado no alto. Dir-se-ia uma grande fortaleza construída sobre a montanha para impedir o viajante de prosseguir no seu caminho.

Um pouco mais longe o terreno torna-se pedregoso; nas encostas dos morros vê-se grande quantidade de indaiás,[24] havendo grandes áreas em que não crescem outras árvores. Essas palmeiras que isoladas emprestam belo efeito à paisagem, parecem tristes e monótonas quando reunidas em grande número. Semelhante observação já eu havia feito a respeito de uma mata de *Cecropia* (embaúba) que vi entre Ubá e Pau Grande, e creio que tal acontece com todas as espécies de porte muito característico. Apesar de viverem em sociedade as árvores de nossas florestas, nossos carvalhos, nossas faias, nossas bétu-

22 Vide *Viagem pelas Províncias do Rio de Janeiro e Minas Gerais.*
23 Idem.
24 Idem.

las, não apresentam uma tal monotonia, porque elas não têm formas tão pronunciadas e porque seus galhos podem se misturar de cem modos diferentes; mas as formas tão singulares, tão notáveis dos indaiás, das guarirobas, dos buritís, das *Cecropias,* são, salvo ligeiras modificações de colorido, eternamente as mesmas, e, em uma floresta de indaiás parece ver-se o mesmo indivíduo repetido milhares de vezes.

CAPÍTULO V

CAMINHO DO MORRO DE GASPAR SOARES A ITAJURU DE S. MIGUEL, PELA ALDEIA DE COCAIS. ESTADA EM ITAJURU.

O Autor dirige-se a Itajuru de S. Miguel de Mato Dentro. Região situada entre Itambé e Cocais. Fazenda do Couto; gineceu. Venda de Duas Pontes. Fazenda de Domingos Afonso; seu engenho de açúcar. Ponte do Machado. A aldeia de Cocais. Paisagem encantadora. Minas de ouro e de ferro de Cocais. Região situada entre Cocais e Itajuru de S. Miguel. Chegada a Itajuru. Contrariedades. Duas visitas. O índio Firmiano.

Após haver feito 3 léguas, saindo de Ocubas, cheguei, a 19 de novembro de 1817 à aldeia de Gaspar Soares[1] e, parti logo para ir a Itajuru de S. Miguel, à casa de meu excelente amigo Sr. Antônio Gomes de Abreu.[2] Como da minha passagem anterior, parei no rancho de Ponte Alta e na aldeia de Itambé; mas não encontrei quase nenhuma planta nos lugares onde, no mês de Março precedente, colhera um tão grande número. Isso vem provar, mais uma vez, que em geral as primeiras chuvas não são suficientes para fazer florir os vegetais. Em Minas a seca do inverno retarda a vegetação; para retomar a atividade perdida ela tem necessidade do calor do verão, acompanhado de chuvas; é necessário que os ramos se alonguem antes de florir, de modo que a maioria das plantas só pode dar flores ao fim da estação das águas e ao começo da seca, de fevereiro a maio, portanto.

Para ir de Itajuru a Itambé, passei, quando de minha primeira viagem, pela sucursal de Itabira de Mato Dentro. Não querendo passar por uma região que eu já conhecia, continuei a seguir, além de Itambé, pela estrada real que, sempre a leste da grande cadeia, vai de Mariana a Vila do Príncipe, e não deixei essa estrada senão entre as aldeias de Cocais e Catas Altas.[3] Toda a região percorrida, cerca de 10 léguas, entre Itambé e Cocais, é coberta de montanhas. Outrora esta zona apresentava florestas imensas, que foram queimadas para fazer lavouras,[4] e em seu lugar vêem-se hoje somente grandes samambaias, o capim gordura e capoeiras, no meio das quais há muito escassa área de terras de cultura.

Em seguida às primeiras chuvas, estando ainda em Tijuco, havia visto alguns insetos; mas quando me dirigia de Itambé a Itajuru, isto é, ao fim de novembro, esses animais tornaram-se já muito numerosos. Os insetos acompanham o ciclo da vegetação; desaparecem quando ela se retarda e são encontrados em grande quantidade na estação em que a Natureza sai de seu repouso, a do calor e das chuvas.

Entre Itambé e Duas Pontes, que fica a 4 léguas, existe apenas exíguo número de residências, e a única fazenda um pouco importante que vi nesse trecho foi a do Couto. Aí notei um pequeno pátio cercado de muros muito altos, ao qual estava ligada uma construção separada da habitação. O pátio e

---

1 Esta aldeia foi descrita em *Viagem pelas Províncias do Rio de Janeiro e Minas Gerais.*
2 Vide *Viagem pelas Províncias do Rio de Janeiro e Minas Gerais.*
3 Catas Altas foi descrita em *Viagem pelas Províncias do Rio de Janeiro e Minas Gerais.*
4 Vide o que escrevi em *Viagem pelas Províncias do Rio de Janeiro e Minas Gerais*, sobre o sistema de agricultura adotado pelos brasileiros.

55

o edifício eram destinados às mulheres escravas, e, cada noite o dono da fazenda tinha o cuidado de encerrar suas negras nessa espécie de gineceu. Alguns proprietários escrupulosos usam este sistema, a fim de salvaguardar suas escravas das perseguições dos homens.

Duas Pontes,[5] onde passei no dia em que deixei Itambé, é uma grande venda pertencente a Domingos Afonso, uma das mais importantes desta região. Já disse, em outra ocasião, que vários proprietários estabeleciam vendas às margens das estradas para poderem vender seu milho mais facilmente e a melhor preço. A de Duas Pontes foi construída em uma pequena planície cercada de colinas e onde passa o Rio Tanguí.[6] A venda tomou esse nome, porque efetivamente é preciso passar uma ponte para aí chegar e passar outra ao sair; a primeira foi construída sobre o Rio Tanguí e a segunda sobre o Macuco, que se lança no Tanguí não longe da venda. O solo dos arredores apresenta um barro avermelhado, misturado com um pouco de areia; é fértil e próprio para todas as culturas.

A pouca distância de Duas Pontes, depara-se, à direita do caminho, a bela fazenda de Domingos Afonso. Apresentei-me, demonstrando logo o desejo de ver a usina de açúcar; fui recebido a contento e conduzido ao engenho que, disseram-me, poder moer por dia 24 carros de cana. De todos os engenhos que vi na Província de Minas era esse o único cujos cilindros eram revestidos de lâminas de ferro e não pude deixar de admirar a elegância de suas rodas. A julgar-se somente pelo tamanho dos edifícios que a compõem, a fazenda de Domingos Afonso deve ser uma das mais importantes da província, e as aparências não enganam. Imensas plantações de cana dependem desta habitação; nela trabalham 130 escravos e, várias vezes por mês partem de Domingos Afonso para a cidade de Sabará, tropas carregadas de açúcar e aguardente.

De Duas Pontes fui pernoitar a 3 léguas e meia em uma pequena casa chamada Ponte do Machado. O proprietário dessa casita disse-me que outrora as terras dos arredores eram grandemente produtivas. Vários mineradores de Cocais e Santa Bárbara tinham aí fazendas de onde tiravam víveres para seus escravos; mas, por muito fértil que seja o terreno ele se esgota logo quando se lhe pede sempre sem lhe dar nunca; e foi o que aconteceu aos arredores de Ponte do Machado, como uma em uma multidão de outros lugares. O milho não rende mais em Ponte do Machado, do que 100/1; a cana somente produz açúcar um ano, sendo que o segundo corte serve apenas para fabrico de aguardente.

Entre Ponte do Machado e a aldeia de Cocais, distante apenas 2 léguas, descobrem-se as montanhas chamadas Serra de Cocais e chegando à aldeia passa-se e repassa-se várias vezes o riacho denominado Una.[7]

Havia muito tempo não gozava de vista tão agradável quanto a que me ofereceu a aldeia de Cocais, observada das montanhas opostas. Ela é construída ao mesmo tempo sobre o topo e sobre o flanco de uma colina que se eleva ao pé da serra. Esta, desenvolvendo-se atrás da aldeia, forma uma espécie de hemicírculo que apresenta grandes espaços cobertos de florestas sombrias, outros simplesmente revestidos de gramados e, aqui e acolá rochas de cor enegrecida. À direita, percebe-se, em grotas, duas grandes jazidas onde a terra se apresenta desprovida de vegetação e ao redor das quais se acham esparsas numerosas casas de negros. A colina onde se acha a aldeia, termina por uma larga plataforma, à frente da qual foi construída a igreja. Ao redor desta foram plantadas palmeiras cujos caules erectos e a folhagem leve contrastam de modo

---

5 Não se deve escrever *Dôs Pontes,* como fizeram na Alemanha.
6 Para a ortografia dessa palavra cingi-me à pronúncia que me pareceu comum na região; mas acredito ser melhor escrever *Tangue,* como fizeram os Srs. Spix e Martius.
7 *Una* ou *Pixuna,* na língua geral significa *negro,* nome que o rio deve à cor do terreno em que corre.

notável com as formas das árvores cerradas e copadas da serra, enquanto que a brancura das paredes da igreja faz ressaltar o verde sombrio dessas árvores. As casas que se estendem pelo flanco da colina, pequenas e baixas, são separadas umas das outras por grupos de bananeiras, cafeeiros e laranjeiras, de tal modo densas que em parte nenhuma deixam perceber o solo. Em todos os arredores da colina a terra foi rasgada em todos os sentidos pelos mineradores, que revolveram igualmente as margens do riacho Una, que corre sobre um leito enegrecido suas águas sujas pela argila vermelha que resulta da lavagem do ouro. O conjunto dessa paisagem apresenta um caráter particular; nada lembra a Europa; as cores da montanha, as árvores copadas que a cobrem, as jazidas que se avistam, as palmeiras que cercam a igreja, a forma das casas contra as quais se apertam bananeiras e laranjeiras, tudo é brasileiro; até a cor do Una.

Passeei pela aldeia, cujo interior não apresenta nada de notável. Como já disse, as casas são pequenas; não estão em estado de decadência, como as de tantas outras aldeias das regiões auríferas; mas em geral não denunciam abastança.

Cocais,[8] sucursal da paróquia de S. João do Morro Grande, que fica a cerca de 2 léguas e que depende do termo de Caeté, deve sua existência a algumas jazidas que produziram muito ouro, mas que hoje já não mostram grande abundância.[9] Essas minas pertencem a uma só família, da qual depende quase toda a aldeia e a região circunvizinha. Os chefes dessa família acabam de montar (1817) forjas à margem do Una; eles vendem uma parte do ferro que fundem em seu estabelecimento e, com o resto fabricam instrumentos necessários à exploração de suas minas. Dizem que o ferro de Cocais é de muito boa qualidade; assim, quando o ouro estiver completamente esgotado, as forjas poderão sem dúvida contribuir para a subsistência da aldeia.

Foi além de Cocais que deixei a grande estrada de Vila do Príncipe a Vila Rica, para tomar o caminho de Santa Quitéria e Itajuru de S. Miguel de Mato Dentro.

Continuei a atravessar a região outrora coberta de matas virgens. Tufos de matas mostram-se ainda aqui e acolá, principalmente nos outeiros; mas, por todos os lados só se vêem terrenos cobertos de capim gordura.

Chegado próximo do Rio de Santa Bárbara segui seu curso até à aldeia do mesmo nome.[10] As duas margens do rio foram revolvidas pelos mineradores; retiraram daí bastante ouro, mas o metal esgotou-se e a povoação de Itajuru de Santa Bárbara, que precede a aldeia de Santa Bárbara, está hoje quase abandonada. Nesse povoado, cujas casas são muito separadas umas das outras, e construídas a pouca distância do rio, existe uma que por seu tamanho chamou-me a atenção, podendo ser comparada a um de nossos castelos. Desta casa, que pertencia à família do capitão Pires, da aldeia de Itabira,[11] dependia outrora uma mineração importante; essa mineração esgotou-se e a casa está atualmente quase abandonada.

Após ter feito duas léguas e meia, parei na bela habitação de Santa Quitéria, onde fui tão bem recebido como da primeira vez pelo coronel Antônio Tomaz de Figueiredo Neves.[12]

Para ir de Santa Quitéria à habitação de Itajuru de S. Miguel de Mato Dentro, segui o caminho já meu conhecido de minha viagem à Serra do Caraça. Nunca estive tão impaciente por chegar. Esperava encontrar em Itajuru notícias da Europa, e ia rever meu excelente amigo, o respeitável Sr. Antônio Gomes de Abreu e Freitas, o brasileiro que me inspirava maior confiança e afeição.

---

8 Procurei saber se cocais não vinham de cocão, nome de uma espécie de árvore própria para as encostas (vide *Viagem pelas Províncias do Rio de Janeiro e Minas Gerais*). É mais provável que este vocábulo seja simplesmente o plural de *cocal*, que segundo o autor da Corografia Brasileira, significa no Brasil um lugar plantado de coqueiros.

9 O ouro nesta região, segundo os Srs. Spix e Martius, é de 22½ k.

10, 11 e 12 Vide *Viagem pelas Províncias do Rio de Janeiro e Minas Gerais*.

O capitão Gomes acolheu-me, com muita amizade, mas não recebera para mim nenhuma carta de França, e à contrariedade que experimentei, decepcionado em minhas mais doces esperanças, vieram juntar ainda outras amolações. O caráter do pobre Prégent se alterava dia a dia; Silva e o tocador João Moreira, de volta a sua terra, queriam por têrmo às suas viagens, e, durante muito tempo o capitão Gomes procurou inutilmente dois homens que quisessem conduzir os animais.

Como a vegetação dos arredores de Itajuru é pouco variada, nenhuma descoberta me compensou do atraso a que fui obrigado; receava tornar-me pesado ao meu excelente hospedeiro, e a vida sedentária que era forçado a levar juntava-se ao mau estar que não cessara de experimentar depois de minha queda.

Entretanto duas visitas que recebemos durante minha estada em Itajuru amenizaram minhas contrariedades. Fiel à sua promessa, o capitão Pires, de Itabira, veio passar alguns dias em casa do Sr. Gomes, fazendo-me gozar de sua palestra, tão agradável quão instrutiva.

A outra visita não era esperada. Saía um dia do pátio da habitação, quando vi entrar um homem que me perguntou se eu era filho do capitão Antônio Gomes; tendo respondido negativamente, mostrei-lhe ainda a residência do dono da fazenda e continuei meu caminho. Todavia o modo de trajar desse viajante, sua fisionomia, seu ar desembaraçado e a vivacidade de seus movimentos haviam me impressionado; após alguns instantes de reflexão não duvidei tratar-se de um francês, e voltei. Um criado estrangeiro achava-se à porta do pátio, era o do viajante; difícil enganar-se sobre a que nação pertencia; dirigi-lhe a palavra em francês, e sua resposta provou-me que tomando-o por um compatriota eu não me enganara em minhas conjecturas. Corri ao encontro de seu patrão e tive grande satisfação em abraçar, tão longe de meu país, um patrício igualmente recomendável por sua instrução e por seu caráter. O viajante que vinha de chegar a Itajuru era o Sr. Monlevade, engenheiro de Minas, antigo aluno da Escola Politécnica, chegado recentemente ao Brasil, tendo deixado o Rio de Janeiro para percorrer a Província de Minas Gerais. Travara amizade, antes de sua partida, com o Sr. Antônio Ildefonso Gomes, e esse moço lhe dera uma carta de recomendação para os habitantes de Itajuru.

O Sr. Monlevade fixou residência em Minas Gerais; aí estabeleceu fundições e poderá prestar grandes serviços à bela terra que se tornou para ele uma segunda pátria.

Enquanto que eu ansiava por deixar Itajuru, o botocudo Firmiano[13] desejava aí ficar para sempre. Esse rapaz continuava alegre e contente. Eu temia torná-lo infeliz, tirando-o das florestas, mas até então esse temor não se justificara. Alheio a todos os nossos costumes, Firmiano não era atormentado pela cupidez, nem pela ambição; seus desejos não iam além das primeiras necessidades da vida e eu podia satisfazê-los todos, logo que os demonstrava. Gozando o dia de hoje e entregue à sua imprevidência, ele não considerava o futuro senão como a continuação da felicidade que usufruia. Demonstrava inteligência, não se recusava a trabalhar e era mesmo muito zeloso por tudo quanto concernia aos animais de carga. Lembrava-se perfeitamente dos lugares por onde havíamos passado, e, se se esquecia de alguns era sempre daqueles onde não tinha sido bem recebido. Nunca tendo sido maltratado, não tendo mesmo sido contrariado sem razão, havia conservado todas as suas graças selvagens, e como estava sempre alegre, era sempre recebido com bondade. O capitão Antônio Gomes e toda a sua família, amavam-no muito; as mulheres admitiam-no no interior da casa e ele divertia-as por seu bom humor e ingenuidade. Prendia-se àqueles que lhe faziam o bem e, grato pelas bondades que lhe pro-

13 A história de Firmiano encontra-se em *Viagem pelas Províncias do Rio de Janeiro e Minas Gerais.*

porcionaram em Itajuru, disse um dia: "Vou ficar aqui, não posso ir para a França, meu coração não poderá ir". Mas, é preciso confessar, os índios acabam sempre por adquirir alguns defeitos, pela aproximação dos homens de nossa raça. Para que permanecesse como era então, seria preciso que Firmiano nunca se separasse de mim e de meu criado. Após a morte deste último, o pobre selvagem teve quase sempre sob os olhos exemplos detestáveis; sendo naturalmente imitador, perdeu-se e nunca mais foi feliz.

CAPÍTULO VI

PARTIDA DE ITAJURU. A CIDADE DE CAETÉ A SERRA DA PIEDADE E A IRMÃ GERMANA.

O Autor deixa Itajuru. Descrição geral da região situada entre Itajuru e Sabará. Habitação de Boa Vista; festas de Natal. O Autor separa-se do capitão Antônio Gomes de Abreu e Freitas. O Rio Santa Bárbara. A aldeia de S. João do Morro Grande. Uma cruz. Algumas palavras sobre o caráter dos mineiros. A habitação de Morro Grande. A cidade de Caeté; seu nome; sua história; suas ruas e suas casas; sua igreja. Carneiros. Arraial de N. S.ª da Penha. Habitação de Antônio Lopes, seu proprietário. A serra da Piedade; sua vegetação; vista que se goza de seu cume; a capela que foi construída nessa montanha; seus eremitas e os da Província de Minas, de modo geral; uma grota. História e doença da freira Germana. Falso sobreiro. Uma trovoada. Aldeia de Cuiabá. Aldeia do Pompéu. Chegada a Sabará. Reflexões sobre os inconvenientes da exploração das minas e sobre o sistema de agricultura usado pelos brasileiros.

Havia mais de um mês que me achava em Itajuru, quando, encontrando enfim um tropeiro, pus-me em marcha. Não querendo voltar a Vila Rica pelo caminho já meu conhecido, fiz uma longa volta pelas cidades de Caeté e Sabará, seguindo direção oeste-nordeste. Segui então o lado oriental da grande cordilheira; depois, tendo atravessado essa cadeia nas proximidades de Caeté, achei-me, pela terceira vez, no lado ocidental. A região que percorri numa extensão de cerca de 20 léguas até à cidade de Sabará, é extremamente montanhosa tendo sido fornecedora de prodigiosa quantidade de ouro; poucas são as culturas que aí se vêem, e quase por toda parte o capim gordura toma o lugar das florestas primitivas. É uma região que nada apresenta parecido com a brilhante monotonia do Deserto. A altura das montanhas, a profundidade dos vales, as escavações irregulares feitas pelos mineradores, as formas majestosas dos grandes vegetais e sua verdura sombria, emprestam às paisagens uma austeridade atenuada apenas pelo azul resplandescente do céu dos trópicos.

Como ao deixar Itajuru eu devia ir pernoitar em casa do irmão do capitão Antônio Gomes de Abreu e Freitas; este último e seus dois filhos, João e Gomes, quiseram me acompanhar. Ainda não era chegado o momento de me separar desses excelentes amigos; entretanto sentia meus olhos encherem-se de lágrimas, quando, olhando para trás, avistava ainda a habitação de Itajuru onde encontrara por duas vezes a hospitalidade mais amável e mais tocante.

Até próximo de Santa Bárbara seguimos caminho já meu conhecido e que vai dessa aldeia a Itajuru e a S. Miguel. Quando deixamos esse caminho, a Serra do Caraça[1] logo se nos apresentou, com toda a sua majestosidade. Até então víamos apenas jazidas abandonadas, vastos campos de capim gordura e tufos de matas, reduzidos restos das florestas primitivas.

Era já muito tarde quando partimos de Itajuru; a uma légua de Boa Vista, a habitação aonde devíamos pousar, fomos surpreendidos por uma noite profunda e nos perdemos. O bom capitão Antônio Gomes mostrava-se desesperado

---

* No original francês a numeração dos capítulos está errada do V em diante. (N. T.)
1 Esta montanha é descrita em *Viagem pelas Províncias do Rio de Janeiro e Minas Gerais.*

61

com esse imprevisto; mas sua contrariedade era unicamente por minha causa. Fomos enfim felizes de encontrar, em meio a escuridão, alguém que teve a bondade de nos servir de guia que nos conduziu até à casa do Sr. João Vieira de Godói Álvaro Leme, um dos parentes do capitão. Este proprietário, homem de cerca de 50 anos, tinha aparência alegre e jovial, e o que é raro neste país, tinha olhos azuis e os cabelos louros. Descendia de uma dessas famílias de paulistas que tantas descobertas fizeram no interior do Brasil; animado do mesmo espírito de seus antepassados, havia arrostado por várias vezes os numerosos perigos de uma viagem pelo Rio Doce, e eu lhe devo, a respeito desse rio, as informações que em seguida mencionarei.

O Sr. João Vieira forneceu-nos uma lanterna e um novo guia. Após pôr-mo-nos a caminho, descemos logo um monte extremamente íngreme; a lanterna não produzia senão uma luz fraca; nossos animais, como que arrastados pelo declive da montanha, pareciam nos lançar em algum abismo, e nós nos mantínhamos em profundo silêncio. Entretanto chegamos sem acidente à habitação de Boa Vista, e fui perfeitamente recebido pelo capitão João José de Abreu.

A vista do capitão Antônio Gomes devia ser muito agradável a seu irmão, tanto mais que nos achávamos em tempo de Natal, e essa época é para os brasileiros a da reunião das famílias. Os filhos estabelecidos longe de seus pais, vão então visitá-los e, após uma longa separação, celebram com banquetes o prazer do reencontro.

A casa do capitão João José fica quase à beira do Rio Santa Bárbara. Todos os morros que rodeiam esta habitação e os que lhe ficam em frente são cobertos de capim gordura. Fiz uma herborização nas vizinhanças do rio, sem nada encontrar; o capim gordura é, como já tive oportunidade de dizer, um ambicioso que não admite sociedade. Aqui, como em outros lugares, as margens do Rio Santa Bárbara foram revolvidas pelos mineradores; mas os morros próximos que devem encerrar também muito ouro, não foram explorados, devido a ser muito difícil o trabalho neles.

Poderia citar uma mina pertencente ao capitão João José de Abreu, situada ao meio de um dos outeiros que circundam a casa; ela ainda não havia sido explorada, ou o tinha sido ligeiramete, e entretanto prometia, segundo diziam, tantas riquezas quanto as montanhas de Itabira.[2]

O Sr. João José ofereceu-me guardar em sua casa as malas que eu não precisava transportar comigo, assim como os animais que as carregavam, para enviá-los diretamente a Vila Rica. Aceitei o oferecimento do capitão deveras agradecido, porquanto vários dos meus animais de carga achavam-se cansados, sendo preciso cada dia um tempo enorme para carregar as numerosas coleções que eu tinha formado durante um ano na Província de Minas.

Deixei a fazenda da Boa Vista a 2 de janeiro de 1818. O capitão Antônio Gomes, seu irmão e seus filhos acompanharam-me até à aldeia de S. João do Morro Grande. No momento de nossa separação o capitão estava alagado em lágrimas e seus filhos pareciam vivamente comovidos.

Tomei grande parte na enorme sensibilidade desses excelentes amigos, e a idéia de nunca mais revê-los me pareceu insuportável. Quando me vi só, não pude deixar de maldizer as viagens que parecem nos proporcionar o ensejo de conhecer homens de bem só para nos forçar a uma separação imediata; sombrios pressentimentos, que foram acertados, juntaram-se às minhas recordações fazendo-me cair em profunda melancolia; entretanto as distrações da viagem dissiparam pouco a pouco minha tristeza e cheguei resignado ao lugar aonde devia pousar.

Pouco depois de ter deixado Boa Vista, passamos o Rio Santa Bárbara, cujas águas são avermelhadas, como todas as que servem à lavagem do ouro.

---

2 Vide *Viagem pelas Províncias do Rio de Janeiro e Minas Gerais*.

Esse rio nasce na grande cordilheira, no lugar chamado Capanema,[3] distante 6 léguas da habitação de Boa Vista; ele muda de nome várias vezes; recebe na aldeia de Barra o Rio Caeté e lança-se no Piracicaba bem abaixo de S. Miguel.

Entre Boa Vista e S. João do Morro Grande, vi de tempo em tempo, casas e campos de milho. Quando atravessei esta parte da província pela primeira vez ela me pareceu deserta; mas depois que percorri o sertão achei-a extremamente povoada. Os mesmos objetos parecem diferentes ao viajante, segundo a natureza dos têrmos de comparação. Após uma grande estada no Cabo da Boa Esperança, Sparman teve enfim uma idéia exata dessa região e se viajantes fizeram magníficas descrições a respeito da mesma, foi, segundo Sparman, porque antes eles não tinham sob às vistas, durante muito tempo, senão céu e mar.[4]

A aldeia de S. João do Morro Grande, onde me separei do capitão Gomes, é a cabeça de uma paróquia cuja população ascende a 5.420 habitantes, e que compreende cinco sucursais.[5] S. João fica a 19º57' de lat.,[6] às margens do Rio Caeté e ao pé dos montes que o dominam. Outrora o ouro era encontrado com abundância nas vizinhanças deste rio; mineradores para aí acorreram e construíram a aldeia de S. João; mas as minas logo se esgotaram e a aldeia teve a mesma sorte que tantas outras, estando atualmente inteiramente abandonada. Não perdeu, contudo, todo o seu antigo esplendor; porque resta-lhe ainda uma das mais belas igrejas que vi na Província de Minas.

Quase logo após ter atravessado S. João do Morro Grande, passei diante de uma cruz, sobre a qual não posso deixar de dizer algumas palavras. Um homem, viajando nessa região, acreditou ter visto almas do purgatório, que volteavam ao redor de seu cavalo, sob a forma de pombos, pedindo-lhe preces. Em memória dessa aparição ele fez erguer a cruz; a história que venho de relatar acha-se gravada ao pé da mesma.

Para ir de S. João à fazenda do Morro Grande, onde parei, ladeei sempre o Rio Caeté. Por toda parte suas margens foram escavadas pelos mineradores; grande foi a produção de ouro, mas hoje ela está esgotada. Os mineradores dispersaram-se e agora a região acha-se em triste abandono. Os canais que levavam águas às jazidas estão semi-destruídos e de espaço em espaço encontram-se casas vazias que caem em ruínas. Como já disse, o estabelecimento do minerador não seria durável. Esgotada a mina é preciso que ele vá, em busca da fortuna, a outro lugar; quase sempre imprevidente, a cabeça cheia de vãs esperanças, ele nada economiza para o futuro e quase sempre termina na miséria uma vida iniciada na opulência.

A fazenda do Morro Grande pertencia ao sargento-mor Domingos Pinto, que eu havia visto em Itajuru, e que me recebeu muito bem. Trata-se de um homem bem educado e de modos extremamente distintos. De um modo geral foi a comarca de Sabará a parte da província onde até então eu havia encontrado maior número de brancos e ao mesmo tempo os homens mais polidos e mais instruídos.[7] Na época em que havia opulência nesta região os pais enviavam alguns de seus filhos à Universidade de Coimbra, a fim de torná-los capa-

---

3 E não *Campanéma*, como querem na Alemanha. *Capanema* parece-me vir das palavras guaranis *cad:* montanha e *panemá*, espécie de árvore que produz flores amarelas. Não conheço, entretanto, a árvore em questão e duvido sobre se esse nome foi dado à mesma planta em Minas e no Paraguai. Um cidadão muito instruído, que encontrei nas Missões do Uruguai e ao qual devo muitas informações sobre a etimologia indígena, disse-me que os hispano-americanos dão o nome de *retama* ao *panemá* dos guaranis. Mas *retama*, em espanhol, significa *giesta* e esse nome terá sido certamente aplicado na América a uma ou várias plantas bem diferentes das giestas da Europa.

4 *Voyage au Cap. de Bonne Espérance.*

5 Piz. *Mem. Hist.* VIII, pág. 112.

6 *Loc. cit.*

7 Há provavelmente mais considerável número de brancos na parte da comarca de Rio das Mortes vizinha de S. João d'El Rei, e na própria cidade de S. João; mas eles são muito menos civilizados que os de Sabará.

zes de ocupar altos cargos; e se estes últimos não puderam fazer o mesmo com seus filhos, ao menos acharam-se em condições de transmitir algumas luzes às suas famílias. Como disse alhures[8] o seminário de Mariana que havia sido fundado por alguns mineradores ricos, foi também muito útil a toda região; mas, à época de minha viagem não havia para a educação outros recursos além dos "mestres de escola" propriamente ditos, alguns professores de gramática latina, pagos pelo governo, mas inteiramente independentes, e enfim um professor de filosofia, residente em Vila Rica.

Deixando a fazenda do sargento-mor Domingos Pinto, fui ver suas minas, das quais dei a descrição na primeira parte desta obra, e que são situadas na montanha chamada Morro Grande. É a essa montanha que a fazenda do Sr. Pinto e a aldeia de S. João devem provavelmente os nomes.

Após haver examinado a jazida do sargento-mor, continuei a subir e vi ainda outras minas em exploração. Começaram, como disse, por procurar o ouro nas margens dos rios onde era fácil de extrair; mas, depois que os terrenos de aluvião não produziram mais nada, foi preciso procurá-lo no interior das montanhas.

Ao pé do Morro Grande passei por uma habitação onde para quebrar o minério de ferro que contém ouro, se serviam de "bocards" análogos aos empregados na Europa. É de crer-se que esse processo mecânico será aos poucos adotado em outras minas, e quando faltar a água ela será substituída por bois ou mesmo, com o tempo, por máquinas a vapor.

Após haver seguido por um vale emoldurado por montes de uma altura considerável, cheguei enfim à cidade de Caeté.

O nome desta cidade que, na língua dos índios, significa "montanha coberta por grossas árvores", foi-lhe dado outrora, porquanto efetivamente existiram grandes florestas em suas vizinhanças.[9] Foram o sargento-mor Vardes e os irmãos Guerra, oriundos de Santos, os primeiros descobridores desta região e que a povoaram.[10]

Caeté é célebre na história das Minas, como tendo sido teatro de um dos primeiros conflitos que fomentaram a guerra civil entre os paulistas e os forasteiros ou estrangeiros.

Dois paulistas, Júlio César e Jerônimo Pedroso, achavam-se no adro da igreja de Caeté, quando viram passar um forasteiro trazendo à mão um bacamarte. Esta arma despertou-lhes cobiça e, para dela se apoderarem, eles não acharam meio mais fácil que o de acusar o portador de tê-la roubado. Manuel Nunes Viana foi testemunha dos esforços que faziam para tomarem o bacamarte ao estrangeiro e dos insultos que lhe dirigiam. Manuel, por sua vez, era natural de Portugal; era um homem forte, prudente e corajoso; percebeu que o objeto em litígio pertencia bem legitimamente ao seu portador e intercedeu em favor desse homem. Houve troca de palavras ofensivas e Manuel Nunes desafiou os paulistas ao campo da honra. Mas a esse tempo era pouco usado entre os brasileiros o costume de solucionar questões em combates singulares; os dois paulistas acharam que seria menos perigoso reunir seus parentes e amigos e atacar Manoel Nunes em sua própria casa. A notícia dessa disputa correu logo aos arraiais de mineiros de Sabarabussu e de Rio das Velhas e os forasteiros passaram a considerar Manuel Nunes como seu chefe e defensor.

---

8 Vide *Viagem pelas Províncias do Rio de Janeiro e Minas Gerais*.
9 Creio que freqüentemente pronuncia-se *Caité*, tendo-se escrito *Cahyté, Caethé* e *Caité*. A ortografia que sigo deve ser adotada porquanto é a que mais se aproxima da etimologia indígena. Com efeito os termos indígenas são *caá eté*, que o padre António Ruiz de Montoya traduz: "monte verdadeiro de palos gruesos", e que não significam, por conseguinte, como se acreditou — "mata espessa sem clareira", mas "montanha coberta de grandes árvores".
10 É pelo menos o que informa Southey (*Hist. of. Brazil* III, 8); mas Pizarro atribui essa descoberta a um sargento-mor paulista, chamado Leonardo Nardes. A diferença que se encontra entre Vardes e Nardes é devida provavelmente a um erro tipográfico ocorrido a um ou ao outro Autor.

De resto, se a guerra civil teve início em Caeté, foi também nessa localidade que ela começou a ter fim. Quando o governador do Rio de Janeiro, Antônio de Albuquerque Coelho, se apresentou para repor a região no caminho da ordem, teve em Caeté conferências com Manuel Nunes Viana, conseguindo que este se demitisse do poder de que se achava ilegalmente revestido pelo voto de estrangeiros.

Em 1714 Caeté foi elevada a cidade, sob o nome de Vila Nova da Rainha, nome que não foi adotado na linguagem habitual. Seu têrmo faz parte da comarca de Sabará; é administrada por dois juízes ordinários e compreende cinco paróquias: a da cidade, contando cerca de 5.000 habitantes e as de S. João do Morro Grande, Santa Bárbara, S. Miguel de Piracicaba e a de Curral d'El Rei.[11]

A cidade de Caeté acha-se a 19º50'[12] e está construída à margem de um regato, sobre a encosta de uma colina; é mais comprida do que larga; suas ruas são amplas e calçadas e, se na maioria as casas são de um andar apenas, ao menos vê-se que foram bem construídas. Esta cidade devia ser muito agradável no tempo em que era próspera; mas teve a mesma sorte que tantas outras, que deviam suas origens à presença do ouro; suas minas esgotaram-se e a cidade foi abandonada. Vê-se aí um grande número de casas belas atualmente desertas e caindo em ruínas. Sua população atual não vai além de 300 ou 400 almas.

Há todavia em Caeté um monumento que assinala o seu antigo esplendor — é sua igreja. Não somente não havia visto em toda a Província de Minas uma única que fosse tão bonita; mais ainda, duvido que exista no Rio de Janeiro alguma que se lhe possa comparar. A igreja paroquial de N. S.ª do Bom Sucesso, começada há cerca de 50 anos (1818) custou, disseram-me, 112.000 cruzados (280.000 fs.). É construída de pedras e, desde seu exterior chama a atenção por sua grandiosidade. Sua nave é muito larga e contei 47 passos do altar-mor à porta, o que é um tamanho considerável para o Brasil, onde as igrejas são em geral pequenas. Como nas demais os altares laterais são colocados obliquamente;[13] a balaustrada existente ao redor da nave, separando-a do santuário, foi feita com madeira de jacarandá, negro como o ébano. Acima da porta de entrada vê-se uma grande tribuna; a sacristia é igualmente muito grande e eu admirei a limpeza aí reinante. Todo o edifício é iluminado por doze grandes vitrais nada havendo dessa obscuridade que nos inspira tristeza quando entramos em nossas igrejas. A de Caeté é ornada com extremo gosto. Não pouparam os dourados, entretanto não foram empregados exageradamente e as pinturas do teto, bem como as imagens dos santos são melhores que as de todas as igrejas que até então visitei na Província de Minas.

Deixando a cidade de Caeté, dirigi-me à Serra da Piedade, montanha que fica a 2 léguas e que é um dos picos mais altos da cadeia ocidental. Quase imediatamente comecei a subir, e durante algum tempo fiquei admirado com a cor da terra, que é quase branca, assemelhando-se à dos arredores de S. João, em Minas Novas.

Desde que me acho na Província de Minas ainda não tinha visto tantos carneiros como nos arredores de Caeté, sendo todavia muito pequenos rebanhos, comparados aos da França. É entretanto incontestável que as pastagens das montanhas de Minas Gerais são muito próprias à criação de ovinos; nesta região as ovelhas não exigiriam tantos cuidados como na Europa e não será exagerado estranhar que a administração não trate de encorajar uma fonte de renda que

---

11 Piz. *Mem. Hist.*, VIII, págs. 112-113.
12 Piz. *Mem. Hist.*, VIII, pág. 110.
13 Vide *Viagem pelas Províncias do Rio de Janeiro e Minas Gerais.*

acabará por libertar o Brasil do maior tributo talvez, de todos que ele paga à Europa.[14]

A pouca distância de Caeté, encontra-se um grande número de casebres, construídos sem dúvida na época em que havia abundância de ouro na região, todos atualmente abandonados. O mesmo acontece no povoado da Penha, ou N. S.ª da Penha, situado a uma légua de Caeté, construído igualmente por mineradores. Esta aldeia possui uma capela, pequena mas muito bonita. A Serra da Piedade fica defronte desta última, apresentando à extremidade de exíguo horizonte, uma massa arredondada, sobre a qual rochedos se mostram, aqui e ali, no meio de um gramado pardacento.[15]

Pouco tempo após haver passado por Penha, entrei em matas, e, subindo sempre, cheguei enfim a uma fazenda situada ao pé da Serra da Piedade, chamada Fazenda de Antônio Lopes. Esse Lopes era um pobre velho que me acolheu do melhor modo possível. Meu criado caiu doente em sua casa; vi-me obrigado a aí ficar durante uma semana, e, durante todo esse tempo, a bondade e a alegria de Antônio Lopes não se desmentiram. Meus camaradas cozinhavam; mas o excelente velho fez questão que eu compartilhasse de suas refeições. Quase sempre serviam-nos um caruru de chicória, e uma canjica que por sua cor mostrava a sujeira da vasilha onde tinha sido cozida; mas isso era tudo quanto Lopes dispunha e ele oferecia-o de bom grado.[16]

A parada que fiz em casa desse velho permitiu-me percorrer a Serra da Piedade, estudar sua vegetação e observar o que essa montanha apresenta de interessante. Ela tem cerca de 5.400 pés de altura (acima do nível do mar),[17] e acha-se situada a 4 léguas da cidade de Sabará. Como para chegar à fazenda de Antônio Lopes já se subiu bastante, a distância em linha reta, dessa habitação ao cume da montanha, não é, ao que me pareceu, muito considerável; entretanto as bananeiras e a cana-de-açúcar dão bem na fazenda e por conseguinte esse lugar deve ser menos elevado que a aldeia de Congonhas da Serra, onde, como se viu, as geadas não permitem o cultivo dessas plantas.

Para atingir a serra dá-se uma grande volta; mas pode-se chegar até ao cimo mesmo a cavalo. Atravessa-se então terrenos outrora cultivados e hoje cobertos de matas. São matas do tipo capoeirão, que sucedem às capoeiras, mau grado não ter encontrado nelas nenhum dos arbustos que compõem as capoeiras.[18] Logo que se sai das matas de que venho de falar, começa-se a subir uma encosta firme; o terreno é todo ferro; rochas mostram-se aqui e acolá; não se depara nenhuma fonte e a vegetação, muito fraca não apresenta senão arbustos, subarbustos e ervas. É somente no lugar em que as matas deixam de aparecer e onde a terra não mais se presta à cultura que a montanha toma, na região, o nome de Serra da Piedade. Esperava aí encontrar grande número de plantas, mas fui decepcionado em minhas esperanças; as espécies que aí aparecem são das mesmas que colhi na Serra do Caraça, com a diferença que esta última apresenta uma quantidade de vegetais bem mais considerável que a Serra da Piedade visto ser mais úmida. As plantas mais comuns na parte descoberta da Serra da Piedade são duas espécies de Compostas, uma

14 Talvez volte a esse assunto em *Viagem às Nascentes do Rio São Francisco e pela Província de Goiás.*

15 É preciso não confundir o arraial da Penha, vizinho de Caeté, com a aldeia do mesmo nome pertencente ao termo de Minas Novas (vide *Viagem pelas Províncias do Rio de Janeiro e Minas Gerais.*

16 Pela palavra *caruru* entende-se em geral um cozido de ervas picadas. Já disse que se chama *canjica* ao milho cozido na água, sem sal e sem manteiga vide *Viagem pelas Províncias do Rio de Janeiro e Minas Gerais.*

17 Vide Spix e Mart. *Reis*. 422.

18 Viu-se em *Viagem pelas Províncias do Rio de Janeiro e Minas Gerais* que para fazer plantações em uma terra virgem, cortavam-se e queimavam-se as florestas que a cobriam; que após haver obtido um par de colheitas deixava-se a terra repousar; que aí cresciam então matas pouco vigorosas, chamadas *capoeiras*, inteiramente diferentes das florestas primitivas, e que, enfim, deixando-se as capoeiras crescer sem impecilho, desde que aí não se pusessem animais a pastar, apareciam novas matas denominadas *capoeirões* (plural de *capoeirão*), onde, como reafirmo aqui, não se vêem os arbustos das capoeiras.

Leguminosa *(Betencourtia rhinchosioides* N), uma Convolvulácea a que chamei *Evolvulus rufus;* enfim uma bela Gesneriácea cujas folhas têm a face dorsal violeta púrpura e com flores tubuladas de um vermelho delicado, dispostas em umbela etc. *(Gesnera rupicola,* var. *pulcherrima).*

A montanha termina por uma pequena plataforma, de onde se descobre o mais extenso panorama que me foi dado apreciar depois que me acho na Província de Minas; mas essa vista apresenta apenas uma sucessão de montes e vales que se repetem e se tornam fatigantes pela monotonia. A vista da gente procura em vão um lago, um rio ou uma aldeia sobre a qual possa repousar; há sempre a preocupação de situar as habitações nas depressões, onde não podemos vê-las; a Serra do Caraça é o único acidente que empresta um pouco de variedade a um trecho da paisagem, por sua altura e forma de seus rochedos. Na verdade os habitantes da região reconhecem, nesse vasto horizonte, a cidade de Sabará, o Rio das Velhas e a povoação de Santa Luzia; mas, esses diferentes pontos, distantes de 4 a 5 léguas, não poderão ser distinguidos pelo estrangeiro que nunca percorreu a região.

No alto da Serra da Piedade foi construída uma capela muito grande, contra a qual apoiaram, à direita e à esquerda, edifícios onde residem os eremitas da montanha e os peregrinos que a devoção leva a esse lugar. Todas essas construções são de pedra e datam de 40 anos atrás (escrito em 1818). Em frente à capela vêem-se rochedos, no meio dos quais foram colocadas cruzes destinadas aos "passos" que se celebram na semana santa.

Fiquei tão encantado quanto surpreso de achar, no alto da montanha, algumas plantas européias, que se multiplicaram em extrema abundância e que provavelmente não poderão mais desaparecer. Tais são o nosso morangueiro, o *Cerastium vulgarum* e a *Stellaria media.* Um eremita semeou, sem dúvida, a primeira dessas plantas; entre as sementes vieram naturalmente as das outras espécies, e as três plantas, encontrando nessa altitude uma temperatura que lhes convém, proliferam por toda parte e vegetam como em seu país de origem.

Os eremitas que ocupam a espécie de monastério da Serra da Piedade são simples leigos. Usam um grande chapéu e uma batina, ou melhor uma espécie de "robe de chambre" preto. Quando de minha viagem eles eram apenas três: dois pequenos mulatos muitos ativos e um velho branco que, confesso, provocou-me grande desejo de rir, por seu ar distraído, por seu semblante rubicundo e sua cabeleira postiça, velha e dilatada, já meio roída pelos ratos. À capela da Piedade pertencem uma fazenda e algumas terras situadas ao pé da montanha; poder-se-ia pensar que os eremitas cuidam da fazenda e que, a exemplo dos antigos anacoretas eles se dedicavam ao cultivo da terra; mas tal não acontece; eles acham muito mais cômodo recorrer à caridade pública e a fazenda não é para eles mais que um abrigo, quando regressando de esmolar, não querem subir logo à montanha. É preciso convir, todavia, que seu trabalho não seria suficiente à subsistência e manutenção da capela; mas esses dois jovens mulatos, cheios de vida e saúde, deviam, parece-me, começar por tirar partido das terras à sua disposição, antes de recorrer à generosidade dos fiéis.

Para dar uma idéia do que são os eremitas, aliás pouco numerosos na Província de Minas, creio não poder fazer cousa melhor que traduzir o que a respeito escreveu um viajante respeitável, o Sr. Barão de Eschwege.

"Chamam-se *ermitões* (eremitas) homens que ordinariamente, para expiar seus pecados, tomam a resolução de montar guarda a uma capela e pedir esmolas para sua conservação. Eles se cobrem por uma espécie de hábito; deixam crescer a barba e algumas vezes mesmo a própria cabeleira. Carregando uma caixa envidraçada contendo a imagem do padroeiro de sua igreja, eles percorrem a região, fazem beijar a imagem às pessoas que vão encontrando e recebem por isso esmolas em dinheiro e objetos. Alguns fazem voto de levar esse gênero de vida até o fim de seus dias, mas a maioria a isso se dedica por um certo tempo. Aqui, como em muitas outras cousas, introduziram tristes abusos; com efeito, vários desses eremitas não tomam o hábito senão para viverem à custa do próximo, e vão beber às melhores tavernas com o dinheiro que a generosidade pública lhes ofereceu".[19]

Em uma de minhas excursões fui ter a uma gruta formada por um largo rochedo que avança horizontalmente acima do solo. Uma pequena parede, construída com terra vermelha fecha inteiramente a entrada dessa gruta; mas no meio da parede fizeram uma pequena janela que serve para iluminar o interior. É por uma abertura lateral que se penetra na gruta, e, para aí chegar-se é preciso descer sobre grandes pedras arrumadas à guisa de escada. Diferentes espécies de arbustos guarnecem os arredores desse modesto abrigo; a parte de cima do rochedo que serve de teto é coberta de *Tillandsia* e de Orquidáceas de flores bizarras, de coloração parda e amarela; enfim as pedras que servem de escada, protegidas do ardor do sol pela rocha superior, são cobertas por várias espécies de samambaias. Essa gruta parecia feita para um jardim inglês desenhado com a maior elegância. A pequena parede que foi construída na parte da frente assemelhava-se a uma casa. Entrei nessa gruta mas aí apenas encontrei os restos de um leito, o que provava que ela se achava há muito tempo abandonada. Soube, pelo meu hospedeiro, que a gruta tinha sido, há vários anos, habitada por eremitas que achavam o alto da montanha muito frio durante a estação das secas.

Conheci na Serra da Piedade uma mulher de quem falavam muito nas comarcas de Sabará e Vila Rica. A irmã Germana, tal o seu nome, fora atacada, 10 anos antes (escrito em 1818), de afecções histéricas acompanhadas de convulsões violentas. Fizeram-na exorcismar; empregaram-se remédios inteiramente contrários ao seu estado e o mal agravou-se. Ao tempo de minha viagem ela chegara, havia já muito tempo, ao ponto de não poder mais deixar o leito, e a quantidade de alimentos que ela tomava cada dia era pouco maior que a que se dá a um recém-nascido. Ela não comia carne e recusava igualmente as gorduras, não podendo mesmo tomar um caldo. Alguns doces, queijo, um pouco de pão ou farinha, constituíam todo o seu alimento; freqüentemente ela recusava alimentar-se e quase sempre era preciso obrigá-la a comer qualquer cousa.

Era voz geral que os costumes de Germana haviam sido sempre puros e sua conduta irrepreensível. Durante o curso de sua moléstia, sua devoção crescia dia a dia: queria jejuar completamente às sextas e sábados; a princípio sua mãe quis impedí-la mas Germana declarou que durante esses dois dias era-lhe inteiramente impossível tomar qualquer alimento e daí por diante ela passou-os sempre na mais completa abstinência.

Para satisfazer sua devoção pela Virgem ela se fez transportar à Serra da Piedade, cuja capela fora erguida sob a invocação de N. S.ª da Piedade, e obteve permissão de morar nesse asilo. Lá, meditando um dia sobre os mistérios da paixão, ela entrou numa espécie de êxtase; seus braços endureceram e estenderam-se em forma de cruz; seus pés cruzaram-se igualmente e ela se manteve nessa atitude durante 48 horas. À época de minha viagem havia 4 anos que esse fenômeno se dera pela primeira vez e daí por diante ele se repetira semanalmente. A irmã Germana tomava essa atitude extática na noite de quinta para sexta-feira, conservando-se assim até à noite de sábado para domingo, sem fazer um movimento, sem proferir uma palavra, sem tomar qualquer alimento.

Os rumores desse fenômeno espalharam-se logo pelos arredores; milhares de pessoas, de todas as classes, testemunharam-no; acreditou-se no milagre; a

19 *Journel von Brazilien*, II, 95.

irmã Germana foi proclamada santa, e dois cirurgiões dos arredores aumentaram ainda a veneração pública, declarando por escrito que o estado da doente era sobrenatural. Essa declaração ficou manuscrita, mas circulou de mão em mão, sendo dela tirado um grande número de cópias. Entretanto, um médico muito culto, o Dr. Gomide, da Universidade de Edimburgo, achou-se no dever de refutar a declaração dos dois cirurgiões e, em 1814, fez imprimir no Rio de Janeiro, sem o nome do autor, uma pequena brochura, cheia de ciência e de lógica, onde prova, com uma multidão de autoridades, que os êxtases de Germana não eram senão o resultado de uma catalepsia.[20]

A opinião do público dividiu-se, mas uma multidão de pessoas continuou a subir ao alto da serra, para admirar o prodígio de que ela era teatro. Entretanto o último bispo de Mariana, o padre Cipriano da Santíssima Trindade, que era um homem ajuizado e competente, compreendeu a inconveniência das numerosas reuniões provocadas pela presença de Germana na serra da Piedade, e, para diminuir o pretenso milagre, proibiu a celebração de missas na montanha, sob o pretexto de que o Rei não havia dado permissão. Várias pessoas ofereceram a Germana abrigo em suas casas; ela preferiu o seu diretor, homem grave, de idade avançada, que residia nas vizinhanças da montanha. Os devotos ficaram muito preocupados com a proibição do bispo de Mariana; mas não sossegaram; solicitaram diretamente ao Rei a permissão de celebrar missas na capela da serra, sendo atendidos. Germana foi novamente levada ao alto da serra; de tempo em tempo seu diretor ali ia dizer missa, e na ocasião de minha viagem a freqüência de peregrinos e curiosos renovava-se semanalmente.

Pouco tempo antes da minha estada ali, um novo prodígio começara a se manifestar na pretendida santa. Todas as terças-feiras ela experimentava um êxtase de algumas horas; seus braços deixavam a posição natural e, enquanto durasse o êxtase, ficavam cruzados atrás das costas da doente. No correr da conversa que tive com o seu confessor disse-me ele que durante algum tempo não soubera como explicar esse fenômeno; mas havia terminado por lembrar-se que a terça-feira era o dia em que se costumava oferecer à meditação dos devotos os sofrimentos de Jesus crucificado.

Quando cheguei pela primeira vez ao alto da serra, fui recebido pelo diretor da enferma. Haviam-me gabado muito o desinteresse e a caridade desse eclesiástico. Conversamos durante muito tempo; não me pareceu desprovido de instrução. Falou-me de sua penitência sem nenhum entusiasmo. Desejava, segundo me disse, que os homens competentes estudassem o estado de Germana, e a única censura que fez ao Dr. Gomide foi de ter escrito seu opúsculo sem se ter dado ao trabalho de vir ver a enferma. Se o que esse padre me relatou sobre sua ascendência sobre Germana não foi exagerado, os partidários do magnetismo animal daí tirariam provavelmente grande partido em apoio de sua doutrina. Afirmou-me, com efeito, que em meio às mais terríveis convulsões era bastante que ele tocasse na doente para torná-la calma. Quando Germana se achava em seus êxtases periódicos, seus membros adquiriam tal rigidez que seria mais fácil quebrá-los que dobrá-los; mas se se pode acreditar no testemunho de seu confessor, por pouco que tocasse o braço ou a mão da doente ele lhes dava a posição que quisesse. O que é certo é que tendo o confessor de Germana lhe ordenado que comungasse em um dos seus dias de êxtase, ela se levantara, num movimento convulso, do leito em que havia sido

---

20 A brochura de que se trata intitula-se: *Impugnação analítica ao exame feito pelos clínicos Antônio Pedro de Sousa e Manoel Quintão da Silva, em uma rapariga que julgarão santa, na Capela da Senhora da Piedade da serra etc. Rio de Janeiro.* — Nesse trabalho o Dr. Gomide, procurando explicar a periodicidade dos êxtases de Germana, conta o fato seguinte, que a meu ver merece ser relembrado: "Um proprietário dos arredores de Caeté possuía uma tropa de mulas que empregava no transporte, aos sábados, de víveres à vila. Cada dia esses animais, deixados, segundo o costume, no pasto, vinham pela manhã e à tarde procurar em casa de seu dono sua costumeira ração de milho. Mas aos sábados, único dia de trabalho, não somente eles não se apresentavam para a ração, mas ainda, escondiam-se no campo.

levada à igreja; ajoelhada, mas com os braços sempre cruzados, ela recebeu a santa hóstia, e, desde essa ocasião sempre repetiu a comunhão no meio de seus êxtases. Aliás, o diretor de Germana falava sempre com muita simplicidade do seu domínio sobre a pretensa santa; ele o atribuía à docilidade da enferma e seu respeito pelo caráter sacerdotal, acrescentando que qualquer outro eclesiástico poderia conseguir os mesmos resultados. Esse homem diziame com aquela confiança que os magnetizadores exigem de seus adeptos: a obediência dessa pobre moça é tal que, se eu lhe ordenar que passe uma semana inteira sem se alimentar, ela não hesitará em atender-me, e nada sofrerá; mas, acrescentava, receio ofender a Deus com uma experiência dessa.

Pedi para ver Germana e fui levado ao pequeno quarto onde ela ficava permanentemente deitada. Percebi seu rosto sob um grande lenço que se prolongava adiante de sua testa; pareceu-me não ter mais de 34 anos, idade que efetivamente lhe atribuíam. Sua fisionomia era doce e agradável, mas indicava grande magreza e debilidade extrema. Perguntei-lhe como se achava, e, com voz quase sumida, ela respondeu-me que se achava melhor do que merecia. Tomei-lhe o pulso e surpreendi-me de achá-lo muito acelerado.

Voltando na sexta-feira ao alto da montanha, fui, pela segunda vez, ao quarto de Germana. Ela se achava sobre seu leito, deitada de costas, com a cabeça envolta em um lenço. Seus braços estavam em cruz; um deles detido pela parede, não tivera a liberdade de estender-se completamente; o outro estendia-se para fora da cama e estava apoiado sobre um tamborete. A doente tinha as mãos extremamente frias; o polegar e o indicador estavam esticados, os outros dedos fechados, os joelhos dobrados e os pés colocados um sobre o outro. Nessa posição Germana conservava a mais perfeita imobilidade; seu pulso era apenas perceptível e poder-se-ia acreditá-la morta se seu peito, devido à respiração, não agitasse ligeiramente a coberta. Experimentei várias vezes dobrar seus braços, inutilmente; a rigidez dos músculos aumentava em conseqüência de meus esforços e convenci-me de que se insistisse poderia prejudicar à doente. Na verdade fechei suas mãos várias vezes, mas no momento em que largava seus dedos eles retomavam a posição anterior. A irmã de Germana que ordinariamente cuidava dela, e que se achava presente na ocasião de minha visita, disse-me que essa pobre moça não se apresentava sempre tão calma durante seus êxtases, como nesse dia; que na verdade seus pés e seus braços ficavam constantemente imóveis, mas que ela freqüentemente gemia e suspirava, que sua cabeça se agitava sobre o travesseiro, e que movimentos convulsivos se manifestavam principalmente aí pelas 3 horas, momento em que Jesus Cristo expirara.

Antes de subir à serra, para ver Germana durante seus êxtases, pretendera experimentar nela a ação do magnetismo animal; mas a presença de várias testemunhas impediu-me de fazê-lo com regularidade. Entretanto, sob pretexto de tomar o pulso da doente, coloquei minha mão esquerda sobre a sua e pus-me na disposição de espírito exigida pelos magnetizadores; nenhum resultado obtive, mas, para ser exato, devo confessar que minha atenção era desviada sem cessar pela presença de testemunhas e por suas conversas.

Deixei a Serra da Piedade no dia seguinte àquele em que vira Germana em êxtase. Distanciando-me da região em que ela residia, não mais vi falar a seu respeito, e ignoro qual tenha sido o fim dessa infeliz.[21]

Saindo da fazenda de Antônio Lopes, para ir a Sabará, tornei a passar pelo povoado da Penha, e logo depois segui as margens de um riacho cha-

---

[21] Os Srs. Spix e Martius, que passaram por Sabará algum tempo depois, visitaram também a Serra da Piedade, a ela se referindo em poucas palavras. Dizem eles que essa montanha havia sido, durante muitos anos, o asilo de uma mulher portadora de ataque de catalepsia, e que a olhavam como santa; mas eles não a viram porque recentemente as autoridades haviam julgado conveniente afastá-la da Serra. Depois que tudo estava escrito tive notícia que a morte havia posto termo aos sofrimentos de Germana.

mado Rio do Ouro Fino. As margens desse riacho foram exploradas, por todos os lados, pelos mineradores, apresentando-se cheias de escavações e montes de pedras. Aqui, como em toda parte, foi preciso cavar para chegar ao cascalho, e, sem a menor prudência, deixaram cobrir com o resíduo das lavagens os terrenos que ainda não tinham sido trabalhados. Mostraram-me nesta zona minerações das mais antigas da província.

Próximo do Rio Ouro Fino vi árvores de tamanho medíocre, cuja casca espessa, suberosa e elástica, assemelha-se à da cortiça, sendo empregada para o mesmo fim. Essa árvore, que não apresentava flores quando a observei, pareceu-me ser uma *Mimosa;* dão-lhe na região o nome de cortiça, nome que em Portugal dão ao *Quercus suber.* Seria interessante procurar multiplicar a falsa cortiça dos arredores de Sabará, principalmente tendo-se em conta, que, para arrolhar garrafas, no interior do Brasil, a gente se vê freqüentemente obrigado a servir-se dos sabugos de milho, material que, como se sabe, é esponjoso e pouco elástico.

Antes de chegar à fazenda Macaúbas,[22] da qual falarei em seguida, o Rio Ouro Fino recebe as águas do riacho que corre em Caeté; os dois reunidos tomam o nome de Rio Sabará, e este último lança-se no Rio das Velhas, um dos afluentes do Rio S. Francisco. Não é demais dizer que entre Caeté e a cidade de Sabará eu me achava na vertente ocidental da grande cordilheira.

Depois de novembro quase não se passara um dia sem chuva; mas depois de Macaúbas fomos surpreendidos por terrível tempestade. A chuva caía quase perpendicularmente em gotas grossas e pesadas; num instante fomos encharcados até à pele. Descíamos então uma encosta de declive áspero; o caminho servia de leito às águas que se escoavam em torrentes, e o tempo sombrio acrescentava nova tristeza ao aspecto naturalmente agreste da região assaz montanhosa que então atravessava.

Em meio ao ruído das águas, distinguia-se entretanto o de um moinho destinado a fragmentar minério de ferro onde se encontra encerrado ouro. Essa máquina fora construída a meia encosta, abaixo do Rio Sabará; próximo daí se achava a mina, explorada a céu descoberto; os desmoronamentos que vinham de se verificar provavam quanto esse processo é perigoso. O moinho e a mina de que venho de tratar pertencem à fazenda de Macaúbas, situada à cerca de 2 léguas da cidade de Sabará. Passei por essa fazenda cujas instalações são consideráveis, mas pareceram-me mal conservadas.

Margeando sempre o Rio Sabará, cheguei ao arraial de Cuiabá[23] pertencente à paróquia de Caeté.[24] Cuiabá foi construída sobre a encosta de um monte, acima do Rio Sabará. Nos outeiros vizinhos da aldeia existiam diversas minas em atividade, quando de minha viagem. É a pouca distância de Cuiabá que se acham as divisas entre os termos de Caeté e Sabará; uma ponte marca essas divisas. Atravessei-a e, do outro lado, encontrei região mais descoberta.

A uma légua da capital da comarca do Rio das Velhas atravessei a aldeia de Pompeu ou Santo Antônio de Pompeu, situada também à margem do Rio Sabará. As margens desse rio forneceram outrora muito ouro, e Pompeu, sucursal de Sabará, era rica e florescente; mas as minas esgotaram-se e a aldeia acha-se atualmente quase deserta.

Havia percorrido 4½ léguas depois da Serra da Piedade, quando cheguei a Sabará. Essa cidade fica à margem direita ou setentrional do rio do mesmo

---

22 *Macaúba,* é, como disse, o nome de uma palmeira.
23 Provavelmente das palavras guaranis *cuyá* ou *cunã abá* igual a — *mulher corajosa.*
24 É pelo menos o que se diz na região; devo entretanto esclarecer que não encontro Cuiabá nem na lista das sucursais de Caeté, dada por Pizarro, nem na das do termo de Sabará. Aliás é possível que Pizarro, que não admite para as aldeias senão os nomes de suas igrejas, haja indicado Cuiabá por um nome que não seja usado na região.

nome; achava-me à margem esquerda, e, após atravessar uma ponte de madeira, entrei na velha cidade.

Segundo o que relatei, observa-se que em um espaço de 20 léguas passei por duas cidades e cinco aldeias. Isso prova como foram povoadas outrora as zonas auríferas da Província de Minas; mas, à medida que o ouro desaparece, a população desaparece com ele e dirige-se em massa às regiões agrícolas. Entrementes as terras destas regiões, das quais tudo se retira e nada se restitui, serão rapidamente esgotadas. Em poucos anos um pequeno número de homens terão estragado uma imensa província, e poderão dizer: "é uma terra acabada". Então a necessidade imperiosa forçá-lo-á à renunciar a esse sistema agrícola destrutor; mas já não haverá consolo para a lembrança das belas florestas cujas árvores preciosas, exploradas com critério, podiam ser úteis a uma longa sucessão de gerações.

CAPÍTULO VII

A CIDADE DE SABARÁ. ESTRADA DE SABARÁ A VILA RICA.

História de Sabará. A situação dessa cidade; suas ruas; suas casas; suas igrejas; edifício da Intendência e o produto das minas da comarca de Sabará; pontes, fontes e praças. Comércio. Produtos da região; a vinha aí produz duas vezes por ano. Os habitantes de Sabará. O professor de latim; gosto pela ênfase. O Sr. José Teixeira; seu caráter nobre. Aspecto da região entre Sabará e Vila Rica. O Rio das Velhas. Aldeia de Congonhas do Sabará. A habitação de Henrique Brandão; pilões de minério; jardim. Arraial de Santa Rita. Arraial de Santo Antônio de Rio Acima. Aldeia de Rio de Pedras. Causas da miséria da região entre Sabará e Ana de Sá; da utilidade de aí criar-se gado. Arraial de Casa Branca. Inhumações.

A história de Sabará acha-se estreitamente ligada à da descoberta da região das minas; lê-se na biografia de Fernão Dias Pais Leme, a quem se deve essa descoberta, que ele formara 3 estabelecimentos no território de Sabará (provavelmente de 1664 a 1677).[1] Não foi ele, entretanto, quem descobriu as ricas jazidas desta zona. Essa boa fortuna estava reservada ao seu genro, Manuel Borba Gato, o qual não deu notícias de suas pesquisas senão após haver vivido uma longa série de aventuras romanescas.

Após a morte de Fernão Dias, Borba Gato ficou senhor da pólvora e dos instrumentos de minerador que seu sogro deixara nos arredores de Sabará; mas esses objetos foram reclamados para o serviço público pelo superintendente das minas, D. Rodrigo de Castelo Branco, que, indo em busca das pretensas minas de esmeraldas, chegara às margens do Rio das Velhas com um grupo de paulistas.[2] Borba Gato recusou ceder a propriedade que lhe queriam confiscar; um conflito teve lugar e D. Rodrigo Castelo Branco foi morto pelos companheiros de seu adversário. Temendo punição este último fugiu; internou-se com alguns índios nos desertos de Rio Doce e viveu entre os selvagens como seu cacique. Entretanto ele pediu perdão por intermédio de seus parentes residentes em S. Paulo e obteve promessa não somente de perdão, mas ainda a de uma recompensa, desde que ele se dispusesse a mostrar as minas que dizia ter descoberto no território de Sabará. Cumprida tal condição foi Borba Gato nomeado tenente general, terminando mesmo por obter o título de governador. Numerosos aventureiros acorreram a Sabará; desde o ano de 1711, Antônio de Albuquerque Coelho, primeiro governador de S. Paulo e de Minas Gerais, julgou que esse arraial era assaz povoado para ser erigido em vila e deu-lhe o título de Vila

---

1 Originariamente o território de Sabará tinha o nome de Sabará-Bussú ou Suberá-Bussú; mas parece que a essa época dava-se também o nome de Sabará-Bussú ou Tuberá-Bussú às montanhas atualmente chamadas Serra das Esmeraldas. Essa semelhança de nomes lança alguma confusão na história da fundação da Província de Minas, história que não remonta a 200 anos e que entretanto apresenta mais de uma dúvida. Pizarro diz que os vocábulos Subrá-Bussú ou Tuberá-Bussú significam cousa aveludada; na verdade, *cába oçú* significa peludo na língua geral; mas talvez *Sabará* venha somente de *cabará*, cabra, palavra guarani tomada do português ou do espanhol. Quanto à desinência *bussú* é muito possível que seja, como pensa Southey, uma corruptela da palavra *guassú*, que significa grande.

2 O aventureiro Marcos Azeredo havia, dizem, levado esmeraldas de sua viagem ao Rio Doce (V. Viagem pelas Províncias do Rio de Janeiro e Minas Gerais) e durante algum tempo a pesquisa de pedras semelhantes foi objeto das excursões feitas pelos paulistas na região das Minas. O que hoje parece certo é que não existem verdadeiras esmeraldas na Província de Minas, e que o que se tomou por tal pedra, não passava de turmalinas ou pedaços de euclásio.

Real de Sabará, que foi confirmada pelo Rei de Portugal, a 31 de outubro de 1717.[3]

Durante alguns anos a Vila de Sabará foi rica e florescente. Então seus arredores forneciam ouro em abundância, que se tirava da terra com tanta facilidade, que os habitantes da região dizem que era bastante arrancar um tufo de mato e sacudí-lo para ver surgir pedaços de ouro. Atualmente isso não é mais assim. Lavadas e relavadas mil vezes as terras vizinhas do Rio Sabará e do Rio das Velhas nada mais podem dar ao minerador. Todo o mundo afirma, é verdade, que os morros circunvizinhos contêm ainda tesouros imensos; mas, para possuí-los é preciso pagar adiantado; é preciso ter escravos e há na região pouca gente suficientemente capaz de se dedicar a empresas tão importantes. Doutro lado, Sabará não faz nenhum comércio, sendo mantida apenas por seus tribunais e sua intendência do ouro.

A comarca de Sabará é a cabeça, e que tem o nome de comarca de Sabará ou do Rio das Velhas, abrangia durante muito tempo, quase um terço da província, e então ela se estendia ao norte até aos limites de Pernambuco a 13°17' lat. S, e a oeste até à Província de Goiás, de que se separava pela Serra dos Cristais e da Tabatinga. Um decreto de 17 de junho de 1715 desmembrou desse imenso território uma comarca nova, a de Paracatu; hoje a comarca de Sabará é limitada a oeste pelo Rio S. Francisco. Dos outros lados ela conservou seus antigos limites a saber: ao sul, as comarcas de S. João d'El Rei e de Vila Rica; a leste a de Serro Frio.[4] A comarca de Sabará se divide em três termos, o da vila propriamente dita, compreendendo 8 paróquias; e os de Caeté e Pitangui. A grande cordilheira divide-a em duas partes desiguais e muito diferenciadas: a do oriente, que é florestal e aurífera e que seria mais lógico fosse anexada à Vila Rica; a do ocidente, que apresenta principalmente pastagens e um povo dado à criação de cavalos e gado.[5]

A cidade de Sabará, a maior que vi na Província de Minas depois que deixei Vila Rica, acha-se a 19°47'15" lat.[6] e pode ter 800 casas e 5.000 habitantes.[7] Foi construída ao pé de uma série de montes pouco elevados, cobertos de capim gordura, e se estende por cerca de ¼ de légua à margem setentrional do rio que lhe dá o nome. Esse rio lança-se no Rio das Velhas à extremidade mesmo da vila; quando de minha viagem, isto é, na estação chuvosa, ele

---

3 Mawe diz (*Travels in the interior of Brazil*, 273) que alguns anos após a fundação de Sabará, a corte de Lisboa enviou um nobre para governar a região, controlar os novos colonos e forçá-los a pagar o *quinto*. Estes, acrescenta o mesmo autor, pegaram em armas. Vários combates tiveram lugar; o governador foi morto; mas o vice-rei remeteu reforços e os rebeldes submeteram-se por fim. Um certo personagem, chamado Artis, homem cheio de intrepidez e constância, que havia feito descobertas importantes na região, foi nomeado governador, é Mawe quem o diz, e essa escolha conciliou todos os partidos. O historiador francês do Brasil (*Hist. du Brésil*. Vol. III, pág. 426) repete essa narrativa colocando-a mais ou menos entre os anos 1710 a 1713; mas ele chama Sabará à vila onde os conflitos tiveram lugar; dá o nome de Gabriel Mascarenhas ao governador que foi assassinado; enfim acrescenta que após a fuga de Duguay Trouin, Francisco de Castro, governador do Rio de Janeiro, fez seguir tropas que dominaram Sabará. Não pude descobrir, com segurança, a origem de toda essa história, mas suponho ser a de Borba Gato ou a de Manuel Nunes Viana, deturpada. O que é certo é que Artis não é nome português; que não há o lugar chamado Sabará; que não houve em Minas nem no Rio de Janeiro governador chamado Gabriel Mascarenhas e que enfim, Francisco de Castro Morais não pôde enviar tropas a Minas após a retirada de Duguay Trouin, porquanto após essa retirada ele não exercia mais comando das tropas.

4 Piz. *Mem. hist.*, vol. VIII.

5 O que digo aqui é suficiente para provar que Cazal se engana quando diz que a comarca do Rio das Velhas é irrigada pelos afluentes do S. Francisco. A grande cordilheira divide as águas desse rio e as do Rio Doce; por conseguinte a parte oriental da comarca deve ser banhada pelos afluentes do último desses rios.

6 Tal é a indicação de Pizarro. Segundo os matemáticos portugueses citados por Eschwege a lat. de Sabará é de 19°52'35".

7 Não tendo tomado apontamentos sobre a população de Sabará, tiro as cifras aqui indicadas, dos Srs. Spix e Martius. Na verdade Pizarro diz (*Mem. hist.* p. 2.° pág. 100) que Sabará contém 7.660 indivíduos; mas, não se pode fiar nesse número; porque em outro lugar (id. pág. 104) o mesmo escritor não o aplica senão aos comungantes existentes em 1778 em Sabará; acrescenta em seguida, que hoje existem em Sabará 9.100 almas, e não se sabe se ele se refere à vila propriamente dita ou ao conjunto paroquial, que compreende várias sucursais.

podia ter as dimensões do Essone junto a Pithiviers; mas no tempo da seca ele é apenas constituído por um filete de água.

A parte da cidade mais distante da embocadura do Rio Sabará tem o nome de Vila Velha, porque foi lá que se formaram os mais antigos estabelecimentos. Apertada entre os montes e o rio, Vila Velha não se compõe senão de uma rua, que se alarga diante da igreja paroquial, e forma nesse lugar uma espécie de praça onde se celebram as festas públicas. No tempo em que Sabará ainda era florescente, Vila Velha era a parte mais rica e mais habitada; mas hoje não anuncia senão decadência, crescendo mato por toda parte. Para além de Vila Velha a vila se prolonga sobre uma pequena colina terminada por um "plateau" sobre o qual se acha o edifício da Intendência do ouro. Imediatamente após essa colina, que se denomina Morro da Intendência, os montes desaparecem, deixando entre eles e o rio um espaço considerável, onde é construída a Vila Nova, à qual dão o nome de Barra, que significa confluência. A Vila Nova forma uma espécie de triângulo muito irregular; é pouco movimentada, mas as casas que a compõem são todas caiadas e bem conservadas.

As ruas de Sabará são calçadas, mas com pedras pequenas e desiguais. Várias dessas ruas são muito largas; posso citar sobretudo a principal, que se chama rua Direita, apesar de ser em ziguezagues.

A forma das casas é a mesma que a de outros lugares; elas são quase quadradas e são cobertas de telhas com pouca inclinação no telhado. Várias têm um andar e janelas envidraçadas. As de rés-do-chão são em geral baixas e pequenas. Os telhados não avançam muito além das paredes; as rótulas e os portais não são pintados de vermelho escuro, como em Vila Rica; Sabará não apresenta o aspecto triste da capital da província. O interior das casas em que entrei pareceu-me muito limpo. Os lambris, os tetos e os ângulos dos quartos são pintados, segundo a praxe; os móveis, como sempre, são pouco numerosos, mas menos velhos que os de Vila do Príncipe.

Há em Sabará 5 igrejas principais e algumas capelas. A igreja matriz, dedicada a N. S.ª da Conceição é, ao que parece, a mais antiga de todas.[8] Acha-se situada na Vila Velha e é um monumento da riqueza dos primeiros habitantes de Sabará. Os dourados foram aí empregados com espantosa profusão; é dotada de naves laterais com capelas, o que até então não vira em nenhuma parte; as arcadas que separam essas naves do corpo central são guarnecidas de esculturas góticas e todas douradas. Cada lado do coro é ornado por três quadros representando passagens da vida de Jesus Cristo, e são os melhores que vi na província; sou inclinado a acreditar que são da autoria do mesmo artista que fez as pinturas da igreja de Ouro Preto, em Vila Rica.

Uma das igrejas de Sabará de que não posso deixar de falar é a do Carmo, situada abaixo da Intendência, no mesmo monte. É construída de pedra, bonita no interior, muito limpa, ornada de muitos dourados e muito clara. Pode dizer-se que em geral as igrejas da Província de Minas são mantidas mais asseadas que as nossas e, se as artes não apresentam nenhuma obra prima, em compensação não se vê nada bizarro nem ridículo.

A sede da Intendência do ouro, velho edifício de um andar, acha-se em ruínas; mas seu pomar é notável em relação a esta região. É atravessado, em seu comprimento por uma aléia guarnecida, de cada lado, por uma fileira de laranjeiras cujos troncos são circundados por um vaso de barro cheio de água; isso é usado para impedir às formigas, muito comuns em Sabará, de subir às árvores e devorar as folhas.

É no pavimento térreo da Intendência o local consagrado à fundição do ouro. Esse local compõe-se de quatro ou cinco peças muito pequenas e baixas,

8 Segundo Pizarro ela foi fundada em 1701.

pouco cômodas e indignas de um estabelecimento que fornece ao Estado somas tão avultadas. Adota-se em Sabará, para fundir o ouro, o mesmo método que em Vila do Príncipe, sendo a operação acompanhada das mesmas formalidades. A Intendência de Rio das Velhas rende ao governo infinitamente menos que outrora; todavia ela é muito mais importante que a de Vila do Príncipe e o produto do *quinto* avalia-se ainda, em 1818, em duas arrobas de ouro por trimestre. O ouro dos arredores de Sabará é de 22 a 23 quilates, em média. Segundo o Sr. Eschwege, contavam-se, de 1813 a 1815, cento e noventa e sete lavras de ouro nos 3 termos que compõem a comarca de Sabará, o que significa que esta comarca possuía, na época em apreço, o maior número de lavras, pois se o quadro do viajante alemão é exato, não havia mais de 193 lavras na jurisdição da Intendência de Vila Rica; 127 na de S. João d'El Rei, 97 na de Serro Frio e 17 na de Paracatu.[9]

Sabará possui algumas pontes e uma fonte de excelente água.[10] Além da praça de que já falei, na Vila Velha, vê-se na Vila Nova uma outra, muito bonita, apesar de pequena e irregular.

Existe em Sabará um grande número de tabernas, algumas lojas de comestíveis e fazendas; e, na rua chamada do Fogo há várias casas onde se vende exclusivamente o toucinho. Como já disse, a comarca de Sabará se limita ao seu consumo interno, e esta Vila não exporta produtos da lavoura, nem da indústria. As relações mercantis dos arredores fazem-se na aldeia, muito florescente, de Santa Luzia, que, situada a 3 léguas de Sabará, próximo ao Rio das Velhas e à entrada do sertão, é o verdadeiro entreposto desta última região.[11]

Apesar de muito quente o clima de Sabará não ocasiona, entretanto, nenhuma espécie de epidemia. A cana-de-açúcar prospera muito bem nos terrenos desta vila; produz também com abundância o arroz, o milho e o feijão.[12] Em meados de janeiro, época em que ali estive, chupei saborosas uvas; mas, em junho e julho, tempo da seca, a vinha dá novos frutos, que têm gosto mais agradável que os de janeiro, contendo menor quantidade de água, amadurecendo melhor e não apodrecendo com facilidade. Após a colheita da estação das chuvas as folhas caem; podam-se as plantas e obtem-se, como disse, uma segunda colheita em junho e julho; uma nova poda prepara a primeira colheita do ano seguinte.

Durante minha estada em Sabará, vi os principais moradores da vila; achei-os de uma polidez perfeita, modos distintos, boa aparência; mas pareceram-me menos afetuosos que os de Tijuco. Não é raro encontrar-se em Sabará homens que receberam instrução e que sabem o latim; e uma missa, a que assisti, provou-me que não há aqui menos gosto pela música que nas outras partes da Província de Minas. Os homens de uma certa classe são bem trajados, e notei mesmo que os empregados da Intendência se vestem com mais cuidado e asseio que os nossos funcionários.

Entre as pessoas que vi em Sabará posso citar o professor de gramática latina, aí destacado em virtude da lei que determina que cada cabeça de comarca tenha um professor de latim, pago pelo governo. O professor de Sabará era um homem bem educado, formado pela Universidade de Coimbra. Além do seu curso de latim, lecionava filosofia racional e moral, no que era pago pelos alunos; ele teve a bondade de ler para mim sua aula inicial. O texto apre-

---

9 Já dei (vide *Viagem pelas Províncias do Rio de Janeiro e Minas Gerais*), um resumo do quadro das lavras em Minas Gerais, publicado por Eschwege, mas creio dever voltar ao assunto a fim de sanar um erro que se introduziu na minha citação; com efeito ela indica 184 lavras para a jurisdição da Intendência de Sabará, em lugar de 214 (compreendendo a comarca de Paracatu) e 167 para São João d'El-Rei em lugar de 127. Aliás acredito que o quadro de Eschwege não seja completo.
10 Cazal — *Corog. Braz.* I, 187.
11 Vide *Viagem pelas Províncias do Rio de Janeiro e Minas Gerais.*
12 Piz. — *Mem. hist.,* VIII.

sentava uma série de lugares-comuns, muito bem concatenados, sobre as vantagens da filosofia; mas, o exórdio, no qual o autor agradecia aos habitantes de Sabará a hospitalidade que havia encontrado, era de tal modo ridículo que, ouvindo-o custei a conter o riso. O orador queria ter a eloqüência de Cícero para celebrar seus benfeitores; ele queria poder fazer conhecido do universo inteiro a acolhida que tivera na vila, e ter à sua disposição todas as trombetas do sucesso. O professor de Sabará não fazia, aliás, nada mais do que se adaptar a esse gosto pela ênfase, que os portugueses ainda conservam até hoje. Os versos que freqüentemente faziam honra de D. João VI, eram geralmente cheios do mais ridículo exagero.

Hospedei-me, na capital da comarca do Rio das Velhas, em casa do Sr. José Teixeira, então juiz-de-fora, e intendente ou inspetor do ouro. Fui acolhido perfeitamente. O Sr. Teixeira era um homem de 40 e poucos anos, rico e de semblante muito agradável. Nascido em Minas, fizera seus estudos em Coimbra e tinha conversação atraente. Era impossível desfrutar melhor reputação que a do Sr. José Teixeira; por toda parte onde o conheciam gabavam-lhe as qualidades, sua humanidade, seu desinteresse, sua candura, seu amor pela justiça, sua competência e seu amor à pátria.[13]

Despedi-me desse respeitável magistrado, para seguir a Vila Rica,[14] dirigindo-me mais ou menos para sul-sudeste. Contornando sempre a vertente ocidental da grande cordilheira, ou mesmo viajando nessa cadeia, devia naturalmente percorrer uma zona muito montanhosa. Já disse em outro lugar[15] que a cordilheira dividia a região das florestas da dos campos; entretanto as matas se estendem quase até a vertente ocidental, pois durante as 18 léguas que percorri entre Sabará e Vila Rica atravessei quase sempre terrenos cobertos de tufos de matas ou pastagens de capim gordura e foi unicamente em trechos limitados que vi campos naturais mais ou menos semelhantes aos dos arredores de Barbacena.[16]

Nessa viagem afastei-me um pouco do Rio das Velhas, subindo sempre em direção à suas nascentes. De suas nascentes até Jaguara, lugar situado abaixo de Santa Luzia, o Rio das Velhas produziu muito ouro, e, em um espaço de várias léguas suas margens lavadas e relavadas mil vezes, não oferecem aos olhos senão montes de cascalhos, resíduos das lavagens.

Esse rio tem o nome de Rio das Velhas, porque os paulistas que procuravam índios acharam, dizem, em suas vizinhanças, mulheres velhas da tribo dos Carijós. O Rio das Velhas nasce a algumas léguas de Vila Rica, próximo do arraial de S. Bartolomeu.[17] Ele corre muito tempo na direção S-N; depois inclina-se um pouco para oeste, e, após receber em seu curso um grande número de riachos e rios, lança-se no S. Francisco, no arraial de Barra. Dizem que outrora suas margens eram pestilentas como as do Rio Doce; mas acrescentam que depois que as matas vizinhas foram derrubadas e que o ar pode circular livremente, a região tornou-se, muito salubre.[18]

---

13 Depois que o Brasil se tornou independente o Sr. José Teixeira foi guindado a cargos os mais importantes.

14 Itinerário aproximado de Sabará a Vila Rica:

De Sabará a Henrique Brandão	3½ léguas;
" Cocho de Água	3½ "
" Ana de Sá	4 "
" Rancho de José Henrique	3 "
" Vila Rica	3½ "
	17½ "

15 Vide *Viagem pelas Províncias do Rio de Janeiro e Minas Gerais* e sobretudo meu *Quadro da vegetação primitiva da Província de Minas Gerais*, inserto nos *Anais de Ciências Naturais*, vol. de setembro de 1831.

16 Vide *Viagem pelas Províncias do Rio de Janeiro e Minas Gerais*.

17 Caz. *Corog Braz.*, I, 384.

18 O que digo da insalubridade do Rio das Velhas não é, penso, aplicável senão à parte que se estende acima de Jaguará.

A pouca distância de Sabará fui ainda atingido pelas chuvas, que vinham caindo diariamente. Um córrego que ordinariamente não passa de um filete de água, estava de tal modo cheio que tive dificuldade em atravessá-lo.

Em um monte elevado, chamado Morro do Marmeleiro, vi vegetação diferente da dos arredores. Era um campo natural composto de ervas, no meio das quais surgiam, de longe em longe, alguns arbustos. Notei belas plantas nessa montanha; mas a chuva impediu-me de colhê-las.

À cerca de 3 léguas, na direção S. W. de Sabará, passei pela aldeia de Congonhas de Sabará,[19] cabeça de uma paróquia cuja população ascende a 1.390 indivíduos.[20] É ela situada em uma baixada, a 19º20' lat. S., 33º26' long., a 14 léguas de Mariana e 96 léguas do Rio de Janeiro.[21] Sua igreja, isolada como geralmente adota-se neste país, é construída a uma das extremidades de uma praça muito regular, em forma de um longo quadrilátero. Congonhas deve sua fundação a mineradores atraídos pelo ouro que se encontrava em seus arredores, e sua história é a mesma de tantas outras aldeias. O precioso metal esgotou-se; os trabalhos tornaram-se difíceis e Congonhas atualmente apresenta decadência e abandono.[22]

Após ter feito 3 léguas e meia depois da Vila de Sabará, parei em uma fazenda muito bonita que tem o nome de Fazenda do Henrique Brandão. Fui perfeitamente atendido pelo alferes Paulo Barbosa que eu já havia visto em Sabará e que me havia convidado a passar alguns momentos em sua casa. A fazenda do Henrique Brandão é construída a meia encosta sobre um rochedo que domina o vale onde corre o Rio das Velhas. Da casa do proprietário descobre-se uma vista agradável, mas é pena que a casa não seja voltada para o vale. Este, que é muito largo, foge obliquamente no meio dos montes; o rio aí serpea entre antigas minerações, e se de distância em distância ele fica encoberto pelo avanço dos morros sobre o vale, logo reaparece, para embelezar um plano distante. Algumas casas construídas aqui e acolá e uma ponte sobre o rio, dão variedade à paisagem. A posição da fazenda de Henrique Brandão é, de qualquer modo, uma exceção nesta região, onde as habitações são ordinariamente colocadas nos fundos. Os móveis e a largueza dos cômodos, cujas paredes são pintadas, indicam a bastança dos proprietários, que possuem 3 minas exploradas a céu aberto e têm 150 negros (1818). Uma das minas fica ao lado da fazenda e é no terreiro mesmo da habitação que se faz a lavagem do minério. As terras e as pedras auríferas são lançadas por uma janela a um cômodo onde existe um moínho de pilão, semelhante aos que já descrevi. Quando se julga que as pedras foram suficientemente moídas, joga-se a areia que daí resulta em uma grande esteira formada por paus transversais dispostos como nossas rótulas. As partes que passam através da esteira são lavadas; as que não passam voltam ao moinho para serem de novo piladas.

Antes de eu deixar a fazenda, o alferes Barbosa levou-me ao seu jardim, que é muito grande e irrigado, por todos os lados, por pequenos regos. Esse jardim não apresenta aliás, mais do que grandes canteiros onde são cultivadas hortaliças, separados por fileiras de laranjeiras e diferentes espécies de jabuticabeiras.[23] Tal é o sistema adotado na Província de Minas, nos jardins a que se dão maiores cuidados.

---

19 Spix e Martius escreveram Congonhas de Mato Dentro; mas eu não encontro esse nome em minhas anotações e Pizarro também não o indica.
20 Piz. *Mem. Hist.* VIII, p. segunda, 107.
21 *Loc. cit.*
22 Já disse, em *Viagem pelas Províncias do Rio de Janeiro e Minas Gerais,* porque me acho no dever de dar detalhes de aldeias a que não se daria maior atenção se estivessem na Europa.
23 Vide *Viagem pelas Províncias do Rio de Janeiro e Minas Gerais.*

A alguma distância da fazenda de Henrique Brandão, atravessa-se a aldeia de Santa Rita, que domina o Rio das Velhas, e é uma sucursal da paróquia de Santo Antônio do Rio Acima. Nesse lugar o caminho se afasta do Rio das Velhas, para aproximar-se da aldeia de Santo Antônio.

Essa última aldeia compreende apenas um pequeno número de casas em mau estado; mas dizem que seus arredores foram ricos em ouro. A vista da parte da aldeia onde se encontra a igreja é muito agradável. Esse edifício foi construído à beira do rio, em uma pequena praça coberta de grama e cercada de morros. As casas são esparsas, cá e lá, ao redor da praça. O morro que, ao fundo da praça, faz face ao rio é coberto de mata, e, ao lado um regato se lança, espumando, sobre uma larga rocha arredondada.

No dia em que deixei Henrique Brandão, fui parar na habitação de Cocho de Água, a 3½ léguas. Nesse dia somente choveu após minha chegada; mas no dia seguinte a água começou a cair quase no momento da minha partida. O caminho estava horrível, as nuvens que cobriam o céu comunicavam a toda a paisagem um ar de tristeza, e nos outeiros o vento era muito frio; então aproximava-me das nascentes do Rio das Velhas e portanto a região tornava-se cada vez mais alta. Nesta zona o alto dos morros mais elevados apresenta pastagens naturais compostas de Gramíneas e subarbustos; mas nos lugares menos elevados vêem-se pastagens artificiais entremeadas de tufos de matas.

À cerca de 3 léguas de Cocho de Água passei pela aldeia de Rio de Pedras, situada sobre um outeiro acima do rio que lhe dá nome. A igreja, que é construída entre duas fileiras de palmeiras, avista-se de longe e empresta um belo efeito à paisagem. Depois que me pusera em marcha não vira senão localidades em decadência; mas não vira também nenhuma em tão mau estado quanto Rio de Pedras. A maioria das casas desta aldeia foram construídas com cuidado, mas acham-se atualmente desertas ou em ruínas. Como Congonhas e Santo Antônio, Rio de Pedras é a cabeça de uma paróquia; assim, em um espaço de apenas 9 léguas atravessei 3 paróquias, o que prova quanto esta região, hoje quase abandonada, foi outrora populosa.[24] A muito pouca distância de Rio de Pedras encontrei ainda uma paróquia, a de Casa Branca, de que falarei daqui a pouco, e esta última, se se pode acreditar em Pizarro, não tem senão uma légua quadrada de território, o que, no sertão, não passa de uma pequenina fazenda.

No lugar chamado Piçarrão, ou talvez Pizarrão, encontrei o Rio das Velhas, que não havia visto desde Santo Antônio e que passei por uma ponte muito ruim, como o são quase todas neste país. É a ponte de Piçarrão que delimita as comarcas de Sabará e Vila Rica.

Vi ainda em Piçarrão, os traços do trabalho dos mineradores. Em várias partes desta zona a terra foi inteiramente despojada do ouro que continha; mas, à beira mesmo do rio, há, próximo à habitação de Ana Sá,[25] onde parei, a 4 léguas de Cocho de Água, há, digo eu, terrenos que nunca foram explorados. Se a região está pobre e abandonada não é porque o ouro se tenha esgotado; é porque os habitantes não dispõem de capitais para explorá-lo. Os que os precederam possuíam escravos; mas imprevidentes, ordinariamente celibatários, não casavam seus negros. Os escravos morreram com os proprietários; estes deixaram a seus herdeiros apenas terras, sem meios de explorá-las, e os atuais habitantes da região são obrigados a se limitar a trabalhos que rendem pouca cousa ao minerador. A habitação de Cocho de Água, onde eu havia pousado, a 3½ léguas de Henrique Brandão, fornece uma prova do que venho de expor. Ela é de um andar, muito grande, circundada por uma vasta varanda

24 Segundo Pizarro (*Mem. Hist.* VIII p. segunda, 107) Rio das Pedras, ou N. S.ª da Conceição de Rio das Pedras, fica a 8 ls. de Mariana e 86 do Rio de Janeiro, a 20º13' lat. e 333º24' long., com 1.200 habitantes.
25 É um nome de mulher.

e tem em sua dependência uma sesmaria de terras ricas em ouro. Essa propriedade foi legada a um negro crioulo por um homem que sem dúvida não tinha herdeiros naturais, mas esse homem não deixou nenhum escravo ao seu sucessor e este procurou em vão alugar suas terras, vivendo então na indigência.

Os habitantes da região vizinha de Ana de Sá não são compensados pelos resultados da agricultura, na impossibilidade que se acham de explorar suas minas. Suas terras são efetivamente muito pouco produtivas; o milho não rende, disseram-me, mais de 20 por 1, e os víveres que eles consomem vêm em grande parte das margens, muito férteis, do Rio Paraopeba, um dos afluentes do S. Francisco.

O melhor meio de tirar partido dos arredores de Ana de Sá, e em geral do território que se estende dessa habitação até Sabará, será a de criar cavalos e bois, conforme têm experimentado vários proprietários. Esta região apresenta excelentes pastagens e, como a situada entre Vila Rica e Vila do Príncipe, parece-me mesmo mais favorável, sob alguns aspectos, que o sertão para a criação do gado; a água não é aqui escassa como no deserto e a erva dos campos nunca se desseca inteiramente. Todavia, é preciso confessar, o sertão terá sempre sobre os arredores de Sabará, Vila do Príncipe e Vila Rica, uma vantagem imensa; a de possuir terrenos salitreiros que substituem as rações de sal que se devem ministrar aos animais nas Gerais,[26] e que o capim gordura torna talvez mais necessária que qualquer outra espécie de pastagem, porquanto se ele engorda os animais tende também a enfraquecê-los.[27] Não conheço remédio para esse inconveniente; mas o governo poderá torná-lo menos sensível, promovendo a baixa do preço do sal. Para isso é preciso acertar medidas eficazes, a fim de tornar o Rio Doce navegável, ou ao menos abolindo os direitos que são pagos em Malhada pelos produtos das salinas da Bahia e de Pernambuco.[28] Essas medidas acarretariam, sem dúvida, sacrifícios momentâneos; mas o Estado seria compensado logo pela prosperidade que adquiriria uma região hoje quase abandonada e pelos impostos que seriam pagos pelo gado, cavalos e couros.

Para além de Ana de Sá e mesmo depois de Santo Antônio do Rio Acima, o capim gordura torna-se raro; outras são as Gramíneas que, nos campos artificiais cobrem a terra, e, menos ambiciosas que a *Tristegis glutinosa* (ou melhor *Melinis minutiflora)* elas deixam várias espécies de plantas e principalmente uma Composta, de flores pouco visíveis, crescer aqui e acolá no meio delas. Alguns morros são quase unicamente cobertos por uma Rubiácea *(Spermacoce polygonifolia* N.) que infelizmente é muito comum nos arredores de Vila Rica, e que sendo tão pouco apetecível ao gado quanto a Composta chamada *matapasto,** com a qual é freqüentemente encontrada, torna inúteis como a *Gentiana lutea* de nossas montanhas, os espaços imensos de que se apodera. A cerca de 2½ léguas de Ana de Sá, passei por uma aldeia que ainda é cabeça de uma paróquia, a de Casa Branca ou Santo Antônio de Casa Branca, situada a 4 léguas N. de Vila Rica, 6 de Mariana e 84 do Rio de Janeiro, a 20º2' lat. S. e 332º36' long.[29] Essa aldeia foi construída sobre o morro, acima do Rio das Velhas, o qual não é aqui mais que um simples regato. Casa Branca pareceume pouco considerável e no mesmo estado de ruínas e abandono de tantos outros lugares. Outrora tiravam, próximo de Casa Branca, no Rio das Velhas,

---

26 Entende-se por *gerais* a antiga região das minas, propriamente dita, a parte mais essencialmente aurífera, mais ou menos o N E da comarca de S. João d'El-Rei, a comarca de Vila Rica, o Serro Frio e a parte leste da comarca de Sabará.
27 Vide *Viagem pelas Províncias do Rio de Janeiro e Minas Gerais.*
28 *Viagem pelas Províncias do Rio de Janeiro e Minas Gerais.*
29 *Mem. Hist.,* VIII, p. segunda, 95.
* Há também uma Leguminosa com este mesmo nome vulgar: a *Cassia bicapsularis* (M.G.F.).

muito ouro; mas esse rio nada fornece atualmente e os habitantes que ainda existem na aldeia, vivem das minguadas produções de algumas terras circunvizinhas.

Entrei na igreja de Casa Branca, que é construída de pedra e muito bonita. No momento faziam a sepultura para uma mulher, cujo corpo havia sido exposto no meio da igreja. Segundo o costume da região o féretro não tinha sido fechado; o corpo vestido e o rosto descoberto. As pessoas de condição inferior são ordinariamente enterradas fora das igrejas; as outras o são geralmente dentro das igrejas. O uso de epitáfios é quase desconhecido. Também não há o hábito de realizar batismos, casamentos e enterros nas igrejas paroquiais respectivas; os casamentos e batizados podem ser feitos em quaisquer igrejas, bastado para isso a permissão dos curas; para os enterramentos é bastante a vontade do morto, expressa em testamento, para determinar o lugar onde deve ser inhumado. Quando os enterros, casamentos e batizados são feitos nas igrejas filiais, a metade dos emolumentos pertence à igreja paroquial ou igreja matriz.

De Ana de Sá fui parar no rancho de José Henriques, situado a 3 léguas dessa habitação e a $3\frac{1}{2}$ de Vila Rica.

CAPÍTULO VIII

PARADA NOS ARREDORES DE VILA RICA. CRIAÇÃO DE GADO. DIVERSAS MEDIDAS ADMINISTRATIVAS.

Estada no Rancho de José Henriques. Clima da região. Suas produções. S. Bartolomeu e os doces de marmelo. Criação do gado; necessidade de dar-lhe sal; as vacas não produzem leite quando perdem seus bezerros. Caminho de José Henriques a Vila Rica. Entrada desta cidade. Um negociante francês. Passeio a Mariana. Encontro; lembranças da pátria. Veranico ou pequeno verão; sua influência sobre as colheitas. Cobertas de colmo. Planta relativa à exploração das minas de ouro. Declaração que se exigiu dos proprietários. Medidas contra os vagabundos.

Já disse ter deixado em Boa Vista, em casa do capitão João José de Abreu, vários de meus animais, com parte de minha bagagem. Mandei procurá-los pelo meu novo tropeiro, Manuel Soares, e, para aguardar sua volta, instalei-me no Rancho de José Henriques, tendo comigo Prégent, o Botocudo e meu novo "tocador". No caminho de Sabará a Vila Rica o rancho de José Henriques é o mais próximo desta última cidade; entretanto ele não oferece o menor recurso para as necessidades da vida; aí não se encontrava nem feijão, nem toucinho, arroz, nem milho, e eu me alojei em um pequeno quarto muito escuro, onde mal podia mexer e onde a chuva entrava por todos os lados. Se não fui me instalar em Vila Rica foi porque as pastagens são ali muito más e porque são aí freqüentes os roubos de animais. Por um motivo que não saberei explicar, o viajante encontra geralmente maiores dificuldades e menos comodidade às portas das cidades do Brasil que nos lugares mais despovoados.

A região onde se acha situado o rancho, sendo muito alta, não tem temperatura muito elevada. As macieiras e os marmeleiros aí dão muitos frutos e a colheita de marmelos é mesmo de grande importância para a aldeia de S. Bartolomeu, cabeça da paróquia, situada a 1½ légua de João Henriques.[1] Não há, disseram-me, uma pessoa em S. Bartolomeu que não tenha um quintal plantado de marmeleiros e macieiras; os habitantes fazem com os marmelos um doce muito afamado que é posto em caixas quadradas feitas com uma madeira branca e leve chamada *caixeta*[2] e não somente vendem essas caixas em Vila Rica e seus arredores, mas ainda fazem remessas ao Rio de Janeiro. Comi desses doces; eles têm pouca transparência, porque não há o cuidado de eliminar as sementes e o miolo; mas têm gosto quase tão agradável quanto as famosas marmeladas de Orleans. Os marmelos que se colhem nesta região aproximam-se menos da forma de uma pera que da de maçã, e não têm a mesma acidez que os nossos. Quanto às maçãs acredito que serão muito boas, se as deixarem amadurecer, pois há o mau vezo de colherem-nas verdes. De resto não é somente em S. Bartolomeu que se plantam macieiras; elas são plantadas também nos arredores de Vila Rica e na Serra de Capanema.

---

1 Segundo os matemáticos portugueses citados por d'Eschwege, S. Bartolomeu fica a 20º21' lat. S.

2 O sábio Freycinet escreveu *cachete,* e acredito ser essa mais de acordo com a pronúncia da palavra, segundo minhas próprias notas. Mas *caixeta** adotada por Pizarro, não o é menos e parece-me muito mais racional, porque a palavra em questão não pode derivar senão de caixa.

* Cacheta é a forma correta do ncme vulgar da planta da família das Bignoniáceas, gênero *Tabebuia* (M.G.F.).

As pastagens montanhosas de toda a região vizinha de José Henriques são muito propícias à criação de gado; as vacas são aí geralmente de boa raça e achei o leite produzido pelas de meu hospedeiro tão gordo quanto os melhores das vacas da França. Não há, entretanto, muito tempo que os habitantes de Vila Rica começaram a criar o gado. Eles não sonhavam outrora senão com a procura do ouro, esquecendo-se das ocupações rurais; mas o esgotamento das minas, ou a dificuldade de suas explorações, obrigou a procurar outras fontes de riqueza. Quando de minha viagem um colono, vizinho de José Henriques, possuía já mais de mil bovinos, e fabricava carne seca; outros proprietários faziam manteiga, e, se uma parte dos queijos que se vendem em Vila Rica vêm de S. João d'El Rei, uma outra parte é produto das vacas criadas nos arredores mesmo da Capital das Minas.

Nesta região, como no sertão, e em todo o resto do Brasil, não há estábulos; não se recolhem os animais; eles erram noite e dia pelas pastagens e mesmo quando as vacas parem sua única alimentação é sempre a que encontram elas mesmas nos campos. A única despesa que se faz para o gado é dar-lhe sal, porque, fora do sertão não se encontram terrenos salitrosos.[3] Para engordar e conservar saúde o gado tem necessidade indispensável do sal e ele é extremamente guloso dessa substância. De quinze em quinze dias os proprietários mais abastados ministram às suas vacas uma porção de sal dissolvido na água, e as pessoas mais pobres usam dá-lo ao menos quando as vacas parem. A espécie de dependência que a paixão pelo sal produz nos animais, fá-los perder qualquer cousa dos hábitos selvagens que adquirem naturalmente pelo hábito de viver noite e dia longe das casas, e logo que uma vaca foge, o desejo de tomar sua costumeira ração de sal faz com que volte à casa de seu dono. Em geral quando os bezerros atingem a idade de um ano é que se começa a lhes dar sal.[4] Nunca se abatem os animais antes dessa idade; assim não conhecem o que seja a carne de vitela propriamente dita.

Em toda a Província de Minas, as vacas não produzem leite senão enquanto amamentam os bezerros, e se estes vêm a morrer as tetas das vacas secam logo.[5] O intendente dos diamantes, Sr. Da Câmara, havia feito experiências para obter leite mesmo quando as vacas são privadas dos bezerros; mas as tentativas desse homem cuidadoso não surtiram nenhum resultado. O proprietário é então obrigado a dividir o leite com os bezerros, e como não se dá a eles nenhuma outra alimentação, ficam de extrema magreza. Disso se conclui que se é obrigado a ter os bezerros habitualmente apartados de suas respectivas mães. Até à ocasião em que começam a pastar, são levados para junto das vacas duas vezes por dia; mas, quando eles podem comer, somente são amamentados uma vez. Além do que se reserva para a nutrição dos bezerros as vacas dos arredores de Vila Rica dão comumente 4 garrafas de leite por dia, e, quando de minha viagem, uma vaca que produzia leite nessa quantidade era geralmente vendida por 8$000 a 10$000 (50 a 62,50 fs.). As vacas desta região são portanto bem melhores leiteiras que as dos arredores de S. Elói e Formiga, no sertão,[6] provavelmente mesmo que as de todo o deserto; isso é devido não somente ao fato das pastagens dos arredores de Vila Rica

---

3 Se o que me disseram em Peçanha é verdade, parece haver nesse lugar algumas terras salitrosas, pois que é, afirmam, com essa espécie de terra que os Botocudos temperam seus alimentos. (Vide *Viagem pelas Províncias do Rio de Janeiro e Minas Gerais*.)

4 O Brasil não é a única parte da América onde, para conservar o gado, seja preciso dar-lhe sal. O Sr. Roulin diz a mesma cousa dos de Colômbia. (Rech. anim. dom. dans les Ann. sc. nat. XVI, 20).

5 Falando, em minha *Viagem pelas Províncias do Rio de Janeiro e Minas Gerais*, dos animais do Deserto, esqueci-me infelizmente de relatar essas particularidades, que teriam explicado facilmente porque as vacas dão tão pouco leite em S. Elói, Formiga etc. O Sr. Roulin diz também que as vacas da Colômbia não produzem leite quando privadas de seus bezerros: (*Rech. an. dom. dans les Ann. sc. nat.* XVI). Se, como me asseguraram, acontece o mesmo em Portugal, as vacas passando ao Brasil não teriam sofrido, em relação a produção do leite, nenhuma modificação em seu organismo.

6 Vide *Viagem pelas Províncias do Rio de Janeiro e Minas Gerais*.

não secarem totalmente, e porque as águas sejam abundantes, mas também porque o sal não prejudica os órgãos digestivos dos animais como a terra salitrosa daquelas regiões.

Durante minha estada no rancho de José Henriques fui várias vezes a Vila Rica. Outrora cuidavam da estrada que vai a essa cidade, porque ela era também o caminho de Cachoeira, onde os governadores da província possuíam uma casa de campo. Alguns trechos dessa estrada eram calçados; em outros os barrancos são protegidos por muros e, a pouca distância do rancho de José Henriques existe uma ponte de pedras. Mas, como os governadores abandonaram a casa de campo, deixaram de cuidar da estrada e ela tornou-se péssima. Hoje a estrada está cheia de atoleiros, pedras amontoadas e rochas escorregadias, sendo difícil conceber como as bestas e cavalos não quebram ali suas pernas. As piores estradas da província são as que se avizinham da capital, o que não é para admirar, porquanto são elas necessariamente as mais freqüentadas e não são as mais zeladas.

Durante longo trecho o caminho de José Henriques a Vila Rica sobe sempre, seguindo, a meia encosta, as altas montanhas que têm o nome de Serra de Vila Rica. Daí o viajante avista, em plano inferior, uma vasta extensão de montes apresentando grandes ondulações, cobertas de pastagens e matas de um verde escuro. Então não se descobre nenhum ponto sobre o qual a vista possa descansar com prazer, e apenas se percebe ao longe um grupo de fazendas; por toda parte a monotonia é a mais fatigante. O povo da região diz distinguir ao longe as torres da igreja de S. Bartolomeu, mas foi-me impossível distingui-la.

Após ter subido muito desce-se pouco a pouco até Vila Rica, e então, principalmente, que o caminho se torna horrível. Todas as montanhas que se percebem são cobertas de arbustos densos e de um verde sombrio, incessantemente cortados pelos negros para as necessidades dos moradores. Esses arbustos substituem as florestas virgens que os primeiros mineradores haviam queimado para descobrir a região e em alguns lugares para plantar o milho. O solo é inteiramente ferruginoso e muito estéril.

A pouca distância de Vila Rica avista-se uma pequena parte dessa cidade. As casas que ficam em frente ao caminho, na maioria assobradadas e recentemente caiadas, dão a mais agradável impressão da capital da província; mas logo se é desiludido, quando, chegando à cidade pela rua das Cabeças vêem-se casas mal cuidadas cujas portas e janelas são pintadas de vermelho e com telhados que se prolongam desmedidamente além das paredes. A rua das Cabeças é em grande parte habitada por ferradores e por comerciantes de comestíveis, o que não é de se admirar porquanto grande número de caravanas entram na cidade por essa rua.

A primeira vez que fui de José Henriques a Vila Rica, apressei-me a procurar o Sr. de Eschwege, que me havia tão bem acolhido quando de minha primeira passagem por ali; infelizmente não o encontrei e soube que o mesmo havia seguido para o Rio de Janeiro com o projeto de apresentar ao rei o novo plano relativo ao modo de explorar as minas de ouro. Apresentei-me igualmente em casa do governador da província, o qual não me pôde receber visto estar adoentado; mas seu ajudante de campo disse-me que eu devia renovar a visita. Voltei então no dia seguinte, ao palácio e o governador recebeu-me com extrema bondade. Uma das principais personagens da cidade que fui visitar nesse mesmo dia recebeu-me com muita atenção, e insistiu por diversas vezes, segundo o uso do país, que a casa me pertencia (esta casa é sua); eu vinha de longe e preferia, confesso, que esse homem fosse mais comedido em bonitas frases e me oferecesse algum refresco.

85

Encontrei em Vila Rica um negociante francês que para aí viera estabelecer-se momentaneamente e que parecia muito satisfeito de ter tomado essa deliberação. Fizera de Vila Rica ponto central de onde se estendia até S. João d'El Rei, pretendendo ir até ao Serro Frio. Ele era obrigado a vender a varejo para poder achar compradores para suas mercadorias, no que não fazia senão imitar os comerciantes da região, entre os quais não se encontra um só que venda exclusivamente por atacado. O Sr. Lezan, é assim o nome desse compatriota, era o primeiro comerciante francês que aparecia nesta região.[7]

Era desejo meu aproveitar a estada no rancho de José Henriques, para escalar a Serra do Itacolomi,[8] montanha que domina Vila Rica, alta de 950 toesas acima do nível do mar, segundo o Sr. Eschwege. O erro de um guia fez abortar meu projeto; mas, devo à ignorância desse homem o prazer de rever a cidade de Mariana. Quase à chegada dessa cidade fui surpreendido por uma tempestade. Refugiei-me em uma casa situada à margem da estrada, sendo perfeitamente recebido pelo proprietário. Um dos que se achavam presentes dirigiu-me a palavra em francês, e falava tão bem essa língua que não pude deixar de lhe perguntar se havia viajado pela França; respondeu-me que não. Supus então que esse homem podia ter sido educado em um colégio fundado em Portugal por D. Marquet,[9] antigo superior do colégio de Pontlevoy; dei-lhe a conhecer tal conjectura e vi que não me havia enganado. Eu havia passado em Pontlevoy os primeiros anos de minha infância e tivera D. Marquet por professor. Encontrar um de seus alunos tão longe de França era para mim como se encontrasse um velho companheiro. Quando a gente corre por terras estranhas e longínquas, tudo o que pode despertar lembranças da pátria e da infância é avidamente apreendido; uma planta, um inseto mesmo que lembre os da terra natal, não podemos vê-los sem alguma emoção.

Apesar da satisfação que experimentava ao ouvir falar francês no interior do Brasil, devo entretanto convir que à época de minha viagem nossa língua era geralmente perigosa para os portugueses. Em geral eles só liam nossos maus livros; eles aí buscavam grosseiro epicurismo e enchiam o espírito com "essas teorias de direito absoluto, dessas vagas generalidades do fim do século dezoito, que trazem a morte em seu seio".[10]

Voltando de Mariana passei alguns dias em Vila Rica, onde fui aborrecido pelo mais terrível tempo. O fim de 1817 e o começo de 1818 foram excessivamente chuvosos; mas em toda esta região, como em Tijuco, goza-se ordinariamente, no mês de janeiro, de uma quinzena de dias em que o tempo melhora. Esse intervalo, a que dão o nome de *veranico,* é extremamente agradável, especialmente nas zonas altas, e lembra, diz Eschwege, o fim do verão na Ale-

---

7 Meus amigos os Srs. Goutereau de Paimbeauf e David Chauvet de Genève, foram, se não me engano, os primeiros negociantes franceses que chegaram a Minas Novas; em 1818 eles aí se achavam.

8 Foi escrito que o *Itacolumi* ou *Itacolumi,* vinha de *ita:* pedra e *columi:* menino. *Ita* quer realmente dizer pedra, mas *columi* não pertence nem à língua geral nem ao dialeto guarani; essa palavra é uma corruptela de *corumim* ou melhor de *conumi,* que, as primeiras na língua geral e a segunda em guarani, significam não menino mas rapaz. É preciso também ter cuidado para não confundir o Itacolomi de Vila Rica com outra montanha chamada Itacolomi e que se acha nas vizinhanças de Mariana. Esta é muito menos elevada que a outra; sua superfície apresenta uma terra vermelha e argilosa e sua vegetação denota apenas desses fetos que costumam substituir às matas derrubadas. O caminho que vai de Vila Rica ao *Presídio de S. João Batista* onde existe uma divisão militar, passa pelo Itacolomi de Mariana.

9 Dom Alphonse-Jean-Baptiste Marquet, beneditino da congregação de S. Maur., último superior do monastério e do antigo colégio real e militar de Pontlevoy, reunia a altas virtudes, uma alma forte, conhecimentos vastos e variados e o difícil dom de dirigir a mocidade. Ele havia elaborado a *Art de verifier les dates* e composto uma *Grammaire Allemande.* Forçado, em 1792, a deixar o colégio de Pontlevoy, passou a Portugal e aí fundou um educandário. Voltou à França sob o governo consular e estabeleceu em Orléans um pensionato que obteve amplo sucesso. Como quizessem submetê-lo a alguns regulamentos universitários que contrariavam seus processos, ele mudou-se para Paris onde se dedicou às letras; mas o desejo de se tornar útil levou-o a aceitar as funções curiais. Em seguida foi ele incumbido da direção de uma casa de educação, que tinha sido fundada para os filhos dos cavaleiros de S. Luiz; morreu nesse posto, a 12/10/817.

10 Expressões do *Globe* de 5 de agosto de 1830.

manha.[11] Não há ninguém que não julgue que o veranico deva ter grande influência sobre as colheitas; ele age mormente sobre a do feijão, que, plantado em setembro e outubro deve amadurecer de fins de dezembro a fins de janeiro.[12] Observou-se também que os grãos de milho tornam-se maiores e mais farinhosos quando o veranico, sucedendo às longas chuvas, tem lugar após a floração das plantas, no momento em que os novos grãos começam a crescer.

Para defender-se da água, os homens de uma certa classe usam guarda-chuvas ordinariamente cobertos de pano de algodão, tecido que resiste melhor que a seda aos toques dos espinhos e dos ramos. Quanto aos negros, eles se preservam da chuva por meio de pitorescos mantos, feitos com folhas muito secas e muito longas de uma Gramínea ou Ciperácea, chamada capim mumbeca, que nasce nos lugares altos. No sertão são folhas da palmeira buriti que se empregam em lugar do capim mumbeca.*

Antes de deixar o rancho de José Henriques, tive ainda o prazer de rever o Barão de Eschwege, que não me testemunhou menos amizade que da primeira vez que o encontrei. Seu plano relativo ao modo de explorar as minas vinha de ser adotado pelo governo; companhias deviam ser constituídas sob a direção do próprio Sr. Eschwege. Muito anteriormente o Sr. Manuel Ferreira da Câmara Bitencourt e Sá, intendente dos diamantes, havia sido encarregado de apresentar ao Rei um projeto de regulamento para as minas de ouro do Brasil. Este competente cidadão havia escolhido entre as leis alemãs o que melhor havia sobre a exploração das minas, tendo o cuidado de modificar o que não se adaptava à sua pátria. Seu projeto foi adotado desde 1803, mas sem força de lei. Foi, se me não engano, esse mesmo projeto que o Sr. Eschwege reajustou; ele fez algumas modificações e conseguiu fosse aceito pelo ministro; mas não creio que seja posto em execução.

Nessa mesma ocasião o governo queria exigir dos mineiros uma declaração das terras de que se diziam possessores, e que eles demonstrassem a legitimidade dessas posses. Essa medida ligava-se talvez aos planos de colonização de que o ministro de então, Sr. Tomaz Antônio de Vilanova e Portugal se achava empolgado, e dos quais alguns foram executados de maneira absurda. Mas, o que há de certo, é que a medida por si só podia ter um fim útil muito necessário em um país que, após haver passado pela desordem e pela anarquia, se acha hoje dividido por um pequeno número de proprietários e onde seria tão vantajoso atrair novos habitantes. De qualquer modo, aliás, as vantagens que podiam ter as declarações em apreço e sua verdadeira finalidade, creio que tiveram tão pouca aplicação quanto os planos dos Srs. Da Câmara e Eschwege sobre a mineração.

Quando estive no rancho de José Henriques comentavam-se as sábias medidas que o governo vinha de tomar para reprimir a vagabundagem, e as ordens que haviam sido dadas aos comandantes de visar os passaportes dos viajantes que atravessavam as aldeias e cidades. Várias vezes, tentaram, já, diminuir o número de vagabundos (vadios), que são o flagelo da Província de Minas; mas bandos de ociosos aparecem cada dia, favorecidos pela condescendência dos proprietários; quero crer que as ordens dadas ao tempo em que viajei, terão o mesmo resultado que as anteriores; aliás quando passei um ano mais tarde pela Província de Minas não se dizia haver menos vadios que antes.

Havia, já, quase 15 dias que me achava no rancho de José Henriques quando meu tropeiro chegou de Boa Vista com meus animais e minhas coleções. Despedi-me então de meu hospedeiro, o bom Miguel, que, apesar de pobre nada me cobrou pelo quarto que me cedeu, e pus-me em marcha.

11 *Journ.* 1, 49.
12 L. C.
* O buriti é um palmeira do gênero *Mauritia* Capim-membeca é o nome vulgar correto de uma Gramínea do gênero *Andropogon* (M.G.F.).

CAPÍTULO IX

CONGONHAS DO CAMPO. A IGREJA DE N. S. BOM JESUS DE MATOSINHOS. AS FUNDIÇÕES DE PRATA. FUGA DE FIRMIANO.

Partida do Rancho de José Henriques. Aldeia da Cachoeira. O Autor se perde. Descrição da região vizinha de Congonhas do Campo. Causas da diferença que a vegetação apresenta, na Província de Minas. Aldeia de Congonhas do Campo. A igreja de N. S. Bom Jesus de Matosinhos. As forjas do Prata. O índio Firmiano desaparece. O Autor põe-se a persegui-lo e procura-o inutilmente nos arredores de Congonhas e Vila Rica. Capitães do mato; negros fugitivos. Encontra-se Firmiano.

Em um espaço de cem léguas, entre José Henriques e Congonhas do Campo, estende-se a leste da grande cadeia, uma região que, a princípio muito montanhosa vai-se tornando pouco a pouco mais baixa à medida que se aproxima desta última localidade. Começa-se por atravessar *capoeiras,* mas logo se entra nos *campos naturais,* que, como os das altas montanhas ou dos arredores de Barbacena, apresentam Gramíneas geralmente muito finas, entremeadas de subarbustos. Como acontece geralmente nos lugares onde se observa esse gênero de vegetação, grupo de matas *(capões),* crescem nas grotas e nas encostas mais abrigadas; é aí que os lavradores fazem suas plantações.[1]

A uma légua de José Henriques, a 20º22' lat. S. e 332º20' long., acha-se a aldeia de Cachoeira ou N. S.ª de Nazaré de Cachoeira do Campo, cabeça de uma paróquia que compreende 3 sucursais e uma população de mais de 2.180 almas.[2] Cachoeira foi construída sobre as encostas de duas colinas opostas, e compõem-se de casas separadas umas das outras. Os governadores da Província tinham outrora, nesta aldeia, uma residência de descanso a que dão o nome de palácio; mas essa casa acha-se abandonada e parece que, ao tempo de minha viagem ia pô-la em leilão. Cachoeira deve, sem dúvida, sua fundação aos mineradores, pois nos arredores vêem-se escavações profundas que tiveram por objetivo a extração do ouro.

Colhendo muitas plantas, fiquei para trás. Eu me havia desentendido com meu tropeiro, e, depois do lugar chamado Lagoa, segui caminho diferente do dele. Desci a princípio por um caminho muito difícil, em profunda ravina; depois, tendo escalado a encosta que faz face a aquela que eu vinha de descer, achei-me em uma região alta, no meio de montanhas. Não via mais que imensas pastagens, onde milhares de trilhos feitos pelo gado cruzavam todos os sentidos; nuvens espessas anunciavam uma tempestade. Errando por aqui e acolá, a fim de descobrir uma casa, senti-me feliz ao descobrir uma ao longe. Dirigi-me para lá. Um velho decrépito achava-se sentado diante da porta e recitava preces, tendo às mãos um rosário. Pedi-lhe que me desse um guia, mas, não tendo obtido como resposta senão palavras grosseiras, perdi a paciência, e expressei-lhe toda a minha indignação. Avistei ao longe outra habitação e para lá me dirigi; o proprietário ofereceu-se para conduzir-me à casa de Francisco da

1 Vide *Viagem pelas Províncias do Rio de Janeiro e Minas Gerais.*
2 Piz. *Mem. Hist.* VIII, p. seg. 94:

Costa aonde pensava poder pernoitar. A noite surpreendeu-me logo; entretanto não tardei a reconhecer que seguíamos o caminho por onde já havíamos passado. Quando chegamos no fundo da ravina de que venho de falar, a escuridão era tal que foi absolutamente impossível distinguir os objetos que nos rodeavam. Durante o dia esse caminho já me parecera horrível; à noite ele pareceu-me cem vezes mais. Caminhava com precaução extrema, trazendo a minha besta pelo cabresto; mas o declive do terreno acelerava o animal que me empurrava freqüentemente e eu receava que ele viesse a cair por cima de mim. Chegado ao fundo da grota encontrei um regato e, para alcançar a outra margem montei novamente; o animal recusava ir mais longe, corcoveando, e eu via que de um momento para outro cairíamos num precipício. Felizmente escapei desse perigo e cheguei sem acidentes à casa de Francisco da Costa que faz parte do distrito chamado Lagoa, diante do qual eu já havia passado, sem sabê-lo. Não encontrei aí o meu pessoal, mas fui acolhido com amável hospitalidade.

Reiniciei a viagem no dia seguinte pela manhã, e, a pouca distância da casa de Francisco da Costa, deparei, ao pé de uma montanha, a lagoa que dá nome ao distrito. Próximo do lugar chamado Pires, encontrei meu tropeiro Manuel Soares, que na véspera havia parado, com minha caravana, à margem da estrada, em uma casa abandonada. Caminhamos juntos e fomos pernoitar no lugar denominado Pires.

Entre a casa de Francisco Costa e Pires a chuva quase não cessara de cair e continuou a cair durante toda a noite. A água, passando através do teto da casa, escorria sobre minhas malas e fui obrigado a acordar o meu pessoal para mudar de lugar toda a minha bagagem. No dia seguinte a chuva continuou durante grande parte do dia; parti muito tarde e, não tendo podido fazer mais de uma légua, parei na aldeia de Congonhas do Campo. O pequeno estio de janeiro (veranico) faltou completamente este ano e todo mundo assegurou-me que chuvas tão abundantes[3] e de tamanha duração eram muito raras.

Semelhante ou quase semelhante à que eu atravessei nas vésperas, a região que percorri entre Pires e Congonhas, não é apenas ondulada como o Sertão; não se vêem esses morros próximos uns dos outros, esses fortes declives, esses vales profundos que caracterizam geralmente a região das florestas; também não se vêem esses vastos planaltos, como o do Alto dos Bois,[4] ou os da Serra da Lapa e das montanhas de Tijuco. A terra é avermelhada e mais ou menos arenosa; a região é consideravelmente elevada em relação ao nível do mar; os morros são desiguais, mas em geral são arredondados no alto; seus declives não são muito fortes; deixam entre eles grandes intervalos. Nos altos como nos vales mais largos e mais descobertos não se vêem senão Gramíneas e outras ervas entremeadas de subarbustos; nos declives mais inclinados, crescem, como no sertão, árvores tortuosas, raquíticas, separadas umas das outras, de folhas quebradiças, casca suberosa;[5] enfim nos fundos e nos declives mais abrigados, encontram-se florestas virgens.

Já disse[6] que os campos de Gramíneas eram devidos à disposição do solo que permite aos ventos dos meses de junho, julho e agosto circular livremente e prejudicar o crescimento das plantas. Essa asserção seria confirmada, se isso fosse necessário, pelo que vem de ser dito sobre a vegetação da região vizinha de Pires e de Congonhas, porquanto se viu que nos lugares onde o terreno começa a ser abrigado há o aparecimento das árvores raquíticas e que nos lugares mais abrigados ainda, aparecem as florestas. Na verdade o Sr. de Eschwege[7] observou que a vegetação era mais vigorosa nos terrenos primitivos

3 Vide o que disse atrás a respeito do *veranico.*
4 Vide *Viagem pelas Províncias do Rio de Janeiro e Minas Gerais.*
5 Idem.
6 Idem.
7 In. *litt.*

que nos de formação mais recente; ele observou que as matas crescem nas montanhas de granito, de gneiss, de xisto micáceo e de sienita, e que as pastagens naturais e os arbustos tortuosos encontram-se nos terrenos cuja base se compõe de xisto argiloso, grés e ferro. Mas, se as grandes diferenças de vegetação que se observam na Província de Minas coincidem com as diferenças da constituição mineralógica do solo, não é menos verossímil que não são estas últimas que modificam o conjunto das produções vegetais. O Sr. De Candolle de há muito mostrou[8] que a natureza mineralógica dos diversos terrenos não exerce nenhuma influência sobre a vegetação ou que pelo menos sua ação é pequena; e as próprias observações feitas pelo Sr. Eschwege tendem a demonstrar a verdade dessa opinião, pois que nas vizinhanças do Rio S. Francisco, próximo de Formiga e Abaeté, esse cientista viu terrenos calcáreos de formação antiga descobertos em certos lugares, enquanto que noutros eles produziam uma vegetação rica e densas florestas. O que, numa mesma latitude e em altitudes semelhantes, modifica verdadeiramente a natureza das produções vegetais, é a exposição do solo, o maior ou menor grau de unidade que ele encerra, a subdivisão mais ou menos sensível de suas partículas, a quantidade maior ou menor de humus que cobre sua superfície.

Seja como for a variedade que apresenta a vegetação entre Pires e Congonhas empresta à paisagem um encanto a que se ajunta a desigualdade das montanhas, o verde alegre dos relvados, os rochedos pardacentos que se mostram nos altos dos morros mais elevados, enfim o contraste que formam as minerações com o terreno e a cor fresca das pastagens. É sobretudo no lugar chamado Barnabé que a vista se torna mais agradável. Ao longe vê-se sobre o cume de um morro uma das igrejas de Congonhas; de todos os lados vêem-se cumiadas separadas e desiguais, de formas variadas, verdes pastagens e bosquetes; à direita do caminho existe uma profunda mineração, cavada sobre o flanco de uma colina; esta é dominada por uma montanha mais elevada, onde as rochas se mostram aqui e acolá; e, sobre o lado da montanha um regato formando uma cascata, espalha sobre o rochedo suas águas espumantes.

Antes de chegar a Congonhas passa-se por um regato que tem o nome de Rio Santo Antônio, e que, próximo da aldeia, reúne suas águas a um regato mais considerável, chamado Rio das Congonhas.

A aldeia de Congonhas do Campo, ou N. S.ª da Conceição de Congonhas do Campo, acha-se situada a 21º30' lat. e 332º27' long.; a 8 léguas E. S. E. de Vila Rica, 9 de Mariana e 74 do Rio de Janeiro.[9] É cabeça de uma paróquia pertencente, ao menos em parte, ao termo de Vila Rica, e que em 1813 continha uma população de 2.412 habitantes[10] e em 1822 a população era de 2.640 indivíduos.[11]

Congonhas é célebre na história das Minas, porque foi nesse lugar que se postou Manuel Nunes Viana, chefe dos forasteiros revoltados (1708), quando ele obrigou D. Fernando Martins Mascarenhas, governador do Rio de Janeiro, que viera à Província de Minas para restabelecer a ordem, a se pôr em fuga. A aldeia é construída sobre dois morros opostos, entre os quais corre o riacho que tem o mesmo nome que a povoação. O Rio das Congonhas servia de limite entre a comarca de Vila Rica e a de S. João d'El Rei, e assim a aldeia pertence a duas comarcas diferentes.[12] A maior parte das casas se acha sobre o morro que fica à margem direita do riacho, e é no alto desse morro, no

8 *Dic. Sc. Nat.* Vol. XVIII.
9 Piz. *Mem. Hist.*, VIII, p. segunda, 97.
10 Eschw. Jorn.
11 O volume de Pizarro onde se encontra essa avaliação é de 1822.
12 Parece-me que sob o nome de Congonhas do Campo se designa vulgarmente um vasto distrito, porquanto Pizarro disse (*Mem. Hist.*, VIII, 96) que uma parte do território das Congonhas chamada *do Carmo* onde se acha a paróquia de N. S.ª da Conceição pertence ao termo de Mariana e que uma outra parte forma a paróquia de *N. S.ª da Conceição das Congonhas de Queluz,* pertencente ao termo de Queluz e à comarca de S. João d'El-Rei.

meio de uma praça alongada, que se acha a igreja paroquial, notável por seu tamanho. No morro que fica fronteiro ao que venho de falar vê-se a igreja de N. Senhor Bom Jesus de Matosinhos, que goza de grande celebridade, não somente nos arredores mais fora da província. Os devotos para ali se dirigem, vindos de muito longe e, na época da festa do padroeiro, que se celebra em setembro, a aldeia fica cheia de forasteiros e devotos.[13]

Congonhas do Campo deve sua fundação a mineradores que encontraram muito ouro nas margens do Rio Santo Antônio, bem como nas do Rio Congonhas e ao redor da aldeia; as encostas dos morros rasgadas e reviradas de todos os modos, atestam o trabalho de maior vulto. Congonhas cai então em decadência, como tantas outras aldeias, vendo-se grande número de casas mal conservadas ou mesmo abandonadas.[14]

O que ainda mantém este pequeno povoado é que ele tem a vantagem de estar situado em uma das estradas que vão de Vila Rica a S. João d'El Rei, e que os peregrinos que a devoção aí leva, sempre deixam algum dinheiro. Existe também nos arredores um pequeno número de minerações em atividade,[15] e várias fazendas muito importantes. Fazem-se algumas criações de gado nos campos e cultiva-se nos capões. A qualidade do terreno varia muito nos arredores de Congonhas do Campo, e, segundo os lugares o milho rende de 100 a 200 alqueires. Sendo a região, como se viu, muito alta, a geada é muito freqüente e impede que se dedique à cultura da cana-de-açúcar. Entretanto observou-se que, nas altitudes onde a umidade não é tão grande como nas baixadas, a geada é menos freqüente; mas, como o terreno não é bom, a cana cresce pouco e dá apenas dois cortes.

Está visto que eu não deixaria Congonhas sem ir visitar a igreja de N. S. Bom Jesus de Matosinhos,[16] que é, para esta região, como observa Luccock[17] o que é para a Itália a N. S.ª de Loreto. Essa igreja foi construída no cume de um morro, no meio de um terraço pavimentado de largas pedras e circundado por um muro de arrimo. Diante dela colocaram sobre os muros da escadaria e sobre os do terraço, estátuas de pedras representando os profetas.[18] Essas estátuas não são obras primas, sem dúvida; mas observa-se no modo pelo qual foram esculpidas qualquer cousa de grandioso, o que prova no artista um talento natural muito pronunciado. Elas são devidas a um homem que residia em Vila Rica e que demonstrou desde sua infância, uma grande vocação pela escultura. Muito jovem ainda, disseram-me, ele resolveu tomar não sei que espécie de bebida, com a intenção de dar mais vivacidade e elevação a seu espírito; mas perdeu o uso de suas extremidades. Entretanto prosseguiu no exercício de sua arte; ele fazia prender as ferramentas na extremidade do antebraço e foi assim que fez as estátuas da igreja de Matosinhos.

Essa igreja é pequena, mas rica, conservada limpa e ornada de um grande número de quadros feitos em Vila Rica, dos quais vários denotam felizes incli-

---

13 Apesar da igreja de Bom Jesus de Matosinhos não estar situada do mesmo lado do rio que a igreja paroquial, ela pertence, entretanto, à paróquia de Congonhas do Campo, como se pode ver nas *Memórias Históricas* VIII, p. segunda, 96.

14 "Matozinho", disse um viajante inglês que passou por Congonhas do Campo, é uma pequena cidade, limpa e animada, situada à margem setentrional do Paraopeba, diante de *"Caancunha"*. Há nessa frase quase tantos erros quantas são as palavras. Matosinhos e não Matozinho, é o final do nome de uma igreja e não de uma cidade: essa igreja não pertence a uma cidade e sim a uma aldeia, cujo nome, é possível, tenha sido originariamente *Caacunha* (Vide mais acima, pág. 95), mas que se chama hoje Congonhas; enfim o rio que passa em Congonhas não é o Paraopeba, mas o Rio Congonhas.

15 Pode-se citar, entre outras a mineração do coronel Romualdo José Monteiro de Barros, de que falam os Srs. Eschwege, Spix e Martius, cujo ouro, segundo estes últimos, é de 22 k.

16 Escreveram na Alemanha, que essa igreja era consagrada à Virgem e tinha o nome de N. S. de Matosinho; mas em trabalho recente o Autor penitencia-se, pelo menos em parte, deste erro.

17 *Notes on Braz.*, pág. 520.

18 O Sr. Eschwege acha que a pedra com que foram feitas essas estátuas seja a esteatita. Luccock dissera, antes de mim, que elas representavam os profetas, sendo que Pizarro pretende que elas representam cenas da paixão.

nações para a pintura.[19] A imagem que constitui objeto de veneração dos devotos foi colocada no interior do altar-mor, e representa Jesus Cristo morto. Beijam-se os pés dessa imagem para merecer indulgências; depois depositam-se esmolas. Acima do altar elevam-se pequenos degraus ornados de pequenas figuras de anjos segurando castiçais, sendo que alguns têm os cabelos ridiculamente levantados em topete. A sacristia é grande e muito bonita. De um dos lados do templo existe uma casa chamada "casa dos milagres", onde se acham reunidas em uma grande sala uma tão prodigiosa quantidade de oferendas e membros de cera, que não cabe mais nada. Enfim atrás da igreja vêem-se duas construções compridas, colocadas em frente uma da outra e que são destinadas a abrigar os peregrinos e confrades estrangeiros.

Quando de minha viagem tencionavam construir um pouco abaixo da igreja de Matosinhos, na vertente do morro em que ela se acha, sete capelas representando os principais mistérios da paixão de Jesus Cristo. Três dessas capelas haviam, já sido construídas; são quadradas e terminam por um pequeno zimbório cercado por uma balaustrada. No começo de 1818 apenas uma delas estava terminada internamente e aí se via a cena representada por imagens de madeira, pintadas, e de tamanho natural. Essas imagens são muito mal feitas; mas, como são obra de um homem da região, que nunca viajou e nunca teve um modelo com que se guiasse, elas devem ser julgadas com certa indulgência.

O homem que me mostrou a igreja de Matosinhos não me era desconhecido. Fora ele que, quando estive em Ubá, para ali conduzira uma tropa de Coroados. Tendo sido atacado por grave doença dos pés, prometeu a Deus servir à igreja de Matosinhos se obtivesse sua cura. Como teve a felicidade de sarar deixou sua casa e veio cumprir sua promessa, para o que teve de viajar 60 léguas.

Aproveitei a minha estada em Congonhas do Campo para ir visitar as forjas do Prata, distantes duas léguas.

Até Barnabé e mesmo um pouco mais longe, segui, para ir a essas forjas, o caminho pelo qual eu já havia passado, indo de Pires a Congonhas. Após Barnabé a região se eleva gradualmente; mas apresenta quase sempre o mesmo aspecto; vêem-se ainda uma mistura de pastagens herbáceas, bosquetes e campos dotados de árvores tortuosas e raquíticas. Não é apenas pelo aspecto que esses últimos *campos,* assemelham-se aos do sertão. Encontrei entre Barnabé e as forjas do Prata várias espécies pertencentes ao gênero *Qualea,* como a árvore raquítica conhecida no deserto* sob o nome de "pau-terra"; encontrei também uma *Malpiguiácea* de grandes folhas duras e esbranquiçadas, cujos frutos os habitantes do Sertão comem, de preferência aos de outras espécies, e que se chama murici.

As forjas do Prata foram construídas sob a direção do Sr. Eschwege que, tendo anunciado que um capital de 10.000 cruzados bastava para formar a empresa, reuniu logo 10 acionistas, cujo principal foi o Conde de Palma, então governador da província. Querendo favorecer a companhia que vinha de se organizar, o governo do Rio de Janeiro fez-lhe presente de um martelete, uma bigorna e algumas outras peças encomendadas na Inglaterra. A construção das novas forjas foi iniciada em novembro de 1811; a fundição do ferro teve começo em 17 de dezembro de 1812, terminando inteiramente em junho de 1813. As forjas do Prata começaram após as do Morro de Gaspar Soares e de Ipanema, próximo de S. Paulo; mas, se se pode acreditar no Sr. Eschwege, não houve outra que trabalhasse tão ativamente e em tão grande escala.[20]

---

19 Vide *Viagem pelas Províncias do Rio de Janeiro e Minas Gerais.*
20 Vide *Viagem pelas Províncias do Rio de Janeiro e Minas Gerais.*
* Trata-se, na verdade, de cerrados. *Qualea* é o nome do gênero do pau-terra, um Vaquisiácea. O nome científico lo murici é *Byrsonima* (M.G.F.).

Essas forjas são situadas em um fundo e cercadas de morros cobertos de matas. De todos os lados há abundância de ferro, nos arredores de Prata; ali, como noutros lugares o minério mostra-se à flor da terra e, por conseguinte é pequeno o trabalho da extração. As águas necessárias às forjas descem das montanhas e são levadas em uma calha que se projeta para dentro das construções onde ficam os fornos. Caindo dessa calha a água faz mover os pilões que trituram o minério; renova o ar que ativa os fornos e, enfim, ela eleva o martelete destinado a fazer barras do ferro fundido. O carvão, fornecido pelas árvores das florestas vizinhas, é feito pelo processo europeu. A fim de remediar o defeito que o ferro fabricado no país apresenta geralmente, o de ter consistência próxima da do aço, empregam-se nas forjas somente os pedaços maiores de carvão; o que fica dessa escolha é peneirado por meio de um cilindro de bambu, acionado por água e empregado na oficina de serralheiro, existente no estabelecimento.

Antes de empregar o mineral é reduzido a pó fino, por meio de pilões, sendo fundido em fornos, em número de 4, construídos pelo processo sueco. Quando a massa de ferro fundido sai do forno é posta em outro pilão, movido do mesmo modo que o que mói o minério. Esse pilão é destinado a livrar a massa fundida das partes heterogêneas e impuras. Outrora o martelete ficava no mesmo galpão que os fornos; mas, como não havia uma quantidade de água capaz de fazer mover os pilões, ativar o fogo e elevar o martelo ao mesmo tempo, foi preciso colocar o martelete em um plano inferior ao dos fornos, para aproveitamento da força da água. Essa disposição é pouco cômoda para o trabalho; entretanto foi remediada tanto quanto possível, colocando-se uma lage inclinada, por meio da qual faz-se escorregar o metal fundido, do pavilhão mais alto, onde se acham os fornos, ao mais baixo onde fica o martelete. Contentam-se em fazer o ferro em barras, não sendo manufaturado no estabelecimento. O minério pode, segundo Eschwege, render até 80%; mas, como não custa, por assim dizer, nada, tiram dele apenas 16%. A arroba de ferro fundido vende-se nas forjas do Prata a 2$400 e o Sr. Eschwege garante que essas forjas dão lucro aos acionistas.

No dia seguinte ao de minha visita às forjas do Prata (12 de fevereiro de 1818), desejava prosseguir viagem em direção a S. João d'El Rei, mas, no momento da partida procurou-se em vão Firmiano. Dando uma busca em seu saco de viagem encontramos apenas objetos menos úteis e de menor valor; lembramo-nos então que pela madrugada ele havia aberto docemente a porta do galpão onde dormíamos; nas vésperas, à tarde, ele nos parecera de muito mau humor e nós não tivemos dúvida de que ele havia fugido. Esse acontecimento causou-me uma grande contrariedade porquanto eu não esperava que tal sucedesse. Sempre tratara Firmiano como um filho, satisfazendo todos os seus desejos e não vira pessoa nenhuma fazer-lhe o menor mal, sendo-me impossível atinar com o motivo de sua fuga. Está claro que, desgostando do trabalho e já habituado a algumas doçuras da vida civilizada ele seria muito infeliz em uma região onde há grande prevenção contra os homens de sua raça. Ele iria errar de fazenda em fazenda, sem recursos e findaria por cair nas mãos de algum homem rude que, para aproveitar-se de seu trabalho, retê-lo-ia pelo terror. Eu me recriminava, a mim mesmo, por ter causado a infelicidade desse rapaz, tirando-o de suas florestas, e tomei a resolução de tudo fazer para encontrá-lo.

Parti em minha besta, acompanhado de um tocador de nome Francisco, que eu tomara em Vila Rica, e segui o caminho pelo qual viera de Congonhas, pensando que Firmiano devia ter voltado pela região que já conhecia. Fui até o lugar chamado arraial do Leite, pouco distante de Cachoeira; mas em parte nenhuma davam-me notícias do fugitivo. Voltei e dormi em casa de Francisco da Costa, onde, conforme disse, já havia pousado poucos dias antes. No dia seguinte segui em direção a Congonhas, onde contava continuar minhas pesquisas pela vizinhança; interroguei a todas as pessoas que encontrava, prometendo 9 oitavas (cerca de 68 francos) a quem me trouxesse Firmiano. A uma légua de Congonhas fui informado por um homem que nas vésperas meu botócudo lhe pedira informações sobre o caminho de Vila Rica. Anteriormente Firmiano havia falado com muito entusiasmo da capital de Minas e dos encantos de uma pequena índia *Purí* que o Sr. Eschwege criava em sua casa. Eram fortes razões para acreditar que meu jovem selvagem havia tomado o caminho de Vila Rica; foi em direção a essa cidade que tomei a resolução de fazer minhas pesquisas.

Vários caminhos vão de Congonhas à capital da Província. Está claro que eu não devia voltar pelo que eu vinha de deixar; decidi-me a seguir o caminho que se encontra na grande estrada do Rio de Janeiro a Vila Rica próximo do Capão do Lana ou simplesmente Capão.[21]

A região que percorri até esse lugar, em um espaço de 4 léguas, apresenta uma seqüência de morros altos e arredondados, cobertos de plantas herbáceas. Tão longe quanto a vista possa se estender não se vê senão um vasto território sem habitações e imensas pastagens sem gado. Nas florestas virgens, as árvores que por todos os lados limitam o horizonte visual podem iludir-nos sobre a falta de habitações; mas aqui nada atenua a extensão do deserto e o viajante se entedia pela monotonia dessas montanhas que não apresentam nenhum acidente e onde nenhum traço de cultura ou de indústria revela a presença do homem. Após o momento em que comecei a me distanciar de Congonhas, até à minha chegada a Capão não avistei senão duas ou três casinhas e uma pequena capela. O sol já se havia posto quando cheguei a Capão, onde passei a noite; durante todo o dia não tinha comido senão um pouco de leite coalhado e farinha; e, para meu jantar fui obrigado a contentar-me com um prato de couve e feijão.

A 8 de fevereiro, muito cedo, parti do Capão. No ano precedente eu já me queixara do caminho que vai desse lugar à capital da Província; ele se tornara cem vezes pior. Até Vila Rica só vi profundos atoleiros; os esqueletos de bestas e cavalos que continuamente encontrava davam-me notícias dos inúmeros acidentes por ali ocorridos. Dir-se-ia que, deixando em tal estado os caminhos que conduzem à triste capital de Minas, tinha-se a intenção de isolá-la de todo o universo.[22]

Ainda não tínhamos chegado, quando em um lugar solitário, onde a estrada acha-se apertada entre dois morros a pique, o tocador Francisco, o único que se achava armado entre nós, disse-me: "Senhor, eu sou um criminoso". Essa confissão, feita em tal situação, não era nada tranqüilizadora; entretanto dominei-me. Francisco relatou-me sua história, mas, está visto, de modo a inocentar-se. Era preciso livrar esse homem das vistas daqueles que poderiam prendê-lo. Segui então na encosta da montanha em declive pedregoso e escarpado e cheguei à casa do Barão de Eschwege.

Não havia notícias de Firmiano em Vila Rica. Aproveitei minha estada nessa vila para escrever a várias pessoas, pedindo-lhes deter esse jovem selvagem caso aparecesse em casa delas; enfim fui procurar o oficial do regimento que comandava os "capitães do mato", pedindo-lhe instruisse sua gente no sentido de prender Firmiano.

Chamam-se "capitães do mato" homens de cor, porém livres, encarregados de perseguir os escravos fugidos. O proprietário de um negro que é preso dá 25$000 (156 frs. 25) pela sua prisão, sendo essa importância dividida entre

---

21 Vide *Viagem pelas Províncias do Rio de Janeiro e Minas Gerais.*
22 O Sr. de Eschwege explica o mau estado dos caminhos nos arredores da capital do império e das capitais de províncias, pela facilidade que tinham os proprietários obrigados à reparação desses caminhos de corromper os agentes da administração, muito próximos deles.

os capitães.[23] Os negros fugidos são muito comuns em algumas zonas da Província de Minas, principalmente nos arredores de Vila Rica, onde, protegidos pelas montanhas, quase inacessíveis, cometem roubos freqüentes. Geralmente esses escravos têm nessas montanhas um esconderijo comum, a que se dá o nome de *quilombo,* chamando-se quilombolas aos negros aí refugiados.[24]

Outros negros fugidos vivem isolados; ficam na vizinhança das casas e recebem dos próprios escravos dessas casas o alimento de que necessitam. Essa classe de fugitivos é denominada: *ribeirinhos.*[25]

De Vila Rica segui, a 10 de fevereiro, para o Rancho de José Henriques, partindo daí no dia seguinte de volta a Congonhas, aonde desejava aguardar o resultado das pesquisas que deviam ser feitas pelos "capitães do mato". Continuei minha caminhada sem nenhum acidente até cerca de uma légua de Francisco da Costa. Aí apeei-me para colher algumas plantas e o tocador Francisco incumbiu-se de seguir com minha mula. Quando as plantas ficaram prontas pus-me em marcha, contando encontrar, a alguns passos dali, o tocador e a mula; mas, fiz perto de meia légua sem encontrá-lo. Atravessei um regato, metendo os pés na água, e, logo após encontrei outro riacho, muito mais largo, que se atravessa antes de chegar à casa de Francisco da Costa. Era natural que eu encontrasse nas margens dos riachos as pegadas do tocador e dos animais, mas não vi nenhuma e comecei a temer que Francisco, que se confessara criminoso, tivesse fugido com os dois animais e uma mula onde se achava minha roupa e dinheiro. Infeliz desde meses atrás, já não duvidava dessa nova contrariedade, quando avistei meu tocador: o cavalo e a mula haviam fugido por uma estrada lateral e Francisco estivera em sua perseguição. Errei em pensar mal desse moço; ele era dócil, sem maldade e não me ocasionou nenhuma contrariedade, durante todo o tempo que esteve a meu serviço.

Após as pesquisas que havia feito, não podia conservar a esperança de ver tão cedo meu selvagem foragido; entretanto quando passei por um velho engenho de açúcar, pertencente a Francisco da Costa, ouvi os negros desse homem gritar de longe avisando-me que Firmiano havia sido preso nas vésperas e que se achava na casa de seu Senhor. Nos primeiros instantes da fuga do Botocudo essa notícia ter-me-ia causado a maior alegria; mas, pouco a pouco eu me acostumara à perda desse rapaz e pensava que ele poderia tornar a fugir, como já fizera; em Vila Rica capacitei-me que era possível substituí-lo e, refletindo sobre o pouco apego que demonstrara, de minha parte, devo confessar, esse apego caíra muito também.

Chegando à casa de Francisco da Costa, entrei no quarto em que se achava o índio; pareceu um pouco admirado de me ver; mas, sem constrangimento estendeu-me a mão para pedir-me a bênção, segundo o uso dos brasileiros. Falei-lhe então severamente, mas, em seguida, tendo feito sair as pessoas que ali se achavam, aproximei-me dele; peguei-lhe a mão, relembrei-lhe o que havia

---

23 No século passado os negros de Minas formaram contra os brancos uma conspiração que foi felizmente descoberta. Por uma conseqüência natural desse acontecimento se se pode crer nas conjecturas inverossímeis de Southey, um grande número de negros se refugiou nas matas; temeu-se que formassem associações perigosas, como aconteceu outrora em Palmares (Pernambuco); para impedir esses agrupamentos foram criados os *capitães do mato,* espécie de milícia já estabelecida em outros pontos do Brasil. A 17 de dezembro de 1722 foram publicados os regulamentos que fixavam os deveres dos capitães do mato e as retribuições a que tinham direito segundo as circunstâncias, ao mesmo tempo preveniam contra as trapaças desses homens, nos quais, parece, não se podia confiar. *(Hist. of Braz.* III, 247-249).

24 Essas palavras parecem-me africanas; mas diz-se ainda no Brasil: *calhambola,* e creio também *canhambola,* e, segundo Luccock *(Notes on Braz.* 434), *caambolo* ou *calambolo.* Morais, que admite a palavra *calhambola* (Dic. I), fá-la derivar de *canhen* e *bora,* que, segundo ele, pertencem à "língua geral" e significariam — *homem acostumado a fugir.* Duvido muito, confesso, da exatidão dessa etimologia, preferindo a de Luccock que faz derivar *caambolo* de *caambo eiro,* homem que percorre as matas. O que dá força à opinião do autor inglês é que se acha no "Tesoro de la lengua guaraní", do P. A. Ruiz, a significação de *caabó,* que significa matos, ramos; *ei* desocupado e *ro* indica uma partícula de composição, o que significa dizer: *vagabundo das matas.*

25 *Ribeirinho* significa propriamente aquele que vive à margem dos rios ou riachos (Vide *Mor. Dic.* I). Nesse caso não consigo atinar com a razão da aplicação dessa palavra.

feito por ele e censurei sua ingratidão. Algumas lágrimas escaparam de seus olhos e ele assegurou-me que jamais me abandonaria. Perguntei-lhe qual havia sido o motivo de sua fuga, ao que respondeu, após repetir a pergunta várias vezes, que meu tropeiro Manuel Soares lhe tinha zangado muito, sendo esse o motivo da fuga. Acrescentou que após sua fuga havia se refugiado em uma casa de negro, onde achou pouco que comer, e que tinha sido muito infeliz. O pessoal da casa de Francisco da Costa contou-me que, durante o tempo em que o índio ali estivera somente falara elogiosamente a meu respeito, queixando-se apenas de Manuel Soares; que logo que se disse que ele deveria voltar para minha companhia, dizia, com tristeza, que eu devia estar muito longe e que manifestara a intenção de seguir para Itajuru, para a casa do capitão Antônio Gomes. Havia dado uma volta para evitar a residência de Francisco da Costa, mas os negros, tendo-o percebido, haviam avisado ao senhor e este conseguira atraí-lo à sua casa, tentado pela recompensa considerável, que eu havia prometido.

Parti nessa mesma tarde para ir pernoitar em Pires donde contava partir no dia seguinte cedo, a fim de poder, nesse mesmo dia, distanciar-me de Congonhas. Nos primeiros momentos da viagem Firmiano pareceu triste e envergonhado; mas Préjent, que andava à procura do índio e que logo encontramos, pilheriou com ele, como de seu hábito, não tardando em restituir-lhe toda a sua alegria. O pobre selvagem havia fugido como uma criança travessa se esconde quando se lhe ralha. Os índios agem quase sempre irrefletidamente, por instinto, não calculando as conseqüências de seus atos.

CAPÍTULO X

CAMINHOS DE CONGONHAS DO CAMPO A SÃO JOÃO D'EL-REI

Descrição geral da região situada entre Congonhas do Campo e S. João D'El Rei. Essa região é propícia às árvores frutíferas da Europa. Bovinos e carneiros. Muro. Modo de viajar. O Rio Paraopeba. Aldeia de Suaçuí. Venda de Camapoã. Algodão. Pulgas penetrantes. Aldeia de Lagoa Dourada. Aldeia de Carandaí.

Já vimos que antes de chegar a Congonhas do Campo havia encontrado região muito menos montanhosa que nos arredores de Vila Rica, o que não é muito de estranhar, pois que Congonhas começa a se distanciar da grande cadeia, ou a menos de seus pontos culminantes. Em um espaço de cerca de 15 léguas portuguesas, de Congonhas do Campo ao Rancho do Marçal, próximo de S. João d'El Rei, continuei, como havia feito depois de Sabará, a viajar a oeste da cordilheira ocidental, mais ou menos na direção sul-sudeste; e geralmente o terreno pareceu-me mais desigual que montanhoso. O Sr. Eschwege dá a Congonhas do Campo uma altura de 2.300 pés ingleses, acima do nível do mar, e no conjunto a região deve ser muito elevada, pois que é aí que nascem os afluentes meridionais do Rio S. Francisco e alguns dos mais orientais do Rio da Prata. A terra tem, freqüentemente, talvez mesmo sempre, uma cor vermelha como nos arredores de Vila do Príncipe. Até Roça da Viúva, situada a 10 léguas do Rancho do Marçal, não avistei nenhuma mineração; entretanto tornam-se comuns logo que se aproxima de Carandaí e da Serra de S. José.

A região apresenta freqüentemente pequenos bosques de mata virgem, capoeiras e campos. Estes últimos, quando de caráter primitivo, não apresentam senão Gramíneas muito finas entre as quais não há freqüência de outras plantas; assim, em toda essa região, minhas colheitas foram quase nulas. Uma Gramínea de caule delgado e de espigas horizontais (*Echinolaena scabra* var. *ciliata*) caracteriza esses campos, como quase todas as pastagens naturais puramente herbáceas que eu vira até então. Quanto aos campos artificiais, quer dizer, aqueles que sucederam às florestas virgens, ou antes às capoeiras, eles se aproximam mais ou menos desses últimos, segundo são mais ou menos "tosados" pelo gado. Esses campos artificiais distinguem-se geralmente pela ausência da *Echinolaena scabra,* ou pela presença de uma outra Gramínea a *Panicum campestre* M. N. e pela de vários arbustos característicos, principalmente o *Baccharis* conhecido sob o nome de alecrim do campo. Entretanto quando os arbustos se tornam raros nos campos artificiais desta região, é infinitamente mais difícil fazer distinção das zonas onde o sapé e o capim gordura dominam nas pastagens que sucedem às florestas.[1]

1 Em um livro indispensável àquelas que queiram conhecer não somente as Gramíneas brasileiras, como as de outras partes do globo, a excelente *Agrostologia* de Martius et Nees, lê-se que eu me havia equivocado quando afirmei que o capim-gordura não era natural na Província de Minas Gerais. É incontestável que não poderei demonstrar que ele foi introduzido. Tudo o que posso dizer é que passei 22 meses a percorrer essa província, isto é, mais da metade do tempo que Spix et Martius consagraram à sua magnífica viagem, e não me lembro de ter visto a planta em questão senão em lugares outrora cultivados, nas áreas onde as matas foram destruídas pelo homem, à margem dos caminhos e algumas vezes nos "pousos" dos viajantes. Reli as numerosas notas sobre os lugares onde nasce o capim-gordura e não encontrei senão a confirmação de minhas lembranças. Em Paracatu, onde

Com efeito, na região compreendida entre Congonhas e o Rancho do Marçal, e sem dúvida nos lugares circunvizinhos, a *Echinolaena scabra* aparece algumas vezes nos campos artificiais e algumas vezes vêem-se também esses arbustos nas pastagens naturais. Ademais, em um espaço de 9 léguas, até a aldeia de Carandaí não são as diferenças de altitude que determinam a presença de matas ou de pastagens, pois que a região é apenas ligeiramente desigual e os montes, se esse vocábulo pode ser aqui empregado com propriedade, são mais ou menos das mesmas alturas. As matas apossaram-se das melhores terras, e, se existe alguma área um pouco arenosa e pedregosa é aí que se encontram os campos naturais. De qualquer modo, acho ainda aqui a confirmação do que eu havia dito sobre a causa que impede as florestas de serem mais extensas na região onde os morros são arredondados e não têm declives fortes. Com efeito nas terras que me pareceram boas vi árvores cobertas de liquenes, não apresentando aquele vigor que caracteriza os grandes vegetais da região montanhosa das florestas. As matas que essas árvores formam serão, pode-se dizer, um novo intermediário entre as florestas propriamente ditas e os campos de árvores raquíticas.

Gaba-se, não sem alguma razão, a comarca de Rio das Mortes pela vastidão de suas plantações, sua fecundidade e sua riqueza. Mas essa reputação seria bem pouco merecida se se fosse julgar a comarca inteira pela região que percorri entre Congonhas e S. João d'El Rei; ela é miserável, pouco cultivada, e nela não vi nem uma fazenda mais ou menos importante. Ver-se-á, todavia, pelos detalhes em que breve entrarei, que vários sítios produzem milho, feijão, açúcar e algodão; por conseguinte é de crer-se que exista a uma certa distância do caminho, plantações um tanto consideráveis. Acredito que a maior parte dos frutos europeus poderiam ser cultivados com sucesso, nesta região elevada, podendo citar, em apoio de minha opinião, pêssegos amarelos que saboreei em Roça da Viúva, e que me pareceram quase tão bons quanto os do centro da França.

As vastas pastagens que se vêem por todos os lados são aproveitadas para criação de gado, que é de bela raça, como em geral todo o da Província de Minas; também fabricam queijos que se vendem em S. João d'El Rei e Vila Rica.

Vários cultivadores possuem carneiros; mas não sabem o que seja um aprisco, e em qualquer chuva ou qualquer trovoada deixam os rebanhos soltos nos campos. De tempo em tempo, principalmente nas épocas de lua nova, dão sal aos carneiros, nisso consistindo todo o cuidado do agricultor. No início da estação quente e chuvosa, em outubro, é que se tosquiam as ovelhas.

Nesta região, para garantir suas pastagens contra o gado alheio e impedir o desaparecimento do próprio, tem-se o cuidado de construir pequenos muros de pedra seca. Cercam-se os jardins do mesmo modo, e, do lado de Congonhas e do Pires é o minério de ferro o material empregado nesses muros.

Na estrada, muito movimentada, que atravessa a região que venho de descrever, de Congonhas a S. João d'El Rei, o modo de viajar é o mesmo do caminho do Rio de Janeiro a Vila Rica.[2] Não se vai pedir hospedagem aos

---

Martius nunca esteve, assim como nas zonas que ele percorreu, considera-se o capim-gordura como uma espécie exótica, e os habitantes da vila que venho de citar dizem que essa Gramínea primitivamente trazida do território espanhol, fora outrora cultivada nos arredores, como forragem. É preciso notar que não são somente os homens rudes que consideram o capim-gordura como exótico; essa opinião é também a do Sr. José Teixeira, homem muito mais culto, que possui alguns conhecimentos de História Natural, e havia composto uma memória sobre a Agricultura de seu país. Na Província de Minas, diz Martinus, a *Pteris caudata* assenhorela-se igualmente dos terrenos outrora cultivados, e entretanto não se pode considerá-la como espécie exótica. Isso é perfeitamente verdadeiro; mas, porque a *Pteris aquilina* indígena em Sologne aí cobre logo os terrenos em repouso, não concluirei que o *Erigeron canadense* não seja exótico pelo fato dele também se assenhorear das terras outrora cultivadas.*

2 Vide *Viagem pelas Províncias do Rio de Janeiro e Minas Gerais*.

* Na verdade o capim-gordura é de origem africana. Quanto à *Pteris aquilina*, seu nome correto, hoje, é *Pteridium aquilinum* (M.G.F.).

proprietários das habitações, como acontece nas regiões pouco freqüentadas por viajantes; mas, de distância em distância, encontram-se ranchos e vendas, sendo aí que se pára. Esses ranchos, desprovidos de todas as comodidades, são quase sempre mantidos por homens de uma classe muito inferior, que suas relações com os tropeiros tornam pouco honestos, mas que, contudo, o são mais que as pessoas da mesma classe em França, a uns 15 ou 20 anos.

Após haver dado uma idéia geral da região que se percorre entre Congonhas do Campo e S. João d'El Rei, passarei a alguns detalhes.

Parti de Congonhas a 13 de fevereiro e, tendo atravessado o riacho do mesmo nome, achei-me na comarca de Rio das Mortes ou de S. João d'El Rei, de onde não saí senão para seguir para a Província do Rio de Janeiro. A região que então percorri pertence ao termo de Queluz.

A uma légua de Congonhas do Campo acha-se a aldeia de Redondo, que, segundo Pizarro é uma sucursal da paróquia de N. S.ª da Conceição das Congonhas de Queluz. Não me detive nessa aldeia; parei à margem do Paraopeba[3] que se encontra a uma légua e meia de Redondo e que se atravessa por uma ponte de madeira.

O Rio Paraopeba nasce nas vizinhanças de Queluz e, após um curso de cerca de 60 léguas[4] lança-se no S. Francisco, entre os Rios Pará e Abaeté.[5] As margens do Paraopeba, na parte mais próxima de suas nascentes, são tidas como de grande fecundidade, sendo elas que fornecem uma parte dos víveres que se vendem em Mariana, Sabará e na capital de Minas. "O distrito de Paraopeba, diz Eschwege, poderá ser chamado o celeiro de Vila Rica... Mas aqui, acrescenta o mesmo autor, o mineiro e o cultivador querem em um só ano tirar de seu terreno tudo o que ele pode produzir; é esse um dos traços do caráter nacional. Encorajados pelo consumo de seus produtos, e vivendo a hora presente, os agricultores vizinhos de Paraopeba semeiam mais do que pode comportar a extensão de suas propriedades; o solo não tem tempo para produzir novas matas e, como nunca é adubado, desseca-se esgota-se... e campos fecundos se transformam logo em um carrascal de samambaias e Gramíneas de má qualidade. Tal é o estado em que se encontra hoje a maior parte da região de que se trata".[6]

A cerca de uma légua da ponte de Paraopeba passei pela aldeia de Suaçuí,[7] que, como a de Redondo é uma dependência da paróquia de N. S.ª da Conceição de Congonhas de Queluz.[8] Essa aldeia apresenta uma larga rua, por onde passa a estrada e pertence quase inteiramente a lavradores da vizinhança que aí vêm apenas aos domingos, sendo portanto pouco movimentada nos dias de serviço.

Havia feito 4 léguas, depois da ponte do Paraopeba, quando parei na venda de Camapoã,[9] que, cousa muito rara nesta região, era mantida por uma

---

3 Cazal escreveu *Paraupeba*, Pizarro *Peraupeba* e *Paropeva*. Eschwege *Paraupéba* e *Paraopeba;* Luccock *Parapeba;* enfim eu mesmo segundo a pronúncia que sem dúvida interpretei mal, escrevi *Paropeba* e freqüentemente *Poropeba*. Compreende-se que essas variações trouxeram-me alguma incerteza sobre o modo de escrever o nome em questão. Entretanto como está patente que esse nome vem, como disse Luccock, dos vocábulos indígenas *pará*, rio e *apeba*, chato, pensei que a ortografia do escritor inglês devia ser a preferida, apesar de que Luccock não seja autoridade quando se trata de nomes brasileiros.

4 Cazal — *Cor. Braz.* I, 383.

5 Piz. — *Mem. Hist.*, VIII, p. seg. 67.

6 *Bras. Neue Welt*, I, 9, 10, 11.

7 Creio dever escrever *Sassuhy*, de acordo com a pronúncia usada na região, mas não é menos verdade que admitindo-se *Suassuhi, Suassuhy* vem evidentemente das palavras da língua geral — *cuaçu*, veado e *yg*, rio (Rio dos Veados). Luccock escreve *Suá-suí* e pretende que essas palavras significam o grande e o pequeno veado; não descubro, todavia, nada que justifique essa asserção. De qualquer modo a aldeia em apreço e o rio do mesmo nome, que se lança no Rio Doce (vide *Viagem pelas Províncias do Rio de Janeiro e Minas Gerais)*, deverão ser distinguidos, parece-me, o primeiro pelo nome de *Sassuhy* e o segundo pelo de *Sussuhy.*

8 Piz., *Mem.* VIII, p. seg., 194.

9 Dos vocábulos *cáma puám*, seios arredondados, que pertencem à língua geral. É sem razão que sábios viajantes, prejudicados pela pronúncia alemã, escrevem *Camaboão.*

família de brancos. As várias pessoas de que se compunha essa família eram todas louras e também de belas cores.

Plantam-se nos arredores de Camapoã, o milho que rende 150 a 200 por um; o feijão, a cana-de-açúcar, o algodão, etc., e a grande quantidade de terrenos que apresentam atualmente campos artificiais, prova que esta região tem sido muito cultivada. Aqui os algodoeiros começam a produzir somente no segundo ano e não duram mais que 4 anos; mas, uma arroba de algodão em caroço dá 8 libras de pluma, ou melhor, o peso das sementes representa $\frac{3}{4}$ do peso total. A cultura do algodoeiro é em geral feita em vários pontos da comarca do Rio das Mortes, tais como no termo de Queluz, situado a 8 léguas de Camapoã; no de S. João d'El Rei, de Vila de Campanha etc., mas o algodão desses lugares é muito inferior ao de Minas Novas. De outro lado se em Camapoã, Queluz e Carandaí a arroba de algodão em caroço rende tanto ou quase tanto quanto em Peçanha e Minas Novas, vê-se que o algodão não produz tão cedo em Camapoã e provavelmente em outras partes da comarca de S. João, como acontece em Minas Novas, e principalmente eles duram muito menos que em Peçanha.[10]

No dia em que deixei a venda de Camapoã desejava ir até Lagoa Dourada;[11] mas uma tempestade forçou-me a deter a meia légua dessa vila no lugar chamado Roça da Viúva. As chuvas, que se eternizavam, davam-me as mais vivas inquietações pelas minhas coleções, constituindo o meu tormento. Com que satisfação eu teria visto a destruição dessas coleções, feitas com tanto cuidado, se eu pudesse prever as contrariedades que iam me causar na volta!

Achava-me então alojado em um rancho abandonado, próximo à fazenda da Roça da Viúva; mas, a imensa quantidade de pulgas e bichos de pé que me assaltaram, forçaram-me a refugiar sob a galeria (varanda) da habitação. Os bichos de pé, como já disse[12] não são somente abundantes nas casas novas, mas ainda, são geralmente multiplicados nas casas abandonadas. Aí ninguém os incomoda de modo que podem se proliferar à vontade; todavia não sei como explicar quais sejam seus alimentos nas casas abandonadas. O que é certo é que logo que o bicho penetra no pé do homem ele se apresenta em estado anormal, sendo impossível sair pelo furo por onde penetrou; seus intestinos adquirem um tal volume que ultrapassa enormemente o da cabeça, e então o inseto perde as principais faculdades que a natureza lhe concedera, tais as de pular, correr ou aproximar-se de um indivíduo de sua espécie. Na verdade o bicho de pé põe ovos no lugar onde penetrou e de onde não pode sair; mas é necessário que a fecundação se tenha realizado enquanto o inseto era senhor de todos os seus movimentos e quando se achava em seu estado mais natural.[13] Convém repetir que não conhecemos da maior parte dos animais da América Meridional senão suas formas exteriores. Honra pois ao jovem naturalista que, não se limitando, como tanto outros, a reunir insetos do Brasil, dedicou-se durante vários anos, ao estudo de seus costumes e que, para completar suas observações, quer ainda voltar às regiões equinoxiais e ir observar, no seio das florestas virgens, as manhas, as lutas e os amores dos numerosos animais de que são povoadas.[14]

10 Vide *Viagem pelas Províncias do Rio de Janeiro e Minas Gerais*.

11 Vide o que escrevi na primeira parte de minhas viagens (*Viagem pelas Províncias do Rio de Janeiro e Minas Gerais*), sobre as tradições relativas aos diversos lagos que têm o nome de Lagoa do Pau Dourado, Lagoa Dourada, etc.

12 Vide *Viagem pelas Províncias do Rio de Janeiro e Minas Gerais*.

13 Marcgraff, que, como se sabe, veio com Maurício de Nassau, descreveu de modo passável, o bicho de pé, sob o nome indígena de *tunga;* mas ele considerava a parte dilatada do abdomen desse inseto como uma membrana independente, sobre a qual ele vivia e era destinada a conter sua jovem posteridade. Quanto a Pison, mais inexato que Marcgraff, acreditava que o animal ficava preso nessa espécie de saco que forma seu abdômen distendido (Marcg. *Bras.* 249. — Pis. *Bras.* 289).

14 O Sr. Lund, de Copenhague.

Dizem que, na região vizinha de Camapoã, existem terras auríferas; entretanto não vi, como disse atrás, nenhuma mineração até o lugar chamado Roça da Viúva. Foi próximo desta habitação que comecei a ver terrenos que haviam sido explorados por pesquisadores de ouro, e vi em seguida muitas minerações em Lagoa Dourada, aldeia situada a meia légua de Roça da Viúva.

Essa aldeia, que faz parte do termo de S. José, é uma sucursal da paróquia de Prados, ou N. S.ª da Conceição dos Prados. É construída em uma grota, à margem de um pequeno lago, ao qual deve seu nome, cujos arredores forneceram e ainda fornecem muito ouro. As casas de Lagoa Dourada são em geral separadas umas das outras, e dotadas, segundo o costume de uma horta ou de uma plantação de bananeiras. O contraste que as minerações destituídas de verdura fazem com a coloração destes vegetais, a disposição das casas e o pequeno lago próximo, produzem um conjunto muito agradável. Apesar de Lagoa Dourada não ser senão uma sucursal, vi entretanto dois edifícios consagrados ao culto; também aí vi uma loja bem sortida. Esta aldeia seria muito rica, disse-me um seu morador, se os habitantes não tivessem excessivo gosto pelas demandas e não gastassem em "processos" todo o dinheiro que possuem.

Entre Roça da Viúva e Carandaí,[15] que fica à cerca de 4½ léguas, onde parei, a região é pouco mais ou menos idêntica à que percorri nos dias anteriores; entretanto os campos naturais são talvez maiores, e, próximo de Carandaí o terreno torna-se mais montanhoso. As terras cultivadas são muito raras à margem da estrada; mas garantem-me que as há em grande quantidade a pouca distância do caminho. De Roça da Viúva a Carandaí vi pequeno número de casas, em geral de aspecto miserável. À esquerda do caminho avista-se, a certa distância, a elevada cadeia de montanhas que tem o nome de Serra de S. José, e onde os rochedos nus aparecem aqui e acolá, no meio de uma vegetação pardacenta.

Carandaí é uma espécie de aldeia, que deve seu nome a um regato junto ao qual foi construída, composta de 4 ou 5 casas. Nos arredores cultivam o milho, arroz, cana-de-açúcar, feijões; mais além vêem-se várias minerações, em atividade.

De Carandaí fui parar no Rancho do Marçal, que fica à cerca de 2 léguas. Esta parte da província é alta e arenosa. Apresenta algumas matas nas grotas e imensa extensão de pastagens naturais; à esquerda do caminho estende-se a Serra de S. José, coberta de rochedos; um pequeno número de animais erra, aqui e acolá, nos campos; mas não se avista nenhuma habitação e não se vê nenhuma terra cultivada.

Um pouco antes de chegar ao Rancho do Marçal desce-se por um declive interessante. De um lado é envolto pelas colinas de alturas desiguais, e do outro pela Serra de S. José; pastagens naturais cobrem-no em quase toda sua extensão; mas, aqui e ali vêem-se minerações, e ao longe, avista-se S. João d'El Rei, entre grupos de árvores.

Como essa cidade é cercada de más pastagens, as caravanas têm o costume de parar a alguma distância dela. Foi o que fiz; fiquei no Rancho do Marçal e daí ia, com um camarada visitá-la.

---

15 Não se deve escrever *Canduahy* como se fez na Alemanha. *Carandai*, em guarani, significa palmeira.

CAPÍTULO XI

SÃO JOÃO D'EL REI

Comarca de Rio das Mortes; suas divisões; seus limites; sua altitude; suas montanhas; rios; vegetação; produtos; sua população comparada à de outras partes da província; sua civilização. História de S. João D'El Rei. Necessidade de dividir os bispados do Brasil e criar um em S. João D'El Rei. População do termo de S. João D'El Rei. Suas forças militares. Sucursais que dele dependem. Região situada entre Rancho do Marçal e S. João D'El Rei. A aldeia de Porto Real. O Rio das Mortes Grande. Aldeia de Bom Jesus de Matosinhos. S. João D'El Rei; sua situação: pontes; igrejas; hospital; intendência; prisão; albergues; ruas e casas. Ocupação dos habitantes. Comércio; artigos de exportação; lucros dos negociantes de algodão; víveres; carros de boi. Cultura; árvores frutíferas. Retrato dos habitantes de S. João D'El Rei. Retrato dos portugueses estabelecidos nessa cidade e no Brasil em geral. Mendicidade.

A comarca de que S. João é a cabeça, e que tem o nome de Rio das Mortes ou S. João D'El Rei, é a mais meridional das cinco que compõem a Província de Minas Gerais. Tem a forma de um quadrilátero muito irregular e fica de 19°30' a 23°40' de latitude S e pouco mais ou menos de 335° a 328° de longitude. Seus limites são: a leste a comarca de Vila Rica; ao norte as de Sabará e Paracatu; a oeste as Províncias de Goiás e S. Paulo; ao sul esta última e a do Rio de Janeiro.[1] Ela se divide em 8 termos; a leste os de Barbacena e Queluz; um pouco mais para oeste, os de S. José e S. João D'El Rei; pouco mais para oeste ainda, ao norte o de Santa Maria de Baependi; ao centro o de Campanha da Princesa; ao norte o de Tamanduá e enfim, bem a oeste o de S. Carlos do Jacuí.[2]

Esta comarca compreende um trecho da grande cadeia ocidental (serra do Espinhaço, Eschw.) e ao mesmo tempo uma parte dessa outra cadeia mais ocidental, ou melhor, desse planalto, ao meio do qual se mostram de longe em longe grupos de montanhas e que dá nascença ao S. Francisco e ao rio Tocantins (serra das Vertentes, Eschw).[3] Na comarca do Rio das Mortes acham-se as altas serras de Ibitipoca e o pico de Aiuruoca, que pertencem à serra do Espinhaço e à serra da Canastra, que fazem parte da serra das Vertentes. Sem falar mesmo de alguns pontos notáveis por sua altura, acredito que, tomada em seu conjunto, a comarca de S. João D'El Rei é a mais alta de todas as que constituem a Província de Minas; é nessa comarca que nasce o Rio S. Francisco e que começam a correr seus primeiros afluentes, tais como o Bambuí, o Lambarí, o Pará e o Paraopeba; é nela que nascem, o Rio Preto, afluente do Paraibuna e o Ja-

---

1 Um viajante inglês pretende que os limites das comarcas que compõem a Província de Minas são determinados pelos das bacias dos grandes rios; que a comarca de S. João D'El Rei compreende toda a bacia do Rio Grande; a comarca de Sabará as mais distanciadas do S. Francisco; a de Vila Rica as nascentes do Rio Doce; e a de Serro Frio as do Arassuaí. Tais limites seriam sem dúvida bem naturais; mas não são os adotados. As nascentes do S. Francisco fazem parte da comarca de Rio das Mortes; a comarca de Sabará estende-se sobre as duas vertentes da grande cadeia de montanhas, e o Jequitinhonha, o Arassuaí e vários dos afluentes do S. Francisco correm também na de Serro Frio.

2 Já indiquei os limites e as divisões da comarca do Rio das Mortes (vide *Viagem Pelas Províncias do Rio de Janeiro e Minas Gerais*, mas, traçando aqui um quadro geral dessa comarca creio ser indispensável repetir esses detalhes.

3 Vide *Viagem pelas Províncias do Rio de Janeiro e Minas Gerais*, vide também a obra do Sr. Eschwege, intitulada Brasilien Neue Welt, I, pág. 167.

guarí, que se lança no Tietê; nela estão as nascentes do Rio das Mortes Grande, do Sapucaí e do Rio Pardo, afluente do famoso Rio Grande. Lá, enfim, começa este último rio, que, unido ao Paranaíba, ao Paraguai e ao Uruguai termina por constituir o Rio da Prata.[4]

Uma pequena faixa da comarca do Rio das Mortes, situada a leste da serra da Mantiqueira (parte meridional da grande serra do Espinhaço, Eschw.), e uma porção ainda menor que se acha ao pé dessa mesma cadeia, por onde se passa para entrar na Província de S. Paulo, pertencem à região das florestas. No mais a maior parte da comarca é coberta de pastagens, constituídas de gramíneas, outras ervas e sub-arbustos.

Outrora a comarca produziu muito ouro; mas, hoje é à agricultura e principalmente à pecuária que se dedicam os habitantes da região, favorecidos pela vantagem de serem vizinhos da Província do Rio de Janeiro e de poderem exportar facilmente os seus produtos. Uma grande parte do gado e dos porcos que se consomem na capital do país vão da comarca de S. João e principalmente da zona do Rio Grande. A comarca de S. João D'El Rei fornece também aos habitantes do Rio de Janeiro prodigiosa quantidade de toucinho e de queijos, algodão em rama, tecidos grosseiros de algodão, carneiros, cabras, açúcar, couros, enfim o fumo produzido no termo de S. Maria de Baependi.[5]

A comarca do Rio das Mortes compreende cerca de 200.000 almas,[6] sendo por conseguinte a mais populosa das cinco que formam a Província de Minas Gerais, apesar de ser inferior em extensão a duas delas: as de Sabará e de Paracatu. Se admitirmos, como já o fiz, que não haja mais de 500.000 almas sobre todo o território de Minas, só a comarca de S. João D'El Rei compreenderá mais do terço da população da província; e, enquanto esta, tomada em conjunto conta mais ou menos 10 indivíduos por légua quadrada,[7] o Rio das Mortes, estimado de modo aproximado sua superfície em 4.580 léguas quadradas apresentará cerca de 40 pessoas por légua. Já disse alhures que os brancos não chegam a constituir um quarto da população de Minas; que em particular na paróquia de Vila do Príncipe onde existem mais de 28.000 indivíduos não existe 1/9 de homens de nossa raça e que na de S. Miguel de Mato Dentro não haveria 1/6; as proporções são bem diferentes na comarca do Rio das Mortes, pois que os brancos aí estão na proporção 1:3 em relação aos negros ou aos mestiços.

As razões das duas diferenças que assinalei entre a população de Rio das Mortes e a das outras comarcas, são bem fáceis de descobrir. Não há a mesma necessidade de introduzir negros escravos numa região onde se dedica sobretudo ao negócio e à criação do gado, como naquelas em que se extrai o ouro ou se cultiva a terra. Além disso, como o Rio das Mortes é mais vizinho do Rio de Janeiro que as outras partes da Província de Minas, os emigrados europeus receiam menos estabelecerem-se aí; ademais eles têm melhores oportunidades de fazer alguma fortuna, no meio de um povo dado ao comércio e à agricultura, que nas zonas auríferas, onde não se pode esperar um verdadeiro sucesso senão com auxílio de um capital já adquirido.

É preciso, todavia, não pensar que a população do Rio das Mortes seja igualmente distribuída sobre toda a superfície da comarca. As causas que leva-

---

4 Poderia citar muitas outras montanhas e outros rios, além desses; mas achei que não devia citar em um quadro geral senão as indicações mais importantes.

5 Luccock indica ainda cavalos, burros, galinhas e pedras preciosas (Notes on Braz., 470).

6 Esta indicação foi-me dada ao mesmo tempo pelo cura e pelo ouvidor de S. João. Os levantamentos das populações, feitos pelos pastores das diversas paróquias não dão mais de 170.000 habitantes para toda a comarca do Rio das Mortes; mas as declarações sobre as quais esses levantamentos são baseados nunca são exatas. As indicações de Pizarro para as paróquias e sucursais do Rio das Mortes levariam a população total da comarca à cerca de 170 ou 180 mil almas, e as de Antônio Rodrigues Veloso de Oliveira a 222.583 (Igreja do Brasil etc., nos Anais Fluminenses n.o 1); mas parece reinar sobre esse ponto, nos dois autores que cito aqui, uma obscuridade, um vago ou um arbitrário que não me permitem adotar seus algarismos com inteira confiança.

7 Vide Viagem pelas Províncias do Rio de Janeiro e Minas Gerais.

ram a essa comarca, uma população mais considerável que nas outras, nela ocasionaram também uma distribuição de habitantes muito irregular. Os primeiros colonos estabeleceram-se na parte oriental onde havia muito ouro e foi aí que os novos emigrantes se fixaram, porque esse território, vizinho da Província do Rio de Janeiro, se acha melhor colocado no que concerne às comunicações e ao comércio. A leste do centro da comarca acham-se cinco vilas; não existe uma só na metade ocidental, e, segundo meus cálculos, na verdade muito aproximados, a população dessa última metade não vai além de um quinto da de toda a comarca.

De qualquer modo, se a posição geográfica da comarca do Rio das Mortes e a natureza de suas riquezas tendem a aumentar o número de habitantes dessa região, elas não influem de modo tão feliz em sua civilização. Como esses emigrados portugueses que aumentam sem cessar a população da comarca de Rio das Mortes e sobretudo a de S. João D'El Rei, não receberam nenhuma educação, e como sua ignorância não os impede de gozar, quando se enriquecem, dessa consideração que infelizmente se dá aos ricos, eles não pensam em dar instrução aos seus filhos. Os costumes grosseiros favorecidos ainda pelos hábitos rurais, perpetuam-se nas famílias. Observa-se na comarca de Rio das Mortes menos conhecimentos, menos polidez e mesmo menos hospitalidade, que nas outras partes da província.

Segundo dizem, foi o velho Fernão Dias Pais Leme que, aí pelo fim do XVII século, lançou as primeiras habitações na comarca do Rio das Mortes,[8] mas esse trabalho não teve, provavelmente, nenhum prosseguimento. A honra de descobrir as minas de ouro, que lançou numerosos habitantes ao território de S. João, estava reservada a Tomé Portes D'El Rei, nascido em Taubaté.[9] Os índios que povoavam a região puseram entraves ao progresso dos aventureiros paulistas; houve luta, donde o nome do rio sobre cujas margens se deram os combates — Rio das Mortes.[10] Um pouco mais tarde o território do Rio das Mortes foi principal teatro das lutas entre os Paulistas e Forasteiros (1707 a 1708) ou estrangeiros; e o povo de Minas conserva ainda a lembrança de um sangrento combate havido entre os dois partidos, próximo do Rio das Mortes.[11] A guerra civil durou cerca de 2 anos, até que Antônio de Albuquerque Coelho, governador do Rio de Janeiro, conseguiu fazê-la cessar. Nomeado primeiro governador de Minas e S. Paulo, esse homem hábil foi logo (1711) obrigado a correr em socorro da cidade do Rio de Janeiro, invadida pelos franceses, e, no número dos que a ele se juntaram estavam os habitantes do Rio das Mortes. Durante muito tempo a cabeça da comarca teve o nome de Arraial do Rio das Mortes; mas, no governo de D. Braz Baltazar da Silveira, sucessor de Antônio de Albuquerque, a Província de Minas foi dividida em 4 comarcas, e, a 18 de dezembro de 1713, o arraial, até então chamado Rio das Mortes, foi erigido em vila sob o nome de Vila de S. João D'El Rei, nome que foi dado em honra ao Rei D. João V.[12] Destacaram um ouvidor a S. João D'El Rei, com funções de

8 South. *Hist. of Braz.*, III, 47.
9 Em vez de Portes D'El Rei, acha-se em Southey — Cortes D'El Rei.
10 Adoto a opinião de Pizarro (*Mem. Hist.*, VIII, p. seg., 121) mais aceitável que a que atribui o nome de *Rio das Mortes* às escaramuças entre os paulistas e forasteiros.
11 A história da guerra civil dos Forasteiros e dos Paulistas foi escrita sob a influência de paixões que freqüentemente dividiam os europeus e os colonos do Brasil; assim está cheia de erros. Seria de desejar que algum mineiro instruído e imparcial fizesse algumas pesquisas sobre essa história, que apresenta a um só tempo acontecimentos interessantes e detalhes sobre costumes tão estranhos quão variados.
12 Cazal faz remontar a 1712 a criação da Vila de S. João D'El Rei; o *Patriota* coloca esse acontecimento no ano de 1719, e enfim Pizarro em 1718, sob o governo de D. Pedro de Almeida Portugal, Conde Assumar. Quanto a mim, creio dever adotar a data indicada em um manuscrito que vi em mãos do cura de S. João d'El Rei, e que era extraído dos registros da Câmara dessa vila. De resto Pizarro teve conhecimento dessa data, porque se admite a de 19 de janeiro de 1718 (*Mem. Hist.* VIII, p. seg., 120) reconhece ao mesmo tempo (p. 26) que a comarca de S. João foi formada em 1714, sob D. Braz Baltazar da Silveira; ora, é difícil, parece-me, que se fizesse uma comarca do território do Rio das Mortes, sem aí criar uma vila.

corregedor e administrador dos bens dos defuntos e ausentes (provedor dos defuntos e ausentes),[13] e a comarca foi sucessivamente dividida em termos, dependentes da ouvidoria de S. João.[14]

A comarca de Rio das Mortes não depende, toda ela, do bispado de Mariana. Esse bispado é limitado pelo Rio Sapucaí e uma parte do Rio Grande; e o território situado ao sul desses limites pertence à diocese de S. Paulo, que compreende, sob o nome de "comarca eclesiástica do Cabo Verde" as paróquias de Jacuí, Rio Pardo, Camanducaia, Cabo Verde e Sapucaí.[15]

Ao tempo de minha viagem havia um movimento no sentido de erigir em bispado a comarca de S. João, e, se a execução desse projeto se realiza, será de grandes benefícios. Numa região onde uma pequena população se acha disseminada sobre um vasto território não é possível haver sociedade; cada um fica entregue a si mesmo; a vida fica concentrada, como disse um escritor filósofo[16] no círculo estreito da família, e os liames que unem os filhos aos pais são, esses mesmos, muito fracos; isso porque os filhos sabem que deixando a casa paterna encontrarão em toda parte terras onde se estabelecerem e materiais para construir uma cabana. Assim isolado o homem se degrada pouco a pouco, caindo em estado de completa apatia e embrutecimento, como o sertão de Minas Gerais e a região de Goiás fornecem numerosos exemplos. Somente idéias religiosas podem preservar de uma tal infelicidade àquele que vive abandonado a si mesmo, no meio de desertos; elas somente podem elevar sua alma e impedir o decesso da dignidade do homem. Se, pois o governo brasileiro quer que os habitantes dos sertões do interior não caiam na mais completa barbaria, é preciso que zele por sua instrução moral. Essa instrução, como já tive oportunidade de dizer, eles não poderão fruir, no atual estado de coisas, senão dos sacerdotes. Estes, infelizmente, participam grandemente da corrupção geral; mas, se se dividissem os bispados, atualmente maiores que muitos reinos, os padres poderiam ser fiscalizados mais eficientemente e chamados mais facilmente aos seus deveres, freqüentemente esquecidos.[17]

O *termo* de que S. João D'El Rei é a capital, compreende uma população de 22.000 indivíduos em idade de receber os sacramentos e está sob a jurisdição de um "juiz-de-fora" que exerce as funções de inspetor do ouro e as de juiz de órfãos.

Existem nesse termo dois regimentos de cavalaria da guarda nacional e 28 companhias de ordenanças, milícia inferior subordinada aos capitães-mores (Piz. *Memórias*, VIII, 128).[18]

Só a paróquia de S. João compreende todo o termo; mas, além da vila ela compreende 14 sucursais, cujos serventuários são, segundo uma praxe muito condenável, escolhidos e pagos pelos curas. Essas sucursais são as de: S. Gonçalo do Brumado; S. Sebastião do Rio Abaixo; S. Rita; S. Tiago e S. Ana; N. S.ª do Bom Sucesso; S. Antônio do Amparo; S. Gonçalo de Ibituruna; N. S.ª de Nazaré; N. S.ª da Conceição da Barra do Rio das Mortes Pequeno e Grande; S.

13 Piz. *Mem. Hist.*, vol. VIII, p. seg., 121.
14 Um viajante inglês fala muito do *governador*, que administrava S. João em 1818. É evidente que esse escritor referia-se ao *ouvidor*. Na época em questão não existia na Província de Minas Gerais outro governador além do *capitão-general*, residente em Vila Rica.
15 Piz. *Mem. Hist.*, VIII, pág. 124. — Velozo in *Ann. Flum.* Mappa 3.
16 *Globe*, 26 nov. 1830.
17 Vide o que escrevi a esse respeito em *Viagem pelas Provincias do Rio de Janeiro e Minas Gerais*. Vide também a memória intitulada *A igreja no Brasil*, nos *Anais Fluminenses*, n.º 1.
18 Após haver dito alguma cousa das guardas nacionais de S. João, um viajante acrescenta que, "quanto aos soldados de linha são todos atraídos por meio da imprensa, das classes mais pobres dos camponeses; que estão todos sob o comando de um tenente, mas que raramente os reunem e que são pouco disciplinados". Expressando-se desse modo, o viajante em questão não pode ter em vista senão o belo regimento de cavalaria de Minas; mas eu creio ser impossível falar com maior inexatidão. (Vide o que escrevi sobre esse Regimento em *Viagem pelas Provincias do Rio de Janeiro e Minas Gerais*, e o que foi dito de sua excelente reputação, de sua bela aparência e de suas atribuições na obra de *Mawe* intitulada: *Travels in the interior of Brazil*, London, 1815.

Francisco da Onça; N. S.ª Madre de Deus; N. S.ª da Piedade; S. Miguel de Cajuru; S. Antônio do Rio das Mortes Pequeno.

Para ir a S. João continuei a atravessar o plano onde fica o Rancho do Marçal e cheguei a um vale que se prolonga perpendicularmente a esse plano. Aí gozei a vista mais risonha que se me ofereceu depois que viajava na Província de Minas. Freqüentemente havia admirado belezas majestosas mas sempre ásperas e selvagens; pela primeira vez depois de 15 meses, tive os olhos postos em uma paisagem que tem qualquer coisa desse ar de alegria a que as paisagens francesas devem tanto encantos. O vale é muito vasto e margeado por pequenas colinas cobertas de relva. Um regato aí serpentea e de um lado avistam-se numerosas casas de campo, todas dotadas de um jardim, onde, entre as moitas de bananeiras e laranjeiras se elevam várias palmeiras, entre outras a elegante espécie que já descrevi sob o nome de Macaúbas *(Acrocomia sclerocarpa* Mart.).[19] Uma árvore comum nesses jardins aumenta, por suas formas pitorescas, a beleza do conjunto da paisagem: é a *Araucaria* que, em estado adulto, termina por uma copa a princípio arredondada e depois quase plana, composta de ramos verticilados curvados como candelabros.

A cerca de meia légua de Marçal chega-se ao arraial chamado Porto Real, onde se encontra o Rio das Mortes Grande, que empresta seu nome à comarca, e que, nesse lugar, pode ter quase 15 toesas de largura.

O Rio das Mortes vai lançar-se no Rio Grande à cerca de 20 léguas de S. João d'El Rei, do lado oeste, acima de Ibituruna, e nasce não longe de Barbacena,[20] num sítio situado a uma légua do Registro Velho, e chamado Lavra de N. S.ª de Oliveira. Em Porto Real atravessa-se esse rio por uma ponte de madeira, de aspecto assaz pitoresco, com largura bastante apenas para um carro de bois, e que é abrigada como as da Suíça, por um pequeno telhado de telhas ocas sustentado por postes. O trânsito humano é fixado em 80 réis (50 cents.) e o dos animais em 160 réis (1 franco). Esse pedágio, é, como todos os outros, estatuído pelo fisco. Tendo mostrado aos empregados, encarregados da cobrança, a "portaria" ou passaporte privilegiado de que era portador nada tive que desembolsar.

Tendo atravessado Porto Real, cheguei logo à aldeia de Bom Jesus de Matosinhos, onde se celebram de modo especial as festas de Pentecostes. Enfim, a um quarto de légua dessa aldeia entrei na Vila de S. João d'El Rei, situada a 21º7'4" de latitude S.,[21] à cerca de 25 léguas sul-sudoeste de Vila Rica.

A posição desta vila é muito agradável. Ela foi construída em um vasto vale, ao pé dos morros do Lenheiro e do Senhor do Bonfim, estendendo-se em declive suave, formando uma espécie de triângulo cuja ponta começa abaixo das montanhas e cujo lado maior é paralelo ao vale. As colinas que, de um lado acompanham o vale, são estéreis, arenosas, cobertas de uma grama rasa; são arredondadas e pouco elevadas. As montanhas opostas têm uma altura mais considerável; são escarpadas, e, rochedos pardacentos, que tiram à paisagem qualquer coisa de sua beleza, mostram-se por toda parte. Dois riachos os de Tijuco

---

19 Vide *Viagem pelas Províncias do Rio de Janeiro e Minas Gerais.*

20 As informações que aqui dou sobre as nascentes do Rio das Mortes foram-me fornecidas na própria região. Cazal disse que esse rio nasce na Serra do Ouro Branco próximo à do Piranga. Talvez essa Serra do Ouro Branco seja a montanha onde se acha situada N. S.ª de Oliveira; mas, em todo o caso é evidente que a serra de que se trata seja a do mesmo nome vizinha de Vila Rica. É inútil, creio, chamar a atenção, hoje, para o erro do Sr. Mawe que pretendia que o Rio Grande se lançava no Rio das Velhas. É quase igualmente inútil dizer que não se deve escrever *Rio dos Mortos,* como fez Luccock.

21 Essa posição foi determinada pelos matemáticos portugueses citados no *Neue Welt* de Von Eschwege. Preferi as indicações desse autor para S. João d'El Rei e S. José às de Pizarro, porque há incontestavelmente algum erro nas deste último autor; com efeito não há senão duas léguas de S. João a S. José, e, segundo Pizarro achar-se-á entre essas duas cidades cerca de um grau de latitude e vários de longitude.

e Barreiras ou Ribeirão e Córrego Seco,[22] unem-se logo abaixo de S. João, formando um pequeno rio que divide a vila em duas partes muito desiguais, e, serpenteando pelo vale vai lançar-se no Rio das Mortes, a pouca distância de Porto Real. Para estabelecer comunicação entre as duas partes da vila foram construídas duas pontes de pedra, cada uma com três arcos.[23]

Há em S. João dez igrejas cujas mais notáveis são: S. Francisco e a igreja paroquial dedicada a N. S.ª do Pilar. Esta, por fora, não difere muito das igrejas do interior; mas, por dentro ela é rica e muito asseada. Fica-se deslumbrado, aí entrando, pela quantidade de dourados que ornam os seis altares laterais e sobretudo a capela-mor.[24] Duas cortinas brancas colocadas à entrada desta última, fazem com que pareça mais profunda, ao mesmo tempo que fazem ressaltar o brilho dos dourados.

A igreja de S. Francisco foi construída sobre uma plataforma, diante da qual existe uma pequena praça.[25] Seu interior que ao tempo de minha viagem ainda não estava concluído, nada tem de notável; mas parece grande, comparada às da região, e as duas torres que lhe servem de campanário, são redondas, elegantes e muito altas.

Existe em S. João D'El Rei um pequeno hospital pertencente à irmandade da Misericórdia. Durante algum tempo esteve ao abandono; mas cerca de um ano antes de minha viagem tinha sido restabelecido por meio de esmolas dos fiéis, havendo projeto de mantê-lo por meio de uma loteria.[26]

Não vi em S. João nenhum chafariz público. Além da pequena praça existente diante da igreja de S. Francisco vi uma outra, igualmente muito pequena e irregular, onde fica a casa do ouvidor e que está, por assim dizer, fora da vila.

As casas do ouvidor e da intendência são dois edifícios pouco consideráveis porém muito bonitos. Da intendência não somente se descortina toda a vila, como também a vista ainda se estende para além, no vale.

A cadeia é um prédio muito baixo, de rés-do-chão. Vêem-se, segundo o hábito quase geral na província, os presos nas grades das celas, conversando com os transeuntes ou implorando caridade. Esses detentos, se se pode acreditar em Luccock, Spix e Martius, são na maioria assassinos.[27]

A hospedaria onde parei em S. João me havia sido indicada como sendo a melhor, e era suja e infecta. Estrebarias descobertas circundavam o pátio dessa hospedaria. Os quartos não tinham outro mobiliário além de uma cama, uma mesa, um tamborete coberto de couro; o odor da minha cama era absolutamente o mesmo de um hospital mal cuidado. Essa descrição adapta-se, de resto a quase todas as hospedarias da Província de Minas, e mesmo às do Rio de Janeiro, mantidas nessa época por portugueses da Europa e por brasileiros.[28]

---

22 Estes dois últimos nomes foram-me indicados no próprio local; mas achei os dois outros em um manuscrito que me foi retido por uma das pessoas mais notáveis da Vila de S. João. São também os nomes de Tijuco e Barreiras que se encontram em Pizarro. Enfim Cazal diz que duas pontes foram construídas sobre o pequeno Rio Tijuco, que divide S. João em dois quarteirões. É sem razão que, em uma descrição de S. João, feita na Alemanha, só se fala de uma ponte. É também sem razão que Southey situa essa vila sobre o Rio das Mortes.

23 Os epítetos *formosas* e *majestosas,* pelos quais Cazal e Pizarro designam essas pontes, somente podiam ser empregados por homens que apenas conhecem as do Brasil.

24 Expliquei em *Viagem pelas Províncias do Rio de Janeiro e Minas Gerais,* o que é a capela-mor das igrejas.

25 Cazal (*Corog. Braz.* I, 377) diz que essa praça é grande. Di-lo sem dúvida por comparação, como chama grandiosa a ponte de madeira de Bom Jesus de Matosinhos, que apenas dá passagem para um carro de bois.

26 Luccock atribui o restabelecimento desse hospital aos cuidados do magistrado Manuel Inácio Melo e Souza, do qual faz o maior elogio *(Notes on Braz.* 458).

27 *Notes on Braz.,* 457 — *Reis.,* I, 317.

28 Os descendentes de portugueses estabelecidos na América têm atualmente o nome de *brasileiros.* Entretanto achei necessário dever sempre juntar a esse nome o de *português,* porque a maioria dos livros de geografia, de viagem ou de história chamam *Brésiliens* ou *Brasiliens* (Voltaire) apenas aos indígenas; e, sem a precaução que tomo, correria o risco de ser freqüentemente mal compreendido na Europa, principalmente quando falar de indígenas civilizados.

As ruas de S. João são geralmente calçadas e muito largas. Segundo o uso em toda esta região, as casas são baixas; mas são em geral bonitas, bem cuidadas, e um grande número entre elas possui um andar além do térreo. Quase todas são criadas; as portas, as venezianas e as esquadrias são pintadas de verde, cinzento ou imitando mármore; os telhados não avançam demasiadamente para fora das paredes e as venezianas abrem-se da direita para a esquerda e não de baixo para cima, como em Vila Rica. Vê-se em S. João, principalmente na Rua Direita, um grande número de lojas, geralmente muito bem sortidas. Não somente esta vila não tem esse ar de tristeza e abandono, peculiar a quase todas as desta província; não somente não se vêem, a cada passo, casas abandonadas caindo em ruínas, mas ainda tudo aí parece vivo e animado.

Calcula-se a população de S. João em 6.000 almas e, em nenhuma outra vila da província vi tantos brancos e tão poucos mulatos.

Os primeiros habitantes de S. João d'El Rei, que, como já disse, foram mineradores, colhiam, sem grandes dificuldades, consideráveis quantidades de ouro na serra do Lenheiro e no regato que banha a vila. Uma parte desta é, ao que parece, construída sobre terrenos auríferos, e os morros vizinhos contêm, ainda hoje, muito ouro; mas, para extraí-lo era preciso dispor de maior número de escravos. Se os pobres continuam a ir faiscar nos rios e regatos, os homens mais abastados preferem geralmente às possibilidades aventureiras da mineração os lucros mais positivos dos negócios. Há atualmente poucas jazidas em exploração nos arredores de S. João d'El Rei e a casa de fundição do ouro é principalmente alimentada, diz Martius, por S. José e Vila da Campanha.[29] Depois que o Brasil se tornou independente e os habitantes de S. João renunciaram, ao menos em parte, à mineração, esta vila tornou-se o centro de considerável comércio, que tende a aumentar com o tempo. Os comerciantes, muitos dos quais bem ricos, compram no Rio de Janeiro todos os objetos que podem ser consumidos no interior; os vendeiros das pequenas vilas da comarca de Rio das Mortes e das comarcas mais distantes têm certeza de encontrar numa mesma casa em S. João, quase todos os artigos de que necessitam; enquanto que, se fossem ao Rio de Janeiro perderiam muito tempo, fariam despesas consideráveis e, menos conhecidos, não gozariam do mesmo crédito. As mercadorias que a vila de S. João em particular envia à capital em troca das da Europa, são o ouro, couros, toucinho, algodão em rama, queijos, açúcar, tecidos grosseiros de algodão e alguns outros artigos.[30] Segundo Spix, Martius e Luccock, quatro caravanas de 50 animais cada, faziam, sem cessar, até 1818, a viagem de S. João ao Rio de Janeiro, para transportar mercadorias entre essas duas cidades. Se se pode acreditar no último desses três escritores, a balança desse comércio era a favor da comarca do Rio das Mortes.

O algodão que se colhe nessa comarca é em parte comprado pelos negociantes de S. João d'El Rei, que tratam de descaroçá-lo e possuem prensas para metê-lo em sacos de couro. Em 1818 esse algodão era vendido em S. João, a 1.200 rs. em caroço; descaroçado era revendido a 8.000 rs no Rio de Janeiro, sob o nome de algodão de Minas Gerais.[31] Já disse que o algodão do Rio das Mortes se reduzia depois de descaroçado a 1/4 de seu peso, o que estabelecia para S. João o preço de 4$800 sem sementes. Ora, para descaroçar uma arroba de algodão dispendia-se 3 vinténs e pagava-se 600 rs. por arroba para o transporte de S. João ao Rio de Janeiro. Ele ficava pois em cerca de 5$512 ao negociante de S. João, e, pelo que se disse mais acima, pode-se julgar a respeito dos lucros proporcionados por esse artigo. É de notar que esse mesmo algodão que, com sementes, valia, em 1818, 1$200 em S. João, não se vendia a mais de $600 antes da paz geral.

29 *Reis.* I, 318.
30 *Notes on Braz.,* 470.
31 *Notes on Braz.,* 470.

Em uma região verdadeiramente agrícola, os produtos não poderão deixar de ser abundantes; devem, por conseguinte ser vendidos a preços moderados e, se se pode acreditar em Luccock, mil escudos franceses, anualmente, dariam para o gozo de todos os confortos que a região pode oferecer.

Os víveres que se consomem em S. João vêm das fazendas vizinhas em carros de bois, que transitam pelas ruas até que toda a carga seja vendida. Como a comarca de Rio das Mortes é em grande parte pouco montanhosa, é comum o uso de carros de bois e, quando se pergunta a um agricultor quanto de milho colhe por alqueire de terra, ele responde que rende *tantos carros*. Estes, construídos quase do mesmo modo em toda a comarca, são semi-elípticos e dotados de rodas quase inteiriças. Em buracos feitos ao redor da mesa do carro fincam longas varas destinadas a reter uma esteira que impede a queda dos produtos transportados, e que, fechando o veículo pela frente, como um carro de triunfo, deixa-o aberto por trás. O atrelamento é feito sobre o pescoço dos bois e não sobre a cabeça, processo que nos parece merecer elogios.

Apesar dos habitantes do Rio das Mortes dedicarem-se geralmente à agricultura, sendo os víveres abundantes em S. João d'El Rei, não pensem que os arredores desta vila apresentam, como as da França e da Alemanha, uma série quase ininterrupta de campos e pomares. Eles são, pelo contrário, geralmente nus e parecem pouco habitados; mas não é menos verdadeiro que um grande número de fazendas se acham espalhadas nas grotas e duvido que haja, próximo das outras vilas de Minas Gerais, tantas plantações quanto as que vi no delicioso vale que vai do Rancho do Marçal a S. João d'El Rei.

Durante os meses de junho, julho e agosto, as plantas se cobrem freqüentemente, nos arredores de S. João, de uma geada branca que, dizem, prejudica muito as pastagens e por conseguinte o gado. Doutro lado, esta região elevada e já muito meridional é propícia à cultura das árvores frutíferas da Europa, e aí são colhidos com abundância os marmelos, pêssegos e maçãs muito boas. Várias pessoas plantaram também, com sucesso, nogueiras e castanheiros; mas, se as nozes não são más, a parte oleosa que elas contêm tem entretanto um ardor que faz mal à garganta, e que nunca foi observado na Europa. Quando, em fevereiro de 1819, voltei a S. João d'El Rei experimentei grande satisfação vendo em um pomar, misturado às grumixameiras,[32] às bananeiras, às jabuticabeiras: macieiras, pereiras, damascos, pessegueiros, grande número de pés de abricós e castanheiros novos. Havia então quase três anos que me achava no Brasil e ainda não tinha visto nenhum indivíduo das três últimas espécies citadas. Comi um damasco e uma manga, achando-as excelentes.[33]

Já disse que a civilização dos habitantes do Rio das Mortes era inferior as dos das comarcas de Sabará e Serro Frio. Nestas últimas partes da província despertei sempre uma viva curiosidade, que se era importuna nunca fora grosseira. Ao contrário, na comarca do Rio das Mortes, não somente me dirigiam as perguntas mais tolas; não somente era alvo de comentários pouco delicados, como também mexiam em tudo quanto era meu, sem minha permissão. Estou longe de querer atribuir esses defeitos a todas as pessoas da comarca do Rio das

---

32 As *grumixameiras** são árvores de tamanho médio cujo fruto de cor roxa muito carregada tem gosto fresco e agradável, sendo do tamanho de uma cereja. Esse fruto é acompanhado de duas brácteas foliáceas e tem o nome de *grumixama*, que, segundo Pizarro, vem de *igranamichama* ou *igbanemichama*. O autor que acabo de citar indica três variedades de *grumixamas*: as de roxo carregado; as vermelhas e, enfim, as brancas, encontradiças nos distritos de Mangaratiba e Ilha Grande. Província do Rio de Janeiro. As grumixameiras nunca devem ser chamadas *grumijamas*, como aconteceu na Alemanha, e, seus frutos não chamam *gurmichamos*, como pensaram em França, apesar de, há muito tempo, o infeliz Dombey, citado por Lamarck, os ter dado a conhecer sob o nome de *gurmichamas*. É à *Eugenia brasiliana* de Lamarck que deve ser dado o nome de *grumixameira*. Como acabamos de ver, Dombey havia escrito *gurmichama* e não *grumichama*; acredito que se pronuncia das duas maneiras.

33 Cazal e Luccock falam de um fruto particular, dizem, em S. João, não tive ocasião de vê-lo. Trata-se de uma subvariedade branca, portanto muito interessante, da laranja denominada *tangerina*.

* Trata-se de planta da família das Mirtáceas, do gênero *Eugenia*, provavelmente (M.G.F.).

Mortes; não tardaremos em ver, por ex., como louvo o bondoso proprietário do Rancho do Marçal; ver-se-á também, em outros diários meus, que fui tratado com amável hospitalidade por vários colonos da comarca do Rio das Mortes. Mas acredito que trairia a verdade se fizesse dos habitantes de S. João D'El Rei os mesmos elogios que fiz aos do Tijuco, Sabará e Vila do Príncipe.

Percebi a diferença existente entre essas vilas no mesmo dia em que cheguei a S. João. Saí à noite para passear na vila. Havia um soberbo luar e podia-se sem dificuldade distinguir os objetos. Mau grado minha roupa não diferir muito das dos brasileiros, todo mundo parava para me olhar; em seguida ouviram-se gargalhadas acompanhadas de comentários indelicados. Isso não era a hospitalidade a que eu me habituara nas outras partes da província e que tantas vezes me ajudara a suportar as contrariedades e o cansaço da minha viagem. Nas diferentes estadas que fiz em S. João, tive ocasião de entrar em casa de quase todos os negociantes da vila, e devo confessar que se não possuem esse estúpido orgulho que sempre se nota nos comerciantes do Rio de Janeiro, estão entretanto longe da polidez amável dos bons habitantes de Serro Frio. Foi em S. João que, após cerca de um mês de inquietações e cuidados, tive, durante minha terceira viagem, o desgosto de perder o pobre Prégent; toda gente soube da tristeza por que passei e não recebi de uma só pessoa qualquer ato de solidariedade. Um negociante, natural de outra região, homem algo instruído, assegurou-me que, salvo pequena exceção, não havia na vila lugar onde um homem de bem pudesse freqüentar; que os habitantes eram em geral pessoas grosseiras e sem educação, vivendo atrasadamente no interior de suas casas, estranhas a todos os encantos da vida social.

Como já disse, a população comercial da vila é renovada incessantemente por jovens vindos das províncias as mais distantes, de Portugal, jovens que não receberam educação nenhuma, mas que são orgulhosos de terem nascido na Europa. Após servirem como caixeiros esses jovens começam a negociar por conta própria; tornando-se negociantes, conservam toda a grosseria de seus costumes, mostrando mais orgulho que anteriormente, porquanto já possuem qualquer coisa. Por sua vez fazem vir da Europa, para aprender o comércio, homens de suas famílias, tão sem educação quanto eles, sendo assim que a ignorância e a falta de civilização se perpetuam em S. João D'El Rei. A população das outras vilas da província não se renova pelo mesmo modo porque são menos comerciantes e mais arraigadas ao interior.

Quando, pela terceira vez, fiz a viagem de Minas, fui portador de uma carta de crédito, endereçada por uma casa muito conceituada do Rio de Janeiro, a um dos homens mais ricos de S. João. No momento em que entrei em sua casa achava-se ele deitado sobre o balcão; e não somente não me fez a menor delicadeza, nem ofereceu o mais ligeiro préstimo, como também não se dignou levantar-se para receber-me, e fez-me ler a carta que lhe apresentei. Tais modos são assaz estranhos, sem dúvida; mas eles não me surpreenderam quando soube que o homem que assim procedera era um europeu.

Os negociantes portugueses estabelecidos não somente em S. João como em outras partes do Brasil onde viajei, são, na maior parte, repito, homens de classe inferior, que freqüentemente não sabem ler nem escrever e que começaram sem nenhum capital. Enquanto os brasileiros dissipam negligentemente tudo quanto possuem, os europeus economizam soldo a soldo, passando por todas as privações a fim de conseguir fortuna. A primeira coisa que arranjam é uma negra, que sirva ao mesmo tempo de cozinheira, amásia, lavadeira, arrumadeira e até para carregar água e lenha, trabalhos que os americanos só entregam aos escravos homens. Tornando-se ricos esses homens, conforme tive já ocasião de dizer, conservam toda a sua primitiva rudeza, e, juntando a isso uma insuportável arrogância, tratam com desprezo os brasileiros, aos quais devem sua opulência.

113

De tudo quanto se viu acima, não se admirará se eu acrescentar que a mendicância é comum em S. João. É aos sábados que os mendigos têm o costume de sair para pedir esmolas. Achando-me em um tal dia nessa vila, fiquei admirado da quantidade de mendigos que enchiam as ruas; e o cura disse-me que semanalmente auxiliava a mais de 400 pessoas. Esses pobres são constituídos por negros e mulatos velhos, aleijados e em más condições para o trabalho. Senhores bárbaros tudo tiram da mocidade de seus escravos, abreviando-a muitas vezes por um trabalho forçado e, quando não podem mais tirar partido desses infelizes, desembaraçam-se deles, dando-lhes alforria. Então eles não terão outro recurso que pedir esmola, tornando-se um peso morto para a população.

Não se pode deixar de tremer de indignação quando se considera que essa barbaria se repete freqüentemente em um país onde os víveres são tão abundantes e onde custaria tão pouco aos proprietários de escravos pagar à humanidade e à gratidão uma dívida sagrada. É também inconcebível que as leis nada tenham regulado sobre esse horrível abuso da alforria, concessão que devia somente constituir um ato de clemência! [34]

34 Um escritor inglês, que teve julgamentos muito severos para com os brasileiros, mostra-se entretanto, indulgente com os habitantes de S. João; concordando que eles são destituídos de educação, ele concede-lhes várias qualidades recomendáveis, louvando muito a recepção que lhe fizeram. Seria interessante se esse viajante não fosse bem acolhido em uma localidade com a qual havia ele feito, durante dez anos, uma série de negócios comerciais e onde recebera, em sua casa, alguns desses habitantes. Mas, foi sem dúvida a gratidão que lhe ditou a frase que se vai ler: "Não há aqui nenhum mendigo, exceto alguns a que se permite, por um certo tempo, a mendicância, como compensação para uma pobreza honesta a algum infortúnio extraordinário". Fiquei tão admirado com o número de mendigos que se vêem em S. João, que em duas de minhas viagens registrei em meu diário as mesmas observações sobre esse fato.

CAPÍTULO XII

VIAGEM DE S. JOÃO D'EL REI AO RIO DE JANEIRO

Partida do Rancho do Marçal. Serra de S. José. Vila de S. José: Aspecto de seus arredores. Espécies de bananeiras cultivadas na Província de Minas. Idéia geral da região que se estende entre S. José e Barbacena. Pontes. Fazenda do Barroso; recepção feita ao Autor. Fazenda do Faria. Os ranchos. Arbusto com cheiro de limão. O Autor retoma a grande estrada de Vila Rica ao Rio de Janeiro. O que é S. João do Campo. Algumas palavras sobre a grande estrada e seu aspecto. Brancos que se encontram entre Barbacena e Pedro Alves. Calor; belezas da vegetação. Passagem do Paraibuna. O calor aumenta e a vegetação torna-se ainda mais bela. Cores do céu. Passagem do Paraíba. Encruzilhada e os dois caminhos que levam ao Rio de Janeiro. O Autor escolhe o chamado caminho de terra. Sucupira. Reflexões sobre a alforria. Ubá. O Sr. Ovídio e a Academia de Artes. Carpinteiros brasileiros. O Autor retoma o caminho de terra. Ranchos. Aspecto da região. Cascata da Viúva. Habitação de Marcos da Costa. Serra da Boa Vista; vista admirável. A planície. O Rio do Pilar. Aldeia de Taquaruçu. Aldeia do Pilar. O Autor chega ao Rio de Janeiro.

Achava-me em Rancho do Marçal em casa de um cidadão que não se dedicava a nenhum comércio, e que por conseguinte não podia esperar nenhuma recompensa pelo serviço que me prestava, hospedando-me; minha bagagem devia incomodá-lo muito, e, entretanto, sua bondade e complacência jamais se desmentiram, um instante sequer. Este exemplo, e outros que citarei, mostra que se a comarca de Rio das Mortes é menos hospitaleira que as outras ela não é, entretanto, estranha à hospitalidade.

Tendo-me posto em marcha (22-2-1818), seguia então ao pé da serra de S. José, onde havia, já, herborizado, quando me achava no Rancho do Marçal, e que não pode ser senão um contraforte da grande cadeia ocidental (serra do Espinhaço, *Eschw.*) Em todos os lugares aonde andei nessa serra é ela eriçada de rochas nuas; mas, onde havia terra vegetal encontrei gramíneas e outras ervas, alguns arbustos, e aqui e acolá um pequeno número de árvores raquíticas. Entre essas plantas poucas havia que eu já não tivesse recolhido em outros lugares.

Havia feito uma légua, contornando a serra de S. José, quando, enfim, cheguei à vila desse nome, situada a 21º5'30" de lat. S., a 26 léguas de Mariana e 63 léguas do Rio de Janeiro.[1]

Foi *João de Serqueira Afonso*[2] paulista de Taubaté, que descobriu o lugar onde hoje se encontra a vila de S. José. Um grande número de aventureiros reuniu-se nesse sítio, e, a 19 de janeiro, *D. Pedro de Almeida Portugal,* Conde de Assumar, aí fundou a Vila.[3] S. José é atualmente administrada por dois juízes ordinários;[4] o termo de que esta vila é a cabeça[5] divide-se em duas paróquias;

1 Piz. *Mem. Hist.*, VIII, p. seg., 129 e 130.
2 Esses nomes acham-se em Pizarro, mas Southey escreveu: *Jozo de Sequeira Afonso.*
3 A data que cito é indicada por Pizarro e é a mesma que esse Autor cita para a fundação da Vila de S. João. Viu-se que para esta última vila adotei outra data; não tenho conhecimento de divergências sobre a data da criação de S. José.
4 Vide *Viagem pelas Províncias do Rio de Janeiro e Minas Gerais.*
5 Foi no termo de S. José que nasceu Basílio da Gama, autor do poema intitulado *Uruguai.* Os franceses que quiserem ter uma idéia dessa obra poderão ler o interessante *Resumé de l'Histoire du Portugal,* de F. Denis.

115

a da vila propriamente dita, contando 12.840 indivíduos sobre um território de mais de 40 léguas, e a N. S.ª da Conceição dos Prados, que compreende uma população de 5.060 pessoas.[6]

É à margem do Rio das Mortes e abaixo das montanhas de S. José que está construída a vila que tem esse nome. Ela é pequena mas conta com casas muito bonitas e fica-se admirado do tamanho da igreja paroquial, colocada sobre um "plateau".

As colinas que cercam S. José, cavadas e reviradas em todos os sentidos demonstram quais eram as ocupações dos primeiros habitantes dessa vila. Seus arredores fornecem muito ouro e é de crer-se que este lugar foi de grande importância, para que, tão perto de S. João, se criasse outra vila. Hoje o metal precioso que constituía o objetivo de tantas pesquisas acha-se quase esgotado, tendo sido abandonadas quase todas as antigas minerações.

Após haver atravessado S. José, cheguei à margem do Rio das Mortes, que corre abaixo da vila, em um largo vale. Para transitar pela ponte de madeira que há sobre esse rio é preciso pagar pedágio; mas, meu passaporte privilegiado (portaria) isentou-me desse imposto.

Dos montes que, do lado oposto à vila, margeiam o vale descortina-se vista muito agradável. Morros que fazem parte da serra de S. José apresentam sumidades arredondadas, enquanto os flancos, quase a pique e uniformes, formam altas muralhas de rochedos enegrecidos onde crescem, aqui e acolá, alguns arbustos. Abaixo dessas montanhas vê-se a Vila S. José, dominada pela igreja paroquial, próximo à qual fica o principal grupo de casas. Outras habitações, cercadas de bananeiras, cafeeiros e laranjeiras, existem esparsas no vale; mais longe se acham vastas minerações e, enfim, abaixo da vila corre o Rio das Mortes, com leito cheio de curvas e sinuosidades.

Note-se que todas as vezes que descrevo vilas e aldeias das regiões auríferas, refiro-me ao plantio das bananeiras junto de cada casa. Os frutos dessas imensas ervas, muito sadios e nutritivos, são um grande recurso para os pobres, que os comem com farinha de milho. Na Província de Minas são cultivadas quatro variedades de bananeiras; as chamadas são-tomé, de bagas pequenas e gosto agradável; as bananas-da-terra, cujos frutos, maiores e de sabor menos delicado, são comidos depois de cozidos;* a variedade "Maranhão", com frutos ainda maiores que as bananas-da-terra; enfim a quarta, chamada farta-velhaco, cujos cachos e frutos são ainda maiores que as da-terra. A banana-são-tomé deve ser classificada como *Musa sapientum* L; a da-terra — *Musa paradisiaca* L. e, ainda que não me tenha sido possível estudar as Maranhão e banana-farta-velhaco, presumo serem simples variedades da *Musa paradisiaca.*[7]

Ora montanhosa, ora ondulada, a região que percorri em um espaço de 8 a 10 léguas, de S. José a Barbacena, deve naturalmente ir se elevando cada vez mais, pois que se vai aproximando sempre da serra da Mantiqueira. A altitude torna-se tal que, na fazenda do Faria, vizinha das nascentes do Rio das Mortes, onde parei antes de entrar na grande estrada de Vila Rica ao Rio de Janeiro, o frio dos meses de julho e agosto, não permite mais o plantio de bananeiras. Em toda essa região o cimo dos montes é arredondado; o terreno nessas alturas é arenoso ou pedregoso; os campos apresentam pastagens naturais geralmente compostas de gramíneas; mas nas grotas existem tufos de matas, sendo essas partes aproveitadas para a lavoura. Entre Vila Rica e S. João, as pastagens ofereciam-me aspecto pouco variado, o mesmo acontecendo com as que atravessei

---

6 Piz. *Mem. Hist.,* VIII, p. seg., 131 132.
7 Pizarro, falando dos frutos do Rio de Janeiro apenas faz menção a três variedades de bananeiras: da-terra, maranhão e são-tomé, donde se pode concluir que a farta-velhaco não é conhecida na capital do Brasil. Sou inclinado a acreditar que a variedade maranhão é realmente originária dessa região do Brasil, pois que Pison diz positivamente que as bananeiras aí têm grande desenvolvimento. *In Maranhan maxipropere luxuriante* (Bras. ed. 1658, pág. 154).

de S. João a Barbacena. O caminho que então palmilhava é um dos que conduzem de S. João D'El Rei ao Rio de Janeiro, e deve ser muito freqüentado; entretando são poucas as habitações que se vêem nos campos margeantes, onde apenas notam-se traços de culturas. Subindo a uma das culminâncias existentes a 5 ou 6 léguas de S. José, deparei imensas solidões que fatigam os olhos, por sua monotonia. É inconcebível a falta de recursos nessa estrada. No dia em que deixei o Rancho do Marçal procurei, inutilmente, adquirir um pouco de milho; no dia seguinte venderam-me, por obséquio, meio alqueire desse cereal, e, no terceiro dia não pude conseguir farinha, embora tivesse parado em um lugar onde as caravanas costumavam pousar.[8]

Antes de chegar à fazenda do Barroso, onde dormi no dia seguinte à minha partida do Rancho do Marçal, encontrei novamente o Rio das Mortes, que, nesse lugar, serve de limite entre os termos de S. João e Barbacena. Atravessa-se o rio sobre uma ponte, muito ruim, como o são, na maioria, as da Província de Minas melhor dotada, entretanto, que a do Rio Grande do Sul onde não vi nenhuma ponte sobre os numerosos rios que atravessei.

Não desejava fazer entrar toda a minha comitiva na fazenda do Barroso, sem antes falar ao proprietário dessa habitação. Apresentei-me, então, só, pedindo polidamente hospitalidade. O dono da casa respondeu-me, de modo assaz grosseiro, que sua casa não oferecia nenhuma comodidade, indicando-me um rancho situado a alguma distância. Acostumado à hospitalidade dos bondosos habitantes de Serro Frio, fiquei aturdido com uma tal recepção. Retirei-me, mostrando todo o meu mau humor, e, alguns instantes após, apresentei-me pela segunda vez, com minha "portaria" à mão, tal como um militar que obtém alojamento pela força, confesso-o. Todavia é preciso notar que me era lícito abusar do passaporte de que era portador, o qual me dava os mais amplos direitos; entretanto havia quase 14 meses que viajava na Província de Minas e era a segunda vez que eu o apresentava a um simples particular, servindo-me ele apenas para meu trânsito em alfândegas e rios. De qualquer modo, logo que o proprietário de Barroso começou a ler a "portaria" não esperei mesmo sua resposta e chamei meu pessoal, ordenando fosse a bagagem descarregada; mas, quando passaram os primeiros momentos de frieza, fui conversar com meus hospedeiros, como se nada tivesse acontecido, e tornamo-nos os melhores amigos deste mundo. É natural que se encontre mais hospitalidade nos lugares afastados que nas margens das estradas muito freqüentadas pelas caravanas; mas, o que se pode censurar nos habitantes desta parte da província é uma espécie de rusticidade irônica que contrasta singularmente com essa polidez simples e afetuosa dos moradores de Sabará e Serro Frio.

O sol ainda não se tinha desaparecido quando, após ter-me instalado na fazenda do Barroso terminei meu trabalho cotidiano. Aproveitei o tempo que me sobrava para ir herborizar a pouca distância da habitação, à margem de um brejo. A descoberta de algumas belas plantas compensou-me das insignificantes coletas que fiz nas pastagens e nas colinas. Entretanto observei que nesses lugares os brejos apresentam uma vegetação menos variada que os da Europa.

No dia seguinte fui parar na fazenda do Faria, situada a alguma distância da estrada mas onde as caravanas param freqüentemente. Como há aí um rancho, instalei-me nesse abrigo e não tive necessidade de pedir asilo ao dono da casa.

---

8 Itinerário, aproximado, de S. João d'El Rei a Barbacena:

De S. João d'El Rei a S. José	....	2 léguas;	
"	Rancho das Ervas	......	1½ léguas;
"	Fazenda do Barroso	....	3 "
"	" de Faria	......	3 "
"	Vila do Barbacena	......	2 "
		11,5	"

As palavras *rancho* e *arranchar* (parar sob um rancho) — apenas usadas no Brasil, aplicam-se por extensão a todos os lugares onde se pousa; mas, como já disse,[9] um rancho propriamente dito é um grande galpão destinado a receber os viajantes.[10] Esse galpão não passa, freqüentemente, de um telhado sustido por postes; mas nas zonas elevadas e, por conseqüência, frias como a em que se acha a fazenda do Faria, os ranchos são ordinariamente fechados por muros. O de Faria não tinha, além da porta, senão duas pequenas aberturas; a fumaça, de nosso fogo, cegavam-me e eu não dispunha de tempo suficiente, de dia, para analisar as plantas colhidas. Ademais o telhado, mal conservado, havia ao que parece, deixado passar água das chuvas e o terreno que servia de soalho achava-se úmido e quase escorregadio. É preciso notar que esse quadro não é exclusivo do rancho do Faria; ele se adapta igualmente a muitos outros desses galpões.

Mas, não foi apenas o desconforto do rancho o que penei na fazenda do Faria. Jamais fui assediado por perguntas tão indiscretas e pouco distintas quanto as que me foram feitas nesse lugar. Respondia friamente com afirmativas ou negativas, mas não conseguia desencorajar os interlocutores.

A fazenda do Faria, próxima da serra da Mantiqueira e das nascentes do Rio das Mortes fica, como já disse, em uma região cuja altitude torna-a muito fria para que as bananeiras possam aí medrar. O proprietário dessa fazenda aproveita pastagens que cercam sua habitação para criar muito gado. Tomei leite aí produzido, achando-o muito gordo, como é, em geral, o das regiões montanhosas.

Não vi, próximo de Faria, nenhuma planta em flor que não me fosse conhecida. Entretanto, passando próximo de uma capoeira, colhi, automaticamente, as folhas de um arbusto; esfregando-as entre os dedos fui agradavelmente surpreso ao sentir um cheiro esquisito, lembrando a essência de limão. Esse arbusto não se achava em flor, motivo pelo qual não pude verificar a que família pertencia; mas, como será útil introduzi-lo nos jardins, recomendo a colheita de suas sementes aos naturalistas que acreditem ainda não terem feito o suficiente pela ciência e por seus semelhantes ao darem nomes aos animais e às plantas.

A região que atravessei entre Faria e Barbacena, em um espaço de duas léguas, não difere da que percorri nas vésperas. Os morros são sempre arredondados; o terreno é muito árido, arenoso e pedregoso, e as gramíneas que compõem, quase exclusivamente, as pastagens são pouco vigorosas e separadas umas das outras.

Não me esquecerei de dizer que, de Congonhas do Campo até Faria, não vi, em parte nenhuma, nem uma só touceira de capim gordura. É digno de observação o fato dessa ambiciosa gramínea não ultrapassar a vertente ocidental da serra da Mantiqueira e de sua longa continuação (serra do Espinhaço); e, por conseqüência, se a latitude de 17º40' é atualmente seu limite setentrional (conforme referi linhas atrás), a longitude 380º deve ser, talvez, considerada como seu limite ocidental.

Chegado a Barbacena achei-me novamente sobre a grande estrada do Rio de Janeiro a Vila Rica, por onde havia passado, há 14 meses, no início de minha viagem pela Província de Minas. Tendo descrito essa estrada no meu *Viagem pelas Províncias do Rio de Janeiro e Minas Gerais,* recomendo-a ao leitor, acrescentando aqui um pequeno número de detalhes.

Logo após deixar Barbacena, o viajante que vem de uma região descoberta, começa a perceber a aproximação da região das florestas; encontra morros um pouco menos arredondados, vales mais profundos e tufos de matas mais numerosos. Nestes, onde a terra era arenosa e de má qualidade, tive o prazer de admirar, em estado selvagem, a majestosa *Araucaria angustifolia,* que, ao meu ver, não existe em nenhuma outra comarca da Província de Minas, além da de S. João,

9 Vide *Viagem pelas Províncias do Rio de Janeiro e Minas Gerais.*
10 Os portugueses da Europa empregam a palavra *rancho* com outra significação.

e que aqui, como em Curitiba, é acompanhada de uma árvore famosa chamada *congonhas* ou *mate (Ilex paraguariensis* A. S. H.).[11]

Várias caravanas, vindas do Rio de Janeiro, estavam estacionadas em Borda do Campo[12] para se reorganizarem, após a passagem, então, muito difícil, da região das florestas. As longas chuvas haviam arruinado inteiramente a estrada que, abrigada pelas árvores, dificilmente seca; animais de carga haviam morrido, por assim dizer, atolados na lama e não havia caravana que, nesse ano, tivesse saído das matas sem algum animal doente ou estropiado. Em todo tempo, aliás, essa estrada é muito prejudicial aos burros e cavalos, não somente porque é muito montanhosa, mas ainda porque as pastagens formadas pela destruição das matas são pouco extensas, constantemente consumidas e de má qualidade. Aqui não é o capim gordura que se segue às capoeiras; estas são logo substituídas pelos grandes fetos.

Quando, próximo de Batalha,[13] deixamos a região das pastagens herbáceas, meu tropeiro despediu-se humoristicamente do "João do Campo" e dirigiu preces à Virgem e a Santo Antônio para obter a graça de atravessar sem dificuldades as florestas, "João do Campo" é um ser imaginário representativo das regiões descobertas. Quando se entra nos *campos* é em casa de "João do Campo" que se entra, e, quando o viajante dorme ao relento é "João do Campo" que o hospeda...

As matas virgens têm uma majestade que me causa sempre profunda impressão; mas essa impressão não é a mesma em toda parte. As florestas de Pessanha, por ex., não são atravessadas senão por trilhos ou picadas que barram a vista a poucos passos mas que deixam perceber todas as belezas dos detalhes da mata. Ao contrário, como a estrada do Rio de Janeiro é muito freqüentada, as duas margens foram devastadas até uma certa distância, o que impede contemplemos os detalhes da floresta; mas a vista pode abranger uma maior extensão; nos altos avistam-se freqüentemente imensas massas de floresta espessa e, de tempo em tempo, plantações de milho, cercadas de árvores altas que oferecem o contraste dos trabalhos do homem com as obras da natureza.

No silêncio dessas matas, ouvia continuamente o eco das vozes dos tropeiros e o ruído dos guizos da madrinha da tropa, mula predileta que guia fielmente a caravana, a cabeça ornada de planejamentos coloridos, tendo ao alto uma pluma ou um pequeno boneco. Quando de minha primeira passagem não havia visto tantas caravanas porque então era a época do Natal, que é, em Minas, a

---

11 Afirmei *(App. Voy.* 44, ou *Mém. Mus.,* vol. IX) que o verdadeiro mate do Paraguai vegetava naturalmente nos arredores de Curitiba, Província de S. Paulo, mas, por um mal entendido, que me será fácil explicar, um sábio, ao qual a Botânica muito deve, Lambert, discutiu esse fato em sua admirável obra sobre o gênero *Pinus.* Como não se trata aqui de uma questão de Botânica especulativa, mas de um fato do maior interesse para o comércio brasileiro, creio indispensável entrar em novos detalhes. O mate do Paraguai, aquele que os Jesuítas plantavam em suas Missões, é realmente a planta que o Sr. Lambert inclui na estampa IV do apêndice de sua obra e que ele classifica, como eu a fiz anteriormente, *Ilex paraguariensis;* é absolutamente a mesma planta dos arredores de Curitiba, aí explorada grandemente; enfim, é ainda a mesma planta que indico aqui como encontradiça nos arredores de S. João d'El Rei. Quanto à *Cassine congonha,* Martius, que o Lambert apresenta sob o nome *Ilex congonha* (Pin. t. VI), não me referi a ela em nenhuma parte de meus livros; encontrei-a, é certo, em várias zonas da Província de Minas, mas em parte nenhuma ouvi chamá-la mate ou congonha; e, somente depois de meu regresso à Europa tive conhecimento pela bela viagem de Spix e Martius, que algumas pessoas dos arredores de S. Paulo dão-lhe o último desses nomes. Na região das Minas, onde não se faz uso habitual do *mate,* existem várias plantas que, segundo os lugares são chamadas *congonhas,* erradamente, tais como uma *Luxemburgia,* uma *Voquisiácea,* uma espécie do meu gênero *Trimeria,* e, o próprio Martius em seu eloqüente escrito sobre a *Fisionomia dos Vegetais* reconhece que sua *Cassine congonha* deve ser alinhada entre os *falsos-mates.* De tudo isso vê-se que não deve, como o fez Lambert, admirar de encontrar em minhas descrição do *Ilex paraguariensis* caracteres que não se enquadram nas diagnoses de *Ilex congonha* e *Cassine congonha,* pois que nunca pensei em descrever estas plantas. De tudo isso, repito, porque essa verdade é muito importante, que se o mate de Curitiba é muito inferior ao do Paraguai isso é em parte devido a uma diferença de terreno, mas principalmente porque os curitibanos não sabem preparar essa planta, mas nunca, como pensa Lambert, porque a espécie de Curitiba seja diferente da do Paraguai.

12 Vide *Viagem pelas Províncias do Rio de Janeiro e Minas Gerais.*

13 Idem, idem.

119

época da reunião das famílias. A maioria das caravanas que encontrei, no meu regresso, estavam carregadas de vinho e de sal, mercadorias que, por seus grandes volumes deviam ocupar maior número de animais.

Já disse que na comarca de S. João os brancos eram menos raros que nas outras partes da província. Mas, enquanto para o norte de Minas os homens de nossa raça têm geralmente alguma abastança e estão acima dos mulatos, os brancos que se encontram entre Barbacena e Pedro Alves, habitam freqüentemente as mais miseráveis choupanas e em casa deles, como quase em todas as dos moradores dos lugares margeantes a esta estrada, observa-se grande apatia e grosseira curiosidade.

Deixara um dia meu tropeiro, Manoel Soares, ir adiante. Chegada a hora de pousar esse homem parou em uma pobre habitação, e, como o rancho dela dependente estivesse ocupado por outros viajantes, pediu ao proprietário, que era um homem branco, permissão para passar a noite na casa. Essa permissão foi negada e Manoel não pôde obter outro abrigo que um telheiro onde havia uma pequena forja. À minha chegada, confesso, fiquei muito contrariado de ver minha bagagem colocada em um lugar onde havia uma camada espessa de esterco e onde ficava exposta à voracidade dos cães e dos porcos. Tive idéia de recorrer ao meu passaporte privilegiado, para obter asilo; mas, como era muito tarde conformei-me com a minha sorte. No dia seguinte, mal acordara, apareceu um negro varrendo ao redor da forja, cobrindo-me e à bagagem, de espessa camada de poeira. Sofri essa nova amolação com toda paciência; mas logo vi o negro se dispor a acender o fogo da forja, que servia de apoio ao meu leito e sobre o qual estavam todos os meus objetos. Pedi ao escravo que esperasse até nossa saída; mas esse homem, que apenas conhecia as ordens de seu dono, não fez caso das minhas palavras e continuou seu trabalho. Levantando-me precipitadamente armei-me da *portaria* e fui procurar os donos da casa, reclamando energicamente contra aquele procedimento que me pareceu proposital. Fui ouvido com uma tranqüilidade parva; mas obtive ao menos que se ordenasse ao negro suspender seu trabalho até à nossa partida. Entretanto uma de minhas bestas quis vingar-me, fugindo, e somente foi encontrada ao meio dia; eram 4 horas da manhã quando quiseram acender o forno da forja.

Próximo de Paraibuna o caminho pareceu-me mais belo. Demais, como o terreno tornava-se gradativamente menos elevado, o calor tornava-se mais sensível. No dia em que cheguei a Paraibuna o calor era tanto que apesar de irmos a passo, montados, o suor corria-me a grande. Esse calor, todavia, apesar de ser mais intenso que o do sertão, era infinitamente menos penoso, porquanto o ar continha mais humidade e meus nervos não se irritavam.

Ao passo que o calor aumentava a vegetação ia-se tornando cada vez mais bela. Já não era mais essas cores sombrias e pardacentas que, nos arredores de Vila Rica fatigam a vista e inspiram tristeza. Parecia-me que as plantas vinham de se cobrir com uma vestimenta nova, tal era a frescura que apresentavam. Via, com admiração, no declive dos morros, as árvores cerradas umas contra as outras confundir seus ramos e os delicados folíolos das mimosas preencher os intervalos deixados pelas grandes folhas das palmeiras.

Chegado à margem do Paraibuna apresentei meu passaporte ao comandante do destacamento incumbido da arrecadação do pedágio. Ele disse-me que minha portaria me isentava dos direitos, mas não me dispensava da busca costumeira, a fim de evitar o contrabando de diamantes ou de ouro em pó. Fiz então descarregar minhas malas e abri duas delas; mas não foram sequer tocadas e a vistoria limitou-se assim a ligeira formalidade. Vários tropeiros tinham chegado antes de mim; fui, por isso, obrigado a esperar durante muito tempo, sem poder passar o rio, e, como não existe senão um pequeno galpão para receber as numerosas caravanas que se apresentam todos os dias, minha bagagem ficou exposta ao sol. Não fui mais feliz depois que atravessei o rio; não havia também lugar no rancho existente do outro lado. Forçado a procurar abrigo sob a varanda de uma venda vizinha, aí apenas achei espaço para minha bagagem, sendo atormentado pelos ratos e pelas formigas. Tais são as comodidades que apresenta a movimentada estrada de Vila Rica à capital do Brasil.

Entre o Paraibuna e o Paraíba o calor aumentou de intensidade e a vegetação pareceu-me ainda mais bela. Não há palavras que pintem tanta magnificência.

As árvores se apertam e entrelaçam seus ramos; lianas flexíveis vão de árvore em árvore, descrevendo mil ondulações, e as plantas pareceriam, por assim dizer, formar uma só massa, se os acidentes do terreno não deixassem perceber os troncos das árvores e se as diferenças de altura, cor e folhagem, não traíssem a espantosa variedade de espécies. Essas belas florestas, deixam-me, entretanto, qualquer cousa a desejar: são as flores; mas, como já disse,[14] as árvores que produzem sem cessar ramos e folhas só raramente florescem, e apenas de longe em longe algumas mimosas deixam ver suas panículas brancas no meio de uma folhagem finamente rendada. O azul do céu mais brilhante que já admirara depois de estar no Brasil, dava maior relevo às belezas que me cercavam. É de notar que as cores do céu não são sempre belas, variando segundo as estações. Assim, quando cheguei ao Rio de Janeiro, no mês de julho, fiquei admirado da semelhança do céu com o de Paris no tempo de canícula.

Cheguei cedo à margem do Paraíba; mas duas caravanas anteciparam-me e, quando as águas estão altas, o que então acontecia, não se pode carregar muito a balsa. Era preciso que esperasse a minha vez; empreguei uma parte do dia a observar com paciência a balsa que avançava lentamente e terminei por deixar minha bagagem para o dia seguinte. Fui ver o comandante, que me recebeu com extrema delicadeza[15] e teve a bondade de oferecer-me um pequeno quarto; mas não aceitei tal oferecimento, para não dar aos meus homens, que haviam já carregado várias vezes minhas malas, o trabalho de carregá-las de novo. Foi entre os postes que susteem a casa do comandante que procurei abrigo e passei uma noite muito má, no meio de cães e de porcos que rondavam minhas malas, dando-me grande preocupação por minha bagagem.

No dia seguinte, de manhã, houve dificuldade em encontrar os animais. Antes que fossem reunidos chegou outra caravana e foi preciso que eu esperasse mais uma vez.

Após tantos impecilhos tive a felicidade de partir, e, tendo feito uma meia légua depois do Paraíba, cheguei a um lugar chamado Encruzilhada, onde a estrada se divide. Um dos dois ramos, que é o mais freqüentado, leva ao Porto da Estrela, onde se embarca para o Rio de Janeiro. O outro, chamado "caminho de terra", passa por Pau Grande, atravessa a parte da cadeia marítima que se chama serra da Viúva e se prolonga até à capital.[16] Como havia feito intenção de passar pela habitação de Ubá, que não é situada à margem do "caminho de terra", deixei esse caminho a quatro léguas do Paraíba, no lugar chamado Sucupira.[17]

14 Vide *Viagem pelas Províncias do Rio de Janeiro e Minas Gerais*.
15 Em *Viagem pelas Províncias do Rio de Janeiro e Minas Gerais* fiz observar, com razão, que o Sr. Luccock errara em dar o título de *governador* ao comandante do registro de Paraíba; mas, talvez tenha sido eu muito severo no criticar as aventuras que esse Autor diz ter sucedido nas margens do Paraíba e do Paraibuna. Com efeito, encontram-se no Brasil homens ridículos, vaidosos e ignorantes, tanto quanto em França e Inglaterra, e pode-se encontrar neste país, como na Europa, exploradores da situação dos viajantes para extorquir-lhes dinheiro.
16 Vide o que escrevi sobre esse caminho e sobre a Serra da Viúva, em *Viagem pelas Províncias do Rio de Janeiro e Minas Gerais*.
17 Vê-se, pelo que digo aqui que um viajante inglês que não seguiu esta estrada equivocou-se em citar Ubá (que ele chama *Uva*) ao lado de Pau Grande. Esse erro levou a outros pois um compilador copiando o viajante em questão fez de Pau Grande dois lugares distintos, dizendo que se acham sobre o caminho de terra, *Pao, Grande* e *Uva*.

Meus animais estavam extremamente fatigados; resolvi não passar de Sucupira[18] e parei em casa de uma negra velha, cuja choupana, situada no meio da mata, era apertadíssima. Minha hospedeira estava livre e havia sido libertada por seu dono quando apresentou sinais de decadência. É um hábito comum neste país libertar os escravos quando não servem mais para o trabalho. Mas, é preciso notar que esse sistema é péssimo. Se o negro liberto está velho não terá meios de preservar sua indigência e ao desprezo que há por sua cor, juntar-se-á ainda o que inspiram os doentes, a velhice e a miséria. Se, ao contrário a alforria é concedida a um jovem, que seja preguiçoso e sem inteligência, sem ter aprendido nenhum ofício, ele tornar-se-á vagabundo ou mesmo ladrão e assassino. No tempo em que estive no Brasil a maioria dos negros condenados por crimes no Rio de Janeiro era constituída de libertos.

Um pouco antes de Ubá apeei do cavalo, deixei meus camaradas para trás, e cheguei à habitação quase correndo. Experimentei indizível prazer em achar-me de novo após tantas fadigas, em um lugar onde havia passado dias tão agradáveis. Para cúmulo da felicidade o Sr. *João Rodrigues Pereira de Almeida* estava então em casa, e sua família, muito numerosa, compunha-se de várias pessoas que eu já conhecia. Fui perfeitamente acolhido e inquerido sobre as regiões que eu havia visitado, as quais não são mais conhecidas no Rio de Janeiro que em França ou Alemanha.

A habitação de Ubá tinha sido melhorada durante minha ausência. Um dos artistas franceses chamados ao Brasil pelo *Conde de Barca,* ministro de D. João VI, o excelente Sr. *Ovídio,*[19] havia construído, por ordem do proprietário de Ubá, uma máquina que movimentava os pilões fazendo ao mesmo tempo mover uma serra e um moinho. Esses trabalhos haviam sido executados com muito cuidado e o Sr. *Almeida* proporcionava assim aos seus vizinhos o importante serviço de oferecer-lhes modelos que, quando não fossem de todo perfeitos, não deixavam de inspirar-lhes idéias novas. Em geral a arte de carpintaria tinha então em toda essa região, grande necessidade de ser aperfeiçoada. Usavam apenas pregos para fixar peças de madeira, ignorando-se o uso dos encaixes. Absolutamente não se faziam projetos e desenhos; as peças eram trabalhadas umas após as outras, ajustando-as à medida que iam sendo preparadas, o que naturalmente obrigava a repetir a confecção de muitas que se não ajustavam devidamente.

Não queria voltar ao Rio de Janeiro pelo caminho que eu conhecia. Deixei então o Sr. *Almeida* (12-3-818) pra ir à aldeia do Pilar, porto vizinho de Ubá aonde contava embarcar para a Capital.[20]

Retomei logo o "caminho de terra" e parei sob um telheiro que caía em ruínas e que não havia, talvez, sido varrido desde que fora construído. Seria justo que os colonos que vendem milho aos viajantes, devido aos seus ranchos, tivessem o cuidado de conservar e limpar esses miseráveis abrigos. Mas, eles

---

18 Sucupira é o nome de uma árvore; mas creio que esse nome é dado a várias espécies diferentes. A sucupira que conheço é uma encantadora Papillionácea.

19 Querendo inspirar nos brasileiros o gosto pelas artes e talvez também querendo causar na Europa uma boa impressão sobre a nova monarquia brasileira, o Conde de Barca fez vir (1816) vários artistas franceses ao Rio de Janeiro para aí formar uma Academia de Artes. Esse grupo se compunha do Sr. Lebreton, literato, antigo secretário da 4.ª classe do Instituto; Srs. Taunay, pintor paisagista; Debret, pintor histórico; Taunay, filho, escultor; Granjean, arquiteto; Ovide, mecânico; Pradier, gravador. Como foi justamente observado, era preciso primeiro instruir os brasileiros em ofícios e profissões mais úteis, antes de pensar em formar pintores e escultores. Como tinha sido feita despesa para trazer ao Brasil um grupo de artistas, era preciso cuidar de tirar deles algum proveito. Mas, tal não aconteceu; os professores foram pagos, e, ainda que pareça incrível, não se deu nenhum aluno.

20 Itinerário aproximado de Ubá a Porto do Pilar:

De Ubá à fazenda da Roçada	....	4	léguas;
" Marcos da Costa	....	4	"
" Taquaraçu	....	3½	"
" Porto do Pilar	....	3	"
		14½	"

sabem que o viajante se detém ao fim do dia, e, como não temem concorrência, senão nas estradas muito freqüentadas, pouco se lhes dá o conforto ou desconforto dos ranchos.

Toda a região que percorri no caminho de terra, antes da bifurcação que conduz a Pilar, causou-me admiração pela diferença que apresenta em relação à de Minas. Não somente aí não se encontram aqueles imensos trechos em que a terra vegetal desapareceu para dar lugar a amontoados de pedregulho; não somente aí não se vêem, a cada passo, casas abandonadas, mas as habitações são bem conservadas e anunciam abastança, como também a vegetação é vigorosa, a verdura muito fresca e as plantações são melhor cuidadas que as do interior.

No lugar onde a estrada de Pilar se separa do "caminho de terra" (Encruzilhada) a região torna-se montanhosa; é aí que termina a bacia do Paraíba e que se entra na grande cadeia paralela ao mar (serra do Mar). Até ao lugar chamado Marcos da Costa, onde parei, não vi mais nenhuma cultura, mas a vegetação é sempre bela e imensas matas virgens cobrem as montanhas.

Logo ao chegar a Marcos da Costa desci a serra da Viúva, que havia atravessado em 1816, em outro ponto, e comecei a encontrar plantações.

Perto de Marcos da Costa a vista é linda. À esquerda do caminho, que desce por um declive muito forte, existe um regato cujas águas, encobertas por árvores e espessa vegetação, correm rumorejantes entre pedras, formando uma cascata (cachoeira da Viúva), indo reunir ao pé da montanha a um outro regato. Duas fazendas e algumas casas de agregados[21] foram construídas ao pé da serra, em uma pequena bacia, cercada de altas montanhas. Enfim, o flanco destas últimas apresenta numerosas plantações de cana de açúcar e de milho, enquanto que nos altos existem matas virgens, no meio das quais a Melastomácea chamada quaresmeira[22] alteia sua copa de 30 a 40 pés, coberta de grandes flores roxas.

---

21 Já fiz conhecer, em *Viagem pelas Províncias do Rio de Janeiro e Minas Gerais,* os homens a que chamam *agregados.* Para completar o que escrevi a esse respeito, traduzirei aqui a passagem onde eles são descritos por um sábio que observou com perfeição os costumes de várias partes do Brasil. Mencionei quais são as atribulações dos proprietários em relação aos agregados; o escritor que vou citar incumbiu-se de indicar as destes últimos. "Podia-se crer, diz ele, que os *agregados* são vistos com prazer pelos colonos, sobretudo pelos do interior, o braço é raro, mas enganar-se-ia, porquanto esses homens são mais uma carga que uma utilidade para os proprietários. Neste país, os que gozam liberdade, acostumados desde a infância a uma vida ociosa, não podem adquirir o hábito do trabalho e preferem ficar na indigência (que comumente os leva a más ações) que fazer qualquer coisa. Na verdade eles aprendem, freqüentemente, um ofício, de alfaiate, carpinteiro etc., mas não exercem a profissão senão em último recurso e pedem por um dia de trabalho o suficiente para viverem oito sem nada fazer. Quase sempre casados ou vivendo com uma amante, os *agregados* tratam, tomando por padrinho de seus filhos o proprietário dos terrenos sobre os quais estão estabelecidos, de prendê-los pelos laços religiosos do compadresco, aqui muito respeitados...; tornados compadres dos colonos eles se consideram como pertencentes às famílias destes; comem e bebem à custa deles e apenas rendem-lhes pequenos serviços... Os *agregados* são na maioria mulatos e negros, que formam quase um quarto da população (o autor não pode, sem dúvida ter em vista senão a população de Minas e de algumas partes das Províncias do Rio de Janeiro e de S. Paulo). Mais de 150 *agregados* achavam-se fixados à fazenda do Pompéu, situada na Província de Minas Gerais e que compreende para mais de 150 léguas quadradas; se os vários entre eles haviam obtido consentimento da dona da fazenda outros haviam construído sobre suas terras sem ao menos consultar à proprietária. Esses homens viviam na maior ociosidade, do gado que roubavam, e a desordem tornou-se tal que a proprietária, apesar de generosa e caridosa, viu-se obrigada a escorraçá-los pela força armada e a queimar suas choupanas (Eschw. *Bras.,* II, pág. 32)". O proprietário legalmente estabelecido, não deve, sem dúvida, ser obrigado a admitir quem quer que seja participando de sua propriedade; mas parece-me, que a dama *generosa* que possuía a fazenda do Pompéu mostrou-se excessivamente severa incendiando em bloco as choupanas de alguns infelizes sem asilo que se haviam refugiado em suas 150 léguas quadradas, das quais ser-lhe-ia difícil usufruir em toda a sua extensão. Ademais se ela tinha meios para expulsá-los em massa, por mais forte razão ser-lhe-ia possível impor-lhes algumas condições e expulsá-los um a um. Por conseguinte, em vez de caçá-los como a um rebanho daninho, ela teria melhor feito, parece-me, em seu próprio interesse e no desses miseráveis, se procurasse conservá-los, submetendo-os a uma reforma, exigindo deles, por ex., um pequeno trabalho ou uma pequena retribuição, reservando-se o direito de expulsar a aqueles que não cumprissem as condições estabelecidas.

22 Não é "flor de queresima", como foi escrito. Sob o nome de *flor-de-quaresma* compreende-se várias plantas, diz Martius, *Rhexia princeps, holosericea, grandiflora* e outras espécies *(Reis.* I, 555).

* Na verdade as quaresmeiras são plantas do gênero *Tibouchina,* das Melastomatáceas (M.G.F.).

123

O rancho sob o qual dormi em Marcos da Costa era ainda mais imundo que o em que me detive nas vésperas e passei péssima noite, ocupado em defender minhas coisas contra os cães e os porcos.

Após pôr-me a caminho, subi durante algum tempo, atravessando florestas virgens da mais bela vegetação e cheguei ao pé de uma montanha inacessível que, mais alta que todas as outras, apresenta a forma aproximada de um pão de açúcar e cuja vegetação magra e rasteira contrasta com as matas vigorosas dos montes vizinhos. Todos esses montes ligam-se à serra da Viúva e à dos Órgãos, fazendo parte da grande cadeia marítima (Serra do Mar), mas são designados pelo nome particular de Serra da Boa Vista.

Chegado à parte mais alta dessa cadeia parcial, reconheci que seu nome era justo. Por entre os troncos das árvores avistei um trecho da Baía do Rio de Janeiro e algumas das ilhas nela existentes; mas, essa vista nada era em relação à que eu ia admirar.

Comecei a descer, e logo o mais majestoso espetáculo se ofereceu aos meus olhos. Ao redor de mim altas montanhas, cobertas de espessas florestas, dispunham-se em semicírculo. Abaixo da cadeia minha vista mergulhava-se numa imensa extensão de colinas onde as matas são entremeadas de plantações; à esquerda avistei quase toda a Baía do Rio de Janeiro e uma parte das ilhas; enfim, à entrada da baía via a montanha pitoresca chamada Pão de Açúcar e, apesar de não poder distinguir a cidade reconhecia sem dificuldade o ponto onde se acha situada. O céu mais brilhante e os efeitos de luz mais variados aumentavam a beleza dessa vista imensa. Não pude, confesso, contemplá-la sem profunda emoção. Após tão longa viagem, tantas canseiras e privações, revia o porto onde um dia eu devia embarcar para França; as duas mil léguas que me separavam da pátria podiam ser transpostas em menos tempo que o que empreguei em percorrer a Província de Minas, e, se me decidisse a prolongar meu exílio, iria ao menos ter prazer indizível de receber notícias de minha família e de minha pátria.

A descida da serra é íngreme, pedregosa e difícil. Antes de chegar ao pé da montanha ouve-se o ruído de um regato que corre entre pedras. É o Rio Pilar, que irriga a planície que eu ia atravessar e que toma seu nome da aldeia a que me dirigia. Esse pequeno rio é o último dos afluentes do Iguaçu, que, como já disse em outro lugar, lança-se na Baía do Rio de Janeiro.[23]

Logo que se desce a cadeia marítima o aspecto da região muda de caráter. Deixando-se atrás as montanhas percorridas, outras que se ligam a aquelas aparecem e, por uma singular ilusão de ótica, o conjunto parece fechar inteiramente o plano aonde corre o Rio Pilar. Os prados pantanosos que margeam esse rio apresentam a mais fresca verdura; não se vê um detrito sequer de erva seca, uma folha amarelando, e, em parte nenhuma a vista é entristecida

---

23 Segundo informações que sem dúvida obteve no Rio de Janeiro o sábio e navegador Freycinet disse (*Voyage Ur. hist.*, pág. 79) que o Rio do Pilar chama-se também Marahy. Cazal fala ao mesmo tempo (*Corog. Bras.* II, 13 e 14) do Marahy e do Pilar, deixando em dúvidas esse ponto da topografia. Uma descrição do Rio de Janeiro inserta no precioso livro intitulado: *Nouvelles Annales des Voyages* (Tome IV de 1830) indica igualmente o Marahy e o Pilar; mas o autor dessa descrição baseia-se em Luccock e Cazal, sem tratar de conciliar seus estudos, e, traduzindo o que diz este último a respeito do Marahy deixa patente não ter compreendido o assunto. Quanto a Pizarro, ele não fala do Rio Marahy, no texto de seu capítulo sobre a paróquia do Pilar, mas, cita em uma nota (*Mem. Hist.*, II, 122) uma espécie de ata do ano de 1697 onde se diz que, nesse ano, foi abençoada a paróquia de N. S.ª do Pilar, distrito de *Guagassu*, *Morabahy* e *Jaguaré*. O *Guagassu* é evidentemente o Iguaçu de hoje e o *Jaguaré*, não pode deixar de ser o *Iguaré* de Cazal (*Corog.* II, 13); ora, como não há dúvida que o Pilar é o rio mais notável do lugar (parece-me), é de crer que esse nome não fosse conhecido em 1697 e que tenha sido tomado da paróquia em substituição ao antigo nome que devia ter sido Morabahy; o que confirma inteiramente a asserção do Sr. Freycinet. Assim o nome de *Rio da Estrela* fará provavelmente desaparecer pouco a pouco o antigo nome de *Rio de Inhumirim* dado a um dos rios mais notáveis de quantos se lançam na Baía do Rio de Janeiro. Lamento vivamente não ter posto em execução a idéia de fazer uma viagem pela Baía do Rio de Janeiro. Uma topografia completa dessa baía e seus contornos seria uma obra extremamente interessante e recomendável aos homens dignos da região. Será hoje menos difícil de realizar essa obra, porquanto Pizarro já, sob diversos aspectos, lançou os fundamentos em suas excelentes memórias.

por esses fetos que, na Província de Minas, substituem as florestas. Por todos os lados vegetação a mais brilhante, luxuriante e vigorosa que se pode imaginar e de que se procurará inutilmente fazer uma idéia, desde que se não tenha saído da Europa.

No dia em que desci a cordilheira parei no lugar chamado Taquaraçu, onde existem algumas casas, uma venda e um rancho para os viajantes.

Para além de Taquaraçu a planície, de que eu já havia atravessado o começo, alarga-se de modo sensível, e as altas Serras dos Órgãos, da Estrela e da Boa Vista, não parecem mais formar senão um semicírculo ao redor dela. Essa planície estende-se até ao mar, em um espaço de algumas léguas; o pequeno Rio do Pilar aí serpenteia e, como é navegável às canoas é muito útil aos agricultores no transporte de seus produtos.

O terreno baixo, e em alguns lugares, pantanoso, produz de todos os lados gramíneas aquáticas e altas Ciperáceas. Nos lugares secos o solo apresenta uma mistura de areia fina e de terra parda onde a mandioca desenvolve-se bem, enquanto que lugares mais úmidos produzem arroz em abundância. Por toda a parte a vegetação continua a ser vigorosa e a verdura de extrema frescura. Choupanas, vendas e algumas habitações acham-se dispersas no campo, tornando-o mais risonho. Mas, não estando mais nas montanhas, embora admirando a beleza da paisagem, tinha que me queixar do calor excessivo.

Após haver feito três léguas depois de Taquaraçu, cheguei enfim à aldeia do Pilar ou N. S.ª do Pilar de Iguaçu, cabeça de uma paróquia cuja fundação remonta ao ano de 1697 e que confina com as de Iguaçú, S. Antônio de Jacutinga,[24] de N. S.ª da Conceição do Alferes, de N. S.ª da Piedade de Anhumirim ou Inhumirim, a que pertence o porto da Estrela[25] de que já falei páginas atrás.

A aldeia do Pilar possui uma rua que termina na igreja; mas vêem-se belas casas e lojas bem sortidas. Uma pequena parte das caravanas que vêm de Minas Gerais pára em Pilar, aí deixando algum dinheiro. A região vizinha produz açúcar, legumes, arroz, farinha de mandioca e café, produtos esses que são exportados para o Rio de Janeiro através dos pequenos rios da Mantiqueira, Bananal, Saracuruna e Pilar.[26] Há na paróquia do Pilar olarias cujos produtos são também objeto de exportação.[27]

Deixei meus animais em Pilar e embarquei com minhas coleções, e, após uma viagem de 15 meses, tive enfim a felicidade de rever o Rio de Janeiro (17 de março de 1818); essa cidade, cuja posição será sempre para o estrangeiro objeto da mais viva admiração, e cujo porto, para me valer das expressões do sábio e sensato Southey, é um dos mais vastos, dos mais cômodos e dos mais belos do mundo.[28]

---

24 Vide também *Viagem pelas Províncias do Rio de Janeiro e Minas Gerais*.
25 Piz. *Mem. Hist.*, vol. II, págs. 122, 123, 124 e 127.
26 Cazal e Freycinet dizem que existe um canal que liga o Rio Pilar ao Rio Inhumirim ou Rio da Estrela.
27 Piz. *Mem. Hist.*, II, 129.
28 The position of the city mideway between Europe and Índia, and with Africa opposite, is the best that could be desidered for general commerce; the harbour, one of the most capacious, commodious and beautiful of the world... Local revolutions have deprived Alexandria and Constantinople of that commercial importance which their situation formerly assured to them and which lutered into the views of their great founders. But the whole civilized world may be rebarbarized, before Rio de Janeiro can cease to be one at the most important positions upon the world (*Hist. of Braz.*, III, 814).

CAPÍTULO XIII

O AUTOR DEIXA O RIO DE JANEIRO PARA VISITAR O LITORAL QUE SE ESTENDE AO NORTE DESSA CIDADE. DESCRIÇÃO DA REGIÃO SITUADA ENTRE A CAPITAL DO PAÍS E O LUGAR CHAMADO CABEÇU

Estada do Autor no Rio de Janeiro. O Autor põe-se a caminho do litoral-norte da Capital do Brasil. Idéia geral do caminho que se segue nessa costa. Passagem da baía do Rio de Janeiro. A cidade de Praia Grande. Aldeia de S. Gonçalo. Comparação da população dos arredores do Rio de Janeiro com a de Minas. Cultura. O Rio Guaxindiba e a região vizinha. O distrito de Cabeçu. Modo de conduzir as bestas. Abrigos que os viajantes encontram no litoral. Descrição das vendas dos arredores do Rio de Janeiro. Pastagens fechadas.

Chegado ao Rio de Janeiro passei algum tempo a pôr em ordem minhas coleções; limpei os insetos que havia trazido de Minas Gerais; troquei o papel de minhas plantas secas; remeti para a França três caixas de objetos de história natural e endere

cei aos professores do Museu de Paris uma "Segunda memória sobre os vegetais aos quais se atribui uma placenta central livre".[1] Fazia também pequenas herborizações nos arredores da cidade; mas, nunca dei à flora da capital do Brasil, estudada por um grande número de pessoas, a mesma atenção que à do interior.

A sociedade que freqüentava no Rio de Janeiro reconfortava-me amplamente da solidão na qual vivi, quando percorri a Província de Minas. A casa do generoso João Rodrigues Pereira de Almeida estava-me aberta e eu podia verdadeiramente considerá-la como se fosse minha. Após haver passado o dia ocupado em meus trabalhos, ia distrair-me em casa de amáveis franceses, os Srs. Maller, encarregado dos negócios de França, De Gestas, depois Cônsul Geral, o falecido Sr. Escragnolles, que governou a Província do Maranhão por designação do Imperador do Brasil. Tive também o prazer de me entreter freqüentemente a cerca de meus estudos favoritos com o meu amigo Frei Leandro do Sacramento, professor de Botânica, e com vários estrangeiros, distintos igualmente por suas amabilidades, e por seus conhecimentos; Sr. d'Olfers, encarregado dos negócios da Prússia; Sr. Prof. Mikan, o Dr. Pohl e o infortunado e respeitável Raddi que, após ter sido vítima das injustiças de que sofre freqüentemente o viajante naturalista no regresso à sua pátria, exilou-se uma segunda vez e terminou seus dias em uma terra longínqua.

Mas, qualquer que fosse a atração exercida sobre mim nessa estada no Rio de Janeiro,[2] a vegetação luxuriante de suas florestas e as belezas de seus arredores, não tardei em pensar em distanciar-me dessa cidade. Não queria

---

1 Minha "Primeira memória sobre as plantas às quais se atribui uma placenta central livre", foi inserta no vol. II das *Memórias do Museu;* a segunda faz parte do vol. IV (pág. 381). Nesta última memória lanço um golpe de vista sobre a família das Santaláceas; mostro que as Mirsináceas devem, na série linear, preceder imediatamente as Primuláceas; enfim indico os desenvolvimentos sucessivos do embrião da *Avicennia* e provo que a semente dessa planta não é, como pensam muitos, desprovido de tegumento.

2 Lamento não poder enumerar todas as pessoas que, durante minhas diversas estadas no Rio de Janeiro, me prestaram serviços e foram bondosas para comigo. Que meus amigos Srs. Bourdon et Fry achem entretanto aqui um sinal de lembrança e uma ligeira homenagem de reconhecimento.

entretanto empreender uma longa viagem sem receber notícias da França; havia escrito à minha família e aguardava resposta. Para não ficar à-toa durante esse intervalo, resolvi consagrar alguns meses a visitar o litoral que se estende ao norte da capital do Brasil. Em vez de prolongar minha estada na América eu devia ter voltado logo para a Europa. Todo o material que eu havia recolhido até esse momento podia ter sido publicado e eu teria evitado muitos sofrimentos. Regressei, é verdade, com coleções mais consideráveis; fui obrigado durante muitos anos a atrasar os trabalhos e a maior parte do material, que, me custou tantos sacrifícios e fadigas, se inutilizará.

Decidido a fazer uma viagem pelo litoral escrevi aos meus amigos do interior rogando-lhes enviar-me um tropeiro; esperei as respostas durante muito tempo; tive grandes contrariedades, como acontece sempre neste país no meio dos preparativos de uma viagem por terra; mas, enfim, consegui organizar minha caravana. Ela se compunha de um número de animais de carga suficiente para transportar minha bagagem e minhas coleções, meu doméstico francês, o índio Firmiano, um tropeiro chamado José, que me foi enviado de Ubá e do negro Zamore, que um negociante francês estabelecido no Rio de Janeiro me havia pedido para levar comigo a fim de habituá-lo às viagens e ao serviço dos animais.

Grandes estradas ligam a capital do Brasil a Minas e a S. Paulo; mas, à época de minha viagem não existia nenhum caminho entre o Rio de Janeiro e as Províncias do norte. À chegada de D. João VI ao Brasil, foi dada ordem de se construir uma grande estrada da Bahia ao Rio de Janeiro; ela foi começada, mas logo abandonada porque as câmaras das cidades por onde passasse deviam fazer despesas e elas têm pouca receita. Era então quase sempre por mar que se ia de um porto a outro; caravanas regulares nunca percorriam a costa, sendo pouco conhecido o trabalho com animais de carga. Quando por acaso se desejava viajar por terra do Rio de Janeiro ao norte do Brasil, seguia-se até as lagoas de Saquarema e Araruama, por um desses caminhos que mantêm comunicação entre a capital e as fazendas das vizinhanças; contornavam-se em seguida as duas lagoas, e, excetuados pequenos trechos, não se fazia outra cousa, até ao Rio Doce, que caminhar sobre uma praia arenosa, batida pelas vagas.

Parti do Rio de Janeiro a 18-8-818, às duas horas da tarde. Como a cidade fica na parte ocidental da baía, e como desta a Cabo Frio a costa do Brasil segue a direção de oeste a leste, para depois subir pouco a pouco de sul a norte, é claro que, querendo eu seguir essa direção, era necessário contornar a baía ou atravessá-la. Tomei esta última providência e fui ter ao lugar chamado Praia de D. Manuel, que se acha à extremidade da cidade.

Tinha previamente obtido vários barcos para transportar meus animais de carga. Essa operação, que teria sido extremamente fácil, se existisse uma ponte apropriada, essa operação, repito, foi muito demorada. Era preciso forçar os animais a entrar na água; inclinar, com grande esforço, as pequenas embarcações e aí colocar as patas dianteiras das pobres bestas com risco de quebrar-lhes as pernas, e enfim dar-lhes muitas chicotadas para fazê-las saltar nos barcos.[3] Estes são pequenos mas bonitos; são cuidadosamente pintados e um toldo neles existente protege os passageiros dos ardores do sol.

Navegando a remo e a vela, distanciamo-nos logo do porto, e uma vista magnífica ofereceu-se aos meus olhos. Avistava uma parte da cidade, domi-

---

3 Parece que o Príncipe de Neuwied passou pelas mesmas dificuldades quando embarcou em S. Cristóvão para atravessar a baía (V. *Voyages Brés.*, trad. Eyr. II, 52).

nada pelo hospital militar, vasto edifício que se eleva ao alto de uma colina. Num plano mais distanciado o horizonte era limitado pelas montanhas da Tijuca e do Corcovado, cujas formas bizarras e variadas produzem o mais pitoresco efeito. Ao fundo da baía a Serra dos Órgãos aparecia por intervalos, através de espessa cerração. Do lado oposto, e mais perto de nós, via o Pão-de-Açucar, sentinela da entrada da baía, onde navegavam, ao longe, alguns navios.

Ao fim de uma hora de viagem tínhamos atravessado a baía e chegávamos à Praia Grande, situada ao fundo de pequena enseada.[4] Nessa ocasião o lugar não passava de uma aldeia, e, durante muito tempo não teve outra designação; mas, em 1819 acharam de bom aviso torná-la em cidade, dando-lhe um "juiz-de-fora", cuja jurisdição se estende às paróquias de S. João de Cariri, de Itapuí, S. Lourenço, S. Gonçalo e mesmo sobre o território de Maricá.[5] Uma rua muito larga mas pouco extensa atravessa Praia Grande, perpendicularmente ao mar; mas se essa cidade é pouco extensa é, em compensação, muito movimentada; barcos aí chegam e saem incessantemente; as casas, na maioria das quais vêem-se *vendas* ou lojas, são limpas e muito bonitas.

Entre Praia Grande e Cabo Frio estende-se paralelamente ao litoral uma longa série de lagunas que embelezam a região e contribuem para dar alguma abastança aos habitantes, oferecendo-lhes abundante pesca. Essas lagunas são as de Piratininga, situada a $\frac{3}{4}$ de légua da entrada da baía e com $\frac{3}{4}$ de légua de comprimento; a de Itapuí; a Lagoa de Maricá, de 2 a 3 léguas de comprimento e que em certas épocas se comunica com o mar e é tida como muito piscosa; a Lagoa de Corurupina, cujas águas têm comunicação com as de Maricá; a Lagoa Brava, de menos de $\frac{1}{2}$ légua de comprimento; a Lagoa Jacuné;[6] enfim as mais importantes, de Saquarema e Araruama.

Como o caminho pelo qual passei, faz uma grande volta, seguindo para S. Gonçalo ao invés de seguir paralelamente à costa, margeando na direção de S. a N. a Baía do Rio de Janeiro, voltando em seguida para sudeste, em linha oblíqua visando o Lago de Saquarema, somente vi este lago e o de Araruama, deixando à minha direita todos os que precedem e de que falei linhas atrás.[7]

Não me detive em Praia Grande; fui pernoitar em uma casa de campo distante cerca de $\frac{1}{4}$ de légua, pertencente a um francês. O caminho que tomei, paralelo ao mar, segue por um areal quase puro, cuja brancura contrasta com a verdura fresca dos grupos de arbustos esparsos aqui e acolá. Entre estes notei um grande número de pitangueiras, pequena Mirtácea, então carregada

---

4 Se se pode acreditar no Sr. Luccock, um belo eco se faz ouvir no meio da enseada de Praia Grande, quando se atira de canhão no Rio de Janeiro (*Notes on Braz.*, 262).

5 Piz. *Mem. Hist.*, III, 187, 188.

6 Piz. *Mem. Hist.*, VII, 122 e II, 174. — Pizarro grafava ora *Itapuyg* ora *Itaipuyg;* Cazal *Itaipú* e o Sr. Freycinet *Taipú*. Pela etimologia indígena *Itapyg* deve ser preferida, porque *yg* significa água e *ytapú* é uma palavra guarani bem conhecida que quer dizer o som de um sino (água cujo ruído imita o som de um sino). — *Cururupina*, que se acha em Pizarro, Cazal e Luccock, é indubitavelmente mais exata que *Curucupina*, como escreveu um francês competente; com efeito *cururú* na língua geral significa sapo e Luccock pensa que o vocábulo *cururupina* foi dado à lagoa por causa de um animal singular aí existente e semelhante a um sapo (provavelmente algum peixe). — *Piratininga* que se encontra em Cazal e Pizarro, e que vem das palavras guaranis *pirá tini*, peixe seco, é também provavelmente mais correto que *Petininga* indicada em um dos mais interessantes livros de viagem ultimamente saído.

7 Itinerário aproximado de Praia Grande ao lago de Saquarema:

De Praia Grande a S. Gonçalo (aldeia)	3	léguas;
às margens do Guaxindiba	1	"
a Cabeçu	3	"
" Fazenda do Padre Manoel	2½	"
" Venda da Mata	4½	"
às margens do lago de Saquarema	4½	"

Obs.: A estrada que segui não é a única que conduz de Praia Grande ao lago de Saquarema. Pode-se por ex., evitar passar por S. Gonçalo; pode-se também passar pela pequena Vila de Maricá.

de flores, que vegeta à beira-mar nos terrenos arenosos e que produz uma baga vermelha, monosperma, cheia de gomos, de gosto muito agradável.[8] O terreno perfeitamente plano, que o caminho atravessa, tem pouca largura e é limitado por morros revestidos de matas pouco densas. É de crer-se que em uma época pouco distante esse terreno fosse coberto pelas águas do mar e que estas se estendessem até ao pé das montanhas.

Dificilmente se encontrará uma situação mais bonita que a da casa de campo onde parei logo após ter deixado Praia Grande. Essa casa foi construída à beira de uma enseada, abaixo de uma capela dedicada a Santana. Várias ilhas ornadas de bela verdura fecham a entrada da enseada; não se pode perceber o canal existente entre elas e a terra firme, assemelhando-se a um lago de pequena extensão. À direita da casa fica a colina onde está a capela e, por cima das ilhas, avistam-se, ao longe, as montanhas da Tijuca e do Corcovado.

As águas do mar banham ligeiramente o terreno que atravessei ao deixar a casa de que acabo de descrever a posição; esse terreno é coberto de pequenos mangues e nele se vê uma quantidade considerável de caranguejos, fazendo buracos no barro.

O caminho logo se distancia da praia e, à direita e à esquerda, o solo chato que ele percorre é limitado a uma distância muito grande, por morros. Aqui nada faz lembrar a austeridade das solidões de Minas Gerais. Como na Europa, a vegetação primitiva desapareceu e tudo indica a presença do homem, seus trabalhos e a vizinhança de uma grande capital. De todos os lados a região é cortada por estradas e a gente encontra sempre negros conduzindo para Praia Grande ou outros pequenos portos, tropas de bestas carregadas de mantimentos. Não há um campo nem uma plantação que não seja limitada por uma cerca alta; e essas sebes são feitas, na maioria, com a encantadora *Mimosa* conhecida no Rio de Janeiro pelo nome de *espinho; mimosa* cuja verdura lembra a do nosso pilriteiro à entrada da primavera, mas cujo porte e folhagem são muito mais elegantes. De pequenas em pequenas distâncias avistam-se choupanas e casas de campo que, construídas com certo cuidado, produzem na paisagem um efeito pitoresco. As estradas são dotadas de numerosas *vendas,* onde o escravo, bebendo aguardente de cana, vai, longe dos olhos do dono, procurar distração e esquecer sua miserável condição. Um céu brilhante embeleza o campo; este não apresenta nem a monotonia das planícies nem o aspecto sombrio das regiões montanhosas, e por toda parte se encontra movimento e vida.

Nos arredores de Praia Grande vê-se um grande número de plantações de laranjeiras. O terreno quente e arenoso dessa zona convém perfeitamente a esses vegetais, que estavam na ocasião cobertos de frutos, dos quais saboreei deliciosos, da espécie chamada *seleta.*

Vi também, nessa mesma zona, alguns campos de mandioca e muita hortaliça, tal como couves, feijões e melancias. Todo mundo sabe que as horta-

---

8 À época de Piso e Marcgraff, a pitangueira chamava-se, em Pernambuco, *ibipitanga,* nome que vem evidentemente das palavras da língua geral *yby:* terra e *mitanga* ou *pitanga:* menino (menino da terra). Com o tempo os portugueses abreviaram a palavra e deram-lhe uma terminação de acordo com sua língua, conservando o vocábulo pitanga para o fruto da *pitangueira.* A sinonímia dessa planta foi muito confundida pelos botânicos, como a da maioria das espécies comuns; mas é evidente que se deve dar à pitangueira o nome de *Eugenia Michelli* de Lamarck, nome que o Sr. De Candole consagrou em seu *Prodromus;* e acredito mais, com este último autor, que *Myrtus brasiliana* e *Plinia rubra* de Linneu (Pai); assim como *Plinia pedunculata* de Linneu (Filho) não são outra cousa que *Eugenia michelli,* isto é — pitangueira. Os sábios Martius e Spix ligam esse arbusto a um *Myrtus pedunculata* que atribuem a Linneu; mas não encontrei *M. pedunculata* entre as espécies descritas pelo ilustre sueco. Em uma bela descrição tentaram pintar as belezas da noite nos arredores do Rio de Janeiro, dizendo que se o vento sopra as flores das pitangueiras caem e cobrem a terra como uma neve perfumada. Parece-me que as flores da pitangueira são muito pequenas e pouco numerosas para produzirem semelhante efeito. Talvez fosse de bom aviso que viajantes deixassem aos romancistas essas tiradas poéticas, feitas à custa de observações inexatas.

* A palavra pitanga, segundo Plínio Ayrosa, significa vermelho. Assim, o pau-brasil foi chamado ybirá-pitanga, e os franceses, então usaram arabutá, uma corruptela (M.G.F.).

liças dão bem nas terras arenosas e é à sua cultura, favorecida ainda pela vizinhança da Capital, que os habitantes de Praia Grande mais se dedicam.

Os lavradores que não vão, eles próprios, vender seus produtos na cidade, os enviam aos pequenos portos, muito numerosos, situados à margem da baía. Nesses portos há um armazem, cujo proprietário recebe os produtos dos colonos; todas as noites esse homem faz seguir uma barca para a cidade; a barca chega cedo à praia de D. Manuel, onde existe um mercado, e os produtos aí são vendidos, mediante pequena retribuição, por conta do lavrador.

A cerca de três léguas de Praia Grande, passei pelo Arraial de S. Gonçalo.[9] As duas linhas de colinas, de que já falei, se estendem à direita e à esquerda. Esse arraial apresenta uma larga rua, no centro da qual fica a igreja, isolada como o são geralmente os templos; nessa rua vêm-se muitas *vendas* e lojas bem sortidas.[10]

São Gonçalo é cabeça de uma paróquia criada em 1645 e que tinha então o nome de Igreja de Guaxindiba. Essa paróquia depende, como disse, da justiça de Praia Grande. Ela compreende 12 pequenas ilhas e é limitada ao norte pelas paróquias de N. S.ª do Desterro de Itambi e a de Bom Jesus de Paquetá; a nordeste pela de S. João Batista de Itaboraí; a leste pela de Maricá; ao sul pela de S. João de Cariri; a oeste e a noroeste pelas águas da baía. Numerosas capelas estão disseminadas pelo território dessa paróquia, mas apenas citarei uma, a de N. S.ª da Luz, notável por sua antiguidade, porquanto foi fundada por um dos colonos que acompanharam o Governador *Mem de Sá*, quando este veio, em 1560, fundar um estabelecimento na Baía do Rio de Janeiro.[11] Enquanto que em Minas há paróquias de 80 a 100 léguas de comprimento com apenas 11.000 habitantes,[12] na de S. Gonçalo, com um diâmetro que não vai além de 5 a 6 léguas,[13] contavam-se em 1820, 7.000 adultos, 790 fogos, 26 engenhos de açúcar, 5 distilarias de aguardente e 7 olarias.[14] A comparação que acabo de fazer aqui prova como os arredores da Capital são mais populosos que a Província de Minas; mas, logo que se penetra nas partes setentrionais da Província do Rio de Janeiro, acha-se que é tão deserta quanto o interior do Brasil.

À medida que se distancia da Capital ou dos portos que para ela conduzem, as pequenas culturas devem naturalmente diminuir, e, demais, além de S. Gonçalo as terras tornam-se melhores; ali comecei a ver algumas plantações de cana e, disseram-me que há muitas outras nas vizinhanças.[15] Garantiram-me também que, nos terrenos mais adequados, a cana dura algumas vezes 12 anos e mesmo mais; o que prova como essa região quente, baixa e úmida é mais favorável à cultura dessa gramínea que as regiões elevadas do interior de Minas Gerais. Também se cultiva o café nos arredores de S. Gonçalo; para plantá-lo são escolhidos os lugares mais sombrios, e ele produz bem, disseram-me, do outro lado das colinas que limitam a estrada. O milho, que tive ocasião de ver,

---

9 Erradamente escreveram *S. Gonzales* na Inglaterra e *S. Gonzalvez* na Alemanha.

10 Luccock louva muito a hospitalidade dos habitantes de S. Gonçalo. A acreditar-se nele, a maioria desses habitantes é proveniente de Açores.

11 Piz. *Mem. Hist.*, III, págs. 19, 21.

12 Pode-se recorrer ao que escrevi em *Viagem pelas Provincias do Rio de Janeiro e Minas Gerais*, pág. 329, sobre a paróquia de Morrinhos e, mesmo considerando somente os adultos no número que aqui relembro, haverá uma grande diferença entre a população desta paróquia e a da paróquia de S. Gonçalo.

13 O que Pizarro disse sobre a extensão da paróquia de S. Gonçalo é infelizmente muito obscuro; entretanto penso que não pode haver erro muito sensível nas indicações que aqui dou, segundo esse Autor.

14 Piz. *Mem. Hist.*, III, págs. 21, 23.

15 A história da introdução da cana-de-açúcar na Província do Rio de Janeiro deu lugar aos mais singulares erros. Assim um compilador moderno escreveu que "a cana-de-açúcar havia sido plantada nessa província pelo governador *Mendasa* após os *desastres de S. Domingue*". Martim Afonso de Sousa, fundador da capitania de S. Vicente foi quem primeiro, aí pelo ano de 1531, fez conhecer a cana-de-açúcar no Brasil; ela foi introduzida no território do Rio de Janeiro ao tempo de Mem de Sá (e não *Mendasa*) que havia sido nomeado governador geral da América portuguesa no ano de 1557, isto é, mais de duzentos anos antes dos desastres de S. Domingos; e, enfim, em 1674, mais de cem anos antes desses mesmos desastres, havia já cento e nove engenhos de açúcar no território do Rio de Janeiro.

era pequeno e raquítico; suponho que a terra não é aqui bastante rica para essa plan'a; mas há uma vantagem que não se tem na Província de Minas; pode-se fazer duas colheitas do "trigo da Turquia" por ano. Este cereal necessita de umidade para se desenvolver, motivo pelo qual somente uma vez se pode colher suas sementes nos lugares onde há uma longa estação seca; e isso não se dá nas regiões planas e pouco elevadas, vizinhas do Rio de Janeiro, pois que, sob um clima muito quente, uma alternativa contínua de bom tempo e de chuvas deve necessariamente manter a vegetação em constante atividade. Aqui, por conseguinte, pode-se semear o milho no mês de agosto para colhê-lo em janeiro; durante este último mês fazem-se novas semeaduras para colher em junho. Nesta zona não vi, absolutamente, aquele grande feto que em Minas se assenhoreia de vastos terrenos; encontram-se pés isolados de capim-gordura (*Melinis minutiflora*); mas não vi pastagens inteiramente formadas por essa gramínea;[16] asseguraram-me que em muitos lugares a terra não tinha necessidade de repouso. A vegetação natural pareceu-me ser absolutamente a mesma das partes baixas dos arredores do Rio de Janeiro.

A uma légua do Arraial de S. Gonçalo, parei em uma *venda* construída próximo do Rio Guaxindiba,[17] chamado também Rio de Alcântara, um dos numerosos afluentes da Baía do Rio de Janeiro. Esse rio tem pouca largura e seu curso é de menos de 3 léguas. Dizem que é muito piscoso e que os caranguejos que por ele sobem tornam-se maiores que os que permanecem nas águas do mar.

Entre o Guaxindiba e o Cabeçu, que fica a 3 léguas, a região é ondulada, e, à direita, bem como à esquerda, vêem-se ainda colinas. Quanto ao caminho, propriamente dito, é plano, largo, bonito e continua a ser perfeitamente uniforme em um espaço de cerca de 10 léguas, até à Venda da Mata. O campo, alegre e animado por todos os lados, apresenta uma alternativa de tufos de árvores, pastagens, terrenos cultivados e principalmente plantações de cana-de-açúcar. É evidente que esta região foi, outrora, coberta de matas virgens, mas atualmente não se vê nenhum resto delas; as terras que se não acham cultivadas foram entretanto devastadas um dia, e reconhece-se pelo pouco vigor das maiores árvores, que elas substituem a outras. Não somente o caminho é por toda a parte dotado de *vendas;* não somente choupanas e casas maiores são esparsas aqui e acolá; mas ainda nas três léguas que fiz para ir de Guaxindiba a Cabeçu, vi três importantes engenhos de açúcar, um a pouca distância de Guaxindiba, e que tem esse nome; outro chamado Mestre de Campo e o terceiro pouco distante de Cabeçu. Demais não é para se admirar seja esta região tão povoada, pois que é vizinha da capital do Império e começou a ser habitada por europeus há quase três séculos.

A zona de Cabeçu produz não somente açúcar, mas ainda café, mandioca, arroz, feijão e mesmo um pouco de algodão. Entretanto, apesar da região ser muito cultivada os víveres são aí tão caros quanto na cidade, porquanto esta fica próximo e os cultivadores têm grande facilidade em transportar os produtos de suas terras. Assim, ao tempo de minha viagem, uma galinha se

---

16 Vide o que escrevi a respeito do capim gordura, em *Viagem pelas Províncias do Rio de Janeiro e Minas Gerais.*

17 A ortografia que sigo aqui, e que é igualmente a empregada por Cazal, parece mais em conformidade com a pronúncia usada na região; entretanto encontra-se em outros autores *Guaxindiba, Guaxandiba, Guazintiba* e *Guajintibó.* As palavras *Guazintiba* e *Guajintibó* não são exatas. Quanto a *Guaxandiba,* que foi adotada por Pizarro, é possivelmente a mais antiga alteração das palavras primitivas, porque *Guaxandiba,* de onde veio *Guaxindiba,* parece-me originar das palavras guaranis *gua chá,* meninas, e *tiba,* reunião (reunião de meninas). Há também na Província de Porto Seguro um Rio *Guaxindiba;* enfim um lugar chamado *Guaxindiba* ou *Guaxindaba* acha-se freqüentemente indicado na história da guerra que os portugueses sustentaram nos começos do século XVII contra os franceses estabelecidos no Maranhão.

vendia por duas patacas (4 fr.); o toucinho valia 120 réis a libra (75 cents.) e os ovos 1 fr. a dúzia.[18]

Entre Guaxindiba e Cabeçu vi um grande número de tropas que vinham da cidade de Maricá,[19] de Saquarema e de outras aldeias distantes algumas léguas e que iam levar os diversos produtos da região a Praia Grande ou aos portos vizinhos. Far-se-á uma idéia bem falsa se se lhes aplicar o que eu já disse a respeito das caravanas, tão bem organizadas, que são o veículo do comércio de Minas. Como as distâncias aqui são muito pequenas os animais empregados são de preferência os menores e os mais fracos. Quando se quer usá-los lança-se sobre seu lombo um pedaço de pano e por cima uma albarda grosseira à qual dependuram, à direita e à esquerda, sacos de couro cru contendo os mantimentos que enviam à cidade. Os negros condutores de animais não possuem nenhuma idéia sobre o modo de tratá-los, e, freqüentemente vêem-se esses pobres animais galopar com seus sacos batendo-lhes nos flancos.

No lugar chamado Cabeçu,[20] como nas margens do Guaxindiba, foi em uma *venda* que pernoitei. Entre o Rio de Janeiro e a embocadura do Rio Doce, como no sul do Brasil entre Guaratuba e Laguna e provavelmente em todo o litoral, nunca se viaja em caravana; é por mar que as comunicações se estabelecem e que se faz o transporte das mercadorias; por conseguinte não se encontram em parte nenhuma esses pavilhões chamados *ranchos,* tão comuns na estrada de Minas Gerais à Capital, e que servem de abrigo aos tropeiros e às suas bagagens. O reduzido número de viajantes isolados que, de longe em longe, percorrem a costa, param nas *vendas* e nas habitações situadas a alguma distância da estrada.

As *vendas* dos arredores do Rio de Janeiro diferem pouco das tavernas da Província de Minas; entretanto são mais limpas e melhor cuidadas. Contudo as lojas não têm teto; garrafas de aguardente de cana (cachaça) são arrumadas em prateleiras ao redor do salão; grandes caixas contêm farinha e milho; aqui e ali são colocados, desordenadamente, o toucinho e outros comestíveis; enfim um grande balcão paralelo à porta, se estende de uma parede a outra e serve de mesa aos bebedores de cachaça, que ficam sempre em pé. As *vendas* em que pernoitei em Cabeçu, na fazenda do padre Manuel e na Mata e quase todas que vi em grande número entre este último lugar e Praia Grande têm um telheiro que se projeta além das paredes da casa, para formar uma espécie de galeria (varanda). Do lado, na largura da galeria, acha-se um pequeno cômodo sem janelas, abrindo para a varanda, muito estreito e sem nenhuma comunicação com o interior da casa; é nesse lugar obscuro que se aloja o viajante.

18 É preciso não esquecer que à época em que falo, tudo se vendia ainda em prata.

19 Maricá vem evidentemente da palavra indígena *mbaracá* ou *maracá* que significa uma bolsa cheia de sementes. Os antigos índios empregavam essas bolsas como instrumentos de música; e, segundo o padre Antônio Ruiz de Montoya (*Tes. leng guar.* 212 bis), eles terminaram por chamar todos os instrumentos *mbaracá*. O fruto da *passiflora*, oco e cheio de sementes chamava-se também *maracá*, donde vem certamente a palavra *maracujá*, nome que esse fruto tem ainda entre os brasileiros-portugueses e que, mutilado sem dúvida por Pison e Marcgraff, tornou-se para os botânicos o de um gênero das Passifloráceas — *Murucuia*. Os maracás eram para os Tupinambás uma espécie de fetiche. Um escritor inglês, que relata vários desses fatos, mas de modo diferente, parece levado a crer que foi da palavra *maricá* que derivou América, e que Vespúcio tomou o nome de *Américo* como Scipião o de *Africano*. Uma tal opinião, expressa aliás com dúvidas, é muito fantasiosa para merecer qualquer exame.

20 Adotando essa grafia, atendo à pronúncia usada na região; mas devo dizer que Pizarro escreveu ora *Cabaçu*, ora *Cabeçu*. Esse Autor aplica esses nomes ao pequeno rio, que sem dúvida emprestou-os ao distrito em que corre. Luccock, que percorreu o mesmo distrito, chama-o erradamente *Cabezú* e *Cabasú;* é mais exato quando diz que essas palavras significam, na língua dos índios, florestas de grandes árvores ou cabaça. Essas duas etimologias podem ser igualmente verdadeiras; porque *cabaçu* na língua geral quer dizer *cabaça*, e de outro lado é possível também que *Cabessu* ou *Caboçu* vêm de *Caa*: floresta e *çú* ou *guaçu*: aumentativo, de que originou *bussu* por corrupção. Inclino-me todavia mais por esta última etimologia que pela primeira; *cabaçu*, apesar de indígena, deriva evidentemente de *cabaça*, que é português e é mais admissível que em uma região onde havia outrora tantos índios, eles hajam dado um nome ao rio em questão, antes da chegada dos europeus.

Na Província de Minas, que é pouco cultivada, e que quase por toda parte oferece imensas pastagens, deixam-se os cavalos e burros errar pelos campos em toda liberdade. Aqui, ao contrário, e em toda a costa até ao Rio Doce, onde as terras devem ter mais valor, onde as pastagens não são muito extensas e onde os roubos são, creio, muito mais freqüentes que em Minas, há o cuidado de cercar as pastagens. De cada venda depende um pasto fechado, e o viajante pode aí deixar seus cavalos e bestas de carga, mediante uma retribuição que não vai além de 20 réis (12 c.) por animal e por noite. Um aumento de despesa tão insignificante é amplamente compensado, pela vantagem de se poder partir à hora em que se entender, porquanto não se fica na dependência dos animais e de seus condutores.

CAPÍTULO XIV

CONTRARIEDADES CAUSADAS POR UM TROPEIRO. O AUTOR VOLTA AO RIO DE JANEIRO. DESCRIÇÃO DA REGIÃO SITUADA ENTRE CABEÇU E O LAGO DE SAQUAREMA

O Autor é abandonado por seu tropeiro; quais as causas. Reflexões sobre os inconvenientes de ser servido por homens livres em país onde se admite a escravidão. O Autor volta ao Rio de Janeiro. Ele é quase enganado por um ladrão; após muito procurar encontra um novo tropeiro e volta a Cabeçu. Região situada entre esse lugar e a fazenda do Padre Manuel. Engenhos de açúcar. Venda da Mata. *Descrição dos campos vizinhos. Cercas de laranjeiras. O Autor chega às margens da lagoa de Saquarema. Retrato dos brancos residentes nesta zona. Influência do clima sobre nossa raça.*

Preparava-me para deixar Cabeçu, quando o tropeiro José veio anunciar-me que tinha algo a comunicar-me. Pretendia que, apesar de não saber o francês, havia percebido que eu falara mal dele com o meu doméstico Prégent; queixou-se também de Zamore, e enfim anunciou-me que ia me deixar. Reprovei, com moderação, sua conduta para comigo. Procurou então conciliar a situação; não me pediu dinheiro, mas disse-me que, se eu lhe permitisse bater em Zamore, à vontade, ele permaneceria a meu serviço. O bom Zamore, naturalmente muito preguiçoso, havia ainda sido prejudicado por seu dono e era, confesso, menos capaz de ajudar a um tropeiro que esses meninos de 10 a 12 anos que, em Minas, acompanham as caravanas. Isso não era, todavia, uma razão para entregá-lo à brutalidade de um homem rude, e por conseqüência era preciso decidir pela recusa a uma tal proposta. Aliás somente a dificuldade em arranjar-se um tropeiro fizera com que eu admitisse esse homem; porquanto ele era portador de moléstia de pele, que um médico me dissera ser contagiosa e difícil de curar. José não partiu sem me explicar qual fora o mal que eu dissera dele. Eu o havia visto beber, sem cerimônia, em uma cafeteira de que me servia constantemente; não lhe fiz nenhuma censura, mas, é verdade que havia comunicado a Prégent o receio que eu tinha de contrair a moléstia a que me referi há pouco, e logo depois mandei lavar a cafeteira. José tinha ainda contra mim uma queixa não menos grave; eu lhe dirigia a palavra sem chamá-lo *senhor!* A admissão da escravatura torna o trabalho desonroso, e quando um homem livre que, por sua cor, pertence à casta dos escravos se decide a descer a um serviço doméstico, ele crê amenizar essa humilhação por meio de bizarra suscetibilidade. Em um país onde a escravidão é permitida, o homem livre tem freqüentemente uma falsa idéia da liberdade, e aquele que tem a delicadeza de nunca se servir de escravos, é cotidianamente obrigado a tornar-se escravo dos homens livres que emprega e paga.

De qualquer modo a saída de José pôs-me em grande embaraço. Achava-me a dois dias do Rio de Janeiro, com uma tropa de bestas, sem quem pudesse delas cuidar e conduzi-las. Tomei então a resolução de perguntar pelas vizinhanças se não conheciam algum tropeiro que me quisesse acompanhar em minha viagem, e fui ter a um engenho de açúcar pouco distante de Cabeçu.

O dono da casa tendo tomado conhecimento de minha *portaria,* recebeu-me com extrema polidez e disse-me que a duas léguas de sua casa havia

135

numa habitação um tropeiro de S. Paulo, que provavelmente me seria útil. Todavia não tardei em ser informado que o pretendido tropeiro era desses que não sabem carregar e ferrar os animais, não passando de um desses homens chamados *peão,* cuja habilidade consiste em lançar o laço e domesticar cavalos e bestas de carga.[1] Disseram-me também que esse paulista viera de entrar a serviço de um negociante de cavalos e que eu não poderia tê-lo a meu serviço sem prejudicar a seu patrão, gênero de ação na verdade muito comum neste país, mas que um homem educado não praticará em parte nenhuma.

Todo mundo era acorde em assegurar-me que não conseguiria nenhum tropeiro nos arredores de Cabeçu, porquanto não se faz na região viagem mais longa que a da Capital, não havendo, para a remessa de mercadorias outros condutores além de negros sem nenhuma experiência do trabalho com animais de carga. Tomei então a resolução de não continuar a procurar um tropeiro no distrito em que me achava, e resolvi partir no dia seguinte para o Rio de Janeiro deixando em Cabeçu meus empregados e minha bagagem.

Quando ia montar a cavalo apareceu-me o bom Zamore, dizendo-me que eu podia bater-lhe quanto quisesse, mas que ele estava resolvido a voltar à cidade porque eu devia ir muito longe e os caminhos estavam cheios de espinhos. Minha paciência esgotou-se; dei, confesso, algumas bofetadas no Zamore, e, temendo que ele fugisse, fí-lo caminhar à minha frente até Praia Grande. Lá deixei meu cavalo em casa do francês de que já falei, e embarquei para o Rio de Janeiro.

A cidade de Praia Grande situa-se, como já disse, ao fundo de pequena enseada. Contornei a margem desta última, sobre a qual se vê a bela aldeia de S. Domingos; passei diante do forte de Gravatá ou Carauatá,[2] construído à entrada da enseada sobre a ponta que se estende para além da Praia de S. Domingos; enfim achei-me na parte central da Baía que separa o Rio de Janeiro da costa oposta. O vento estava extremamente forte e o mar agitado; as ondas levantavam nossa frágil embarcação que caía depois violentamente e eu não pude, confesso, deixar de me afligir.

Chegamos, felizmente, e o meu primeiro cuidado foi entregar Zamore ao seu dono. Dirigi-me em seguida à casa de uma senhora, minha conhecida, que ficou surpresa ao me ver e mandou imediatamente seu doméstico ao albergue vizinho para saber se aí não se encontraria algum tropeiro desempregado. O doméstico regressou logo, trazendo um paulista cujo semblante e modos agradaram-me extremamente. Esse homem pediu-me um ordenado muito modesto; indicou-me uma pessoa distinta em casa da qual eu poderia obter informações a seu respeito, e, no dia seguinte, pela manhã, veio procurar-me para conduzir-me à casa dessa pessoa. Ele quis entrar comigo, esperando sem dúvida que em sua presença não ousaria falar mal a seu respeito; mas, pedi-lhe que me

---

1 Encontrar-se-ão em *Viagem às nascentes do São Francisco e pela Província de Goiás* explicações detalhadas sobre os peões, a criação e comércio de animais de sela e de carga.

2 Assim são chamadas as Bromeliáceas de longas folhas lineares e espinhosas nas margens. *Gravatá* é, creio, a palavra mais geralmente adotada pelos descendentes de portugueses, nas partes do Brasil que percorri; mas essa palavra vem evidentemente do guarani *caraguatá* que se aplica ao mesmo tempo *ao fruto do ananás e às folhas dessa planta próprias para a indústria textil* (A. Ruiz de Montoya *Tes. guar.*). As obras de Pison e Marcgraff provam que, ao seu tempo, a palavra *caraguatá* era usada em Pernambuco; mas segundo o que diz Manuel de Arruda Câmara, nessa Província foi substituída a palavra *caraguatá* pelo vocábulo *caroá,* que não é uma corruptela devida aos portugueses, mas que pertence ao dialeto conhecido pelo nome de *tupi* ou *língua geral.* Parece também que se serve atualmente em Pernambuco das palavras *erauatá* e *erautá,* que são evidentemente alterações portuguesas de *caroá.* Arruda, que merece os maiores elogios por se ter ocupado da utilidade das plantas brasileiras, e ao qual se deve um tratado sobre as que produzem fibra (*Dissertação sobre as plantas do Brasil que podem dar linhos,* etc., Rio de Janeiro, 1810), Arruda, digo eu, descreve o *caroá* ou *crauá* de Pernambuco, que acredita: ser raridade, sob o nome de *Bromelia variegata* e o *crauatá de rede* sob o nome de *Bromelia sagenaria.* O *caraguatu guaçu* de Marcgraff (*caroatá açu* de Arruda, *pita* de todo o Brasil meridional) parece-me ser a *Agave vivipara* de Linneu. O que é muito interessante é que o termo *karatas* que tem evidentemente a mesma origem que *caraguatá* é observado nas Antilhas para plantas análogas, como se pode ver nos escritos do P. Labat e do P. Dutertre (*Hist. Ant.,* II, 130. — *Nouveau Voyage* etc., VII, 385). Isso prova como era disseminada a língua guarani.

esperasse na porta, desarmando assim sua manobra. Disseram-me que o paulista era um mau indivíduo; induziram-me a não tomá-lo a meu serviço e indicaram-me para informações mais detalhadas, o bispo de Goiás. O homem de confiança desse último assegurou-me que o paulista havia roubado uma tropa de bestas e uma soma em dinheiro, e acrescentou que esse cidadão estava sendo procurado pelas autoridades de sua terra. É preciso haver muito pouca polícia em um país onde um homem acusado e conhecido como ladrão, possa mostrar-se impunemente, sem mesmo ter o cuidado de trocar de nome e de roupas.

Livre desse homem, continuei minhas pesquisas. Como não se encontram bons tropeiros senão entre o povo de Minas, dirigi-me aos mineiros de meu conhecimento que se achavam no Rio de Janeiro; mas eles não puderam descobrir nenhum; percorri todas as hospedarias, inutilmente. Parecerá extraordinário que em uma região onde somente se viaja a cavalo, seja tão difícil encontrar um tropeiro. Mas, o habitante do Rio de Janeiro só viaja embarcado; ele espera em sua casa os mineiros e os paulistas que vêm comprar suas mercadorias, e estes regressam com os empregados que haviam trazido.

Um dia depois, entretanto, bondosos mineiros anunciaram-me que haviam encontrado um homem que me podia servir. Após algumas hesitações esse homem decidiu-se a entrar a meu serviço; apressei-me a partir e logo cheguei a Cabeçu.

Entre esse lugar e o sítio chamado "Fazenda Padre Manuel",[3] o aspecto do campo continua a ser extremamente agradável. Ele apresenta uma alternativa de colinas e vales, de matas, pastagens e vastas plantações de cana; enfim alguns tufos de mata virgem, que se percebem de longe em longe, permitem comparar as belezas da vegetação primitiva com as oriundas do cultivo e da presença do homem. Como já se vai distanciando do Rio de Janeiro, já se não vêem mais tantas laranjeiras nem plantas hortícolas e as pequenas casas de campo tão comuns nas proximidades de Praia Grande, são substituídas pelos engenhos de cana. Estes não podem ser tão freqüentes quanto as pequenas fazendas onde se dedicam às pequenas lavouras; contudo eles são numerosos, e, de longe os distinguimos sem dificuldade devido ao grande número de construções de que se compõem. Ao redor da casa do dono, geralmente caiada e construída com algum cuidado, são dispostas, quase sempre sem ordem, as usinas e as casas dos negros, construídas em terra batida e cobertas de capim. Diante da casa estendem-se imensos relvados uniformes, que indicam que a região é de há muito habitada, pois que os relvados nascem somente nos lugares em que os homens pisam sem cessar e onde pascentam o gado.

Neste distrito a cana-de-açúcar dura dois ou três anos, segundo a natureza do terreno. Além das plantações de cana, vi ainda outras de mandioca e de milho, porém em menor número. Entre as canas plantam freqüentemente feijão e milho, de que fazem sucessivas colheitas. Da fazenda do padre Manuel e de todas as dos arredores, os produtos das lavouras são remetidos ao pequeno porto chamado *Das Caixas,* situado na Baía do Rio de Janeiro,[4] de onde os produtos são embarcados para o Rio de Janeiro. A maioria dos cultivadores fazem suas remessas por conta própria; outros vendem suas mercadorias a negociantes que as vêm procurar no local, e acontece que às vezes falsas especulações dos compradores fazem com que os produtos tenham aí preços mais elevados que no Rio de Janeiro.

---

3 O título de *padre* se dá em português aos seculares e o de *frei* aos religiosos. Por conseguinte não se deve, como tem sido feito, traduzir *padre* em francês pela palavra *père* e nem em alemão por *pater*.

4 É esse porto que o falecido Sr. Mawe chama *Porto do Caxhes*. O livro desse escritor (*Travels in the interior of Brazil*) é de tal modo cheio de cousas erradas, que os geógrafos devem, creio, abster de tirar daí alguma informação. Cazal e Eschwege já fizeram a respeito uma crítica justa.

A *venda* onde pernoitei no dia em que deixei Cabeçu fica situada sobre uma elevação, em um imenso cercado pertencente à fazenda do padre Manuel. O espaço de terreno cercado é desigual, e apresenta uma alternativa de derrubadas, bosques e pastagens. Uma colina muito elevada, coroada por um tufo de mata virgem, fica em frente à *venda*. Ao pé desta estão os edifícios do engenho de açúcar, e ao lado, sobre uma eminência, há uma capela junto a uma árvore copada. A mais profunda calma reinava nesta bela paisagem, quebrada apenas pelo chilrear de alguns passarinhos e pelo canto cadenciado dos negros que trabalhavam no engenho.

Além da fazenda do padre Manoel não encontrei mais tanta gente e as habitações pareceram-me menos numerosas. Pouco a pouco o campo tornou-se menos alegre, a região mais cheia de matas, as colinas menos baixas e mais aproximadas; entrei em uma mata virgem. O caminho era aí plano como o que eu havia seguido desde Praia Grande; protegido dos raios solares, por árvores copadas, ele ainda apresentava sinais das chuvas abundantes que haviam caído há algum tempo, e as bestas de carga aí enterravam as pernas até ao meio em uma lama negra e pegajosa.

Ao sair dessa mata entrei em uma região descoberta e cheguei ao lugar chamado Rio Seco, que, como seus arredores, depende da justiça de Macacu.[5] Há aí uma vasta área cercada onde se encontram várias casas esparsas aqui e acolá e um engenho de cana, defronte do qual se estende imenso relvado. Pedi permissão para pousar em uma dessas casas; ela não me foi inteiramente recusada, mas percebi que não havia grande interesse em receber-me e continuei minha caminhada, desejando à dona da casa que achasse uma hospitalidade mais amável se algum dia tivesse de empreender uma viagem.

Para ir de Rio Seco à Venda da Mata, aonde parei, e que fica a uma meia légua, atravessei espessa floresta. Um regato, chamado Rio da Mata, corre no meio das árvores, paralelamente ao caminho e forma uma pequena cascata cujo ruído se ouve de muito longe.[6]

Alojei-me em Mata em um pequeno cubículo escuro, destinado aos viajantes. Enquanto trabalhava, uma meia dúzia de negros rodeavam-me e interrompiam-me continuamente. As *vendas* são, para esses infelizes, lugares de gozo. Eles para aí levam como já disse, o produto dos roubos que fazem aos seus donos; bebendo esquecem sua triste condição; falam todos ao mesmo tempo, como crianças, sem pausa e, sempre em pé, sempre em movimento, prolongam suas estranhas palestras noite a dentro.

Aqui é ainda a cana o objeto de principal cultivo, e, à época de minha viagem o açúcar branco era vendido a 8 patacas (16 fr.) a arroba. Os colonos que não têm escravos suficientes para manter plantações de cana, limitam-se a cultivar o milho, o feijão e a mandioca. Neste lugar o milho não é transformado em farinha; o cereal é dado aos animais domésticos ou vendido no Rio de Janeiro. Desta aldeia até Rio Doce, e, creio, em todo o litoral do Brasil, somente é usada a farinha de mandioca. De Cabeçu a Mata não vi nenhuma plantação de cafeeiros, mas garantiram-me a existência de cafezais em lugares um pouco afastados do caminho e mais sombrios; é ordinariamente nas faldas das montanhas que se fazem as plantações de cafeeiros; à época de minha viagem o café era vendido na zona por 8 a 9 patacas a arroba.

Nos campos que percorri durante muitos dias, e mais longe ainda, encontram-se rebanhos de bovinos, consideráveis, e creio que as pastagens têm capa-

---

5 A pequena Vila de S. Antônio de Sá. mais conhecida sob o nome de Macacu (e não *Maccacu* como escreveu Mawe), fica situada a sete léguas e meia ao nordeste da Capital do Brasil, à margem esquerda do Rio Macacu, o mais considerável de quantos se lançam na Baía do Rio de Janeiro (Caz. *Corog. Braz.* I, 14, 32. — Piz. *Mem. Hist.*, II, 196).

6 Foi nas florestas virgens vizinhas de Mata que encontrei a Mimosácea de 5 pistilos de que o Sr. de Candole fala em seus escritos e que tão bem confirma suas belas teorias sobre a organização da flor.

cidade para muito mais. Sem ser de boa raça, as vacas produziam até 4 garrafas de leite por dia. Vi igualmente nesta região um grande número de carneiros. Não se lhes dedica nenhum cuidado; não há mesmo o de cortar-lhe a lã, que se perde. Esse fato demonstra a apatia reinante entre os habitantes desta região.

De todo o distrito de Mata, como dos arredores da fazenda do padre Manoel, as mercadorias destinadas ao Rio de Janeiro são embarcadas no Porto das Caixas. O transporte para aí se faz em lombo de burro em sacos de couro, ou em carros puxados por bois. De Mata ao Porto das Caixas, situado, como disse, na Baía, há cerca de 7 léguas e é de 40 francos o frete de um carro que carrega vinte sacos de açúcar de quatro alqueires cada.[7] Exige-se em seguida 160 réis (1 fr.) pelo transporte de cada saco pelas pequenas embarcações que vão do Porto das Caixas ao Rio de Janeiro.

Para além de Mata a região continua a ser coberta de matas, tornando-se mais montanhosa. O caminho sobe durante algum tempo acima de um vale estreito e profundo, onde foram derrubadas as matas. Entra-se em seguida em uma floresta virgem e sobe-se a uma montanha chamada Serra de Tingui,[8] que provavelmente se liga à grande cadeia marítima. Aí é o leito de um regato pouco profundo que serve de caminho. Árvores copadas e de um verde sombrio formam uma abóbada magnífica acima da cabeça do viajante, que somente vê o azul do céu em pequenas clareiras aí existentes. Numerosos fetos, Gramíneas, Musgos, Comelináceas e Acantáceas formam dos dois lados do regato uma cobertura desigual, e, enquanto noutros lugares o calor é excessivo, respira-se aqui a mais agradável frescura.

Ao começar a descida da montanha sai-se da floresta, e depara-se magnífica vista. Ao pé mesmo da serra, existe uma floresta considerável; para além dessa estende-se imensa planície, guarnecida à direita e à esquerda por montanhas e colinas, e, ao longe, o olhar perde-se sobre o vasto Lago de Saquarema, que determina o horizonte.

Após haver passado diante de uma soberba plantação de cafeeiros que se desenvolve na falda da montanha, entrei na planície de que venho de falar, onde se vêem ao mesmo tempo terrenos cultivados, derrubadas e belos gramados. Nessa planície o caminho é largo e uniforme; mas, em trechos consideráveis apresenta uma lama pegajosa, quase negra, semelhante, na cor, à das ruas de Paris. Meus animais caminhavam com dificuldade nesses imensos lamaçais, devido unicamente à estagnação das águas pluviais, completamente sem escoamento.

Nesta região serve-se da laranjeira espinhosa para fazer cercas; mas esse gênero de sebe não é tão agradável como se possa imaginar na Europa. O verde-escuro e brilhante das folhas da laranjeira tem qualquer cousa de triste e elas formam uma massa muito compacta.

Após haver atravessado a planície de que venho de falar, subi ainda uma montanha, e, do outro lado encontrei areias, indicativo da vizinhança do mar. Passei em seguida por outras elevações, no declive das quais vi plantações de café muito regulares e vigorosas, e cheguei enfim às margens da Lagoa de Saquarema, que se estende ao longe, para além da igreja do mesmo nome.

Apresentando-me em uma *venda,* pedi permissão para aí pousar. O dono da casa, com esse ar de indolência e frieza que tem quase toda a gente dessa região, mostrou-me um pequeno gabinete escuro onde já se achava alojado um viajante doente. Pedi inutilmente outro quarto, roguei, zanguei-me, e, apenas pareceu que o homem me entendia. Não sabendo o que fazer tive a idéia de me dirigir a um cidadão que passava no momento, perguntando-lhe se era pos-

---

7 Segundo o Sr. Freycinet o *alqueire* do Rio de Janeiro equivale a 40 litros.
8 Devo confessar que tenho algumas dúvidas sobre a exatidão desse vocábulo.

sível arranjar-me um alojamento. Esse homem respondeu-me com muita delicadeza que ia levar-me à casa de um de seus parentes, e logo chegamos a uma pequena casa, nova, onde me foi dada permissão para pernoitar.

À exceção de dois ou três engenhos de açúcar, essa casa era a mais agradável de quantas eu vira no decorrer do dia. As outras, já bem diferentes das casas de campo existentes nas proximidades do Rio de Janeiro, não passavam de míseras choupanas meio arruinadas, construídas de pau a pique, como as de Minas. Entretanto um grande número dos que habitam essas tristes palhoças são homens brancos.

Depois de deixar o Rio de Janeiro quase nunca estive em presença de proprietários ricos; havia visto mesmo somente indivíduos de uma classe inferior ou, se tanto, de classe média; mas, se entre eles eu vira muitos mulatos, talvez tivesse visto um número de brancos ainda mais considerável. Estes últimos têm todos uma cor morena ou amarelo pálida, olhos e cabelos negros. Não encontrei, em suas fisionomias, nada que lembrasse a raça americana; também não vislumbrei nenhum sinal que caracterizasse a raça negra; entretanto não posso deixar de crer que alguns dos ancestrais de vários desses homens se haviam ligado a mulheres africanas. Os brancos de que falo aqui têm o cuidado de saudar a todos que encontram; mas é talvez apenas a isso que se limita sua polidez; eles parecem tristes, frios, indiferentes a tudo, indolentes e estúpidos. A região é cortada por grande número de caminhos; peça a um negro indicações sobre o que deveis seguir, e ele nada responderá; peça a um branco e ele responderá confusamente. Ninguém saberá informar quantas léguas há de tal sítio a tal outro; sabe-se somente que se poderá percorrer o caminho em tantas horas, e cada um toma por medida a velocidade de seu cavalo. A vizinhança de uma capital onde as classes inferiores apenas adquiriram um fraquíssimo grau de civilização, explica bem a grosseria de costumes reinante nos habitantes dos campos dos arredores; e sua apatia e estupidez têm por causa o clima excessivamente quente e úmido. Na Europa, onde as comunicações se renovam em cessar, essas últimas influências são continuamente modificadas; mas, nas regiões que percorri durante minhas viagens, onde essas mesmas influências podem ainda exercer sua força quase inteira, acredito ter notado que em geral a inteligência dos habitantes estava em correlação com a elevação do solo, e Humboldt fez uma observação semelhante para as partes da América que ele visitou.

CAPÍTULO XV

OS LAGOS DE SAQUAREMA E ARARUAMA. COMPARAÇÃO DOS INDÍGENAS DO BRASIL COM OS CHINESES

Descrição do Lago de Saquarema e da faixa de terra que o separa do mar. Vegetação dessa faixa. As choupanas aí construídas; retrato das mulheres que as habitam. Modo de fazer esteiras. Arraial de Saquarema. Sua igreja. Comunicação do Lago de Saquarema com o mar. Ocupações dos habitantes de Saquarema; a que raça pertencem esses habitantes. Agricultura. O Autor deixa as margens do lago de Saquarema. Fazenda do capitão-mor. Recepção feita ao Autor. Descrição do Lago de Araruama. Paróquia do mesmo nome. Arraial de Mataruna. Cultura; anil. Vegetação natural. Venda de Iguaba Grande. Salinas. O Autor chega à aldeia de S. Pedro. Comparação dos mongóis e em particular dos chineses com os indígenas do Brasil.

Forçado pela moléstia de um dos meus animais, a passar o dia em casa do homem que me alojara próximo do Lago de Saquarema, aproveitei essa estada para ir visitar a aldeia do mesmo nome, e para herborizar na faixa de terra que separa o lago do oceano. Saindo de casa de meu hospedeiro, segui entre duas cercas um caminho estreito e sombrio. Nessas cercas cresce abundantemente uma bela Composta (*Mutisia speciosa* Hook) que se prende aos objetos próximos por meio de suas gavinhas e se assemelha, pelo porte, à nossa *Vicia sepium*. Passei diante de montes de cascas de ostras e caramujos, arrecadadas da praia para o fabrico de cal, e logo cheguei junto do lago.

Nas vésperas, quando ao fim do dia cheguei à margem do lago, pensei que toda a sua extensão se limitava ao espaço compreendido entre o lugar em que me achava e a paróquia de Saquarema, do lado de leste; mas isso não é exato. O Lago de Saquarema,[1] muito irregular, tem 3 ou 4 ls. de comprimento, por 3/4 l. de largura; ele começa do lado oeste, nas proximidades das montanhas altas e pitorescas na espécie de cabo ou ponta chamada Ponta Negra, e se compõe de duas partes principais, ou se se quiser, de dois verdadeiros lagos que se comunicam entre si por meio de um canal natural muito estreito que se chama Boqueirão do Engenho. A parte mais ocidental, a que começa na Ponta Negra, tem o nome de Lagoa da Barra, e a outra que se estende até à igreja paroquial de Saquarema, recebeu o nome de Cacimba. Segundo o que me disseram no local, o Lago de Saquarema não é formado somente dos dois lagos de que venho de falar, mas compreende ainda outros. Um que se chama Lagoa da Barra, sem dúvida porque é vizinho da barra de Saquarema, comunica-se com o Cacimba por um canal chamado Boqueirão do Girau; o outro que se comunica com a Lagoa da Barra pelo Boqueirão de S. José, tem o nome de Russanga.[2]

---

1 Não é nem *Sagoarema*, nem *Saquémara*, nem *Sequarema*, como escreveram alguns autores; *Saquarema* vem talvez das palavras guaranis *cáquaá* e *rama*. A última dessas palavras é designação do futuro e ao mesmo tempo do passado. Quanto a *caquaá*, o P. A. Ruiz de Montoya indica essa palavra como aumentativo; mas os exemplos que o Autor cita parecem dar ao termo a significação do verbo *aumentar*. Assim *caquaá rama*, donde originou-se, com o tempo, *Saquarema*, quer dizer — *que aumentará*, ou *que aumentou*, nome que se adapta muito bem ao lago de Saquarema, sujeito, segundo Pizarro, a enchentes consideráveis.

2 *Russanga* provavelmente substituiu, com o tempo, a palavra guarani *Urussangay*, "rio da galinha choca", ou alguma outra palavra análoga do dialeto tupi.

Achando-me à margem setentrional do lago foi preciso, para chegar à faixa de terra que se prolonga entre Cacimba e o Oceano, atravessar o Boqueirão do Engenho. Um negro que morava do outro lado veio buscar-me em uma canoa. Paga-se pela passagem um vintém por pessoa. Os cavalos e burros atravessam o canal a nado; mas se da canoa a gente os segura pelas rédeas, é preciso pagar também à razão de vintém cada.

A faixa de terra (restinga) que separa a Cacimba do Oceano pode ter o comprimento de uma meia légua; é estreita e assemelha-se a uma calçada. O caminho que se segue nessa faixa de terra, para chegar à igreja paroquial de Saquarema, ora margeia o lago, ora dele se afasta. Em parte nenhuma se avista o mar, que fica escondido por arbustos e brenhas; mas em toda parte se ouve o rugir das vagas que vêm quebrar sobre as praias.

Entre Praia Grande e Saquarema somente encontrei plantas das existentes nos arredores do Rio de Janeiro, e, chegando às margens do lago não vi outras espécies que as que vegetam nos arredores do Lago de Freitas,[3] vizinho da Capital. Na faixa de terra ou *restinga,* uma vegetação inteiramente nova ofereceu-se aos meus olhos.

Em toda extensão dessa espécie de calçada natural, o solo não apresenta senão um areal quase puro. Entretanto, a muito pequenas distâncias uns dos outros crescem, no meio desse areal, arbustos de 4 a 5 pés de altura, quase todos ramificados desde a base, apresentando-se sob a forma de tufos isolados. Algumas vezes esses arbustos se elevam um pouco mais, e, então, entrelaçando seus galhos, formam acima do caminho belas latadas que fazem lembrar as aléias de um jardim inglês, artisticamente desenhado. Citarei principalmente a Anacardiácea[4] conhecida sob o nome de aroeira *(Schinus therebintifolius* Rad.); uma *Cassia* de folhas muito grandes e rijas; alguns *Cestrum* e várias Mirtáceas, tais como a pitangueira *(Eugenia michelli)* uma espécie cuja folhagem imita perfeitamente a da murta comum, enfim uma outra espécie conhecida sob o nome de fruta-de-cachorro, cujas bagas sésseis e com uma semente, são globosas, negras, do tamanho de uma cereja, mas de sabor pouco agradável. Bem junto dos pés desses arbustos crescem em abundância uma Rubiácea de flores azuis *(Coccocypselum nummularifolium),* que já havia encontrado nos arredores do Rio de Janeiro, próximo da enseada de Botafogo e que produz o mesmo efeito da hera terrestre nas matas da Europa. Quando o terreno é seco não se vê nenhuma planta nos espaços existentes entre os arbustos; quando é úmido encontram-se pequenos *Eriocaulon,* Ciperáceas em relvado, e algumas outras plantas muito baixas que gostam dos lugares frescos; enfim, se a umidade aumenta caminha-se sobre encantadores tapetes verdes pintalgados de uma quantidade inumerável de pequenas flores cor de carne, pertencentes a uma planta do gênero *Hedyotis.*[5]

Em toda a extensão da restinga vêem-se, a pequenas distâncias umas das outras, palhoças que, sem exceção, apresentam aspecto de indigência. São construídas de barro, cobertas de colmo, baixas e freqüentemente quase em ruínas. É ordinariamente o oitão que faz frente para o caminho e freqüentemente a coberta se prolonga para além das paredes laterais para formar um alpendre, onde são abrigadas uma canoa e uma rede, índices seguros da profissão do proprietário. Como a natureza do solo não admite nenhuma espécie de cultura, não existem nem jardins nem plantações ao redor dessas míseras moradas. Nelas não se nota nenhuma imundície, mas não se vêem outros móveis além de redes, um ou dois bancos e algum vasilhame.

---

3 Deve tratar-se da Lagoa Rodrigo de Freitas. (N. T.)
4 Pelo sistema taxonômico hoje universalmente adotado, que é o de Engler, não mais existe a família das Terebentáceas, tendo os gêneros que a constituíam passado para a família das Anacardiáceas. (N. T.)
5 Vide *Introduction à l'histoire des plantes les plus remarquables du Brésil et Paraguay.*

As mulheres ficam sentadas no chão no interior das palhoças ou nas soleiras das portas. Não têm por vestimenta senão uma camisa de algodão e uma saia desse mesmo tecido. Andam descalças, cabeça descoberta com os cabelos presos por uma travessa. Têm a pele de cor amorenada; algumas têm olhos bonitos; aliás não vi nenhuma que fosse realmente bonita. Seus filhos, quase todos nus, se trazem alguma camisa ela está quase sempre em trapos. A pobreza dessas mulheres, suas miseráveis moradias, seus hábitos, suas atitudes destituídas de graça, a nudez de seus filhos, fizeram-me lembrar as aldeias indígenas, e, entretanto são geralmente brancos os habitantes desta zona, ou, pelo menos, os que aí vivem parecem, ao primeiro golpe de vista, pertencer na maioria à nossa raça.[6]

Indo à Igreja de Saquarema, vi de que modo são feitas as esteiras, utensílio de tão grande uso nesta região. Uma longa vara, colocada horizontalmente é dotada de entalhes distanciados cerca de 5 polegadas; em cada entalhe existe um fio enrolado em dois novelos, de modo que fiquem com o centro livre. Coloca-se um pequeno molho de junco ou de colmos no sentido do comprimento da vara e amarra-se com cada um dos fios, levando um novelo para cima e outro para baixo. Ao lado do primeiro feixe de junco amarra-se um segundo, assim por diante até que se tenha terminado a esteira.[7]

À medida que se aproxima da Igreja de Saquarema, e por conseqüência da extremidade da restinga, as choupanas tornam-se mais numerosas e são menos separadas umas das outras. Por fim elas se apresentam dispostas em duas linhas, mas, como há entre as duas fileiras de casas um espaço considerável ocupado por arbustos, pode-se dizer que o arraial de Saquarema é formado por duas ruas em vez de uma. É ao grupo de casas mais próximas da igreja, e mais reunidas umas às outras, que dão na zona o nome particular de arraial ou freguesia, chamando-se Saquarema a todo o território paroquial vizinho ao lago.

A Igreja de Saquarema, dedicada a N. S.ª de Nazaré, é construída quase à extremidade da restinga, sobre uma colina isolada e arredondada que forma um pequeno avanço sobre o mar, coberta de um relvado curto e pardacento. Do alto dessa colina, que se chama morro de Nazaré, linda vista se ofereceu aos meus olhos. De um lado eles abrangiam uma imensa extensão de água, confundindo com o céu no horizonte; lançando a vista para as praias descobri ao longe Cabo Frio, que avançando sobre o mar parece querer disputar-lhe o domínio. Do lado oposto eu tinha, quase abaixo de mim, o Arraial de Saquarema, separado da colina por um pequeno vale constituído de areia pura; avistava todo o trecho do lago chamado *Cacimba;* via a restinga; via as vagas dirigindo-se majestosamente em direção dessa espécie de calçada e quebrar-se contra uma tão frágil barreira; enfim, para além do lago, cujas margens são quase planas, meu olhar perdeu-se sobre vastos campos dispostos como um anfiteatro. Mas, se após haver contemplado esse grandioso quadro, minha vista se detivesse sobre as cousas reunidas junto de mim no alto da colina, então o mais estranho contraste feriria minha imaginação. A pobre igreja de N. S.ª de Nazaré parecia prestes a ruir; alguns escombros indicavam a existência de um velho telégrafo; um canhão enferrujado jazia por terra, e, ao redor dessas tristes ruínas estavam esparsas, cá e lá, ossos quebrados e crânios esbranquiçados, restolhos do cemitério da igreja. No trabalho do homem, e no próprio homem, a imagem da insignificância, da miséria e da destruição; nas obras da natureza a imagem da grandiosidade.

---

6 Vide adiante, pág. 151.
7 Não tenho certeza sobre a espécie que se emprega em Saquarema para fazer as esteiras; entretanto suponho que é a *Typha* de que falarei depois, e que chamam *tabúa*.

A colina onde fica a pequena Igreja de Saquarema não limita a restinga. Esta se prolonga ainda um pouco mais, não tendo, entretanto, mais de duzentos ou trezentos passos de largura, sendo muito baixa e apresentando apenas um areal sem nenhuma espécie de vegetação. Nesse lugar os habitantes de Saquarema rasgam de tempos em tempos um canal que estabelece comunicação entre o lago e o mar, trabalho que exige poucas forças, pois que o solo é constituído somente de areia. Os peixes entram no lago com as águas do mar, e estas, transportando mais areia, logo fecham o canal. Quando se tem pescado todo o peixe que havia entrado no lago, rasga-se novo canal e o lago de novo se enche. A parte da restinga onde se rasga o canal, ou melhor, se se quiser, a extremidade da restinga, tem o nome de Barra, porque é nesse lugar que se faz a comunicação do lago com o mar. Dizem que outrora se podia entrar com embarcações do oceano no lago, mas que trabalhos mal orientados entupiram a entrada. Restabelecer essa comunicação, se não é impossível, seria dar vida a esta zona e enriquecê-la.

Os habitantes das margens do Lago de Saquarema e em particular os da restinga, são todos pescadores. Pescam no lago e no mar, salgam os peixes, deixam-nos secar e vendem-nos no Rio de Janeiro. Como sua extrema pobreza apenas permite que disponham de canoas, e sendo a costa muito difícil mesmo às embarcações maiores, os transportes são sempre feitos por terra. Vai-se de Saquarema a Maricá e daí a S. Domingos, de onde se embarca para atravessar a baía. O aluguel de um burro destinado a transportar o peixe seco de Saquarema a S. Domingos, varia de um cruzado a três patacas (2,50 fr. a 6 fr.).

As redes de que se servem os pescadores de Saquarema são feitas com um fio muito fino mas ao mesmo tempo muito resistente, tirado das folhas de uma palmeira chamada ticum.[8] Estas não são submetidas a nenhuma preparação; limita-se a batê-las para separar a casca, destacando-se as fibras lenhosas, facilmente. Essas fibras reunidas produzem uma estopa sedosa e de um belo verde-maçã, que se fia e se tece. Tingem-se as redes de negro por meio de casca da Anacardiácea chamada aroeira *(Schinus therebintifolius* Rad.);[9] e, à guisa de cortiça, servem-se das raízes mais leves e ainda mais esponjosas de um *areticum* (anona) que cresce à beira-mar.[10]

Admirar-se-á talvez que em um país onde vastos terrenos de excelente qualidade não esperam senão um pequeno trabalho para nutrir ao agricultor, tanta gente haja escolhido para residência uma zona tão pouco favorável como a que venho de descrever. Mas há uma multidão de homens a que falta a coragem necessária à penetração do *hinterland*. A região de Saquarema foi povoada por marinheiros desertores que aí podiam exercer um trabalho já deles conhe-

---

8 A verdadeira palavra indígena é *tucum,* que se aplica, assim como *ticum,* a várias espécies: *Astrocaryum vulgare, Bractis acanthocarpa, Bactris setosa, Bactris maraia,* descritas pelo sábio Martius, e talvez ainda a outras espécies. Essa identidade de nomes para plantas diferentes explica suficientemente o motivo pelo qual não há uma idéia concorde sobre a bondade do fio do *tucum,* e porque ele foi elogiado por Manuel Ferreira da Câmara *(Descrição física da comarca dos Ilhéus),* enquanto que Manuel de Arruda Câmara *(Diss. Plant. Braz.,* 32) cuidou de depreciá-lo. É incontestável que um ou diversos *tucuns* dão bom fio; seria preciso fazer com todos eles experiências comparativas, adotar as melhores espécies e multiplicá-las. Como seria útil ao Brasil uma sociedade de agricultura que se quisesse ocupar de semelhantes trabalhos! Já se deve muito a Arruda por suas pesquisas sobre as plantas brasileiras que produzem fio; ele abriu o caminho; é preciso ir mais longe e aperfeiçoar seu trabalho.

9 A *aroeira,* comum nos arredores do Rio de Janeiro e no litoral, estende-se, parece, até ao sertão da Bahia e talvez mais para o norte. Martius diz que a casca dessa árvore encerra muito tanino, que se emprega algumas vezes nas febres intermitentes e que o extrato dessa mesma casca substituirá sem inconveniente o catechú das Índias Orientais *(Reis.,* 788). Nunca serão demasiados os louvores feitos a esse sábio por ter provado que a Botânica não despreza as observações úteis e por ter também procurado justificar essa ciência em face das censuras feitas mais de uma vez a essas obras descritivas e áridas, onde transparece o desejo de afastar do assunto o que mais interessa à nossa espécie. A família é Anacardiáceas, atualmente, pelo sistema de Engler. (N. do T.)

10 A palavra indígena *areticúm* ou *araticú* designa todas as espécies de anonas indígenas. A de que se trata no momento não pode deixar de ser a *Annona palustris* Lm. (Aug. S. Hil. — *Plantes usuelles,* n.º **XXX**). É a que Marcgraff designa *(Hist. nat. Bras.,* 93) sob o nome de *araticú pana* e da qual ele diz que a casca era empregada no fabrico de rolhas.

cido, o de pescador; esta zona foi também povoada por criminosos fugitivos, mulheres de má vida, e enfim vêm do Rio de Janeiro, freqüentemente, moços que procuram fugir ao recrutamento militar a que estão expostos na Capital.

Como os primeiros habitantes dos areais de Saquarema não possuíam fortuna, e seus sucessores são igualmente pobres, os escravos são muito raros nesse lugar; aí não encontrei, quase nunca, negros e deve haver também poucos mulatos. Mas, se os habitantes de Saquarema parecem, na maioria, inteiramente brancos, não é todavia difícil de notar na fisionomia de vários deles alguns traços da raça americana. O rosto desses mestiços é mais largo que o comum dos portugueses, cuja oval alongada forma o caráter distintivo; seus cabelos são lisos e muito pretos; enfim eles têm os ossos da face proeminentes e o nariz largo. Grande número de índios habitavam outrora a região; eles desapareceram, mas as crianças que surgiram das relações de suas mulheres com os portugueses, afeiçoando-se a estes últimos, não ficaram expostos às mesmas causas de destruição que os índios, causas que uma organização mista e menos imperfeita tendia já a isolar.

Aliás, é preciso acentuar que nem todos os habitantes da paróquia de Saquarema são pescadores. Aqueles que vivem a alguma distância da praia cultivam a terra e produzem principalmente açúcar, café, feijão e milho. À época de minha viagem o açúcar mascavo era vendido nos arredores de Saquarema ao preço de 4½ a 5 patacas a arroba (9 a 10 frs.) e o café a 5 patacas (14 frs.) a arroba. Acredito não ser preciso esclarecer que o transporte dos produtos agrícolas é idêntico ao do peixe.[11]

Apesar dos agricultores dos arredores de Saquarema saberem tirar partido de suas terras, pareceu-me entretanto que elas poderiam produzir muito mais. Vêem-se por ex., rebanhos de vacas pastando nos campos; mas ninguém fabrica manteiga, e os queijos que se comem na região vêm de Minas, passando pelo Rio de Janeiro e são muito caros. Aqui, como no resto do Brasil os alimentos são preparados com a gordura de porco; entretanto a criação de suínos é reduzidíssima nesta região; é igualmente do Rio de Janeiro que vem todo o toucinho existente nas vendas, o qual é também oriundo de Minas Gerais.[12]

Meu hospedeiro de Saquarema nunca me convidou para tomar parte em suas refeições, como teria feito um mineiro; ele cobrou-me mesmo o milho consumido pelos animais e o aluguel dos pastos; mas mostrou-se muito distinto e alegre. Havia-me conduzido ao Boqueirão do Engenho, e, no dia da minha partida serviu-me de guia em todo o trecho do caminho onde havia perigo de me perder. Esse homem pertencia à raça européia; entretanto ele e seus filhos traziam sempre as pernas nuas e os pés descalços. Como muita gente da região, não usavam outra roupa além de um camisão de algodão e uma calça muito limpa, e, seguindo o método dos tropeiros de Minas, deixavam as fraldas das camisas por fora da calça.

Após haver deixado a casa em que pousei,[13] contornei durante algum tempo o Lago de Saquarema, atravessando depois terrenos planos cobertos de derrubadas. Chegando a uma fazenda muito mal conservada, diante da qual existe um vasto relvado, entrei em uma grande mata virgem, onde fui atormentado por mosquitos, e onde quase não encontrei plantas em flor. Saí enfim

---

10 Vide o que disse páginas atrás.
12 Disseram-me, no lugar, que Saquarema dependia militarmente do distrito de Cabo Frio e judicialmente do foro de Maricá.
13 Itinerário aproximado de Saquarema a Cabo Frio:

De Saquarema à Fazenda do Capitão-mor	3	léguas;
" Guaba Grande	3½	"
" Aldeia de S. Pedro	2	"
" Vila de Cabo Frio	2	"
	10½	"

dessa mata e logo um grande lago apareceu aos meus olhos: o de Araruama ou Iraruama.[14]

À direita, no começo do lago existe um engenho de açúcar pertencente ao Capitão-mor do distrito, ao qual se dá por isso o nome de Fazenda do Capitão-mor. Não sabia se devia ir mais adiante, porquanto desde dois dias antes eu perguntava inutilmente, a todos que encontrava, qual a distância que podia haver entre Saquarema e a paróquia de Araruama e desta à aldeia de S. Pedro. Uma circunstância decidiu-me a parar na Fazenda do Capitão-mor; aí encontrei um ferreiro e, o que parecerá quase incrível, havia inutilmente procurado, depois do Rio de Janeiro, fosse um ferreiro, fosse um ferrador, para fazer-me uma peça que era necessária à albarda de meus burros.

O engenho do Capitão-mor fica em uma vasta planície margeante o lago; ao alto de uma colina foi construída a casa do proprietário, térrea, e enfim, junto dessa ficam as casas dos negros, pequenas, baixas, quase quadradas, sem janelas, construídas de barro e cobertas de colmos.

Querendo pedir ao Capitão-mor permissão para passar a noite em sua fazenda, subi à colina onde fica sua casa; de lá deparei uma vista muito agradável, a de uma parte do lago e da planície adjacente. Ao pé da colina se estende um belo relvado, pintalgado por algumas árvores. Para além do lago a região é desigual e florestal, e, no momento em que eu contemplava essa bonita paisagem era ela animada por pirogas de pescadores que navegavam ligeiramente no lago.

Entrando na casa do Capitão-mor, achei-me em uma comprida sala cujo mobiliário se compunha de um par de mesas velhas e algumas cadeiras pintadas de vermelho e preto, semelhantes na forma às de nossos jardins. Segundo a praxe bati palmas a fim de me anunciar; uma negra veio perguntar o que eu desejava, retirando-se em seguida. Após haver esperado mais de um quarto de hora tornei a bater palmas; uma escrava reapareceu e disse-me que seu dono dormia a sesta. Durante o tempo em que esperava, havia visto cabeças de mulheres aparecer docemente por uma porta meio aberta; devia naturalmente concluir que o Capitão-mor não residia sozinho e perguntei à escrava se não havia outra pessoa a que eu pudesse me dirigir na falta do dono. A negra abriu então uma porta e eu vi em uma grande peça suja, sem móveis e em grande desordem, algumas mulheres mal vestidas, sentadas no chão, com seus filhos. Uma delas adiantou-se; era a dona da casa. Após minha partida do Rio de Janeiro ainda não havia sido cumprimentado por uma mulher; nesse particular a mulher do Capitão-mor não foi mais delicada que as outras; mas deu-me permissão para me alojar no engenho e mandou dar aos meus animais uma gamela cheia de milho. A pergunta que me foi dirigida por todos os que eu encontrava não tardou a seguir esse sinal de hospitalidade; era esta: "o senhor tem mercadorias para vender " E em verdade essa pergunta era desculpável. Em uma região onde as idéias apenas se prendem às necessidades imediatas da vida, quem poderia supor que, sem esperança de algum lucro, um homem se entregasse a tantas privações e se expusesse a tantos perigos para reunir plantas, passarinhos e insetos?

Após ter-se feito esperar por mais de uma hora, apareceu enfim o velho Capitão-mor; mostrei-lhe meu passaporte real; leu-o sem convidar-me a sentar e deixou-me retirar sem me dirigir uma só palavra. Então pensei com saudades nos meus bondosos mineiros. Voltando para junto de meus empregados fiz descarregar minhas malas sob um telheiro anexo ao engenho, onde havia mais de meio pé de esterco. Já tinha começado a trabalhar quando o Capitão-mor

---

14 Luccock enganou-se escrevendo Iruáma. Quanto a Pizarro, ele admite ao mesmo tempo *Araruáma* e *Iriruáma;* mas ele emprega sempre o último desses nomes que entretanto não é usado atualmente. *Yiri* significa concha e *ara* dia; aliás não pude, mau grado minhas buscas, descobrir a etimologia das palavras *Araruama* e *Iriruama.*

passou por ali; aproximou-se de mim, condoeu-se e, após haver dito que não queria que eu ficasse num local tão impróprio, fez transportar minha bagagem para uma pequena galeria junto ao moínho e deu-me um leito. Não tive entretanto muito que me rejubilar pela mudança de alojamento. O moínho era movido por animais; ao ruído feito pelo andar dos animais juntava-se o rinchar das rodas da engenhoca, os gritos dos negros e os, mais fatigantes ainda, dos feitores que ameaçavam incessantemente os escravos. Mas não bastava isso; o pessoal do engenho veio conversar comigo, demonstrar-me sua estupidez e impedir-me de gozar do repouso de que muito necessitava. Era já muito tarde quando me deitei; estava mortificado de cansaço e sono, e, mau grado a algazarra que se fazia ao meu redor, dormi profundamente.

O caminho que segui num espaço de três léguas e meia, para ir da Fazenda do Capitão-mor à venda de Guaba Grande, contorna, mais ou menos perto a margem do Lago de Araruama. Freqüentemente é na própria praia que ele se desenvolve, depois se distancia para poupar ao viajante das longas sinuosidades do lago, e em seguida dele torna a se aproximar.

Quase imediatamente após ter deixado o engenho do Capitão-mor, perdi de vista o lago e durante algum tempo somente o percebi através de clareiras nos matos. Logo cheguei a um pequeno rio chamado Rio de Francisco Leite. Uma ponte fora construída nesse rio; mas estava em tão mau estado que não pude atravessá-la sem apear-me do cavalo. Foi perto da Igreja de S. Sebastião que me aproximei do Lago de Araruama, começando a seguir-lhe a margem. Da casa do Capitão-mor eu apenas vira uma pequena parte dessa vasta laguna; agora ela se me oferecia aos olhos em toda a sua vasta extensão; contudo, do lado sudoeste não avistava seus limites e poderia facilmente tomá-la por uma baía.

O Lago de Araruama ou Iraruama tem 6 léguas portuguesas de leste a oeste[15] e, começando no engenho do Capitão-mor, estende-se até Cabo Frio onde se comunica com o oceano. A maré faz-se sentir até ao local chamado Ponta Grossa, situado mais ou menos ao meio de seu comprimento;[16] suas águas são salgadas e são abundantemente piscosas. Uma faixa de terra inculta separa-o do oceano; em quase todo o seu comprimento é ela estreita e quase despovoada; mas ao chegar à sua extremidade oriental ela se alarga para o lado do lago, formando uma espécie de quadrado que se projeta de sul a norte, onde se situa a Vila de Cabo Frio.[17] As pequenas embarcações a que dão o nome de lanchas, movidas a vela,[18] podem navegar no lago, de sua origem a Cabo Frio; aí descarregam-se as mercadorias que transportam e que vão, em embarcações maiores, para o Rio de Janeiro.[19] Na margem ocidental do lago existem vários pequenos portos onde os proprietários vizinhos embarcam também para a capital os produtos de seus solos; mas, de todos esses portos os mais freqüentados são os do Capitão-mor e de Mataruna, lugar a respeito do qual logo falarei. Ao tempo de minha viagem o frete entre Capitão-mor e o Rio de Janeiro custava 120 réis (75 c.) por arroba, e, como este lugar é mais distante o frete dos outros portos era menor.

Nenhum arraial se chama Araruama; mas esse nome foi dado a uma vasta paróquia que se estende às margens do lago e que, à exceção do Arraial de Mataruna compõe-se apenas de fazendas e casas isoladas. Essa paróquia cuja criação remonta ao ano de 1798, tem por limites as de Cabo Frio e Saqua-

---

15 Creio que Pizarro se enganou dando-lhe 9 léguas.

16 Caz. *Corog. Bras.*, 38:

17 Vide a soberba carta publicada pelo sábio Freycinet, segundo um manuscrito português e cartas náuticas dos Srs. Roussin e Givry.

18 As lanchas são empregadas para a cabotagem, bem como as *sumacas*, embarcações maiores. Chama-se também lancha aos escaleres dos navios.

19 Pizarro assegura *(Mem. Hist.*, III, 173) que o lago de Araruama tem de 14 a 16 braças de profundidade; mas Cazal *(Corog. Braz.*, II, 38), provavelmente mais ousado, diz que em certos lugares ele tem várias braças de fundura e noutros pode ser atravessado a vau.

rema; possui 3 engenhos de açúcar e compreendia, em 1815, 525 fogos e 4.200 almas.[20] A igreja paroquial é a de S. Sebastião de Araruama de que falei atrás e que foi fundada por capuchinhos.[21] Foi construída quase à beira do lago, é isolada, baixa, pequena e jaz em ruínas.

Mataruna[22] oferece, como disse, a mais considerável reunião de casas existente na paróquia de Araruama, não havendo outro arraial entre Saquarema e a Aldeia de S. Pedro dos Índios.[23] Para ir da Igreja de S. Sebastião a Mataruna caminha-se na praia, em areal puro. Em Mataruna há um pequeno regato, ou melhor, ao que parece, um braço do lago, com o mesmo nome do arraial (Rio Mataruna), constituindo um bom porto, muito útil aos lavradores da vizinhança. Vi nesse lugar uma pequena embarcação, muito bonita, do gênero das chamadas lanchas, servindo para a navegação no lago. Cerca de vinte casas compõem o Arraial de Mataruna. Elas são situadas à beira da água, pequenas, muito baixas, cobertas de telhas, e têm quase todas uma varanda ou galeria formada por um prolongamento do telhado, sustida por dois esteios não lavrados. As casas são na maioria vendas ou pertencentes a pescadores.

Em geral não há na margem do lago senão botequineiros ou pescadores. O solo é muito arenoso para ser cultivado; mas, distanciando-se um pouco do lago encontram-se boas terras, capazes de produzir todos os alimentos próprios da região: milho, feijão, cana, café, algodão, mandioca etc. O terreno é sobretudo favorável à mandioca, sendo comumente ao fim de um ano que se arrancam as raízes. Nos melhores lugares o milho rende por alqueire 3 carros de 20 sacos, contendo 2 alqueires cada um. Como nos arredores de S. João d'El Rei conta-se aqui *por carro,* porquanto a região, muito plana, permite esse meio de transporte. Na época de minha viagem o açúcar branco era vendido a 7 patacas (14 fr.) a arroba; o mascavo claro a 5 patacas e o mais comum a 4 patacas, preços mais ou menos semelhantes aos correntes desde o lugar chamado Mata. Nesta região não se cultiva o algodão senão para o consumo das famílias, e ele não é de boa qualidade. Impregnados de sal, os terrenos baixos e úmidos não admitem a cultura do arroz. Outrora a planta do anil era cultivada nesta zona em maior escala que atualmente;[24] entretanto alguns colonos semeam ainda esta planta, porquanto o anil é muito caro no Rio de Janeiro. Para isso limpam e preparam o terreno; fazem pequenos buracos a um palmo uns dos outros e aí depositam um punhado de sementes; as plantas podem ser cortadas no fim de seis meses.

Nas boas terras deste distrito a vegetação natural ainda difere pouco da dos arredores do Rio de Janeiro; as plantas dos terrenos muito arenosos são quase as mesmas que observei em Saquarema. À margem mesmo do lago cres-

20 Piz. *(Mem. Hist.,* vol: V, págs: 232-34:

21 *Loc. cit.*

22 Talvez *Mataruna* venha do português *mata* e do vocábulo *úna,* da língua geral, significando *negro.* Foi erradamente que em uma compilação recente se escreveu *Matarnua.* Esse nome é tão errado quanto o *Francesco Leite* dado ao Rio Francisco Leite, de que já falei.

23 Um viajante colocou à margem do Lago de Araruama o Arraial de Nazaré; mas não existe ali nenhum com esse nome. Presumo que ele quisesse se referir ao Arraial de Mataruna, tendo confundido o nome com o da Igreja de Saquarema, dedicada, como disse, a N. S.ª de Nazaré.

24 Apesar de um regulamento (provisão) do conselho de Ultra-mar, de 24 de abril de 1642, permitir aos colonos brasileiros o plantio do anil nas terras que não fossem próprias à cultura da cana, parece que somente após o governo do Marquês do Lavradio começou ele a ser cultivado. Cheio de interesse pelo bem público, esse vice-rei, que foi nomeado no ano de 1768, induziu os colonos ao cultivo do anil e fez comprar, por conta do governo, a 2$500 o arratel ou libra (460 gramas) todo o anil que lhe fosse apresentado. Os habitantes do Rio de Janeiro achando então que havia grande vantagem no fabrico do corante, dedicaram-se com ardor a essa indústria. Os arredores de Cabo Frio eram em particular tão favoráveis à cultura do anileiro, que cada ano esse distrito fornecia 1.500 arrobas do pó; e, como o governo pagava de acordo com a qualidade do produto, os cultivadores interessaram-se em aperfeiçoá-lo, e uma isenção de impostos ainda mais favoreceu (Piz. *Mem. Hist.,* III, 147). Entretanto falsificações sobrevieram, desmerecendo o anil da Província do Rio de Janeiro. Mas, fosse devido a essa ou a outras causas, o que é certo é que a cultura do anil está quase desaparecida nos arredores da Capital do Brasil. De qualquer modo conclui-se, pelo que acabo de dizer, que andou errado um dos visitantes do Império afirmando que os brasileiros não sabiam tirar partido dessa indústria.

cem algumas belas espécies; aí colhi o único linho que encontrei na Província do Rio de Janeiro *(Linum littorale* A. S. H.); aí achei também uma bela Umbelífera; enfim colho ainda uma *Polygala* chamada na região "alecrim-da-praia" *(Polygala cyparissias* A. S. H.) sem dúvida devido à sua raiz odorante e suas folhas estreitas,[25] e que, nascendo também na Província de Santa Catarina, contribui para provar que a vegetação do litoral é, como já disse, muito menos variável que a do interior. A *Vinca rosea* é de tal modo disseminada, mesmo longe das habitações, que se chega quase a acreditá-la indígena.

O lugar mais notável depois de Mataruna é o engenho de Parati,[26] cuja capela, que se avista de muito longe, produz belo efeito na paisagem. Como o de Capitão-mor esse engenho tem a vantagem de ser situado à beira do lago, podendo-se embarcar o açúcar diretamente dos armazens. Para além de Parati distanciei-me do lago e atravessei um vasto terreno outrora cultivado e hoje coberto dessa espécie de *Saccharum* que aqui, como em Minas se chama *sapé*. Mais longe voltei às margens do lago e, após uma caminhada de mais de 3 léguas, parei em uma venda no lugar denominado Guaba Grande.[27] Apenas me instalara e a curiosidade lançara ao meu redor os fregueses da venda, aos quais era preciso dar atenção em suas estúpidas perguntas. Esses homens, apesar de todos brancos, não eram, apesar disso nem mais ricos, nem menos ignorantes. Meu componente amigo Sellow, que havia acompanhado o Príncipe de Neuwied no litoral do Brasil, dissera-me que, para se gozar alguma consideração era preciso não parar nas vendas; mas, confesso, a recepção do Capitão-mor desencorajou-me de continuar pedindo hospitalidade aos proprietários dos engenhos de açúcar. Nas vendas não havia nenhuma cerimônia, nenhuma "toilette" a fazer; pagava hospedagem e não temia desagradar ou incomodar ninguém. Era forçado, na verdade, a ouvir conversas tolas; mas a esse respeito não tinha sido mais feliz na fazenda do Capitão-mor.

A venda de Guaba Grande fica na Praia de Araruama, ao fundo de uma enseada em semicírculo, cujas margens apresentam terreno desigual e coberto de vegetação. Diante da casa o lago se estende ao longe; e, enfim o horizonte é limitado por uma linha de verdura que forma sem dúvida a faixa de terra existente entre o lago e o oceano.

À extremidade da enseada de que venho de falar e do lado direito da venda existe um promontório que tem o nome de Cachira.[28] Nesse lugar, e em muitos outros vizinhos do lago, existem salinas.[29] Quando as águas do lago aumentam, enchem as cisternas naturais existentes às suas margens. O lago baixa em seguida, mas a água fica nas cisternas, evaporando-se pouco a pouco e deixando um depósito salino.[30] Os mais antigos moradores da região sabiam

---

25 Como não tinha em mãos notas na ocasião em que fiz a descrição da *Polygala cyparissias (Fl. Bras. merid.*, II, 15), nada disse a respeito do odor das raízes. O nome vulgar da planta não foi também escrito de modo exato na *Flore du Brésil*, porque sua impressão foi feita a duzentas léguas de mim. As obras científicas são sempre incorretas quando impressas longe de seus autores; e freqüentemente são incompletas quando não são redigidas por quem colheu os materiais. Por muito competente que se seja, há sobre os animais e mesmo sobre as plantas exóticas detalhes que se não podem dar de modo perfeito se nunca se saiu de casa; e a finalidade dos governos, enviando viajantes aos países longínquos, será quase sempre cumprida de modo falho quando estes últimos não quiserem ou não puderem publicar eles mesmos, os resultados de suas excursões. Seja-me permitido citar um exemplo. As plantas do meu saudoso amigo Sellow caíram em mãos das mais hábeis e foram quase sempre descritas com muita competência; mas ninguém além do sábio Sellow, poderia saber onde elas foram colhidas e se tivessem sido descritas por ele não seriam vagamente designadas "elas nascem no Brasil", isto é, em uma imensa região onde se contam 4 ou 5 floras distintas, sendo que as duas mais distanciadas diferem entre si mais que as de Hamburgo e Algéria.

26 *Parati* na língua geral designa o peixe que os portugueses-brasileiros chamam *tainha*.

27 Escrevo de acordo com a pronúncia do lugar; e se Pizarro escreveu *Iguaba* foi para obedecer à etimologia indígena. Com efeito, *i guaba*, em guarani significa um vaso que serve para beber água.

28 Acha-se *cacira* nas *Mem. Hist.* de Pizarro (III, 153); mas isso é sem dúvida um erro tipográfico.

29 Pizarro, indica salinas não somente em Cachira, mas ainda entre a Vila de Cabo Frio e o lago de Araruama, no promontório chamado Ponta do Baixo, no denominado Ponta do Chiqueiro e enfim nos chamados Ponta dos Costa, da Perina, Massambaba e do Fula.

30 Segundo o autor das *Mem. Hist.* existem salinas em que o sal se forma independente da entrada das águas do Araruama (*Mem. Hist.*, III, 154).

tirar partido das salinas, aí abundantes; entretanto como o sal indígena fazia diminuir o consumo do que vinha de Portugal, foi proibida por decretos (cartas-régias) de 28 de fevereiro de 1690 e 18 de janeiro de 1691 a exploração de salinas no Brasil e o consumo de outro sal que não fosse o importado da metrópole. Os habitantes das vizinhanças do Lago de Araruama não se intimidaram com essa proibição e continuaram a explorar as salinas. Mas o monopólio do comércio desse produto havia sido confiado a interessados que se queixaram; o governador Luís Bahia Monteiro enviou tropas ao distrito de Cabo Frio e, sem temer as leis existentes, fez sequestrar, por sua conta e risco, não somente o sal retirado das cisternas, mas ainda os bens daqueles que se entregavam a esse gênero de exploração. Reclamações foram endereçadas pelo povo ao Rei D. João V; este reformou as leis e, em um contrato feito com novos arrendadores, permitiu a exploração das salinas de Pernambuco e de Cabo Frio.[31] Durante muito tempo estas últimas foram franqueadas a todo mundo; mas acabaram por arrendar as principais dentre elas, particularmente a de Cachira e não deixaram ao público senão as menos importantes. Os monopolizadores dão, aos que pedem, a permissão para explorar o sal com a condição de lhes remeterem a metade da colheita.[32]

Saindo da venda de Guaba Grande distanciei-me do lago, somente dele me aproximando ao chegar à Aldeia de S. Pedro. Atravessei então uma mata virgem, muito magra, e em seguida entrei em derrubadas onde, de tempo em tempo, vi algumas palhoças. Sem ser tão povoada como os arredores de Praia Grande, de Cabeçu e mesmo de Saquarema, esta região ainda o é muito; mas a pequenez das casas, o mau estado em que se acham, e a aparência dos habitantes indicam indigência.

Nos dias precedentes eu já encontrara, no campo, índios do número dos que chamam "civilizados". Após ter deixado Guaba Grande vi mais numerosos, o que indicava a proximidade da Aldeia de S. Pedro. Tendo feito duas léguas aí cheguei cedo, mas, para poder pôr meus animais em um pasto fechado, parei em uma venda situada a pouca distância do povoado. Como a de Guaba, esta foi construída à beira do lago, ao fundo de uma enseada semicircular e muito grande. À direita desta última o terreno é muito coberto de vegetação arbórea, e, em um plano um pouco menos distanciado, eleva-se uma pequena colina igualmente coberta de matas, ao pé da qual existem algumas casas, esparsas; do lado esquerdo a praia se eleva acima do lago, e é aí que fica a Aldeia de S. Pedro, produzindo na paisagem um agradável efeito. A praia não termina na aldeia; ela se estende muito mais longe; é desigual e coberta de matas; diante da venda o horizonte não tem outro limite senão o lago, que tem aqui demasiada largura para que se possa avistar a outra margem, e que se confunde com o céu.

Encontrei na venda três chineses que vinham de mascatear em Cabo Frio e seus arredores. Eram alegres, delicados e, logo que desci do cavalo vieram me convidar para com eles almoçar. Como todos os seus patrícios que se encontravam nessa época, no Rio de Janeiro, traziam as vestimentas de seu país, aliás fáceis de renovar porquanto existiam alfaiates chineses na Capital do Brasil.

Podia então, fazer à minha vontade, a comparação entre os chineses e os índios e achei sua semelhança notável. A face dos chineses é na verdade mais chata e mais larga que a dos índios; mas seus olhos são igualmente divergentes, seu nariz achatado, o osso da face igualmente proeminente, enfim uns e outros são geralmente imberbes. A raça americana é, sem dúvida, como já

---

31 Piz. *Mem. Hist.,* III, págs. 154-169.
32 Pizarro assegura que as salinas renderiam muito mais se os habitantes da região, menos preguiçosos, tivessem o cuidado de limpar as cisternas e impedissem as águas de nelas penetrar fora do tempo próprio.

disse (vide *Viagem pelas Províncias do Rio de Janeiro e Minas Gerais*), e como tendem a provar as tradições indígenas, uma modificação da raça mongólica; modificação devida ao clima, e misturada, ao menos nas sub-raças, com alguns dos ramos menos nobres da raça caucásica.[33] Enquanto me achava entregue à escrita deste diário na venda da Aldeia de S. Pedro, descobri mais uma relação entre as raças mongólica e americana. Um chinês cantava ao meu lado e eu acreditei ouvir o canto dos Botocudos, amenizado e aperfeiçoado. Como estes últimos, que aliás se assemelham mais aos mongóis que todas as outras tribos americanas, o chinês de que falo arrancava com esforço os sons; sua entonação era nasal e ele produzia estrépitos na voz que não eram menos bruscos que os do canto dos Botocudos, sem, todavia, ser tão ruidoso.

---

33 É incontestável, diz o meu amigo Sr. d'Olfers (em Eschw: *Jour. von Braz.*, II, 194) "que certas populações brasileiras muito se aproximam dos mongóis por sua cara chata, nariz inteiramente chato igualando-se com as faces, ossos das faces proeminentes, longos cabelos lisos e de uma côr parda, olhos um pouco oblíquos e a cor amarela da pele. Fica-se admirado dessa semelhança quando se encontram ao mesmo tempo nas praias de banho do Rio de Janeiro um chinês e um indígena". Nesse trecho o Sr. Olfers limita-se a assinalar a semelhança dos índios com mongóis; mas, o mais ilustre zoologista do nosso tempo, Sr. Cuvier, parece participar de minha opinião sobre a origem mista de certos americanos, pois atribui aos indígenas da América traços de origem mongol e européia *(Règne animal,* vol. I, pág. 85). Devo confessar entretanto que, ao menos em um grande número de tribos, os traços caucásicos não me parecem tão pronunciados como diz o Sr. Cuvier; talvez esse sábio e alguns outros tenham sido induzidos ao erro por estampas de Botocudos que foram publicadas na Alemanha, onde os caracteres da raça caucásica pareceram-me ter sido singularmente exagerados. Mostrando que os americanos têm ao mesmo tempo qualquer coisa de europeus e de mongóis, o autor de *Règne animal* acrescenta que sua tez vermelha de cobre não basta para torná-los em uma raça particular. Isso é tão verdadeiro que se essa cor existe entre alguns americanos ela não aparece nos do Brasil meridional; eu e o Sr. Eschwege já demonstramos a verdade a esse respeito (vide *Viagem pelas Províncias do Rio de Janeiro e Minas Gerais,* e *Journal von Brasilien,* I, 84), e eis como o Sr. d'Olfers se exprime sobre o mesmo assunto. "Nunca vi entre os índios do Brasil uma cor verdadeiramente cúprea. A tonalidade de suas peles diferentes pouco ou quase não difere da cor de um europeu meridional queimado de sol; e, quando se acostuma desde cedo uma criança indígena a vestir-se à européia, ela não se torna mais parda que os mongóis. A cor dos americanos apenas existe em sua epiderme pela ação dos raios solares, falta de asseio, coloração artificial, e não tem sua sede no que se chamou *rete muscosum Malpighii".*

(SEGUNDA PARTE)

CAPÍTULO XVI

HISTÓRIA SUCINTA DA CIVILIZAÇÃO DOS ÍNDIOS DO BRASIL. A ALDEIA DE S. PEDRO DOS ÍNDIOS. MODO DE VIAJAR.

História sumária da civilização dos índios do Brasil. Fundação da Aldeia de S. Pedro dos Índios. Descrição dessa aldeia. Governo que os Jesuítas haviam estabelecido. Notas sobre a língua geral. De que modo a aldeia é hoje administrada. Inalienabilidade das terras dos Índios; restrições que tendem a despojá-los de suas propriedades. Fisionomia dos índios de S. Pedro. Suas ocupações. Seu caráter. A próxima destruição dos índios do Brasil. Mamelucos. O capitão-mor Eugenio. Um carpinteiro espanhol. Como o Autor viaja pelo litoral.

Prosseguindo minha viagem pelo litoral falarei freqüentemente dos tristes restos de uma civilização que em breve terá desaparecido com a infeliz raça a que pertence. Mas, sem dúvida compreender-me-ão mal se eu não começar pôr, em poucas palavras, dar uma idéia da origem dessa civilização, os miseráveis aos quais levou remédios tão eficazes, e os deploráveis resultados de sua destruição. As ruínas são cousas interessantes quando sabemos a que edifício pertencem e que mãos bárbaras vieram demoli-lo.

Os portugueses, descobrindo o Brasil, aí encontraram homens que lhes pareceram apenas merecer esse nome. Esses homens diferem dos europeus pela cor de sua pele, por seus cabelos e conjunto fisionômico. Estavam nus; viviam nas matas, sem leis e sem religião e se entregavam a barbarias a que se não poderia acreditar se não fossem confirmadas por viajantes de todas as nacionalidades e de todas as crenças.

Os europeus não tardaram a aperceber-se da inferioridade dos indígenas do Brasil e procuraram conduzi-los à vontade do seu interesse. Em vão pedia-se à metrópole leis favoráveis aos índios; havia sido estabelecido em princípio que em alguns casos, os índios podiam ser escravizados; os lavradores facilmente encontravam pretexto para multiplicar o número de escravos.

Aliás os primeiros colonos portugueses que se fixaram no Brasil não eram menos bárbaros que os próprios selvagens. Na maioria exilados da pátria por terem cometido crimes atrozes, não levavam ao Novo Mundo senão vícios. Esses homens acostumaram-se facilmente a serem indiferentes às crueldades que os indígenas exerciam contra seus inimigos, e os indígenas não tardaram a tomar parte em toda a corrupção dos europeus. Uma população horrível formou-se dessa mistura de oprimidos e opressores.

Durante muito tempo o governo português havia dado pouca atenção às suas colônias no Brasil. Enquanto que os plantadores torturavam os índios, os governadores, independentes uns dos outros, tornavam-se absolutos em suas capitanias, jogando com a honra e a vida de seus administradores. Avisado pelas queixas a esse respeito, o Rei D. João III resolveu remediar tamanhos males. Querendo subordinar a um centro comum as diferentes partes do Brasil e tornar mais fáceis as comunicações da colônia com a metrópole, criou um lugar

153

de capitão-general, cortando aos governadores particulares a autoridade sem limites que haviam tido até então. Um homem firme, justo e prudente, Tomé de Sousa, foi nomeado Capitão-general da América Portuguesa, e chegou à Bahia em 1549, acompanhado de Manuel da Nóbrega e de cinco outros religiosos, que como ele, dedicaram-se sem reservas à felicidade dos índios no que foram logo seguidos pelo célebre José de Anchieta.

Nóbrega pertencia a uma família nobre, conhecia o mundo, e reunia a uma prodigiosa atividade vistas largas e a habilidade de administrador. Mais jovem, e, se é possível, mais ativo ainda, Anchieta foi ao mesmo tempo poeta, lutador e naturalista;[1] para tornar-se útil adaptava-se a tudo; ensinava às crianças; comandava tropas; compunha cânticos, uma gramática e um dicionário na língua dos índios, cuidava dos enfermos e não desdenhava mesmo os trabalhos manuais mais vulgares. Anchieta foi certamente um dos homens mais extraordinários de sua época.

Mal chegaram ao Brasil esses religiosos censuravam aos seus compatriotas pelas crueldades que praticavam para com os índios e baniam da comunhão cristã aqueles que escravizavam o aborígene. Deus e a liberdade, tais eram as palavras poderosas que sem cessar pregavam aos índios e pelas quais os atraíam. Ouvindo-lhes os harmoniosos cânticos, as crianças, encantadas, e como que fascinadas, reuniam-se ao redor de uma humilde capela e aprendiam a ler, contar, escrever e a amar a Deus e a seus semelhantes. Pouco a pouco os indígenas renunciaram aos seus bárbaros costumes; reuniram-se em aldeias e foram civilizados, tanto quanto o podiam ser.

Durante dois séculos os jesuítas governaram os índios do Brasil, tornando-os em homens úteis e felizes. Mas, se sua administração obteve tão belos resultados e merece grandes elogios é porque ela se adaptava perfeitamente ao caráter dos indígenas; porque supria a inferioridade do íncola e era para esses homens-crianças uma benemérita tutela.[2] Aplicado a um povo de nossa raça o governo que os discípulos de Loyola adotaram para os índios, seria absurdo e teria fracassado.

Entretanto uma violenta tempestade formava-se pouco a pouco na Europa contra o poder dos jesuítas. Pombal teve conhecimento da ação deles e não viu os serviços que prestavam à América. Jurou-lhes um ódio implacável e expulsou-os do Brasil; mas, pronunciando a ordem de expulsão pronunciava também uma sentença bem mais funesta, a da destruição dos índios.

Ao privar esses infelizes de seus protetores, Pombal não os abandonou todavia, a si próprios. Mau grado um caráter dos mais despóticos, tinha esse ministro vistas largas, idéias nobres e o desejo de ser útil à sua pátria. Fez para os índios numerosos regulamentos; submeteu-os a "diretores" que deviam ser, dizia ele, homens íntegros, zelosos, prudentes, virtuosos; deviam exercer autoridade paternal; era a magistrados de sua raça que os índios deviam obedecer; escolas deviam ser fundadas em todas as aldeias, a embriaguez banida com cuidado, a religião respeitada, a língua portuguesa substituiria o tupi, os casamentos mistos encorajados etc.; enfim, uma emancipação gradual devia ser dada aos índios, até que, tornados iguais aos portugueses constituíssem como que uma só família. O europeu que ler o conjunto desses regulamentos poderá aplaudí-los; muita cousa parecerá absurda, contraditória e inaplicável a aquele

---

1 Não pude ler sem admiração trechos escritos pelo P. Anchieta sobre a história natural do Brasil e que se acham no precioso livro intitulado *Notícias ultramarinas*. Anchieta fala do *gambá* quase como os modernos; poucos anos após Pietro Martire e Gryneus descreveram-no como tendo a parte anterior de uma raposa, a parte posterior do macaco, as mãos de um homem e as orelhas de um morcego.

2 Que me seja permitido repetir aqui o que já disse alhures sobre a inferioridade dos indígenas do Brasil: "Os índios, homens como nós, tendo conosco uma origem comum, são igualmente animados do sopro divino; mas parece-me incontestável que a imprevidência prende-se às diferenças de forma que a raça apresenta, como o mesmo defeito se prende à organização ainda imperfeita da infância, donde o idiotismo e deformidades dos cretinos da Suíça e de Savóia".

que conhece a América e os índios. Pombal partia de um princípio falso; acreditava os índios suscetíveis da mesma civilização que nós, e por estranho despreso acusava a inferioridade dos indígenas do Brasil como resultado do regímen jesuítico, que tendia principalmente a suprir essa inferioridade. Diretores tais como queria Pombal, seriam homens sensatos. Os que foram dados aos índios, homens imorais, ambiciosos, freqüentemente mesmo já punidos judicialmente, tornaram-se em temíveis déspotas; os portugueses que se misturaram aos índios tiranizaram e corromperam o pobre íncola; então as aldeias caíram em ruínas e os indígenas do Brasil retrogradaram à barbaria.[3] Após Pombal, o governo português, é uma justiça que se lhe deve fazer, procurou muitas vezes tornar felizes os índios; mas suas providências não se baseavam num verdadeiro conhecimento da raça americana e fracassaram sempre do fim colimado.

Quando me referi às Missões do Uruguai, ver-se-á quanto estou longe de exagerar a triste situação dos índios submetidos aos descendentes de portugueses. Todavia é preciso dizer: os indígenas não sofrem as mesmas misérias em todo o Brasil. Apesar de expostos a constantes vexames os índios civilizados da Província do Espírito Santo são muito menos maltratados que os das Missões do Uruguai, porquanto não foram submetidos a "diretores"; e, se o não cumprimento das leis na Aldeia de S. Pedro dos Índios, deve necessariamente conduzir ao desaparecimento os indígenas que a habitam, não posso dizer que à época de minha viagem esses homens fossem verdadeiramente infelizes.

A Aldeia de S. Pedro dos Índios, fundada em 1630[4] tinha sido originariamente dirigida pelos padres da Companhia de Jesus. Após a expulsão desses religiosos, foram os capuchinhos encarregados da administração da aldeia. Mas, por um decreto de 8 de maio de 1788, ela foi transformada em paróquia, como todas as aldeias que haviam pertencido aos jesuítas, e posta sob a jurisdição de um juiz ordinário.[5]

A costa onde foi construída a Aldeia de S. Pedro, sem ser muito elevada, domina entretanto toda a enseada semicircular que a banha e que faz parte

---

3 O Sr. Southey, nunca tendo visitado a América, não podia ter sobre o caráter dos índios e sua inferioridade, as mesmas idéias que eu; mas o quadro que venho de descrever está literalmente de acordo com as descrições desse laborioso e competente escritor (vide *History of Brazil*, I, 24, 212, 252; III, 512, 523, 697) que naturalmente não é suspeito porquanto sempre deixa entrever quanto é ele contrário ao catolicismo. Quanto a mim não poderei ser taxado de parcialidade a favor dos jesuítas; porque todas as impressões que recebi em minha juventude estão bem longe de lhes ser favoráveis e nunca deixarei de venerar a memória de alguns homens que em França, contribuíram para sua primeira expulsão.

4 Um eclesiástico meu conhecido, o abade Manuel de Almeida Barreto, que havia sido cura de S. Pedro em 1789, acreditava que os habitantes dessa aldeia haviam pertencido a uma tribo chamada *Sarussú* (talvez *Sacarú*); que a princípio eles habitavam a Capitania do Espírito Santo, e que haviam sido conduzidos para próximo do Lago de Araruama pelos jesuítas, em uma época em que os portugueses de Cabo Frio atacados por algum inimigo, haviam tido necessidade de socorros. Segundo Pizarro, que tratou esse ponto histórico de modo muito sucinto *(Mem.,* V, 91), o capitão-mor Martim de Sá que havia sido governador do Rio de Janeiro fundou, em 1630, a Aldeia de S. Pedro; aí reuniu índios Goitacases e outros vindos de *Sepetiba* ou *Itinga*, no termo de Ilha Grande e enfim confiou aos jesuítas a administração espiritual e temporal na nova aldeia. Entrando em mais detalhes Cazal diz *(Corog.,* II, 44) que durante longos anos os habitantes dos campos que têm o nome de Goitacases haviam resistido aos portugueses, mas, enfim, homens poderosos formaram contra os selvagens uma liga invencível; que o ataque começou em 1629 e que os indígenas foram vencidos fundando-se para os que se renderam, a aldeia de S. Pedro. Estou longe de querer contestar a verdade dessa informação; todavia creio que ela deve ser submetida a novo exame muito menos porque contradiz às tradições provavelmente duvidosas do abade Manuel Barreto, que por não coincidir com os fatos contados por Southey *(Hist. of Braz.,* II, 666), e antes dele pelos padres Vasconcelos e Jaboatão. O historiador inglês nada diz da fundação da Aldeia de S. Pedro, mas, segundo ele, os índios Goitacases foram quase destruídos em 1630 por um motivo muito diverso do indicado por Cazal. Um navio português havia encalhado, diz Southey, nas proximidades desses indígenas; mas a equipagem se salvara em escaler. Os índios de Cabo Frio e os de Reritygba tendo ouvido falar do naufrágio apressaram-se em vir em socorro dos brancos. Como apenas encontrassem os destroços do navio e ninguém da equipagem, concluíram que os portugueses haviam sido devorados pelos Goitacases e exterminaram uma parte dessa tribo. É assim que Southey conta a destruição dos Goitacases; mas talvez se possa conciliar sua narrativa com a de Cazal, admitindo-se que a liga formada pelos portugueses contra os Goitacases, da qual se não pode negar a existência, pegou o primeiro pretexto que se apresentou para exterminar os selvagens e que foi por sua instigação que os indígenas de Cabo Frio e Reritygba tomaram armas (Vide mais adiante o capítulo sobre os Campos de Goitacases).

5 Piz. *Mem. Hist.,* V, 91.

155

da vasta laguna de Araruama. É fácil de ver que os fundadores dessa aldeia tiveram intenção de dar-lhe forma simétrica, o que nunca deixavam de fazer, em todas as aldeias. Entra-se em S. Pedro por uma larga rua que vai ter a uma meia lua limitada pela igreja e pelo antigo convento. A meia lua, coberta de grama, forma uma praça muito larga e é desenhada por um dos lados de duas ruas que se comunicando com a extremidade da rua principal se curvam em semicírculo. As ruas são cavadas de modo que as casas ficam em nível superior ao da rua. Esteios existentes aqui e acolá, embranquecidos pelo tempo, mostram que de início havia idéia de fazer duas ruas da principal mas que o projeto foi abandonado. Aliás, após o governo dos jesuítas foram construídas outras casas, desordenadamente, fora do antigo alinhamento, quebrando-se a regularidade da aldeia. As casas, todas de madeira e barro, foram construídas com pouca arte; são cobertas de colmos e na maioria destituídas de janelas. A igreja e o antigo convento, anexo ao templo, apresentam um corpo principal com duas alas; umas destas forma a igreja; a outra, com o corpo principal, constitui o convento. É do lado oposto à praça que ficam as alas; a entrada da igreja dá para a praça. Uma inscrição que se lê no mosteiro indica que ele foi terminado há 80 anos (escrito em 1818).

Os índios de S. Pedro não conservaram nada do tempo em que eram selvagens e ignoram até a que tribos pertenciam seus ancestrais. Mas se nada sabem de suas origens, em compensação ainda não se esqueceram do governo dos jesuítas. Todos os habitantes de S. Pedro sabem, por ex., que esses religiosos vedavam a entrada de brancos na aldeia[6] e não permitiam aos índios afastarem-se dela. Os jesuítas tinham profundo conhecimento do idioma dos índios, e, para impedir relações que podiam corromper o íncola e levá-lo à opressão, não permitiam o ensino da língua portuguesa.[7] Eles os instruíam na doutrina cristã, cativando-os por um grande número de práticas exteriores, e ensinavam-lhes a agricultura e diferentes ofícios. Três dias por semana os índios trabalhavam na manutenção da igreja, do convento e de tudo que se relacionava com o bem comum da aldeia; durante os três outros dias cada um trabalhava para si próprio. O governo dos discípulos de Loyola era absoluto, mas como o do pai de família que supre por sua experiência e seu senso a pouca inteligência de seus filhos. Os *padres da companhia,* nome que a maioria dos brasileiros dão aos jesuítas, eram extremamente amados pelos índios, e uma velha mulher, quase centenária, que os havia conhecido, contava-me que, quando eles foram forçados a deixar a aldeia todos os habitantes choraram. A religiosidade dos velhos e sua compreensão do cumprimento dos deveres, são,

---

6 Nisto os jesuítas estavam de acordo com as leis de D. Pedro II (Southey *Hist. of Braz.,* III, 371).

7 Homens que absolutamente não conhecem a raça americana condenaram essa sábia precaução dos jesuítas; mas a esse respeito a Companhia de Jesus foi suficientemente justificada pelo protestante Southey, que não se pode acusar de parcialidade. Aliás a linguagem dos índios da costa merecia, como se vai ver, ser conservada. Em seus caracteres gerais a pronúncia das línguas indígenas é muito diferente, sem dúvida, da dos diversos idiomas em uso entre as nações de origem caucásica (Vide *Viagem pelas Províncias do Rio de Janeiro e Minas Gerais,* pág. 180); mas não é menos verdade que a *língua geral* e seu dialeto, o guarani, estão bem longe de ser línguas bárbaras. Elas têm doçura e oferecem a extrema vantagem de admitir palavras compostas freqüentemente muito pitorescas. Grande número dessas palavras têm sido introduzidas na língua portuguesa do Brasil e creio que não lhe tiram nada de sua harmonia e encanto. Os padres Anchieta, Vasconcelos e Figueira gabam a delicadeza, elegância, suavidade e a riqueza da *língua geral,* chegando mesmo a comparar suas belezas às da língua grega. O que há de notável é que, tendo de representar idéias freqüentemente muito abstratas e escrevendo em um idioma falado pelos selvagens, os padres Araújo e Bettendorf não foram obrigados a tomar para seus catecismos uma só expressão de línguas estrangeiras (vide *prólogo do Dicionário Português e Brasiliano);* e eu não encontro nenhum termo estrangeiro nos numerosos exemplos tirados da doutrina cristã que o padre Antônio Ruiz de Montoya cita sem cessar no seu *Tesoro de la lengua guarani.* Contudo em breve não haverá mais no Brasil nenhum traço da língua dos índios, além das palavras que passaram para o português e das quais ninguém conhece a verdadeira origem. Essas considerações levaram-me a fazer sobre a etimologia dos vocábulos portugueses-brasileiros da língua indígena pesquisas de que hei sucessivamente consignado os resultados nesta obra.

dizia-me o vigário da aldeia,[8] que não era favorável aos jesuítas, o melhor testemunho em favor desses religiosos. Que se compare a sua conduta com o modo por que são tratados os índios, atualmente, em Minas,[9] e não se poderá deixar de confessar que para os americanos indígenas, a expulsão dos religiosos da Companhia de Jesus foi um verdadeiro desastre.[10] Eles tornavam o íncola cristão e virtuoso; hoje o indígena é um pervertido; eles conseguiam reuní-los em aldeias; atualmente dispersam-se e são oprimidos; os padres davam braços à agricultura e à indústria, ao passo que agora procuram todos os meios de destruir, seja sorrateiramente, seja de armas na mão, as tribos que não tiveram tempo de se civilizar ou entre as quais não se puderam introduzir.

Quando se tirou aos jesuítas a administração dos índios, não se deixou de tomar medidas de prudência. Compreendeu-se que para tirar partido dos indígenas já civilizados era preciso tratá-los com doçura; sentiu-se que escravizando-os corria-se o risco de revertê-los à barbaria, e concederam-se aos habitantes de S. Pedro grandes privilégios. Como sua civilização datava de longos anos não se lhes deu nenhum diretor e eles escaparam à mais triste das tiranias: a de um subalterno ignorante e interesseiro. Os índios de S. Pedro não são subordinados à jurisdição portuguesa, mas a um capitão-mor, tirado dentre eles, e que exerce a mais vasta autoridade. Esse magistrado julga as pendências de quaisquer naturezas que sejam; gere o policiamento e a boa ordem; enfim, pode, segundo a natureza dos delitos, mandar os culpados ao tronco,[11] ou mesmo condená-los a trabalhos públicos por um tempo mais ou menos longo, mandando-os para isso ao Rio de Janeiro. Os habitantes de S. Pedro não fazem parte da guarda nacional portuguesa (milícia); eles são divididos em companhias comandadas por capitães escolhidos entre eles e que devem obediência ao Capitão-mor.

Uma vasta extensão de terra, de que uma parte ainda se acha em mata virgem foi anexada à comunidade da aldeia e o território concedido foi declarado inalienável. Esta medida, eminentemente protetora, podia impedir, ao menos em alguns casos, o inconveniente de misturar os índios com os brancos e evitar que aqueles fossem logo despojados. Fundada sobre o conhecimento da inferioridade dos índios e sua imprevidência, ela restabelecia em seu favor uma verdadeira tutela e era uma homenagem prestada à administração jesuítica, tão perfeitamente adaptada ao caráter defeituoso da raça americana. Mas, uma restrição feita à inalienabilidade do território dos índios de S. Pedro destruirá pouco a pouco, como se vai ver, os efeitos dessa medida, e acabará por torná-la inteiramente ilusória. Sempre que um índio quer cultivar um terreno pertencente à comunidade, ele encaminha seu pedido ao capitão-mor, que concede ou não a permissão. No caso afirmativo o capitão-mor mede o terreno, o índio dele se apodera e nada tem a pagar. É igualmente permitido conceder terras aos homens brancos; mas estes são arrendatários e pagam à comunidade da aldeia a taxa de um tostão por braça.[12] Todo índio pode ceder seus campos a um homem branco; mas, as terras da aldeia sendo consideradas como inalienáveis, o branco não pode retribuir ao indígena; ele indeniza-lhe apenas o valor das plantações que se acham feitas, bem como o das casas ou outras benfeitorias aí construídas, e o português paga a taxa como se o terreno tivesse sido diretamente concedido pelo capitão-mor. É ao Ouvidor do Rio de Janeiro,

---

8 Meu compilador, que se reporta à época da minha viagem, diz que então o vigário de S. Pedro era um índio. Não somente não havia clérigos índios nesta região, mas ainda, creio poder assegurar que não havia absolutamente nenhum nas diversas partes do Brasil que visitei.

9 Vide *Viagem pelas Provincias do Rio de Janeiro*. Vide também, o que a esse respeito escreve o Barão d'Eschwege, Journ. von Braz., I, 79-83.

10 Essa idéia foi expressa em um jornal filosófico importante, o velho *Globe*. Limito-me a citar aqui uma autoridade que não deve ser mais suspeita que a de Southey e a minha.

11 Dou a conhecer este gênero de castigo em *Viagem pelas Provincias do Rio de Janeiro e Minas Gerais*.

12 A braça quadrada equivale, segundo o Sr. Freycinet, a 484 metros quadrados (*Voyage Ur Hist.*, 266).

que tem o título de "conservador dos bens da aldeias", que se pagam as taxas acima referidas. A lei determina o emprego do produto dessas taxas na conservação da igreja e do convento, tornado presbitério, e que o saldo dessas despesas seja distribuído aos índios, na ocasião de seus casamentos, na proporção relativa à posição que cada um ocupa na aldeia. Entretanto nada disso acontece. Há cuidado em receber os arrendamentos com todo o rigor; mas os índios não tocam no dinheiro que a lei lhes destina; o presbitério cai em ruínas e a igreja não se acha em melhor estado; ela está sem ornamentação e era a custa de pedidos insistentes que, à época de minha viagem, o vigário obtinha pequenas quantias apenas suficientes para as reparações de maior urgência. Não me compete indagar o que faziam da renda da Aldeia de S. Pedro; apenas observei que se se não modificar o regulamento atualmente em vigor, e se se deixar persistir os odiosos abusos aí introduzidos, o território dos índios, por inalienável que seja, passará pouco a pouco às mãos dos brancos.[13] Estes sem dúvida serão somente locatários; mas o Estado ou seus prepostos tornar-se-ão os verdadeiros beneficiados, não restando aos aborígines senão uma propriedade nominal.

Seria entretanto inadiável assegurar a existência dos indígenas de S. Pedro, porquanto eles constituem uma considerável população. Como a região por eles habitada é incessantemente varrida pelos ventos e de grande salubridade, eles são longevos e quase todos têm numerosa prole.

Os índios de S. Pedro apresentam, fisionomicamente, todos os traços gerais da raça americana; têm cabelos negros e muito lisos, ossos das faces proeminentes, nariz chato, olhos divergentes. A cor não é cúprea; ela se aproxima do tom bistre. São imberbes ou quase. São de estatura média; têm espáduas e peitos largos, pescoço curto, e parecem muito robustos. Se me não engano existe entretanto notável diferença entre os índios de S. Pedro e os dos povoados que vi em Minas Gerais. A cabeça dos primeiros pareceu-me não somente mais comprida, mas também mais volumosa, mais larga que a dos segundos e de uma forma mais próxima da oval-aguda. No semblante das crianças observei um caráter que lhes dá uma semelhança singular com os quadrúmanos. Elas têm as narinas muito largas; o nariz é longo, mas muito pouco saliente, e da testa ao lábio forma uma concavidade.

Muitos brancos, atraídos pela fecundidade das terras da aldeia e a taxa moderada pela qual se pode obtê-la, vieram estabelecer-se em S. Pedro, ocasionando não somente uniões passageiras como também casamentos que alteraram a raça indígena. As crianças oriundas dessa mestiçagem têm a cabeça mais arredondada que os índios e os portugueses e a cor mais clara que a dos verdadeiros índios. Suas faces e seu nariz são ainda os da raça americana; mas, o que é notável é que seus olhos não são divergentes. Esses mestiços, aos quais se dá o nome de *mamelucos,* têm um ar de doçura muito agradável, sobretudo as mulheres, algumas das quais são muito bonitas. Os mamelucos gozam na aldeia de todos os privilégios concedidos aos índios, e, bem diferentes dos mulatos, não somente não se envergonham de não pertencer inteiramente à raça européia, mas ainda se mostram orgulhosos de pertencer à clã que é aqui favorecida, ao menos na aparência.[14]

---

13 É, como ver-se-á mais adiante, o que já aconteceu à antiga Aldeia de *Rerityba,* hoje Vila de Benevente, na Província do Espírito Santo.

14 Marcgraff diz *(Hist. Nat. Bras.,* 268) que ao seu tempo distinguiam-se os brasileiros, além dos índios de raça pura, em *mozambos,* nascidos de pai e mãe europeus; *crioulos,* nascidos de pai e mãe europeus; *crioulos,* nascidos no Brasil, de pai e mãe africanos, *mulatos, caribocas* e *caboclos,* filhos de um índio e uma negra; enfim *mamelucos,* nascidos de um europeu e uma índia. Nas partes do Brasil que percorri, os nomes de *crioulos, mulatos* e o de *mamelucos* são sempre usados; nunca ouvi de *mozambo; caboco* ou *caboclo,* quando empregado serve como apelido injurioso para os índios; enfim *cariboca* estava quase fora de uso. Sabe-se que os mamelucos tiveram grande papel na história dos Paulistas. Esses homens, que formaram outrora uma grande parte da população de S. Paulo, desconheciam os deveres da religião e da sociedade civil, e, criados no ódio de sua raça materna, davam caça aos

Em 1789, apenas um índio em S. Pedro sabia o português. Mas, depois dessa data as relações entre índios, brancos e mulatos multiplicaram-se. Atualmente somente alguns indígenas idosos empregam a língua de seus ancestrais, lá entre eles, e mesmo assim envergonhando-se disso. Somente sob a ação da aguardente expressam-se sem acanhamento em seu idioma, e os mais hábeis já se esqueceram de muitos termos usuais. Dando um pouco de dinheiro a alguns desses homens, consegui que repetissem diferentes termos da língua, que, com ligeiras alterações, não é outra cousa que a chamada *tupi* ou *língua geral,* simples dialeto do guarani, outrora empregado entre os numerosos indígenas de todo o litoral, ou ao menos da maioria deles.[15] Os índios de S. Pedro falam pela garganta e pelo nariz; têm muitas aspirações, abrem pouco a boca, dão pouco movimento aos órgãos da voz e freqüentemente apoiam-se sobre a última sílaba. Esse modo de pronunciar é, em seu conjunto, o dos Coroados de Rio Bonito e de outras povoações que encontrei em Minas Gerais;[16] e, como essas povoações falam idiomas bem diferentes entre si e bem diversos da língua geral, deve-se concluir de tudo isso, que há, na pronúncia das línguas indígenas, caracteres que pertencem a toda a raça indígena, e que podem contribuir para fazê-las distinguir.

É da cultura do solo que vivem os índios de S. Pedro; passam a semana no campo com suas famílias, somente vindo à aldeia nos dias de festa e domingos. Esses homens são afamados na região pela habilidade com que serram tábuas e exercem algumas pequenas indústrias que lhes são peculiares. Suas mulheres principalmente fazem com o taquaraçu[17] chapéus artisticamente trançados e cestas que sabem tingir de cores vivas porém pouco duráveis; fabricam também, com o algodão da região, redes muito elegantes, vendendo os chapéus de palha a uma pataca e meia (2 a 3 fr.) e as redes a um ou dois cruzados. A pesca ainda é uma das ocupações favoritas dos índios; eles se servem para apanhar o peixe, de redes por eles mesmos feitas, e mais freqüentemente ainda de anzóis e linhas. Quanto aos ofícios, propriamente ditos, os de alfaiate, tecelão, etc., não gostam de aprendê-los, e a maioria dos artífices que moram na aldeia são brancos ou mulatos.

A língua primitiva dos índios de S. Pedro foi, como já se viu, quase abolida da memória deles; vestem-se à moda portuguesa, tendo renunciado a seus antigos trajes; mas ao mesmo tempo encontram-se entre eles as boas qualidades e principalmente os defeitos que têm, no seio das florestas, seus irmãos ainda selvagens. São alegres, de humor dócil, direitos e espirituais; mas sua preguiça é extrema; amam apaixonadamente a aguardente e nunca pensam no futuro. Apenas cultivam o suficiente para viver; quase nunca têm excedente a vender; e se algum tem a fantasia de ir ao Rio de Janeiro, logo resolve satisfazer essa fantasia, abandonando pela metade do custo o fruto de um longo trabalho. Duzentos anos de civilização, sob dois regimens inteiramente diferentes, pouco modificaram o caráter dos índios de S. Pedro. Estão sempre parados e impre-

---

índios com mais crueldade que os próprios brancos (Southey, *Hist. of Bras.,* III, 304, 306, 307). As cousas naturalmente mudaram-se, depois que a escravidão legal dos índios foi abolida e que o governo lhes concedeu alguma proteção. Ao que parece não é só em S. Pedro que os mamelucos ou seus descendentes não se envergonharam mais de pertencer à raça índia; paulistas muito distintos gabam-se de descender de famoso cacique, e Koster diz expressamente que os mamelucos do norte do Brasil têm qualquer independência de caráter e têm pelos brancos menos respeito que os mulatos *(Voyages dans le nord,* etc., tad. Jay, II, 320).

15 Cazal como já me referi acima, diz que a aldeia de S. Pedro foi fundada por Goitacases. Mas, como estes não falam a língua geral, e este idioma e o dos índios de S. Pedro, tende-se a concluir que estes últimos não têm a origem que lhes atribui o autor da *Corografia Brasileira.* Entretanto não é impossível que os Jesuítas, que tinham feito um estudo aprofundado da *língua geral* e composto um catecismo nessa língua, tenham feito adotá-la por todos os índios que administraram. Tiveram sobretudo que agir assim para com os Goitacases de S. Pedro dos índios, se, como crê Pizarro, foram eles misturados com os de Sepetiba, que sem dúvida eram dos que falavam o tupi.

16 Vide *Viagem pelas Províncias do Rio de Janeiro e Minas Gerais.*

17 Espécie de bambu descrita em *Viagem pelas Províncias do Rio de Janeiro e Minas Gerais.*

videntes, como o eram outrora no meio das matas e charnecas, ou melhor dizendo, continuam crianças apesar de todos os esforços feitos para torná-los homens. Isso confirma ainda o que eu disse alhures; os índios não são suscetíveis do mesmo progresso que nós; sua civilização ficará sempre imperfeita; eles têm necessidade de viver sob uma tutela protetora, e se, como é possível, não se pode proporcionar-lhes tal benefício, eles em breve terão desaparecido da superfície do Brasil e provavelmente de outras partes da América.

De tudo o que precede, era evidente que eu não devia esperar encontrar nas casas dos índios de S. Pedro, nenhum sinal de riqueza. As em que entrei estavam sujas e desprovidas de toda espécie de comodidades. As mulheres aí se achavam agachadas no chão, e não vi outros utensílios além de redes e algumas panelas.

Indo visitar o Capitão-mor da aldeia não achei sua casa melhor que a de seus administrados. Nela se via, na verdade, um banco e um par de tamboretes; mas o digno magistrado achava-se sentado no chão, com sua mulher, cada qual sobre uma toalha separada. Eugênio, o capitão-mor dos índios era oriundo, evidentemente, de uma mestiçagem, e, o que me pareceu mais notável, seus olhos divergiam em sentido contrário aos dos índios de raça pura. Quando entrei em sua casa achava-se ele ocupado em tecer uma rede para apanhar camarões. Pareceu-me ser sensato; mas, percebi que evitava responder às perguntas que lhe fazia. Os índios dão geralmente provas de uma desconfiança bem justificada pela violência e astúcia que a seu respeito empregam os homens de nossa raça.[18]

Disse que os índios de S. Paulo apenas cultivam o necessário à sua subsistência; mas os brancos, arrendatários de terrenos da aldeia, têm sempre alguns gêneros à venda. Ao tempo de minha viagem o café valia no lugar 7 a 8 patacas (14 a 16 fr.) a arroba; o arroz se vendia igualmente a 7 e 8 patacas o saco de 4 alqueires; mas esses preços eram considerados muito altos; o açúcar branco valia de 7 a 8 patacas a arroba e o milho $3\frac{1}{2}$ pataca o alqueire.

Durante minha estada na Aldeia de S. Pedro dos Índios muito tive que louvar a bondade de um velho carpinteiro espanhol, estabelecido na região havia 40 anos. Esse homem, logo que me viu chamou-me "compatriota" e demonstrou a maior alegria em ver-me. Há, sem dúvida, grande distância entre as cidades de Orleans e Valência; mas, em uma região tão diferente da Europa, todos os europeus tornam-se, por assim dizer, irmãos. O bom carpinteiro prestou-me pequenos serviços, dele dependentes; e, quando deixei a aldeia indicou-me o caminho da cidade de Cabo Frio, com muita bondade.

É tempo de dizer, creio, de que modo eu viajava depois que deixei o Rio de Janeiro. Partia pela manhã, entre 8 e 9 horas. Todas as vezes que, no caminho, percebia uma planta que me era desconhecida, descia do cavalo, colhia algumas amostras, punha-as na prensa e alcançava, a trote, minha caravana, que seguia a passos lentos. Após haver feito de duas a quatro léguas, parava; descarregavam minhas malas e eu delas retirava tudo quanto era necessário à análise das espécies que colhera. Enquanto me dedicava a esse trabalho o índio Firmiano ia buscar lenha, acendia o fogo e fazia ferver água necessária ao chá e ao feijão. Em lugar de farinha de milho eu comia farinha de mandioca; aliás minha alimentação era quase a mesma que adotava em Minas.[19] Se após ter tomado o chá, sobrava-me ainda bastante tempo, fazia uma pequena herborização, e depois, enquanto meu doméstico Prégent preparava os pássaros

---

18 Se, como se disse a respeito dos habitantes de S. Pedro, os índios civilizados deram, algumas vezes, provas de finura e dissimulação, é preciso, creio, ligar esse defeito à justa desconfiança de que falo aqui. O viajante que fez aos índios essa acusação de falsidade disse também que o traço mais notável de seu caráter é um orgulho indômito; confesso, bem francamente, que esse seria o último defeito que se poderia atribuir a essa pobre gente.

19 Vide *Viagem pelas Províncias do Rio de Janeiro e Minas Gerais.*

que havia caçado, eu começava a mudar as plantas de papel; serviam-se os tradicionais feijões e escrevia meu diário. Algumas vezes meu trabalho prolongava-se noite a dentro; todavia eu me levantava ao nascer do sol, concluía o que não pudera ser terminado nas vésperas, e, antes de partir auxiliava Prégent a mudar as plantas.

O caráter desse pobre moço alterava-se cada vez mais; eu tinha que suportar estoicamente suas esquisitices e comprava bem caro os pássaros que ele caçava e que, dispersos depois de meu regresso, terão sido provavelmente bem pouco úteis. Quanto a Firmiano, continuava a ser o que se chama "um bom menino", mas sua preguiça e lentidão eram extremas. Como meu novo tropeiro, Manuel da Costa, aliava a um caráter dócil, bastante atividade o índio descansava nele todo o trabalho; ficava sempre muito longe da caravana, não matava nenhum pássaro e não fazia mesmo, sem ajuda, sua fácil cozinha. Acostumado a viver à sombra das florestas primitivas, ele sofria muito o calor excessivo das regiões descobertas e arenosas que então percorríamos e tinha queimaduras de sol nas pernas e nos braços. Quanto ao tropeiro, achava-me muito satisfeito; demonstrava bom humor e inteligência, amava o trabalho e freqüentemente ajudava aos outros domésticos.

CAPÍTULO XVII

A CIDADE DE CABO FRIO E O PROMONTÓRIO DO MESMO NOME

Região situada entre S. Pedro dos Índios e a cidade de Cabo Frio. Vista que se goza ao chegar a ela. Dificuldades que o Autor depara em encontrar um abrigo. Vista que se descortina do alto da montanha chamada Morro de N. S. da Guia. História do Distrito de Cabo Frio. Distinção que é preciso fazer entre o Cabo e a cidade de Cabo Frio. Administração dessa cidade. Área e população da paróquia de que faz parte. Descrição da cidade. Suas praças, ruas, igrejas; o convento dos franciscanos. O sangradouro do Araruama. Vegetação da faixa de terra que separa o lago do oceano. Água que se bebe na cidade de Cabo Frio. Insalubridade dessa cidade; não há aí médicos nem farmacêuticos. Ventos dominantes. Ocupação dos habitantes; sua pobreza; seu caráter; o pouco gosto que têm pela instrução e artes mecânicas. Comércio. Agricultura. Excursão ao Cabo Frio propriamente dito. Praia do Pontal, Prainha. Descrição das terras e ilhas que formam o conjunto do Cabo. Arraial da Praia do Anjo; ocupação de seus habitantes; secadouros sobre os quais expõem os peixes; "toilette" das mulheres do arraial. A ponta de Leste.

Após haver partido da Aldeia de S. Pedro, atravessei capoeiras e mais raramente terrenos em cultura. A região é montanhosa e florestal; de tempo em tempo percebem-se no campo choupanas esparsas, e, aproximando-se da cidade de Cabo Frio vêem-se algumas casas melhores. Tinha-me distanciado do Lago de Araruama; mas, a pouca distância da cidade achei-me de novo às suas margens. Nesse lugar a largura do lago já não é considerável; mas, se o panorama que se goza não tem a mesma pompa e a mesma extensão do que se admira em S. Pedro ou em Guaba Grande, ele é mais agradável e mais risonho. Avistam-se as duas margens do lago, que apresentam terreno desigual e ornado da mais bela verdura; algumas pequenas ilhas elevam-se à superfície das águas, e uma prodigiosa quantidade de pássaros aquáticos, ora reunidos em grupos, ora planando no ar, precipitam-se sobre suas presas com grande rapidez.[1] Mais perto da cidade o panorama ainda mais se embeleza. O lago parece limitado por uma montanha coberta por um relvado raso e o verde tenro dessa erva contrasta com o tom mais carregado das árvores e arbustos dos arredores. A montanha, que se acha situada, como se verá, nos terrenos do convento dos franciscanos, e que tem o nome de Morro de N. S.ª da Guia[2] é coroada por um pequeno oratório; este, quando por ali passei, acabava de ser caiado, dando ao local efeito dos mais agradáveis.

Se o lago parece terminar ao pé do outeiro de que venho de falar, é porque nesse lugar ele forma um cotovelo. Mais longe ele não apresenta mais que um largo canal, e, à margem oriental deste último, fica situada a cidade de Cabo Frio. Na margem oposta, onde me achava, existem montanhas e não

---

[1] Um dos mais hábeis ornitologistas de nosso tempo, o Sr. Príncipe de Neuwied, especificou os pássaros que vivem às margens do Lago de Araruama.

[2] Encontra-se em Cazal, e em uma compilação muito recente: *N. S. da Cuia;* mas esse nome é errado. A palavra *cuia* designa esses vasos que se fazem cortando ao meio as cabaças ou o fruto da *Crescentia eujete* L.*

* Além dessa planta que é uma *Bignoniácea*, fazem-se cuias dos frutos de muitas outras plantas, como da cabaceira (*Cucurbita lagenaria*), uma Cucurbitácea (M.G.F.).

se vê outra casa além da *venda* em que se pára para atravessar o lago e chegar à cidade. É onde existe o cotovelo referido que se situa o Convento dos Franciscanos; vis-a-vis, na direção de NE, o lago forma um outro cotovelo para logo unir-se ao mar; e, desse lado ele parece limitado por uma praça verdejante. O espaço compreendido entre os dois cotovelos tem o nome de Itajuru[3] e representa uma imensa área de água, fechada por todos os lados.

Em pirogas muito estreitas, à razão de 20 réis por pessoa, faz-se a travessia do canal. Os cavalos e bestas passam a nado; mas, como os animais são mantidos pelas rédeas pelos que vão nas pirogas, é preciso pagar mais 20 réis por animal.

Haviam-me dito que eu podia conseguir asilo no convento dos franciscanos. Tendo atravessado o Rio Itajurú, deixei meu pessoal na sua margem e fui pedir ao guardião permissão para passar um par de dias em um campo do convento bem como licença para deixar os animais pastar na montanha. Minha solicitação foi duramente recusada; insisti, ofereci dinheiro; tudo foi inútil; "ordens superiores" eram as desculpas apresentadas. Acostumado a ser alvo de tocante hospitalidade, mesmo em casa de homens os mais pobres, acabei, confesso, por perder a paciência; disse palavras duras ao velho monge e voltei à praia, sem saber o que fazer. A curiosidade tinha atraído para o redor de minha bagagem grande número de crianças; a elas me dirigi para saber se poderia encontrar uma casa para alugar; elas me indicaram uma, aonde me instalei mediante o módico aluguel de 320 réis (2 fr.) por quatro dias, e, não sabendo que fazer dos animais, mandei-os ao convento tendo tido o tropeiro Manuel da Costa a habilidade de reconciliar-me com os monges.

No dia seguinte fui ao convento dos franciscanos, subindo ao morro a ele pertencente e do qual já disse qualquer cousa. De lá desfrutei o mais belo panorama que se me deparara durante minhas viagens. Vou tentar esboçá-lo; mas isso será unicamente para dar uma idéia segura da posição dos respectivos lugares; será em vão qualquer tentativa de pintar por palavras tamanha magnificência. Em frente da capela que foi construída no cume da montanha, avistei o alto-mar, para além da restinga que o separa do Lago de Araruama. Uma enseada se desenha entre a ponta do Costão, situada a leste da cidade e o cabo cujas montanhas avançam mar a dentro. A faixa de terra que limita o lago, estreita e muito plana, é salpicada como a de Saquarema, de arbustos, entre os quais intervalos de areia branca assemelham-se, de longe, a pequenas lagunas. Por trás da capela a vista perde-se sobre o Araruama, cujas sinuosidades inumeráveis não poderiam ser descritas e cujas margens, revestidas de matas, capoeiras e pastagens apresentam a mais bela verdura. Antes de desenhar o cotovelo de que resulta o canal chamado Itajurú, o lago se contrai numa bacia de forma oblonga. À entrada do Rio Itajurú ele se contrai ainda mais; depois, fazendo uma curva, alarga-se de novo e forma o canal, com a figura de um quadrilátero comprido e irregular. Na margem oriental do Itajuru, para os lados da extremidade da restinga de Araruama, fica a pequena cidade de Cabo Frio, que se assemelha a uma lançadeira e que não é dominada por nenhum edifício notável. Imediatamente, o Rio Itajuru, descrevendo um ângulo de cerca de 60°, curva-se para comunicar-se com o mar. Para além desse cotovelo o lago torna-se de novo muito estreito e é, então que, mudando ainda de nome, se chama *Camboa*.[4] À margem desse último canal existe, do lado do sul, uma espécie de aldeia, chamada *Passagem,* que, apesar de distanciada 1/8 de légua de Cabo Frio, é entretanto considerada como parte da

---

3 Já mostrei que na "língua geral" *Itajuru* significava boca de pedra. Talvez digam também *Tajuru*, em corrupção. Quanto à palavra *rio*, não é raro ser empregada no Brasil para outras águas além dos rios propriamente ditos, riachos e ribeirões.

4 Acho também *Cambuí* em minhas anotações. Segundo o autor citado por Pizarro, *Camboa* significa na língua dos índios um lago em que os peixes entram com a maré montante e ficam detidos na maré vazante.

164

pequena cidade. Em frente a passagem, na margem setentrional de Camboa, existem pequenos montes que avançam pelo mar para formar a ponta do Costão; e enfim para além das terras que limitam o Rio Itajuru ainda se avista o mar, ao longe. Tal é a vista que se descortina do morro pertencente ao convento dos franciscanos. A pequena capela que foi construída no seu alto, deve ser avistada de muito longe, de toda parte, e foi feliz a idéia de consagrá-la a N. S.ª da Guia.

O interior do distrito de Cabo Frio tem sido até agora mal conhecido pelos geógrafos;[5] entretanto poucos anos após a descoberta do Brasil, esse lugar era já célebre entre os franceses que aí faziam, com os índios, um comércio de trocas.[6] Villegagnon aí tocou e foi bem recebido pelos Tupinambás e outros selvagens. Foi ainda de Cabo Frio que em 1568 partiram os franceses, quando, a chamado dos Tamoios, seus aliados, fizeram uma última tentativa para se apoderarem do território do Rio de Janeiro. Rechassados por Salvador Correia, governador desta cidade, os franceses recuaram até Cabo Frio. Um novo navio, armado de canhões e de excelente equipagem, aí tinha aportado. O capitão defendeu-se sobre a ponte, mas terminou por cair morto; o vaso rendeu-se e os canhões de que se achava armado foram colocados pelos portugueses à entrada do sangradouro do Araruama.[7] Mau grado essas precauções os franceses não cessaram de comerciar com os tamoios; mas, em 1572, Antônio Salema, governador do Rio de Janeiro, transportou-se a Cabo Frio com 400 portugueses e 700 indígenas; forçou os franceses a depor as armas, fez grande carnificina entre os tamoios e os remanescentes dessa tribo fugiram para as montanhas. A nova vitória dos portugueses não venceu, entretanto, a obstinação dos negociantes franceses; eles continuaram a ir a Cabo Frio onde compravam pau-brasil aos índios,[8] e os holandeses seguiam-lhes o exemplo. Estes chegaram a construir uma pequena fortaleza ao norte do sangradouro e os primeiros levantaram uma casa de pedra no lado sul. Tendo conhecimento das provocações que essas duas nações faziam aos navios portugueses, o Rei Felipe II ordenou a Gaspar de Sousa, Governador do Brasil, o estabelecimento de uma colônia portuguesa em Cabo Frio e a fortificação desse lugar, tanto quanto fosse possível. Constantino de Menelau, então Capitão-mor do Rio de Janeiro, para lá seguiu com alguns portugueses e induziu os índios de Sepetiba e da Província do Espírito Santo a se reunirem a ele. Os holandeses, que então se achavam no cabo com cinco navios carregados de pau-brasil, foram expulsos da região; Menelau destruiu o forte bem como a casa dos franceses e, sem se preocupar com o inconveniente que resultaria do entulhamento do sangradouro do Araruama, aí mandou atirar os materiais dos edifícios demolidos. O território de Cabo Frio tornou-se então numa pequena província e, em 1615, aí se fundou uma vila a que se deu o nome pomposo de cidade, título tão pouco acertado que em 1648, a pretensa cidade apenas se compunha de algumas dúzias de portugueses, uma aldeia de índios e um forte sem soldados. Estevão Gomes que havia feito grandes sacrifícios para rechassar os corsários estrangeiros, foi nomeado governador da província, com o título de Capitão-mor. Durante mais de um século o Cabo Frio continuou a ter governadores particulares; mas esse lugar foi enfim suprimido por um decreto de 30 de outubro de 1730.

O promontório chamado Cabo Frio deve seu nome aos ventos aí dominantes e que, durante os meses de junho a julho são muito frios, para a zona tórrida. Apesar da cidade ficar a duas ou três léguas do cabo ele serviu para

---

5 Chegaram mesmo a confundir a *cidade* com o *cabo*. Preciosos documentos são devidos ao exato e laborioso Pizarro; mas seu livro não é conhecido na Europa e as pesquisas são aí muito difíceis. Quanto às sinuosidades da costa, elas foram traçadas pelo competente almirante Roussin; é suficiente dizer que a esse respeito os geógrafos nada têm a desejar.
6 Alph. Beauchamp, *Hist. Brés.*, I, 304, 305.
7 Southey, *Hist. of Braz.*, I, 304, 305.
8 Southey, *Hist. of Braz.*, 312 — Piz., *Mem. Hist.*, II, 52.

batizá-la. Nos atos públicos ainda se dá à vila o nome de cidade, que ela recebeu, como disse, à época de sua fundação e que é reservado ordinariamente às cabeças de dioceses. Mas, quando os habitantes da região se referem à "cidade" é ao Rio de Janeiro que aludem; quanto à cidade de Cabo Frio eles chamam sempre "Cabo Frio", palavras às quais não acrescentam nenhuma qualificação e dão o nome de "Cabo", simplesmente, ao promontório.[9]

Cabo Frio é ao mesmo tempo capital de um distrito de milícia ou guarda nacional, de uma justiça, de uma paróquia.

Aí por meados do século XVII foi criada uma Câmara Municipal na cidade. A jurisdição dessa câmara foi então estendida até à Província do Espírito Santo; mas a criação de várias vilas foi diminuindo essa jurisdição e atualmente ela é de poucas léguas.[10]

A cidade de Cabo Frio depende da Comarca da Capital. Antes da chegada de D. João VI ao Brasil não havia aí outros magistrados de primeira instância além de "juízes ordinários"; mas, recentemente, foram eles substituídos por um "juiz de fora" e é este que recebe o dízimo das casas que o ouvidor do Rio de Janeiro vinha anteriormente receber cada ano.[11]

A paróquia de Cabo Frio, após ter tido outrora vinte léguas de comprimento, está hoje reduzida a três ou quatro léguas e conta cerca de duas mil almas, compreendendo as pessoas de cor.[12] Só a cidade abrange mais da metade dessa população e conta cerca de duzentos fogos. Dos 2.000 indivíduos, de que venho de referir, quase mil são escravos; mas a maior parte destes últimos acha-se disseminada pelas propriedades rurais das vizinhanças. Os habitantes da cidade são na maioria brancos, vendo-se entre eles poucos negros e muito menos mulatos.

Já descrevi a topografia de toda a região vizinha de Cabo Frio; já disse que essa cidade está situada à margem oriental de um grande canal chamado Rio Itajuru, prolongamento do Lago Araruama; enfim acrescentei que ela ficava no fim da faixa de terra (restinga) que separa o lago do mar e que apresentava a forma de uma lançadeira. Essa cidade não merece atualmente, mais que em 1648, o título pomposo com que a enfeitavam. À exceção de 5 a 6 casas assobradadas todas as outras são térreas; são cobertas de telhas, mas baixas, pequenas, com janelas estreitas; e os grandes pedaços de reboco caídos da maioria delas, deixam ver a terra vermelha com que foram construídas, bem como os pequenos pedaços de madeira, transversais, da grossura de um dedo, que compõem a sua armação. O interior dessas míseras moradias corresponde ao exterior e demonstra pobreza.

À entrada da cidade, do lado do convento, há uma pequena praça que forma um triângulo cuja ponta fica em direção ao monastério, e à base do qual começam três ruas arqueadas mais ou menos paralelas ao Rio Itajuru. Essas três ruas, atravessadas por algumas outras muito estreitas, vão dar a uma outra praça, triangular como a primeira, mas muito maior, na qual fica a igreja paroquial e que termina por uma rua única, muito larga. É fácil concluir que, de toda essa disposição deve resultar uma forma que, como disse, se assemelha a uma lançadeira. Além das ruas de que venho de falar há ainda uma, melhor

---

9 Pelo visto não é exato dar à cidade de Cabo Frio o nome de Vila do Cabo Frio, que lhe atribui um viajante moderno.

10 Piz. *Mem. Hist.*, II, 142.

11 Expliquei em *Viagem pelas Províncias do Rio de Janeiro e Minas Gerais*, o que são os ouvidores, câmaras, juízes de fora e juízes ordinários.

12 Pizarro diz que outrora, isto é, sem dúvida quando tinha vinte léguas de comprimento, a paróquia de Cabo Frio compreendia 11.600 almas; mas hoje ela não conta mais de 7.000 adultos. Essa população, indicada de modo muito vago, seria imensa, se me não engano, para os limites hoje muito restritos da paróquia. É possível que o autor das *Memórias* não tenha mesmo incluído as populações de S. João da Barra e S. Pedro dos Índios. É ao próprio vigário de Cabo Frio que devo as informações aqui registradas e, por conseguinte, não posso deixar de crer que merecem alguma confiança.

construída que todas as outras, a chamada Rua da Praia, formada por uma única fila de casas, à margem do lago. Nada mais bonito que a vista que se goza dessas casas. Diante delas estende-se o canal de Itajuru onde circulam, quase sempre, algumas embarcações; para além do lago ficam as montanhas que o limitam e a venda próximo da qual se embarca para ir ter à cidade; enfim de um lado vê-se o convento dos franciscanos e o Morro de N. S.ª da Guia, que, como se viu, parecem limitar o canal, enquanto que do outro lado ele parece ter por limite um terreno desigual e dotado de bela verdura. As praias e as ruas não são calçadas, e, como, por assim dizer, não há nenhum movimento na cidade, vegeta por toda parte um gramado muito fino e de belo efeito.

À extremidade dessa rua, que limita a maior das duas praças de Cabo Frio, existe uma grande área de terreno baldio onde cresce em abundância uma *Salicornia* que eu já havia colhido próximo do Rio de Janeiro. Adiante dessa área acha-se o arraial da Passagem, que é tido como parte integrante da cidade, e fica à margem do canal de Camboa, nome que toma, como se viu, o Rio Itajuru depois que se dobra em direção ao mar.

Além da igreja do convento há ainda mais três na cidade de Cabo Frio; a igreja paroquial dedicada a N. S.ª da Assunção (outrora a Sta. Helena); São Benedito, pertencente a Passagem, e enfim S. Bento. Estas duas últimas não passam de pequenas capelas que, pelo exterior, pareceram-me em muito mau estado. A igreja paroquial é maior; mas é irregular, pouco ornamentada, sem teto, concordando bem com a pobreza das casas que a cercam.

O convento dos franciscanos, construído em 1686,[13] pareceu-me muito bem conservado e, quando por ali passei, havia sido recentemente caiado. Esse monastério não é muito grande; mas em relação ao número de seus moradores ele não é pequeno; havia sido fundado por 16 religiosos[14] e contava na ocasião apenas 3. De um dos lados da igreja fica um pequeno claustro quadrado, extremamente limpo e cercado de construções, mas que ainda não se achava terminado.

Do Arraial da Passagem ao sangradouro do Araruama (barra), pode haver meio quarto de légua. Nesse espaço o canal de Camboa parece um rio; em sua extremidade ele descreve uma curva e enfim se une ao oceano por uma estreita abertura que, tendo sido, como vimos, entulhada pelos escombros dos fortes demolidos, não tem hoje mais de 8 a 9 palmos (1m76 a 1m98, s. Freycinet) de profundidade, e onde não podem navegar senão pequenas lanchas.[15] O sangradouro apresenta um aspecto muito agradável; é dividido desigualmente por uma ilhota, por assim dizer, cortada ao meio, e no lugar da interrupção vêem-se apenas rochedos enegrecidos, quase à flor da água. Para além destes a ilhota eleva-se bruscamente para formar um montículo arredondado, onde foi construída a mesquinha casa a que é dado o nome pomposo de fortaleza.[16] Diante dessa pequena construção, no declive do montículo, estende-se um relvado de bela verdura, e do lado existem tufos de arbustos de copa quase esférica, no meio dos quais elevam-se vários *cactus*. Ao longe avista-se o Cabo Frio e o alto mar. O pretenso forte é guardado por seis soldados da milícia ou guarda nacional, que se renovam de quinze em quinze dias, e que são comandados por um simples cabo. Esse é obrigado a dar aviso, ao

13 Piz. *Mem. Hist.*, II, 137.
14 L. C.
15 Pizarro disse (*Mem. Hist.*, II, 178) que as *sumacas*, embarcações um pouco maiores, entram também no sangradouro de Cabo Frio, mas que são obrigadas a esperar a maré montante para evitar os entulhos.
16 Segundo Pizarro e Cazal, esse pequeno forte tem o nome de "Forte de S. Mateus".

coronel do distrito, da entrada e da saída de embarcações que passam pelo embarcadouro.[17]

Exceção feita da Serra do Caraça e das vizinhanças da Penha, na Província de Minas, não creio ter achado, desde o começo de minha viagem, uma região mais interessante para a Botânica que essa península ou *restinga* que separa o oceano do Araruama. Durante o tempo que passei em Cabo Frio herborizei todos os dias nessa península, e, diariamente aí se encontravam grande número de plantas interessantes. Por toda parte o terreno, chato e uniforme é constituído de puro areal. Arbustos de quatro a seis pés, ramificados desde a base, crescem aqui e acolá; apresentam-se em geral sob a forma de tufos isolados; mas, as numerosas espécies a que pertencem têm cada uma um porte e uma folhagem que lhes são próprios; pequenas lianas sobem em seus ramos; um *Loranthus*[18] espalha-se de qualquer jeito sobre as *Eugenia;* e cactus de hastes nuas e eretas, contrastam com as massas de folhagem que as envolvem. Dir-se-ia um jardim inglês no qual o artista tivesse disposto os arbustos de acordo com suas afinidades e contrastes mais felizes.[19] Aí domina a família das Mirtáceas, não menos abundante em suas espécies que em indivíduos, e, entre, as plantas desse grupo posso citar as pitangueiras *(Eugenia michellii* Lam.) que mostram ao mesmo tempo, entre suas folhas brilhantes, flores alvas e os belos frutos vermelhos de que estão carregados.[20] No meio de todos esses arbustos, percebem-se apenas, sobre a areia branquicenta, algumas ervas esparsas. *Ionidium ipecacuanha* é uma das mais comuns.[21]

No trecho do litoral que percorri até então era-se privado de uma vantagem que se goza em Minas — a de beber uma água excelente. Pouco depois do Rio de Janeiro a água deixa de ser boa, e, em Guaba Grande, assim como em S. Pedro ela torna-se turva, espessa, esbranquiçada, verdadeiramente detestável. A que se bebe na cidade de Cabo Frio apresenta uma particularidade singularíssima. Perfeitamente límpida e sem nenhum gosto, apresenta ao mesmo tempo uma cor de ferrugem muito intensa, e, apesar de fornecida por diversas fontes é em toda parte da mesma natureza. Todavia quando descia o Morro de N. S.ª da Guia fui ver uma fonte um pouco diferente das outras. Suas águas têm também uma cor de ferrugem ou âmbar; mas achei-lhe um gosto ferruginoso muito pronunciado; não obstante asseguraram-me que elas perdiam tal sabor quando se tinha o cuidado de deixá-las repousar.

É à péssima qualidade das águas que se atribuem, diz o autor das *Memórias históricas* (11, 153), as febres, que, cada ano, assolam o território de Cabo Frio. Essas doenças periódicas exigiriam os cuidados de alguns homens

---

17 Tudo quanto se tem escrito até aqui sobre a topografia das terras de Cabo Frio dá idéia pouco exata do lugar: por ex., quando se disse que o Cabo Frio era um promontório rochoso, diante do qual se acham algumas ilhotas da mesma natureza; que em uma dessas ilhotas, próximas da costa, elevava-se pequena fortaleza que defendia um porto; que uma laguna se prolongava em semicírculo no interior das terras, e que às suas margens estava situada a cidade de Cabo Frio.

18 *Loranthus rotundifolius* Aug. S. Hil., *(Introd. à l'Hist. des plantes les plus remarquables,* pág. XXI). O ilustre De Candole inserindo essa espécie em seu útil *Prodromus* (IV 292), indica-a como existente nos arredores do Rio de Janeiro. Sem dúvida foi levado a essa asserção pela introdução muito resumida que quis citar; mas a faixa de terra onde encontrei *Lorathus rotundifolius* fica a 30 léguas por terra e 18 por mar da Capital do Brasil, e eu não observei nos arredores dessa capital nenhum gênero de vegetação que se parecesse com as das restingas. Penso que os naturalistas deviam ter o maior cuidado na exatidão das localidades que indicam. Que deve dizer um brasileiro, por ex., quando em uma obra de História Natural muito apreciada e recente, ele encontra a *província da Mina* e a de *Cantagalo?* Consultando alguns livros de geografia um pouco modernos, ver-se-á que existe no Brasil, uma província de *Minas* ou *Minas Gerais;* mas que não se encontra nenhuma *província da Mina;* ver-se-á ainda que Cantagalo não passa de uma pequenina vila da Província do Rio de Janeiro.

19 Vide minha introdução à *Histoire des plantes les plus remarquebles du Brésil et du Paraguai".*

20 Não posso deixar de assinalar ainda, entre as plantas interessantes de Cabo Frio, duas Ericáceas, uma de flores vermelhas *(Gaylussacia pseudo-vaccinium),* a outra de flores esverdeadas *(Andromeda revoluta)* e uma *Cuphea (Cuphea flava),* notável por suas corolas amarelas.

21 Informaram, na região, ao Sr. Luccock, que os animais não temem comer a planta em apreço: *(Notes on Braz.,* 315) e se me não engano essa assertiva é comprovada por minhas amostras.

168

de ciência, e, infelizmente, não existem na região, médicos, nem farmacêuticos.[22] Os enfermos dirigem-se a mulheres que têm, é verdade, algumas idéias ligeiras sobre as propriedades das plantas, mas que são de profunda ignorância. Muita gente se mete a fazer sangrias, porém sem a necessária habilidade.[23]

Demais, se Cabo Frio não é uma região muito salubre é de crer-se que ainda o seria menos sem os ventos que, como disse, aí sopram sem cessar.[24] Observei os ventos muito violentos durante minha estada nessa região, e, asseguraram-me que o ar aí nunca é calmo. Os ventos que aí se fazem sentir mais freqüentemente são os de NE durante a estação quente e os de NW durante a fria. O tempo do calor começa no mês de agosto e vai até março ou abril, vindo em seguida o do frio.

Ao redor da cidade de Cabo Frio o solo é constituído somente de uma areia pura, e não poderá ser cultivado. Todos os seus habitantes são pois pescadores ou artífices. Entre os primeiros há alguns que possuem 9 a 10 negros e que têm uma dessas pequenas embarcações chamadas lanchas, cujo valor ascende, quando novas, a 700$000 (3.750 fr.). Esses homens, cujos capitais não vão além de 25 a 30 mil francos, são, todavia, os mais ricos da cidade. Pode-se dizer que em geral reina em Cabo Frio uma grande pobreza; há apenas três ou quatro lojas de mantimento, e as *vendas* não são somente pouco numerosas, mas ainda mal sortidas. Como os escravos são raros, os brancos, que formam quase toda a população, entregam-se sem acanhamento a serviços que um mineiro olharia como desonroso; brancos vão buscar água e lenha, carregam cargas, andam descalços e enfim, conheci um que era caixeiro de um mulato.

Ficou dito que em 1618 existiam apenas algumas dúzias de brancos e uma aldeia de índios em Cabo Frio; mestiçagens alteraram então nossa raça e não serão os reforços que ela recebeu posteriormente que poderão retorná-la à sua verdadeira dignidade. Os homens que, aí pelo começo do século XVII, penetraram o interior do Brasil, eram, sem dúvida, aventureiros; mas alguns entre eles não eram destituídos de educação e todos possuíam alma forte e perseverança. Ao contrário, os que povoaram as costas estéreis de Cabo Frio, não podiam ser senão desertores ou criminosos banidos da pátria e que não tinham coragem para ir além do primeiro asilo que se lhes apresentasse na rota. Esses homens terão ainda sido enervados pelo calor do clima e pelo ar dos pântanos; e uma parte de seus defeitos deve necessariamente ter sido transmitida aos pósteros. Notei nos colonos de Cabo Frio essa frieza, essa indolência, essa estupidez que eu havia observado desde o Rio de Janeiro nos colonos do litoral. Os próprios cidadãos que se acham em nível superior à maioria, por sua educação, não são mais polidos que o restante de seus compatrícios. Na Província de Minas Gerais, os principais habitantes das cidades vão visitar o estrangeiro logo que este chega; apresentei-me em casa de duas das personagens mais notáveis de Cabo Frio: elas nem ao menos se dignaram pagar-me a visita. Diariamente eu era importunado por uma multidão de crianças e rapazes que entravam em meu quarto ou se comprimiam diante de minha janela; mas não era pelo barulho que se tornavam importunos, porquanto passavam horas seguidas sem proferir palavras, estupidamente ocupados em me olharem escrever.

22 Na verdade o Príncipe de Neuwied menciona (*Reis*. I, 88) um farmacêutico em Cabo Frio, do qual, aliás se queixa. Mas esse cientista, ao que parece, apenas entreviu esta parte do litoral e é assaz possível que o homem de que ele fala seja um desses negociantes, como se vêem em Minas, que com alguns remédios vendem muitas outras cousas; Pizarro, escritor muito exato, diz expressamente que nunca houve na cidade de Cabo Frio "farmacêutico estabelecido com farmácia aberta".

23 Piz. *Mem. Hist.*, II, 152.

24 "Os habitantes de Cabo Frio pretendem, diz o Sr. de Neuwied (*Reis*. I, 84 ou *Voyage Brés.*, trad. Eyr., I, 124), que as brisas do mar limpam e purificam a atmosfera."

Há em Cabo Frio um mestre-escola e um professor de latim,[25] que devem ser pagos pela administração. Mas a extrema apatia dos habitantes desse lugar afasta-os dos estudos; ninguém se dedica ao latim, além dos que desejam seguir a vida eclesiástica, e, ao tempo de minha viagem o professor somente tinha dois alunos. É verdade também que esse professor, esquecido pelo governo, havia sete anos que não recebia o ordenado que lhe era atribuído e, sendo forçado a dedicar-se ao comércio, para viver, ele não tinha nenhum interesse em atrair grande número de discípulos.

A paixão que os habitantes da região têm pela pesca inspira-lhes não somente o desamor ao estudo, mas ainda o desprezo pelas artes mecânicas.[26] Entretanto dedicam-se, próximo de Passagem, à margem do canal de Camboa, a uma indústria que não é sem importância: aí constróem grande número dessas pequenas embarcações a que chamam lanchas, e, à época de minha viagem aí havia três sobre os estaleiros. As madeiras que empregam vêm do interior; a sucupira,[27] o óleo preto e o óleo vermelho são as preferidas.

Não é somente à pesca de peixes que se entregam os habitantes de Cabo Frio. A região é ainda afamada por seus camarões, abundantes principalmente no canal chamado Rio Itajuru. Usam, para apanhar esses crustáceos, longas redes com a forma de coador, que se prendem a duas grandes varas ligadas em suas extremidades. À noite, em canoas, vão os pescadores para o meio do canal: prendem as redes perto do barco e acendem uma grande tocha. Atraídos pela luz os camarões entram nas redes sendo colhidos em grandes quantidades. Pela módica quantia de 80 réis (50 c.) adquiri-os em porção suficiente para todos os meus empregados. Quanto ao peixe fresco, é vendido a 4 patacas (8 f.) a arroba.

Se os habitantes de Cabo Frio são, como disse, pescadores e artífices, há, entretanto, nas vizinhanças da cidade, para além dos tristes areais, um grande número de cultivadores e entre eles dois proprietários de engenhos de açúcar. Estes enviam por conta própria ao Rio de Janeiro o produto de suas terras; mas a maioria dos outros agricultores, menos ricos, vendem seus produtos a negociantes da Capital, que os vêm procurar na região, e a que dão o nome de *travessadores*.[28] Acorrem também aos arredores de Cabo Frio negociantes da Bahia; mas estes limitam-se a adquirir farinha de mandioca. Os travessadores fazem adiantamentos aos agricultores e adquirem previamente certa quantidade da colheita. É fácil concluir que esse gênero de comércio deve ter para a região inconvenientes graves. Como os lavradores fazem compromissos cuja execução deve absorver toda a colheita, acontece que por várias vezes os habitantes da cidade ficam em dificuldade para obterem os indispensáveis alimentos; além disso têm que arcar com os pesados impostos que gravam os comestíveis oriundos do Rio de Janeiro, a carne seca, por exemplo.

É desnecessário dizer que os preços daqui são iguais aos da Aldeia de S. Pedro dos Índios.[29] O transporte de Cabo Frio à Capital é pago à razão de 12 vinténs (1 f. 44 c.) por saco de 2 alqueires;[30] e, com uma pequena embarcação e bom vento, pode-se fazer em um dia a viagem, que, por mar, é de 18 léguas portuguesas. Os sacos em que são acondicionados os produtos da lavoura local são feitos com tecidos de algodão provenientes de Minas Gerais ou da Província do Espírito Santo. Cultiva-se também um pouco de algodão nos arredores de Cabo Frio; mas ele não é de qualidade superior, e os colonos

25 Um moderno compilador, compreendendo mal o que disse Cazal, escreveu que existem em Cabo Frio vários professores de latim. Isso não é verdade.
26 Piz. *Mem. Hist.*, II, 145.
27 O sábio Freycinet disse, segundo informações que lhe deram no Rio de Janeiro, que a palavra *sucupira* se escreve de vários modos. Não ouvi pronunciar esse vocábulo de modo diferente do que aqui escrevo e minha ortografia é igual às de Cazal e Pizarro.
28 Corruptela de *atravessadores*.
29 Indiquei em páginas anteriores os preços correntes à época de minha viagem.
30 2 alqueires no Rio de Janeiro equivalem, seg. Freycinet, a 80 litros.

reservam-no geralmente para o uso de suas famílias e em particular para as roupas dos negros. Comprei aí uma pequena quantidade de que necessitava para embalagem de minhas coleções, ao preço de 4 patacas a arroba.[31]

Não queria passar pela cidade de Cabo Frio, sem ir ver o cabo, a primeira terra que havia avistado ao chegar ao Brasil.

Após ter saído da cidade, contornei toda a enseada que se avista do Morro de N. S.ª da Guia e que se entende ao sul da ponta do Costão, à extremidade oriental dessa espécie de quadrado largo em que termina a restinga de Araruama. A praia margeante a enseada prolonga-se de norte a sul; chama-se Praia do Pontal, e compõe-se de um areal puro, perfeitamente branco e sem vegetação. Para além dessa praia vêem-se então gramíneas, uma espécie de Amarantácea cujos longos caules alastram-se sobre a areia; enfim em alguns lugares uma pequena palmeira chamada *gurirí* cujo caule é subterrâneo e as folhas radicais, cujos frutos são muito pequenos e dispostos em espigas densas como as do milho, e que, vivendo em sociedade cobrem grandes áreas.[32] Afastando-se bem do mar encontra-se então a vegetação de restingas, que já fiz conhecida e que se compõe de arbustos esparsos e semelhantes a tufos.

No lugar em que termina a Praia do Pontal, ou se se quiser, à extremidade sudeste da restinga de Araruama, começa o conjunto de terras que, projetando-se oceano a dentro, na direção SE, formam o Cabo Frio. Chegado à extremidade chamada canto do Pontal, avistei, próximo da praia, uma ilha deserta, a que dão o nome de Ilha dos Papagaios, porque serve de asilo a um grande número dessas aves.[33]

No canto do Pontal existem, no meio dos areais, algumas cabanas de pescadores. Aí deixei de contornar a praia e, passando por trás de uma ponta de terra que pertence ao conjunto de Cabo Frio e que tem partes cultivadas pelos pescadores do canto do Pontal, cheguei a uma outra enseada. Esta ainda é muito menor que a da Praia do Pontal e tem o nome de Prainha.[34]

As elevações que rodeiam a Prainha apresentam vegetação assaz raquítica. Distinguem-se nesses montes: um *cactus* espinhoso cujas numerosas hastes crescem como candelabros, dispostos em verticilo; uma Mirsinácea que ultrapassa ordinariamente a altura de um homem e que vive em sociedade, ocupa, ela só, grandes áreas. Os diferentes pés desta última planta são muito agrupados; confundem seus ramos numerosos e formam uma massa de folhas ovais, brilhantes, de um verde-escuro, um pouco menores que as da laranjeira.

Após ter contornado o fundo da enseada da Prainha voltei a percorrer terras afastadas do mar. Passei então por trás de um promontório que se projeta no mar na direção sudeste; passado este achei-me diante de uma terceira enseada, limitada, à esquerda e à direita por montes. Essa enseada, muito profunda, que se estende mais ou menos de norte a sul, é dividida por uma projeção de terra, em duas partes desiguais cuja mais setentrional, a menor, chama-se Praia do Forno e a meridional: Praia do Anjo. O conjunto é limitado por um lado pela Ponta do Porco e do outro pela Ponta de Leste. Em

---

31 Pizarro diz (*Mem. Hist.*, II, 149) que durante algum tempo a criação de cochonilhas foi por muito tempo explorada em Cabo Frio, mas que a falsificação do produto fez decair a indústria como aconteceu à do anil.

32 O Príncipe de Neuwied menciona essa palmeira e diz que ela se chama também *pissandó* (*Reis.*, I, 67, ou *Voyage Brés.*, trad. Ey., vol. I, pág. 95). As amostras de *gurirí* colhidas pelo Príncipe de Neuwied foram descritas na Alemanha sob o nome de *Allagoptera pumila*.

33 Creio dever consignar aqui algumas dúvidas que me inspiraram a inspeção do belo mapa da Província do Rio de Janeiro, publicado pelo Sr. Freycinet. Aí vejo a Ilha dos Papagaios colocada ao lado do sangradouro do Araruama e uma ilha chamada *do Pontal* situada em frente à extremidade sul da praia do Pontal. Está claro que não foi a ilha dos Papagaios consignada por Freycinet que avistei ao chegar a essa extremidade. Houvera ocorrido, algum erro na carta a que me refiro? Os habitantes de Cabo Frio darão o nome de Ilha dos Papagaios a duas ilhas ao mesmo tempo? Somente novas pesquisas topográficas na região poderão resolver essas dúvidas.

34 É chamada, penso, *Ponta de S. Pedro,* na carta do Sr. Freycinet.

171

frente à Ponta do Porco existe uma pequena ilha chamada Ilha dos Porcos; adiante da Ponta de Leste existe outra pequena ilha.

É esta última que forma a parte mais avançada das terras de Cabo Frio; é ela sobretudo que avista o navegador, encantado, quando vem da Europa para o Brasil. Também, apesar de todas as terras que se projetam no oceano, depois do limite meridional da Praia do Pontal, pertencerem realmente ao Cabo Frio, dá-se mais particularmente, na região, o nome de *Cabo* à Ponta de Leste e à ilha que lhe fica em frente. Algumas vezes também se designa esta última pelo nome de *Ilha*, que, no caso, significa, por assim dizer, ilha principal, ilha por excelência.[35]

Existindo duas ilhas em frente à terra firme, deve necessariamente haver três canais ou estreitos dando acesso do alto mar às enseadas do Forno e do Anjo; o primeiro entre a Ponta do Porco e a ilha do mesmo nome; o segundo entre as duas ilhas; o terceiro entre a ilha propriamente dita e a Ponta de Leste. O estreito canal que separa a Ponta do Porco da ilha do mesmo nome chama-se Boqueirão do Nordeste. O que se acha entre a Ponta de Leste e a *Ilha* chama-se Boqueirão de Leste; mas, tomando direção de leste a sul ele tem, à sua extremidade meridional, o nome de Boqueirão do Sul. A enseada da Praia do Anjo é extremamente útil às pequenas embarcações de cabotagem, que, segundo os ventos, podem aí entrar por diversas aberturas e que aí encontram um abrigo seguro.

Não se encontram habitantes na praia chamada Praia do Forno; mas na Praia do Anjo, onde parei, encontra-se um pequeno povoado. Este compõe-se de uma pequena capela, bem conservada, dedicada a N. S.ª dos Remédios e de uma vintena de choupanas construídas desordenadamente na praia e entremeadas de arbustos.[36] Essas choupanas são pequenas, baixas, mal iluminadas, cobertas de colmo, construídas de pau a pique e barro e acham-se em muito mau estado. Algumas mesmo, sem dúvida pela ação do vento, tomaram uma posição de tal modo oblíqua que se acreditaria que iriam tombar. Os esteios colocados nos quatro ângulos dessas casas não são lavrados e terminam por pequenas forquilhas, sobre as quais descansam os madeiramentos da coberta. Em uma palavra, essas cabanas apenas são comparáveis às da Aldeia dos Macumis,[37] mau grado pertencerem e serem habitadas por brancos.

Todos os habitantes da Praia do Anjo dedicam-se à pesca e, a cada passo encontra-se, no povoado, o indício de suas ocupações habituais. À beira-mar vê-se um grande número de paus com forquilhas que sustentam varas horizontais sobre as quais são estendidas as redes molhadas, e, junto às casas existem os secadouros dos peixes destinados à conserva. Cada secadouro é freqüentemente composto de três fileiras de esteios com forquilhas que recebem varas transversais; estas servem de apoio a outras varas, e é nessa espécie de soalho gradeado que se expõe o peixe a secar.

Não somente a pesca é extremamente abundante nas vizinhanças de Cabo Frio, como rica em variedades de peixes. Os mais comuns são os conhecidos na região pelos nomes de: enxova, cavala, framinguete, grassuma, sarda e principalmente a tainha, cuja abundância é prodigiosa e constitui delicado manjar. Como os pescadores de Cabo Frio não podem vender nem consumir, senão em pequena quantidade, o peixe fresco, eles escamam e limpam o excedente, fendendo os peixes, da cabeça à cauda; salgam-no e põem-no a secar nos seca-

---

[35] Esta ilha é designada sob o nome de Ilha da Tromba, na carta e na bela obra do Sr. Freycinet; mas eu não o ouvi na região e ele não é citado por Pizarro.

[36] Vê-se, do que digo, que há engano em declarar que N. S.ª dos Remédios é uma paróquia ou uma aldeia construída ao norte da pequena Ilha dos Franceses. Pizarro, em geral tão escrupulosamente exato, diz expressamente: "Nos limites da paróquia de N. S. da Assunção de Cabo Frio, acha-se a capela de N. S. dos Remédios situada na Praia do Anjo, onde muito se dedica à pesca. Esta capela foi construída por Antônio Luiz Pereira e outros pescadores (*Mem.*, II, 136)."

[37] Vide *Viagem pelas Províncias do Rio de Janeiro e Minas Gerais*.

douros descritos. Remetem parte do peixe seco ao Rio de Janeiro e outra parte vendem aos agricultores das vizinhanças que o empregam na alimentação dos negros.

O dia em que pernoitei na Praia do Anjo era domingo. As mulheres deviam naturalmente estar vestidas com algum asseio, mas eu estava longe de esperar o singular contraste que me ofereciam as míseras choupanas com a "toilette" das suas moradoras. Elas usavam vestidos de musselina bordada, chales de musselina ou de seda, colares e brincos, e, segundo a moda geralmente estabelecida entre as brasileiras, traziam seus longos cabelos presos no alto por uma travessa. Assim vestidas achavam-se essas mulheres sentadas nas soleiras de suas portas ou agachadas no interior das choupanas, que não possuíam outro mobiliário além de duas malas, toalhas, uma cama e alguma louça. A venda onde passei a noite tinha apenas um pouco de milho, duas ou três garrafas de aguardente e algumas libras de toucinho; mas aí vi uma cesta cheia de bastões de pomada que o botequineiro estava certo de vender às moças do arraial. Convenhamos que não podemos nos queixar da vaidade das mulheres das nossas cidades, quando vemos que as moradoras dos sertões demonstram tanta "coquetterie". Essas mulheres, quando avistam um homem, não fogem como acontece às senhoras de Minas; elas não apresentam nada parecido com as camponesas européias; mas eu prefiro mil vezes a rusticidade destas últimas ao ar frio, desdenhoso e grosseiro das habitantes desta parte do Brasil. Não falo aqui somente das da Praia do Anjo; todas as mulheres que vi desde o Rio de Janeiro tinham modos absolutamente semelhantes.

Logo após ter chegado à Praia do Anjo queria ir à ilha do Cabo; mas, como o vento estava muito violento para que eu pudesse atravessar o canal em uma piroga, o único gênero de embarcações que se encontra aqui, tomei a deliberação de ir à Ponta de Leste. Foi em vão que ofereci dinheiro às crianças andrajosas para que me conduzissem; somente um velho negro se dispôs a servir-me de guia.

Após termos seguido pela praia chegamos à montanha que limita a enseada do Anjo do lado sul e faz parte do promontório a que me dirigia. Chegado ao ponto que domina toda a baía, avistei, de um só golpe de vista, o conjunto dos lugares que já descrevi; a ponta que separa a enseada do Anjo da do Forno, a Ilha dos Porcos, o canal que a separa da terra firme o cabo propriamente dito e a entrada do canal de Leste. Penetrei em um mato virgem, de vegetação bastante reduzida, que cobre o alto do morro; passei em seguida por terrenos cobertos de *Cactus* e da Mirsinásea que já vira nos montes da enseada de Prainha; atravessei pastagens naturais de muito boa qualidade, e, após ter descido sobre rochedos negros, achei-me em baixo, do lado oposto da montanha, à beira do oceano. De lá avistei o Boqueirão do Sul, parte meridional do canal que separa a Ilha do Cabo da terra firme. Para além do canal via a ilha e algumas choupanas de pescadores, construídas perto da praia chamada Praia da Ilha.

A pesca é mais abundante ainda ao redor da Ilha do Cabo que nas costas da terra firme. Após ficar muito tempo livre ela foi recentemente arrendada pela Câmara de Cabo Frio; mas, como em seguida tornou-se menos abundante deixaram-na novamente livre.

Voltando da Ponta de Leste ao Arraial do Anjo, comentei com meu guia a respeito da excelência das pastagens da montanha e demonstrei minha surpresa por não ver aí nenhum gado. Meu guia disse-me que os habitantes do arraial possuem algumas vacas, as quais, no tempo de frio vão pastar à Ponta de Leste, mas na estação quente, que estava iniciada, elas são perseguidas pelos mosquitos.

173

No regresso à Praia do Anjo fui ver um forno de cal, construído à extremidade do arraial. No Rio de Janeiro e em todo o litoral até Cabo Frio, a cal é feita com conchas que se catam na praia; mas próximo à cidade de Cabo Frio, na Praia do Anjo, e enfim, asseguraram-me, em S. Pedro dos Índios, encontra-se pedra calcária, preferida às conchas, existindo em cada um desses três lugares, fornos em que se queimam calcáreos, exclusivamente. O lugar em que se tira a pedra na Praia do Anjo é plano e pantanoso; ela é encontrada sob uma camada de terra de cerca de palmo e meio e é retirada em pedaços por meio de picaretas. O forno é circular e aberto de um lado em toda a sua altura. Nele são postas camadas alternadas de pedras e lenha, tendo ao centro uma pilha de lenha em que se atêa fogo por cima. Servem para isso do *tingoassuiba* (*Zanthoxylum? tingoassuiba* A. S. H., I Fl. Br. I, 78),[38] espécie de árvore da família das Rutáceas, que queima com extrema facilidade, e que é também empregada para construção.*

Antes do fim do dia fiz ainda uma excursão à chamada Praia Grande, próxima do Arraial do Anjo, onde se vêem ainda algumas choupanas de pescadores, e que é em tudo semelhante à Praia do Anjo. Este dia foi bem aproveitado e facultou-me a colheita de plantas interessantes. A noite, entretanto, pouco descansou-me das fadigas do dia. O dono da venda deu-me por leito um simples lençol, sobre o qual deitei completamente vestido. O vento foi terrível, senti frio e não pude dormir.[39]

---

38 *Tingoassuiba* parece-me vir das palavras tupis *tagoa* amarelo e *yba* árvore, com o aumentativo *çu* (árvore muito amarela). Esse nome prova que os índios haviam reconhecido a presença de uma cor amarela na árvore em questão; e, o que há de notável é que nas Antilhas dão o nome de *espinheiro amarelo* a uma outra espécie de *Zanthoxylum* (*Z. caridoeum*) cuja madeira, efetivamente amarela, pode ser empregada na tinturaria.

39 Creio que, para completar este capítulo será melhor transcrever aqui o que disse Pizarro sobre o litoral que venho de descrever e que se prolonga da cidade de Cabo Frio ao Boqueirão do Sul. "Em uma extensão de duas léguas existentes na praia entre o sangradouro do Cabo Frio e o promontório do Pontal não pode ancorar nenhuma embarcação porque aí não existe nenhum abrigo e porque sendo o fundo do mar constituído de areia fina e acamada, não é possível lançar aí a âncora. A uma meia légua para além do Pontal acha-se a enseada da Prainha, na qual vinte embarcações das maiores teriam um abrigo seguro e bom ancoradouro. Além, na praia do Anjo, distante, por terra, meia légua, existe um trecho formado por inacessível rochedo, o qual vai até Boqueirão do Cabo, elevando-se no meio deste a ilha dos Porcos, que divide os estreitos do Norte e de Leste. Por este último, que tem mais de 200 braças de largura, podem entrar embarcações maiores que as que passam pelo primeiro, que tem apenas 40 a 50 braças de largura. Um e outro estreito conduzem às enseadas do Anjo e do Forno. Nesta última as embarcações acham melhor abrigo, o que não acontece na do Anjo onde o ancoramento é mau, mas o desembarque fácil. Nesta imensa enseada existe uma linha de areia ⊊ue, começando na ponta de Leste vai diretamente à Ilha do Cabo, e o canal que se vê entre a ilha e a linha de areia, tendo de 15 a 20 palmos de profundidade, continua até ao estreito do Sul (Boqueirão do Sul) onde tem 8 braças de fundura (*Mem. Hist.*, II, 179)". As informações dadas aqui por Pizarro suprirão em algumas partes o que falta em minhas descrições; mas, em alguns pontos elas exigem outras explicações. 1.º — Fiz ver que a presença das duas ilhas colocadas diante da extremidade da terra firme do Cabo Frio deve necessariamente formar três canais; não pude indicar o nome do que fica entre a Ilha dos Porcos e a do Cabo. O Sr. Pizarro diz que esse canal se chama Boqueirão de Leste; ele dá o nome de Boqueirão do Norte ao canal a que chamo Boqueirão de Nordeste; mas não dá designação para a extremidade oriental do estreito que separa a Ponta de Leste da Ilha do Cabo. Os nomes que Pizarro dá aos dois primeiros estreitos parecem-me acertados, confesso, em virtude de sua posição geográfica; mas, se o canal que separa a Ilha dos Porcos da do Cabo se chama Boqueirão de Leste, como se denominará a entrada do canal compreendida entre essa mesma ilha e a Ponta de Leste? 2.º — O Autor das *Memórias Históricas* assegura que a Praia do Anjo não oferece bom ancoradouro; no lugar disseram-me o contrário. É possível que me tenham enganado; mas, sendo assim porque teriam construído um arraial na Praia do Anjo, enquanto não se vê uma única palhoça na Praia do Forno, que Pizarro diz ser preferível a outra? 3.º — Segundo esse Autor, há na enseada do Anjo um cordão de areia que começa na Ponta de Leste e se estende até à Ilha do Cabo. Se esse cordão começa na Ponta que limita a enseada está claro que ele não fica na enseada propriamente dita, e é efetivamente fora dela que o Sr. Freycinet a representa em sua bela carta geográfica.

* Trata-se de *Xanthoxylum rhoifolium*, também chamada vulgarmente de espinho-de-vintém, maminha-de-cadela, maminha-de-porca e tinguaciba (M.G.F.).

CAPÍTULO XVIII

VIAGEM DE CABO FRIO À CIDADE DE MACAÉ.
A ALDEIA DE S. JOÃO DA BARRA.

Descrição da região situada entre a cidade de Cabo Frio e a habitação de S. Jacinto. Notas sobre as destruições causadas pelos naturalistas. Fazenda de S. Jacinto. Fazenda de Campos Novos, observações sôbre as ordens religiosas. Florestas vizinhas de Campos Novos. A aldeia de S João da Barra. Pedágio exorbitante. Mau abrigo. Comércio. Culturas. Região situada entre S. João da Barra e o Rio das Ostras. Retrato de uma moça. O Rio das Ostras. Modo de comer as ostras. Os vendeiros. Região situada entre o Rio das Ostras e a Venda da Sica. Plantas marinhas.

No espaço de cerca de um grau entre o Rio de Janeiro e Cabo Frio, o litoral do Brasil dirige-se, como disse, de W para E. Mais adiante ele segue direção de NE; depois curva-se para formar a baía chamada Baía Formosa e em seguida retoma a direção norte-oeste, que conserva numa extensão de um grau até ao Cabo de S. Tomé. Em quase todo esse trecho afastei-me da costa, que freqüentemente é dotada de lagunas, e, por toda parte o terreno era uniforme e mais ou menos arenoso.

Deixando a cidade de Cabo Frio para ir aos limites do termo de Macaé e de lá ao distrito de Goitacases era preciso necessariamente repassar pelo Rio Itajuru.[1] Penetrei o interior para evitar seguir os contornos da península terminada pela Ponta de João Fernandes e os da Baía Formosa; passei então por capoeiras e em seguida atravessei matas virgens, que, vegetando sobre terreno arenoso, têm pouco vigor. No meio da mata existem grandes trechos pantanosos: neles não se vê nenhuma árvore; aí cresce somente uma erva muito rala. Uma grande quantidade de ferradores, aqui chamados araponga[2] fazem eco nessas solidões com seus gritos estridentes, que ora imitam o ruído da lima, ora o do martelar sobre uma bigorna.[3] Outrora as arapongas teriam sido também muito comuns perto do Rio de Janeiro; mas, sendo a carne desses notáveis pássaros muito boa para comer, teriam sido destruídos pelos caçadores. Estes ao menos têm uma desculpa aceitável — precisam dar alimento às suas famílias; mas, certos naturalistas destróem talvez mais que os caçadores, e, qual será a desculpa destes?... Para aumentar coleções que logo são destruídas por insetos, e que eles mesmos não apreciam, eles exterminam todas as harmonias da natureza e fazem desaparecer até à última das espécies que embelezam nossos prados e bosques; sacrificam tudo no mundo a fim de anexar as letras iniciais de seus nomes a descrições de pássaros, de plantas ou de insetos, hoje tão fáceis

---

1 Itinerário aproximado de Cabo Frio ao distrito de Goitacases:

Da cidade de Cabo Frio a fazenda de S. Jacinto	3	léguas;
" S. João da Barra	4½	"
" embarcadouro do Rio das Ostras	2	"
" Venda de Boassica	4½	"
" cidade de Macaé	½	"
" Cabiúnas (pequena fazenda)	2	"
" Sítio do Paulista (choupana)	4	"
" Sítio do Pires (choupana)	2½	"
" Sítio do Andrade	4½	"
	27½	"

2 *Araponga* vem do guarani *ara:* dia, *pông:* som de uma cousa oca.
3 Vide *Viagem pelas Províncias do Rio de Janeiro e Minas Gerais.*

de realizar quanto o preenchimento dos claros de uma fórmula de passaporte; e a isso chamam suas glórias.![4]

Após ter feito três léguas, desde o Rio Itajuru, fui pedir hospitalidade na fazenda de S. Jacinto, quase destruída. O proprietário não se achava em casa quando aí cheguei; fui muito mal recebido pelo negro a que me dirigi; insisti, aborreci-me e acabei por descarregar minha bagagem, sem nenhuma cerimônia. Pouco depois chegou o dono da casa. Tratava-se de um homem muito rico, possuidor de muitas outras propriedades, e que não cuidava daquela, aonde tinha o costume de apenas deter-se de passagem. Não pareceu contrariado em ver-me instalado em sua casa; conversou muito tempo comigo, demonstrando alegria, e respondeu atenciosamente a todas as minhas perguntas. Em seu lugar um mineiro achar-se-ia na obrigação de convidar-me a jantar; aqui já era muito não me receberem grosseiramente.

As terras dos arredores de S. Jacinto são próprias a todos os gêneros de culturas, excetuada a do arroz. Nem mesmo nos lugares pantanosos se pode plantar essa gramínea, porquanto a umidade não é aí permanente e a seca que lhe sucede torna o terreno excessivamente duro.

Partindo de S. Jacinto passei por *capoeiras* e logo cheguei à fazenda de Campos Novos, outrora pertencente aos Jesuítas. Ao redor de imenso pátio que forma um quadrilátero longo aberto por um dos lados menores, ficam as casas construídas para os negros e as casinhas sem dúvida destinadas aos operários livres que trabalhavam no estabelecimento. À extremidade de um dos grandes lados do pátio, vê-se, sobre uma pequena eminência a igreja com o convento e, à extremidade do grande lado oposto existe um engenho de cana. As casas que rodeiam uma parte do pátio são grosseiramente construídas de pau a pique e barro, pequenas e cobertas de capim; algumas são isoladas na fila, outras reunidas sob um mesmo teto; contei 28 ao lado onde se acha o convento. Este e a igreja não me pareceram em proporção com o restante do estabelecimento; mas, esta fazenda não podia ser senão uma fonte de renda e, por conseguinte não se devia para aí enviar senão os religiosos encarregados da administração. Após a expulsão dos jesuítas o estabelecimento passou para as mãos de homens ricos; morrendo estes os escravos foram distribuídos entre os herdeiros, o engenho cessou de funcionar, e em poucos anos a fazenda de Campos Novos provavelmente não existirá mais.[5]

Num país novo é preciso, para aí realizar grandes cousas, uma reunião íntima de meios e de forças, e, foi assim que os beneditinos aceleraram outrora o desenvolvimento rural da França. Em nossa Pátria as principais dificuldades foram de há muito vencidas; o agricultor isolado pode, de qualquer modo, suprir a si mesmo, e as corporações religiosas, mesmo as mais zelosas, já não cumpririam os mesmos fins que outrora, porquanto a instrução deixou de ser

4 Uma Filicínea dedicada a Petrarca (*Asplenium Petrarchae*) crescia outrora entre os rochede Vancluse. Os estragos causados pelos botânicos, disse o Sr. Arnott em 1826 (*Jam. Edim. New. phil. jour.*), tornaram-no excessivamente raro e breve ele terá desaparecido completamente. Visitei Vancluse poucos anos após o Sr. Arnott, e, se me não engano, a predição desse cientista já estava cumprida. Todo mundo conhece a anedota seguinte: Um moço, que herborizava com Jean Jacques Rousseau levou-lhe, triunfante, uma planta muito rara que o filósofo de Genebra em vão procurava desde muito tempo. "Ah! Senhor, exclamou Rousseau com tristeza, porque colheu-a?" Não haverá nada verdadeiro entre as frases um pouco declamatórias. *Révéries?* (Vide VII, *promenade, Oeuv. compl.*, vol: **XX**, 368, ed: Gen., 1782)

5 Um viajante inglês diz que indo de S. Pedro dos Índios a S. João da Barra, encontrou, em uma floresta, um quadrado irregular formado por choupanas de terra e junto uma capela um pouco melhor construída; acrescenta que viu nesse lugar um grande número de negros sujos, inteiramente nus, enfim em pior estado que todos os escravos que ele havia encontrado até então; perguntou, diz ainda, quais eram os donos desses infelizes, responderam-lhe que pertenciam aos beneditinos do Rio de Janeiro, e admira-se que uma ordem tão rica e tendo o dever de se ocupar do bem-estar físico e do aperfeiçoamento moral dos habitantes do país, abandonasse a tal ponto uma tão bela propriedade. Parece-me impossível que a fazenda em questão fosse outra que a de Campos Novos, e por conseguinte as censuras feitas aos beneditinos caem por terra. O lugar designado na bela carta geográfica do Sr. Freycinet sob o nome de *colégio*, não pode ser outro também senão Campos Novos.

privilégio de uma só classe e a civilização mais regularmente distribuída, a todos permite formar associações quando se fazem necessárias. O mesmo não acontece no Império Brasileiro. A natureza aí conservou quase toda a sua potência; o homem isolado, lutando contra ela, mostra o quanto é ele fraco, e, após tantos esforços apenas deixa ligeiros traços de seu trabalho. De outro lado as grandes associações, tais como existem entre nós, seja com fins filantrópicos, seja com fins de lucro comum não poderiam surgir no seio de um país corrompido por um longo despotismo e apenas semicivilizado como o Brasil; sou testemunha das que se quiseram criar aqui a fim de tornar navegável o Rio Doce, de explorar o ouro e o ferro em Minas Gerais, ou as minas de *Anicuns*. Para um tal país, corporações religiosas dotadas de seu antigo espírito são de desejar. À época de minha viagem ainda havia ordens monásticas no Brasil; mas os seus costumes eram os do resto do país; e, degeneradas, essas ordens não apresentavam mais que uma reunião de homens vivendo sob o mesmo teto, sem espírito de associação, sem entusiasmo e com todos os defeitos do individualismo.[6]

Após ter deixado Campos Novos, atravessei uma mata virgem que se prolonga até à Aldeia de S. João da Barra. Nessa mata o terreno é arenoso; nela não se vêem dessas árvores enormes que inspiram uma espécie de respeito; mas, a vegetação, sem ter a magnificência comum aos lugares de terra boa, não é, todavia, desprovida de beleza. As árvores apenas têm tamanho médio, mas são muito próximas uma das outras e extremamente variadas; numerosas palmeiras produzem freqüentemente os mais felizes contrastes; de todos os lados a *Bougainvillea brasiliensis* mistura (11-9-818) seus longos cachos purpurinos à folhagem das plantas que a cercam; a *Bromelia* e *Tillandsia* de folhas rijas e uniformes cobrem, no meio dos grandes vegetais, vastos intervalos. Nesta mata não fui presa dessa espécie de temor religioso que causam ordinariamente as florestas virgens; aí gozei mais calmamente o prazer de admirar. O caminho é arenoso mas perfeitamente firme; não se vê nele nenhuma erva e assemelha-se às aléias desses jardins ingleses onde há o cuidado de, sem forçar a natureza, acrescentar algum conforto e gozo além do que concerne à vista.

Entretanto o ruído das águas do mar anunciou-me a proximidade da Aldeia de S. João da Barra[7] e logo, saindo da floresta, cheguei à margem do Rio S. João, o qual serve de limites entre os termos de Cabo Frio e Macaé. Do lado direito, onde me achava, avistava a aldeia construída na margem oposta, e pude ter uma idéia exata de sua posição. Ela fica à extremidade do rio; mas este parece querer retardar o momento de lançar-se no oceano, porquanto, quase à sua embocadura, descreve ainda sinuosidades que contribuem para embelezar a paisagem. Do lado de onde vem o rio, o horizonte é limitado, muito perto, por uma alta montanha chamada Serra de S. João.[8] A extremidade da aldeia mais próxima do mar, o rio e o terreno por ele banhado, descrevem uma curva. Em um lugar muito baixo vê-se, após a última casa, um relvado estreito; o terreno em seguida se eleva e apresenta uma pequena plataforma sobre a qual

---

6 É claro que falo de modo geral e não posso deixar de admitir haja exceções. O mesmo acontece quando me refiro à semicivilização do Brasil.

7 S. João da Barra não tem o título de *vila* que lhe dá um viajante e não deve ser confundida com outro lugar chamado S. João que é uma vila situada à embocadura do Paraíba. Esta última chama-se, segundo Cazal, *S. João da Paraíba* e segundo Freycinet: *São João da Praia*. A esse respeito há um grave erro na obra preciosa do abade Pizarro, porquanto esse escritor chama a vila em apreço (*Mem.* III, 84) *São João da Barra do Rio S. João* e está claro que esse nome não deve pertencer a um lugar situado à embocadura do Paraíba. É possível que a Vila do Paraíba tenha outros nomes, inclusive o de Vila de S. João da Barra, porque assim é designada pelo Príncipe de Neuwied que nela esteve; mas, às palavras *S. João da Barra* nunca se poderia acrescentar: *do Rio S. João*. De resto o nome *S. João da Praia* não era estranho a Pizarro, porquanto ele diz (*Mem.*, II, 22) que a antiga capitania do Paraíba do Sul compunha-se das Vilas de S. Salvador, S. João da Praia etc.

8 É incontestavelmente esta montanha que Luccock diz ter visto sobre a margem do Rio S. João. Ele calcula sua altura em 600 a 700 pés, e acrescenta que seus guias lhe disseram haver um lago em seu alto (*Notes ou Braz.*, pág. 327).

construíram a igreja, mais ou menos próxima do rio e do oceano. Em seguida à igreja vem um terreno arenoso e depois deste um morro, ao pé do qual o Rio S. João lança-se no mar. É fácil conceber como esse conjunto deve parecer encantador; sobretudo quando se vem de atravessar durante algumas horas uma mata onde, de todos os lados, a vista é limitada por árvores.

Logo que chegamos à beira do rio um negro veio procurar-nos com uma piroga. Nela embarcamos, tendo as bestas atravessado o rio a nado, seguras pelas rédeas. Exigem 160 réis (1 franco) pela passagem de cada pessoa e 80 rs. pela das bestas. É sem dúvida necessário que se paguem impostos e não é menos justo exigí-los nas passagens dos rios que em outras cousas. Mas, é evidente que, para não se tornarem contraproducentes, os direitos de pedágio deviam ser moderados; exorbitantes forçarão muita gente a não se arredar de casa, sendo com isso prejudicados o comércio e o tesouro público. É o que acontece no Rio S. João. Em um lugar tão pobre, quantas pessoas não se deverão privar de passar o rio para não pagar 160 réis, sendo fácil compreender que não é boa política dificultar as comunicações entre os habitantes de um país novo, ainda semicivilizado e onde reina tanta indolência.

Perguntei ao negro que transporta os viajantes aonde poderia encontrar um abrigo, tendo obtido a resposta que o comandante arranjar-me-ia algum. Acreditei tratar-se do comandante da aldeia e que iria encontrar o homem mais distinto do lugar; fiquei um pouco desapontado ao ver-me apresentado a um mulato mal vestido, desdenhoso, grosseiro, e que sem dúvida nem ler sabia, porquanto passou minha portaria a outra pessoa para que fosse lida. Obtive licença de passar a noite na casa ocupada por essa personagem e logo fui ciente do cargo por ela ocupado. Não se tratava, como eu havia imaginado, do magistrado da aldeia, mas de um simples cabo de polícia que comandava um destacamento de 6 homens encarregados de fiscalizar o pagamento do pedágio e de prender os viajantes suspeitos. Esse destacamento devia ser substituído quinzenalmente, mas as pessoas mais abastadas pagavam as substituições e eram quase sempre os mesmos homens que ocupavam o posto.[9] Fiquei instalado no corpo da guarda, entre soldados que evidentemente em nada pareciam com os do regimento de Minas,[10] e pus-me a trabalhar, dificultado por densa fumaça, temendo ser roubado e podendo apenas mover os braços, no meio de curiosos, que, de todos os lados, se apertavam ao redor de mim.

S. João da Barra, onde fui tão mal hospedado, é, definitiva ou provisoriamente, cabeça de uma paróquia.[11] Dei uma idéia de sua situação; alguns novos detalhes concluirão sua descrição. A aldeia é construída à embocadura do Rio S. João, sobre uma ponta ou língua de terra que prolonga a margem esquerda ou setentrional do rio, e que se acha compreendida entre ela e o oceano. Compõe-se unicamente de duas ruas, paralelas ao rio; mas, se atualmente é lugar tão sem importância, acha-se todavia colocada em ótimas condições para tornar-se numa cidade de vulto, quando as margens do Rio S. João, menos desertas e mais cultivadas, fornecerem produtos exportáveis. A embocadura do rio é navegável às lanchas e sumacas, que podem, sem dificuldade, vir

---

9 Um viajante inglês que dá a S. João da Barra o nome de S. João de Macaé vila mais setentrional, atribui os títulos de *superintendente* e *excelência* ao comandante do posto de que falo aqui, admirando-se que uma tal dignidade tenha sido conferida ao antigo caixeiro que ele conhecera no Rio de Janeiro e que, diz ele, era capaz de todas as vilanias. A admiração do viajante teria sido menor se, tendo tido cuidado de tomar informações exatas, tivesse sabido que o pretenso superintendente não passava de um simples cabo de milícia.

10 Vide *Viagem pelas Províncias do Rio de Janeiro e Minas Gerais*.

11 A Aldeia de S. João da Barra dependia da paróquia da Sagrada Família de Ipuca, tendo por sede *Ipuca*, situada no interior. Tendo caído a igreja paroquial os habitantes de S. João da Barra ofereceram para substituí-la a capela dedicada a S. João, tendo sido transportados para esta, os tabernáculos e pias batismais. O vigário pretendia dar então à capela de S. João o título de paróquia e substituir o nome de *Sagrada Família* pelo de *S. João Batista da Barra do Rio S. João*, mas houve, em 1818, reclamações contra esse projeto, e Pizarro, que conta os fatos que venho citar (*Mem. Hist.*, V, 122), não dá notícia da decisão que a esse respeito deve ter tomado o governo.

atracar no porto de S. João da Barra. Ao tempo de minha viagem esse lugar já era um entreposto comercial de madeira, bem considerável. Grandes florestas virgens margeam o rio que tem cerca de 18 léguas de curso;[12] os proprietários ribeirinhos derrubam e serram as árvores melhores e vendem as tábuas a negociantes de S. João, que as expedem para o Rio de Janeiro.

Como os colonos empregam ordinariamente seus escravos no trabalho da derrubada, não cultivam senão o necessário ao consumo de suas famílias; também os *travessadores*[13] não aparecem nesta zona; há entretanto, alguns engenhos de cana nos arredores de S. João, sendo os proprietários homens ricos, não vendendo na região o produto de seus estabelecimentos. Eles têm no Rio de Janeiro correspondentes ou sócios aos quais expedem o açúcar, havendo alguns que o fazem em embarcações particulares. O frete de S. João da Barra à capital do Brasil é de 2 tostões ou 200 réis por saco de 2 alqueires, e quando o vento é favorável não se gastam mais de 48 horas para fazer essa viagem. Os cultivadores que não possuem engenhos de cana, mas que possuem mercadorias a vender, fazem o mesmo que os produtores de açúcar — enviamnas, por conta própria, ao Rio de Janeiro. Quando de minha viagem não se encontrava nos arredores de S. João um bom café a menos de 7 a 8 patacas, arroz por menos de 12 tostões (9 f. 50 c.) o saco de duas arrobas (29 quilos 490), enfim farinha de mandioca abaixo de duas patacas (4 f.) o alqueire (40 litros).

Após ter deixado S. João da Barra, atravessei durante muito tempo uma planície arenosa cuja vegetação apresenta aspecto muito semelhante às nossas charnecas, constituída de arbustos de 2 a 3 pés, copa arredondada e muito raquíticos, e que, freqüentemente, entre os ramos viçosos apresentam outros inteiramente secos e sem folhas. Entre esses arbustos nascem relvados e de tempo em tempo encontram-se poças de água, nas quais vegeta com abundância uma *Villarsia (Villarsia communis* N.). Uma das espécies mais comuns nesse lugar é a Melastomácea de pequenas folhas com a altura de cerca de um pé, e que se assemelha às dos lugares altos de Minas Gerais *(Marcetia tenuifolia* DC). Nas partes úmidas encontrei freqüentemente também uma *Utricularia (Utricularia tricolor* N), sem folhas e sem utrículos, com longos caules delgados e grandes flores azuis.[14]

A pouca distância do Rio das Ostras retoma-se a beira do oceano, onde existem, em espaços irregulares, pequenas e míseras cabanas. Mau grado acostumado a ver nas mais tristes moradas mulheres vestidas como as das cidades, não pude conter minha surpresa ao ver na janela de uma miserável choupana uma encantadora moça vestida à moda inglesa com um chale de seda e cabelos penteados elegantemente. Sua beleza surpreendeu-me mais que sua "toilette"; porquanto desde o Rio de Janeiro não vira rosto verdadeiramente belo. Uma cor desagradável é principalmente o que enfeia as mulheres desta parte do litoral.

Não havia caminhado mais de duas léguas desde a Aldeia de S. João quando cheguei ao Rio das Ostras. Era então muito tarde; a maré estava alta e, para poder atravessar o rio era preciso descarregar as bestas e recarregá-las na outra margem. Toda essa operação tomaria muito tempo, e como eu tinha grande

12 Pizarro dá-lhe um curso de 25 léguas mais ou menos. Este rio nasce na Serra de Macacu, parte da cadeia marítima, e corre de ocidente para o oriente. Ele tem de 15 a 20 braças na sua maior largura e 12 a 20 palmos de profundidade. Do lado norte ele recebe sucessivamente, de leste para oeste, as águas do riacho de S. Lourenço, dos rios das Águas Claras (Águas Compridas segundo Freycinet), dos Crubixais, das Bananeiras, do regato Maratuan, dos rios da Aldeia Velha de Ipuca, da Lontra e do Dourado. Os principais afluentes da margem meridional são os riachos dos Gaviões e do Ouro, a Lagoa Feia e enfim o Lago Inhutrunuaiba, formado sobretudo pelos Rios Capivari e Bacaxá (Piz. *Mem. Hist.*, II, 175).
13 Vide o que foi dito no capítulo precedente sobre o comércio de Cabo Frio.
14 Entre as plantas das charnecas vizinhas de S. João da Barra, assinalarei ainda a *Perama hirsuta*, pequena planta, muito interessante, da Flora de Caiena.

número de plantas a estudar, decidi deixar para o dia seguinte a passagem do rio.

O Rio das Ostras não tem mais de 2 léguas de curso. Pequenas embarcações podem, contudo, entrar por sua embocadura, porém somente aproveitando a maré alta. Segui esse rio num espaço de algumas centenas de passos, notando que ele é margeado por mangues.[15] O nome do rio vem da abundância de ostras que se nota em sua embocadura. As ostras não são aqui empregadas cruas na alimentação; são cozidas ao fogo, sem serem antes abertas. Essa grosseira preparação imprime-lhe um gosto desagradável de fumaça; entretanto notei que conservavam ainda algum sabor delicado.

Pernoitei em uma venda construída à margem esquerda do rio, cujo dono era um antigo calafate nascido em Portugal. Em geral a maioria dos homens que, nesta costa, possuem vendas, são portugueses. Mais ativos, mais acostumados ao trabalho, mais previdentes, mais econômicos que os naturais do país, são mais capazes para esse gênero de negócio. Mas, desde a primeira geração os filhos desses europeus sofrem as influências dos exemplos e do clima e não se encontram neles as qualidades que proporcionaram aos seus pais alguma abastança.[16]

No dia seguinte pela manhã a maré baixou, e eu atravessei a vau o Rio das Ostras, um pouco acima da venda.

Em um espaço de 4 léguas e meia, do Rio das Ostras à fazenda de Boassica, próximo da qual parei, segui quase sempre à beira-mar. O caminho não é outra cousa que a própria praia, e, caminhando-se atola-se completamente na areia. Quando não há nebulosidade e a areia está seca, a poeira e a reverberação solar devem ser insuportáveis; mas, felizmente não tive que sofrer esses flagelos. Havia chovido e o céu achava-se encoberto; fiquei livre de grande incômodo.

Quem nunca viu o mar imagina que ele apresenta a imagem da mais perfeita imensidão, e isso é talvez exato quando o avistamos de um alto qualquer; mas, quando a gente está sobre uma praia baixa, apenas percebe uma estreita porção dele; e fica-se fatigado pelo vaivém periódico das vagas assim como pela monotonia do marulhar. A praia, de uma areia branca e pura, sobre a qual eu caminhava, não me oferecia nenhuma vista agradável; não via nenhuma cultura; jamais deparara lugar tão pobre em plantas em flor; apenas percebia alguns pássaros marinhos que, pousados na praia, voavam à nossa aproximação, e enfim, em um espaço de mais de 4 léguas o aspecto da vegetação, margeante a praia, não mudou senão uma vez.

Na primeira parte do caminho a praia nua e arenosa é alguns pés mais alta que as terras vizinhas. Estas são cobertas de arbustos cerrados uns contra os outros, e sobretudo de Mirsináceas, cujos ramos, chegando todos à mesma altura, apresentam uma massa de um verde-escuro e triste, no meio dos quais vêem-se raminhos dessecados. Mais longe, ao contrário da parte de terreno coberta de vegetais que se avizinha, a praia eleva-se formando uma cumiada. Aí encontra-se ainda uma vegetação triste e sombria; mas, as árvores e arbustos que a compõem não terminam num nível comum, ela apresenta aspecto diferente. Ao pé dessas árvores e arbustos crescem abundantemente Amarantáceas de um verde-escuro, uma *Sophora* chamada feijão da praia *(Sophora littoralis* Neuw et Schrad),[17] cuja folhagem tem também uma coloração sombria,

---

15 O Príncipe de Neuwied diz que "as margens do Rio das Ostras são encantadoras, que grandes árvores copadas cobrem-nas com seus ramos pendentes e que coqueiros as sombreiam *(Reis.,* I, 96 ou *Voyage Brés.,* Trad. Eyr. I, 444)". É possível que em alguma parte mais elevada das margens desse rio haja uma tal vegetação.

16 Voltarei a tratar desse assunto em *Viagem às nascentes do Rio São Francisco e pela província de Goiás.* Já tive oportunidade de dizer qualquer cousa na primeira.

17 Esta planta será extremamente preciosa se, como disse, seus grãos podem destruir ou afugentar as grandes formigas, flagelo da agricultura brasileira.

enfim uma quantidade prodigiosa de *Cactus, Tillandsia* e ananases selvagens, plantas espinhosas que formam trama impenetrável.

A cerca de um quarto de légua do lugar em que parei, cheguei a um grande lago de água salgada chamado Lagoa da Sica ou de Boassica, apenas separada do oceano por estreita faixa de terra arenosa e margeada de grandes florestas. Essa lagoa mede 2.400 braças[18] de comprimento e 60 no lugar mais largo; é pouco funda, recebe diversos riachos e é muito piscosa quando há o cuidado de abrir uma entrada às águas do mar.[19]

Depois de ter seguido durante alguns minutos a margem ocidental do lago, passei diante de um engenho de açúcar cuja importância estava suficientemente demonstrada pelas numerosas casas de negros, e ao qual se dá o nome de Fazenda da Boassica, devido ao lago vizinho. Atravessei em seguida um tufo de mata virgem e achei-me logo diante de uma venda muito limpa e recentemente construída, chamada Venda da Sica. Como o vento estava frio, e o tempo chuvoso, resolvi não ir mais longe. Era ainda um português o dono da venda da Sica. Deu-me um pequeno quarto e não fui obrigado a dividí-lo com meus empregados, porquanto também eles tiveram seu quarto; depois do Rio de Janeiro eu ainda não tinha ficado tão bem alojado.[20]

Quando quis abrir minhas malas não encontrei as chaves. Fiquei muito aborrecido por perdê-las porquanto garantiram-me que não havia em Macaé, cidade próxima, senão um serralheiro pouco hábil e que talvez estivesse ausente da cidade. Prégent partiu logo, voltando no dia seguinte e, com grande satisfação vi que trazia a cambada de chaves, que encontrara na praia.

Passei o dia na venda da Sica para cuidar de minhas coleções que não haviam tido esse cuidado nas vésperas, e ao mesmo tempo para preparar uma vintena de espécies de *Fucus* que eu havia encontrado, não longe do meu alojamento, em rochedos à flor da água. Essa colheita foi preciosa para mim, porquanto muito me queixava da pobreza de plantas marinhas dos arredores do Rio de Janeiro, e sabe-se quanto esses vegetais são raros nas praias rasas e arenosas, como as existentes entre S. João e Boassica.

Após ter deixado a venda vizinha desse lago, atravessei uma mata de cerca de meia légua, e cheguei à cidade de S. João de Macaé, comumente chamada — Macaé.

---

18 A *braça*, segundo Freycinet, tem 2,m20.
19 Caz. *Corog. Braz.*, II, 39 — Piz. *Mem. Hist.*, II, 172.
20 Tive dificuldades em reconhecer a região que percorria entre S. João a Macaé, pela descrição do Príncipe de Neuwied; mas, creio que esse cientista não seguiu o mesmo caminho que eu. A lagoa de que fala é, sem dúvida, a de Sica.

CAPÍTULO XIX

A CIDADE DE MACAÉ. VIAGEM DESSA CIDADE AOS LIMITES DO DISTRITO DE CAMPOS DOS GOITACASES.

História de Macaé. Descrição da cidade. Seu comércio. Reflexões sobre o modo de explorar as matas nesta região e em todo o Brasil. Cultura. As ilhas de Santana; sua utilidade para os contrabandistas. Descrição sucinta do litoral, das ilhas Santana ao Rio de Janeiro. Algumas palavras sobre o interior do país. Arraial do Barreto. Fazenda de Cabiunas. O Autor perde-se. Sítio do Paulista. Animais. Região situada entre o sítio do Paulista e o sítio do Andrade. Sítio do Pires. Percevejos do Brasil. Sítio do Andrade.

É de crer-se que mesmo antes da chegada dos portugueses ao Brasil, o nome de Macaé havia sido dado pelos indígenas ao lugar que ainda hoje assim se denomina; de fato esse nome é encontrado com ligeira alteração na interessante descrição do ingênuo e verídico Jean de Lery.[1] Segundo esse escritor que em 1547, visitou a Baía do Rio de Janeiro e seus arredores, um rochedo inacessível elevava-se como uma torre no litoral vizinho a Macaé, e refletia, aos raios do sol, uma tal claridade que se podia tomá-lo por uma esmeralda. Não sei onde fica esse rochedo outrora chamado pelos navegantes *Esmeralda de Maq-hé;* mas foi ele certamente que deu à região o nome que ela tem, porquanto, ainda em nossos dias os habitantes do Paraguai chamam *macaé,* em língua guarani, a uma espécie de arara inteiramente verde, existente em seus campos.[2]

Ao tempo de Jean de Lery o território de Macaé era habitado por selvagens aliados dos Goitacases. Mais recentemente os jesuítas possuíram uma habitação para os lados da embocadura do Rio Macaé e aí construíram uma capela sob a invocação de Santana. Uma aldeia se formou nos arredores dessa capela e por um decreto (alvará) de 29-7-1813 foi elevada a cidade, sob o nome de S. João de Macaé.[3] Por limite meridional foi dado ao têrmo da nova cidade o Rio S. João e por linde setentrional a embocadura do Rio Furado; todavia ficou ela provisoriamente submetida à jurisdição do juiz de fora do Cabo Frio, dando-se a Macaé apenas um juiz suplente. Os habitantes dessa cidade desejaram também que ela se tornasse cabeça de uma paróquia, no que foram atendidos, e, em 1815, a capela de Santana foi definitivamente promovida à igreja paroquial sob a invocação de S. João Batista.[4]

Macaé situa-se em encantadora posição, à embocadura do rio do mesmo nome e é dividida por esse rio em duas partes desiguais. A que fica à margem direita é a maior; entretanto não se compõe de mais de sessenta ou oitenta casas, pequenas, baixas, separadas umas das outras, por assim dizer,

---

1 *Voyage,* ed. 1578, pág. 55.
2 Na verdade não encontro a palavra *macaé* no trabalho de D. Félix de Azara sobre as aves do Paraguai. Entretanto não posso ter a menor dúvida sobre a etimologia a que me refiro aqui, porquanto me foi indicada nas Missões do Uruguai por um homem competente que vivera muito tempo no Paraguai e que conhecia perfeitamente a língua guarani.
3 Um sábio navegante dá o título de *burgo* a Macaé, Cabo Frio, Maricá etc. Creio que a palavra *vila* deve ser traduzida em francês por *ville,* porque se a traduzirmos por *bourg,* é preciso não chamar *villes* a Sabará, S. João d'El Rei etc. Como no caso se se deve dar às *vilas* o nome de *bourgs,* Saquarema e S. João da Barra não seriam *bourgs,* como fez o escritor em questão, pois que esses lugares não têm o título de *vila.*
4 Piz. *Mem. Hist.,* V, 304.

esparsas, na maioria cobertas de colmos. Desse mesmo lado do rio, em uma grande praça ainda em formação, ergueram o marco da justiça destinado a tornar conhecida a classificação da cidade na ordem judiciária e administrativa. Ainda sobre a margem direita do Macaé foi a igreja construída, ao alto de um pequeno morro, a pouca distância das casas, assemelhando-se de longe a um pequeno castelo.

A parte setentrional da cidade fica muito mais longe da embocadura do rio que a meridional, e, em frente desta existe uma faixa de terra baixa, arenosa e nua, avançando entre o oceano e o rio.

Depois de descrever várias curvas, em sua extremidade, o rio Macaé lança-se no oceano entre a faixa de terra referida e um montículo em parte cultivado, em parte coberto de matas, que termina o lado direito ou meridional da cidade. Toda a região é assaz plana; mas, para oeste o horizonte é limitado pela Serra de Macaé, cadeia que se prende à Serra do Mar, e no meio da qual o pico chamado Morro do Frade é notável por sua altura e sua forma singular. O conjunto que acabo de descrever apresenta uma paisagem encantadora, sobretudo quando vista da margem esquerda do rio, de onde se abrange melhor as montanhas que se elevam no horizonte, o pequeno morro isolado onde fica a igreja, e todas as sinuosidades que o rio descreve antes de sua embocadura.

Apesar das vantagens e belezas de sua posição, Macaé, ao tempo de minha viagem, não podia ser comparada senão a uma pequena aldeia de França, e se fizeram desse lugar uma cidade e sede de um termo foi sem dúvida porque há confiança em seu futuro desenvolvimento. O rio que aí passa tem cerca de 18 léguas de curso[5] e as terras por ele banhadas são próprias para as principais culturas. As grandes lanchas e as sumacas podem transpor a embocadura do Macaé, quando meio carregadas; fora da embocadura as embarcações encontram em uma pequena baía, chamada Baía da Concha, um excelente abrigo contra os ventos do sul, considerados os mais perigosos; enfim as ilhas de Santana situadas à altura da embocadura, oferecem a todas as espécies de embarcações, excelente ancoradouro.[6] Macaé já apresenta um ar de vida raramente notado no interior e mesmo no litoral do Brasil; do lado sul vêem-se numerosas vendas, e várias casas anunciam a abastança de seus proprietários pelo cuidado com que são conservadas.

O principal comércio desta cidade é atualmente o da madeira. Como os colonos de S. João da Barra, os dos arredores de Macaé escolhem nas matas virgens as árvores mais bonitas para transformarem-nas em tábuas. Alguns enviam a madeira diretamente ao Rio de Janeiro; mas, a maioria, e principalmente os menos abastados, vende-a a negociantes estabelecidos em Macaé mesmo. As árvores que mais freqüentemente exploram nesta região são o jacarandá, cuja madeira é empregada na marcenaria; o araribá; a canela; o vinhático que tem lenho amarelo e quase imputrescível, próprio para marcenaria e construção naval; a cacheta, que substitui, como já disse, o nosso pinho; o óleo, empregado na carpintaria etc.[7] As tábuas são vendidas por dúzias; as do vinhático, com 30 palmos de comprimento por 2 de largura, valiam trinta mil-réis a dúzia (cerca de 187 f.) à época de minha viagem.

5 Cazal e o Príncipe de Neuwied dá-lhe 15 e Pizarro 16. Este último diz (*Mem. Hist.*, II, 175) que ele nasce nas montanhas também chamadas Macaé e que recebe os rios João Manuel e Atalaia, o Rio Morto, as águas do lago chamado Lagoinha, do Lago Pau de Ferro, dos Rios S. Pedro e Crubixais, do Riacho da Serra Verde, do Rio do Ouro, do das Adueias, do Riacho Genipapo, do Lago Traíra, dos Riachos Sabiá, Jurumirim e Boassica.

6 Freycinet, *Voyage Ur. Hist.*, I, 84.

7 Vide a tabela de madeiras usadas no Rio de Janeiro, feita pelo Sr. Freycinet de acordo com informações que obteve dos Srs. Gestas e Francisco Maximiliano de Souza (*Voyage Ur. Hist.*, I, 115 e seguintes). O saudoso Mawe já havia publicado uma pequena lista das madeiras de Cantagalo (*Travels* etc. 132), mas os nomes são aí de tal modo desfigurados que ela deve ser considerada como inexistente.

É de crer, entretanto, que devido à imprevidência do cultivador, esse comércio tende a diminuir e desaparecer. Aqui, e provavelmente em todo o Brasil, não há, como na Europa, o uso de explorar inteiramente uma certa extensão de floresta; escolhem-se aqui e acolá as árvores que se quer cortar e o lenhador as abate à sua altura, para não ter necessidade de curvar o corpo no trabalho. Mesmo que as árvores fossem abatidas ao nível do solo, os tocos, privados de ar e logo abafados pelas lianas não poderiam produzir brotação: com mais forte razão os tocos de 3 a 4 pés de altura devem logo secar e morrer. Quando passei por Macaé as belas árvores já começavam a se tornar raras e freqüentemente eram procuradas em florestas muito distantes da embocadura do rio. Assim, enquanto que de um lado os brasileiros ateam fogo a imensas florestas, sem outro proveito que o de um adubo passageiro, de outro lado, quando exploram árvores preciosas, fazem-no de modo a concorrer para a extinção de suas espécies. Vi operários brasileiros trabalhando tábuas de madeira comum na França ou na Inglaterra, e, se o governo do Brasil continuar a ligar tão pouca atenção ao que se faz atualmente na exploração das florestas brasileiras, pode-se prever com segurança que em breve os navios irão da Europa ao Brasil carregados de tábuas de madeiras de construção. Sob a benéfica administração do Marquês do Lavradio havia sido criada na Capital uma academia filosófica que se ocupava da utilidade da agricultura do país, à qual se devem os felizes ensaios sobre a introdução da cochinilha e da cultura do índigo (anil). Como é que hoje, livre o Brasil dos grilhões do sistema colonial, não se forma na capital do império uma sociedade de agricultura que tenha por fim esclarecer os lavradores sobre seus verdadeiros interesses, arrancando-os à imprevidência e abrindo-lhes novas fontes de prosperidade? Isso não seria melhor que consumir tempo e inteligência, na discussão de vagas questões de direito absoluto ou as vãs teorias de uma economia política antiquada e inaplicável sobretudo à América?

A exploração de madeiras não é, aliás, a única ocupação dos cultivadores dos arredores de Macaé. Entre o sítio do Paulista situado a 4 léguas ao norte dessa cidade e o porto de S. João da Barra contam-se cerca de 20 engenhos de açúcar, mais ou menos distanciados da beira do mar; mas reconheceu-se que é a cana-de-açúcar a planta mais conveniente à região e que ela pouco renderia se não fosse cortada no momento da maturação. Vários colonos renunciaram então a seus engenhos e dedicam-se hoje à cultura do cafeeiro, que dá menos trabalho que a da cana, não exigindo tantas benfeitorias, nem tantos escravos e que produz muito bem nas vertentes vizinhas de Macaé. A maioria dos proprietários enviam por conta própria, ao Rio de Janeiro o café colhido; mas, a necessidade de numerário obriga freqüentemente os menos ricos a vender na própria região uma parte de suas colheitas. O frete, de Macaé à capital do Brasil é de 2 patacas o saco de 2 alqueires, e, com bom vento pode-se fazer a viagem em 48 horas e mesmo em menos tempo. Os colonos dos arredores de Macaé cultivam o algodão mas somente para o consumo de suas famílias, o mesmo acontecendo ao milho, ao arroz e à mandioca.

Entre as vantagens que gozei na cidade de Macaé há uma que não pode passar em silêncio; porque, em uma região tão quente ela pode ser considerada como inapreciável. Desde muito tempo encontrava por toda parte água extremamente má, mas a que se bebe em Macaé é excelente e perfeitamente límpida.

Já me referi às ilhas de Santana, vizinhas dessa cidade. Direi agora alguma cousa mais, para tornar mais completa a descrição que dei de toda a região. Essas ilhas, situadas a uma meia légua do mar, um pouco ao sul da embocadura do Rio Macaé,[8] são em número de três. A maior, que tem propria-

---

8 Piz. *Mem. Hist.*, II, 177.

mente o nome de Ilha de Santana é dotada de árvores e água potável, e apresenta bom ancoradouro, mesmo para os barcos de alta tonelagem. Outrora aí havia alguns moradores; mas tendo o governo percebido que eles se aproveitavam das vantagens da posição da ilha para favorecer o contrabando de pau-brasil e de escravos, ordenou-lhes abandonassem a ilha, e, desde essa época não foi concedida a nenhuma pessoa permissão para aí residir. Asseguram, entretanto, que a Ilha de Santana ainda é hoje de grande utilidade para os aventureiros estrangeiros que fazem o comércio fraudulento de pau-brasil. Essa madeira, que se não pode cortar sem permissão expressa do Rei, é extremamente abundante nos arredores de Cabo Frio. Os contrabandistas estrangeiros obtem-no dos habitantes da região, dizem; estes aproveitam as noites para abaterem as árvores, carregando a madeira em pequenas embarcações, levando-a à Ilha de Santana onde é adquirida pelos compradores.[9]

Se das Ilhas de Santana se quisesse navegar para o sul, seguindo a costa, encontrar-se-ia a 4 léguas de Macaé e da Baía das Conchas a embocadura do Rio das Ostras. A uma meia légua desta última fica a foz do Rio S. João e a 3 léguas mais adiante a do Rio Una, insignificante curso de água que deve nascer perto de Campos Novos. Ao sul do Una a costa se curva para formar a Baía Formosa, onde qualquer embarcação poderá encontrar abrigo. O lado meridional dessa baía é limitado por uma pequena península, que termina ao norte pela ponta dos Búzios e ao sul pela de João Fernandes; a primeira fica distante uma légua do Rio Una, e, sobre a segunda, próximo da foz, há um destacamento militar incumbido da repressão ao contrabando de pau-brasil. Nas vizinhanças dessas pontas ficam as ilhas chamadas da Âncora e outros menores. Para além dessas duas pontas a costa retoma a direção NW que havia tido desde o Rio Macaé até o fundo da Baía Formosa; passa-se então diante da pequena enseada da Ferradura, distante uma légua da ponta de João Fernandes, depois diante da enseada do Pero, a uma légua da primeira; pode-se desembarcar igualmente dentro dessas duas enseadas. Mais longe ficam as terras do Cabo Frio que já escrevi, e, saindo-se pelo Boqueirão do Sul avista-se a pequena Ilha dos Franceses. É então que o litoral toma a direção EW, que não perde mais até quase a Baía do Rio de Janeiro; e, quase retilíneo em todo esse espaço ele aí não oferece senão duas pontas mais ou menos notáveis, a do morro de Nazaré e a ponta Negra, rochedo que avança sobre o mar em uma distância de mais ou menos um quarto de légua.[10]

É preciso que se diga que entre Cabo Frio e a cidade de Macaé a escassez de habitantes somente é observada no litoral propriamente dito. No interior, no meio das imensas florestas vizinhas da Serra do Mar, os missionários haviam formado diversas aldeias que foram depois transformadas em paróquias. Parece que a população indígena decresceu singularmente; mas os índios foram, sem dúvida, substituídos por brancos ou mulatos. As descrições que têm sido publicadas sobre esses lugares são muito deficientes; apresentam pouco interesse para que eu as transcreva aqui, e devo lamentar não ter visitado esses lugares, sem dúvida muito interessantes para o naturalista e onde teria o prazer de encontrar ainda alguns restos de uma civilização de que em breve não haverá mais o menor sinal.

Deixando Macaé atravessei, em piroga, o rio. O pedágio é cobrado pela administração da cidade à razão de 40 réis (25 c.) por pessoa. Graças ao meu passaporte régio, ou portaria, nada paguei, nem por mim, nem por meus empregados e por meus animais de carga.

Para além do Rio Macaé percorre-se uma região agradável e risonha.[11] É uma planície que se prolonga entre colinas e à beira do mar e que apresenta

---

9 Creio não ser preciso repetir que me refiro à época de minha viagem.
10 Vide *Mem. Hist.*, II, 179 e as cartas do Sr. Roussin.
11 Como se verá mais adiante os Campos de Goitacases começam em Macaé.

tufs de matas entremeados de pastagens um pouco pantanosas onde nascem numerosos animais.

Havia feito uma légua desde Macaé, quando passei pelo Arraial do Barreto, que se compõe de uma capela e algumas choupanas construídas ao redor de um belo gramado. Esse lugar depende da paróquia de Macaé, mas seus habitantes não têm aí um capelão, o que é comum nos lugares um pouco distanciados da igreja paroquial e onde alguns colonos se acham reunidos.

A cerca de uma légua de Barreto parei na pequena habitação de Cabiúnas,[12] construída sobre uma colina de onde se avista uma região agradavelmente ornada de matas e pastagens.

O juiz suplente de Macaé me havia dado uma carta de recomendação para o proprietário de Cabiúnas, que me recebeu perfeitamente bem. Sua casa foi a primeira onde, depois do começo de minha viagem pelo litoral, me ofereceram a jantar; mas aí despertei uma curiosidade que não deixou de ser importuna. Comprimiam-se ao redor de mim e atormentavam-me com perguntas impertinentes e cada qual mais ridícula. Aliás havia duas ou três que nunca deixavam de fazer, em todos os lugares em que parei desde que saí do Rio de Janeiro. Perguntavam-me então quais mercadorias eu vendia, e respondendo negativamente, dizendo ser o fim da minha viagem apenas colher plantas do país, queriam logo saber quanto eu ganhava para isso. Acostumados à venalidade introduzida no país por um despotismo sem energia, essa boa gente não podia conceber que se dedicasse a qualquer trabalho sem outro motivo que o de ganhar algum dinheiro.

Meu hospedeiro de Cabiúnas fez-me almoçar em sua casa; mas provavelmente havia esquecido que minha caravana não devia parar antes das cinco ou seis horas da tarde porquanto apenas ofereceu-me uma tigela de café com um pequeno pedaço de bolo de farinha de mandioca.

Pouco tempo após ter deixado a casa desse homem cheguei a uma grande planície que se prolonga entre o mar e os morros cobertos de matas. Aí, no meio de um areial branco e quase puro, encontrei uma vegetação semelhante, ao menos pelo aspecto, à da restinga de Cabo Frio; todavia, perto de Cabiúnas os arbustos são em geral mais espaçados e menos vigorosos, não formam os tufos e, à época de minha viagem (16 de setembro) havia muito menor número de flores. Aqui, como em Cabo Frio, as Mirtáceas mostram-se em maior número que as plantas de outras famílias. Nos lugares secos os espaços entre os arbustos são inteiramente nus; mas, sempre que o solo se torna um pouco úmido aparece um relvado fino e raquítico, no meio do qual há abundância de uma *Xyris* e três ou quatro espécies de pequenos *Eriocaulon* de flores solitárias, gênero de plantas que procura terrenos análogos aos que em nosso país são preferidos por *Exacum filiforme* e por *Linum radiola*.

Tinha me distanciado de minha comitiva para colher plantas. Ao fim de algum tempo, meu doméstico, que me acompanhava, observou que não nos achávamos no caminho certo; procuramos outro no meio do areal, inutilmente; foi preciso voltar ao que havíamos deixado. Entretanto, como não notava nenhum traço da passagem de minhas bestas, acabei por convencer-me de que me havia desviado e entrevi com aflição a probabilidade de passar a noite ao relento e sem nada para comer. Contudo avistamos ao longe um telhado, dando-me alguma esperança, que logo se dissipou porquanto esse telhado era de uma capela abandonada.

Aí chegando deparamos uma estreita faixa de terra, sem vegetação, que separa o mar de um grande lago. Caminhávamos sobre um areal puro, contra o qual as ondas vinham quebrar. A cor do mar contrastava tristemente com o

---

12 Provavelmente das palavras tupis — *caba:* marimbondo e *una:* preto.

187

tom pardacento do lago; do outro lado deste avistamos apenas matas, e nenhuma habitação aparecia aos nossos olhos; toda a região apresentava o aspecto austero da aridez e da solidão; o único movimento que aí se notava era o das vagas, repetido, monótono.

Enfim, com grande satisfação, descobrimos uma casa à beira do caminho. Tratava-se de uma pequena venda, onde fui informado de que não me achava desviado do caminho, como temia, e que minhas bestas haviam passado por ali poucos momentos antes. Mau grado a mesquinha aparência da venda e seu isolamento, aí encontrei licor, biscoitos, figos secos e azeitonas; aí fiz com grande prazer um complemento ao almoço frugal do meu hospedeiro de Cabiúnas. Perguntei ao proprietário e a sua mulher se não se enfadavam naquela solidão; pareceram surpresos com minha pergunta. O dono da venda respondeu-me que pescava no lago, e que passavam continuamente viajantes pela estrada, o que quer dizer que passavam dois ou três por dia. O hábito familiariza o homem com todas as situações; não há nada que não termine por fazê-lo feliz, quando se persuade que é impossível mudar de situação e quando ao mesmo tempo não tem ele sob as vistas os objetos que possam torturar-lhe a imaginação.

Após o Lago de Carapeboi,[13] na margem do qual fica a venda de que venho de falar, acha-se outra laguna; e, atravessando sempre um terreno plano e árido encontra-se então o sítio do Paulista, um dos lugares em que param os viajantes que percorrem essa estrada. O sítio do Paulista que deve sem dúvida seu nome à terra do que primeiro aí se estabeleceu, não passa de uma choupana construída à beira do oceano, em uma planície estéril e arenosa.[14] Em uma costa tão deserta o viajante é feliz em encontrar esse asilo, onde acha queijo, manteiga e alguns outros alimentos, milho e uma pastagem cercada para os animais. Seria impossível cultivar alguma cousa no sítio do Paulista; mas existem nesse lugar terrenos cobertos de uma erva muito fina e de boa qualidade para que o proprietário possa aí criar algum gado.

Aqui os bovinos não pertencem a nenhuma raça boa. São tratados com tão poucos cuidados quanto os de Minas e nem mesmo há necessidade de lhes dar sal porquanto a terra e a água são mais ou menos impregnados dessa substância. Como em Minas, somente as vacas com bezerro fornecem leite, e as que produzem 4 *pintas* por dia, além do que os bezerros consomem, são tidas como as melhores. O gado desta zona é sujeito a cólicas, atribuídas às águas estagnadas que bebem nos lugares baixos; são tratados pela mudança de pastagem e aproximação das lagoas de água salgada.

Chegando ao sítio do Paulista aí encontrei negociantes vindos da cidade de Campos e que se dirigiam a S. João da Barra com uma tropa carregada de açúcar. Disseram-me que esperavam ali vender suas mercadorias porquanto os usineiros do lugar preferiam remeter seus produtos ao Rio de Janeiro.

Do sítio do Paulista ao sítio do Andrade, em um espaço de 7½ léguas, continuei a percorrer região uniforme, deserta, e arenosa. À direita do caminho que margea o mar estendem-se dunas e à esquerda sucedem-se lagos de água mais ou menos doce, porém, quase sempre de sabor pouco agradável. Em alguns, situados entre o sítio do Paulista e o sítio do Pires, vê-se uma Ciperácea que por seu porte assemelha-se muito ao *Scirpus lacustris,* uma grande Sagitária, um nenúfar branco, uma bela utriculária; nas margens cresce o *Alisma ranunculoides* e nos lugares simplesmente pantanosos a *Drosera intermedia* tal como é encontrada nos arredores de Paris na represa de S. Leger.[15] É de notar que é pelas plantas aquáticas que a vegetação deste país mais se assemelha à

---

13 *Carapiboi* vem provavelmente das palavras indígenas *cara:* cousa curta e *boya:* cobra.
14 Como disse em *Viagem pelas Províncias do Rio de Janeiro e Minas Gerais,* os sítios são estabelecimentos rurais inferiores às fazendas.
15 Vide minha *Histoire des plantes les plus remarquables du Brésil et du Paraguai,* pág. 255.

flora européia; o que, aliás não é de se admirar, pois que em regiões tão pouco parecidas essas plantas habitam um meio que é sempre mais ou menos o mesmo. O último lago diante do qual passei antes de chegar ao lugar chamado sítio do Pires, estava inteiramente coberto por uma *Typha* que me pareceu intermediária entre a *T. latifolia* e a *angustifolia;* é chamada na região *taboa* servindo para cobrir casas e fazer esteiras. Em considerável trecho não existe nenhum lago, vendo-se apenas vasta planície, limitada, ao longe, por matas e coberta de um relvado fino e uniforme; entretanto a terra, fendida por toda parte, indica que, quando chove durante muito tempo, essas grandes planícies transformam-se em lagos.

Não percorri em um só dia o trecho de 7 léguas que venho de descrever. A duas léguas e meia do sítio do Paulista parei no sítio do Pires, choupana um pouco afastada do caminho. Para aí chegar passei entre o lago coberto de *Typha* e uma laguna cheia de *Sphagnum,* que, em parte apodrecido, espalhava um odor muito desagradável. A choupana do Pires depende de uma fazenda vizinha, sendo habitada por um escravo de sua família, a quem seu dono havia confiado a guarda de duzentas ou trezentas cabeças de gado, espalhadas pelas pastagens dos arredores. Esse escravo criava galinhas e pescava nos lagos. Disse-me que a região era muito insalubre, não sendo difícil ver-se isso pois que os vapores exalados das lagunas devem necessariamente infestar a atmosfera.

Desde o começo dessa viagem não havíamos cessado, eu e meus empregados de ser atormentados pelos bichos de pé, e freqüentemente tínhamos de nos queixar dos mosquitos. Durante a noite que passei no sítio do Pires, uma outra espécie de praga privou-me de dormir; fui atormentado por percevejos de cama. Esses desagradáveis animaizinhos pareceram-me ser mais alongados que os da Europa; mas penso que essa diferença de forma é resultado da mudança de clima. O que tende a provar que o percevejo não é natural desta parte da América é que ele ainda é muito pouco disseminado, não se encontrando seu nome nos dicionários da *língua-geral.*

Do sítio do Pires fui pernoitar no sítio do Andrade, e, durante todo o dia não colhi nem uma só planta. Nada mais monótono que a vegetação desta região. Os relvados e as margens das lagunas não oferecem senão uma espécie de gramínea e tufos floridos de uma pequena *Hedyotis.* Na duna que se estende à beira-mar apenas se vêem pés raquíticos da *Sophora littoralis* (feijão da praia), e, nos lugares em que há mais variedade aparecem unicamente pitangueiras *(Eugenia michelii),* algumas Cactáceas espinhosas, Bromeliáceas igualmente cheias de espinhos e aroeiras *(Schinus therebentifolius* Radd.), que, deitados sobre o solo, com apenas um pé a pé e meio de altura, mostram quanto o terreno é sáfaro. Nessa triste região não vi, entre Pires e Andrade nenhuma quinta, nenhuma choupana, e durante todo o dia apenas encontrei duas pessoas. Os numerosos animais que pastam nos campos, e as aves aquáticas que voam gravemente por cima dos lagos ou que procuram seu alimento nos terrenos úmidos, são a única nota de movimento e vida existente na paisagem.

O sítio do Andrade fica situado perto do mar, à entrada da planície. Faz parte da bela fazenda do Colégio, vizinha da cidade de Campos, e pertencia, como esta fazenda, à ordem dos jesuítas. A casa tem um só andar e compõe-se de uma capela, dois quartos, uma sala, uma cozinha e uma varanda ou galeria, conjunto que nas zonas desertas constitui um verdadeiro palácio. O terreno no sítio do Andrade é pantanoso e constituído por uma mistura de areia e terra negra. Ao redor da casa vêem-se vastas pastagens formadas por uma relva rasa, e, mais longe vêem-se tufos de matas raquíticas. Um regato de água salobra serpentea na planície onde nascem numerosos rebanhos. É de crer que os jesuítas construíram essa casa para terem um abrigo quando iam da cidade de Campos à sua usina de açúcar de Campos Novos ou à aldeia de

S. Pedro. Atualmente o sítio do Andrade é apenas habitado por dois escravos da fazenda do Colégio, encarregados de cuidar do gado que vive nos arredores e, sem dúvida este lugar em breve só apresentará ruínas.

Após ter saído do sítio do Andrade atravessei, durante um pouco mais de 1/4 de légua, vastas pastagens que se estendem paralelamente ao mar e onde há gado numeroso. Cheguei em seguida à embocadura do Rio Furado, limite do termo de Macaé e do distrito de Campos dos Goitacases, distrito que será conhecido no capítulo seguinte.

CAPÍTULO XX

QUADRO GERAL DO DISTRITO DE CAMPOS DOS GOITACASES.

Administração do distrito de Campos dos Goitacases; seus limites. O Paraíba, seu curso; volume de água que ele leva ao mar; sua embocadura; inundações desse rio; influência que exercem sobre a salubridade da região. História de Campos dos Goitacases. Caráter dos habitantes deste lugar. O território de Campos dos Goitacases pertence, quase todo, a quatro poderosos proprietários. Em que condições esses proprietários arrendam seus terrenos. Fertilidade. Criação de bovinos e cavalos. Cultura de cana-de-açúcar; aumento progressivo do número de usinas; quantidade de açúcar exportado e modo de exportação; diversas qualidades de açúcar; lenha que se emprega para aquecer as caldeiras das usinas; como se faz o comércio do açúcar; desejo que têm todos os habitantes de Campos de se tornarem proprietários de usinas; resultado moral dessa ambição. Como são tratados os escravos em Campos. População do distrito.

Os Campos dos Goitacases estão sujeitos à autoridade de um juiz-de-fora e formam parte integrante da Província do Rio de Janeiro. Entretanto não é ao ouvidor da Capital que se recorre das decisões do tribunal de Campos, mas, ao da Província do Espírito Santo; e, como essa província é muito pobre para suprir-se a si mesma, resolveram aplicar em suas despesas grande parte das rendas de Campos dos Goitacases.

A jurisdição do juiz-de-fora encarregado da administração desta região começa na embocadura do Rio Furado; compreende o território de S. João da Praia ou da Barra, pequena vila situada à embocadura do Paraíba, dotada apenas de juízes ordinários,[1] e estende-se até ao Rio Cabapuana, limite das províncias do Rio de Janeiro e Espírito Santo, a 20°16' de lat. S. É esse território que, falando-se corretamente, deve ser chamado de Distrito de Campos dos Goitacases; mas, comumente, ao que parece, chama-se Campos dos Goitacases à imensa planície que se estende do mar às montanhas entre o Paraíba e o Rio Macaé ou mesmo o Rio S. João.[2] Do Cabo de São Tomé à sua extremidade ocidental, essa planície pode ter uma dúzia de léguas.[3] Na parte vizinha do mar ela é pantanosa, arenosa e coberta de uma erva rasteira;[4] mas mais próximo da cidade de Campos, ela torna-se de extrema fecundidade; uma população numerosa entrega-se ao seu cultivo, e o viajante que durante muito tempo teve sob seus olhos praias áridas e desertas, goza enfim o prazer de admirar uma região risonha que lhe lembra os arredores das grandes cidades da Europa. Em frente a Campos a margem esquerda do Paraíba é igualmente muito fértil e muito cultivada; mais ao longe as montanhas aproximam-se do oceano, o solo torna-se mais desigual, a população decresce, grandes matas reaparecem e os terrenos cultivados tornam-se mais raros.[5]

1 Piz. *Mem. Hist.*, III, 85, 86:
2 O que digo sobre os limites de Campos é resultado da comparação de minhas notas com o que escreveram Cazal e Pizarro, que, infelizmente deixaram esse ponto da geografia brasileira em grande obscuridade.
3 Piz. *Mem. Hist.*, III, 106:
4 Vê-se que caiu em erro um célebre viajante quando acreditava que não havia savanas na Província do Rio de Janeiro. Não somente elas existem no distrito de Campos, mas ainda perto de Santa Cruz, casa de campo do Rei D. João VI e do Imperador D. Pedro.
5 A continuação deste diário fará conhecida essa região com detalhes.

Os Campos dos Goitacases, cheios de lagos de água doce, lagunas e pântanos, são além disso irrigados por grande número de rios. Estes têm todos um curso pouco extenso e são pouco importantes. Entretanto é preciso excetuar o Paraíba, rio de que já falei em outra ocasião[6] e sobre o qual darei ainda alguns detalhes.

O Paraíba[7] nasce à cerca de 28 léguas do Rio de Janeiro, na Serra da Bocaina,[8] parte da grande cadeia marítima. Ele corre por trás dessa cadeia, quase paralelamente ao mar, mas formando numerosas sinuosidades, descrevendo mesmo uma espécie de parábola, como se procurasse sempre abrir uma passagem através das montanhas. A princípio ele se dirige para SW; avança pela Província de S. Paulo e perde logo o nome de *Paratinga, Paraitinga* ou *Pirai-tinga* que tinha de início. Após ter corrido cerca de trinta léguas sem nenhum desvio sensível, encontra, junto à cidade de Jacareí, o prolongamento da Serra da Mantiqueira ou Serra do Espinhaço, que se une à cadeia marítima; como não pode ir mais longe descreve uma volta sobre si mesmo, seguindo a direção norte-nordeste. Banha as pequenas vilas de Guaratinguetá, Lorena e Pindamonhangaba, embelezando os campos com suas elegantes sinuosidades[9] e passa para a Província do Rio de Janeiro. Passando pela Aldeia de Rezende inclina-se para NE, depois para E e recebe as águas do *Paraí* ou *Paraibuna*[10] e do Rio Pomba. Perto de S. Fidelis, aldeia situada a 8 léguas de Campos[11] ele forma uma cascata;[12] mais embaixo as águas do Muriaé unem-se às suas; banha em seguida a cidade de Campos, lançando-se, enfim, no mar, um pouco acima de S. João da Praia, após um curso de cerca de 90 a 100 léguas portuguesas.

Como o Paraíba percorre uma vasta região, poder-se-á crer que leva ao oceano um imenso volume de água; mas, isso não acontece, porquanto seus afluentes, descendo de duas cadeias de montanhas muito próximas, são geralmente pouco consideráveis. Se se tornasse esse rio navegável em todo o seu curso, o que talvez não seja impossível, dar-se-ia vida nova aos belos lugares que ele irriga e onde os transportes são atualmente difíceis e dispendiosos. No estado atual das cousas o Paraíba, incessantemente interrompido por pedras e cheio de ilhotas, somente é navegável em trechos pouco extensos.[13]

Embarcações (sumacas) capazes de levar de 50 a 120 caixas de açúcar, de 2.000 libras cada uma, podem entrar no Paraíba; entretanto a embocadura desse rio é muito perigosa, obstruída por areias, e o canal aonde passam os barcos muda freqüentemente de lugar, segundo a direção de que vêm as areias.[14] É unicamente nas marés altas que as sumacas podem entrar ou sair; dois ventos de direções diferentes lhes são sucessivamente necessários nessa circunstância e elas não poderiam ir além do ponto onde a maré deixa de atuar. Da cidade de Campos a esse ponto as mercadorias são transportadas em barcos que na época das enchentes comportam de 18 a 20 caixas de açúcar, mas que não podem conter mais de 13 a 16 quando as águas estão baixas.[15]

No distrito de Campos as chuvas caem principalmente durante os últimos meses do ano; e ordinariamente em janeiro, aí pelo fim da estação chuvosa,

---

6 Vide *Viagem pelas Provincias do Rio de Janeiro e Minas Gerais.*

7 Por *Parayba* que, em guarani significa: rio que vai ao mar.

8 Um cientista escreveu que o Paraíba nasce nas montanhas de *Mato Grosso*. Não me lembro de ter ouvido esse nome e não o acho indicado em Cazal, Pizarro ou Eschwege.

9 Percorri essa encantadora região em minha *Viagem às Nascentes do Rio São Francisco.*

10 Por *Parayuna* que, em guarani quer dizer: rio que forma ondas negras.

11 Curiosos detalhes sobre essa aldeia são encontrados nos escritos do Príncipe de Neuwied.

12 Não poderia afirmar se nesse lugar existe verdadeiramente uma cascata ou se são simplesmente corredeiras.

13 Caz. *Corog.*, II, 6. — Piz. *Mem. Hist.*, III, 130. — Eschw., *Braz. Neue Welt*, II, 43.

14 Pizarro diz que além do canal pelo qual passam as sumacas, há outro mais setentrional por onde passam as pirogas.

15 Um cientista, justamente célebre, mas que nunca esteve em Campos, diz que barcos de grande tonelagem aportam a essa cidade. Não posso deixar de ver essa asserção como errônea; entretanto devo acrescentar que, segundo Pizarro, as sumacas, na época das enchentes, podem ir à cidade. (*Mem. Hist.*, III, 132).

o Paraíba, saindo de seu leito, transborda pelos campos. A inundação, começando na embocadura do rio, somente cessa a 10 léguas do oceano; estende-se em ambas as margens, e, do lado sul em particular as águas alcançam cerca de 10 léguas fora de seu leito normal. É preciso entretanto não pensar que elas cobrem toda a região; elas se espraiam somente nas partes baixas, existindo ao redor de Campos, muito perto do rio, muitos terrenos que nunca são inundados, enquanto que outros, mais distanciados o são geralmente logo ao começo do ano. É impossível que essas inundações não contribuam para a fecundidade de certos trechos dos Campos dos Goitacases; mas há outros em que elas devem manter um excesso de umidade pouco favorável à cultura. Disseram-me que os terrenos inundados não eram em geral os mais férteis, existindo, acrescentam, terras que produzem todos os anos sem nunca serem adubadas, nem irrigadas pelas águas do rio. Aliás é bem evidente que se esses terrenos um pouco elevados não recebem mais as águas do Paraíba, eles eram outrora alcançados pelo rio, anualmente, formando pouco a pouco o que hoje apresentam, com camadas superpostas de um limo útil, fonte da fecundidade atual.

É impossível que as inundações do Paraíba não contribuam para tornar insalubres algumas partes dos Campos dos Goitacases. Os lugares permanentemente pantanosos, tais como o sítio do Pires, devem ser muito insalubres,[16] e parece que nas margens de certos rios, até aqui pouco cultivados, reinam anualmente as febres palustres. Considerados em conjunto os Campos dos Goitacases não podem ser tidos como região perigosa para a saúde. Ventos contínuos e fortes varrem os miasmas que se elevam dos terrenos inundados, e, nos arredores de Campos as doenças não são muito freqüentes.[17] Mas, se as inundações do Paraíba não exercem influência maléfica sobre a saúde da maioria dos habitantes do distrito de Campos, elas têm graves inconvenientes para o gado bovino. Os animais, é verdade, refugiam-se nos lugares elevados, na ocasião das inundações; entretanto quando após a retirada das águas, as pastagens não são logo lavadas por alguma chuva, o limo que cobre as ervas causa moléstias mortais.[18]

Após ter feito conhecida a constituição física dos campos compreendidos entre o Paraíba e o Macaé, direi qualquer cousa sobre sua história. Eles eram outrora habitados pela nação dos *Onetacas, Onetacases, Goaytacases* ou *Goitacases,* donde seu nome atual.[19] Essa nação pertencia, ao que se diz, à sub-raça dos Tapuias; absolutamente não falava a "língua geral", e formava no litoral do Brasil uma espécie de quisto no meio das tribos da sub-raça tupi. Ela se compunha de três tribos: *Goytaguaçú, Goytacamopi* e os *Goytacajacorito,* que não somente faziam guerras contínuas aos seus vizinhos, como viviam entre si num estado horrível de hostilidades sempre renovadas. Os Goitacases eram os mais selvagens e cruéis de todos os índios do litoral. Reuniam a uma compleição gigântea uma força extraordinária e sabiam manejar o arco com destreza. Seus hábitos diferiam muito dos outros Tapuias; mas são geralmente o resultado das circunstâncias em que se viram colocados. Assim, vivendo longe das

16 Vide a descrição desse lugar no capítulo precedente.
17 O que escrevo está absolutamente de acordo com os dados que se vêem em Pizarro. Na verdade um médico muito distinto do Rio de Janeiro, o Dr. Tavares, cita uma febre biliosa que em 1808 exerceu em Campos as maiores dizimações (*Cons. Hyg. Paris,* 1823). Mas, é sabido que uma região se higieniza à medida que é cultivada, e em um espaço de 10 anos, podem se dar mudanças notáveis.
18 Sabe-se que as ovelhas estão expostas mais ou menos ao mesmo perigo nas regiões inundáveis de França.
19 Cazal diz (*Corog. Braz.,* II, 44) que além dos Goitacases, havia aí os *Puris* e os *Guarus,* atualmente chamados *guarulhos* pelos portugueses. Isso não é impossível porquanto segundo Eschwege (*Journ.,* II, 125) os *Puris* tinham uma origem comum com os *Coroados* que, como se verá, outra cousa não são que os Goitacases. Quanto aos *Guarus* ou *Guarulhos* o que tende a provar que contavam também no número dos habitantes primitivos dos Campos de Goitacases, é que, poucos anos após a conquista desses belos campos uma aldeia cristã de Guarulhos aí foi fundada por missionários franceses da ordem dos Capuchinhos, aldeia que é atualmente a paróquia de S. Antônio dos Guarulhos, situada a pouca distância da cidade de Campos (Piz. *Mem. Hist.,* IV, 22).

193

florestas, aprenderam a combater galhardamente em campo raso; no meio dos grandes lagos que cobrem a região, tornaram-se hábeis nadadores e, para evitar o inconveniente de dormir em terreno pantanoso, construíam suas tabas sustentadas por um poste, como certos pombais. Não tendo receio de ver seus cabelos embaraçados em lianas e galhos de árvores, deixavam-no crescer em liberdade; e, foi provavelmente a dificuldade de lenha, nessa região descoberta, que os levou ao hábito bárbaro de cozer ligeiramente a carne dos animais de que se nutriam. Suas flechas eram armadas de dentes agudos de tubarão[20] e, nos combates que incessantemente tinham com esse peixe perigoso, empregavam tanta coragem como força e habilidade.[21] Menos cruéis, entretanto, para os animais que implacáveis para com os homens que os injuriavam, eles armazenavam as ossaturas dos seus inimigos vencidos e construíam troféus abomináveis.[22]

Quando o Rei D. João III dividiu o Brasil entre os grandes senhores feudais, o nobre português Pedro de Góis da Silva, recebeu seu quinhão, sob o nome de Capitania de S. Tomé, de 20 a 30 léguas de litoral situada entre as Capitanias de S. Vicente e Espírito Santo, nos Campos dos Goitacases. Apaixonado pelo Brasil, Góis embarcou acompanhado de colonos, com armas e víveres, tudo quanto possuía e chegou, em 1553[23] à foz do Paraíba. Durante dois anos viveu ele em paz com os Goitacases; mas depois esses índios fizeram-lhe guerra, e, após três anos de hostilidades contínuas, viu-se obrigado a ceder às solicitações de companheiros desanimados e a abandonar a empresa pela qual havia feito tão grandes sacrifícios.

Parece que até ao tempo de Gil de Góis, segundo sucessor de Pedro de Góis, os europeus não conseguiram nenhum progresso sensível nos Campos dos Goitacases. Entretanto, como eram conhecidas as vantagens apresentadas por esses belos campos, os homens ricos do Rio de Janeiro associaram-se para pedir ao procurador de Gil de Góis vastos terrenos onde se propunham a criar gado. Obtiveram em 1623 ou 1627 as concessões que pediram; mas deixaram passar um tempo assaz considerável sem explorá-las, detidos pelo temor que lhes inspiravam os índios Goitacases. A ambição e cupidez dos portugueses não lhes permitia entretanto abandonar para sempre a uma população selvagem uma das zonas mais férteis da vasta região de que se diziam legítimos donos. À associação que se formara para se assenhorear dos Campos dos Goitacases juntaram-se: o provincial dos jesuítas, o abade dos beneditinos e várias personagens distintas dessa época, entre outras a figura de Salvador Correia de Sá e Benevides. Os Goitacases foram atacados aí pelo ano de 1630, sendo postos em fuga numerosos deles; os mais corajosos foram mortos e para os que se renderam foi fundada a Aldeia de S. Pedro, onde seus descendentes ainda vivem, atualmente.[24]

Os índios que escaparam à morte não quiseram se submeter ao vencedor, e refugiaram-se nas florestas, para os lados da Província de Minas Gerais. Ali eles incorporaram à sua tribo a horda dos *coropós,* que haviam subjugado[25]

---

20 Incontestavelmente o tubarão dos Brasileiros-Portugueses é o *Squallus tiburo* L.
21 Lery *Voy.* éd. 1578, págs. 52, 53. — Vasc. *Vid. Anch.* liv. 5, cha. 12. — P. José de Morais da Fonseca Pinto in Eschw: *Bras.* I, 220:
22 Southey havia dito no primeiro volume de sua excelente história, pág: 37, que os Goitacases aprisionavam seus inimigos; mas, no segundo volume, que foi publicado mais tarde, e onde dá novos detalhes sobre os índios em questão, ele concorda com o que escreveu o P. Vasconcelos, que segui fielmente.
23 Esta data indicada a princípio pelo padre Gaspar de Madre Deus, foi em seguida rejeitada pelo abade Cazal; entretanto acredito dever aceitá-la, porquanto é a que se vê na obra de Pizarro, escritor cuja exatidão é incontestável.
24 Vide a nota I do capítulo I, deste volume.
25 Parece que os *Coropós* não se misturaram todos aos Goitacases; porque em 1818 existiam ainda nas margens do Rio Pomba, na Província de Minas, algumas centenas desses índios que absolutamente não se confundiam com os *coroados* (Eschw. *Journ.,* I, 76 e 124).

e, tendo adotado o costume de cortar os cabelos ao redor e no alto da cabeça, receberam dos europeus a alcunha de *coroados*.[26] Os Goitacases ou Coroados não persistiram, entretanto, no seu ódio aos portugueses. Alguns missionários fizeram esforços no sentido de tornar menos selvagens[27] os antigos habitantes dos campos do Paraíba; e, cumulando-os de benefícios, usando da mais escrupulosa boa fé, Domingos Alvares Pessanha que governava a cidade de Campos, na qualidade de capitão-mor, triunfou inteiramente sobre sua animosidade. Os Goitacases reapareceram como amigos nos campos em que haviam feito uma guerra sem tréguas aos portugueses; Pessanha construiu para eles em sua fazenda de Santa Cruz, não longe da cidade, um vasto galpão aonde vinham descansar e fazer trocas com seus novos aliados. Entretanto, enquanto que os Coroados viviam em boa harmonia com a população portuguesa de Campos, cometiam toda sorte de hostilidades contra os colonos de Minas Gerais que tinham se estabelecido em suas vizinhanças. Cansados de uma luta em que quase sempre levavam desvantagem, os mineiros pediram, em 1757, paz aos Goitacases; mas esses índios, que haviam aprendido a desconfiar de seus inimigos não quiseram entrar em negociações, a menos que dessem como garantia a palavra do abade Ângelo Pessanha. Este eclesiástico era filho do Capitão-mor Domingos Álvares, e, após a morte de seu pai, tornara-se também benfeitor dos Goitacases. Entregando-se de boa fé aos seus selvagens amigos, Ângelo deixou-se levar por eles através de florestas onde nenhum filho de europeu ainda havia penetrado. A paz foi concluída em 1758 entre os mineiros e os Coroados ou Goitacases; persistindo ela, os Coroados tornaram-se menos bárbaros e foram muito úteis aos portugueses em suas guerras contra os Botocudos.[28]

Quando os Goitacases refugiaram-se nas florestas, os portugueses dividiram entre si os belos campos. Os quinhões foram feitos de modo equitativo, mas diversas manobras tornaram Salvador Correia de Sá e Benevides, a ordem dos Jesuítas e a dos Beneditinos possessores de terrenos mais consideráveis que os de seus consócios.[29]

26 O Príncipe de Neuwied, refutando o autor da *Corografia Brazílica (Voyage*, trad. Eyr., I, 197) diz que não é verossímil que os coroados descendam dos Goitacases, porque estes deixam crescer seus cabelos enquanto que os coroados usam-nos cortados. Mas, a identidade das duas "nações" não é somente atestada pelo abade Cazal; ela o é ainda por José Joaquim de Azeredo Coutinho *(Ens. Econ.* 64) que não somente possuía documentos preciosos relativos aos Goitacases, mas cujos ancestrais haviam sido benfeitores desses índios e que enfim havia tido por avô esse Domingos Alvares Pessanha de que falarei. Demais não será de estranhar que os Goitacases, passando duma região de campos para outra de florestas espessas, tenham cortado seus cabelos, por medida de comodidade. Se os índios nunca mudam de caráter, renunciam contudo, facilmente, aos costumes que na maior parte das vezes são frutos das necessidades da existência. Quando vi os Botocudos do Jequitinhonha havia apenas 9 anos que se relacionavam com os filhos dos europeus (vide *Viagem pelas Províncias do Rio de Janeiro e Minas Gerais)*, e já tinham o hábito de vestir, muitos dentre eles já não traziam o *bodoque* e o capitão Joahima morava em uma choupana idêntica às dos brancos; os Macunís que, dizem, respeitam muito as tradições ancestrais, têm, todavia, adotado as roupas e constroem casas à maneira dos portugueses; enfim os próprios coroados, após terem cortado seus longos cabelos e adotado uma espécie de tonsura, mudaram ainda uma vez de moda (*Escw. Journ. Braz.*, II, 125). Querem negar que as nações indígenas possam dividir-se e fundir-se umas as outras. Mas, sabe-se qual a facilidade com que os jesuítas reuniram nas mesmas aldeias índios de diferentes tribos, e, ao tempo de minha viagem, os Malalís, os Panhames, os Macumís e os Monoxós facilmente se misturaram próximo de Peçanha (vide *Viagem pelas Províncias do Rio de Janeiro e Minas Gerais)*. Por outro lado os Goitacases eram divididos, como disse, em três hordas sempre em guerra umas as outras: os Purís pertenceram outrora à nação dos Coroados (Eschw: *Journ.*, II, 125); os Panhames, os Malalís e os Monoxós etc., acreditam ter origem comum; enfim os Botocudos são divididos em vários bandos, continuamente em querela uns com os outros. Os índios absolutamente não conhecem a cidade; os elementos da vida social não são encontrados entre eles; vivem em conjunto porém sem união; por isso as diversas tribos tendem a se dividir e subdividir sem cessar, juntando-se em seguida para de novo se separar. Donde as dificuldades intransponíveis que se encontram no estudo da história dos indígenas americanos e sobretudo da origem das suas numerosas tribos.

27 Marliére *in litt*.

28 Pormenores muito interessantes sobre os costumes atuais dos coroados e suas relações com os portugueses foram publicados no *Journal von Brasilien* pelos Srs. Spix e Martius. Tais escritos é que deviam ser consultados pelos romancistas e pelos compiladores de história e geografia, que querem tornar conhecidos os índios da parte oriental da América, tais como atualmente existem. Limitando-se sempre a recorrer a alguns autores antigos ou à obra pouco recomendável intitulada *Histoire du Brésil*, narram cousas que existiram, outrora, mas que atualmente já não existem.

29 Dizem que o arcebispo do Rio de Janeiro havia sido admitido num terço da partilha entre jesuítas e beneditinos. Essa asserção parece-me inteiramente errônea.

Como havia necessidade de um templo para celebrar o ofício divino, Salvador Correia mandou construir em suas terras, em 1652, uma capela consagrada a S. Salvador, confiando-a aos frades de S. Bento. Tal foi a origem inicial da cidade de S. Salvador dos Campos dos Goitacases ou simplesmente Campos.[30]

Numerosos colonos vieram logo, de diversos pontos do Brasil, fixar-se nos Campos dos Goitacases, atraídos pela reputação de sua fecundidade; e, no meio deles imiscuiu-se uma multidão de criminosos. A fim de escapar à perseguição da justiça, eles idealizaram fundar uma república na região em apreço. As crueldades de certos homens poderosos e os repetidos vexames ocasionados pelos gerentes de vários proprietários residentes no Rio de Janeiro muito contribuíram para excitar o povo à revolta. Sem recorrer à autoridade real, os habitantes da região resolveram elevar a cidade o núcleo que se formara ao redor da Igreja de S. Salvador, e nomearam os funcionários municipais.

A essa época, Martim Correia de Sá, Visconde da Seca, achava-se em Lisboa para solicitar a doação dos Campos dos Goitacases ou Capitania de S. Tomé, que, após a morte de Gil de Góis havia revertido à coroa. Correia de Sá foi feliz em suas pretensões; em 1674 a Capitania de S. Tomé ou do Paraíba do Sul, foi pela segunda vez desmembrada dos domínios do Estado e o Rei D. Pedro II concedeu ao novo donatário permissão para fundar duas cidades nos Campos dos Goitacases. A criação ilegal da de S. Salvador dos Campos dos Goitacases ou simplesmente Campos foi regularizada em 1675 ou 1676; e, pouco tempo depois deu-se também o título de cidade a S. João da Praia ou da Barra, situada na foz do Paraíba.

A cidade de Campos havia sido fundada originalmente a alguma distância do Paraíba. Descontentes dessa posição pouco favorável, os habitantes solicitaram permissão para transferir seus domicílios; e, em 1678 foram estabelecer-se à beira do rio, em um terreno que pertencia aos monges de São Bento. Estes haviam obtido uma indenização, mas, 12 anos mais tarde houve querelas relativamente ao tratado que eles haviam feito. O título principal não foi encontrado; uma excomunhão foi lançada contra os membros da Câmara Municipal e, parece, a cidade perdeu definitivamente um pedaço de seu território.

Em um período de 30 anos, a história do distrito dos Goitacases apenas oferece uma longa série de disputas e revoltas. O povo dessa região, no meio do qual os malfeitores não cessavam de refugiar, era turbulento, inquieto, e vivia grosseiramente à vontade, dedicando-se à fácil criação do gado, cultivando apenas o necessário ao seu consumo. Para sofrear homens tão inclinados à desordem e à rebelião a fraca autoridade dos donatários ou de seus procuradores era insuficiente; mas, em 1752 os Campos dos Goitacases foram de novo anexados ao domínio da coroa, para satisfação geral dos próprios habitantes, e o governo pôde enfim trabalhar com eficiência na civilização desse povo.

D. Luiz de Almeida Portugal Soares, Marquês do Lavradio, que em 1774, administrava honrosamente a Província do Rio de Janeiro foi um dos que mais se esforçaram para modificar o caráter do povo dos Campos dos Goitacases. Distribuiu muitas terras que ainda se achavam sem dono e encorajou cidadãos do Rio de Janeiro a irem estabelecer-se entre o Macaé e o Paraíba. Por outro lado atraía para perto de si os habitantes de Campos; acostumava-os ao exemplo da submissão e nunca os deixava regressar sem lhes fazer algum favor. Ele tinha principalmente o cuidado de afastar da região em apreço

---

30 Tudo quanto venho de dizer, apoiado em autoridades respeitáveis, prova quanto há de errado quando se escreveu que "quando aí pelo ano de 1580, Selema (por Salema) governador do Rio, teve, por processos opressivos que caçar os índios, os jesuítas tomaram posse das terras situadas ao sul do Paraíba a fim de se tornarem úteis aos índios".

os advogados que, com palavras bonitas, desencaminhavam sem dificuldade um povo agitado, sem instrução e fácil de sublevar-se.[31]

Mas, os louváveis esforços dos vice-reis do Rio de Janeiro contribuíram menos talvez para reformar os costumes dos habitantes dos Campos dos Goitacases que a mudança que então se operou em suas ocupações habituais. Durante muito tempo, como disse, eles se dedicavam inteiramente à criação de gado, e, na região tropical, essa criação não exige nenhum sacrifício. Reconheceram então que suas terras eram extremamente favoráveis à cultura da cana-de-açúcar e todos a ela se dedicaram. Trabalhos mais freqüentes acalmaram a imaginação irrequieta dessa gente; o desejo de progredir inspirou-lhes gosto pelo trabalho, fazendo-lhes sentir necessidade de paz e boa ordem; novos confortos corrigiram-lhes pouco a pouco a grosseria de seus hábitos e eles se policiaram.[32]

Os campistas não podem ser comparados aos mineiros; mas achei-os superiores a essa triste população, no meio da qual passei, entre o Rio Furado e a capital do Brasil.

Embora renunciando aos seus antigos costumes, os campistas adquiriram defeitos outrora inexistentes. Um luxo desenfreado implantou-se entre eles;[33] tornando-se dissipadores caíram nas garras dos negociantes que lhes fazem adiantamentos; são faltos de ordem e passam a vida no meio das aperturas oriundas de uma fortuna mal dirigida.

No meio dos defeitos nascidos com suas novas ocupações, os campistas conservaram ainda alguma cousa de seu antigo gosto pelas querelas; não manifestam mais suas revoltas contra as autoridades, mas lutam sem cessar, uns com os outros.[34] As obscuridades da legislação portuguesa contribuem ainda para entreter entre eles esse hábito demolidor, e a incúria com que foram concedidas originariamente as terras da região tornou-se para eles uma fonte de demandas sempre renovadas. Outrora não havia o cuidado de medir as sesmarias,[35] e freqüentemente davam a um quinhão área maior que a de fato existente. Enquanto a população foi pouco considerável e não se conhecia o verdadeiro valor da terra, os vizinhos viveram em harmonia, não tomando posse senão de pequena parte de suas propriedades e não temendo fossem seus direitos um dia contestados. Mas, depois que a cultura pôs todos os colonos em contato com seus domínios, cada um quis conhecer os terrenos de que possuía títulos, recorrendo aos procuradores, advogados e juízes.[36]

Se existem no distrito dos Campos dos Goitacases pequenas propriedades, não é menos verdadeiro que a maior parte das terras da região acha-se dividida em 4 fazendas de imensa extensão: a do Colégio, outrora pertencente aos Jesuítas; a de S. Bento, pertencente aos Beneditinos; a do Visconde da Seca e enfim a do Morgado.

Os proprietários desses vastos latifúndios não podem cultivar todas as suas terras, e arrendam uma parte delas. O locatário é obrigado a uma retribuição anual e comumente o arrendamento renova-se de quatro em quatro anos. Existem na fazenda de S. Bento agricultores cujas famílias arrendaram pedaços de terra, há muitos anos, não pagando mais de 2 patacas por 100 braças quadradas.[37] O agricultor tem o direito de construir nos terrenos alugados todas as

---

31 Vide as curiosas instruções dadas pelo Marquês de Lavradio a seu sucessor e insertas nas *Mem. Hist.*, III, 119.

32 Caz. *Corog. Braz.*, II, 42-47. — Piz. *Mem. Hist.*, III, 86-148.

33 Caz. *Corog. Braz.*, II, 53.

34 Caz. *Corog. Braz.*, II, 53. — TAV. *Cons. hyg.*

35 Uma *sesmaria* é, como disse em *Viagem pelas Províncias do Rio de Janeiro e Minas Gerais*, o lote de terra virgem que o governo pode conceder a um particular.

36 Um autor brasileiro citado por Freycinet, traçou um retrato horrível dos habitantes de Campos. Luccock não lhes é mais favorável. Acreditei dever cingir-me às notas que tomei na região e a algumas lembranças confirmadas por Cazal e por Pizarro.

37 O Sr. Freycinet avalia, como já disse, a *braça quadrada* em 4,m84.

benfeitorias que lhe são necessárias; elas tornam-se de sua propriedade, sendo-lhe mesmo permitido vendê-las a um terceiro, que, nesse caso passa a ser arrendatário. Por seu lado o proprietário pode, ao fim de cada contrato, apossar-se de seus domínios; mas é preciso que ele pague as construções e benfeitorias feitas pelo locatário. Acreditar-se-á não haver lavradores tão imprevidentes que construam em terrenos de onde podem ser expulsos facilmente; entretanto tal não se dá. Os proprietários têm tão pouco o costume de retirar de suas terras os locatários e de aumentar o preço da locação, que os agricultores acostumaram-se a viver na maior segurança. Constróem casas consideráveis e engenhos de cana em terrenos alugados por quatro anos somente e freqüentemente esses terrenos são cedidos a terceiros pelo mesmo preço anterior às benfeitorias. Resulta de tudo isso as relações entre agricultores e proprietários são muito menos favoráveis a estes que a aqueles; mas está claro que essas relações, fundadas em simples costumes, não poderão durar muito tempo. Já ao tempo de minha viagem os proprietários começavam a achar que a renda de suas terras alugadas era muito pequena; de outro lado é possível que os agricultores não se conformarão em renunciar a vantagens que o correr dos anos consagrou. Dissenções perigosas seriam de temer se o atual estado de cousas fosse durável; mas é de crer-se que partilhas testamentárias, a necessidade de dinheiro e uma desordem muito freqüente nesta região, forçarão pouco a pouco os proprietários a alienar inteiramente os terrenos arrendados.

Já tive ocasião de dizer qualquer cousa a respeito da fecundidade do Distrito de Campos dos Goitacases. Ela é tal que as terras de certos lugares produzem há cem anos, sem nunca repousar, sem serem adubadas e sem serem irrigadas pelas águas de nenhum rio. Uma simples mudança de cultura é o único meio que se toma para assegurar colheitas abundantes. Quando a cana-de-açúcar começa a não mais produzir é substituída pela mandioca, que então recompensa amplamente o trabalho do agricultor; e, quando essa raiz já não produz bem, volta-se ao plantio da cana, cujos colmos vegetam então com todo vigor.

Dizem que outrora nascia nas pastagens naturais de Campos uma forragem notável por sua altura; mas, à força de ser tosada pelo gado ela apenas produz hoje um relvado raso. Quando a pecuária constituía a indústria exclusiva dos habitantes desta região, eles enviavam anualmente ao Rio de Janeiro cerca de 6 a 8 mil cabeças de gado; atualmente essa exportação está reduzida à sexta parte. Não somente os agricultores já não remetem queijos para várias partes do Brasil, como até recebem-no de Minas Gerais.[38] O gado de Campos dos Goitacases é em geral de uma raça mirrada e sujeito à várias moléstias; dizem que excetuadas as terras virgens, um rebanho de 200 vacas não produz atualmente mais de 50 bezerros.[39]

É fácil de conceber que uma região plana e pantanosa como a de Goitacases não poderá ser favorável à criação de cabras e carneiros. Também a criação de porcos é muito pequena nos arredores de Campos; e, como a umidade influi sem dúvida sobre a qualidade da carne, esta é menos saborosa e conserva-se menos que a dos porcos criados nos lugares altos e secos.

Os cavalos dos Campos dos Goitacases pareceram-me pequenos e mal feitos, mas correm com muita velocidade. Como se multiplicam facilmente, e são numerosos, ninguém anda a pé nesta região. Os negros e os homens de classe inferior têm, para conduzir seus cavalos, um método singular: eles batem no pescoço do animal com um bastão curto e de certa grossura.

---

38 Penso que Pizarro se enganou quando disse que Rio Grande de S. Pedro fornecia queijos a Campos.
39 Piz. *Mem. Hist.*, III, 107-110.

Como disse, é por mar que as mercadorias são transportadas para o Rio de Janeiro, em todo o litoral; não há então aqui tropas de bestas viajando com regularidade como na Província de Minas, e, esses animais são mesmo muitos raros em Campos. Os habitantes desta região só fazem por terra pequenas viagens; podendo então deixar repousar suas montadas, andam em grande velocidade, e ninguém sabe avaliar as distâncias.

Dizem que vários gêneros de culturas dão resultado em Campos;[40] mas, a da cana dá atualmente tão grandes lucros que absorve todas as outras. Asseguraram-me que as terras novas são menos favoráveis à cana que as já cultivadas; entretanto não posso afirmar que tal se dê em todas as partes do distrito. Freqüentemente é a cana replantada todos os anos; todavia há zonas em que essa gramínea produz de soca durante mais de 10 anos.[41] Com dois anos em uma superfície de 40 palmos produz em geral um carro de cana, e, quando a estação é favorável um carro rende cerca de três formas de açúcar, com o peso de duas arrobas cada uma.

Até 1769 não havia ainda em Campos mais de 56 usinas de açúcar; em 1778 esse número subiu a 168; de 1779 a 1801 aumentou para 200; 15 anos mais tarde ele cresceu para 360 e enfim em 1820 havia no distrito 400 engenhos de açúcar e cerca de 12 distilarias.[42]

Sem falar no consumo da própria região, haviam saído de Campos nos últimos anos anteriores a 1818 cerca de 8 mil caixas de açúcar e 5 a 6 mil pipas de cachaça, e, como a colheita de 1818 havia sido muito boa, assegurava-se que nesse ano a produção subiria a 11 mil caixas de açúcar. Segundo Pizarro[43] há poucos proprietários que fabricam anualmente mais de 30 a 40 caixas. Cerca de 60 embarcações são ocupadas no transporte do açúcar e da cachaça fabricados em Campos, fazendo anualmente de 4 a 5 viagens; algumas podem carregar até 120 caixas, todavia na maioria apenas comportam 50 a 60. O frete de uma caixa de açúcar de Campos ao Rio de Janeiro é habitualmente de 4$000 (25 f.); mas é o dono do barco que se encarrega do transporte da carga desde a cidade à foz do rio.

Distinguem-se em Campos 5 qualidades de açúcar branco: o fino, o redondo, o meio-redondo, o batido e o meio-batido. À época de minha viagem a primeira dessas qualidades era vendida a 2$100 a arroba. Quanto ao mascavo ou açúcar meia-cor não é distinguido em várias qualidades e tem um só preço, mau grado seu gosto e sua cor variarem muito.[44]

40 Pizarro *Mem. hist.*, III, 113: O Sr. Martius diz que seria importante introduzir a cultura do arroz em certas zonas de Campos, dando uma lista tirada, creio, de Pizarro. Essa idéia nonra a sagacidade do célebre viajante bávaro; mas creio que ele a modificaria se visitasse os lugares de que falo e, que, se me não engano, são os mais próximos do mar. A cultura do arroz está longe de ser desconhecida no litoral que vai do Rio de Janeiro ao Rio Doce, e é mesmo uma das riquezas da Província do Espírito Santo, limítrofe dos Campos dos Goitacazes. Mas, como disse, há na costa setentrional da Província do Rio de Janeiro terrenos impregnados de sal e, como ainda disse, esses solos são impróprios para essa cultura. Para distinguir os trechos de terra próprias à cultura desse cereal é preciso, penso, examinar *in-loco* a natureza do solo, o que de resto fazem os colonos europeus. Mas, mesmo supondo que o arroz possa medrar nos lugares citados por Martius, isso ainda não será motivo suficiente para aí cultivá-lo. Com efeito o colono não planta indiferentemente o que possa medrar em suas terras; ele escolhe aquilo que dá melhor resultado. As pequenas zonas indicadas no escrito de Martius estão, se me não engano, atualmente, em pastagens, sendo importante não abandonar a criação do gado nesta região, não somente para ter os bois que fazem mover os moinhos, mas ainda para o sustento de uma população numerosa.

41 Falei em minha *Viagem pelas Provincias do Rio de Janeiro e Minas Gerais* (4.º volume desta coleção) de cultura da cana no Brasil. Pode-se consultar a esse respeito um trecho muito minucioso e interessante que o Sr. Martius juntou à sua *Agrostologie* (pág. 562 e seguintes).

42 Tiro esses pormenores, sobre o número de usinas, de minhas notas e dos escritos de Cazal e Pizarro. Devo observar que os números referentes a épocas anteriores à criação da cidade de Macaé e sua separação do Distrito de Campos dos Goitacases devem incluir provavelmente usinas hoje pertencentes a essa pequena cidade. Assim o número proporcional de aumento de instalações deve ser maior que o que resulta das indicações acima, pois que durante o curso do crescimento do número de engenhos a extensão do território diminuiu.

43 Piz. *Mem. Hist.*, III, 121.

44 Os açúcares de Campos, são, segundo afirmam, os melhores de todo o Brasil (vide *Agrostologia*, de Martius, págs. 564 e 569).

Como não existem florestas nos arredores da cidade de Campos, a madeira com que se confeccionavam as caixas de açúcar, e as pipas para aguardente vêm principalmente de S. Fidelis. A que se emprega nas caixas chama-se *jacatiba*. Poucas madeiras servem para o fabrico de pipas, porque na maioria tingem mais ou menos a aguardente de cana, e no Brasil ela é preferida cristalina. A Laurácea chamada *canela*, apesar de empregada em tanoaria, tem entretanto o defeito de comunicar certa coloração à bebida; também dão preferência ao *louro* que provavelmente pertence também ao grupo das Lauríneas e que, produzindo agradável odor não dá à cachaça a mínima coloração. O *tapinhuáu* é outra madeira de que se servem para fazer pipas; na verdade o governo, querendo reservá-la para a construção naval, proibiu sua exploração; mas, ninguém liga importância a uma proibição de que a administração não tem meios de fazer respeitada.

Acreditar-se-á que os habitantes dos Campos dos Goitacases, incessantemente entregues ao fabrico do açúcar, tenham introduzido aperfeiçoamentos nessa operação. Mas, para isso seriam precisos conhecimentos que eles não possuem e que dificilmente adquirirão sem deixar o país. Os processos de fabricação são então ainda muito imperfeitos.[45] Deviam principalmente construir fornos mais econômicos e cuidar, como já têm feito alguns cultivadores de empregar o bagaço na alimentação do fogo e das caldeiras. Com efeito a escassez de lenha faz-se sentir cada vez mais, sendo de temer sejam, breve, vários proprietários de usinas obrigados a cessar seus trabalhos. Como já disse, os primeiros habitantes dos Campos dos Goitacases apenas cuidavam da pecuária; para formar as pastagens eles incendiaram suas fllorestas, e, em muitos lugares somente arbustos e árvores esparsas podem fornecer combustíveis. Na verdade existem ainda matas muito próximo da cidade de Campos; mas pertencem a homens que as não venderão, porquanto são também possuidores de usinas, e quererão conservar suas caldeiras em atividade pelo maior prazo possível. Induzir os brasileiros ao plantio de árvores destinadas à lenha é, para eles, expôr-se ao ridículo; entretanto continuam destruindo e incendiando suas florestas com tamanha perseverança que, se não quiserem tornar desertas grandes zonas do país, serão cedo ou tarde forçados a replantar as matas.[46] Porque alguns proprietários de Campos não procurarão desde já libertar-se de uma opinião absurda? Porque, lançando as vistas sobre o futuro não escolherão um canto de seus domínios pouco próprio à cultura para aí lançar as sementes de algumas árvores de crescimento rápido? O primeiro que plantar um tufo de mata no distrito de Campos dos Goitacases merecerá, ousamos dizer, a gratidão do país. Entretanto aquele que na América se der ao cuidado de lançar à terra sementes de árvores florestais não terá no futuro os mesmos trabalhos e sacrifícios que o plantador europeu; nas felizes zonas situadas entre os trópicos a vegetação é de tal modo ativa que o agricultor terá logo sombra sob as árvores que plantar e poderá mesmo, durante o curso de sua vida, cortá-las diversas vezes.[47]

Os mais ricos proprietários de Campos enviam diretamente ao Rio de Janeiro seus produtos; quanto aos outros vendem-no aos negociantes da região. Estes últimos têm o costume de comprar o açúcar antes de fabricado, pagando

---

45 O que digo dos plantadores de cana de Campos é extensivo aos das diversas partes do Brasil por onde passei. O Sr. Martius, que visitou as províncias setentrionais desse vasto império exprime-se a respeito do seguinte modo: "Quod vero al saccharum ex succo expresso parandum attenet, feré nusquam Brasiliae tam subtiliter et scientificè, ud herus certam sacchari messem securó sperare possit, id fieri solere mihi confitendum est. Omne negotium non est nisi continuum periculum, quin operarii inscii res sibi exponere possint. Itaque fructus maximé est iniqus ataque incertus et in quintitate sacchari et qualitate (*Agrost.*, 568)":

46 Isso foi dito em 1833. Dizer-se que, praticamente, ainda hoje a situação é a mesma... (N. do T.)

47 Em uma de suas obras Pizarro parece não temer a escassez de madeira em Campos; entretanto ele mesmo confessa que já em 1801 nove usinas foram obrigadas a interromper seus trabalhos por falta de combustível.

um adiantamento. O negócio é feito como se a mercadoria fosse de primeira qualidade; a diferença é calculada posteriormente, no ato da entrega do açúcar, deduzindo-se então do valor contratado.

Dizem que o comércio nessa cidade é feito com muita lentidão e pouca boa fé. Os vendedores têm o costume de não fazer o preço, pedindo ao comprador que faça a proposta; desconfiam do comprador que se apresenta espontâneamente para negociar, julgando-se mais esperto que eles, recusando vender-lhes, principalmente se se trata de um estrangeiro. Pouco tempo antes de minha chegada a Campos o representante de uma casa inglesa vinha de deixar essa cidade, após uma estada de um mês, sem ter podido concluir nenhum negócio.

Os negociantes estabelecidos em Campos e aos quais os cultivadores têm o costume de vender seus produtos, são na maioria, segundo Pizarro, portugueses-europeus. Esses homens parcimoniosos põem os colonos numa verdadeira dependência, adiantando-lhes dinheiro, escravos, mercadorias, enriquecendo-se em pouco tempo, enquanto que o agricultor imprevidente ou pródigo vive sempre endividado e no caminho da ruína.

Uma das causas do constrangimento[48] em que vivem os habitantes de Campos é a mania que todos têm de ser "senhores de engenho". Apenas, diz Pizarro,[49] um homem tem quatro palmos de terra, arrendados que sejam, pretende logo construir um engenho de açúcar; e, por pequena que seja sua instalação, vê-se obrigado a hipotecar por longos anos os produtos de suas colheitas.

Esses estabelecimentos, criados por mal entendida ambição concorrerão a um resultado moral útil à região. Para mantê-los os proprietários são obrigados a renunciar a uma vida ociosa; o pai de família, sua mulher e seus filhos participam da cultura da terra ou da fabricação do açúcar; e o trabalho terminará, é de esperar-se, por enobrecer-se inteiramente.

Apesar de um grande número de pequenos proprietários quererem absolutamente possuir um engenho de açúcar, há, todavia muitos outros que se resignam a cultivar a cana sem terem a honra de ser "senhores de engenho". Estes fazem a moagem em qualquer engenho próximo, deixando como retribuição metade da colheita.

Poder-se-ia supor que em Campos, onde os proprietários não se envergonham de se entregar aos trabalhos agrícolas manuais, os escravos, tornados de qualquer modo companheiros do homem livre, fossem tratados com doçura; mas infelizmente tal não se dá. Querem fazer açúcar cada ano mais, e assim sobrecarregam os negros de trabalho, sem se inquietar com o prejuízo que ocasionam a si próprios, abreviando a existência desses infelizes.[50] Existem perto da cidade de Campos várias fazendas onde se vêem escravos doentes em conseqüência dos maus tratos recebidos, ao mesmo tempo que há sempre pessoas à procura de escravos, evadidos em conseqüência da insuportável vida que levam. Quando teve início no Brasil a campanha da abolição da escravatura, o governo ordenou aos proprietários de Campos que casassem seus escravos; alguns obedeceram a essa determinação, mas outros responderam que era inútil dar maridos às negras porquanto não seria possível criar seus filhos. Logo após os partos essas mulheres eram obrigadas a trabalhar nas plantações de cana, sob um sol abrasador, e, quando, após afastadas de seus filhos durante parte do dia, era-lhes permitido voltar para junto deles elas levavam-lhes um aleitamento defeituoso; como poderiam as pobres criancinhas resistir às cruéis misérias com que a avareza dos brancos cercava seus berços? Nas fazendas em que há algum cuidado com os negros dão-lhes alimento três vezes ao dia, sendo a comida farinha de mandioca e carne seca cozida com feijão preto. Em outras fazendas os escravos não recebem nenhuma alimentação; mas, além do domingo dão-

48 Piz. *Mem. Hist.*, III, 123.
49 Piz. *Mem. Hist.*, III, 120.
50 Consultando Pizarro, escritor exato e conscencioso, ver-se-á que estou longe de exagerar.

lhes outro dia por semana a fim de que trabalhem por própria conta. É fácil compreender que esse último sistema deve ter graves inconvenientes para os negros recem-chegados da costa da África, para os preguiçosos, os viciados, aqueles enfim, verdadeiramente numerosos, aos quais não é possível induzir à previdência. É preciso que os brasileiros sejam tão estranhos à idéia do futuro quanto os próprios índios, para que não vejam que se continuam surdos à voz da humanidade, deveriam ao menos por interesse próprio cuidar de seus escravos.

Após ter feito conhecidos em todos os seus detalhes o distrito de Campos, devo dizer alguma cousa de sua população. Esse distrito, tal como foi delimitado para organização da milícia ou guarda nacional, estende-se, como vimos, do Rio Cabapuana ao Rio Macaé. Tem portanto 30 léguas de comprimento por uma largura média, aproximadamente, de 8 léguas.

Eis o número de indivíduos aí compreendidos em 1816:

Homens livres

2.265 casamentos	4.530
Rapazes solteiros vivendo em casa dos pais	3.233
Moças idem, idem	3.722
Agregados e empregados do sexo masculino	731
Idem, idem do sexo feminino	999
Homens solteiros vivendo sós	607
Mulheres, idem, idem	738
	14.560

Escravos

do sexo masculino	10.450
do sexo feminino	6.907
	17.357
TOTAL	**31.917**

Segundo esta estatística é claro que em 1816 contavam-se em Campos 133 pessoas por légua quadrada, isto é, três vezes mais que em todo o conjunto da Província de Minas Gerais, quatro vezes mais que a comarca de S. João em particular e somente dez vezes menos que na França. Excetuadas as cidades brasileiras de mais de 8.000 almas, duvido que haja outro lugar em que, em superfície igual, se conte uma população tão considerável quanto a de Campos. O pequeno quadro que venho de traçar fornece ainda resultados importantes dos quais indicarei os principais. 1.º) Prova que nessa região de grandes usinas de açúcar o número de escravos é superior ao de homens livres; de modo idêntico ao que acontece nas regiões auríferas de Minas, sabe-se, nas zonas de indústria pastoril dá-se o contrário — o número de escravos é inferior ao de homens livres. 2.º) O mesmo quadro mostra que o número de casamentos é infinitamente maior em Campos que no interior do Brasil, o que é certamente devido ao fato das mulheres não se esconderem dos homens e ao de serem os brancos aqui menos raros. 3.º) Mostra também que as meretrizes são menos numerosas em Campos que no interior; porquanto da cifra 738, que compreende as mulheres de má vida, é preciso deduzir-se, para ter o número exato destas, as mulheres solteiras que não são prostitutas. 4.º) Enfim vê-se pelo quadro em apreço que os casamentos são muito menos fecundos em Campos que no interior; com efeito, embora sem possuir dados rigorosos sobre o termo médio da fecundidade das mulheres de Minas, Goiás, etc. não seria de admirar se se achasse essa média em 5 a 6 filhos para cada casal.

202

CAPÍTULO XXI

VIAGEM NO DISTRITO DE CAMPOS DOS GOITACASES.

Barra do Furado. Região situada entre o Furado e o Curral da Boa Vista. Anedota sobre o Vanellus cayennensis *ou queriqueri. Curral da Boa Vista. Arraial de Santo Amaro. Cestos chamados juquiás. Aspecto da região situada entre Santo Amaro e a fazenda de S. Bento. Descrição dessa fazenda. As mulheres desta região e seus hábitos. Carro de boi. Região situada entre S. Bento e a fazenda do Colégio. Como o Autor é recebido nesta fazenda; explicação da acolhida que lhe é feita. Descrição da fazenda do Colégio. Caminho que conduz dessa fazenda a Campos. Situação da cidade; população. Como o distilador Baglioni dirige seus negros. Passagem do Paraíba. Vista que se descortina em frente a Campos. Margens do Paraíba. Fazenda de Barra Seca. Como são aí tratados os escravos. Capela. O que se deve entender por Sertões. Região situada entre Barra Seca e Manguinhos. Algumas palavras sobre esta última fazenda. Conversa com um índio. Fazenda de Mumbeca. Sua administração. Índios selvagens. O Rio Cabapuana.*

O rio cuja foz alcancei a pouca distância do sítio do Andrade tem na região o nome de Rio do Forno, e é formado pelas águas de um grande lago de água doce (Lagoa Feia) situado a algumas léguas do mar. No momento de lançar-se no oceano o Rio do Forno reúne-se a outro rio, o Bragança ou Laranjeira, que vem de lado diametralmente oposto. A embocadura dos dois rios reunidos, conhecida sob o nome de Barra do Furado, é muito estreita e pouca profunda, somente dando entrada às embarcações muito pequenas, e, parece que na estação seca nenhuma embarcação pode transpô-la. É a Barra do Furado, que, como já disse, serve de limite entre os distritos de Campos e Macaé.[1]

Quando se vai do Sítio do Andrade a Campos, passa-se o Furado em estreita piroga. Aqui o pedágio não é arrendado pelo fisco (fazenda real); é o próprio passador que usufrui inteiramente das retribuições pagas pelos viajantes.

Após atravessar o Furado pode-se seguir vários caminhos para chegar à capital do distrito. O mais seguro passa pelo lugar chamado Tapagem; aí embarca-se uma segunda vez, evitando pântanos impraticáveis na estação chuvosa.

Como já havia perdido muito tempo para passar o Furado e a seca afastava o perigo dos caminhos brejosos, deliberei tomar o caminho que vai sempre por terra.[2] Um negro me servia de guia. Comecei então a caminhar paralela-

---

[1] Os detalhes que Pizarro dá sobre o Furado são pouco claros. Ele não faz nenhuma referência ao nome do Rio do Forno e parece que é sob o nome de *canzora* ou *canzoura* que ele designa o Rio Bragança. Não sou o único, aliás, que indica este último; ele era encontrado na relação do Príncipe de Neuwied, onde um erro tipográfico, sem dúvida, deu *Barganza* por Bragança, bem como *Farado* por Furado.

[2] Itinerário aproximado da fronteira meridional do distrito de Campos dos Goitacases à cidade de S. Salvador dos Campos dos Goitacases.

De Barra do Furado ao Curral da Boa Vista	2¾	léguas;
à fazenda de S. Bento	2½	"
" fazenda do Colégio	3	"
" cidade de Campos	3	"
	11¼	"

203

mente ao mar; mas logo entrei em uma planície e poucos instantes após deparei um dos pântanos de que me haviam falado. São eles formados por um barro negro e profundo; apesar das indicações de meu guia, duas de minhas bestas atolaram-se nessa lama até ao ventre, e foi preciso descarregá-las para poder afastá-las desse perigoso lugar.

Daí até ao Curral da Boa Vista, onde parei, o caminho era sempre bom. Tão longe quanto minha vista alcançasse, não avistava senão um terreno perfeitamente uniforme, coberto de uma erva rasa; somente no horizonte avistava alguns tufos de mata, de vegetação raquítica. Nessa imensa planície pascentam numerosos cavalos e bois; porém todos pequenos e magros, o que se deve atribuir sem dúvida à má qualidade das pastagens e talvez aos ventos secos e contínuos que predominam na região.

Como o terreno é pantanoso encontra-se uma multidão de aves aquáticas, principalmente das a que chamam queriqueri,[3] devido pronunciarem distintamente essas sílabas em seus gritos altos e agudos (*Vanellus cayennensis* Neuw., *Tringa cayennensis* Lath). Essas interessantes aves voam aos pares e procuram seus alimentos nos lugares úmidos. Deixam que a gente se aproxime muito delas, voam em círculo e pouco alto. Põem quatro ovos sobre a terra, por assim dizer, sem fazer ninhos, contentando-se em ajuntar alguns detritos de pau seco e terra. Seus ovos, esverdeados e marmorizados de negro, são pouco maiores que os do pombo, e muito mais largos em uma extremidade que noutra. Na guerra de manhas e emboscadas que Artigas fez durante muito tempo nas províncias do sul, os diversos destacamentos foram freqüentemente traídos pelos queriqueri, que à aproximação do homem fazem ouvir seus gritos estridentes.

O Curral da Boa Vista, onde pernoitei no dia em que deixei o Sítio do Andrade, fica daí distante 3 léguas. É uma pobre choupana dependente da fazenda do Visconde da Seca, servindo de abrigo aos vaqueiros dessa fazenda. Junto da choupana há um tufo de matas, que eu havia visto de longe, ao entrar na planície. As árvores que compõem essa mata, nascendo em terreno muito seco e arenoso, em nada se assemelham, ao menos no porte, com as das florestas virgens; elas são insignificantes, raquíticas, separadas umas das outras, formando pequeno bosque.

Para além do Boa Vista, a planície, sempre uniforme, apresenta ainda até Santo Amaro um terreno pantanoso, enegrecido e coberto de uma erva rasa e tosada constantemente por um grande número de cavalos e bois. Um pouco antes de Santo Amaro o solo torna-se extremamente pantanoso, vendo-se então imensa quantidade de aves aquáticas, sobretudo garças e queriqueris. Como o caminho é apenas assinalado nessa parte da planície temia ver meus animais de carga atolar na lama. Indaguei de um negro por onde devia passar, mas esse homem não quis responder-me sem ser pago por esse grande trabalho... Era a segunda vez que, nesta região, pediam-me dinheiro para indicar-me um caminho; nunca cousa semelhante me acontecera em Minas Gerais.

Desde vários dias via junto de todas as casas grandes cestos feitos com grande cuidado; disseram-me que eram destinados a apanhar peixe e que tinham o nome de *juquiá;* enfim pude ver como eram usados. Os *juquiás,* que são provavelmente invenção indígena, como o nome indica, têm 3 a 4 pés de largura e a forma de um sino; a extremidade mais larga é inteiramente aberta; ligadas em conjunto as taquaras verticais, que se prolongam para fora do tecido do cesto, formam uma espécie de punho, havendo desse lado uma abertura por onde pode passar um braço até dentro da cesta. É nos brejos que se servem dos *juquiás;* caminha-se no meio deles tendo o *juquiá* pela mão, passando-o pelo fundo da água à medida que se avança. O peixe, escondido no meio da

---

3 Cazal escreveu *queroquero* e o Príncipe de Neuwied: *querquer.* No Rio Grande do Sul dizem queroquero.

lama entra no cesto, sendo retirado pela abertura superior do juquiá. A principal espécie de peixe que se prende por esse processo é a chamada *acará;* mas ela difere muito do acará do S. Francisco. A armadilha que venho de descrever é feita com essa gramínea de altos caules e folhas dísticas chamada ubá na Província do Rio de Janeiro e cana-brava na de Minas Gerais *(Gynerium parvifolium* Spix. Mart. Nees.).

Santo Amaro é uma pequena aldeia que se compõe de uma capela e uma vintena de pequenas casas, esparsas, muito afastadas uma das outras, tendo cada uma um pequeno quintal.

Para além desse lugar a região muda de aspecto; é sempre a mesma planície, porém não é mais tão descoberta e tem qualquer cousa daquele ar alegre e animado dos campos europeus nas vizinhanças das grandes cidades. O caminho, largo e muito bonito é bordado por sebes, e freqüentemente a gente passa em frente a casas cobertas de telhas e cercadas de bananeiras, laranjeiras e pequena plantação de algodão. Durante esse dia fez um calor excessivo, acompanhado de vento forte e seco, gretando meus lábios e os dos meus empregados, o que já nos acontecera em várias zonas descobertas da Província de Minas.

Chegado à fazenda de S. Bento, propriedade da Ordem dos Beneditinos,[4] apresentei aos religiosos, que eram apenas dois, o passaporte real de que eu era portador. Fui perfeitamente acolhido por eles; instalaram-me em um quarto muito cômodo e pouco depois convidaram-me a tomar parte em em sua excelente refeição. S. Bento dificilmente reconheceria esses monges como filhos seus, é preciso confessar; mas a falta de polidez e hospitalidade não seria dos defeitos que se lhes pudessem atribuir.

A fazenda de S. Bento possui uma extensão de terra considerável, uma usina de açúcar, cerca de 1.000 cabeças de gado e 500 escravos.[5] Um ar de grandeza que ainda não tinha observado em parte nenhuma, nem mesmo em Campos Novos, nota-se no conjunto de construções do monastério. As casas dos negros formam três lados de um pátio gramado que pode ter uns 315 passos de comprimento por 250 de largura. Essas casas são agrupadas e não têm mais de 6 pés de altura; são feitas de tijolos, cobertas de telhas e dotadas de uma pequena janela que se abre para o pátio. A igreja e o convento fecham este último; ao lado fica o engenho de açúcar. O claustro tem forma quadrada e fica entre a igreja e os edifícios do monastério propriamente dito. Mau grado construídos de tijolos e com paredes muito grossas estes últimos achavam-se em muito mau estado; mas tratava-se de reconstruí-los, o que já havia sido iniciado pela igreja. Dois lagos, ou melhor dizendo, dois charcos, se vêem um à direita outro à esquerda da habitação; são asilo para quantidade inumerável de aves aquáticas e recendem mau cheiro, desagradável, certamente prejudicial aos habitantes do monastério. Deste avista-se a planície coberta de agradável verdura e limitada por matas e capoeiras; em frente ao convento a vista se detem nas montanhas da cadeia marítima; enfim algumas palmeiras africanas plantadas no pátio do convento contribuem para embelezar o conjunto da paisagem.

No dia seguinte à minha chegada a S. Bento, que era dia de festa, vi o pátio da fazenda encher-se de gente das vizinhanças que vinha à missa. As negras estavam com a cabeça envolvida em um pano negro, à moda das espanholas; quanto às mulheres livres traziam "manteaux" de pano grosso, cor de azeitona, bordados de veludo negro. Estas tinham belos olhos negros, porém não eram bonitas; pálidas, sem graça.[6]

---

4 Vide referência anterior.
5 Foi talvez um erro de cópia ou de tipografia que introduziu a cifra 50 em um escrito de grande valor.
6 Não somente o Dr. Tavares diz mais ou menos a mesma cousa da cor dos habitantes das margens da Lagoa Feia, mas ainda, faz deles a mais triste descrição.

Era em pequenas carroças puxadas por bois e cobertas de um toldo de couro cru que as mulheres chegavam ao convento. Como esta região é extremamente plana o uso de carros puxados por bois é aí muito comum, sendo eles empregados nas fazendas, desde a Capital até Campos e provavelmente em uma grande parte do litoral. Como em Minas, não atrelam os bois pela cabeça, costume que devia ser adotado em toda parte.

Antes de deixar a fazenda de S. Bento, continuei a atravessar a planície. Esta região é encantadora e tem um ar de animação que somente observei nos arredores da Capital do Brasil. O caminho, largo e muito bonito, é bordado de sebes espessas de *Mimosa* ou de uma multidão de arbustos variados, crescendo em liberdade. Atrás dessas cercas percebem-se pastagens e plantações de mandioca e cana-de-açúcar. Vêem-se, de longe em longe, usinas de açúcar, modestas, e, freqüentemente encontramos pequenas casas cercadas de algodoeiros e laranjeiras. Enfim no horizonte avista-se a cadeia marítima.

Chegado à fazenda do Colégio[7] em direção à qual dirigi-me ao deixar S. Bento, entreguei meu passaporte ao meu empregado a fim de apresentá-lo ao dono da casa. Este estava à mesa; fez-me esperar durante muito tempo em um vestíbulo; mas, enfim um senhor gritou-me do alto de uma cancela que eu podia subir. Encontrei em uma sala de jantar uma reunião numerosa e aceitei o oferecimento que me fizeram para tomar parte no jantar. Entretanto não tardei a ficar desconcertado com a extrema frieza dos convivas; o dono da casa ofereceu-me, na verdade, de tudo quanto havia sobre a mesa,[8] mas, ninguém parecia ligar-me atenção; ninguém me dirigia a palavra. Após o jantar fui um pouco mais feliz; passeei pela fazenda com um dos proprietários; ele falou-me de minhas viagens e querendo ser-me agradável, desejou que eu conseguisse algum benefício dos meus trabalhos e de minhas fadigas. Ninguém, em nenhuma classe social, concebia que eu percorresse o Brasil sem outro motivo que o de ganhar dinheiro. Um governo é bem defeituoso, diga-se de passagem, quando não sabe inspirar aos que lhe obedecem sentimentos de deveres mais nobres.

Uma circunstância explicará talvez a recepção pouco amável que me fizeram em Colégio. Em toda parte julga-se o desconhecido pela roupa que veste, e no Brasil, mais que em qualquer outra parte, os homens de uma classe elevada dão ao vestuário uma grande importância. Conhecendo os hábitos do país e não querendo me privar das vantagens que oferece ao naturalista viajante uma roupa leve e de pouco valor, tinha o cuidado de pôr, bem por cima em uma das malas, roupas convenientes para essas situações, e, antes de entrar nas casas das pessoas mais abastadas tinha o cuidado de trocar de vestimenta à sombra de alguma árvore. No dia de minha chegada a Colégio tinha infelizmente esquecido essa pequena precaução e fui castigado por ter me apresentado com humilde roupa e um simples chapéu de palha.

A fazenda do Colégio havia sido, como já disse, fundada pelos jesuítas e era residência de dois religiosos encarregados de administrá-la. Esse imenso domínio foi durante muito tempo dedicado à criação do gado, tendo-se mesmo queimado as matas para formar pastagens. Foi somente poucos anos antes da supressão da ordem que os jesuítas começaram a cultivar a cana em Colégio e aí construíram uma usina. Após a expulsão dos padres da Companhia a fazenda foi a princípio administrada por conta do Rei; mas em 1781[9] foi posta em

---

7 É evidente que é preciso não confundir esta fazenda com uma outra do mesmo nome que o Príncipe de Neuwied indica, perto de S. Fidelis.

8 Dizem que os brasileiros servem aos seus convivas porém trazendo alimentos em pratos separados e que o prato que cada qual usava era então cercado por uma auréola de outros pratos. Comigo isso aconteceu uma ou duas vezes, mas posso asseverar que isso não é o uso geral, porquanto percorri o Brasil durante seis anos, vivendo entre homens de todas as condições, comendo à mesa do pobre e à do rico e não era esse o uso geral.

9 Data tirada de Pizarro.

leilão e vendida por 500 mil cruzados (1 milhão e 500 mil francos). O comprador tinha falecido pouco tempo antes da minha estada ali, e parece que seus herdeiros estavam em vias de demandar. O domínio terminará por ser dividido, os edifícios cairão em ruínas, mas, o que acontece em outras partes do Brasil onde existem poucos habitantes e onde as comunicações são difíceis, não acontecerá aqui; as terras divididas não cessarão de ser cultivadas porquanto no distrito a população é numerosa e o pequeno proprietário não se acanha de trabalhar.

A fazenda do Colégio possui vários milhares de cabeças de gado, 1.500 escravos e tem cerca de 9 léguas quadradas de terreno, estendendo-se até ao Macaé. A habitação propriamente dita tem um ar de grandeza a que se não está acostumado nesta região, onde tudo é feito de modo mesquinho, como que para durar apenas um dia. Em Colégio seguiram um plano de construção idêntico ao de S. Bento, porém em maiores proporções. Casas de negros, feitas de tijolos e cobertas de telhas, formam aqui os três lados de um pátio que tem cerca de 360 passos de comprimento por 250 de largura. Uma fachada comum à igreja e ao convento forma um dos pequenos lados do pátio, e, no meio deste há uma casa, sem dúvida construída pelos jesuítas para recreio dos índios e dos negros. Comparado ao resto do estabelecimento, o monastério propriamente dito não tem grande extensão: a igreja separa-o em duas partes e, de cada lado desta última existe um pátio comprido, entre ela e o convento. O engenho de açúcar dá para o pátio. Atrás das casas que o cercam há uma fileira exterior de casinhas igualmente destinadas aos escravos, porém na maioria cobertas de capim, e construídas com menos cuidado e ordem que as do pátio. Em um dos lados da fazenda há uma olaria e a alguma distância, um edifício inteiramente isolado onde tratam dos doentes.

A habitação do Colégio é um pouco distanciada do caminho que conduz à cidade de Campos. Para alcançar essa estrada segui por um belo caminho que passa entre duas sebes de verdura e que me fez lembrar os dos arredores de Orléans, tais como se apresentam no início da primavera. Mas aqui a coloração das folhas é ainda mais agradável que em nossos climas e a forma dos arbustos é mais variada que as de nossas pereiras selvagens e nosso "aubépine".* A grande estrada aonde logo entrei, muita larga, bela e perfeitamente firme, não tem a mesma frescura, porque os homens a cavalo e as carroças que aí passam sem cessar, cobrem de poeira as sebes marginantes. Aliás os campos circunvizinhos têm um ar tão alegre e tão animado quanto as vizinhanças das grandes cidades provinciais francesas. Por toda parte vêem-se carroções que transportam aguardente ou açúcar, cavalos e bois numerosos pastando nos campos salpicados de laranjeiras. Não se vêem terrenos abandonados; tudo anuncia a presença do homem, e, excetuados os arredores do Rio de Janeiro não havia visto em parte nenhuma, desde que chegara ao Brasil, tantos terrenos cultivados, tanto movimento, habitações tão freqüentes e próximas umas das outras.[10]

A usina mais importante que vi entre Colégio e Campos foi a do Visconde de Seca, situada a légua e meia da cidade. Todavia está longe de apresentar o ar de grandeza que se nota em S. Bento e Colégio; contudo é bem considerável. A este estabelecimento e aos dois anteriormente mencionados pertence a maior parte das terras situadas entre o Furado e a cidade de Campos.

---

* Planta da família das Rosáceas (*Crataegus oxyacantha* Lamk.), conhecida em Portugal pelos nomes de espinheiro-alvar e pilriteiro. (N. do T.)

10 Das descrições fiéis que faço dos Campos dos Goitacases ter-se-á sem dúvida dificuldade em conceber como um viajante pôde dizer que "jamais estivera tão próximo de morrer de fome como nesses campos tão elogiados". O mesmo viajante acrescenta que a região é fértil, mas que no tempo de seca a terra fica reduzida a um areal árido; isso parece difícil de conciliar.

Esta última é construída à margem direita do Paraíba,[11] em encantadora posição. Não somente é residência de um juiz-de-fora, mas ainda de um vigário geral com jurisdição em 6 paróquias.[12] Sua população subia, em 1820, a perto de 8.000 almas,[13] e em 1816 havia aí 1.102 casas.

Chegando a Campos (24-9-1818), fui ver o Sr. Baglioni, francês que havia instalado, nessa localidade, uma distilaria. Após o jantar ele me conduziu à casa do Sr. José Joaquim Carvalho, ao qual estava eu recomendado. Esses senhores tiveram para comigo todas as benevolências possíveis e me alojaram em uma bonita casa dando para o rio. Acompanhado pelo Sr. José Joaquim fui logo visitar as autoridades principais e as diversas pessoas a que estava recomendado. Por toda parte fui acolhido com delicadeza e bondade.

O Sr. Baglioni tinha tido idéia de estabelecer na sua destilaria um processo que, neste país, havia de causar algum escândalo. Semanalmente pagava a seus escravos uma retribuição proporcional ao trabalho e à inteligência de cada um deles; mas, para cada falta cobrava uma multa sobre o salário dos mesmos. Por esse sistema ele evitava o suplício de castigar seus negros; e o zelo com que essa pobre gente se empenhava em cumprir com seus deveres compensava amplamente o patrão.

Durante minha estada em Campos o calor esteve excessivo. Ele afetava mormente ao pobre Prégent cujo humor e saúde se alteravam cada vez mais. Como eu temia continuar a viagem com esse moço tão doente, tomei a deliberação de renunciar à visita à Capitania do Espírito Santo e voltar à Capital do Brasil passando por Pomba e pelo Presídio de S. João Batista,[14] na Província de Minas. Entretanto tendo sabido que a estrada de Campos a Pomba estava quase impraticável, e que nela passavam-se de 10 a 12 dias sem encontrar casas nem pastagens, voltei ao meu antigo projeto e decidi prosseguir viagem pelo litoral.[15]

É em uma piroga que os viajantes atravessam o Paraíba. Quanto às bestas e cavalos, passam a nado, o que muito os cansa, porquanto em Campos o rio já é muito largo. O pedágio é pago ao fisco, mas, ainda aqui meu passaporte isentou-me dessa despesa.

Ao chegar à margem esquerda do Paraíba avista-se toda a cidade de Campos, que se espalha em forma de crescente à margem do rio, e, alguns passos adiante a vista torna-se ainda mais agradável. Então Campos se apresenta obliquamente; alegres campos rodeam-na; ao longe eleva-se um trecho da cadeia marítima e o Paraíba enfeita a paisagem, descrevendo longas sinuosidades.

O caminho que me levava à usina de Barra Seca segue constantemente a margem do rio, aproximando-se cada vez mais do oceano. A região não apresenta majestosas belezas, como os arredores do Rio de Janeiro, mas é mais alegre e animada. Quase por toda parte a estrada atravessa pastagens semeadas de laranjeiras; entretanto elas são pouco extensas e, para além ficam plantações de cana, cercadas. A cada instante passa-se diante de engenhos de açúcar, ou de simples casas. Nas casas das usinas o andar térreo não é habitado.[16] Sobe-

---

11 Não tomei notas sobre a distância de Campos ao mar. O Príncipe de Neuwied diz que é de 8 léguas e Cazal 5.

12 Piz., *Mem. Hist.*, III, 106.

13 Piz., *Mem. Hist.*, III, 145.

14 Há nos escritos dos Srs. Eschwege, Spix e Martius detalhes interessantes sobre o Presídio de S. João Batista, onde comandava um francês amigo dos índios, o Sr. Guido Tomaz Marliére.

15 Itinerário aproximado da cidade de Campos à fronteira da Província do Rio de Janeiro:

De Campos à fazenda de Barra Seca	2½ léguas;
″ choupana de Curralinho	4 ″
″ fazenda de Manguinhos	2½ ″
″ Muribéca	4 ″
	13 ″

16 Pode-se ver na 1.ª parte de minhas viagens (volume n.º 4 desta coleção) que é assim também em Minas Gerais.

-se ao alojamento do dono por uma escada externa que vai ter a uma varanda, pela qual entra-se nos quartos e salas. As casas de negros, pequenas e cobertas de colmos, são colocadas paralelamente ao rio, em seguida à do patrão, ou esparsas, cá e lá, nas pastagens. Um monte de bagaços anuncia sempre a usina; e, a pouca distância vêem-se os bois destinados a mover os engenhos, e que pastam aguardando o momento do trabalho. Uma cerca separa as pastagens dos vizinhos, e, se o caminho atravessa algum cercado, o que acontece freqüentemente, há ali uma pesada porteira, mais comprida que alta, que é preciso se abrir quando se passa, e que, colocada um pouco fora do prumo, se fecha por seu próprio peso.

Barra Seca, onde parei, é uma considerável usina, pertencente ao Sr. Fernando Carneiro Leão, então um dos diretores do Banco Real. Os edifícios de residência ficam em frente ao Rio Paraíba, como todos das usinas que vi no decorrer do dia. Nesta fazenda comprazem em dar mensalmente a cada família de negros 8 libras de carne seca e peixe; noutros lugares não há costume de alimentar os escravos, mas enviam a metade deles a trabalhar por conta própria três dias por semana, à fazenda do Sertão, situada no meio de matas a oeste da fazenda principal, onde encontram os instrumentos de que necessitam para cultivar a terra e fornos para preparar a farinha de mandioca. Os negros de Barra Seca não gozam nisso, portanto, senão três dias em cada quinzena; entretanto, se se pode acreditar no administrador da fazenda, esse tempo tão curto é suficiente para conseguir não somente os gêneros necessários à sua subsistência, mas ainda um excedente que eles podem vender, e, acrescentava o administrador, alguns negros tornaram-se tão ricos que puderam, eles mesmos, comprar escravos.

Pernoitei em Barra Seca. No dia seguinte às 5 horas da manhã, ouvi o rufar do tambor; os negros levantaram-se, reuniram-se diante de um oratório e cantaram a oração da manhã. Em Barra Seca, como em muitos outros lugares, o oratório tem dimensões apenas suficientes para que um padre possa aí celebrar missa. Essas espécies de pequenas capelas, estando abertas, comunicam-se com uma peça que serve de sala ou de quarto de dormir. É nessa peça que as pessoas se reúnem para assistir ao ofício divino; terminado este o oratório é fechado e a peça com a qual se comunica volta à sua função habitual. Em muitas casas os fiéis reúnem-se para ouvir missa na varanda, ficando o oratório na extremidade desta.

Terminada a prece os negros de Barra Seca puzeram-se em fila diante da casa e o administrador deu-lhes as ordens de serviço. Esse dia era domingo. Os escravos a que cabia trabalhar por conta própria seguiram para a fazenda do Sertão. Os mineiros aplicam a palavra *sertão* somente às regiões descobertas situadas além da cadeia ocidental, porque não conhecem região menos povoada; aqui, ao contrário, chamam *sertão* às florestas ainda pouco habitadas situadas a oeste do litoral. Os sertões em cada província são as partes mais desertas de cada uma, independendo do tipo de vegetação.[17]

Antes de nos pormos em marcha o administrador de Barra Seca fez servir aos meus camaradas copioso almoço; a mim, todavia, ofereceu apenas chá e bolinhos. Não devendo jantar antes das 5 ou 6 da tarde dispensaria de bom grado tal distinção. Aliás não foi essa única vez que se pretendeu honrar-me com uma distinção dessas.

À medida que se distancia de Campos, a população vai diminuindo. Na verdade, não longe de Barra Seca encontrei ainda casas e plantações de cana; mas em seguida os tufos de mata virgem tornam-se mais numerosos. Em um destes últimos um contraste interessante chamou-me a atenção. O caminho passava entre duas fileiras de *Canna indica,* cujas folhas, com dois metros de altura,

---

17 Vide *Viagem pelas Províncias do Rio de Janeiro e Minas Gerais.*

tinham forma eclíptica; e, acima dessa espécie de aléia tão perfeitamente uniforme, cresciam grandes árvores; lianas e arbustos ofereciam aspecto admiravelmente variado.

Até a uma ponte que o caminho atravessa, chamada Ponte Nova, beirei sempre o Paraíba, que se apresenta às vezes dividido por ilhas.

Continuando a seguir esse rio teria necessariamente chegado à pequena Vila de S. João da Praia; mas, para ganhar tempo, dirigi-me para os lados do mar por uma estrada diagonal, indo parar em uma pobre choupana construída no meio das areias, à beira-mar. Quando os habitantes de Campos vão à Província do Espírito Santo, não se contentam de fazer 4 léguas por dia, como é habitual; ninguém pára então na mísera palhoça de Curralinho, motivo pelo qual não encontrei nela nenhum recurso, sendo mesmo inutilmente que mandei procurar milho para meus animais na venda situada a alguma distância dali.

Entre Curralinho e Manguinhos distancia-se pouco do mar, e passa-se por um terreno constituído por uma areia quase pura. Como na restinga de Cabo Frio, só há nele arbustos ramificados desde a base, entre os quais dominam as pitangueiras *(Eugenia michelii* Lam.). Alguns lugares entretanto são inteiramente cobertos de *feijões da praia (Sophora littoralis* Neuw Schrad) muito próximos uns dos outros; e em espaços consideráveis não se encontra senão uma espécie de Boraginácea cujos caules são deitados por terra, já por mim observada perto de Cabo Frio *(Preslea linifolia* N).

A fazenda de Manguinhos, onde parei,[18] compõe-se de algumas pequenas casas cobertas de capim e construídas à beira-mar. As terras circunvizinhas apresentam aspecto de franca esterilidade; mas, como aí cheguei ainda cedo, fiz uma demorada herborização, afastando-me da praia[19] e vi bananeiras, mamoeiros e vastos mandiocais. Em geral no Brasil não se pode julgar o estado da agricultura de uma região julgando-a pelo que se vê à margem dos caminhos, porquanto há o costume de fazer todas as plantações longe das estradas.

Continuando meu passeio por um pequeno trilho que atravessa matas virgens, cheguei a um local descoberto e arenoso onde encontrei uma choupana habitada por índios civilizados. O chefe da família disse ser da Vila Nova de Benevente e que deixara sua terra para fugir aos vexames a que estava sujeito. "O juiz, disse-me ele, dá aos portugueses as terras vizinhas das nossas; estes têm gado que danifica nossas plantações; queixamo-nos sem obter justiça e conquistando inimizades. Por isso achei melhor fugir e internar-me nesta solitude onde ninguém me aborrece".[20]

Após ter deixado Manguinhos, para ir pernoitar na fazenda de Muribeca[21] caminhei constantemente, em um trecho de $3\frac{1}{2}$ léguas, em uma praia firme porém arenosa e banhada pelas águas do mar. A vegetação que limita essa praia é mais ou menos a que eu já havia observado entre o Rio das Ostras e a venda de Boassica.[22] Era uma trama impenetrável de cactus, de monocotiledôneas espinhosas, arbustos em parte dessecados que se elevam a uma altura uniforme e entre os quais se nota um grande número de aroeiras *(Schinus therebintifolius* Radd) pitangueiras *(Eugenia Michellii* Lam.) e feijões da praia não encontrei ninguém; não vi casas; nenhum inseto e nenhum pássaro; e minhas pegadas mesmo eram logo apagadas pelo vento e pelas águas do mar; por toda parte profunda solidão que o ruído monótono das vagas ainda tornava mais triste.

---

18 É sem dúvida esse o lugar que foi designado pelo Príncipe de Neuwied sob o nome de *Mandinga*.
19 Foi nessa herborização que encontrei a única *Schizaea* que colhi durante minhas longas viagens.
20 Ver-se-á no capítulo referente ao Espírito Santo (volume n.º 6 desta coleção) quanto os índios sofrem com a tirania dos brancos.
21 Existem ainda no Brasil 2 lugares com esse nome, um na Província da Bahia e o outro na de Pernambuco.
22 Vide referências páginas atrás.

Findamos entretanto por distanciarmo-nos da praia e penetramos em uma floresta. Os habitantes da região indicam tão mal os caminhos que, embora seguindo a verdadeira estrada, achamos que nos havíamos perdido. O temor de dormir ao relento atormentava-nos menos que o de morrer de sede, porquanto durante todo o dia apenas encontramos água doce em um pequeno lago pantanoso. Após várias conjecturas tomamos a deliberação de voltar atrás e, pelo mais feliz acaso encontramos um viajante, que nos confirmou o caminho que seguíamos.

Durante muito tempo continuei atravessar a floresta e, de repente, deparei um lugar descoberto, no meio de vasta plantação onde trabalhavam numerosos negros. Avistando um pequeno brejo, dele aproximei na esperança de encontrar algumas plantas. Um velho mulato que fiscalizava os negros viu-me de longe e correu ao meu encontro, em louca corrida, tendo uma cabaça às mãos. "Se procurais água, disse-me, a do brejo é salgada; mas, eis aqui uma muito boa, bebei à vontade". O mulato demonstrava tanta satisfação em prestar-me esse favor, que eu julgaria injurioso oferecer-lhe dinheiro; mostrou-se muito atencioso e tão satisfeito ao despedir-se quanto ao abordar-me. Comecei, como se vê, a perder a influência das vizinhanças do Rio de Janeiro.

Logo me aproximei da fazenda de Muribeca, que eu havia visto de longe, ao sair da floresta. É construída ao pé de algumas pequenas colinas que, a sudoeste, limitam uma planície estreita e muito comprida, cercada de matas virgens. Um engenho de açúcar, a casa do proprietário e um grande número de casas de negros, formam o conjunto da fazenda. A planície é coberta de um relvado verdejante; numerosos animais pastam em liberdade, e o pequeno Rio Muribeca irriga-a em toda a sua extensão, formando sinuosidades; enfim, para os lados de NW o horizonte é limitado por uma cadeia de montanhas que se descobre ao longe. Esse risonho lugar realiza o ideal das alegres solidões outrora cantadas na poesia pastoral.

A fazenda de Muribeca tem 11 léguas de comprimento. Incluía-se no número das pertencentes aos jesuítas, mas ao tempo desses padres havia florestas onde hoje está a usina de açúcar; as benfeitorias que eles haviam edificado estavam mais distantes do mar e a fazenda era destinada apenas à criação de cavalos e bovinos. Após a destruição da Companhia de Jesus, o comprador da fazenda achou de melhor alvitre cultivar a terra; abandonou as construções feitas pelos jesuítas, escolheu as terras que lhe pareceram mais próprias à cana, queimou as matas margeantes o rio, e construiu a casa e o engenho de que falei atrás. Quando esse homem faleceu seus herdeiros puseram-se a demandar uns contra os outros e a fazenda cessou de ser explorada. Aliás o proprietário que sucedeu aos padres da Companhia não julgara seus terrenos tão bem quanto aqueles religiosos; esse solo contém demasiada areia para ser próprio à cana-de-açúcar e a fazenda de Muribeca caiu na mais completa decadência. Após alguns anos uma circunstância prejudicial à região contribuiu ainda mais para o abandono dessa fazenda, pelo menos na parte outrora habitada pelos jesuítas. Índios selvagens saíram repentinamente das matas e exterminaram homens e animais; foi-lhes feita ativa perseguição; contudo eles ainda aparecem de tempo em tempo nos arredores da antiga habitação dos jesuítas, atualmente em ruínas, matando cavalos e o gado que encontram.

Fui recebido em Muribeca por um padre encarregado da administração dessa fazenda. A pessoa que me recomendara a esse cidadão apenas o conhecia; entretanto ele teve para comigo toda a sorte de atenções. Sabendo que meu hospedeiro era pobre, anunciei-lhe que o não incomodaria e que meu pessoal prepararia os nossos alimentos; não obstante deu-nos galinhas, peixes, velas etc. Esse excelente homem era natural da Província de Minas, sendo pois um mineiro quem melhor me acolhera em Campos, depois do Sr. José Joaquim de Carvalho.

Por toda a parte onde os encontramos, os mineiros distinguem-se por sua hospitalidade e coração bondoso. O administrador de Muribeca fez todos os esforços para reter-me por um dia; mas, como eu desejava voltar depressa ao Rio de Janeiro, não acedi aos seus desejos. Meu hopedeiro deplorava o profundo isolamento a que estava condenado. "Sempre no meio dos negros, que sou obrigado a manter a uma certa distância de mim, dizia-me ele, não vejo ninguém a quem possa comunicar meus pensamentos. Se algum viajante passa por esta fazenda é por alguns instantes, e, quando prossegue viagem minha solidão torna-se mais penosa".

Antes de distanciar-me de Muribeca contemplei ainda uma vez, com satisfação, essa risonha planície que forma espécie de oásis no meio de sombrias florestas. O céu apresenta um azul dos mais brilhantes, e a calma profunda que reinava na natureza junta mais encanto à paisagem.

Passei em pirogas o Rio Muribeca, que, diante da fazenda não tem largura considerável. Esse rio nasce não longe das nascentes do Muriaé, na Serra do Pico, e lança-se ao mar pouco distante da habitação em apreço, tomando à sua embocadura o nome de *Camapuana* ou *Cabapuana*. É ele que separa a Província do Rio de Janeiro da do Espírito Santo. Antes do aparecimento dos índios selvagens nesse ponto do litoral, havia em Cabapuana um destacamento de seis homens encarregados de receber o pedágio e examinar os passaportes dos viajantes, mas, depois que os indígenas cometeram hostilidade nessa região, estabeleceu-se um posto militar em Boa Vista, lugar situado um pouco mais longe, e não deve haver senão três homens em Cabapuana.[23]

---

23 É com razão que o Príncipe de Neuwied (*Voyage* trad: Eyr., I, 240) condena os que dizem *Camapuá* ou *Campapoana;* entretanto não sei em que se baseia para escrever *Itabapoana.* *Cabapuana* ou *Camapuana* são certamente os nomes consagrados pelos moradores da região. O Sr. de Freycinet adota o nome *Cabapuana* (*Voyage Ur. hist.*, I, 73); Cazal diz que o nome atualmente adotado é Cabapuana, mas que ele deriva de *Camapuá* (*Corog. Braz.*, II, 61) e enfim o exato Pizarro escreve *Camapuan*. É possível mesmo que o termo originário seja *Camapuan*, donde vieram, em conseqüência de corrupção. *Camapuana* e *Cabapuana*, pois existe em Minas um lugar chamado *Camapuan*, como já disse alhures, derivado das palavras tupis *cáma puán*, seios arredondados. Encontra-se também um Rio Camapuan na Província do Rio Grande do Sul e outro na de Mato Grosso.

NOTA DO TRADUTOR — Da foz do Muribeca seguiu Saint-Hilaire para a Província do Espírito Santo, que descreve em *Segunda Viagem ao Interior do Brasil — Espírito Santo*, volume n.º 6 desta coleção.

Dou a seguir a tradução do "Resumo histórico das revoluções do Brasil, desde a chegada de D. João VI à América à abdicação do Imperador D. Pedro", que o Autor incluiu no final do 2.º volume do relato de sua 2.ª viagem, resumo que é uma das páginas mais interessantes de quantas escreveu Saint-Hilaire.

RESUMO HISTÓRICO DAS REVOLUÇÕES DO BRASIL DESDE A CHEGADA DO REI D. JOÃO VI À AMÉRICA ATÉ À ABDICAÇÃO DO IMPERADOR D. PEDRO[1]

Durante vários anos foi o Brasil submetido ao sistema colonial. Esse sistema talvez tenha sido menos rigoroso nesse belo país que na América espanhola; mas, não é menos verdade que as mais severas proibições impediam incessantemente os brasileiros de aproveitar as dádivas da natureza de sua pátria. Fechado aos estrangeiros o Brasil exauria-se em proveito dos negociantes de Lisboa. Seus habitantes andavam sobre minérios de ferro, e, sob pena de ir findar seus dias em uma costa insalubre da Angola, eram obrigados a comprar a Portugal seus instrumentos agrícolas; possuíam abundantes salinas e deviam comprar a companhias européias o sal de que necessitavam. Eram obrigados a se fazerem julgar às margens do Tejo e seus filhos não podiam obter graus de médico ou de bacharel se não iam buscá-los a Coimbra.

O sistema colonial não tendia somente a empobrecer o Brasil; tinha ainda uma finalidade mais odiosa, a de dividi-lo. Semeando germens de desunião entre as províncias, a metrópole esperava conservar por mais longo período essa superioridade de forças que lhe era necessária para exercer sua tirania. Cada capitania tinha seu sátrapa, cada qual com seu pequeno exército; cada uma com seu pequeno tesouro. Comunicavam-se dificilmente entre si; freqüentemente mesmo, ignoravam reciprocamente suas existências. Não havia, absolutamente, no Brasil, um centro comum; era um círculo imenso cujos raios iam convergir bem longe da circunferência.

Quando D. João VI, expulso de Portugal pelos franceses, procurou asilo na América, parte do sistema colonial teve que cair. Estabeleceram então no Rio de Janeiro tribunais de última instância; o Brasil foi aberto aos estrangeiros e foi enfim permitido aos seus habitantes o aproveitamento das riquezas que a natureza a cada passo lhes oferecia. Mas, não se foi muito longe; após esse esforço, pararam. Não se procurou estabelecer alguma uniformidade no novo reino, cuja existência vinha de ser proclamada; deixaram subsistir a desunião das províncias, e D. João VI era no Rio de Janeiro o soberano de uma multidão de pequenos Estados distintos. Havia um país chamado Brasil; mas absolutamente não havia brasileiros.

D. João VI era estranho às mais simples noções da arte de governar os homens. Tivera um irmão a quem haviam prodigalizado todos os cuidados de uma excelente educação; enquanto que ele, filho mais moço, que não parecia ser destinado ao trono, havia sido condenado a uma profunda ignorância. D. João VI era de uma bondade inata; nunca sabia pronunciar uma recusa; mostrou-se sempre um filho terno e respeitoso; simples cidadão teria sido notável por algumas qualidades; como Rei foi absolutamente nulo.

Os ministros que governaram sob seu nome não foram todos desprovidos de talento; mas nenhum conhecia o Brasil, para que pudesse cicatrizar as chagas que o sistema colonial fizera a esse país; para reunir as partes divididas, dando-lhes um centro comum de ação e de vida. D. Rodrigo, Conde de Linhares, tinha idéias elevadas; mas queria fazer e concluir tudo de uma só vez; em um país onde tudo é entrave, ele não via nenhum obstáculo; não comparava a grandiosidade de suas idéias à pequenez do meio, e logrado pelos charlatães que

---

1 Vide prefácio.

o cercavam, mais logrado ainda por sua imaginação exagerada, julgava executáveis projetos gigantescos que exigiam séculos para serem concluídos. Os que lhe sucederam, velhos e doentes, viam sempre a Europa no Império do Brasil, e deixaram as cousas no estado em que encontraram. Tomaz Antônio de Vila Nova e Portugal, o último ministro que teve o Rei D. João VI, como soberano absoluto, era um homem de bem, e possuía mesmo alguns conhecimentos sobre agricultura, economia política e jurisprudência; mas, suas idéias antiquadas e mesquinhas, não estavam em harmonia com as do século nem com as necessidades atuais da monarquia portuguesa; a emancipação do Brasil, conseguida desde vários anos já, parecia-lhe uma espécie de sonho irrealizável. Era íntegro, mas foi cercado por velhacos e dilapidadores; queria fazer o bem, porém somente fazia o mal. Tomaz Antônio não soube prever nem deter a revolução que então explodiu em Portugal, e deixou-a invadir, quase com a rapidez do relâmpago, todas as Províncias do Brasil.

Nessa época os habitantes desse país acreditavam-se obrigados a ter para com o soberano, que a Providência lhes deu, aquele respeito mesclado de idolatria que se não vê mais entre os europeus; e D. João VI havia conquistado a amizade de seu povo pelo seu natural bondoso, por uma afabilidade contrastante com a habitual nos antigos governadores, e mesmo por essa espécie de compadresco que ele imprimia à sua familiaridade. Abandonando a metrópole a algumas chances, vivendo no meio dos brasileiros que o adoravam, fazendo desaparecer até aos últimos vestígios o sistema colonial, enfim, constituindo um império brasileiro, D. João VI poderia ter salvo a mais bela parte da monarquia portuguesa. Mas, para chegar a tal fim, era preciso maior energia, maior conhecimento dos homens e das cousas, o que não possuia o filho ignorante e bonachão do Rei D. José. E ele foi o "bode expiatório" de uma grande intriga.

A revolução de Portugal fora obra de alguns homens esclarecidos; mas a massa do povo não podia conceber seus fins nem seus princípios. Como o soberano era amado pelo povo, sentiu-se que sua ligação às transformações que vinham de ter lugar torná-las-ia menos impopulares, e envidaram esforços no sentido de fazer voltar a corte ao seio da mãe-pátria. D. João amava o Brasil; a vassalagem familiar dos habitantes deste país proporcionava-lhe o prazer da soberania sem os incômodos que lhe são próprios e, é preciso dizer, o temor de atravessar o oceano prendia-o ainda mais ao continente americano. Era necessário esconder dele, cuidadosamente, o plano de associá-lo a uma revolução que o horrorizava; conseguiram persuadí-lo de que sua presença faria retornar à ordem os portugueses rebeldes, e, por essa manobra, conseguiram triunfar ao mesmo tempo sobre suas afeições e repugnâncias.

Achava-se D. João VI ainda a bordo do navio que o levava à Europa quando perdeu todas as suas ilusões. Seus cortesãos ditaram-lhe leis as mais rigorosas, indo ao ponto de prescrever a hora que devia desembarcar. Soberano absoluto, nunca foi um tirano; sob o pretexto de tornarem-no num Rei constitucional, tornaram-no num escravo, e o soberano morreu infeliz.

Os brasileiros indignaram-se com o abandono em que ficaram após o regresso do soberano. Como não podiam odiá-lo transformaram a amizade, que tinham por ele, em desprezo. O único centro de união a que se ligavam as Províncias do Brasil, foi transportado para longe delas; um legítimo orgulho não permitia aos seus habitantes que fossem a além-mar refazer a cadeia penosa que a emancipação havia rompido; os resultados do péssimo sistema colonial mostraram-se então no que tinham de mais odioso.

As rivalidades entre as capitanias revelaram-se mais que nunca. Profundamente feridos pelo orgulhoso desdem dos habitantes da capital, os do interior começaram a examinar suas qualidades e progressos. Cada província queria ser a primeira: cada qual queria ser sede da capital do reino, e o habitante do sertão, estranho às artes, à civilização, a todas as comodidades da vida sustentava com orgulho que não havia nada que se não encontrasse em sua terra, a qual podia viver independente do resto do mundo. Uma horrível anarquia ia aniquilar o Brasil, quando a política injusta e absurda da Corte de Lisboa veio prolongar sua existência.

O povo de Portugal não podia ver sem mágoa a emancipação de sua colônia. Tal emancipação atirava-o a um segundo plano e fechava uma das suas principais fontes de riqueza; ela feria-o ao mesmo tempo no seu orgulho e nos seus interesses. A assembléia da metrópole acreditou então que, para se tornar popular, era preciso fazer voltar o Brasil ao jugo da corte. Cegos pela vaidade nacional, os legisladores portugueses nem ao menos tiveram o cuidado de lançar os olhos ao mapa do Brasil. Um decreto defeituosamente hipócrita restabeleceu o antigo sistema colonial; e, compreendendo em um só anátema o reino do Brasil e o jovem príncipe a quem D. João VI havia confiado a regência, as cortes ordenaram que D. Pedro já casado e pai de família, retornasse à Europa, para viajar sob as vistas de um governador e com ele ler os *De Officiis de Cícero* e as *Aventuras de Telémaco*.

O insulto que haviam recebido em comum os brasileiros e o Príncipe Regente, contribuiu para que mutuamente se unissem. D. Pedro desobedeceu aos legisladores de Lisboa, os brasileiros, com ele à frente, combateram os soldados portugueses e proclamaram a sua independência.

O novo soberano do imenso império do Brasil tinha apenas 22 anos. Sua infância havia sido confiada a um homem de mérito — o português Rademacher; mas a corte corrompida de D. João VI via com igual apreensão o saber e as virtudes. Uma intriga fez expulsar o sábio educador e o Príncipe não teve outro mestre além do franciscano Antônio de Arrabida, hoje bispo. Esse monge era tido em sua Ordem como um homem instruído; mas, os conhecimentos do mais instruído dos franciscanos eram ainda muito deficientes, e o padre Antônio Arrabida não quis mesmo transmitir ao seu discípulo os poucos que possuía. D. Pedro nascera com boas qualidades de espírito, boa memória e alma superior. Se a educação tivesse aperfeiçoado esses dons preciosos, se tivesse reprimido os naturais defeitos a que a criança se inclina; se o exemplo do vício não tivesse ferido seus primeiros olhares; se por meio de graves estudos tivessem fixado sua imaginação móvel, e se, digamos, levado às rédeas do Estado, secundassem-no com maior talento e maior zelo, teria ele podido fundar sobre bases sólidas um império livre e florescente.

D. Pedro, apenas entrado na vida, estranho aos negócios, sem conhecimento dos homens e das cousas, sem instrução, sem um amigo sincero e ajuizado, achou-se à testa de um império apenas menor que a Rússia, a China e o Império Britânico; de um império ainda não organizado, mal conhecido e cuja população heterogênea apresenta, segundo as províncias, diferenças mais sensíveis que as que se notam entre a França e a Inglaterra, a Alemanha e a Itália. Esse príncipe tinha a seu favor as vantagens da mocidade, uma grande resistência física, retidão, nobres sentimentos e o sincero desejo de praticar o bem. Era muito, sem dúvida; mas, nas circunstâncias espinhosas em que se achava, não era suficiente. Era preciso cuidar de dar ao Brasil uma nova forma de governo; esse problema, que teria embaraçado um homem muito mais experimentado em negócios públicos, não podia ser entregue ao filho de D. João VI.

Após ter tido os títulos de "Príncipe Regente" e de "Defensor do Brasil", D. Pedro foi proclamado "Imperador Constitucional". A princípio não havia, absolutamente uma "constituição"; mas os deputados das diversas províncias, reunidos no Rio de Janeiro, trabalharam nessa grande obra. Entretanto uma forte tendência ao republicanismo não tardou em se manifestar nos deputados; D. Pedro temeu perder a autoridade e de um golpe violento dissolveu a assem-

215

bléia constituinte, exilando alguns membros notáveis por seus talentos e elo-quência.[2] Foi um golpe de audácia que, pelo atordoamento produzido, aumentou por um momento o poder do Imperador. Mas, para tirar proveito de um tal procedimento era preciso uma constância e uma habilidade que se não podiam esperar de um imperador tão moço ainda, tão móbil e inexperiente; a dissolução da assembléia constituinte não serviu talvez, em última análise, senão para tornar o Imperador um pouco menos popular. D. Pedro anunciara que ia submeter a uma nova assembléia um projeto de constituição notável por seu liberalismo, e esse projeto foi efetivamente apresentado à nação em 11 de dezembro de 1823. Mas haviam aprendido a desconfiar de D. Pedro; temia-se que se ele reunisse uma segunda assembléia constituinte tornaria a dissolvê-la antes de terminadas as discussões, e, pela força das municipalidades, o povo pediu que o projeto apresentado fosse considerado legal imediatamente. A 25 de março de 1824 foi proclamada a nova constituição; algum tempo depois foram convocadas duas câmaras que logo começaram seus trabalhos.

Absolutamente não há homogeneidade entre os habitantes do Brasil. Entre-tanto pode-se dizer, em geral, que eles têm hábitos pacíficos, que são bons, generosos, hospitaleiros, magníficos mesmo, e que em particular os de várias províncias são notáveis pela vivacidade de espírito e de inteligência. Mas, o sistema colonial mantivera os brasileiros na mais profunda ignorância; a admis-são da escravatura familiarizara-os com exemplos dos mais abjetos vícios; e, após a chegada da corte de Portugal ao Rio de Janeiro, o hábito da venalidade foi introduzido em todas as classes. Uma multidão de patriarcados aristocrá-ticos, divididos entre si por intrigas, puerís vaidades e interesses mesquinhos foi espalhada pelo Brasil; mas, neste país não existia absolutamente a sociedade e apenas podia-se notar alguns elementos de sociabilidade.

Está claro que a nova forma de governo devia ter-se adaptado a esse triste estado de cousas; que devia procurar unir os brasileiros e fazer alguma cousa por sua educação moral e política. Mas, para poder dar aos habitantes do Brasil uma carta concebida nesse espírito era preciso conhecê-los profun-damente, e D. Pedro, que seu pai mantivera sempre longe dos negócios do Estado, podia apenas conhecer o Rio de Janeiro, cidade cuja população, difícil de ser estudada, apresenta um amálgama bizarro de americanos e portugueses, brancos e homens de cor, homens livres, negros forros e escravos; cidade que é ao mesmo tempo colonia, porto de mar, capital, residência de uma corte corrompida, está sempre sob as mais danosas influências.

D. Pedro, animado por sentimentos generosos, queria sinceramente que seu povo fosse livre; foi essa nobre idéia que presidiu à redação da carta cons-titucional. Essa carta consagrava princípios de justiça, e, alguns de seus artigos mereciam grandes elogios; aliás não diferia ela, em sua essência, de tantos outros documentos do mesmo gênero; nada tinha de brasileira e serviria tanto para o México como para o Brasil, para a França ou para a Alemanha.

Desde o primeiro momento da revolução um grande número de homens ignorantes, habituados a toda sorte de servilismo, foram chamados bruscamente à administração do Estado. As paixões oriundas do sistema colonial e do des-potismo enervado de D. João VI, desencadearam-se sobre o Brasil, parecendo querer despedaçá-lo.

A imprensa, essa garantia das liberdades públicas, passou a ser o órgão do ódio e da inveja. Os panfletos que se imprimiam no Rio de Janeiro, presas da baixeza e do personalismo, revoltariam os europeus que, nesse particular, levam longe a licenciosidade. Depois do ano de 1821 apenas apareceram no

2 José Bonifácio de Andrada, tutor do jovem Pedro II; Rocha, atual ministro do Brasil em Paris; Montezuma etc.

216

Brasil duas ou três obras úteis; e se hoje esse país começa a ser conhecido deve-se isso ao trabalho dos estrangeiros.

Era em vão que o Imperador procurava dentre os que o cercavam ministros capazes de fazer o império prosperar. Passava de um homem sem energia a um corrompido, e não encontrava, por toda parte, senão as mais desesperadoras nulidades. Algumas pessoas puderam ver em Paris um ministro da guerra exilado pelo governo brasileiro; a última de nossas legiões desejá-lo-ia apenas para um de seus cabos. Tantos foram os incapazes que chegaram sucessivamente ao poder que não será de admirar que a maioria dos brasileiros pretendem hoje alcançar um lugar de ministro; por outro lado D. Pedro encontrou, durante o curso de seu governo, tão grande número de homens viciosos que é desculpado de não acreditar mais na honra e na integridade.

No meio das mudanças contínuas que se operavam no ministério, era impossível ao governo seguir um sistema uniforme; a um ato de força seguia-se um de fraqueza; o governo parecia marchar por sobressaltos e perdia a cada passo alguma cousa de sua consideração primitiva. Tais oscilações faziam com que o Imperador fosse acusado de perfídia e má fé; ele era apenas versátil e sê-lo-á sempre, desde que, em circunstâncias muito difíceis, chegar às rédeas do governo sem instrução e sem nenhuma experiência.

Todavia o Brasil conseguia algum progredir; isso entretanto era mais fruto da liberdade das relações comerciais que da ação do governo; era sobretudo fruto da facilidade com que se desenvolviam, nesse imenso território, os germens da prosperidade que uma natureza benfazeja ali expandiu com mãos pródigas.

Luís XIV e o czar Pedro haviam mandado buscar no estrangeiro sábios capazes de instruir seus povos, e é sabido como foram felizes os resultados obtidos. O governo brasileiro teve também, por um momento, a idéia de aproveitar-se das luzes das nações mais civilizadas; mas, em lugar de chamar ao Rio de Janeiro professores competentes que dessem lições a grandes auditórios, que tivessem vulgarizado conhecimentos úteis, enviaram à França jovens brasileiros; fizeram despesas enormes com eles, dando-lhes ordem de estudar e tornarem-se sábios. Talvez que tal finalidade tivesse sido conseguida se se pusessem em concurso os lugares dos pensionistas que deviam seguir para a Europa, conseguindo assim mandar moços instruídos e trabalhadores; mas foram o afilhadismo e a intriga que presidiram à escolha. Os poderosos da época enviaram ao Velho Mundo seus parentes e protegidos, e nesse número havia pessoas que ignoravam os princípios de gramática e de aritmética. Os pensionistas do Estado gozaram os prazeres de Paris, à custa de seus conterrâneos; as despesas subiam a tal ponto que, para fazer regressar à pátria essa juventude pouco estudiosa foi empregada tanta violência quanto o foi de pouco discernimento ao fazê-la partir.

A circunstância que vimos de citar não foi a única com que o governo brasileiro pretendeu provar não ser indiferente aos nobres trabalhos da inteligência. Quis um dia recompensar alguns estrangeiros célebres, e sua escolha caiu sobre homens de que não havia dúvidas sobre sua competência superior. Como era impossível conceder favores a todos os gêneros de mérito, acreditar-se-ia talvez que ele desse preferência a Humboldt, por ex., que tantos serviços prestou ao continente americano; a sábios que, como Spix, Martius e Pohl, dedicaram-se em particular a tornar conhecido o Brasil, suas produções e suas riquezas; ou ainda a homens cujas importantes pesquisas tiveram grande influência sobre o progresso das mais úteis ciências e contribuíram para a prosperidade de todos os povos, cidadãos como: Cuvier, Gay-Lussac, Poisson, Davy, Ampère, Arago, Berzelius etc. Não foi absolutamente a esses que o governo brasileiro pensou em recompensar; ele fez recair sua escolha sobre Scribe e Rossini.[3]

Se tivéssemos a intenção de relatar todos os fatos que, há doze anos, se têm sucedido no Império do Brasil, teríamos o prazer de citar vários nomes justamente honrados; a guerra tão infeliz quanto impolítica do Rio da Prata, as piratarias de Cochrane, a revolta sucessiva de diversas províncias, nos forneceriam detalhes de costumes de grande interesse; mas, traçando a história do governo do Rio de Janeiro, da corte e suas intrigas, acreditaríamos mais de uma vez transcrever algumas páginas dos anais do Baixo-Império.

Fatigado da governança, atormentado pelas patifarias sempre renascentes, não ousando dispensar inteira confiança aos seus ministros, D. Pedro procurou consolação nas confidências e compadresco de alguns servidores, homens obscuros e sem educação. O isolamento em que se achava poderá sem dúvida servir de desculpa para essa falta; mas, aos olhos dos brasileiros ela apresentou-se mais grave porquanto tais favoritos eram portugueses. Orgulhosos da superioridade de seu país, esses homens pintavam à imaginação do grande Imperador as delícias da Europa, sob as cores as mais brilhantes, e enfadaram-no do Brasil, que pouco a pouco dele se enfadava também.

Uma catástrofe se preparava. Ela foi acelerada por uma personagem desde muito tempo famosa entre os brasileiros: Felisberto Caldeira Brant, que o monarca nomeara Marquês de Barbacena. A pintura exata do caráter desse homem teria qualquer cousa de muito picante para os europeus, e ofereceria talvez um tipo particular em um romance de costumes. Mas, se a história contemporânea pode admitir considerações gerais, deve então restringir-se ao relato dos fatos. Felisberto levava vida aventurosa, e já, desde o antigo regime, acumulava uma grande fortuna. O Imperador cumulou-o de títulos e honrarias. Ele foi general em chefe da armada do sul, esteve à testa de todas as transações importantes que o Brasil entabulou com o estrangeiro, encarregou-se de todos os empréstimos e enfim foi a ele que o Imperador entregou as negociações relativas ao seu casamento com a jovem princesa, filha de Eugéne Beauharnais.

De volta ao Brasil, Felisberto Caldeira Brant aproveitou-se do atordoamento que causara ao Monarca aquela feliz aliança. No meio das festividades que se sucederam, o esperto cortesão teve a habilidade de insinuar-se cada vez mais no espírito de seu chefe; fez valer seus importantes serviços e terminou por impor-se como um homem indispensável. Ofereceram-lhe a pasta das finanças e a presidência do Conselho, mas ele recusou aceitar esses favores, a menos que lhe dessem a alta prova da confiança imperial, legalizando, sem nenhum exame, as contas que apresentasse.

Chegado à testa dos negócios do Estado, Felisberto sentiu que não se assenhorearia inteiramente do espírito do monarca, se não conseguisse afastar dele alguns favoritos influentes mormente Francisco Gomes, secretário íntimo do gabinete do Imperador, e Rocha Pinto, superintendente das propriedades imperiais. Provocou pendências e o Imperador viu-se obrigado a enviar à Europa os seus queridos confidentes. Chegado a Londres, Gomes não perdeu tempo; reuniu todos os documentos possíveis para provar que Felisberto não fora sempre um representante probo, enviando tais documentos diretamente a D. Pedro. A afeição que este votava ao seu ministro transmudou-se imediatamente em indignação; assacou-lhe as mais violentas censuras e demitiu-o.

Enquanto que Gomes tramava a queda de Felisberto este não dormia; havia aproveitado do poder que ainda possuía e, acostumado a manejar os homens, havia sabido manejar um partido. Decaído, não se deixou abater; seguro do apoio das câmaras, publicou um panfleto onde, afastando-se habilmente da

---

3 O abade Manuel Aires de Cazal, o "pai da Geografia brasileira", morreu em Lisboa na indigência, sem poder publicar a 2.ª edição de sua excelente obra sobre o Brasil.

verdadeira questão, transformou-se em acusador. Pela publicidade que lhe deu Felisberto, essa pendência tornou-se num caso nacional. O ministro demitido pôs-se à frente dos descontentes; criou jornais que favoreciam seu ódio e seus desejos; distribuía-os em profusão, excitando poderosamente o espírito revolucionário que em breve levou o Imperador à abdicação.

Lançaram nessa época uma armadilha bem perigosa à inexperiência do povo brasileiro. Pintaram-lhe sob as mais sedutoras cores a crescente prosperidade da América do Norte, e as idéias do federalismo espalharam-se em todas as Províncias do Brasil. Mas a União Americana foi fundada por sectários virtuosos, cheios de energia e constância, que, preparados para a liberdade pelas lições e mesmo pelos exemplos de seus antepassados europeus, eram capazes de concebê-la e dignos de gozá-la. Era preciso, infelizmente, que o povo brasileiro fosse formado dos mesmos elementos e se achasse nas mesmas circunstâncias. Escravos pertencentes a uma raça inferior compõem 2/3 desse povo, e ele gemia, há cerca de 10 anos, sob um regime despótico cujas finalidades eram não somente empobrecê-lo como desmoralizá-lo. Os brasileiros sacudiram nobremente o jugo do sistema colonial; mas, sem perceber talvez, estão sempre, é preciso dizer, sob sua triste influência, como o escravo que rompidos os grilhões vê durante muitos anos ainda as cicatrizes da cadeia sobre seus pobres membros. A União Americana, e principalmente o espírito que anima os americanos, tende a tornar cada dia mais intensa a sociedade formada por esse povo, ou pelo menos a que se forma em cada província. Os brasileiros, ao contrário, não saberiam estabelecer em seu país o sistema federal, sem começar por romper as fracas ligações que os unem ainda. Sôfregos de autoridade, vários dos chefes desses patriarcados aristocráticos de que o Brasil está coberto, querem sem dúvida o federalismo; mas, que se acautelem os brasileiros contra uma decepção que os levará à anarquia e aos vexames de uma multidão de pequenos tiranos, mil vezes mais insuportáveis que um déspota único.

No meio da agitação produzida nos espíritos pela idéia do federalismo e sistemas demagógicos, D. Pedro, fatigado embora pelo peso de sua coroa, quis tentar um último golpe em favor de seu império.

Das diversas províncias do Brasil, a de Minas Gerais é certamente a mais civilizada e talvez a mais rica. É nela que os habitantes menos diferem entre si e mostram maior grau de nacionalismo. Os habitantes do Brasil rendem com razão justiça à superioridade de Minas Gerais, e esta parte do império brasileiro, bem dirigida, não deixará de ter grande influência sobre todas as outras. D. Pedro havia já viajado entre os mineiros; ele conhecia-os e foi entre eles que teve a idéia de refazer forças e readquirir alguma popularidade. Esse plano foi felizmente concebido, porém mal executado.

Apesar das numerosas dificuldades que a estação chuvosa opõe aos viajantes, D. Pedro dirigiu-se à Província de Minas, acompanhado da jovem Imperatriz, que havia sabido conciliar o amor e o respeito do povo brasileiro. O monarca e sua augusta esposa foram acolhidos por toda parte com os transportes da mais viva alegria, e cada aldeia ou cidade queria celebrar sua presença com as mais brilhantes festividades. Os habitantes de Ouro Preto ou Vila Rica, capital da província, distinguiram-se principalmente nessa ocasião por seus cuidados e magnificência. Armaram arcos de triunfo nas ruas dessa cidade; as casas apresentavam-se ornadas de tapetes e flores; numerosas bandas de música percorriam as ruas, e nos balcões vozes afinadas e agradáveis cantavam versos em louvor do monarca.

Recebendo a homenagem de todos, D. Pedro teria podido reconquistar sua antiga popularidade; mas a intriga seguia seus passos e por toda a parte armava-lhe mil armadilhas. Ele cometera a falta de demorar durante vários dias em uma de suas propriedades, situada a algumas léguas da Capital da Província.

Aí deixou-se cercar ainda por homens a que dispensara sempre muita confiança. Esses homens dificultavam o acesso à presença do Imperador, afastavam as personagens mais influentes, excitavam a suscetibilidade do chefe e afastaram dele o presidente da província. Uma proclamação que D. Pedro espalhou entre os mineiros, em favor do governo constitucional, produziu entretanto uma feliz impressão, e iam oferecer novas festas ao jovem monarca quando ele, bruscamente, resolveu partir. Essa viagem, que melhor orientada poderia ter sido útil aos seus interesses, não serviu senão para dar-lhe um golpe mortal.

Com efeito durante mais de três meses, o Imperador havia esquecido o governo do Rio de Janeiro. Durante esse intervalo seus ministros não souberam mesmo organizar uma correspondência ativa com Minas Gerais, e apesar do chefe do governo não se ter afastado muito do litoral, passava, dizem, mais de doze dias sem receber despachos da Capital.

Uma rápida caminhada deu com D. Pedro às portas da Capital, quando se acreditava que ainda estivesse a 8 dias de distância. À sua entrada na cidade houve algum entusiasmo; mas essas demonstrações nada tinham de natural; as únicas pessoas que nela tomaram parte foram os próprios servidores do monarca, cortesãos e portugueses adversários dos brasileiros. Feridos pelos testemunhos de uma alegria a que eram inteiramente estranhos, os brasileiros quebraram as vidraças das casas que se tinham iluminado; conflitos sobrevieram, várias pessoas foram feridas e mesmo perderam a vida.

D. Pedro acreditou poder restabelecer a calma agradando ao partido republicano, e escolheu um ministério entre os representantes mais ardorosamente ligados a esse partido. Essa manobra deu mau resultado; a desordem aumentou e ao fim de 10 dias o Imperador nomeou novos ministros.

Infelizmente estes eram impopulares. Então os mulatos tornaram-se ameaçadores; grupos de homens armados percorriam as ruas do Rio de Janeiro; algumas pessoas foram assassinadas, e a última catástrofe foi ainda acelerada, dizem, por uma intriga, cujos limites estreitos deste resumo não permitem procuremos descrever-lhe a trama. Os portugueses e brasileiros são povos espirituais, porém pouco instruídos e pouco ocupados; pela intriga exercitam seu espírito e compensam a ociosidade.

Formando um novo ministério, o Imperador havia entretanto conservado no comando das tropas da Capital a Francisco de Lima, que se havia ligado à causa popular. Lima favoreceu a insurreição com todo o seu poder, e induziu os soldados a abandonarem seu chefe. Esse homem (deixaremos à história o cuidado de julgá-lo), foi, em nome do povo, exigir do Imperador a demissão do atual ministério e restabelecimento do anterior. D. Pedro respondeu dignamente, mas não demitiu Francisco Lima.

Numerosas tropas haviam sido encarregadas da guarda do Palácio de S. Cristovão; não tardaram, entretanto, a se reunir aos insurretos[4] e a cada instante a situação do Imperador tornava-se mais inquietadora. Então tomou ele a resolução de renunciar à coroa, resolução a que seus pensamentos se tinham já voltado há muito tempo. Ele próprio redigiu um ato de abdicação em favor de seu filho; mandou chamar os encarregados dos negócios da França e da Inglaterra, a fim de comunicar-lhes esse ato, pedindo-lhes auxílio a fim de que pudesse regressar à Europa. A abdicação foi logo aceita pelos chefes da revolução, e D. Pedro embarcou, bem como a Imperatriz, a jovem rainha de Portugal, e um pequeno número de servidores.

Imediatamente após a renúncia do Imperador procedeu-se à nomeação de uma regência; foi ela formada por homens pouco capazes, porém moderados.

---

4 O brasileiro Bastos, oficial de artilharia montada, disse que havia jurado fidelidade ao Imperador e que achava que este não havia violado seu mandato. Abandonou sua espada e foi dos poucos que seguiram D. Pedro à Europa.

Havia um que o sentido das conveniências devia afastar: era Francisco de Lima.

Enquanto faziam os preparativos para o regresso de D. Pedro à Europa, o jovem Príncipe foi proclamado Imperador, sob o nome de Pedro II. Algumas desordens, inseparáveis das revoluções, tiveram ainda lugar, mas tudo parecia querer retomar seu curso normal.

O ex-Imperador escreveu a José Bonifácio de Andrada, incumbindo-lhe da educação de seu filho. Esse ancião, que havia começado a revolução do Brasil, e cuja alta capacidade é incontestável, aceitou as funções que lhe eram oferecidas e jurou cumprir religiosamente seus deveres. A escolha não podia ser mais honrosa.

D. Pedro deixou o Brasil a 13 de abril de 1831; cometeu ingratidões de que talvez se tenha arrependido. Seu maior defeito foi ter nascido na Europa e ter conservado por seus compatriotas uma inclinação bem natural, sem dúvida, mas que devia ter sacrificado no interesse dos americanos. Foi mal cercado; a experiência e a instrução faltaram-lhe sempre, e algumas vezes mesmo a energia; mas, a boa vontade nunca lhe faltou. Se tivesse querido defender sua autoridade de armas à mão, teria encontrado homens desejosos de sustentá-lo; mas correria sangue e D. Pedro não era um tirano. A história elogiará sua atitude em semelhante circunstância; ela fará justiça aos sentimentos generosos que ele manifestou na memorável noite de 7 de março, em que renunciou à coroa; mas a história repetirá que se ele fizesse algumas concessões, poderia ainda conservar o poder e censurá-lo-á de ter, por uma abdicação que lhe não era exigida, abandonando a todas as possibilidades de revoluções, o Império de que havia sido o glorioso fundador.

D. Pedro atravessou os mares. Imperador há dois dias, agora simples cidadão. Acostumamo-nos ao ruído dos tronos que se desmoronam e apenas voltamos o rosto para ver suas ruínas.

Quanto ao Brasil, seus destinos repousam atualmente sobre a cabeça de uma criança. É uma criança que ainda une as províncias deste vasto império; e apenas sua existência opõe uma barreira aos ambiciosos que surgem de todas as partes com uma mediocridade idêntica e pretensões igualmente gigantescas.[5] Um europeu não pode governar na América; mas aquele é um brasileiro; o belo azul do céu dos trópicos feriu seus primeiros olhares; foi à sombra das florestas virgens que se guiaram seus primeiros passos; não terá ele saudades nem do Palácio de Lisboa, nem dos frutos do Douro. Nascido na América, não co-participará de nenhum dos preconceitos dos europeus contra sua bela pátria e terá todos os dos brasileiros contra a Europa; tal é a lei da vida. Ao mesmo tempo, ao nome do jovem D. Pedro se ligam as mais belas lembranças. Em suas veias corre o sangue desses reis cuja glória aventurosa teve mais influência sobre os destinos do mundo que a dos mais ilustres soberanos da França e da Inglaterra, desses reis sob os auspícios dos quais foram descobertos o roteiro das Índias e a terra do Brasil. Só, entre os brasileiros, essa criança representa o presente e o passado; e dedicando-se à sua pátria, poderá entretanto formar uma ligação feliz entre ela e o Novo Mundo.

Que ao redor do jovem D. Pedro se agrupem então os brasileiros que tenham orgulho do nome de sua pátria, os que amam sinceramente a liberdade, e que não queiram ser explorados por uma multidão de tiranetes cúpidos e abjetos.

Mas, perguntar-se-á talvez, se os habitantes do Brasil deixarem-se seduzir pela falácia de ambiciosos hipócritas, afastando-se do jovem príncipe nascido no meio deles, que acontecerá então? Vivi no meio dos brasileiros; sou ligado a eles pelas forças da simpatia e da gratidão; amo ao Brasil quase tanto quanto

---

5 Essa é a opinião dos próprios brasileiros.

à minha pátria; não exijam de mim a pesquisa de um futuro que se mostrará sob as mais sombrias cores... Não estive somente no Brasil; demorei-me também nas margens do Rio da Prata e nas do Uruguai. Outrora eram esses lugares uma das mais belas zonas da América meridional. Seus habitantes quiseram adotar o federalismo e começaram por se desunirem; cada cidade, cada aldeia, pretendia "fazer sua pátria à parte";[6] chefes ignóbeis armaram-se de todos os lados; a população foi dispersada ou aniquilada; as estâncias[7] foram destruídas; grandes extensões de terreno que quase formariam províncias, não apresentam hoje senão cardos;[8] e onde pastavam numerosos animais, não se vêem senão bandos de cães do mato, veados, avestruzes e animais ferozes.

6 Expressão consagrada no próprio país.
7 Propriedades rurais, acompanhadas de benfeitorias.
8 O cardo de nossos pomares, sem dúvida levado da Europa.*
* O nome cardo, no Brasil, é dado a várias plantas espinhentas ou de folhas crespas, como várias espécies das famílias: Compostas e Cactáceas (M.G.F.).

ÍNDICE ONOMÁSTICO E TOPONÍMICO*

Abaeté, Rio, 21, 91, 101.
Abreu, Antônio Gomes de, 55; ver, Antônio Gomes, Capitão.
Abreu, João José, Capitão, 62, 83.
Acantáceas, 139.
Acrocomia sclerocarpa Mart. *(macaúbas),* 109.
Administrador-geral, 15, *15.*
Administrador particular, 15.
Aduelas, Rio das, 184.
Afonso, Domingos, 56.
Afonso, João de Serqueira, 115.
África, Costa da, 19. 28, 34, 202.
Agaves, 26.
Agregados, *123.*
Águas Claras, Rio das, 179.
Águas Compridas, Rio das, 179.
Aiuruoca, Pico do, 11, 105.
Alecrim da Praia (Polygala cyparissias A.S.H.),* 149.
Alcântara, Rio, 132.
Aldeia Velha de Ipuca, Rio da, 179.
Alecrim do campo (baccharis), 99.
Alemanha, 15, 16, 40, 87, *92,* 112, *112, 122, 131,* 215, 216.
Alisma ranunculoides, 188.
Allagoptera pumila, 171.
Almeida, Sr., ver, Almeida, João Rodrigues Pereira de, 122.
Almeida, João Rodrigues Pereira de, 122, 127.
Almeida, Lourenço de, 13.
Almeida, Luiz Beltrão de Gouveia, *14.*
Almocrafre, 14.
Alto dos Bois, 90.
Álvares, Domingos, 195.
Amarantáceas, 180.
América, 63, 110, 128, *133,* 140, 154, 155, *155,* 160, 185, *212,* 213, 221; *do Norte,* 219; *Espanhola,* 213; *Meridional,* 32, 102, 222.
Ampère, 217.
Ana de Sá, Habitação de, 77, 79, 80, 81.
Anacardiáceas, 142, *142, 144.*
Anatherum bicorne, 47.
Anchieta, Padre José de, 154, *154, 156.*
Âncora, Ilhas da, 186.
Andaiá, Rio, 21.
Andrada, José Bonifácio de, *216,* 221.
Andrade, Sítio do, 175, 188, 189, 190, 203, 204.
Andromeda resoluta, 168.
Angola, 19, 213.
Anjo, Arraial do, 173, 174; *Enseada do, 172,* 173, *174.*

Annona palustris, Lam., *144.*
Antônio Gomes, Capitão, 55, 58, 61, 62; ver também, Gomes, Capitão.
Antônio Lopes. Fazenda de, 66, 70.
Arácea Hepifítica, 47.
Arago, 217.
Araribá, 47.
Araruama, Arraial de, 147; *Lago de,* 128, 129, 146, *146,* 147, *147, 148, 149,* 150, *155, 163,* 164, 166, 168; *Laguna de,* 156; *Paróquia de,* 146, 148; *Praia de,* 149; *Restinga de,* 164, 171; *Sangradouro de,* 165, 167, *171.*
Araucaria angustifolia, 28, 118.
Araucaria brasiliensis (pinheiro), 28, 109.
Arassuaí, Caatingas de, 47; *Rio,* 30, 105.
Araújo, Padre, *156.*
Araticú, 144.
Areticum (anona), 144, *144.*
Aroeira (Schinus Therebintifolius Rad.),* 142, 144, *144,* 189, 210.
Arrabida, Antônio de, 215.
As Borbas, 43.
Asplenium Petrarchae, 176.
Assistência, 18, 19.
Assumar, Conde de, 107, 115.
Astrocaryum vulgare, 144.
Atalaia, Rio, 134.
Aubépine, 207.
Auvergne, Montanhas de, 50.
Avelar, Francisco Rodrigues Ribeiro de, 45.
Azara, Félix de, *183.*
Azeredo, Marcos, *73.*

Bacaxá, Rio, 179.
Baccharis (alecrim do campo), 99.
Bactris maraia, 144.
Bactris setosa, 144.
Baglioni, Sr., 208.
Bahia, 11, 30, 34, 128, 154, 170, 210; *Salinas da,* 80; *Sertão da, 144.*
Bambuí, Rio, 105.
Bananal, Rio, 125.
Bananeiras, Rio das, 179.
Bandeirinha, 39, *39,* 50.
Baía Formosa, 175, 186.
Barbacena, 77, 89, 105, 109, 116, 117, *117,* 118, 120; *Marquês de,* 218.
Barbosa, Paulo, 78.
Barnabé. (lugar chamado), 91. 93.
Barra, 75, 144; *Aldeia de,* 63; *Arraial da,* 77; *Confluência.* 75; *Lagoa da,* 141.

---

* Os topônimos, nomes de instituições e nomes científicos aparecem *grifados.* Assim como os números em *grifos* se referem às notas de pé de página.

Barra Seca, Fazenda de, *208*, 209; Usina de, 208, 209.
Barreiras, Riacho, 110, *110*.
Barreto, Arraial do, 187; Habitação de, 49; Casa de, 49.
Barreto, Manuel de Almeida, 49, 50, *155*.
Barros, Romualdo José Monteiro de, 92.
Barros, Sr., (cirurgião), 40, 41, *41*.
Barroso, Fazenda do, 117, *117*.
Batalha, 119.
Beauharnais, Eugéne, 218.
Beneditinos, Ordem dos, 205.
Benevente, Vila de, *158*; Vila Nova de, 210.
Benevides, Salvador Correia de Sá e, 194, 195, 196.
Berzelius, 217.
Betencourtia rhinchosioides N. (leguminosa), 67.
Bettendorf, Padre, *156*.
Bicame, 37, 38.
Bicho de pé, 102, *102*.
Boa Vista, 61, 62, 63, 83, 87, *203*: Curral da, 204; Fazenda da, 62; Habitação de, 63; Serra da, 124, 125.
Boassica, Fazenda de, 180, 181; Lagoa de, 181; Riacho, *184*; Venda de, *175*. 210.
Bocaina, Serra da, 192.
Bom Jesus de Matosinhos, 109, *110*.
Bom Jesus de Paquetá, Paróquia de, 131.
Bonfim, Forjas do, 39, 41.
Boqueirão de Leste, 172, 174.
Boqueirão do Cabo, *174*.
Boqueirão do Engenho, 141, 142, 145.
Boqueirão do Girau, 141.
Boqueirão do Nordeste, 172, *174*.
Boqueirão do Norte, *174*.
Boqueirão do Sul, 172, 173, *174*, 186.
Borba Gato, Manuel da, 73, *74*.
Borbas, 43, 44.
Borda do Campo, 119.
Borrachudo, 21.
Botafogo, Enseada de, 142.
Botocudos, *84*, 151, *151*, 195, *195*.
Bougainvillea brasiliensis, 177.
Bractis acanthocarpo, *144*.
Bragança, Rio, 203, *203*.
Brant, Felisberto Caldeira, 218.
Brasil, *11*, 13, 18, 19, *21*, 27, 30, 32, 33, 49, 50, 58, 62, 65, 66, 71, *74*, 77, 83, 84, *84*, 86, 87, *96*, 102, *107*, *110*, 111, 112, 113, *116*, 118, 121, *121*, 122, *123*, 127, 128, *131*, 133, *136*, 138, *138*, *144*, 145, *148*, 149, *149*, 150, 153, 154, *154*, 155, *156*, *157*, *158*, *159*, 160, 165, 166, 168, 169, 171, 172, 173, 175, 177, *177*, 179, 183, 184, 185, 193, 194, 196, 197, 198, *199*, 200, *200*, 201, 202, 206, *206*, 207, 208, 210, *210*, *212*, 213, 214, 215, 216, *216*, 217, 218, *218*, 219, 221, 222; Meridional, *151*.
Bromelia sagenaria, *136*, 177.
Bromelia variegata, *136*.

Bromeliáceas, *136*, 189.
Buriti, Palmeira, 53, 87.
Búzios, Ponta dos, 186.
Byrsonima (murici), *93*.

Caancunha, *92*.
Caatingas, 32.
Cabapuana, 212, *212*; Rio, 191, 202.
Cabeça, 16.
Cabeça do Bernardo, 44.
Cabeçu, *129*, 132, 133, *133*, 135, 136, 137, 138, 150.
Cabiúnas, Habitação de, *175*, 187, 188.
Cabo, Ilha do, 173, *174*.
Cabo da Boa Esperança, 63.
Cabo Frio, 128, 129, 143, *145*, 147, *148*, 150, 155, 160, 163, 164, 165, 166, *166*, 167, 168, *168*, 169, *169*, 170, 171, *171*, 172, 173, 174, *174*, 175, 177, *179*, 183, *183*, 186, 210; Distrito de, 150, 165; Paróquia de, *166*; Restinga de, 187, 210; Vila de, 145, 147, *149*, *166*.
Cabo Verde, Comarca eclesiástica do, 108; Paróquia de, 108.
Cacimba, 141, 142, 143.
Cachira, 149, *149*, 150.
Cachoeira, Aldeia de, 85, 89, 94.
Cachrane, Piratarias de, 218.
Cactus, 168, 171, 173, 181, 189.
Caeté, 57, 61, 64, 65, 66, *66*, *69*, 71, 74; Igreja de, 64, 65, Paróquia de, 71.
Caiena, Flora de, *179*.
Caixas, Porto das, 137, *137*, 139.
Caixeta, 83, *83*.
Camanducaia, Paróquia de, 108.
Camapoã, 101, 102, 103.
Camapuan, Rio, *212*.
Câmara, Sr. Da, 15, 17, 20, 24, 25, 26, 27, 31, 32, 35, 39, 40, 41, 49, 84; ver também, Sá, Manuel Ferreira da Câmara Bitencourt e.
Câmara, Manuel de Arruda, *136*, *144*.
Câmara, Manuel Ferreira da, *144*.
Câmara, Matilde da, 27, 33.
Camboa, Canal de, 167, 170; Rio, 164, *164*, 165.
Caminho de Terra, 121, 122, 123.
Campanha, Vila de, 102.
Campanha da Princesa, 105.
Campos dos Goitacases, 193, 208; Cidade de, 188, 189, 191, 192, 195, *203*, 207, 208, *208*; Distrito de, 192, *192*, 193, 202, 203; ver também, Goitacases, Campos dos.
Campos Gerais, *11*, 21.
Campos naturais, 89.
Campos Novos, 176, 177, 186, 189, 205; Fazenda de, 176.
Canastra, Serra da, 105.
Candeia (Lychnophora Mart.), 43.
Cantagalo, *168*; Madeiras de, *184*.
Capanema, 63, *63*, Serra de, 83.
Capão ou Capão do Lana, 95.
Capim Angola (Panicum spectabile), 31, *31*.

Capim Colonião (Panicum maximum var. B.), 31, *31.*
Capim-gordura (Melinis minutiflora), 132.
Capim mumbeca, 87.
Capitães do mato, 95, 96, *96.*
Capitão-mor, 18, 146, 147, 149; *Engenho do,* 147, 149; *Fazenda do, 145,* 146. 147; *Porto de,* 147.
Capivari, Rio, 179.
Capoeiras, 51, 66, *66,* 89.
Capoeirões, 51.
Capões (matas), 89.
Caraça, Serra do, 168.
Carandaí, 99, 100, 102, 103, *103.*
Carapeboi, 188, *188.*
Carauatá, 136, *136.*
Carex (Carex brasiliensis N.), 49.
Carijós, Tribo dos, 77.
Carmo, 75, *91; Igreja do,* 28.
Carvalho, José Joaquim, 208, 211.
Casa Branca, Paróquia de, 79, 80, 81.
Casa do Barreto, 49.
Cascalho, 21.
Casmarynchos nudicollis (ferreiro), 52.
Cássia, 46, 49, 142.
Cassia bicapsularis, 80.
Cassine congonha, 119.
Castelo Branco, Rodrigo de, 73.
Castro, Francisco de, *74.*
Cata, 37, 38, 39.
Catas Altas, Aldeia de, 55, *55.*
Cazal, Manuel Aires de, *21, 27, 50, 74, 76, 77, 101, 107, 109, 110, 124, 129, 132, 137 147, 155, 159, 163, 167, 170, 177, 184, 191, 192, 193, 194, 197, 199, 208, 212, 218.*
Cecropia (embaúba), 52, 53.
Cerastium vulgarum (morangueiro), 67.
Cestrum, 142.
Chapada, Aldeia da, 24, 25.
Chapelet, 39.
China, 215.
Ciperácea, 48, 51, 87, 125, 142, 188.
Cipó, Rio, 23, 50.
Cipó imbé, 47, 42.
Cisplatina, Província, 32.
Cocais, Aldeia de, 55, 56, 57, *57; Serra de,* 56.
Coccocypselum nummularifolium (Rubiácea), 142.
Cocho de Água, Habitação de, 77, 79.
Codornas, 50, *50.*
Coelho, Antônio de Albuquerque, 65, 73, 107.
Coimbra, 213.
Colégio, Fazenda do, 189, 190, 197, *203,* 206, 207.
Colômbia, 84.
Comelináceas, 139.
Comissário (escrivão,), 15.
Companhia da extração, 18.
Companhia da Intendência, 18.
Companhia de Jesus, 155, *156,* 157, 206, 211.
Composta, 66, 80, 141.
Conceição, Paróquia de, 46, 48, 49.

Concha, Baía da, 184, 186.
Conde de Barca, 122, *122.*
Congonhas, 47, 48, 49, 50, 78, 79, 90, 91, 93, 94, 95, 96, 97, 100; *Igrejas de, 91; Rio das,* 91, 92, *92,* 101; ver também, *Congonhas do Campo.*
Congonhas (Ilex paraguariensis A.S.H.*),* 119, *119.*
Congonhas da Serra, 48, 49, 66.
Congonhas de Mato Dentro, 78.
Congonhas de Sabará, Aldeia de, 48, 78.
Congonhas do Campo, 48, 90, 91, *91,* 92, *92,* 93, 99, 101; ver também, *Congonhas.*
Convolvulácea (Evolvulus rufus), 67.
Corcovado, Montanhas do, 129, 130.
Coroados, Índios, 93, 159, *193, 194,* 195, *195.*
Coropós, 194, *194.*
Córrego do Ouro, 39.
Córrego Novo, 23, 24.
Córrego Seco, 110.
Correia, Salvador, 165.
Corurupina, Lagoa de, 129.
Costa, Francisco da, 89, 90, 94, 96, 97.
Costa, Manuel da, 161, 164.
Costão, Ponta do, 164, 165, 171.
Coutinho, José Joaquim de Azeredo, *195.*
Couto, Sr., 41; *Fazenda do,* 55.
Cratagus oxyacantha Lamk., *207.*
Crescentia eujete L., *163.*
Crubixais, Rio dos, 179, 184.
Cubas, Fazenda do, 51, *Rio, 51.*
Cuiabá, Arraial de, 21, 71, *71.*
Cuphea flava, 168.
Curitiba, 11, 119, *119.*
Curmataí, Serra de, 23, 50.
Curral d'El Rei, 65.
Curralinho, Choupana de, 208, 210; *Serviço de,* 27, 28, 35; *Riacho,* 35.
Cuvier, 217.

Das Caixas, Porto, 137, *137,* 139.
Da Terra, Banana, 116, *116.*
Davy, 217.
De Candolle, Sr., 91.
Deucliexia muscosa, 39.
D'El Rei Tomé Portes, 107, *107.*
Deserto, 23.
Distrito dos Diamantes, 13, 14, *14,* 15, *15, 17,* 19, 21, 23, 24, 26, 27, *27,* 28, 30, 31, 32, 33, 41, *43,* 44.
Domingos Afonso, Fazenda de, 56.
Dom Manuel, Praia de, 128, 131.
Dourado, Rio do, 179.
Drosera intermedia, 188.
Duas Pontes, Venda de, 55, 56, *56.*

Echinolaena scabra var. *ciliata (gramínea),* 99, 100.
Encruzilhada, Lugar, 121, 123.
Epidendrum, 49.
Eremitas, 67.
Ericácea, 39.
Erigeron canadense, 100.
Eriocaulon, 44, 142, 187.

Ermitões, 67.
Erva de rato (Rubia noxia A.S.H.*)*, 47.
Erva do vigário (composta), 47.
Eschwege, Sr. Barão de, *21*, 31, 67, *74*, 76, *76*, *83*, 85, 86, 87, 90, 91, *91*, *92*, 93, 94, 95, *95*, 99, 101, *101*, 105, *105*, *109*, *137*, *151*, *157*, *193*, *194*, *208*.
Escragnolles, Sr., 127.
Escrivão (comissário), 15.
Esmeralda de Maq-hé, 183.
Espinhaço, Serra do, 105, 106, 115, 118, 192.
Espinho (mimosa), 130.
Espírito Santo, Província do, 155, *155*, *158*, 165, 166, 170, 191, 194, *199*, 208, 210, *210*, 212, *212*.
Estrela, Porto da, 125.
Estrela, Rio da, 125; *Serra da*, 125.
Eugenia brasiliana, *112*.
Eugenia michellii Lam. *(pitangueira)*, *130*, 142, 168, 189, 210.
Eugênio, Capitão-mor dos Índios, 160.
Europa, 14, 25, 27, 29, 32, 41, 49, 50, 57, *63*, 64, 65, 66, *78*, 110, *110*, 111, 112, 113, 117, *118*, *121*, *122*, 125, 127, 130, 139, 140, 142, 154, 160, *165*, 172, 185, 191, 214, 217, 218, 220, *220*, 221, *222*.
Evolvulus rufus (convolvulácea), 67.
Exacum filiforme, 187.

Faria, Fazenda do, 116, 117, *117*, 118.
Farta Velhaco, Banana, 116, *116*.
Feijão da praia (Sophora littoralis Neuw. et Schrad.*)*, 180, 210.
Feitor, 15, *15*, 16, *16*, 17, 20.
Felipe II, 165.
Fernão Dias, ver, Leme, Fernão Dias Pais.
Ferreiro (Casmarynchos medicollis), 52.
Fieira, 47.
Figueira, Padre, *156*.
Firmiano, Botocudo, 58, *58*, 59, 83, 94, 95, 96, 97, 128, 160, 161.
Fiscal, 15.
Flor de quaresma (Melastomácea), 123, *123*.
Formiga, 84, *84*, 91.
Forno, Enseada do, 172, 173, *174*; *Rio do*, 203, *203*; *Praia do*, 171, 172, *174*.
Fortaleza, 21, *21*.
França, 45, 49, 58, 59, 65, 84, 86, *86*, 100, 101, 112, *112*, *121*, 122, 124, 127, 128, *155*, 176, 184, 185, *193*, 202, 215, 216, 217, 220, 221.
Franceses, Ilha dos, 186.
Franciscanos, Convento dos, 164.
Francisco da Costa, Casa de, 90.
Francisco Leite, Rio de, *147*, 148.
Francisco, Tocador, 94, 95, 96.
Freitas, Antônio Gomes de Abreu e, 57, 61.
Freitas, Lago de, 142.
Freycinet, Sr. de, *17*, *18*, *83*, *124*, *129*, *139*, *147*, *157*, *170*, *171*, *172*, *174*, *176*, *177*, *179*, *181*, *184*, *197*, *212*.
Fruta de cachorro, 142.
Fucus, 181.
Furado, Barra do, 203, *203*; *Rio*, 203, *203*, 207; ver também, *Rio Furado*.

Galveas, Conde de, 14.
Gama, Basílio da, *115*.
Garimpeiro, 20, *20*, 44.
Gaspar Soares, Aldeia de, 49, 50, 55; *Forjas de*, 51; *Morro de*, 19, 93.
Gaviões, Riacho dos, *179*.
Gayiussacia pseudo vacciniu, 168.
Gay-Lussac, 217.
Genéve, David Chauvet de, *86*.
Genipapo, Riacho, 184.
Genetiana lutea, 80.
Gerais, 80, *80*.
Germana, Irmã, 68, 69, *69*, 70, *70*.
Gesnera rupicola (gesneriáceas), 67.
Gesneriáceas (gesnera rupicola), 67.
Gestas, Sr. De, *32*.
Goiás, Província de, 21, 50, 74, 105, 108, 202; *Bispo de*, 137; *Desertos de*, *11*.
Góis, Gil de, 194, 196.
Goitacases, Campos dos, 155, *186*, 190, 191, *191*, 192, *192*, 193, *193*, 194, 196, 197, 198, *198*, 199, *199*, 200, *200*, 201, 202, 203, *203*, 206, 207, *207*, 208, *208*, 209, 210, 211; *Distrito de Campos dos*, 175, *175*, 191, *191*, 196, 198; *Índios*, 155, *159*, 183, 193, *193*, 194, *194*, 195, *195*.
Gomes, Antônio Ildefonso, 58.
Gomes, Capitão, 58, 63, 97; ver também, Freitas, Antônio Gomes de Abreu e; e Antônio Gomes.
Gomes, Estevão, 165.
Gomes, Francisco, 218.
Gomide, Dr., 69, *69*.
Gramíneas, 46, 49, 79, 80, 87, 89, 90, 99, 101, 139.
Grão Mogol, Serra do, 21.
Gravatá, 136, *136*.
Grimpeiros, 20.
Grumixama, *112*.
Guaba Grande, Venda de, 145, 147, 149, 150, 163, 168.
Guagassu, *124*
Guaratinguetá, Vila de, 192.
Guaratuba, 133.
Guarda-chaves, 15.
Guarda-livros, 15, *15*.
Guarirobas, 53.
Guarulhos, Aldeia Cristã de, 193.
Guarus, *193*.
Guaxindiba, 132, *132*, 133; Igreja de, 131; *Rio*, *129*, 132, *132*, 133.
Guerra, Irmãos, 64.
Gurgulho, 39, *39*.
Gynerium parvifolium, 205.
Hedyotis, 142, 189.
Henrique Brandão, Fazenda do, 77, *77*, 78, 79.
Hinterland, 144.

Holanda, 18.
Humboldt, Sábio historiador, Sr., 140, 127.

Ibitipoca, Pico do, 11; Serra de, 50, 105.
Iguaçu, Paróquia de, 125; Rio, 124, 124.
Iguaré, Rio, 124.
Ilex congonha, 119.
Ilex paraguariensis A.S.H. (mate), 48, 119, 119.
Ilha da Tromba, 172.
Ilha dos Franceses, 172.
Ilha dos Papagaios, 171.
Ilha dos Porcos, 172, 173, 174.
Ilha Grande, 112, 155.
Imperador Napoleão, 18.
Império Britânico, 215.
Indaiás, 52, 53.
Índias Ocidentais, 13.
Inglaterra, 93, 121, 131, 185, 215, 220.
Inhumirim, Rio, 124, 125.
Inhutrunuaiba, Lago, 179.
Intendência, 75, 76; Edifício da, 75; Morro da, 75; Praça da, 30.
Ionidium ipecacuanha, 168.
Ionidium lanatum A.S.H., 39.
Iraruama, Lago de, 146, 146, 147.
Ipanema, 93.
Itabira, Aldeia de, 57, 58; Montanhas de, 62.
Itabira de Mato Dentro, 55.
Itacolomi, Serra do, 86, 86.
Itajuru, 55, 58, 59, 61, 63, 97, 164, 164; Canal de, 167; Rio, 164, 165, 166, 167, 170, 175, 176.
Itajuru de Santa Bárbara, Povoação, 57.
Itajuru de São Miguel de Mato Dentro, 55, 57.
Itália, 92, 215.
Itambé, Aldeia de, 55, 56.
Itapuí, Laguna de, 129; Paróquia de, 129, 129.
Itinga, 155.

Jaboatão, Padre, 155.
Jacuí, Paróquia de, 108.
Jacuné, Lagoa, 129.
Jaguará, Rio, 77.
Jaguaré, 124.
Jequitinhonha, Rio, 40, 45, 105, 195.
Joahima, Capitão, 195.
João III, 153, 194.
João V, 107.
João VI, 11, 18, 27, 77, 122, 128, 150, 166, 191, 212, 213, 214, 215, 216.
João do Campo, Casa de, 119.
João Fernandes, Ponta de, 175, 186.
João José, Capitão, 62.
João Manuel, Rio, 184.
João Vieira, ver, Leme, João Vieira de Godói Álvaro.
Jorge, José Paulo Dias, 41, 41.
José Henrique, Rancho de, 77, 81, 83, 84, 85, 86, 87, 89, 96.
José, Rei, 214.
José, Tropeiro, 128, 135.

Julião, (Leão, Julião Fernandes), 40.
Júlio César, 64.
Junta da Fazenda Real, 18.
Junta Real dos Diamantes, 15, 15, 17, 17.
Junta-junta, regato, 35.
Jurumirim, Riacho, 184.

Lago Traíra, 184.
Lagoa, 89, 90.
Lagoa Brava, 129.
Lagoa da Barra, 141; ver, Barra, Lagoa da.
Lagoa do Pau Dourado, 102.
Lagoa Dourada, 102, 102, 103.
Lagoa Feia, 179, 203, 205.
Lagoinha, 184.
Laguna, 133.
Lambari, Rio, 105.
Lana, Capão do, 95; ver, Capão.
Lapa, Montanhas da, 50; Serra da, ver, Serra da Lapa.
Laranjeira, Rio, 203.
Laurácea (canela), 200.
Lavra de grupiara, 39, 39.
Lavra de Nossa Senhora de Oliveira, 109.
Lavradio, Marquês do, 148, 185, 196, 197.
Leão, Fernando Carneiro, 209.
Leão, Julião Fernandes, 40.
Leguminosa, 26, 31.
Leguminosa (Betencourtia rhinchosioides N.), 67.
Leite, Arraial do, 94.
Leme, Fernão Dias Pais, 73, 107.
Leme, João Vieira de Godói Álvaro, 62.
Lenheiro, Morro do, 109; Serra do, 111.
Lery, Jean de, 183, 194.
Lezan, Sr., 86.
Lima, Francisco de, 220, 221.
Linguiça, Rochedo de, 36; Serviço de, 35, 36, 37, 38.
Linhares, Conde de, 213.
Linum littorale A.S.H., 149.
Linum radiola, 187.
Lisboa, 13, 196, 213, 215, 218, 221.
Listário, 17.
Lobo, Bernardo Fonseca, 13.
Loiret, Rio, 49.
Londres, 218.
Lontra, Rio da, 179.
Lopes, Antônio, 66.
Loranthus rotundifolius A.S.H., 168, 168.
Lorena, Vila, 192.
Loyola, Discípulos de, 154, 156.
Luc·ock, 92, 92, 96, 101, 106, 109, 110, 111, 112, 121, 124, 129, 146, 168, 177.
Luís XIV, 217.
Lychnophora, 24, 25, 25.
Lychnophora Mart. (candeia), 43.
Macacu, Vila de, 138, 138; Rio, 138; Serra de, 179.
Macuco, Rio, 56.

Macaé, 175, 177, 181, *181*, 183, *183*, 184, *184*, 185, 186, *186*, 187, 190, *199*, 203, 207; Rio, 184, 185, 186, 191, 193, 196, 202; *Serra de*, 184.
Macaúbas (*Acrocomia sclerocarpa* Mart.), 109.
Macaúbas, *Fazenda*, 71, *71*.
Macumis, *172*, *195*.
Malhada, 80.
Maller, Srs., 127.
Malpiguiácea, 93.
Mamelucos, 158, *158*, *159*.
Mandanha, 40, *40*.
Mangaratiba, *112*.
Manguinhos, *Fazenda de*, *208*, 210.
Mantiqueira, *Serra da*, 106, 116, 118, 125, 192.
Marahy, *Rio*, *124*.
Maranhão, *Província do*, 127, *132*; *Banana*, 116, *116*.
Maratuan, *Regato*, *179*.
Marçal, *Rancho do*, 99, 100, 103, 109, 112, 113, 115, 117.
Marcetia cespitosa N. (*Melastomatácea*) 51.
Marcetia tenuifolia DC, *179*.
Marcgraff, *102*, *130*, *133*, *163*, *144*.
Marcos da Costa, *Fazenda de*, *122*, 123, 124.
Mariana, *27*, 55, 69, 78, *79*, 80, 86, *86*, 91, *91*, 101, 108, 115; *Seminário de*, 64.
Maricá, 133, *133*, 144, *145*, *183*; *Lagoa de*, 129; *Paróquia de*, 131; *Território de*, 129; *Vila de*, *129*.
Marliére, Guido Tomaz, *208*.
Marquet, Alphonse Jean Baptiste, 86 *86*.
Mar, *Serra do*, 123, 124, ver, *Serra do Mar*.
Martius, *Historiador*, 21, 23, *36*, *39*, *50*, *56*, *57*, *66*, *70*, *74*, *78*, *92*, *99*, *100*, 110, 111, *119*, *123*, *130*, *144*, *195*, *199*, *200*, *208*, 217.
Mascarenhas, Fernando Martins, 91.
Mascarenhas, Gabriel, *74*.
Mata-Cavalos, 52.
Mata-Mata, *Serviço de*, 35, 36, *36*, 37, 38, 39, 43.
Mata-pasto (*composta*), 80.
Mata, *Venda da*, 132, 133, 138, *138*, 148; *Distrito de*, 139.
Mataruna, *Arraial de*, 147, 148, *148*, 149; *Porto de*, 147; *Rio*, 148.
Mate (*Ilex paraguariensis* A.S.H.), 48, 119, *119*.
Mato Grosso, 21, *212*; *Montanhas de*, *192*.
Matosinhos, *Igreja de*, 93.
Mawe, John, *Historiador*, 15, 16, 21, *21*, 33, *40*, 74, *108*, *109*, *137*, *138*, *184*,
Melastomácea (*flor de quaresma*), 24, 123.
Melastomatácea (*Marcetia cespitosa* N.), 51.
Melastomatáceas, 39, 44, 48, 49, 51.

Melinis glutinosa (*Tristegis glutinosa*), 25.
Melinis minutiflora (*capim-gordura*), 25, 80, 132.
Mendanha, 40, *40*.
Mendasa, Governador, *131*.
Menelau, Constantino de, 165.
Mestre de Campo, 132.
México, 216.
Microlicia juniperina, 51.
Mikan, Sr. Professor, 127.
Milho Verde, 43, 44, *44*.
Mimosácea, *138*.
Mimosa dumetorum, 35.
Mimosas, 71, 130, 206.
Minas Gerais, *Província de*, *11*, 13, 15, 19, 21, *24*, 25, 29, 33, *46*, 48, 55, 56, 58, 62, 63, *63*, 65, 67, 72, 73, *73*, 74, *74*, 75, 76, *76*, 77, 78, 84, 87, 91, 95, 96, *96*, *99*, 100, *100*, 101, 105, *105*, 106, 107, 108, *108*, 109, 110, 111, 112, 116, 117, 118, 119, *119*, 120, 121, 123, *123*, 124, 125, 127, 128, 130, 131, 132, 133, 134, 135, 137, 140, 145, 149, 157, 158, 159, 168, *168*, 169, *169*, 170, 173, 177, 178, 179, 188, 194, 198, 199, 202, 204, 205, 206, 208, *208*, 211, *212*, 219, 220.
Minas Novas, 25, 32, 35, 47, 65, *66*, *86*, 102.
Mirsinácea, 171, 173, 180.
Mirtácea (*pitangueira*), 24, 35, 46, 129, 142, 187.
Misericórdia, *Irmandade da*, 110.
Monjolo, 26.
Monlevade, Sr., 58.
Monoxós, *195*.
Monteiro Luís Bahia, 150.
Montoya, Padre Antônio Ruiz de, *64*, *96*, *133*, *136*, *141*, *156*.
Morabahy, *124*.
Morais, *Historiador*, *96*.
Moreira, João, *Tocador*, 40, 58.
Morgado, *Fazenda do*, 197.
Morrinhos, *Paróquia de*, *131*.
Morro da Intendência, 75.
Morro do Frade, 184.
Morro do Marmeleiro, 78.
Morro Grande, *Fazenda do*, 63; *Montanha do*, 64.
Muriaé, *Rio*, 192.
Muribeca, *Fazenda de*, *208*, 210, 211, 212; *Rio*, 211, 212, *212*.
Musa paradisiaca L., 116.
Musa sapientum L. 116.
Mutisia speciosa Hook, (*composta*), 141.
Myrtus brasiliana, 130.

Nardes, Leonardo, *64*.
Nassau, Maurício de, *102*.
Nazaré, *Morro de*, 143, 186; *Arraial de*, *148*.
Negra, Ponta, 186.
Neuwied, Príncipe de, *128*, *149*, *163*, *169*, *171*, *177*, *180*, *181*, *184*, *192*, *195*, *203*, *206*, *208*, 210, 212.

Neves, Antônio Tomaz de Figueiredo, 57.
Nóbrega, Manuel da, 154.
Nossa Senhora da Abadia, *44*.
Nossa Senhora da Assunção, Igreja paroquial de, 167.
Nossa Senhora da Assunção de Cabo Frio, Paróquia de, *172*.
Nossa Senhora da Conceição, Igreja de, *75; Paróquia de, 91*.
Nossa Senhora da Conceição da Barra do Rio das Mortes Pequeno e Grande, 108.
Nossa Senhora da Conceição das Congonhas de Queluz, Paróquia de, 91, 101.
Nossa Senhora da Conceição de Congonhas do Campo, Aldeia de, 91.
Nossa Senhora da Conceição de Rio das Pedras, 79.
Nossa Senhora da Conceição do Alferes, 125.
Nossa Senhora dos Prados, Paróquia de, 103; *Vila de*, 116.
Nossa Senhora da Guia, Morro de, 163, *163*, 167, 168, 171; *Capela de*, 165.
Nossa Senhora da Luz, Paróquia de, 131.
Nossa Senhora da Penha, Povoado, 66.
Nossa Senhora da Piedade, Invocação de, 68, 109.
Nossa Senhora da Piedade de Anhumirim ou Inhumirim, 125.
Nossa Senhora de Loreto, Igreja de, 92.
Nossa Senhora de Nazaré, 108; *Igreja de*, 143, *148*.
Nossa Senhora de Nazaré de Cachoeira do Campo, Aldeia de, 89.
Nossa Senhora de Oliveira, 109; Lavra de, 109.
Nossa Senhora do Bom Sucesso, 65, 108.
Nossa Senhora do Desterro de Itambi, Paróquia de, 131.
Nossa Senhora do Pilar, Igreja paroquial de, 110; *Paróquia de*, *124*.
Nossa Senhora do Pilar de Iguaçú, Aldeia de, 125.
Nossa Senhora do Rosário, Igreja de, 28.
Nossa Senhora dos Prazeres do Milho Verde, 44.
Nossa Senhora dos Remédios, Capela de, 172, *172*.
Nossa Senhora Madre de Deus, 109.
Nossa Senhora Mãe dos Homens, Serra de, 46.
Nosso Senhor Bom Jesus de Matosinhos, Igreja de, 92, *92*.
Nosso Senhor de Matosinhos, Igreja de, 92, 93.

Ocubas, Fazenda de, 50, 51, *51*, 52, 55; *Rio de*, 50, 51.
Olfers, Sr. d', 127, *151*.
Oliveira, Antônio Rodrigues Veloso de, *106*.
Órgãos, Serra dos, 124, 125, 129.

Orléans, 160; *Arredores de*, 207.
Ouro Branco, Serra do, 109.
Ouro Fino, Hospedaria de, 45, *Rio do*, 71.
Ouro Preto, 219; *Igreja de*, 75.
Ouro, Riacho do, 179.
Ouro, Rio do, 184.
Ouvidor, 15.
Ovídio, Conde de Barca, 122, *122*.

Pacífico, Ilhas do, 49.
Padre Duterter, Escritos do, 136.
Padre Labat, Escritos do, 136.
Padre Manuel, Fazenda do, 129, 133, 137, 138, 139.
Paimbeauf, Goutereau de, *86*.
Palma, Conde de, 93.
Palmares, 96.
Panhames, 195.
Panicum campestre M. N. *(gramínea)*, 99.
Panicum maximum var. B. *(capim colonião)*, 31.
Panicum spectabile (capim Angola), 31.
Pão de Açúcar, 124, 129.
Papagaio, Pico do, 11; Serra do, 50.
Papillionácea (sucupira), 122.
Pará, Rio, 101, 105.
Paracatu, 21, 74, *99*, 105, 106; *Comarca de*, 76; *Intendência de*, 76.
Paraguai, Rio, 48, *63*, 106, 119, *183*.
Paraí, Rio, 192.
Paraíba, Rio, 121, *121*, 123, *177*, 191, 192, *192*, 193, 194, 196, *196*, 208, 209, 210; *Campos do*, 195; *Vila do*, *177*.
Paraíba do Sul, 196; *Capitania do, 177*.
Paraibuna, Rio, 105, 120, 121, *121*, 192.
Paraitinga, 192.
Paranaguá, 11.
Paranaíba, Rio, 21, 106.
Paraopeba, Ponte de, 101; *Rio*, 80, *92*, 101, *101*, 105; *Distrito de*, 101.
Parati, Engenho de, 149, *149*.
Paratinga, 192.
Paraúna, Rio, 23.
Paris, 121, 139, 188, *216*, 217; *Museu de*, 127.
Passagem, Aldeia de, 164, 167, 170.
Pau de Ferro, Lago, 184.
Paulista, Sítio do 175, 185, 188, 189.
Pau Grande, 52, 121, *121*.
Pau-terra, 93
Peçanha, 30, 47, *84*, 102, 195.
Pedestres, 18.
Pedro Alves (Habitação), 120.
Pedro II, Imperador, *11*, *156*, 191, 196, *212*, 215, 216, *216*, 217, 218, 219, 220, *220*, 221.
Pedroso, Jerônimo, 64.
Penha, Povoado da, 30, 66, *66*, 70, 168; *Serra da*, 50.
Pentecostes, Festas de, 109.
Perama hirsuta, 179.
Perdizes, 50.
Pereira, Antônio Luiz, *172*.
Pereira da Serra, 26.

Pereira, Manuel José Alves, 39, 41.
Pernambuco, 74, *96*, *136*, 150, *210*; *Salinas de*, 80.
Pero, Enseada do, 186.
Pessanha, Ângelo, 195.
Pessanha, Domingos Álvares, 195.
Pessanha, Domingos Alves, 195.
Pessanha, Florestas de, 119.
Piçarra, 23, *23*.
Piçarrão, 79.
Piedade, Capela da, 67; *Serra da*, 65, 66, 67, 68, 69, 70, *70*, 71.
Pilar, Aldeia do, 122, 123, 125; *Paróquia do*, 125; *Porto do, 122; Rio do*, 124, *124*, 125, *125.*
Pindamonhangaba, Vila, 192.
Pinheiro (Araucaria brasiliensis), 28.
Pinheiro, Habitação de, 25, 26, 27; *Rio*, 26.
Pinto, Domingos, 63, 64.
Pinto, Padre José de Morais da Fonseca, *194.*
Pinto, Rocha, 216, 218.
Piracicaba, Rio, 50, 63.
Piraitinga, 192.
Piranga, Rio, 109.
Piratininga, Laguna, 129, *129.*
Pires, Sr., 40.
Pires, Capitão, 57, 58.
Pires, Francisco Leandro, 41, *41.*
Pires, Sítio do, 90, 91, 97, 100, *175*, 188, 189, 193.
Pires, Vicente, 41.
Pirineus, Serra dos, 50.
Pitangueira (Eugenia Michellii Lam.), *130*, 142, 210.
Pitangui, 74.
Pixuna, Rio, 56.
Pizarrão, 79.
Pizarro, Historiador, *14, 21, 27, 31, 43, 64, 71, 74, 75, 76, 78, 79, 79, 83, 91, 92,* 101, *101,* 106, *107,* 108, *108, 109, 110, 112, 115, 116, 124, 129, 131, 132, 133,* 141, *146, 147, 149,* 150, 155, 159, 164, 165, 167, 169, 170, 171, 172, 174, 177, 178, 184, 191, 192, 193, 197, 198,* 199, *199, 200,* 201, *201, 203, 206, 212.*
Plinia pedunculata, 130.
Plinia rubra, 130.
Pohl, Dr., 127.
Poisson, 217.
Polygala, 39.
Polygala cyparissias A.S.H. *(alecrim da praia)*, 149, *149.*
Pomba, Habitação, 208; *Rio*, 192.
Pombal, 154, 155; Ministro, 14.
Pompeu, Aldeia de, 71; *Fazenda do, 123.*
Ponta da Massambaba, 149.
Ponta da Perina, 149.
Ponta de Baixo, 149.
Ponta do Chiqueiro, 149.
Ponta do Fula, 149.
Ponta do Leste, 171, 172, 173, *174.*
Ponta do Porco, 171, 172.
Ponta dos Costa, 149.

Ponta Grossa, 147.
Ponta Negra, 141.
Pontal, Canto do, 171; *Ilha do, 171; Promontório do, 174; Praia do*, 171.
Ponte Alta, Rancho de, 55.
Ponte do Machado, 56.
Ponte Nova, 210.
Pontlevoy, Colégio de, 86, *86.*
Porto da Estrela, 121.
Porto Real, Arraial de, 109, 110.
Porto Seguro, Província de, 132.
Portugal, 13, 64, 71, 74, *84*, 86, *86*, 113, 150, 180, 213, 214, 215, 216, 220.
Portugal, Pedro de Almeida, *107*, 115.
Portugal, Tomaz Antônio de Vila Nova e, 87, 214.
Potaveri, Jovem, 49.
Prados, Paróquia de, 103.
Praia da Ilha, 173.
Praia de D. Manuel, 128, 131.
Praia do Anjo, 171, 172, *172*, 173, 174, *174.*
Praia do Forno, 171, 172, *174.*
Praia do Pontal, 171.
Praia Grande, 129, *129*, 130, 131, 133, 136, 137, 138, 142, 150, 174; *Enseada de, 129.*
Prainha, 171, 173; *Enseada da, 174.*
Prata, Forjas do, 93, 94; *Rio da*, 21, 99, 106, 218, 222.
Prégent, Yves, 58, 83, 97, 113, 135, 160, 161, 181, 208.
Preslea linifolia N., 210.
Prússia, 127.
Pteridium aquilinum (Pteris aquilina), 100, *100.*
Pteirs caudata, 100.
Puris, Nação dos, 193, 195.

Qualea, Gênero, 93.
Quebra Anzóis, Rio, 21.
Queluz, 91, 101, 102, 105.
Quercus suber, 71.
Quaresmeira, ver, *flor de quaresma.*
Queriqueri (ave), 203, *203.*
Quilombo, 96.
Quinto, 18.

Radiada, 51.
Rancho das Ervas, 117.
Rancho do Meio da Serra, 51.
Ranchos, 133.
Recife, 11.
Redondo, Aldeia de, 101.
Registro Velho, 109.
Rerityba, Aldeia de, 158.
Rerityba, 155.
Rete muscosum Malpighii, 151.
Rezende, Aldeia de, 192.
Ribeirinhos, 96, *96.*
Ribeirão, 110.
Ribeirão do Inferno, 36, 37, 38.
Rio Bonito, 159.
Rio Caeté, 63.
Rio Claro, 21, *21.*
Rio da Estrela, 124.
Rio da Mata, 138.

Rio das Mortes, 63, 100, 102, 106, *106,*
107, *107,* 109, *109,* 110, *110,* 111, 112,
113, 115, 116, 117, 118é *Arraial do,*
107, *107; Comarca de,* 101, 105, *105,*
108.
Rio das Mortes Grande, 106, 109.
Rio das Ostras, 175, 179, 180, *180,* 186,
210.
Rio das Pedras, 29, 44.
Rio das Velhas, 64, 67, 71, 73, 74, *74,*
76, 77, *77,* 78, 79, 80, 109; *Intendência de,* 76.
Rio de Janeiro, 11, 17, 18, 20, *24,* 27, 30,
34, 45, 47, 58, 65, 69, *69, 74,* 78, *79,*
80, 83, 85, 91, 93, 95, 100, 101, 105,
106, 107, 110, 111, *112,* 113, 115,
116, *116,* 117, 118, 119, 120, 121,
122, *122, 123, 124,* 125, 127, *127,*
128, *129,* 130, *130,* 131, *131,* 132,
133, 135, 136, *136,* 137, 138, 139,
139, 140, 142, *142,* 144, *144,* 145,
146, 147, 148, *148,* 149, 150, *155,*
157, 159, 160, 165, 166, 167, 168,
168, 169, 170, *170, 171,* 173, 175,
176, 178, 179, 181, 183, 184, *184,*
185, 187, 188, 191, *191,* 192, *193,*
194, *195,* 196, 197, 198, 199, *199,*
200, 205, 207, 208, *208,* 211, 212,
213, 215, 216, 217, 218, 220; *Baía
do,* 124, *124,* 129, 131, 132, 137,
138, 186.
Rio de Pedras, Aldeia de, 79, *79.*
Rio Doce, 50, 62, 73, *73, 74,* 80, *101,*
105, 128, 133, 134, 138, 177, *199.*
Rio Furado, 183, 190, 191, 197; ver tam-
bém, *Furado, Rio.*
Rio Grande, 11, 32, *105,* 106, 108, 109,
109.
Rio Grande de São Pedro, 198.
Rio Grande do Sul, 117, *212.*
Rio Manso, 31, 40.
Rio Morto, 184.
Rio Pardo, 23, 24, 35, 36, 106; *Paróquia
de,* 108.
Rio Preto, 105.
Rio Seco, 138.
Rio Tanguí, 56.
Rio Tibagi, 21.
Rio Una, 186.
Rio Vermelho, 30.
Roça da Viúva, 99, 100, 102, 103.
Roçada, Fazenda da, 122.
Rodrigo, Conde de Linhares, 213.
Rodrigo de Freitas, Lagoa, 142, *142.*
Roulin, Sr., *84.*
Rousseau, Jean-Jacques, *176.*
Rua da Praia, 167.
Rua das Cabeças, 85.
Rua Direita, 75, 111.
Rua do Fogo, 76.
Rubia noxia (erva do rato), 47.
Rubiácea, 51.
Rubiácea (spermacoce polygonifolia N.),
80.
Rutáceas, 174.
Ruivinha (Rubia noxia), 47.

Ruiz, Padre Antônio, *96;* ver, Montoya,
Padre Antônio Ruiz de.
Russanga, 141, *141.*
Rússia, 215.

Sabará, 48, 56, 61, 63, 65, 66, 67, 68, 70,
70, 71, *71,* 73, *73,* 74, 75, 76, 77, *77,*
78, 79, 80, *80,* 83, 99, 101, 105, *105,*
106, 112, 113, 117, *183; Congonhas
de,* 48, 78; *Comarca de,* 74, *74;
Igreja de,* 75; *Intendência de, 76;
Rio,* 71, 74 ,75.
Sabará-Bussú, 64, *73.*
Saberá-Bussú, 73.
Sabiá, Riacho, 184.
Saccharum (sapé), 47, 149.
Sacramento, Frei Leandro, 127.
*Sagrada Família de Ipuca, Paróquia da,
178.*
Salema, Antônio, 165.
Salvador Correia, ver, Benevides, Salva-
dor Correia de Sá e.
Santa Ana, 108.
Santa Bárbara, Aldeia de, 56, 57, 61,
65; *Rio de,* 57, 62.
Santa Catarina, Província de, 11, 149.
Santa Cruz, Fazenda de, 191, 195.
Santa Fé, Rio, 21.
Santa Luzia, 48, 49, 67, 76, 77.
Santana, Capela de, 130, 183; *Ilha de,*
184, 185, 186.
Santa Maria de Baependi, Termo de, 105,
106.
Santa Quitéria, Caminho de, 57; *Habi-
tação de,* 57.
Santa Rita, Aldeia de, 79, 108.
Santíssima Trindade, Padre Cipriano
da, 69.
Santo Amaro, 204, 205.
Santo Antônio, Aldeia de, 79; *Igreja de,*
28, 33; *Rio,* 21, 91, 92; *Serra de,*
21, 48, 50, 51.
*Santo Antônio de Casa Branca, Paró-
quia de,* 80.
Santo Antônio de Jacutinga, 125.
Santo Antônio de Pompeu, 71.
Santo Antônio de Sá, Vila de, 138.
Santo Antônio do Amparo, 108.
*Santo Antônio do Rio Acima, Paróquia
de,* 79, 80.
*Santo Antônio do Rio das Mortes Pe-
queno,* 109.
Santo Elói, 84, *84.*
Santos, 64.
São Bartolomeu, Aldeia de, 77, 83, *83;
Igreja de,* 85.
São Benedito, Igreja de, 167.
São Bento, Fazenda de, 197, *203,* 205,
206, 207; *Frades de,* 196, *Igreja de,*
167.
São Carlos do Jacuí, 105.
São Cristovão, 128; *Palácio de,* 220.
São Domingos, Aldeia de, 131, 136, 144;
Praia de, 136.
São Fidelis, 192, 200, *206.*
São Francisco da Onça, 108, 109.

São Francisco, Rio, 11, 23, 27, 35, 50, 71, 74, *74,* 77, 80, 91, 99, 101, 105, *105*, 205; *Igreja de,* 28, 110; *Ordem Terceira de,* 29.

São Gonçalo, Arraial de, 131, 132; *Paróquia de,* 129, *129,* 131, *131.*

São Gonçalo de Ibituruna, 108.

São Gonçalo do Brumado, 108.

São Gonçalo do Rio Preto, 44.

São Jacinto, Fazenda de, 175, 176.

São João, ver, *São João d'El Rei; Aldeia de,* 64; *Comarca de,* 106, *107,* 107, 202; *Ouvidoria de,* 108; *Paróquia de,* 108; *Rio de,* 177, *177,* 178, 183, 186, 191; *Serra de,* 177; *Território de,* 107.

São João Batista da Barra do Rio São João, 178.

São João Batista de Itaboraí, Paróquia de, 131.

São João Batista, Igreja paroquial de, 183; *Presídio de,* 86, 208, *208.*

São João da Barra, Aldeia de, 166, 175, 176, 177, *177,* 178, *178,* 179, *179,* 181, *181, 183,* 184, 188, 191, 196; *Porto de,* 179, 185.

São João da Paraíba, 177.

São João da Praia, Vila de, 177, 191, 192, 196, 210.

São João de Cariri, Paróquia de, 129, 131.

São João de Macaé, 178, 181, 183.

São João d'El Rei, 63, 65, 74, 76, *80,* 84, 86, 91, *91,* 92, 94, 99, 100, 101, 102, 103, 105, *105,* 106, *106,* 107, *107,* 108, *108,* 109, *109,* 110, *110,* 111, 112, 113, 114, *114, 115,* 116, 117, *117,* 119, 120, 148, *183; Intendência de,* 76.

São João do Morro Grande, Aldeia de, 62, 63, 63, 65; *Paróquia de,* 57.

São José, Boqueirão de, 141.

São José, Vila de, 103, 105, *109,* 111, 115, *115,* 116, 117, *117; Montanhas de,* 116; *Serra de,* 99, 103, 115, 116.

São Leger, Represa de, 188.

São Lourenço, Paróquia de, 129; *Riacho de, 179.*

São Luiz, Cavaleiros de, 86.

São Marcos, Rio, 21.

São Mateus, Forte de, 167.

São Miguel de Cajuru, 109.

São Miguel de Mato Dentro, 49, 61, 63, 106.

São Miguel de Piracicaba, 65.

São Paulo, Província de, 21, 73, 93, 105, 106, 107, 108, *119, 123,* 128, 136, *158,* 160, 192.

São Pedro, Aldeia de, 145, 146, 150, 151, 190, 194; *Ponta de,* 171; *Rio de, 184,* ver também, *São Pedro dos Índios.*

São Pedro dos Índios, Aldeia de, 148, 155, *155,* 156, 157, *157,* 158, 159, *159,* 160, *160,* 163, *166,* 168, 170, 174, *176.*

Sá, Manuel Ferreira da Câmara Bitencourt e, 14, 15, 87; ver também, Câmara, Sr. Da.

Sá, Martim Correia de, 196.

Sá, Martim de, *155.*

Sá, Mem de, 131, *131.*

São Romão, 21, *21.*

São Salvador, Capela de, 196; *Vilas de, 177.*

São Salvador dos Campos dos Goitacases, 196, *203.*

São Sebastião de Araruama, Igreja paroquial de, 148.

São Sebastião do Rio Abaixo, 108.

São Sebastião, Igreja de, 147.

São Tiago, Sucursal de, 108.

São Tomé, Banana, 116, *116; Cabo de,* 175, 191; *Capitania de,* 194, 196.

São Vicente Capitania de 131, 194.

Sapé (saccharum) 149.

Sapucaí Paróquia de, 108; Rio, 106, 108.

Saquarema, 133, 143, *143,* 145, *145,* 146, 147, 148, 150, *183; Areais de,* 145; *Igreja de,* 142, 143, 144, *148; Lagoa de,* 128, 129, *129,* 139, 141, *141,* 144, 146; *Paróquia de,* 141, 145; *Região de,* 144.

Saracuruna, Rio, 125.

Sauvagesia (gênero), 46.

Schinus therebintifolius Rad. *(aroeira),* 142, 189, 210.

Scirpus lacustris, 188.

Se'ema (Governador do Rio), *196.*

Sellow, Sr., 149, *149.*

Sepetiba, 155, 159, 165.

Serra da Canastra, 50.

Serra da Lapa, 45, 46, 50, *50,* 51, 90.

Serra da Piedade, ver, *Piedade, Serra da.*

Serra das Esmeraldas, 73.

Senhor do Bonfim, Morro do, 109.

Serra do Caraça, 57, 61, 66, 67.

Serra do Mar, 123, 124, 184, 186.

Serra do Pico, 212.

Serra dos Cristais, 74.

Serra dos Órgãos, ver, *Órgãos, Serra dos.*

Serra Verde, Riacho da, 184.

Serro Frio, 13, 50, 74, *80,* 86, *105,* 112, 113, 117; *Intendência de,* 76.

Sertão, 24, 93; *Fazenda do,* 209.

Serviço (Local de extração do diamante), 16, 17, 20, 22, 23, 24, 27, 35, 36, 37, 40, *40,* 44.

Sica, Lagoa da, 181, 181; Venda da, 181.

Silva, Manoel Quintão da, 69.

Silva, Tropeiro, 44, 58.

Silva, Pedro de Góis da, 194.

Silveira, Braz Baltasar da, 107, *107.*

Soares, Gaspar, 15.

Soares, Luiz de Almeida Portugal, 196.

Soares, Manuel (tropeiro), 83, 90, 97, 120.

Sono, Rio do, 21.

Sophora littoralis Neuw. et Schrad. *(feijão da praia),* 180, 189, 210.

Sousa, Antônio Pedro de, 69.
Sousa, Gaspar de, 165.
Sousa, Martim Afonso de, *131*.
Sousa, Tomé de, 154.
Southey, Historiador, 14, *14, 64, 96, 107, 110, 115,* 125, *155, 156, 157, 165, 194*.
Souza, Francisco Maximiliano de, *184*.
Souza, Manuel Inácio Melo e, *110*.
Sparman, 63.
*Spermacoce polygonifo*lia N. (Rubiácea), 80.
Sphagnum, 189.
Spix, Historiador, *21,* 23, *36, 39, 50, 56, 57, 66, 70, 74, 78, 92, 99,* 110, 111, *130, 195, 208,* 217.
Squallus tiburo L., *194*.
Stellaria media, 67.
Suaçuí, Aldeia de, 101, *101*.
Sucupira, 121, 122, *122*.

Tabatinga, Serra da, 74.
Tamanduá, 105.
Tamoios, 165.
Tapagem, 203.
Tapanhuacanga, Aldeia de, 45, 46.
Tapera, 45, 46, 47, 48, 49.
Tapuias, 193.
Taquaraçu, 122, 125.
Taubaté, 107, 115.
Teixeira, Sr., 41.
Teixeira, José, 77, *77, 100*.
Tejo, Rio, 213.
Tejuco, 27; ver, *Tijuco*.
Terebentácea, 142, *142*.
Ticum, 144, *144*.
Tietê, Rio, 106.
Tijuca, Montanhas da, 129, 130.
Tijuco, 17, 18, 20, 21, 24, 26, 27, *27,* 28, 29, 30, 31, *31,* 32, 33, 34, 35, 39, 40, 41, *41,* 43, 44, 48, 49, 55, 76, 86, *110,* 113; *Montanhas de,* 90; *Rio,* 27, 109, *110*.
Tillandsia, 68, 177, 181.
Tinamus major, 50.
Tinamus minor, 50.
Tingoassuiba (Zanthoxylum? tingossuiba A.S.H.), 174, *174*.
Tingui, Serra de, 139.
Tocantins, Rio, 11, 105.
Tororopá, 46.
Três Barras, 44.
Tringa cayennensis Lath., 204.
Tristegis glutinosa (Melinis glutinosa), 25, 80, 132.
Tropa, 15.
Trouin, Duguay, *74*.
Tuberá-Bussú, 73.
Tucum, 144.
Tunga (bicho de pé), 102.
Tupinambás, 133, 165.
Turquia, Trigo da, 132.
Typha (tabúa), 49, *49, 143,* 189.

Ubá, Habitação de, 52, 93, 121, *121,* 122, *122,* 128.

Ultra-mar, Conselho de, 148.
Umbelífera, 149.
Una, Riacho, 56, *56,* 57.
Universidade de Coimbra, 63, 76.
Universidade de Edimburgo, 69.
Urtica dioica L., 31.
Uruguai, Missões do, 11, 63, 155, *183; Rio,* 106, 222; *Poema,* 115.
Utricularia tricolor N., 179.

Valência, 160.
Vanellus cayennensis Neuw., 204.
Vardes, Sargento-mor, 64, *64*.
Vasconcelos, Padre, *155, 156, 194*.
Vau, 44.
Veados campeiros (cervus campestris), 50.
Veados, Rio dos, 101.
Vellozia, 48.
Venâncio, Sr., 39.
Venda da Mata, 129; ver *Mata, Venda da*.
Vendas, 133.
Veranico, 31, 86, 90, *90*.
Verbascum blattaria L., 31.
Verdier, Sr., *18*.
Vernonia pseudo-myrtus N. *(composta),* 48.
Vertentes, Serra das, 105.
Vespúcio, Américo, *133*.
Viana, Manuel Nunes, 64, 65, *74,* 91.
Vicia sepium, 141.
Vila da Campanha, 111.
Vila Nova, 75, 76.
Vila Nova da Rainha, 65.
Vila Nova de Benevente, 210.
Vila do Fanado, 32.
Vila do Príncipe, 13, 20, 21, 25, 27, *27,* 28, 33, 44, 45, 46, 47, 48, 49, 55, 57, 75, 76, 80, 99, 106, 113.
Vila Real do Sabará, 73, 74.
Vila Rica, 15, 17, 18, 19, 22, 27, 28, 33, 48, 57, 61, 62, 64, 68, 74, 75, 77, *77,* 79, 80, *80,* 81, 83, 84, 85, 86, *86,* 91, 92, 94, 95, 96, 100, 101, 105, *105, 108,* 109, *109,* 116, *116,* 118, 120, 128, 219; *Intendência de,* 76; *Serra de,* 85.
Vila Velha, 75, 76.
Villarsia communis N., 179.
Villegagnon, 165.
Vinca rosea, 149.
Virgularia alpestris Mart., 51.
Visconde da Seca, 196, 197; *Fazenda do,* 204; *Usina do,* 207.
Viúva, Cachoeira da, 123; *Serra da* 121, *121,* 123, 124; *Roça da,* 99, 100, 102, 103.

Xanthoxylium rhaifolium, 174.
Xyris, 187.

Zamore, Negro, 128, 135, 136.
Zanthoxylum tingoassuiba A.S.H., 174.

A presente edição de VIAGEM PELO DISTRITO DOS DIAMANTES E LITORAL DO BRASIL de Auguste de Saint-Hilaire é o volume número 236 da Coleção Reconquista do Brasil 2ª Série. Capa Cláudio Martins. Impresso na Líthera Maciel Editora e Gráfica Ltda., à rua Simão Antônio 1.070 - Contagem, para a Editora Itatiaia, à Rua São Geraldo, 67 - Belo Horizonte. No catálogo geral leva o número 00470/03B. ISBN. 85-319-0674-1.